Mord aus kühlem Grund

Achim Kaul

AF208876

Die Therme in Bad Wörishofen. In den Saunalandschaften wird gepflegt geschwitzt. Gänsehaut-Schreie gellen durch die aufgeheizte Luft. Gasgranaten zünden. Die Fluchtwege sind plötzlich versperrt. Die Nackten packt die nackte Panik. Chaos! Zur selben Zeit ein anonymer Anruf: »In der Therme ein Toter — das ist doch was für Sie«, hört Kommissar Zweifel eine verzerrte Stimme sagen. Der Fall verspricht besonders knifflig zu werden. Wer lügt? Wer heuchelt? Wer manipuliert wen? Und vor allem: Wer ist der Tote?

Achim Kaul ist ein erfolgreicher Autor aus Friedberg. Seit 2019 veröffentlichte er vier Kriminalromane mit dem beliebten Ermittlerduo Zweifel und Zick.
Daneben erschienen unter dem Pseudonym Micha Luka drei Abenteuerromane mit Käpt'n Sansibo und seiner schrägen Mannschaft.
2022 erhielt Kaul in München den SpaceNet Award für eine seiner Kurzgeschichten. Darüber hinaus ist er in zahlreichen Anthologien vertreten.
»Du sollst nicht langweilen«, die aktuelle Sammlung seiner fesselnden Storys, erschien 2024.

Mord aus kühlem Grund

Krimi

Achim Kaul

Bibliografische Information der Deutschen
Nationalbibliothek:
Die Deutsche Nationalbibliothek verzeichnet diese
Publikation
in der Deutschen Nationalbibliografie;
detaillierte bibliografische Daten
sind im Internet
über dnb.dnb.de abrufbar.

Verlag:
BoD · Books on Demand GmbH,
In de Tarpen 42, 22848 Norderstedt, bod@bod.de
Druck:
Libri Plureos GmbH, Friedensallee 273,
22763 Hamburg
ISBN: 978-3-7578-1310-9

Für Bettina, Julia und Adrian
und für Carla

1. Kapitel

»Ick lass'n schmoren! Wenn ick den verdammten Bengel erwische, lass ick'n schmoren, und zwar inner Finnischen!«

Fred schwitzte. Das war normal. Er wog hundertdreißig Kilo und die waren nicht ausgewogen an seinem Körper verteilt. Die meiste Zeit ruhte er in seiner Mitte, denn da war am meisten Platz. Von Ruhe konnte allerdings gerade keine Rede sein. »Mindestens eine halbe Stunde lang, dit sarick dir, den lass ick vorher nüscht raus!«

»Nu lass mal gut sein«, sagte Johanna, seine Frau, hundertzehn Kilo schwer. In ihr schneeweißes Saunatuch gehüllt, die langen roten Haare in einem türkisblauen Turban verborgen, stand sie seelenruhig vor einem großen Spiegel und begutachtete sorgfältig die roten Äderchen auf ihren Wangen.

»Du hast leicht reden, Jo. Wie steh ick denn da, ohne Handtuch?«, zischte Fred. Johanna ließ einen Seitenblick über ihren Fred gleiten, der augenblicklich nicht so recht wusste, wie er seine Nacktheit, vor allem an den zentralen Stellen verbergen sollte.

»Wenn ick nur wüsste, wo dieser Hundling dit verdammte Handtuch vasteckt hat!« Er zog an ihrem Unterarm. »Stell dir mal een bisschen vor mir hin! Die jungen Dinger gucken schon so komisch.« Johanna seufzte.

»Jetzt setz dir halt eenfach uff die Liege da, die wird jrad frei.« Fred ließ sich schnaufend nieder und versuchte, den Blicken der anderen Badegäste auszuweichen.

»Schnapsidee, blöde«, dachte er. »Warum kann man nich einfach nur Minigolf spielen? Dit is een Sport, der zu meim Körper passt. Dazu brauchtet Ruhe und Konzentration. Da muss man janz in seiner Mitte sein. Aber nee! ›Therme‹, hießet, ›dürfn wa nüscht versäumen‹, hießet, ›wenn wir schon mal hier sind‹, hießet!« Fred schwitzte und steigerte sich in seinen inneren Monolog hinein, an dessen Ende er »verdammter Bengel« zwischen den zusammengebissenen Zähnen hervorzischte.

Johanna zuckte gleichmütig die fleischigen Schultern und ging dazu über, ihr Gesicht mit einer neuartigen Creme zu behandeln, die eine junge Mitarbeiterin ihr am Eingang gratis in die Hand gedrückt hatte. Fred wischte mit der Hand über sein schweißnasses Gesicht und schüttelte den Kopf.

»Wenn et umsonst is, tauchtet Zeuch sowieso nüscht«, sagte er mit einem Blick auf Johannas fettglänzendes Gesicht. Sie hielt ihm zur Antwort die lavendelfarbene Tube vor die kurzsichtigen Augen, damit er den regulären Preis entziffern konnte. Kurzzeitig verschlug es ihm die Sprache. Gerade als er zu einem seiner Monologe ansetzen wollte, klatschte ihm jemand ein nasses Handtuch auf den breiten Rücken.

»Seit wann gehst du denn in die Sauna, Elvis?«, ertönte eine Bassstimme. Fred drehte sich wütend um. »Mensch, du bist ja gar nicht Elvis«, kam es seelenruhig von einem schwarzhaarigen Riesen im roten Bademantel. Fred funkelte ihn an.

»Der Elvis, den ick kenne, schwitzt schon seit een paar Jährchen in ’ner anderen Hölle. Noch nüscht mitbekommen?«, knurrte er, zog das Handtuch langsam von seinem Rücken und begann, es auszuwringen.

»Klar Mann, außerdem hast du auch die ganz falsche Frisur.« Der Riese schmunzelte gutmütig und streckte die Hand aus, um Fred das Handtuch wieder abzunehmen.

»Dit bleibt hier! Als Souvenir!«, zischte Fred und schlang es sich im Sitzen um die umfangreichen Hüften. Er verschränkte seine massigen Arme und schauten den roten

Riesen herausfordernd an. »Kann ick sonst noch wat für Sie tun? Vielleicht een Ständchen?« Der Riese stutzte, schaute Johanna an, die das Ganze sprachlos verfolgt hatte, und zuckte dann mit den Schultern.

»Von mir aus. War sowieso nicht meins. Wenn's komisch riecht, nicht wundern.« Damit entfernte er sich gelassen in Richtung der kleinen Bar, die am großen Vitalbecken eingerichtet war. Johanna schaute ihm hinterher.

»Na herzlichen Jlückwunsch«, sagte sie zu Fred, »da bist du ja jünstig an …« In diesem Moment gellte ein durchdringender, langanhaltender, Schrei aus dem hinteren Saunabereich. Johanna bekam eine Gänsehaut trotz achtundzwanzig Grad Lufttemperatur. Gleich darauf rannten zwei kreischende Mädchen in rosa Bikinis, verfolgt von zwei Jungs in langen Badehosen, im halsbrecherischen Tempo zwischen den Ruheliegen und am schmalen Beckenrand entlang.

»Biester, verdammte!«, entfuhr es Fred, während Johanna erleichtert aufatmete.

»Ick dachte schon, da is wat …« In diesem Moment ertönte ein weiterer Schrei, wie aus einem Horrorfilm. Er schien überhaupt nicht enden zu wollen. Fred konnte es nicht fassen. Seine Nackenhaare stellten sich auf. Er hatte noch nie jemanden so markerschütternd schreien gehört. Er schaute Johanna in die schreckgeweiteten Augen und stand abrupt auf. Ein junger Bademeister in Shorts eilte mit genervtem Gesichtsausdruck an ihnen vorbei.

»Do isch was passiert, ha?«, fragte ein Schweizer, der sich aus seiner Ruheliege nebenan schwerfällig erhoben hatte. Er blinzelte Fred zu. »Bekommen wir do jetzt a äcktschn?«, fragte er erwartungsvoll in seinem gemütlichen Schweizer Tonfall. Ringsum erhob sich teils aufgeregtes, teils ärgerliches

Gemurmel. Johanna schaute sich um und begegnete überall fragenden, kritischen oder besorgten Blicken. Vereinzelt waren Leute aus ihren bequemen Liegen aufgestanden. Einige beschwerten sich leise bei ihren Nachbarn, schüttelten die Köpfe oder zuckten ratlos die Schultern.

Fred wusste nicht recht, was er tun sollte. Ein zweiter Bademeister, deutlich älter, als der erste, ging eiligen Schrittes mit ernster Miene zwischen den herumstehenden Badegästen hindurch, während er sein Handy ans Ohr hielt.

Ein eigenartiger Geruch machte sich bemerkbar und eine ungewöhnliche Stille breitete sich aus. Der permanente Geräuschpegel aus plätscherndem Wasser, Kindergeschrei, Hintergrundmusik und den Stimmen Hunderter von Badegästen war schlagartig auf nahe null gefallen.

»Wie die Ruhe vor dem Sturm«, dachte Fred unwillkürlich, während Johanna fröstelnd die Arme verschränkte. Der Geruch wurde stärker. Eine allgemeine Unruhe griff allmählich um sich. Der Schweizer und seine Frau begannen, ihre Sachen einzupacken.

Niemand achtete auf die beiden jungen Männer in Jeansshorts, von denen einer von der Empore herab sein Smartphone auf das Geschehen gerichtet hatte. Dort oben, wo die komfortableren Ruheliegen verteilt waren, befand sich außer diesen beiden und einem Seniorenpaar, das eingeschlafen war, niemand mehr. Seitdem der zweite Schrei verhallt war, waren gerade mal ein paar Minuten vergangen, doch der Raum, in dem sich das große Vitalbecken befand, hatte sich in dieser kurzen Zeit enorm bevölkert. Die Leute standen dicht an dicht, wie bei einem Open-Air-Konzert. Nur gab es da üblicherweise nicht so viele nackte Besucher.

»Wir müssen nach dem Kleenen schauen, Fred«, sagte Johanna und hielt sich die Nase zu. Als hätte er nur auf dieses

Kommando gewartet, bahnte sich Fred, ohne ein Wort zu verlieren, energisch einen Weg. »Ick schau in den Felsenduschen nach«, konnte sie ihm gerade noch hinterherrufen. Er winkte mit der rechten Hand, ohne sich umzudrehen.

»Hier is wat faul«, dachte er, »und zwar janz jewaltich«. Ihm klang noch der erste Satz des Schweizers in den Ohren. »Zu viele Leute«, brummte er. Er musste an eine riesige Rinderherde denken, die friedlich grast, bevor eine Panik losbricht. »Die Ausjänge sin zu weit wech, und die Fluchtwege sin zu eng«, dachte er und versuchte, seine Schritte zu beschleunigen.

Ein muskelbepackter Jüngling stellte sich ihm in den Weg. Er wich ihm aus. »Jetzt bloß keene Eskalation«, schoss es ihm durch den Kopf. Das Gemurmel der Umstehenden wurde lauter. Draußen, außerhalb der Halle, an der frischen Luft, konnte man einen Säugling schreien hören.

»Sie sehen doch, dass hier kein Platz ist«, zischte ihm eine junge Frau mit kahlgeschorenem Schädel und Spinnentattoo im Gesicht ins Gesicht. Fred versuchte ein Lächeln und drängelte sich rigoros an ihr vorbei.

Ihm war schlagartig klar geworden, dass er den Bengel, wie er ihn nannte, schon seit mehr als einer Stunde nicht mehr gesehen hatte. Er wollte es sich nicht eingestehen, aber so langsam machte er sich Sorgen.

Ein alter Mann rempelte ihn an. Von hinten bekam er einen Stoß in die Rippen. Jemand tippte ihm energisch auf die Schulter. Er ignorierte dies alles. Niemand konnte ihn jetzt aufhalten. Sein Blutdruck machte ihm zu schaffen. Er blieb stehen, um tief durchzuatmen. Das hätte er besser nicht getan. Der hintere Saunabereich, den er jetzt erreicht hatte, war von einem undefinierbaren Gestank erfüllt. Hier irgendwo musste die Ursache zu finden sein. Das Gedränge hatte plötzlich nachgelassen. Da waren keine Nackten oder Halbnackten mehr, die sich ihm in den Weg stellten.

»Elias! Elias! Bist du da? Komm jetzt endlich her!«, rief Fred, einer Eingebung folgend. Er suchte die leeren Duschen ab. In einer der Kabinen hörte er es tropfen. Dort lag sein vermisstes Handtuch auf dem Boden. Er schluckte. Von seinem Neffen keine Spur. Er drehte den Duschhahn zu.

Vom großen Vitalbecken her drangen jetzt immer lautere Stimmen. Wieso gingen die Leute nicht einfach durch die Glastüren ins Freie? Oder benutzten die Schleuse zum Außenbecken. Wohin waren die Bademeister verschwunden? Warum gab es keine Durchsage? Wer hatte da so durchdringend geschrien? Warum stank es hier so? War das Gas? Und wo war Elias? Die Fragen rasten durch Freds Kopf wie auf einer Autobahn.

Er bog um die Ecke und war jetzt bei der Kräutersauna angelangt. Gleich nebenan lag die Kelosauna mit Panoramafenster und die Stollensauna, in der es wie immer höhlenartig dunkel war. Zwei gedämpfte Männerstimmen waren zu hören. Eine der beiden wurde plötzlich lauter. Es war der ältere Bademeister, der mit rotem Kopf aus der Kelosauna herauskam.

»Kannst du mir mal sagen, was heute mit der Technik los ist? Die ist doch gestern erst kontrolliert worden. Klappt denn gar nichts in dem Laden?« Der jüngere Bademeister murmelte etwas Unverständliches. »Ist mir ganz egal, was Schilling sagt!«, polterte der Ältere. Er warf einen ärgerlichen Blick auf Fred.

»Was machen Sie hier?«, blaffte der junge Bademeister Fred an. Er hatte sich an seinem Chef vorbeigedrängt und stand mit weit ausgebreiteten Armen vor Fred.

»Ick suche Elias«, brachte dieser etwas verdattert hervor und starrte ratlos in zwei rote Gesichter.

»Wer soll das sein?«

»Dit is mein Neffe, er …«

»Der ist nicht hier. Gehen Sie bitte sofort zurück!«, sagte der Chefbademeister im Befehlston, während der andere sich immer noch wie ein Handballtorwart vor Fred postierte.

»Aber dit Jeschrei …«, sagte Fred störrisch.

»Hören Sie, wir gehen jetzt zurück zum Vitalbecken und Sie halten bitte den Mund. Ich will keine Aufregung provozieren. Und du scheuchst die restlichen Gäste raus. Hier hinten darf keiner bleiben!« Der ältere Bademeister hatte Fred an der Schulter gepackt und drängte ihn zurück.

»Wat riecht hier so? Is dit Gas? Und warum jehen die Leute nüscht einfach int Freie?«, fragte Fred.

Der Andere blieb abrupt stehen und legte beschwörend die Hand auf Freds Unterarm. Dabei schaute er ihn aus geröteten Augen an.

»Die verdammten Glastüren sind verriegelt. Elektronisch.«

»Wat? Aber wie …?«

»Ich weiß es nicht. Ich weiß nur eins: Ich will hier drin keine Panik erleben. Das gibt Tote.« In diesem Moment war aus den Lautsprechern ein scharfes Knacken zu hören und eine mühsam beherrschte Frauenstimme setzte zu einer stockenden Durchsage an:

»Liebe Badegäste. Aus Sicherheitsgründen bitten wir Sie, den kompletten Saunabereich rasch zu verlassen. Gehen Sie bitte nicht …« Hier stoppte die Durchsage, als ob ihr jemand das Mikrofon aus der Hand gerissen hätte. Der Geräuschpegel nahm augenblicklich stark zu.

»Himmelherrgott, ist die wahnsinnig geworden?«, fluchte Fischli, der ältere Chefbademeister.

Sie waren im Restaurantbereich, von wo eine Treppe auf die Empore mit den Exklusiv-Suiten führte. Einige Kinder kreischten vor Angst. Empörte Männerstimmen wurden laut, Frauen keiften. Es war ein wildes Durcheinander. Alle waren jetzt auf den Beinen, es mochten an die zweihundert bis dreihundert Menschen sein. Die im Wasser waren, versuchten, herauszukommen. Keinem gelang es. Die Leute drängten mit ungezügelter Macht zu den Glastüren an der Schmalseite des Beckens. Etliche stolperten oder wurden ins Wasser gestoßen.

Fred schaute zur Schleuse hinüber, durch die man normalerweise ganz einfach ins Freie schwimmen konnte. Sie war von Menschenleibern verstopft und wirkte wie ein Flaschenhals. Die Leute schlugen wie wild auf das Wasser, drückten einander auf die Seite. Manche gerieten dabei unter Wasser. Scharfe Fingernägel kratzten über haarige Rücken, krallten sich an Badeanzügen fest.

Fred schluckte, sein Mund war ganz trocken. Von Johanna war keine Spur zu entdecken. Fischli stürmte die Treppe hoch, um sich einen besseren Überblick zu verschaffen. Er versuchte, in dem Lärm zu telefonieren.

»Halt einfach die Klappe und mach die Musik an!«, fauchte er wütend in sein Handy. »Egal welche, Herrgott nochmal!«, brüllte er jetzt und sah zu, wie die Leute anfingen, an die Glastüren zu trommeln und zu hämmern. Von hinten drängten immer mehr nach. Die Unglücklichen, die ganz vorne standen, wurden erbarmungslos an die Glaswand gequetscht.

Draußen auf der anderen Seite standen ein paar Saunagäste, die lachten und winkten. Sie hielten das Ganze für ein inszeniertes Spektakel. Vielleicht konnten sie auch einfach nicht glauben, was sich da vor ihren Augen abspielte. Fred stand jetzt auf der Treppe und versuchte, irgendwo in dem Getümmel Johanna ausfindig zu machen. Doch das war unmöglich.

»Liebe Badegäste, die Glastüren sind verriegelt. Bitte nutzen Sie …« Wieder brach die Lautsprecherstimme mitten im Satz ab. Fischli ballte die Fäuste, während er mit den Augen das Chaos absuchte.

»Das darf doch wohl nicht wahr sein, verdammt«, zischte er. Die brodelnde Panik war nun nicht mehr aufzuhalten. Auch der Weg zu den Umkleidekabinen, von wo es nach draußen ging, war versperrt. Von dort schob sich plötzlich eine dichte Menschenmenge, zum großen Teil noch in Straßenkleidung, herein. Männer, Frauen, Jugendliche, kleine Kinder – alle husteten sich mit roten Köpfen die Lunge aus dem Leib. Fast alle hatten ihre Fäuste vor die Augen gepresst.

Das Geschrei nahm zu. Vereinzelt wurden grobe Schläge ausgetauscht. Männer rangelten miteinander, prügelten aufeinander ein. Einige ältere Personen waren ihn Ohnmacht gefallen. Ein kleiner Junge, vielleicht drei Jahre alt, trieb bewusstlos im großen Vitalbecken. Fred starrte auf seine Badehose. Elias konnte es nicht sein. Er war ja viel größer.

Die Leute im Becken hatten keine Augen für den kleinen, hilflosen Körper. Fischli hatte ihn ebenfalls entdeckt. Bevor sie etwas unternehmen konnten, war ein junger Mann in Jeansshorts über mehrere Köpfe hinweg ins Wasser gesprungen, drehte den Jungen um, zog ihn auf den Beckenrand und begann, ihn ins Leben zurückzuholen.

»Wir müssen die Leute von den Glastüren wegbringen«, rief Fred dem Bademeister zu. Dieser schüttelte heftig den Kopf.

»Das funktioniert nicht«, schrie er, während er eine andere Nummer wählte. »Was ist da draußen los, verdammt? Haltet doch die Leute auf! Hier drin ist Chaos! Und macht endlich die Türen auf! Was …?« Fred sah, wie es dem Bademeister die Sprache verschlug. Fischli blickte ihm fassungslos ins Gesicht.

»Giftgas. Der ganze Eingangsbereich ist voller Giftgas! Das ist ein Anschlag …« Er war kreidebleich geworden. Fred schluckte. Dann griff er sich mit beiden Händen an den Kopf, hielt sich die Ohren zu und schloss die Augen. Fischli war überfordert. Von ihm war keine Hilfe zu erwarten.

Fred kämpfte mit Macht gegen den Fluchtreflex an und drehte sich gegen die Wand. So konnte er sich abschotten. »Wie kriejen wir die Menschenmassen hier raus?«, dachte er. Fischli stand mit herabhängenden Armen verzweifelt neben ihm. »Der Bagger« schoss es Fred in den Sinn. Draußen war ein Bagger gewesen. Er hatte sich noch über ihn aufgeregt, als sie ankamen und er ihnen den Weg versperrt hatte. Der musste hier irgendwo auf dem Gelände sein. Irgendeine Erweiterung war im Bau. Er drehte sich zu Fischli um.

»Welche Glasscheibe lässt sich am ehesten sprengen?« Fischli starrte ihn verständnislos an. »Die Baustelle, Mensch. Da draußen muss doch een Bagger sin!« Fischli begriff noch nicht. »Der Frühlingsjarten, wat meenen Sie?«, rief Fred und deutete heftig hinüber auf die andere Seite der Saunahalle. Dort war der Bereich mit den Infrarotliegen und den Liegestühlen unter Palmen. Hier hielt sich fast niemand mehr auf. Halb verborgen hinter künstlichen Palmwedeln boten deckenhohe, riesige Scheiben einen Blick ins Freie. Fischli reagierte endlich und griff zum Handy. »Hoffentlich hat Johanna den Kleenen jefunden«, dachte Fred zehn Minuten später, als der Frühlingsgarten mit einem ohrenbetäubenden Lärm in eine Wüste verwandelt wurde.

2. Kapitel

»Es reicht, Frau Lucy«, sagte Klopfer, »ich warte jetzt seit einer halben Stunde darauf, dass Sie mit Ihrem Privatgespräch zu einem Ende kommen. Genau dort ist meine Geduld: Zu Ende!« Polizeichef Alois Klopfer hatte, wie stets, wenn er sich aufregen durfte, sehr leise und eindringlich zur Büroperle gesprochen, während Lucys Augen immer größer und runder wurden.

»Das war meine Mutter, Chef. Die hat das Gegenteil von Alzheimer. Die merkt sich alles und vergisst nichts«, bemerkte Lucy, als sie das Telefonat hastig beendet hatte.

»Wenn das eine Drohung sein soll, dann würde ich Ihre Mutter gerne einmal kennenlernen.« Lucy schüttelte den Kopf und öffnete eine Schublade.

»Ich fürchte, das würde zu einem unvergesslichen Erlebnis ausarten.« Klopfer nahm sie ins Visier.

»Fürchten Sie eher für Ihre Mutter oder für mich?«

»Weder noch«, sagte Lucy ungerührt und nahm einen Schokoriegel in Augenschein, »ich fürchte, ich wäre die Leidtragende. Zwischen zwei Stühlen zu sitzen, ist schlecht fürs Rückgrat, hab ich irgendwo gelesen.«

»Apropos irgendwo – müssen wir heute eine Suchmeldung für Zweifel rausjagen oder darf ich darauf hoffen, ihn bald zu Gesicht zu bekommen?« Lucy hatte sich die Inhaltsstoffe des Schokoriegels genau durchgelesen und beschlossen, ihn vorerst zu verschonen.

»Friseur«, sagte sie und schloss die Schublade wieder.

»Was soll das heißen? Will er sich eine Perücke machen lassen?« Sie schüttelte den Kopf.

»Kann ich mir nicht vorstellen, wo ihm doch seine Glatze so glänzend steht.« In diesem Moment meldete sich ihr

Telefon und Klopfer verdrehte genervt die Augen. »Oh, hallo Mel, ich dachte du bist im Urlaub. Wie – abgesagt? Aber warum …? Was? Nein, bei uns hat niemand angerufen. Was für ein Anschlag denn? Wo denn? Ist ja nicht zu fassen. Nein, den kannst du nicht sprechen, der ist noch nicht da. Versuch's auf seinem Handy. Ja – ich gebs weiter.«

»Was ist passiert?«, fragte Klopfer, als sie aufgelegt hatte.

»Die Therme. Da soll's einen Anschlag gegeben haben, sagt Kollegin Zick. Mit Gas, wenn ich's richtig verstanden habe.« Klopfer reagierte sofort und stürmte in sein Büro.

»Aber wieso rufen die denn nicht bei uns an?«, konnte sie ihm noch hinterherrufen. »Ist doch nicht zu glauben. Wenn ich daran denke, wegen was sonst hier …« In diesem Moment klingelte es erneut.

»Ah, Kommissar Zweifel, schön dass Sie anrufen.« Klopfer kam aus seinem Büro und fuchtelte wild mit seinem Arm. »Moment, ich geb Sie mal weiter an den Chef.«

»Zweifel! Wo zum Teufel sind Sie? Ach, Sie sind schon dort? Was genau ist passiert? Klopfer lauschte einige Minuten hochkonzentriert, dann traf er seine Anweisungen.

»Gut, ich schicke die ganze Mannschaft raus, alle verfügbaren Krankenwagen und Notärzte, und ich informiere das BKA für alle Fälle. Sind Sie sicher, dass es kein Giftgas war? Also müssen wir keine Warnung herausgeben? Gut, ich verlass mich auf Sie. Übrigens ist Kollegin Zick wohl schon auf dem Weg. Sie melden sich in fünfzehn Minuten wieder und geben mir den neuesten Status durch.« Klopfer reichte Lucy den Hörer zurück.

»Finden Sie raus, wer bei der Therme das Sagen hat und wem die ganze Chose gehört. Und dann verbinden Sie mich bitte mit beiden, in dieser Reihenfolge. Aber erst in fünf Minuten. Vorher rede ich mit dem Polizeipräsidenten.«

18

Lucy konnte sehr schnell sein, wenn es um solche Dinge ging. Klopfer war schon in seinem Büro verschwunden, als er nochmal den Kopf herausstreckte.

»Wie kommen Sie überhaupt auf die Idee, Zweifel sei beim Friseur. Fürs Köpfe waschen bin immer noch ich zuständig.«

Melinda Zick war nicht wütend. Das beunruhigte sie selbst am meisten.

Da gefällt es dem Universum, ihr ausgerechnet an ihrem ersten Urlaubstag seit einer halben Ewigkeit einen Strich durch die Rechnung zu machen, und sie nimmt es hin, ohne mit Schuhen zu schmeißen oder ihr Rad zu malträtieren.

»Was geht da schief?«, dachte sie, als sie sich auf ihr Rad schwang, nachdem sie mit Lucy telefoniert hatte. »Hat mir Zack gestern mit seinem neuen Nachtisch was untergejubelt?«

Zacharias war ihr Bruder, der ein veganes Bistro eröffnet hatte und eine Vorliebe für originelle Zutaten hegte, die durchaus besänftigend wirken konnten.

Als sie die Stadtgrenze Richtung Norden erreichte, versperrten ihr zwei Senioren mit unhandlichen E-Bikes den Weg. Wenig später blickten sie ihr empört und fassungslos nach. Melzick hatte sich den Weg wütend freigeklingelt.

»Bingo«, dachte sie erleichtert und atmete tief durch, »doch keine Drogen im Dessert.«

Kommissar Adam Zweifel rieb sich mit beiden Händen den kahlen Schädel trocken. Fischli, dem die Erleichterung ins Gesicht geschrieben stand, reichte ihm ein weißes Handtuch.

»Wo ist der Tote jetzt?«, fragte Zweifel und wischte sich mit dem Handtuch über sein Gesicht. »Verdammt warm hier drin.«

Sie waren in Fischlis Büro. Es war ein kleiner Raum mit Metallspinden an den Wänden und einer Reihe von Monitoren auf einem weißen Metalltisch.

Fischlis Erleichterung darüber, dass die Massenpanik glimpflich abgegangen war, wich purem Entsetzen, als ihm schlagartig die Stollensauna wieder einfiel.

»Das ist ein Katastrophentag«, stöhnte er. »Die ganze blödsinnige Elektronik spielt verrückt. Die Klimaanlage streikt, die Türen lassen sich nicht entriegeln, die Entlüftung stinkt zum Himmel und in der Stollensauna liegt ... aber woher wissen Sie von dem Toten, wenn doch angeblich niemand die Polizei gerufen hat?«

Zweifel warf das Handtuch auf einen Stuhl.

»Jemand hat mich auf meiner privaten Handynummer angerufen, anonym. Es hörte sich nicht nach einem Scherz an, auch wenn es sich nach einer Kinderstimme anhörte.« Fischli starrte ihn an.

»Und was sagte die Stimme?«

»›In der Therme ein Toter — das ist doch was für Sie.‹ Die Stimme war sicher elektronisch verzerrt, warum auch immer. Wer kam denn auf die Idee mit dem Bagger?« Fischli machte eine wegwerfende Handbewegung.

»Nicht der Rede wert. Die Panik war in vollem Gange. Die Leute kannten nur eins: Raus hier. Da ist mir gottseidank der Bagger eingefallen.« Er legte nachdenklich eine Hand auf den Mund.

»Ob so etwas von der Versicherung abgedeckt ist?«

»Darüber würde ich mir an Ihrer Stelle keine Sorgen machen. Also, wo ist der Tote?«

»Ja, äh, er liegt immer noch in der Stollensauna. Ich hab einen Kollegen davor postiert, damit niemand auf die Idee kommt ...«

»Sind Sie denn sicher, dass keiner der Badegäste etwas bemerkt hat?«, unterbrach ihn Zweifel. Fischli verschränkte seine muskulösen Arme.

»Wenn ich Badegast bin und entdecke neben mir in der Sauna eine Leiche, was tue ich dann? Ich schreie um Hilfe, ich informiere das Personal, ich beschwere mich. Sehen Sie und all das ist nicht passiert.«

»Aber erwähnten Sie selbst vorhin nicht einen Schrei?« Fischli winkte ab.

»Der hat damit nichts zu tun. Irgendein blöder Scherz von ein paar Halbwüchsigen. Als Bademeister lernen Sie im Laufe der Jahre zwischen echten Schreien und hysterischem Getue zu unterscheiden. Wobei die lebensgefährlichen Situationen oft genug lautlos ablaufen.« Zweifel ließ sich das durch den Kopf gehen.

Ein paar Minuten zuvor war er angekommen. Vor dem Haupteingang, auf den Parkplätzen und auf der Grünfläche rings um den Thermenkomplex wimmelte es von Menschen in höchst unterschiedlicher körperlicher und emotionaler Verfassung.

Abgesehen von Kreislaufzusammenbrüchen, Prellungen, Quetschungen und zerkratzten Gesichtern, Schnittwunden, Augenreizungen und Atembeschwerden, war niemand ernstlich verletzt. Fassungslos und entsetzt, empört und verschreckt, versuchten die Menschen, das Erlebte zu verarbeiten. So unterschiedlich die Leute auch damit umgingen, alle einte das Gefühl, nochmal davongekommen zu sein. Als Zweifel sich einen Weg durch die Menge bahnte, hörte er mehrfach, wie über einen Schrei debattiert wurde, der offensichtlich von niemandem als so harmlos empfunden worden war, wie Fischli ihn glauben machen wollte. Doch vorerst beließ er es dabei.

Sie hatten Fischlis Büro verlassen und gingen durch die menschenleere Saunawelt. Mehrere große Badetücher trieben im Vitalbecken. Die zerborstene Scheibe hinter dem als Frühlingsgarten bezeichneten Bereich, durch die alle endlich ins Freie gelangt waren, machte einen abenteuerlichen Eindruck. Der Bagger stand führerlos davor.

Im Restaurant wurden sie von einem Mann aufgehalten. Er trug einen erstklassigen, hellen Leinenanzug, eine randlose Brille, hinter der schwarze Augen funkelten und eine kleine, halbvolle Flasche eisgekühlten Wassers. Ohne Zweifel eines Blickes zu würdigen, deutete er mit dem Zeigefinger auf Fischli.

»Das wird ein Nachspiel haben, John, das kann ich Ihnen garantieren. Ein sehr teures Nachspiel.« Damit leerte er die Flasche auf einen Zug und stellte sie auf dem Tresen ab. Dann erst wandte er sich Zweifel zu, dem er nicht mal bis zur Schulter reichte. Er blickte ihn von unten her abschätzig an. »Und Sie sind?«, fragte er mit einem Lächeln, das viele Zähne freilegte.

»Jemand, der gerne ein Wasser hätte«, konterte Zweifel trocken. Das Lächeln verdunstete im Nu.

»Mein Name ist Schilling. Ich bin hier der Geschäftsleiter«, sagte er und machte keine Anstalten, Zweifels Bitte zu erfüllen.

»Adam Zweifel, Kriminalhauptkommissar. Herr Fischli wollte mir gerade Ihren toten Badegast zeigen.«

Schilling warf dem Bademeister einen missbilligenden Blick zu, der ihn ungerührt erwiderte.

Zweifel blieb dies nicht verborgen. »Hier scheint heute ja einiges schief gegangen zu sein, wie ich höre, vor allem auch, was Ihre Haustechnik betrifft. Mit Ausnahme Ihres Kühlschranks, wie mir scheint«, ergänzte Zweifel mit einem

Blick auf die leere Wasserflasche, an der einige Wassertropfen herabperlten.

Schilling richtete seine schwarzen Augen auf den Kommissar und versuchte, die Situation abzuschätzen. Wie gewöhnlich überschätzte er dabei seine eigene Position. Fischli kannte seinen Chef zur Genüge und war daher auch nicht sonderlich von Schillings Antwort überrascht.

»Ich fürchte, das war die letzte Flasche«, sagte dieser mit einem Achselzucken. Zweifel wollte gerade etwas erwidern, als er aus den Augenwinkeln bemerkte, wie sich jemand mit roten Dreadlocks durch die Trümmer im Frühlingsgarten kämpfte. »Schon wieder eine Gafferin. Jagen Sie die weg«, herrschte Schilling seinen Bademeister an.

»Ich würde nur ungern auf meine Assistentin verzichten«, sagte Zweifel seelenruhig, bevor Fischli reagieren konnte.

»Ihre was?«, fragte Schilling und nahm seine Brille ab. Melzick war jetzt bei ihnen angekommen. Etwas außer Atem nickte sie Zweifel zu.

»Schöner Schlamassel, was Chef? Das Südseeparadies stell ich mir eigentlich anders vor.« Schilling hustete und rümpfte die Nase. Fischli zog die Augenbrauen hoch und kratzte sich am Kopf.

»Sie haben Urlaub, Melzick. Was tun Sie hier?«

»Ich suche Erholung und Entspannung«, sagte sie und streifte die beiden teils ärgerlichen, teils verblüfften Männer mit einem raschen Blick. Fischli fasste sich als erster.

»Dafür haben Sie sich den falschen Tag ausgesucht, junge Frau«, knurrte er.

»Ach, wenn ich schon mal da bin, da ...«

»Ich dachte bei der Polizei gibt es auch so etwas wie einen Dresscode oder besser gesagt: Haircode«, unterbrach sie Schilling süffisant. Melzick schaute ihn ruhig an.

»Davon ist mir nichts bekannt«, erwiderte sie. »Allerdings sollte man eine gewisse Körpergröße haben.« Die Gesichtsfarbe des Geschäftsleiters wurde einen Hauch dunkler. Fischli konnte sich ein Schmunzeln nicht verkneifen.

»Na schön«, meinte Zweifel, »nachdem wir jetzt alle vollzählig sind, wäre es wohl an der Zeit für einen Besuch bei dem Toten.«

Schilling holte tief Luft und stürmte wortlos voran, gefolgt von Fischli.

»Wer ist das eigentlich?«, raunte Melzick ihrem Chef unauffällig zu, während sie den beiden nachliefen.

»Oh, nur der Geschäftsleiter«, raunte der zurück. »Schilling heißt er und der andere ist sowas wie der oberste Bademeister hier, John Fischli.«

»Wie bitte?«

»Das ist sein Name. Fischli, John Fischli. Wie sind Sie denn auf die Idee gekommen, ausgerechnet heute ins Paradies zu wollen?«

»Wollt' ich ja gar nicht. Erzähl ich später.« Der junge Bademeister hielt immer noch Wache vor der Stollensauna. Zweifel konnte beobachten, wie er Schilling etwas ins Ohr flüsterte und dann die Glastür freigab.

»Stopp!«, rief Zweifel, als Schilling sie betreten wollte. »Ich will keinen Ärger mit der Spurensicherung. Niemand betritt die Sauna!« Schilling hob reflexhaft beide Hände, als würde er mit einer Waffe bedroht. »Sie waren hoffentlich auch nicht drin«, sagte Zweifel zu dem Jungen, der ihn mit großen Augen verwundert ansah.

»Natürlich war ich drin.«

»Er hat ihn ja entdeckt«, mischte sich Fischli ein.

»Ich hab aber sofort gesehen, dass da nichts mehr zu machen war.«

»Fußspuren haben wir jedenfalls keine hinterlassen«, meinte Fischli.

»Da wär' ich mal nicht so sicher«, warf Melzick ein. Zweifel hatte inzwischen einen der dünnen Handschuhe angezogen, die er immer bei sich trug, und öffnete die Glastür, indem er sie ganz oben anfasste. Ein eigenartiger Geruch stieg ihnen in die Nase, eine Mischung aus nassem Laub, Moder und trockenem Holz.

Melzick schaute ihm über die Schulter.

»Oh fuck«, stieß sie hervor, »der ist ja kaum so alt wie ich!«

»Nie wieder, dit sarick dir!«

Fred schwitzte. Er saß hinter dem Steuer seines Wohnmobils. Johanna wartete stumm auf dem Beifahrersitz ab, bis sich das Unwetter gelegt hatte.

Abgesehen davon war sie unglücklich, weil sie sich von ihrer alten Freundin nicht mehr hatte verabschieden können. Nicht einmal telefonisch. Fred war so Hals über Kopf losgefahren, nachdem Elias aufgetaucht war, dass sie gar keinen klaren Gedanken fassen konnte. Erst auf der Autobahn fiel ihr Katharina wieder ein, die sie am Tag zuvor so großzügig mit Kuchen bewirtet hatte, dass sogar Fred beim dritten Nachschlag abwinken musste.

Als Johanna sie anrufen wollte, um ihr das Ganze zu erklären, merkte sie, dass ihr Handy weg war. In dem riesigen Durcheinander und in der überstürzten Eile musste sie es verloren haben.

Fred wollte von einem eigenen Handy nichts wissen und Elias sollte nach ihrer Meinung von einem eigenen Handy noch nichts wissen. So blieb ihr also nichts Anderes übrig, als bis zur nächsten Raststätte zu warten, in der Hoffnung, dass Fred sich bis dahin beruhigt haben würde.

Elias war in sein Buch vertieft. Es lag auf dem rückwärtigen Tisch zwischen seinen Ellenbogen. Sein blasses Gesicht hatte er in seine Fäuste gebettet.

Fred saß der Schrecken in den Gliedern. Ursprünglich hatte er vorgehabt, in einem Rutsch nach Berlin zu fahren, wo er sich für den Rest des Urlaubs auf seinem Balkon erholen wollte. Doch jetzt beschloss er kurzerhand, auf dem nächsten Parkplatz eine Pause einzulegen. Das Zittern in seinen Händen war zu stark geworden. Was er genau mit seinem in regelmäßigen Abständen wiederholten »nie wieder« meinte, ließ er offen.

Johanna war es ohnehin klar: Nie wieder Bayern, nie wieder Bad Wörishofen, nie wieder Therme, nie wieder Sauna.

Der Junge hielt sich die Ohren zu. Er hatte etwas Anderes herausgehört: Nie wieder Elias.

»Ich hab euch gleich gesagt, dass es ganz großer Mist ist, was ihr da vorhabt!« Carla ließ Zornesfunken aus ihren dunklen Augen sprühen. »Wie kann man so naiv sein, so gotteserbärmlich naiv? Genauso gut könnt ihr eine Lawine lostreten und hoffen, dass Schneebälle unten ankommen!«

Sie warf ihre schwarze Haarmähne mit der Hand wild zurück. Ihr Zorn war echt. Er war echt und mit Angst unterfüttert. Angst davor, was ihnen jetzt bevorstehen könnte.

»Jetzt mach mal halblang, Carla«, brummte Melchior, »es ist doch gut ausgegangen, außer den paar leichten Verletzungen. Dafür sind die Aufnahmen erstklassig.«

Carla schnaubte vor Empörung und klatschte die Hände zusammen.

»Halt einfach die Klappe, Melchior!«, fuhr ihn Lukas, der dritte im Bund, an. »Carla hat Recht. Wir haben einen

Wahnsinnsdusel gehabt. Ich hätt' mich nie darauf einlassen sollen.«

Melchior schaute ihn spöttisch von der Seite an. Er saß auf der roten Mauer, die sein elterliches Anwesen großzügig einfasste. Lukas saß neben ihm, Carla tigerte vor den beiden auf und ab. Plötzlich schien ihr etwas einzufallen.

»Gib mal her«, sagte sie zu Melchior. Er reichte ihr wortlos und mit einem Schulterzucken sein Smartphone. Sie setzte sich im Schneidersitz auf den Gehweg und startete noch einmal das Video, das sie sich an diesem Tag bestimmt schon fünfmal angesehen hatte.

Aus dem winzigen Lautsprecher kamen verzerrte Geräusche, eine Kakophonie aus Schreien, Rufen, Protesten, Schlägen aufs Wasser, Schlägen auf Glas und, darüber liegend, in größeren Abständen gemurmelten Kommentaren von Melchior:

» … jetzt kommt gleich die erste Durchsage …; einige haben es gemerkt …; Vorsicht, die Treppe, der Bademeister kommt …«; an dieser Stelle wackelte kurz das Bild, was daran lag, dass Melchior den Standort gewechselt hatte, um nicht in Fischlis Blickfeld zu kommen.

Auf dem kleinen Display waren sehr deutlich die Gesichter konfuser Menschen zu erkennen, die in der Schleuse zum Außenbecken feststeckten. Carla starrte auf das Gedränge an den Glasscheiben und auf die Menschenmenge, die von der gegenüberliegenden Seite her ins Innere drängte, auf der Flucht vor dem vermeintlichen Giftgas.

Lukas' Stimme war ganz kurz zu hören, dann konnte man sehen, wie er am Bademeister vorbei die Treppe hinuntereilte und mit einem riesigen Satz ins Becken sprang, wo er einen kleinen Jungen, mit dem Gesicht nach unten treibend, entdeckt hatte.

Carla stoppte das Video, sprang auf und funkelte erneut ihre beiden Kommilitonen an.

»Drei Fragen«, sagte sie betont langsam und deutlich, »erstens: Was ist mit dem kleinen Jungen passiert? Wieso wusstest du, Melchior, dass gleich eine Durchsage kommt? Und vor allem: Wo habt ihr die Gasgranaten her? Und wer hat die gezündet? Ihr beide wart ja wohl die ganze Zeit im Saunabereich, oder?«

»Das sind jetzt aber vier Fragen«, meinte Lukas.

»Es sind immer noch viel zu wenige Fragen«, fauchte sie ihn wütend an.

»Schon gut, schon gut, jetzt beruhig dich mal. Also: Dem Jungen geht's gut«, erwiderte Lukas, »der ist gleich wieder zu sich gekommen. Ich hab sogar seine Mutter gefunden. Die hatte in dem Tumult noch gar nicht mitbekommen, dass ihr Sohn ›toter Mann‹ spielen wollte.« Er lächelte gequält und schaute Melchior von der Seite an, doch der schwieg.   Er hatte sich einen Kaugummi in den Mund gesteckt und wich Carlas Blick aus.

Melchior wusste, sie würde keine Ruhe geben, auch wenn sie jetzt ebenfalls schwieg. Ihr Schweigen konnte sehr herausfordernd sein. Das hatte er in den letzten beiden Jahren, seit sie gemeinsam in München Psychologie studierten, oft genug erlebt. Schließlich nahm er den Kaugummi raus und klebte ihn demonstrativ an die Mauer.

»Ach weißt du, Carla,« sagte er obenhin, »das mit der Durchsage und so, glaub' mir, es ist besser, wenn du nicht alles weißt.«

»Besser für dich oder für mich?« Er schaute ihr in die Augen.

»Für dich«, und damit sprang er von der Mauer. »Übrigens war das kein Giftgas, nur ein paar harmlose Nebelgranaten.«

»Weißt du was«, giftete Carla ihn an, »sag das doch mal den Leuten ins Gesicht, die sich hier quälen.« Sie hielt ihm das Display vor die Augen. Das Standbild zeigte deutlich die verzerrten und verstörten Gesichter der Menschen aus dem Eingangsbereich. »Aber dazu fehlt dir einfach die Courage, Melchior.«

Sie warf ihm das Smartphone voller Verachtung entgegen. Melchior fing es lässig auf. Lukas schaute angestrengt in eine andere Richtung. Carla hatte einen Entschluss gefasst. Sie hängte sich ihre Büchertasche um und holte tief Luft.

»Mit euch bin ich fertig«, sagte sie leise und ging. Lukas schaute ihr erschrocken nach. Melchior hielt ihn am Arm fest.

»Komm mit rein«, sagte er zu ihm, »wir müssen uns was überlegen.«

3. Kapitel

»Bedienen Sie sich«, sagte Lars Schilling mit seinem Handy am Ohr unwirsch zu seinen Gästen. Sie hatten sich in sein Büro im ersten Stock begeben.

Dr. Kälberer, der Polizeiarzt, ließ ausnahmsweise einmal nicht auf sich warten, und war bereits dabei, die Leiche des jungen Mannes in der Stollensauna zu untersuchen. Penny Stock, die Spezialistin der Spurensicherung war mit ihren beiden Assistenten ebenfalls eingetroffen und wartete darauf, den Fundort unter die Lupe nehmen zu können.

Schilling hatte kurzzeitig den Überblick verloren und beschlossen, der ganzen Sache zumindest räumlich aus dem Weg zu gehen.

Während er noch telefonierte, setzten Zweifel und Melzick sich an den runden Glastisch, auf dem einige Mineralwasserflaschen bereitstanden. Fischli war auf ausdrücklichen Wunsch des Kommissars mitgekommen und beobachtete am Fenster stehend, wie sich das Gelände rund um die Therme allmählich leerte, die Sanitätswagen einer nach dem anderen abfuhren und zumindest nach außen hin wieder etwas Normalität einkehrte.

Schilling sprach gedämpft. Er hatte sich auf seinem Schreibtischstuhl zur Wand gedreht und machte auffallend wenig Worte. Hauptsächlich war er mit Zuhören beschäftigt. Schließlich legte er auf und gesellte sich zu ihnen.

»Das war Herr Kronberger, der Eigentümer der Therme.« Zweifel öffnete gerade seine zweite Wasserflasche. »Er befindet sich momentan im Ausland. Offenbar hat Ihr Chef,« er nickte unwillig zu Zweifel hinüber, »ihn schon informiert. Herr Kronberger kommt höchstpersönlich hierher. Wahrscheinlich schon morgen«, fügte er mit einem säuerlichen Gesichtsausdruck hinzu. Zweifel leerte die Flasche zur Hälfte und stellte sie dann behutsam auf den Glastisch. Melzick behielt ihre in der Hand.

»Wir haben ein großes Problem, Herr Schilling«, sagte er

»Ach ja, nur eines?«, gab dieser zurück und verschränkte die Arme. »Mein lieber Herr Kommissar, ich bin von Problemen umzingelt!«

»Gut, dann wollen wir mal festhalten: Eine ganze Menge Zeugen, die uns vielleicht weitergeholfen hätten, sind weg. Das ist zwar verständlich, aber auch gleichzeitig der Grund, weshalb wir diejenigen, die noch da sind, hierbehalten müssen, damit wir sie so rasch wie möglich befragen können.«

»Haben Sie deswegen Ihre freundlichen Wachhunde überall postiert?« Zweifel legte seine Stirn in Falten. Allmählich verlor er die Geduld für das Verhalten Schillings.

»Die Betonung liegt auf ›freundlich‹, Herr Schilling, weniger auf ›Wachhund‹. Und ich will Ihnen etwas verraten, Herr Schilling: In den mehr als zwanzig Jahren, die ich damit verbracht habe, Morde aufzuklären, durfte ich die Erfahrung machen, dass die Toten das freundlichste Verhalten von allen Beteiligten an den Tag legten.«

Fischli, der immer noch am Fenster stand, drehte sich um. Diese Töne kannte er nicht. Der Geschäftsleiter, der gerade dabei war, eine Flasche Bitter Lemon zu öffnen, rutschte am Verschluss ab und verschüttete etwas auf dem makellosen Glastisch. Zweifel fuhr fort. »Die Opfer haben ausnahmslos mit mir kooperiert und früher oder später geholfen, das Geheimnis um ihren Abgang zu lüften. Vor allem, und das weiß ich am meisten zu schätzen, haben sie sich mit abfälligen Bemerkungen zurückgehalten.«

Melzick schmunzelte in sich hinein. Zweifel richtete seine großen schwarzen Augen mit einem gewinnenden Lächeln auf Schilling. »Bei allem Respekt für Ihre Verantwortung und angesichts der Probleme, die sich um Sie herum versammelt haben, schlage ich vor, wir versuchen es alle einmal mit dieser Verhaltensweise.«

Fischli war zu ihnen getreten und setzte sich nun ebenfalls an den Tisch. Dieser Ton sagte ihm zu.

Schilling stand abrupt auf und wollte zu einer Erwiderung ansetzen. Im letzten Moment überlegte er es sich anders, da ihn alle drei ansahen. Er räusperte sich. Dann machte er eine wegwerfende Handbewegung und setzte sich wieder.

Melzick holte ein Taschentuch hervor und wischte den Limonadenfleck auf.

Schilling nickte ihr kurz zu, lehnte sich in seinem Stuhl zurück und verschränkte die Arme.

»Also, was ist am dringendsten?«, fragte Zweifel und legte einen Finger an die Nase.

»Der Betrieb muss sich ganz schnell wieder normalisieren«, sagte Schilling mit Nachdruck.

»Wir müssen herausfinden, wer der Tote ist«, sagte Melzick.

»Die Glaswand muss erneuert werden«, sagte Fischli. Zweifel nickte.

Der alte Bademeister beugte sich nach vorn, die Ellbogen auf den Knien. »Glauben Sie, dass das wirklich ein Anschlag war, Herr Kommissar? Ich hab sowas noch nie erlebt. Dieses Chaos, diese Panik, die vielen verzweifelten Menschen, ich kann das …« Er brach ab und senkte den Kopf.

»Im ersten Moment hat es wohl danach ausgesehen«, antwortete Zweifel. »Ich habe vorhin kurz mit meinen Leuten gesprochen und auch mit einem der Ärzte. Sie sind sicher, dass es kein Giftgas war. Wir haben zwei kleine Gasbehälter entdeckt, die in der Eingangshalle unter den Sitzbänken versteckt waren. Es dürfte sich um einigermaßen harmlose

Rauchgasgranaten mit Fernzünder handeln. Das sieht mir nicht nach einem Terroranschlag aus.«

»Was ist mit den Türen, die nicht aufgingen? Und die merkwürdigen Durchsagen? Die Stimme kam mir jedenfalls unbekannt vor und ich arbeite hier schon sehr lange«, beharrte Fischli. Zweifel schaute ihn fragend an.

»Dann muss ich aber nochmal auf den Schrei zurückkommen. Waren es nicht zwei Schreie? Ich hatte den Eindruck, dass die Badegäste die nicht als harmlos empfunden haben.« Fischli erwiderte seinen Blick.

»Wenn man alles im Zusammenhang betrachtet, dann waren sie das vielleicht auch nicht.«

»Genau das ist die Frage«, ergänzte Melzick, »Hat dieses ganze Theater mit Schreien, verschlossenen Türen und Rauchgas irgendetwas mit dem Toten zu tun?« Zweifel stand auf und nickte Melzick zu.

»Wir kümmern uns jetzt erstmal um die Zeugen, die Kollegen haben ja schon angefangen.« Er warf Schilling einen langen Blick zu. »Sie könnten mir später die Innereien der Therme erläutern, also wer wann wofür zuständig ist, und Sie, Herr Fischli, zeigen mir dann sozusagen den Maschinenraum und die Geheimgänge und öffnen mir alle Türen, auf denen ›Zutritt streng verboten‹ steht.«

Schilling verzog genervt das Gesicht, Fischli nickte. »Kommen Sie, Melzick, sorgen wir dafür, dass die Menschen das Paradies verlassen dürfen.«

»Wenn der Knebel nur nicht diesen entsetzlich süßen Geschmack hätte«, dachte Moritz Kronberger. Eine Mischung aus Süßholz, Saccharin und Anis. Es würgte ihn in der Kehle. Seine Hände waren auf seinem Rücken mit Klebeband fixiert, das ihm keinen Millimeter

Bewegungsspielraum gab. Seine Beine waren oberhalb der Knie und an den Knöcheln auf die gleiche Weise gefesselt.

Er lag auf der Seite auf einer alten Matratze. Die Augen hatten sie ihm nicht verbunden. Dennoch hielt er sie die meiste Zeit geschlossen.

Er war 14 Jahre alt und er war vorbereitet. Das half ihm, nicht die Nerven zu verlieren. Seit Stunden kämpfte er mit seiner Atmung, zwang sich, den dicken Stoffballen, der in seinem Mund festsaß, zu ignorieren, den Schluckreflex zu kontrollieren.

Ihm war sofort klar gewesen, was mit ihm passieren würde, als der rote Wagen neben ihm an der Ampel mit quietschenden Reifen bremste. Als die beiden Männer raussprangen und ihn von seinem Mountainbike rissen. »Also gut«, hatte er bei sich gedacht, »jetzt werde ich also gekidnappt.«

Bemerkenswerterweise blieb er äußerst ruhig und gelassen. Seine Kidnapper waren sehr routiniert. Alles lief ab, wie hundert Mal geprobt. Keine Bewegung, kein Wort zu viel.

Sein Vater hatte ihn und seinen Bruder seit sie zwölf waren, immer wieder auf die Möglichkeit hingewiesen, dass sie entführt werden konnten. Er hatte immer von der »Möglichkeit« gesprochen, nie von der »Gefahr«. Systematisch hatte er ihre Verhaltensweisen in einer solchen Situation eingeübt, sie regelrecht gebrieft. Moritz war auf seine Entführung also mindestens so gut vorbereitet, wie seine Entführer.

»Vorbereitet sein ist das Allerwichtigste«, hatte ihr Vater ihnen in seiner kühlen Art eingeschärft.

Für Moritz hatte es sich immer so angehört, als würde er zu seinen Angestellten sprechen. »Egal was man zu euch sagt, lasst euch nicht verunsichern. Geht davon aus, dass das zu dem Plan gehört. Deshalb: Wer vorbereitet ist, kann die Ruhe bewahren. Wer die Ruhe bewahrt, kann überlegen. Wer überlegt, kann überleben.« Wie ein Mantra kamen ihm diese Sätze immer und immer wieder in den Sinn, während er gefesselt und geknebelt auf einer modrigen Matratze in irgendeinem alten Obstkeller auf die nächsten Schritte seiner Entführer wartete.

»Keine Sorge, Dad«, dachte er, »ich bin genauso ruhig wie du.« Sein Vater würde jede Lösegeldforderung erfüllen. Und dann würden alle Beteiligten zufrieden auseinandergehen und die Angelegenheit so schnell wie möglich vergessen. Soweit die Theorie.

Sein Bruder und er hatten früh gelernt, wie man Theorien in die Praxis umsetzt. Ihr Vater war ein harter Lehrmeister gewesen. Nur eines würde Moritz Kronberger nie wieder vergessen, dessen war er sicher. Diesen widerlich süßen Geschmack in seinem Mund.

Elias war zwölf Jahre alt. Er wohnte jetzt seit zwei Jahren bei seiner Tante Johanna und seinem Onkel Fred, aber so böse hatte er seinen Onkel noch nicht erlebt.

»Am besten wird es sein, wenn er gar nicht merkt, dass ich da bin«, dachte er und vergrub sich in sein Buch. Ab und zu blätterte er eine Seite um, ohne überhaupt ein Wort gelesen zu haben. Zu sehr war er in Gedanken noch in diesem riesigen Spaßbad. Sein Onkel bremste abrupt ab. Sie steckten in einem Stau fest. Jetzt würde er erst recht wütend sein. Aber zu seiner Überraschung verlor Onkel Fred kein Wort darüber. Vielleicht war sein Vorrat an Ärger aufgebraucht.

»Willst du wat zu futtern, Elias?«, fragte ihn seine Tante und drehte sich zu ihm um. Er schüttelte den Kopf. Sie seufzte.

»Mir fragst du nüscht?«, sagte sein Onkel.

»Dir brauch ick nüscht zu fragen«, gab sie zur Antwort und reichte ihm ein Sandwich, das er brummend entgegennahm.

»Dit scheint wat Größeret zu sin«, sagte er kauend, als sie die Sirenen von mehreren Notarzt- und Krankenwagen näherkommen hörten. Elias schaute gerade aus dem Seitenfenster, als ein Sanitätswagen sich vorsichtig an ihnen vorbeischob.

Schlagartig fiel ihm ein, was er am Morgen in der Therme beobachtet hatte. Etwas Sonderbares war dort geschehen. Erst hatte er einen unheimlichen Schrei gehört und kurz darauf noch einen. Irgendwo drinnen in der Therme musste etwas Schlimmes passiert sein.

Bald danach hatten zwei Männer in Sanitätswesten auf einer Trage einen Menschen transportiert. Der lag unter einer dunklen Decke. Sie waren vorher mit ihrem Auto ohne Sirene bis an die Stelle gefahren, wo dichte Büsche auf einem grasbewachsenen Erdwall die Sicht auf das Gelände um die Therme versperrten.

Elias hatte sich dort auf der Flucht vor seinem Onkel versteckt. Hierher verirrten sich keine Erwachsenen. Er hatte von seinem Versteck aus zugesehen, wie die Männer mit ihren leuchtend orangefarbenen Westen ausgestiegen waren, die hintere Tür geöffnet und die Trage mit dem Mann herausgerollt hatten.

Er hatte den Kopf des Mannes erkennen können. Er war blond und er lag bewusstlos unter seiner Decke. So war es Elias wenigstens vorgekommen. Die Männer waren groß und stark gewesen und sie waren rasch gelaufen.

Danach hatte er sie kurz aus den Augen verloren, weil er in der anderen Richtung Ausschau nach seinem Onkel gehalten hatte. Dann hatte er sie um eine Ecke des Gebäudes kommen sehen. Sie mussten irgendwie den Zaun überwunden haben, der auf der äußeren Seite des Graswalls das Gelände begrenzte. Sie hatten geschwitzt und ihre Köpfe waren rot gewesen. Der Mann, den sie trugen, war dagegen so komisch weiß im Gesicht gewesen. Das hatte Elias erschreckt. Sie waren dicht an der Gebäudewand entlanggelaufen, ohne sich umzusehen. Sie waren in einer schmalen Mauernische verschwunden und Elias hatte sie für ein paar Minuten aus den Augen verloren. Wenig später, gerade als er sein Versteck hatte verlassen wollen, waren die zwei Männer wiederaufgetaucht, aber ohne den Bewusstlosen. Sie hatten es sehr eilig gehabt. Elias hatte sich gerade noch rechtzeitig ducken können. Sie waren mit der Trage, auf der die Decke lag, zu ihrem Auto gerannt. Elias hatte die Sekunden gezählt. Bei zweiundzwanzig war das Auto mit den beiden Männern davongefahren.

»Willst du wenigstens een Stück Kuchen?«, fragte ihn seine Tante und hielt ihm einen Pappteller mit Apfelkuchen hin.

»Lass ihn doch, wenn er nüscht will«, brummte sein Onkel, der das Stück schon für sich einkalkuliert hatte. Er hörte sich etwas freundlicher an. Daher riskierte es Elias, den Kuchen anzunehmen. Während er in den süßen, hellen Teig biss, versuchte er, nicht mehr an das weiße Gesicht des Mannes auf der Trage zu denken.

Melchior saß auf der Fensterbank in seinem Studierzimmer, wie er es nannte. Er saß immer irgendwie erhöht, wie Katzen es gerne tun. Von hier oben unter dem Dach konnte er über die Dächer der Nachbarvillen bis zu den Alpen blicken. Er hatte die Arme über dem Kopf verschränkt und beugte sich seitwärts nach beiden Seiten, um die Schultern zu dehnen.

»Lass dich nicht verrückt machen, Lu«, sagte Melchior, »Carla sieht doch immer alles kohlrabenschwarz.

Im Kritisieren und Besserwissen ist sie die Queen of the Universe, das weißt du doch.« Lukas antwortete nicht. Er saß an Melchiors Schreibtisch und starrte angestrengt in dessen Laptop. »Die wird sich bestimmt wieder einkriegen, mach dir keinen Stress deswegen. Spätestens …«

»Menschenskind, mir ist egal, ob sie sich einkriegt«, unterbrach ihn Lukas, »wenn sie nur die Klappe hält. Die kann uns in Teufels Küche bringen.«

»So, so, in Teufels Küche. Was ist denn das für eine Ausdrucksweise? Du redest ja wie die Geschäftsfreunde von meinem Dad.«

»Von mir aus. Die kann uns megamäßig Trouble machen, wenn das für dein Sprachzentrum kompatibler ist.«

»Okay, okay, Freund Lukas«, seufzte Melchior, »dann lass uns doch ein Palaver halten und überlegen, wie wir das Weib in Acht und Bann schlagen.« Lukas riss sich vom Bildschirm los.

»Du hast wirklich noch nicht geschnallt, wie kurz wir vorm Rauswurf stehen, was? Carla muss nur unseren ehrenwerten Professor Jung abpassen und ihm ein paar Sachen flüstern. Der wartet doch nur auf sowas. Glaub's mir: Zwei, drei Worte von ihr und eine Woche später hat jeder von uns einen freundlichen Brief auf seinem Schreibtisch: ›Wir bedauern, Ihnen mitteilen zu müssen, blablabla …‹ und raus bist du. Vier Jahre Plackerei für nix und wieder nix. Wie soll ich das meinem Vater beibringen? Für das Geld, das ihn mein Studium gekostet hat, hätte er schon längst seine Werkstatt modernisieren können. Seit Jahren wartet er darauf.«

»Ach komm jetzt, Lu …« Lukas klappte den Laptop zu. Sein Ton wurde merklich kühler.

»Nicht jeder hat so viel Kohle wie dein Dad, Melchior, schon vergessen? Es gibt tatsächlich Leute, die müssen jeden

Tag arbeiten.« Melchior sprang von der Fensterbank und baute sich vor seinem Freund auf.

»Wenn ich eines satthabe, dann, dass mir ständig das Scheißgeld meines Vaters vorgeworfen wird.« Lukas wich zurück.

»Ich dachte, es wird dir nachgeworfen«, sagte er und versuchte zu grinsen. Melchior holte zum Schlag aus, zögerte kurz und grinste dann ebenfalls. Er gab Lukas einen eher symbolischen Kinnhaken.

»Jedenfalls werden wir nicht so schnell exmatrikuliert, Lu. Ganz so einfach geht das nicht.«

»Aber du vergisst den Schaden, der entstanden ist. Soweit ich gerade rausgefunden habe, ist der Besitzer der Therme ein harter Hund. So einer versteht keinen Spaß, mit dem kannst du nicht verhandeln.« Melchior zuckte gleichgültig mit den Schultern.

»Viel wichtiger ist doch die Frage: Was machen wir mit dem Video?«

»Wir mieten ein Schließfach bei Gringotts in London und lassen es von Harry Potter bewachen.«

»Wer ist Harry Potter?«

»Irgendein Kobold, glaub' ich.«

»Zum Glück hört uns keiner zu«, meinte Melchior, »sonst könnte man noch auf den Gedanken kommen, wir wären nicht erwachsen.«

4. Kapitel

»Ein Spitzer, ein Küchenschwamm, ein Kieselstein, ein Ehering, der Größe nach zu urteilen vom Ehemann, vier Kinokarten, gültig für heute Abend für den Film ›Flammendes Inferno‹, das ist ein ziemlich alter Schinken, eine Packung Räuchertofu, ungeöffnet, was mich nicht wundert, ein Apothekerfläschchen mit Tabletten, zwei Herrenbadehosen mit zweifelhaftem Muster, eine Taschenlampe, sechs große Badetücher oder Saunatücher, eine Packung Zigaretten, Marke Gauloises, wusste gar nicht, dass es die noch gibt, eine Kondolenzkarte, mit Tinte geschrieben und daher komplett unleserlich, ein Einkaufszettel, mit Bleistift geschrieben, teilweise leserlich, ein Studentenausweis der psychologischen Fakultät an der LMU München, lautend auf Lukas Freun, eine Lupe, drei Sonnenbrillen, alle kaputt, sieben, nein acht Handys, unheimlich hinüber, ja – ich glaube, das wäre alles. Fehlt nur noch eine Angelrute und ein Eimer Holzkohlen.«

Penny Stock holte tief Luft, nahm die Lupe und wog sie in der Hand. »Schon krass, was die Leute so alles mitnehmen, wenn sie in die Sauna gehen.«

Sie befanden sich in Fischlis Büro. Vor ihr lag auf dem Metalltisch ausgebreitet das Sammelsurium an Gegenständen, die sie und ihre Assistenten aus dem Vitalbecken, dem Außenbecken und den Whirlpools gefischt hatten. Sie reichte Zweifel die akkurate Liste. Der junge Bademeister stand daneben und nickte.

»Sie würden sich wundern, was wir da schon alles gefunden haben.« Melzick und der Kommissar waren kurz vorbeigekommen, um sich einen Überblick zu verschaffen, bevor sie mit den übriggebliebenen Badegästen sprachen.

Melzick nahm zielsicher einen Gegenstand vom Tisch und hielt ihn in die Höhe.

»Das fehlt auf deiner Liste, Penny, was ist das?«, fragte sie und betrachtete neugierig von allen Seiten einen kleinen schwarzen Kasten. Penny Stock räusperte sich verlegen.

»Ehrlich gesagt habe ich keine Ahnung, wie ich das Ding bezeichnen soll. Ist wohl irgendwas Technisches, aber ich will da ganz genau sein und erstmal im Internet recherchieren. Die Kollegen konnten mir auch nicht weiterhelfen.« Zweifel nahm den Kasten prüfend in die Hand.

»Ähm, vielleicht . . .«, meldete sich der junge Bademeister zu Wort, »vielleicht kann ich Ihnen weiterhelfen.« Sie drehten sich alle drei zu ihm um. »Ich glaube, das ist ein Gerät, mit dem man alle möglichen Produkte erkennen kann, in Supermärkten, Geschäften, Kaufhäusern und so. Blinde benutzen sowas.«

»Warum hab ich Sie nicht schon eher gefragt«, seufzte Penny Stock.

»Jetzt müssen wir nur noch den blinden Besitzer ausfindig machen«, sagte Zweifel.« Außer dem Studentenausweis lässt sich ja sonst nichts von dem Zeug eindeutig zuordnen. Sie haben alles genau inspiziert, Penny? Irgendwelche Anhaltspunkte?« Sie schüttelte den Kopf. »Alles fotografiert?« Sie nickte. »Gut, die Sachen bleiben erstmal hier, bis diese Angelegenheit aufgeklärt ist. Wenn die Eigentümer sich melden sollten«, damit wandte er sich wieder an den jungen Bademeister, »dann notieren Sie bitte Namen, Adresse und Telefonnummer und sagen den Leuten, dass wir uns bei ihnen melden.«

Es klopfte. Der Dienstälteste der sechs Beamten, die sich in der Zwischenzeit mit etwa fünfzig mehr oder weniger aufgeregten Badegästen unterhalten und die Personalien aufgenommen hatten, stand vor der Tür. Da Fischlis Büro mit vier Personen fast schon überfüllt war, ging Zweifel zu ihm hinaus auf den Flur des kleinen Verwaltungsbereiches.

»Wir sind fertig mit den Befragungen, Herr Kommissar.« Er überreichte Zweifel einen Stapel DIN-A4-Blätter. »Das sind die Aussagen der Leute. Mehr oder weniger ähnliche Schilderungen. Wir haben alle befragt, die noch da waren.« Zweifel nickte anerkennend.

»Also haben Sie mir keinen mehr übriggelassen?«, fragte er. Der Mann riskierte ein millimetergroßes Schmunzeln.

»Doch, es gibt noch jemanden. Der will nur mit dem ›großen Boss‹ reden, wie er sagt.«

Zweifel zog die Augenbrauen in die Höhe.

»Ich nehme an, damit hat er Sie gemeint«, ergänzte der Mann, ohne eine Miene zu verziehen. Zweifel überflog die Blätter, während der Beamte neben ihm wartete. Die Aussagen waren allesamt wörtlich protokolliert worden:

»So etwas hab ich noch nie gehört. Als wenn ein Tier abgeschlachtet wird.«

»Markerschütternd. Ich hab Gänsehaut gekriegt.«

»Wir konnten unseren Jungen gar nicht mehr beruhigen, so eine Angst hat er bekommen.«

»Eine Schweinerei ist das, ich werde mich beschweren.«

»Ein Albtraum, ein richtiger Albtraum. Ein Wunder, dass wir da heil rausgekommen sind.«

»Die Schreie werd' ich nie vergessen. Die krieg' ich nie mehr aus meinem Kopf raus.«

»Wir wollten einfach nur raus, nichts wie raus, aber da war kein Durchkommen, die Leute waren wie durchgedreht.«

»Können Sie sich vorstellen, wie es ist, wenn man an so eine Glasscheibe gequetscht wird? Ich war absolut machtlos. Die haben mir die Luft aus den Lungen gequetscht.«

»Mein Mann ist ohnmächtig geworden, und ich bin ja nur 'ne alte Frau. Ich konnt' ihm nicht helfen. Ich dachte, es ist vorbei. Jetzt ist es vorbei.« Zweifel hob seinen Blick und schaute den Beamten an. Der nickte ernst.

»Es ist unglaublich, dass niemand ernsthaft verletzt wurde.«

»Was ist das für einer, der nur mit mir reden will?«

»Ich führ sie zu ihm.« Melzick stand bereits hinter Zweifel. Sie nahm ihm die Blätter ab.

»Sie haben mir immer noch nicht gesagt, wie Sie von der Sache hier Wind bekommen haben«, sagte Zweifel, während sie dem Beamten folgten.

»Erzähl ich später«, antwortete sie.

»Das hab ich heute schon mal gehört.«

»Versprochen!«

»Hier entlang, Herr Kommissar.« Sie waren in der Massageabteilung angekommen. Hier gab es eine Reihe von kleinen, abgeteilten Räumen, die sich sehr gut für die Befragungen geeignet hatten. Einige Angestellte standen, mit Plastikbechern in der Hand in der Nähe herum, nervös und ratlos und auf irgendwas wartend. Zweifel ignorierte sie.

Der Beamte führte ihn und Melzick hinter die Empfangstheke und einen schmalen Gang entlang. Links und rechts die Kabinen waren alle leer. Schließlich blieb er stehen und nickte dem Kommissar zu.

»So, Herr Mayrhubr, ohne ›e‹, hier kommt der ›große Boss‹.« Auf einer Massagebank lag ein Zweizentnerkoloss um die sechzig auf dem Rücken, die Hände hinter dem Kopf verschränkt.

Er richtete sich rasch auf und streckte Zweifel eine schwer beringte Pranke entgegen. Bei seinem Anblick blieb Melzick die Spucke weg. Silbergraue Haarmähne bis auf die Schultern, schwarze Sonnenbrille mit runden Gläsern, beidseitig silberne Ohrringe, breites, schwarzes Stirnband, grobkariertes, bis zu den Ellbogen hochgekrempeltes Holzfällerhemd, verblasste Tattoos auf den muskulösen Unterarmen. Auch der Rest der schwarzen Kleidung – die Weste mit silbernen Knöpfen und langen Fransen, der breite Gürtel mit großer Silberschnalle, die klobigen Motorradstiefel – war stilecht. Mit einem Wort: Ein lupenreiner Altrocker.

»Ich habe Sie schon erwartet, Herr Kommissar. Sie sind doch Kommissar?«, ließ er eine angenehme Bassstimme ertönen. Zweifel ergriff seine Hand, die irgendwo zwischen ihnen schwebte.

»Ja, das bin ich. Adam Zweifel.«

»Von A bis Z ein Polizist, das hört man sofort.«

»Das ist meine Assistentin, Melzick.« Der Mann ließ die Hand einfach in der Luft hängen, wo Zweifel sie losgelassen hatte. Sein Gesicht mit den schwarzen Augengläsern blieb unbewegt, bis Melzick zögernd seine Hand ergriff.

»Ah, junge Verstärkung, bin begeistert«, sagte er in seinem ruhigen Ton und hielt ihre Hand für Melzicks Geschmack ein paar Sekunden zu lange fest.

»Wie Ihr Kollege schon sagte, ich bin der Mayrhubr und zwar ganz ohne ›e‹. Ist wohl irgendwann im Lauf der Jahrhunderte verlorengegangen. Als Ausgleich hat mein alter Herr meinem Vornamen ein ganz großes ›E‹ verpasst. Von der Stimme her haben Sie das passende Alter, um von selbst darauf zu kommen, Herr Kommissar.«

Zweifel tauschte mit Melzick einen amüsierten Blick. Dann räusperte er sich.

»Na ja, ich vermute mal, zu Ihrem Nachnamen passt Elvis wohl am besten.«

»Ha!«, ließ Mayrhubr einen Schrei los und klatschte in die Hände. »Ich sehe schon, wenn Sie mir die Behauptung gestatten, Herr Kommissar, ich habe es mit Intelligenz zu tun.«

»Dann sind wir ja sozusagen auf Augenhöhe«, entgegnete Zweifel und nickte Melzick zu. Die verstand und verschwand. Elvis grinste und nickte langsam.

»Falls es hier drinnen einen Stuhl gibt, dann setzen Sie sich doch, Herr Kommissar. Ist mir lieber so.« Zweifel schnappte sich einen kleinen Hocker.

»Sie machen auf mich einen ziemlich entspannten Eindruck, Herr Mayrhubr.«

»Sagen's Elvis zu mir. Bei Mayrhubr macht meine Prostata Klimmzüge.«

»Gut, dann also Elvis. Sie hat das Ganze wohl ziemlich kalt gelassen?«

Elvis fing an, mit den Fingern der rechten Hand einen langsamen Rhythmus auf seinem Oberschenkel zu trommeln. Er nahm sich Zeit für seine Antwort.

»Hab ich Ihre junge Assistentin in die Flucht gejagt, Herr Kommissar?«

»Ach wissen Sie, die lässt sich nicht so leicht verscheuchen. Ich denke, sie ist gerade dabei, eine Überraschung für Sie zu organisieren.«

»Ist das so?« Zweifel nickte. »Ich nehme an, Sie haben gerade genickt. Elvis hat gute Antennen, Herr Kommissar und die Signale werden komplett hier oben eingescannt.« Er tippte mit einem enorm dicken Zeigefinger an seine Stirn.

»Was ist passiert und wo waren Sie, als es passierte?«, fragte Zweifel und beugte sich vor. Elvis hörte auf zu trommeln.

»Die Infrarotliegen sind mein Stammplatz. Von dort krieg ich alles am besten mit. Außerdem ist die Bar in Rufweite.«

»Wie ging es los?« Elvis lächelte.

»Mit Pink Floyd fing alles an.«

»Mit Pink Floyd?«

»Ach kommen Sie, Herr Kommissar, Sie werden sich doch an Pink Floyd erinnern.«

»Das schon, aber …«

»Sie haben bei mir einen anderen Musikgeschmack erwartet. Sie gehen nach Äußerlichkeiten. Das ist ein Fehler. Das habe ich mir schon sehr lange abgewöhnt, Herr Kommissar.«

Er ließ ein heiseres Lachen hören. »Okay, ist für mich auch ganz easy, seitdem ich auf die visual effects verzichte. Man soll mit Geständnissen sparsam sein, vor allem gegenüber dem Staat, aber Ihnen trau' ich, daher geb' ich offen zu, dass Led Zeppelin, Black Sabbath und Deep Purple meine Heroes sind. Aber eben auch Beethoven. Irgendwann dazwischen hatte ich eine Phase, in der ich voll auf Pink Floyd abgefahren bin.« Zweifel war verwirrt. Wie sollte er mit diesen Informationen umgehen? Wollte Elvis jetzt seine Playlist runterbeten?

»Sie wollen mir damit was sagen?«

»Klar Mann!« Zweifel kratzte sich am Kopf.

»Es könnte sein, dass meine Musikintelligenz dazu aber nicht ausreicht. Geben Sie mir einen Tipp.«

»Ich erzähl's lieber am Stück«, brummte Elvis und drehte seinen Kopf nach allen Seiten, als wolle er sichergehen, dass niemand mithört. »Den ganzen Vormittag schon wurde ich zugekleistert mit den Geräuschen, die hier so üblich sind: halbblaues Blabla, Wassergeplätscher, nasse Plattfüße auf nassen Kacheln, das Quietschen der Glastüren, die nach draußen führen, gedämpfter Quark aus den Lautsprechern, ab und zu ein kreischendes Pubertier und dann ein Flash.« Er hatte zwei Finger erhoben, wie zum Schwur. »Gleich darauf ein zweiter.«

»Sie meinen die Schreie? Konnten Sie erkennen, von wo sie kamen?«

»Klar Mann, vom Band.«

»Vom Band? Sie meinen …«

»Muss 'ne ganz spezielle Aufnahme gewesen sein, war aber hundertpro Pink Floyd pur.« Zweifel ließ den Kopf sinken, schloss die Hände um seinen kahlen Schädel und kramte in seinem Musikgedächtnis. Elvis ließ ihm ein paar Minuten Zeit und verschränkte die Holzfällerarme. Dann begann er, ganz leise ein Thema zu brummen. Zweifel hob den Kopf.

»Natürlich! Pink Floyd, 1970 oder so, ›UmmaGumma‹hieß die Platte, da gab es einen Song, in dem es um eine Axt ging.«

»Yes Sir. ›Careful with that axe, Eugene‹. Ganz leise und drohend gesprochen, mit Synthesizer unterlegt, man ist eigentlich ganz relaxed und dann folgen Schreie, die mich damals die ganze Nacht wachgehalten haben.«

»Und die haben Sie heute gehört? Sind Sie ganz sicher?«

»So sicher, wie ich Sie und Ihre Assistentin, die sich gerade heranpirscht, nicht sehen kann.« Melzick hatte etwas in der Hand und winkte Zweifel mit fragendem Gesichtsausdruck damit zu. Der gab ihr ein Zeichen, noch etwas zu warten.

»Ich kenne den Song. Ich kann mich gut erinnern«, sagte Zweifel. »Ich weiß bis heute nicht, ob da ein Mann oder eine Frau schreit.« Elvis grinste.

»Deswegen wollte ich nur mit dem großen Boss reden, Herr Kommissar. Oder glauben Sie, irgendeines von Ihren Greenhorns hätte etwas mit ›UmmaGumma‹ anfangen können?

Wie gesagt, das muss 'ne ganz spezielle Aufnahme gewesen sein. War irgendwie bearbeitet. Tontechnisch, meine ich. Schlagzeug, E-Gitarre und Synthesizer waren komplett gelöscht. Blieb nur der pure Schrei übrig. Kam übrigens nicht aus allen Lautsprechern. Hat den Eindruck noch verstärkt, dass da gerade was ganz Übles passiert.« Er machte eine Pause, nahm die dunkle Brille ab, fuhr sich mit seiner riesigen Hand über das Gesicht und setzte sie wieder auf. »Wer immer das abgespielt hat, muss eine ganz böse Ader haben, Herr Kommissar, denn jetzt ging es los. Ich habs sofort gespürt, das aufgeregte Gemurmel, die Unruhe, immer mehr Leute, das Gedränge nimmt zu, irgendwann ist ein Punkt erreicht, wo alle nur noch raus wollten. Ich hab mich nicht gerührt. Ich konnte sie riechen, die Panik. Aber sie hat mich kalt gelassen.«

»Was haben Sie gemacht?«

»Abgewartet. Irgendwann musste das ganze Chaos ja vorbei sein. Jedes Chaos läuft sich irgendwann tot. Also blieb ich liegen und dachte an Eugene.«

»Haben Sie in dem Tumult noch irgendwas heraushören können?«

Elvis schüttelte langsam den Kopf.

»Irgendjemand hat sich meine Tasche geschnappt. Was soll's, dachte ich.« Zweifel nickte Melzick zu, die jetzt nähertrat.

»Wir haben jede Menge Zeug aus dem Becken gefischt, Herr …«, begann sie.

»Elvis, immer noch Elvis«, sagte er und drehte den Kopf in ihre Richtung.

»… Elvis, und wir glauben, dass das Ihnen gehört.« Sie drückte ihm das kleine elektronische Gerät in die Hand, über dessen Funktion sie vorhin gerätselt hatten. Ein breites Grinsen erschien auf seinem Gesicht.

»Sie haben C-3PO gefunden. Ich bin schon wieder geflasht.« Er hielt das Gerät ans Ohr und schüttelte es leicht hin und her.

»Scheint okay zu sein. Wissen Sie, was man damit anstellt, Lady?«, fragte er.

»Na, Sie finden raus, ob Ihr Müsli Traubenkernextrakt enthält, oder Ihr Haarshampoo Zucker oder ob Ihre«, Melzick musterte kurz sein Outfit, »neuen Bikerhosen in Sri Lanka gefertigt wurden.« Elvis ließ sein heiseres Lachen ertönen, dann nickte er.

»Oder ob ich mit meinen Wurstfingern Räuchertofu aus dem Tiefkühlfach gefischt habe.«

»Wie, das ist Ihrer?«, fragte Melzick verdutzt.

»Wenn Sie einen gefunden haben, der bis 17.09. haltbar ist, dann ist das meiner.«

»Scheint ein guter Tag für Sie zu sein«, meinte Zweifel, während Melzick schon wieder verschwunden war. Elvis Miene wurde ernst.

»Gilt das für alle, die heute hier waren, Herr Kommissar?« Zweifel zögerte.

»Nun ja, es gibt zumindest einen, der da anderer Meinung wäre.«

»Exitus?«

»Wir wissen noch gar nichts, außer dass er blond war, kaum dreißig Jahre alt und tot in der Stollensauna lag.« Elvis pfiff leise durch die Zähne.

»In der Ecke bin ich nie gewesen. Ah, vielen Dank, Lady.« Melzick war zurückgekommen und hatte ihm den Räuchertofu in die Hand gedrückt. »Sollten Sie auch mal probieren.«

»Ein veganer Rocker«, sagte Melzick wenig später zu Zweifel, »wie finden Sie das?« Sie hatten sich in Fischlis Büro zurückgezogen, um ungestört reden zu können.

»Zuerst einmal möchte ich wissen, ob Sie jetzt weiter auf

der Suche nach Entspannung sind, Melzick, oder ob ich Sie für ein Seminar anmelden soll.«

»Was für ein Seminar denn?«

»Hilfe, ich hab Urlaub. Überleben ohne zu arbeiten. Intensivkurs.«

»Brauch ich nicht, Chef.«

»Dacht' ich mir schon.«

»Soll ich mich um diesen Studenten kümmern?«

»Lukas Freun? Kann sein, dass der was mit der Autowerkstatt zu tun hat. Die Werbung kennen Sie doch: ›Freun Sie sich auf Ihr Auto‹.«

»Keine Ahnung. Bringen Sie da immer Ihren Cadillac zur Behandlung hin?«

»Erraten Melzick. Paul Freun freut sich jedes Mal auf mein Auto.«

»Dann wird Lukas Freun wahrscheinlich sein Sohn sein, so oft gibt's den Namen ja nicht.«

»Fragen Sie ihn bei der Gelegenheit, ob er Leute kennt, die tontechnisch versiert sind.« Melzick schaute ihn fragend an. »Sie haben Elvis ja gehört. Die Schreie sind mehr als vierzig Jahre alt und wurden manipuliert. Genauso übrigens wie die Stimme, die mich heut' morgen angerufen hat.« Melzick stutzte.

»War es 'ne Kinderstimme?«

»Wie kommen Sie darauf?« Sie zog ihr Handy hervor.

»War es etwa diese Stimme?«, fragte sie und startete eine Voicemail. »In der Therme. Ein Attentat mit Gas. Das ist doch was für Sie«, war zu hören. Als würde ein sechsjähriges Mädchen diese Worte sprechen. Zweifel schaute sie an.

»Dafür braucht's keine Tontechniker, Chef, da genügt ein tiefer Zug aus einem Heliumballon.«

»Von Ballons hab ich vorerst genug«, sagte er.

Sie dachten beide an ihren letzten Fall, bei dem das Opfer aus einem Heißluftballon gestürzt worden war.

»Es war dieselbe Stimme, aber die Ausdrucksweise war etwas anders. Bei mir war von einem Toten die Rede.«

»Wurden Sie auf Ihrer privaten Handynummer angerufen?« Zweifel nickte. »Genau wie bei mir. Bin gespannt, ob die Kollegen rausfinden, von wo die Voicemails kamen.«

»Das werden sie sicher. Ich bezweifle nur, ob uns das weiterhilft, oder würden Sie dafür Ihr eigenes Handy benutzen?«

»Stimmt allerdings. Die Sache fängt schon sehr mysteriös an. Da kennt sich jemand bestens in der Therme aus und hat sich außerdem über uns informiert. Wann wurden Sie angerufen?«

»Etwa zwanzig vor elf.«

»Mein Anruf kam kurz vor elf. Jetzt wissen Sie, warum ich meinen Urlaub verschiebe.«

»Wir wurden beide hierhergelockt, Melzick. Es beunruhigt mich jedes Mal, wenn ich feststellen muss, wie leicht man manipuliert werden kann.«

»Damit ergeben sich erstmal drei einfache Fragen nach dem ›wer‹: Wer hat uns angerufen? Wer hat die Panik ausgelöst? Wer ist der Tote?«

»Und noch eine vierte: Wer ruft Dr. Kälberer an?« Melzick grinste.

»Dienstgradmäßig Ihr Job, Chef. Aber wenn Sie das unbedingt ...«, sagte sie und hatte ihr Handy schon wieder in der Hand.

Sie wusste, dass Ihr Chef und Dr. Kälberer seit langem eine gegenseitige Aversion hegten und pflegten. Zweifel hob abwehrend die Hand und wählte die Nummer des Polizeiarztes.

»Jaaa?«, erklang es gleich darauf langgezogen aus seinem Handy. Der Pathologe meldete sich nie mit seinem Namen. Das war eine seiner enervierenden Angewohnheiten. Zweifel zwang sich zu einem sachlichen Ton.

»Wie weit sind Sie, Dr. Kälberer?«

»Ich bin in der Gerichtsmedizin.« Lange Pause, die der Kommissar zähneknirschend aushielt. »Der Tote übrigens auch«, säuselte Dr. Kälberer. Zweifel hätte am liebsten gefragt, ob die beiden gut miteinander auskämen, verklemmte sich aber im letzten Moment seine sarkastische Ader und schwieg. »Er wurde in einer Sauna entdeckt, nicht wahr? Sie werden über die Todesursache etwas überrascht sein, mein lieber Kommissar.« Dr. Kälberer liebte diese Titulierung. Zweifel hasste sie und noch viel mehr, wie Dr. Kälberer sie aussprach.

Er war fest entschlossen, auch die nun folgende Pause schweigend zu überstehen.

»Er ist ertränkt worden«, sagte Dr. Kälberer schließlich. Zweifel ließ sich seine Verblüffung nicht anmerken.

»Und wo?«, fragte er stattdessen kurz angebunden.

»Das Wasser in seinen Lungen konnte noch nicht analysiert werden«, kam die schnippische Antwort. »Außerdem wurde er chloroformiert. Die Hämatome im Nacken und Schulterbereich deuten darauf hin, dass er vor seinem Tod wieder zu sich kam.« Darauf spielte der Arzt einen weiteren Trumpf aus. »Wollen Sie wissen, wer es ist?«

»Wie, Sie kennen ihn?«, rutschte es Zweifel heraus.

»Nun ja, zu fünfzig Prozent würd' ich mal behaupten«, kam es gedehnt.

»Was soll das heißen, Kollege?« Zweifel wusste, dass der andere diese Bezeichnung als respektlose Herabsetzung ansah.

»Es ist Moritz Kronberger«, sagte dieser schroff, »oder Florian Kronberger.«

»Was denn nun? Können Sie sich nicht klarer ausdrücken?«

»Ach, Sie kennen die Kronberger-Zwillinge nicht? Das ist schade, mein lieber Kommissar.«

Zweifel schwieg verdutzt. Der Name kam ihm bekannt vor. Gerade als es ihm einfiel, hörte er Dr. Kälberer sagen: »Kronberger. Sie wissen schon. Der Industrielle. Dem die Therme gehört und noch so Einiges. Na ja – Sie werden ihn ja kennenlernen, wenn Sie ihm die Neuigkeit überbringen.« Damit legte er auf. Zweifel holte tief Luft und schaute Melzick an.

»Ich glaube, wir haben ein Problem«, sagte er leise. Melzick wartete geduldig auf eine Erläuterung. Der Kommissar rieb sich heftig mit der linken Hand über seinen kahlen Schädel.

»Chef ...?«

»Kommen Sie, wir müssen erst nochmal mit Schilling reden.« Er war schon zur Tür hinaus. Sie folgte ihm.

»Vielleicht geht es mich ja nichts an, wo ich doch eigentlich im Urlaub bin, aber ...«, versuchte sie es nochmal.

»Ach ja – es ist einer von den Kronberger-Zwillingen.«

»Mit dem Kronberger hat Schilling doch vorhin telefoniert.«

»So ist es.«

»Und die Todesursache?«

»Er ist ertränkt worden.«

»Na, da wird sein Vater aber nach Luft schnappen.« Sie eilten die Treppe hinauf, als Schilling ihnen entgegenkam.

5. Kapitel

Moritz Kronberger schlief. Im sicheren Gefühl, bisher keinen Fehler gemacht zu haben, und der Situation adäquat begegnet zu sein, wie sein Vater sich ausgedrückt haben würde, hatte ihn, nach vier Stunden konzentrierten Atmens, die Erschöpfung übermannt.

Damit hatte man gerechnet. Die Klebebänder, mit denen er gefesselt war, wurden überprüft. Sie waren unversehrt. Er hatte keinerlei Versuche unternommen, sie loszuwerden. Atmung und Puls wiesen keine Besonderheiten auf. Man schnitt ihm den rechten Ärmel seines teuren Hemdes ganz oben ab und maß seinen Blutdruck. Auch der war im grünen Bereich. Der Gefangene war in einem guten Zustand. Sie waren zufrieden.

Sein Zustand würde sich noch ändern. Wie geplant.

Schilling blieb abrupt stehen, als er Zweifel und Melzick auf der Treppe sah.

»Na endlich, Kommissar. Wollten Sie nicht die Innereien der Therme kennenlernen, wie Sie sich auszudrücken belieben?« Zweifel war mit zwei großen Schritten neben ihm.

»Zunächst einmal interessiert mich der Kopf des Ganzen.«

»Der steht vor Ihnen«, sagte Schilling und warf sich in die Brust.

»Der Kommissar meint den ganz großen Kopf«, sagte Melzick. Schillings Stirn rötete sich.

»Sie meinen Herrn Kronberger? Ich sagte Ihnen bereits, dass er gerade im ...«

»... Ausland weilt und vielleicht morgen hier ankommt, ich weiß«, unterbrach ihn Zweifel. »Kennen Sie seine Söhne?« Schilling blickte verwirrt zwischen beiden hin und her.

»Seine Söhne? Nein, nicht persönlich, nur dem Namen nach.«

»Gesehen haben Sie sie also noch nicht? Auch nicht auf Fotos oder Videos?«

»Ist das denn so wichtig?« Zweifel nickte. »Von mir aus Herr Kommissar. Ich gestehe, ich weiß nicht wie die beiden aussehen. Genügt das?«

»Das ist tatsächlich eine wichtige Aussage, Herr Schilling. Immerhin sind Sie einem der beiden heute schon begegnet. Beinahe jedenfalls.«

»Sie sprechen in Rätseln. Macht Ihnen wohl Spaß.«

»Blond, knapp dreißig Jahre alt, unbekleidet, ruhiges Wesen« Schilling nahm seine Brille ab, drehte sich nach allen Seiten um und setzte sie wieder auf. Auf seiner Stirn hatten sich Schweißtröpfchen gebildet.

»Wollen Sie damit sagen, dass …«

»Der Tote in Ihrer Sauna ist einer der Kronberger-Zwillinge. Dr. Kälberer, unser Polizeiarzt, hat das bestätigt. Er weiß nur nicht, welcher von beiden es ist. Das wundert mich allerdings nicht. Herr Kronberger wird sich da leichter tun.«

»Sie haben eine wirklich fragwürdige Art, sich auszudrücken, Herr Kommissar.«

Zweifel wusste, dass Schilling in diesem Fall Recht hatte und zog es vor, ihm ausnahmsweise nicht zu widersprechen.

»Herr Kronberger muss unverzüglich informiert werden. Sie sprachen vorhin mit ihm. Er ist also erreichbar?« Schilling nickte zögernd.

»Im Prinzip ist das richtig.«

»Was heißt das?«

»Er ist in Florida, geschäftlich. Dort ist es jetzt«, er schaute auf seine groß dimensionierte Armbanduhr, »7 Uhr 15.«

»Scheint ein Frühaufsteher zu sein.«

»Schlafen gehört nicht zu seinen Lieblingsbeschäftigungen. Er hat mich ausdrücklich gebeten, ihn nur im äußersten Notfall vor seiner Rückkehr anzurufen. Er führt sehr wichtige Verhandlungen mit den Amerikanern und will durch nichts abgelenkt werden. Dass Ihr Vorgesetzter ihn überhaupt telefonisch erreicht hat, ist ein Wunder.«

»Herr Klopfer kann sehr hartnäckig sein«, warf Zweifel ein.

»Jedenfalls muss dieser Herr Klopfer den Vorfall wahnsinnig aufgebauscht haben. Sogar vom BKA hat er gefaselt. Ich konnte Herrn Kronberger einigermaßen beruhigen, nachdem ich ihm die Angelegenheit aus meiner Sicht geschildert habe.«

»Die Leiche haben Sie auch erwähnt?«

»Herr Kronberger ist unterrichtet. Er sagte: ›Nachdem der Mann nun mal tot ist, erübrigen sich für heute weitere Maßnahmen durch mich‹.«

»Klare Aussage«, meinte Zweifel. Schilling sprach nun besonders langsam und betonte jedes einzelne Wort.

»Er sagte außerdem: ›Spätestens morgen Mittag bin ich zurück. Bis dahin keine Störungen mehr, Schilling, unter gar keinen Umständen‹. Ich nehme das wörtlich, Herr Kommissar.«

Zweifel rieb sich mit der linken Hand über seinen Schädel und schaute Schilling prüfend an. Dann fasste er einen Entschluss.

»Ich werde morgen hier sein. Und ich werde der Erste sein, mit dem Herr Kronberger spricht, Herr Schilling. Unter allen Umständen. Ich denke, das ist auch eine klare Aussage.« Schilling zog die Augenbrauen hoch.

»Und jetzt möchte ich, dass Sie meiner Assistentin erläutern, wer in Ihrem Spaßbad wofür zuständig ist, welche

Mitarbeiter heute Vormittag hier waren, wie lange diese schon bei Ihnen arbeiten und wie zufrieden Sie mit ihrer Arbeitsqualität sind. Außerdem möchte ich wissen, ob es ein Sicherheitskonzept gibt, wer dafür verantwortlich zeichnet, und ob Sie externe Sicherheitsdienstleister beschäftigen. Falls ja – seit wann. Speziell möchte ich wissen, wer für die Haustechnik zuständig ist und wer die Durchsagen macht. Gibt es eine technische Zentrale, welche die gesamte Anlage elektronisch überwacht und steuert? Wer ist dafür der verantwortliche Mitarbeiter? Und ich möchte, dass Herr Fischli mir alles zeigt.« Zweifel hatte seine Aufzählung beendet, während Schilling versuchte, gelassen zu bleiben, was ihm nicht gelang.

»Sind Sie jetzt fertig?«, platzte es aus ihm heraus. »Das sind verdammt viele Fragen und ich weiß nicht, ob ich …«

»Keine Sorge«, unterbrach ihn Melzick, »ich werde keine Einzige davon vergessen. Wenn Sie freundlicherweise etwas zu Schreiben für mich hätten, können wir sofort anfangen«, sagte sie und strahlte ihn an. Er starrte auf ihre hennaroten Dreadlocks und knirschte zum wiederholten Mal an diesem Tag mit den Zähnen.

In diesem Augenblick erschien, wie auf ein Stichwort, John Fischli.

»Ah, Herr Fischli«, sagte Zweifel, »dann können wir ja ebenfalls anfangen.«

Fred bog mit einem tiefen Aufatmen in ihre altvertraute Berliner Straße ein, manövrierte behutsam an den auf beiden Seiten parkenden Autos vorbei und hielt kurz mitten auf der Straße vor ihrem Haus, um die Seitenspiegel einzuklappen. Dann schickte er Johanna nach vorne, damit sie ihn durch den schmalen Torweg in den Hinterhof dirigieren konnte.

Elias beorderte er auf den Beifahrersitz, damit er aus dem Seitenfenster den Abstand zur Mauer kontrollierte.

Fred war in seinem Element. Im Rangieren eines Wohnmobils machte ihm so schnell keiner was vor. Da konnte ihn so leicht nichts aus der Ruhe bringen, auch nicht die zahlreichen Zuschauer, die in den Nachbarhäusern in den Fenstern lagen und sonst nichts zu tun hatten.

Auch Elias war hochkonzentriert bei der Sache und vergaß für kurze Zeit sein Buch, in dem er die letzten fünf Stunden fast ununterbrochen geschmökert hatte. Nach wenigen Minuten stand das Wohnmobil ohne einen Kratzer erlitten zu haben auf seinem Stammplatz zwischen Teppichstangen, Mülltonnen und alten und neuen Fahrrädern. Fred klopfte zum Abschluss dieser Reise dreimal auf's Lenkrad und stieg beschwingt aus. Johanna war bereits dabei, ihr Reiseinventar auszuladen.

»Nimm schon mal den Korb mit dem Jeschirr«, rief sie ihm aus dem Innern zu. »Elias, du kannst die Wäsche hochtragen. Und denn …« Fred beugte sich durch die offenstehende Seitentür.

»Nu lass uns doch erstmal ankommen. Wir setzen uns auffen Balkong und jönnen uns een kleenes Willkommensbierchen.«

»Mach, wattu willst. Ick hab keene Ruhe, bis die janze Chose ausjeladen is.« Fred verdrehte die Augen und klopfte Elias, der vollbepackt neben ihm auftauchte, auf die Schulter.

»Weeßt du, wat Sklaven sin?« Elias nickte.

»Die gab's ganz früher in Rom. Die konnte man kaufen.« Fred seufzte.

»Die jibt et auch heute noch. In Berlin.«

»Janz recht«, kam es von Johanna, »und wer nicht spurt wird vakooft.«

Fred schnappte sich den Korb mit dem klappernden Geschirr.

»Kannstet ja mal versuchen. Auf Ebay. Sofortkauf. Kein Rückjaberecht. Hätten wir vielleicht beide wat davon.« Johanna packte ihm noch die Schublade mit dem Besteck obendrauf und schaute ihn prüfend an.

»Dit is vielleicht jar keene so üble Idee. Muss ick drüber nachdenken.«

Elias war leicht beunruhigt. Er hatte immer noch nicht herausgefunden, wann die beiden etwas ernst meinten und wann nicht. Streit zwischen Erwachsenen konnte er nicht vertragen. Den hatte er oft genug zwischen seinen Eltern erlebt.

Er marschierte entschlossen auf die Eingangstür zu, in der Hoffnung, sein Onkel würde ihm folgen.

Die nächste halbe Stunde waren sie alle drei emsig damit beschäftigt, den Reisehausrat in ihre Wohnung im dritten Stock zu tragen, eine schweißtreibende Angelegenheit, da es keinen Aufzug gab. Sie hatten es sich gerade auf ihrem Balkon gemütlich gemacht, als das Telefon klingelte.

»Ach du liebes bisschen, ick wollte doch Katharina anrufen«, rief Johanna und stürzte ins Wohnzimmer. Fred schaute Elias an. Elias schaute Fred an und beide grinsten. Sie hörten Johanna in ihrer üblichen Lautstärke telefonieren, was bedeutete, dass zum Beispiel der schwerhörige Herr Lüdenscheid von gegenüber problemlos jedes Wort verstehen konnte. Zumindest galt das für den Anfang des Gesprächs, solange, bis Johanna sich wortreich für die übereilte Abreise entschuldigt hatte. Fred kam naturgemäß dabei nicht gut weg, doch das machte ihm nichts aus. Nach einer Weile war von Johanna nichts mehr zu hören. Ihr hatte es buchstäblich die Sprache verschlagen.

Fred und Elias tauschten wieder einen Blick aus und zwinkerten sich einvernehmlich zu. Sie wussten zwar nicht, was ihr die Sprache verschlagen hatte, doch konnten sie jetzt umso ungestörter die Abendsonne auf dem geräumigen Balkon genießen.

Als Johanna zurückkam, war es mit der Ruhe vorbei. Sie war etwas blass um die Nase, dafür waren ihre Wangen kräftig gerötet, als ob sie zwei Ohrfeigen bekommen hätte. Sie setzte sich wortlos in ihren Korbsessel, nahm ihr Bierglas vom Tisch und leerte es in einem Zug.

»Hoppla«, sagte Fred. Sie schaute ihn an, als ob sie seine Anwesenheit erst jetzt bemerkte.

»Dit kannst du laut sagen.«

»War Katharina stinkich?«, fragte Fred. Elias vertiefte sich wieder in sein Videospiel und tat, als hörte er nicht zu. Johanna schüttelte den Kopf.

»Stinkich is jar keen Ausdruck. Sei froh, dat du nüscht am Telefon warst. Sie hatte ja een komplettes Menü für uns vorbereitet, mit allen Schikanen, wir hätten uns nur hinzusetzen brauchen. So wie et ausjemacht war. Aber nee, der Herr musste ja sofort nach Hause flüchten. Nur wech aus dem feindlichen Ausland.« Sie redete sich in Rage. Elias starrte konzentriert auf das kleine Display. Fred stand wortlos auf und holte sich noch ein Bier.

»Jetzt bloß keene Eskalation«, dachte er. Er dachte es zum zweiten Mal an diesem Tag.

»Hol dir doch een Stück Kuchen, Elias, ick hab den Rest innen Kühlschrank jestellt«, sagte sie, als Fred zurückkam. Elias schüttelte den Kopf.

»Dann hol dir noch wat zu trinken.« Wieder schüttelte er den Kopf.

»Lass den Jungen doch.«

»Ick lass ihn ja!«, fauchte sie plötzlich giftig. »Ick weeß nur nich ob ...« Elias stand auf und verließ den Balkon, ohne sie anzusehen.

»Na siehste«, sagte Fred, »du weeßt doch, wie er is.«

»Ja, ja, ja, ick weeß, ick weeß. Aber heute Morgen wolltest du ihn noch stundenlang inner Sauna schmoren lassen, haste schon vajessen?« Fred winkte ab.

»Jetzt verrat mir nur mal, warum du'n weghaben wolltest«, raunte er ihr zu. Johanna wischte ein paar Mal mit der flachen Hand unsichtbare Krümel vom Tisch.

»Et hat'n Toten jejeben«, sagte sie leise. »Ick will nüscht, dat der Junge nochmal irjendwat mit Toten zu tun hat.« Fred schaute sie mit großen Augen an.

»Inner Therme? Heut Morjen?« Sie nickte und zupfte am Tischtuch.

»Een junger Mann. Lag als Leiche inner Sauna.«

»Welche Sauna?«

»Is doch ejal, Mensch. Die Stollensauna jloob ick. Katharina hattet von eener Freundin, die dort arbeetet. Angeblich soll er ertrunken sein.«

»Ertrunken? Inner Sauna?« Fred fehlten die Worte. Und Elias, der neben der Balkontür stehengeblieben war, um zu lauschen, fiel das weiße Gesicht ein, das ihn an diesem Morgen so erschreckt hatte.

Lucy tat etwas Verbotenes: Sie lauschte. Der Polizeichef von Bad Wörishofen, Alois Klopfer, telefonierte in seinem Büro. Von Angesicht zu Angesicht konnte Klopfer bedrohlich leise sein, wenn er wütend war. Am Telefon dagegen konnte er sehr laut werden.

»Ich lausche ja gar nicht«, sagte Lucy zu sich selbst, als sie sich an seine Bürotür schlich, »ich höre nur nicht weg.«

»Hat man Ihnen als Sie klein waren nicht die Uhr erklärt?«, dröhnte es klar und deutlich von drinnen. »Wissen Sie, was man im Westen unter einer Viertelstunde versteht? Möchte der Herr Kommissar vielleicht, dass ich ihm hinterher telefoniere?«

Lucy hätte zu gern Zweifels Antworten mitbekommen. Sie schienen jedenfalls nicht dazu geeignet, den Chef zu beruhigen.

»Nein, ich habe das BKA noch nicht alarmiert. In weiser Voraussicht, wie mir scheint. Gottseidank habe ich noch andere Informationsquellen als Sie. Den Geschäftsleiter der Therme zum Beispiel, Herrn Schilling.«

Eine Zeit lang war nichts mehr zu hören. Offenbar wurde der Chef mit den ersehnten Informationen gefüttert.

»Ist Frau Zick bei Ihnen? Ja. Ja doch! Ist mir bekannt, wir werden das schon regeln mit ihrem Urlaub!« Klopfers Stimme schien näher zu kommen, obwohl er deutlich leiser redete. »Ja. Ist mir bekannt. Ist mir egal! Wir sehen uns in meinem Büro. Um 17 Uhr!« Die Tür ging auf, und Lucy stand perplex vor ihrem Chef. Vor Schreck blieb ihr die Spucke weg. Sie deutete stumm mit ausgestrecktem Arm auf ihren Arbeitsplatz, wobei sie sich um einen unschuldigen Gesichtsausdruck bemühte. Klopfer fixierte sie.

»Wollen Sie mir sagen, dass Sie von da drüben nichts verstehen können?«

»Ääh …«

»Hätte ich lauter werden sollen?«, fragte er und verschränkte seine Arme.

»Äähm …«

»Was ist los, Frau Lucy, so kenn ich Sie ja gar nicht? Sind Sie etwa verlegen? Oder sind Sie nur um Worte verlegen? Werden Sie mir ja nicht rot.« Lucy schluckte.

»Kaffee, Cognac, Tabletten vielleicht …?«, sprudelte es aus ihr hervor.

»Was soll das nun schon wieder?«

»Ich dachte — nur so — zur Beruhigung vielleicht …«

»Kaffee können Sie meinetwegen haben. Cognac und Tabletten verbiete ich Ihnen!«

»Ähm, nein — ich dachte eigentlich — für Sie …«

»Für mich? Mache ich den Eindruck, als sei ich unruhig?« Lucy hatte sich, ihren umfangreichen Körper vorsichtig rückwärts schiebend, ihrem Schreibtisch genähert. Klopfer hatte sie langsam vor sich hergetrieben.

»Äh, nein, also — Sie sind eigentlich wie immer«, sagte sie und plumpste auf ihren Stuhl. Klopfer verzog keine Miene. Er baute sich vor ihrem Schreibtisch auf und ließ sie nicht aus den Augen. Lucy wusste nicht, wo sie hingucken sollte. Schließlich wurde es ihr zu dumm. Sie reckte trotzig ihr Dreifachkinn und stieß einen tiefen Seufzer aus.

»Also gut, Herr Klopfer, ich habe gelauscht, wobei das bei Ihrer Lautstärke der falsche Ausdruck ist. Soll nicht wieder vorkommen.«

»Glaub' ich nicht.«

»Aber …«

»Schokolade!«, sagte er wild entschlossen.

»Was meinen Sie?«

»Strafe muss sein. Schokolade! Sie wissen schon, was ich meine. Los, her damit!«, sagte er mit einer fordernden Handbewegung.

»Meine Schokolade?«, stammelte sie.

»Muss ich sie mir selbst holen?«, polterte Klopfer.

»Aber …«, sie zog beide Schubladen auf, »nix mehr da, Herr Klopfer.« Er überzeugte sich mit eigenen Augen.

»Es ist unglaublich.«

»Es tut mir sehr leid, Herr Klopfer. Ich hatte noch keine Zeit, welche zu kaufen.«

»Keine Zeit also, aha. Wohl zu viel Arbeit, was?« Sie schüttelte verwirrt den Kopf, dann nickte sie heftig.

»Hören Sie gut zu, Frau Lucy. Wenn ich das nächste Mal meine Bürotür aufmache, kleben Sie besser nicht mit Ihrem Ohr dran.« Wieder nickte sie eifrig. »Und wenn ich das nächste Mal Ihre Schublade aufmache, liegt gefälligst eine Schokolade drin. Beste Qualität. War ich laut genug?«

»Ich — ich konnte nichts überhören.«

»Gut, wie sieht Ihr Arbeitsplan für den Rest des Tages aus?« Sie zuckte zögerlich mit den Schultern und deutete vage auf ihren Schreibtisch. Klopfer starrte darauf.

»So muss es damals in Pompeji ausgesehen haben. Nach dem Vulkanausbruch.« Er nahm sie ins Visier. »Wenn es Ihre geistige Verfassung wieder erlaubt, dann suchen Sie mir alles an Informationen zusammen, was Sie über Herrn Kronberger und seine Zwillingssöhne herausfinden können. Sagen wir – bis halb vier. Und passen Sie auf Ihren Nacken auf.«

»Warum?«, hauchte Lucy, die so viel Zuwendung seitens Ihres Chefs nicht gewohnt war.

»Sie nicken zu heftig.«

6. Kapitel

»Mein Büro kennen Sie ja bereits«, sagte Fischli. Zweifel hatte soeben sein Telefonat mit Klopfer beendet, wovon der Bademeister einiges mitbekommen hatte.

»Ihr Chef kann ganz schön laut werden, wie?«

»Er gibt sich Mühe, verstanden zu werden.« Zweifel unterdrückte einen weiteren Kommentar und warf einen Blick auf den Tisch mit den herausgefischten Schätzen. »Wie viele Mitarbeiter gibt es hier eigentlich?«, fragte er. Fischli kratzte sich am Kopf. Bevor er antworten konnte, mischte sich der junge Bademeister ein, der gerade zur Tür hereinkam und die Frage mitbekommen hatte.

»In der Therme selbst sind es ungefähr neunzig. Dazu kommen aber noch die Leute, die sich um die Pflanzen kümmern, das Reinigungsteam, das Sicherheitsteam, die beiden Restaurants samt Poolbar mit ihren Mitarbeitern und natürlich die Angestellten in der Ladenstraße. Das werden insgesamt nochmal um die einhundertzwanzig sein. Aber davon arbeiten die meisten in Teilzeit.« Zweifel lächelte ihn an.

»Sagen Sie mir doch Ihren Namen.«

»Ich heiße Adnan.«

»Und weiter?« Der junge Mann schüttelte den Kopf.

»Seinen Nachnamen kennen nur wenige. Nur die, die ihn wissen müssen«, erklärte Fischli. »Er kommt nämlich aus Afghanistan und …«

»Das stimmt nicht«, unterbrach ihn Adnan ruhig aber bestimmt. »Meine Eltern sind von dort. Ich bin hier geboren. Ich bin Deutscher.« Zweifel räusperte sich.

»Fürs erste genügt mir Ihr Vorname, Adnan. Sie haben die Leiche zuerst entdeckt, stimmt das?« Adnan nickte.

»Wie kam es dazu?« Adnan tauschte mit Fischli einen Blick.

»Ich war bei der Felsendusche. Da gibt es ein kleines Tauchbecken, in das eine Treppe hineinführt. Ein alter Mann war dort ausgerutscht und hatte sich eine Rippe geprellt oder vielleicht sogar gebrochen. Ich habe geholfen, ihn zu versorgen und zu unserem Notfallraum zu bringen und wollte gerade eine kleine Pause machen, als dieser Schrei zu hören war.« Er machte eine Pause. Zweifel wechselte einen Blick mit Fischli.

»Solche Schreie gibt es immer wieder mal. Wenn wir da jedes Mal springen würden …« Adnan hob entschuldigend die Schultern. »Aber dann gab es einen zweiten Schrei. Und er hörte sich so — diese Schreie waren —«, er schaute zu Fischli hinüber, »einfach schrecklich.«

»Von wo kamen sie?«

»Aus dem hinteren Saunabereich, von da wo die Kelosauna und die Stollensauna sind.«

»Können Sie sich erinnern, ob zu dem Zeitpunkt Musik lief?«

»Na ja, das übliche Gedudel eben«, mischte sich Fischli ein.

»Kam das aus allen Lautsprechern?«, fragte Zweifel. Fischli schaute Adnan fragend an.

»Beschwören kann ich's nicht«, sagte er dann. »Die Technik hat heute verrückt gespielt, das haben Sie ja mitgekriegt.«

»Darauf komm ich später noch zurück. Können Sie sich an den blinden Badegast erinnern?«

»Sie meinen Elvis?«, sagte Fischli, »natürlich, den kennen viele hier.«

»Denken Sie, er hat ein gutes Gehör?«

»Logisch«, sagte Fischli und grinste. »Der kann Ihnen sagen, ob das Bier alkoholfrei ist oder nicht. Ohne einen Schluck zu trinken. Das erkennt der am Geräusch beim Einschenken.«

Zweifel nickte langsam.

»Was würden Sie sagen, wenn er behauptet, dass die Schreie nicht echt waren, sondern vom Band kamen?« Adnan stutzte.

»Wie jetzt? Aus den Lautsprechern?«, fragte Fischli ungläubig.

»Lassen Sie sich das in Ruhe durch den Kopf gehen«, sagte Zweifel.

»Was meinst du, Adnan?«, fragte Fischli. Der wiegte seinen Kopf hin und her.

»Möglich wär' das schon. Aber warum sollte jemand das machen? Und wie?«

»Ausschließen kann man gar nix«, sagte Fischli.

»Wer könnte Näheres dazu wissen?«

»Da müssen Sie die Kollegin fragen, die die Durchsagen macht. Die ist auch für die Musik zuständig.«

»Und wer ist das?«

»Keine Ahnung. Die wechseln sich immer ab. Die von heute war jedenfalls nicht die hellste Kerze am Baum. Machte unmögliche Durchsagen, die nur für Verwirrung sorgten. Die hat die Leute erst richtig verrückt gemacht.«

»Haben Sie mit ihr gesprochen?«

»Natürlich, ich hab sie angerufen. ›Lass Musik laufen!‹, sag ich zu ihr. Das hätte die Leute vielleicht etwas beruhigt. Aber nix! Die hat das nicht hingekriegt.«

»Sie sagten vorhin die Stimme kam Ihnen unbekannt vor. Was ist mit Ihnen, Adnan?«

»Darüber hab ich noch nicht nachgedacht. Ich hab nur eine Durchsage mitbekommen. Aber jetzt wo Sie es sagen – die hab ich hier noch nie gehört«, sagte er und kratzte sich verwundert am Kopf.

»Sie hörten also den zweiten Schrei, und dann taten Sie was?«

»Na ja, ich ging so schnell wie möglich in den hinteren Saunabereich. Um die Uhrzeit ist da normalerweise wenig los.«

»Vielleicht gehen wir da jetzt mal hin«, sagte Zweifel. Sie verließen Fischlis Büro.

»Kamen Ihnen Badegäste entgegen?«, fragte Zweifel während sie das Restaurant durchquerten.

»Nur ein paar. Die hatten die Schreie natürlich auch gehört.«

»Ist Ihnen jemand aufgefallen?«

»Nein, nur etwas später kam so ein dicker Berliner vorbei, der nach seinem Neffen gesucht hat.«

»Stimmt«, bestätigte Fischli.

»Und?«

»Da war kein Neffe.« Sie waren vor der Stollensauna angelangt. »Ich hab den Berliner dann weggelotst. Der war mir zu neugierig«, sagte Fischli. »Ich bin mit ihm nach vorn gegangen und hab Adnan gebeten, alle Gäste aus dem hinteren Bereich zu verscheuchen und aufzupassen, dass sich niemand hierher verirrt. Zu dem Zeitpunkt konnte ich ja nicht sicher sein, ob dieser unangenehme Geruch nicht doch ein Anzeichen für eine Gesundheitsgefährdung war.«

»In der Kräutersauna, dahinten um die Ecke, waren zwei ältere Frauen in ihr Gespräch vertieft«, sagte Adnan. »Die hab ich dann gebeten, nach vorne zum Vitalbecken zu gehen. Der unangenehme Geruch hatte sich schon überall verbreitet.«

»Deswegen hatten wahrscheinlich alle anderen Badegäste bereits die Flucht ergriffen«, ergänzte Fischli. Zweifel betrat die Stollensauna und schaute sich um.

»Ich bin dann kurz hiergeblieben und hab mich vergewissert, dass sich wirklich kein Mensch mehr in diesem Bereich aufhält. Die Nebelduschen, die Kelosauna, die

Stollensauna hier – es war niemand mehr zu sehen. Also bin ich wieder nach vorn, wo der Teufel los war. Ich wollte sehen, wo ich helfen konnte«, fuhr Adnan fort. »Ich hab so etwas noch nie erlebt. So eine Situation mit den vielen Menschen, so total außer Kontrolle. Irgendwann kam dann dieser Bagger und hat die Scheibe zertrümmert.«

»Wann haben Sie den Toten entdeckt?«, fragte Zweifel. Adnan fuhr mit der Hand über die Stirn.

»Als ich den Bagger gesehen hab, bin ich nochmal zurück und hab alle Räume durchsucht, auch die Toiletten.« Er machte eine Pause.

»Zuletzt hab ich einen Blick hier reingeworfen. Da lag plötzlich ein Mann auf der obersten Etage auf dem Rücken, das Gesicht zur Wand gedreht. Ich war total überrascht, weil ich ihn ja vorher nicht bemerkt hatte. Ich hab ihn angesprochen, aber er reagierte nicht. Ich dachte erst, er sei eingeschlafen und hab es nochmal lauter probiert. Dann stand ich da und hab ihn einfach nur angesehen. Und dann wusste ich, was los war. Sein Brustkorb bewegte sich nicht. Er hat sich einfach nicht bewegt.«

»Haben Sie ihn angerührt?«, wollte Zweifel wissen. Adnan schaute ihn aus seinen tiefschwarzen Augen an und nickte.

»Ich musste ja sichergehen. Deswegen hab ich seinen Kopf zu mir herumgedreht. Sein Gesicht war so weiß wie …, wie ein Eisberg. Ich hab dann sofort die Sauna verlassen und die Tür geschlossen und Herrn Fischli gerufen.«

»Und Sie haben zu diesem Zeitpunkt niemanden in der Nähe bemerkt?« Er schüttelte den Kopf.

»Kurz darauf kam Herr Fischli.«

»Ich konnte das gar nicht glauben, Herr Kommissar. Das ist mein erster Toter und ich mach die Arbeit schon verdammt lange.«

»Warum haben Sie dann nicht die Polizei gerufen?«, fragte Zweifel. Der alte Bademeister warf beide Hände in die Luft.

»Das fragen Sie am besten Herrn Schilling. Ich habs seiner Sekretärin oder Assistentin oder was auch immer die Dame tut, mehrfach laut und deutlich gesagt. Mit dem Ding hier komm ich ja nicht weit.« Er zeigte sein schnurloses Telefon.

»Sie haben vorhin die Durchsagen erwähnt …«

»Genau! Schon die erste war 'ne Meisterleistung. Anstatt klar und deutlich zu sagen, welchen Weg die Leute nehmen sollen, faselt sie irgendwas von Sicherheitsgründen und bricht einfach mitten im Satz ab.« Zweifel drehte sich zu Adnan um.

»Haben Sie die Durchsagen hier hinten auch gehört?«

»Nein, ich sagte ja, ich hab nur eine mitbekommen, als ich vorn war, aus den Lautsprechern hier kam nichts mehr.« Er überlegte einen Augenblick und versuchte dann ein Lächeln.

»Vielleicht haben ihnen die Schreie den Rest gegeben.«

»Auf jeden Fall hat die zweite Durchsage mir den Rest gegeben«, sagte Fischli. Zweifel warf einen kurzen Blick in die Duschen und inspizierte dann die anderen Saunaräume. Fischli folgte ihm auf Schritt und Tritt.

»Die Glastüren sind verriegelt. Bitte nutzen Sie …‹, und dann bricht sie einfach wieder ab. Als dann auch noch die Menschenmenge von vorne, also vom Eingangsbereich her, sich wie eine Lawine in den Raum wälzte, war das Chaos perfekt.« Zweifel war vor einem Schild stehengeblieben, das neben dem Eingang eines der Saunaräume hing.

»Kelosauna. Was bedeutet eigentlich der Begriff Kelo?«

»Das ist das extrem harte und seltene Holz hier drin«, sagte Adnan. »Kommt von Polarkiefern und ist ein paar hundert Jahre alt.« Der Kommissar wandte sich an Fischli.

»Sie waren also vorher zum Vitalbecken zurückgegangen. Mit dem dicken Badegast im Schlepptau?«

»Genau. Der stellte viele Fragen. Ich versuchte, ihn kurz abzufertigen. Er hatte irgendwie mitbekommen, dass die Haustechnik komplett ausgefallen war, dass die Türen sich nicht entriegeln ließen, die Belüftung streikte und dann kam auch noch das Gas. Ich hab mit einer Kassiererin telefoniert. Ich wusste ja nicht, was da draußen los war. Wollte, dass sie die Leute aufhält. ›Hier gab's einen Anschlag mit Giftgas‹, keuchte sie ins Telefon. Das war der Moment, wo ich nicht mehr wusste, wie ...« Er stockte und wischte sich über das Gesicht.

»Stell ich mir äußerst gefährlich vor«, sagte Zweifel. »So eine Art Panik mit hunderten von Menschen.«

»Es war eine richtige, ausgewachsene Panik, Herr Kommissar, die Leute spielten komplett verrückt.« Zweifel schaute ihn nachdenklich an.

»Aber Sie behielten die Nerven. Und Sie kamen auf die Idee mit dem Bagger. Sehr ungewöhnlich.« Fischli schaute in eine andere Richtung.

»Auf die Idee wär' ich vermutlich nicht gekommen«, sagte Adnan.

»Das kannst du nicht wissen«, erwiderte Fischli leise, »niemand kann wissen, was er in einer solchen Situation tut.«

»Da haben Sie Recht«, sagte Zweifel. »Was mich zu meiner nächsten Frage bringt. Gibt es denn in Ihrem Haus so etwas wie einen Notfallplan?«

»Wir haben ein Sicherheitskonzept. Das ist aber hauptsächlich vorbeugend ausgerichtet«, sagte Adnan. »Was ist zu tun, damit keine Katastrophen passieren. Wie verhält man sich, damit niemand zu Schaden kommt. Vor allem die Therme nicht«, fügte er leise hinzu.

»Da steht aber nicht drin, wie man reagieren soll, wenn eine Menschenmenge außer Rand und Band geraten ist. Sowas kann man nicht üben«, ergänzte Fischli. Sie standen nun schon eine ganze Weile im hinteren Saunabereich. Die Temperatur war hier auch außerhalb der Saunaräume schweißtreibend hoch. Dennoch spürte Zweifel plötzlich einen kühlen Luftzug.

»Gibt es hier irgendwo eine Tür, die nach draußen führt?«

»Äh ja, hier um die Ecke, kurz vor der Kräutersauna, gibt es eine Glastür«, sagte Fischli, »die ist aber immer abgeschlossen.«

»Die wird auch nie benutzt«, bestätigte Adnan.

»Ist ja auch ziemlich versteckt«, sagte Fischli. »Wollen Sie mal sehen?«

Er ging ein paar Schritte voraus, bog um zwei Ecken und blieb nach wenigen Metern verblüfft stehen.

»Steht offen, nicht wahr?«, sagte Zweifel schon bevor er ihn erreicht hatte. Fischli wollte bereits durch die leicht angelehnte Tür nach draußen.

»Warten Sie«, sagte Zweifel, »ich möchte da erst mal die Spurensicherung ranlassen.« Sie standen zu dritt nebeneinander vor der schmalen Glastür und blickten über den kleinen, künstlichen See hinüber zu den Saunablockhäusern, die menschenleer dalagen.

»Denken Sie, das hat was zu bedeuten?«, fragte Fischli. Zweifel drehte sich wortlos um und ging ein paar Schritte zurück, während er sein Handy herausholte und den Auftrag gab, das Außengelände abzusuchen.

»Schauen Sie sich auch die künstliche Insel im See an und vor allem den Zaun auf der westlichen Seite.« Er legte auf und drehte sich zu den beiden Männern um.

»Der Mann, den Sie gefunden haben, ist ertrunken.« Sie starrten ihn an. »Er hat das nicht freiwillig getan. Die Frage ist: Wie kam er in die Sauna, und zwar unbemerkt? Wir haben nämlich bisher noch niemanden gefunden, dem etwas aufgefallen wäre.«

»Dann muss er ja getragen worden sein«, murmelte Adnan leise und schlug die Hand vor den Mund.

»Das muss doch jemand beobachtet haben«, sagte Fischli.

»Etwas beobachten und etwas merkwürdig finden, das gibt es nicht oft bei Erwachsenen, weil die meisten das meiste schon mal irgendwo gesehen haben«, sagte Zweifel. Er wog sein Handy in der Hand. »Nur bei Kindern ist das etwas anderes.«

Als er aufwachte, hatte er einen scheußlichen Geschmack im Mund. Sonst hatte er nichts im Mund. Der Knebel war verschwunden. Er befühlte erleichtert mit der Zunge seine Zähne und seinen Gaumen. Er musste husten. Er wälzte sich aus der Seitenlage auf den Bauch und versuchte, irgendwie auf die Knie zu kommen, was ihm mit einiger Mühe trotz seiner gefesselten Arme und Beine schließlich gelang. Er hatte keine Ahnung, wie lange er bewusstlos gewesen war. In den fensterlosen Keller drang kein Licht von außen. Nur unter der Tür war ein schmaler Lichtstreifen zu sehen. Künstliches Licht. Es roch nach Essig und nach Äpfeln.

Er hörte Männerstimmen ruhig miteinander reden. Und er hörte Wasser tropfen. Schemenhaft konnte er am Kopfende der Matratze einen großen Behälter erkennen. Eine Wanne oder ein Bottich vielleicht, dachte er mit leichtem Unbehagen. Dann wurde ihm bewusst, dass die Männerstimmen verstummt waren.

Er kniete auf der alten, feuchten Matratze und starrte auf den schmalen Lichtstreifen unter der Tür, der sich verdunkelte. Die Tür wurde geöffnet. Das künstliche Licht blendete ihn.

»Florian Kronberger«, sagte eine unnatürlich hohe Stimme, »wie geht es Ihnen?«

Moritz Kronberger lief ein Frösteln über den Rücken. Die Person, die ihn mit dem falschen Namen angeredet hatte, war als dunkle Silhouette im Türrahmen stehengeblieben. Er räusperte sich und bekam einen Hustenanfall. Ein zweiter Schatten machte sich bemerkbar.

»Ich bin nicht …«, begann Moritz und rang nach Atem. Er kniete gefesselt auf der Matratze und versuchte, das Gleichgewicht nicht zu verlieren.

Der zweite Schatten löste sich von der Silhouette und kam wortlos mit schweren Schritten näher. Er blieb neben dem Holzbottich stehen, den Moritz nun gut erkennen konnte. Das Wasser stand schwarz bis kurz unter dem Rand. Moritz versuchte vergeblich, die Gesichter der beiden zu erkennen.

»Florian Kronberger«, wiederholte die hohe Stimme, »wie geht es Ihnen?« Er schüttelte vorsichtig seinen Kopf. Ein heftiger Schmerz durchfuhr seinen Nacken.

»Ich bin nicht …«, begann er erneut und holte tief Atem. Auf einen solchen Irrtum war er nicht vorbereitet. »Moritz Kronberger, verdammt!«, stieß er hervor.

»Das wissen wir«, sagte die hohe Stimme.

»Nein, nein, Sie wissen gar nichts!« Er zwang sich gewaltsam zur Ruhe, was für einen vierzehnjährigen Jungen nicht einfach war.

»Ich bin nicht Florian, ich bin Moritz Kronberger. Sie haben den Falschen«, brachte er, mühsam beherrscht, hervor. Der Wasserbottich mit seinem schwarz schimmernden Inhalt nahm seine Aufmerksamkeit gefangen. Eine unheimliche Drohung ging von ihm aus.

»Moritz Kronberger bin ich«, wiederholte er störrisch und mit rauer Stimme. Seine Kehle war ausgedörrt, er spürte brennenden Durst. Die beiden Schatten schwiegen. »Kann ich etwas zu trinken haben?«, fragte er stockend. »Sie haben gefragt, wie es mir geht. Ich habe Durst. Ich will was trinken!«

»Wir haben gefragt, wie es Florian Kronberger geht«, antwortete stoisch die hohe Stimme.

»Ich bin nicht Florian!«, schrie er in plötzlicher Wut. »Florian ist mein Bruder, ich bin Moritz, verdammt!«

»Ihr Bruder ist bereits tot«, sagte die hohe Stimme unbeteiligt.« Moritz traute seinen Ohren nicht. Sein Herz machte einen Satz. Fassungslos schüttelte er seinen Kopf. Seine Lippen formten lautlos die Worte. Er starrte die Schatten an, die unbeweglich warteten. Das Kratzen in seinem wunden Hals ließ ihn nur flüstern.

»Was? Was sagen Sie da? Sie haben meinen Bruder …?«

»Er ist ertrunken«, sagte die hohe Stimme, »genau wie es geplant war.«

7. Kapitel

Elias war verschwunden. Gleich nach dem Abendessen hatte er sich in seinem Zimmer verkrümelt und war seither nicht mehr aufgetaucht. Das war ungewöhnlich. Gewöhnlich war er vom Fernseher nicht wegzukriegen.

»Tagsüber liest er, abends glotzt er«, hatte Fred vor einer Woche zu ihr gesagt, »dit kann nüscht jesund sin.«

»Seit wann machst du dir denn Jedanken um die Jesundheit«, hatte Johanna gefragt.

»Komm, sei friedlich«, war seine Antwort gewesen. »Die Reise wird ihn bestimmt uff andere Jedanken bringen.« Und jetzt saß Johanna in der Küche und fragte sich, was für Gedanken das wohl sein mochten.

Fred schnarchte leise vor dem Fernseher, als sie an ihm vorbeischlich und an Elias' Zimmertür klopfte. Als keine Antwort kam, öffnete sie die Tür. Er saß auf der Fensterbank und hielt ein Comicheft vors Gesicht.

»Allet klar bei dir?«, fragte sie ihn. Das Comicheft wackelte, als er nickte. Johanna zögerte und blickte sich in seinem Zimmer um, das wie immer penibel aufgeräumt war. Es bot ihr keinerlei Vorwand, länger als unbedingt nötig zu bleiben. Gerade als sie sich umdrehen wollte, fand sie doch einen.

»Wat liest'n?«, fragte sie möglichst beiläufig.

»Kennst du doch nicht«, kam es undeutlich zurück.

»Kenn ick wohl. Lucky Luke hab ick selbst schon jelesen in deim Alter. Der Cowboy, der schneller schießt als sein Schatten, stimmtet?« Wieder wackelte das Comicheft. »Wusste jarnich, dass man dit jetzt vakehrt herum liest«, sagte sie scheinbar verwundert. Elias zog die Nase hoch. Sie konnte sich gut vorstellen, dass er fieberhaft nach einer Ausrede suchte. Doch es kam keine. »Na denn …«, sagte sie und wollte sich umdrehen, doch da rutschte ein Foto zwischen den Seiten heraus und fiel auf den Boden.

Elias hielt das Heft weiterhin vor sein Gesicht, als sie sich bückte und das Foto aufhob. Ein ernstblickender blonder Mann war darauf zu sehen zusammen mit einer rothaarigen, sommersprossigen, jungen Frau, die ein scheues Lächeln wagte. Es war vor sechs Jahren aufgenommen worden, kurz vor dem Unfall. Es zeigte seine Eltern, Johannas jüngere Schwester und deren Mann. Sie kannte das Foto gut. Sie hatte es selbst gemacht.

Elias versuchte, sich mit einer Hand die Nase zu putzen, während Lucky Luke ihm Deckung gab. Johanna wartete in Ruhe ab. Bei Elias hatte sie gelernt, abzuwarten.

Sie legte das Foto auf seinen Schreibtisch, ganz an den Rand. Schließlich entschloss er sich, seine Deckung zu verlassen. Lucky Luke würde schon allein mit den Dalton-Brüdern fertigwerden. Er klappte das Heft zu, sprang vom Fensterbrett und warf es betont lässig auf sein Bett.

»Wenn du Lucky Luke kennst, dann weißt du bestimmt auch die Vornamen der Daltons.« Er wollte sie auf die Probe stellen. Wollte wissen, ob sie die Wahrheit gesagt hatte.

»Joe, Jack, William und Averell«, kam es wie aus der Pistole geschossen oder, in diesem Fall, wie aus dem Revolver. Damit war das Eis gebrochen.

Elias warf einen flüchtigen Blick auf das Foto und stellte sich dann ans Fenster, mit dem Rücken zu seiner Tante.

»Nur den Namen von dem komischen Hund konnte ick mir nie merken«, gab sie zu. Elias war schon weiter. Sie sah seinem Rücken an, wie er mit etwas zu kämpfen hatte. Sie wartete ab. Die Stille ist schwer zu ertragen für Jemanden, der etwas auf dem Herzen hat, das wusste sie aus eigener Erfahrung.

»Ich hab was gesehen«, sagte er schließlich leise. Johanna sagte nichts. Für einen Moment war es ganz still in seinem Zimmer. Nur Freds Schnarchen drang schwach von draußen durch die geschlossene Tür. »Heut Morgen hab ich was gesehen«, sagte er und drehte sich zu seiner Tante um.

»Inner Therme?«, fragte sie. Er nickte zögerlich.

»Draußen im Garten.«

»Du meenst, uff dem Jelände?« Wieder nickte er. Dann setzte er sich auf seinen Stuhl am Schreibtisch und drehte sich zu ihr herum. Er zog die Beine hoch, setzte die Fersen auf die Stuhlkante und legte seine Arme verschränkt auf seine Knie.

»Ich hab einen gesehen, der wie Papa aussah«, sagte er stockend. »Mit denselben Haaren. Und mit dem Gesicht.« Johanna schluckte ihre Verblüffung hinunter.

»Du meenst, der sah deinem Papa ähnlich?« Er schüttelte den Kopf.

»Das Gesicht war nur genauso weiß wie das von Papa«, sagte er und schaute sie mit fragenden Augen an.

Seine Eltern waren damals im Winter nachts auf der Heimfahrt von einem Besuch bei Freunden mit dem Auto verunglückt. Es war eine einsame, verschneite Landstraße gewesen. Man fand sie erst Stunden später, weil die Schülerin, die in jener Nacht auf Elias aufpassen sollte, eingeschlafen war. Dadurch wurde die Polizei viel zu spät alarmiert. Sein Vater war hinter dem Steuer eingeklemmt gewesen und konnte sich nicht selbst befreien. Seine Verletzungen hätte er überleben können. Doch er konnte sich kaum bewegen. Es herrschten arktische Temperaturen. So erfror er. Elias' Mutter war unter Schock aus dem umgestürzten Auto ausgestiegen und ohne Mantel losgelaufen. Sie musste die Orientierung verloren haben. Man fand sie fast einen Kilometer von der Unglücksstelle entfernt am Ufer eines zugefrorenen Sees. Elias hatte seine toten Eltern nie zu sehen bekommen, darauf hatte Johanna geachtet. Aber sie hatte ihm erklärt, was passiert war. Den Rest besorgte seine Phantasie. In seinen Träumen hatten seine Eltern schneeweiße Gesichter.

Johanna setzte sich vorsichtig auf sein Bett, neben das Comicheft. Sie war jetzt auf gleicher Augenhöhe mit ihrem Neffen.

»Erzähl mir allet«, sagte sie leise, »wenn du kannst.« Er nickte. Dann legte er sein Kinn auf seine Unterarme und überlegte, wo er anfangen sollte.

»Ich hab mich vor Onkel Fred versteckt, weißt du. Hinter den Büschen ganz am Rand, wo der Rasen so nach oben ging. Und hinter der Balkontür hab ich mich auch versteckt und gehört, was du von dem toten Mann erzählt hast.« Er wischte sich mit den Fingern die Nase ab. »Da sind zwei Männer gewesen. Die hat keiner gesehen, außer mir, glaub' ich. Die hatten so orange Westen an. Die sind aber mit einem ganz normalen Auto gekommen, das kam mir komisch vor.«

»Zwei Sanitäter?«, fragte Johanna.

»Ja, aber es war kein Krankenwagen. Die haben hinten die Tür aufgemacht und einen Mann rausgeholt. Auf so einer Trage lag der, irgendwie bewusstlos. Der hat sich nicht bewegt unter seiner Decke. Ich konnte sie aber nicht die ganze Zeit sehen. Die haben sich ganz schön beeilt und den Mann reingetragen. Irgendwie sind sie durch den Zaun gekommen, der da überall ist. Und dann waren sie dicht am Haus. In so 'ner Ecke in der Wand, wo man nicht hingucken kann. Die hatten ganz rote Köpfe und der Mann ...«, er stockte und wischte sich nochmal die Nase mit den Fingern. Johanna reichte ihm ein Taschentuch. »Der Mann war so komisch weiß im Gesicht. So wie Papa.«

Wieder schaute er sie fragend an. Sie sagte nichts, weil sie nach Worten suchte.

Elias schnäuzte sich. »Der war bestimmt der Tote«, sagte er leise. Johanna versuchte sich zu konzentrieren.

»Du hast also zwee Männer, die wie Sanitäter aussahen, beobachtet, wie sie eenen bewusstlosen Mann von ihrem Auto inne Therme jetragen haben. Und die sind vorher auch noch irjendwie durch den hohen Zaun und über den Erdwall jekommen. Weeßt du, wie schwierig dit is?«

»Die waren groß und stark.«

»Aber Elias …«

»Ich habs gesehen. Du glaubst mir nicht. Ich habs aber gesehen.« Elias ballte die Faust mit dem Taschentuch darin. Johanna atmete tief durch.

»Wat hast du noch jesehen«, fragte sie, immer noch skeptisch. Er antwortete nicht. »Elias komm, jetzt raus mit die Sprache. Hast du noch wat mitjekricht?« Er nahm das Taschentuch in die andere Hand und starrte eine Weile auf das Comicheft, das neben ihr auf dem Bett lag.

»Da war so'n komischer Schrei und dann noch einer. Aber das war bevor die den Mann über die Wiese getragen haben. Bestimmt zehn Minuten früher. Jedenfalls war'n die dann plötzlich verschwunden«, sagte er trotzig. »Kurz darauf kamen die zwei Männer wieder raus. Die Trage hatten sie dabei und auch die Decke, aber der Mann war weg. Sie haben sich nach allen Seiten umgeschaut und sind dann ganz schnell zu ihrem Auto gerannt und weggefahren.« Er hatte ohne Punkt und Komma geredet. Jetzt schaute er seine Tante an. »Glaubst du's mir?« Sie nickte langsam.

»Die Schreie hab ick auch jehört«, sagte sie und erwiderte seinen Blick. »Ich jloobet dir, Elias. Schätze, wir müssen et deim Onkel vaklickern.« Die Zimmertür ging auf.

»Wat müsst ihr mir vaklickern?«, fragte Fred und gähnte.

»Erst beantwortest du uns eene Frage«, sagte sie und zwinkerte Elias zu, um die Situation zu entspannen. Fred kratzte sich am Kopf und blickte sich gleichgültig im Zimmer um.

»Na denn lass ma hörn.«

»Wie heeßt der komische Hund in den Lucky Luke Comics?«

»Idefix«, kam es wie aus der Pistole geschossen. Elias schaute seine Tante an. Sie schaute Elias an. Und dann mussten beide prusten vor Lachen.

Melzick zwang sich zu einem Lächeln, was nicht ganz einfach war, bei den Gedanken, die ihr durch den Kopf schossen, während sie Herrn Schilling und seiner Sekretärin gegenübersaß. Vielleicht lag es an der Art und Weise wie diese Frau gelangweilt ein dünnes Salamiwürstchen aus der Aluminiumverpackung pellte und anfing, daran herumzunagen.

»Ich hoffe sehr, dass wir nicht allzu lange brauchen werden«, ließ Schilling in seinem Chefton verlauten.

»Liegt an Ihnen«, gab Melzick zurück. Schilling nahm seine randlose Brille ab und fixierte Melzick von oben herab. Melzick schaute seine lustlose Sekretärin an.

»Name?« Zwei blaue Augen hefteten sich auf Melzicks Frisur.

»Doris Deh.«

»Ach was. Wie die Schauspielerin?«

»Welche Schauspielerin?« fragte Doris Deh und kaute ohne Enthusiasmus auf ihrer Salami herum wie auf einem Kaugummi. Schilling setzte seine Brille wieder auf und verschränkte ungeduldig die Arme. Seine Finger trommelten auf seine Ellbogen. Melzick schaute ihm betont gelassen in die Augen. Immerhin hatte sie Urlaub. Ein Vergnügen am Tag wollte sie sich gönnen.

»Ungeduld ist selber schuld«, sagte meine Oma immer.«

Doris Deh verschluckte sich. Melzick wartete ihren Hustenanfall in Ruhe ab und holte in der Zwischenzeit ihr Notizbuch samt Bleistift hervor.

»Könnten Sie Ihren Namen dann bitte buchstabieren?«

John Fischli hatte Zweifel nichts erspart. Es gab keine Tür, die er nicht für ihn geöffnet hatte. Überall waren die Mitarbeiter bemüht gewesen, sich nichts anmerken zu lassen. Der komplette Saunabereich war zwar bis auf Weiteres gesperrt. Das Sport- und Familienbad, sowie die große, von riesigen Palmen umsäumte Schwimmhalle, Thermenparadies genannt, waren jedoch wieder geöffnet.

Ein dünnes Absperrband verhinderte, dass Gäste im Freien in die Nähe der künstlichen Insel und der Saunablockhütten kamen. Ein eilig gemaltes Schild »Baustelle – wir arbeiten für Sie« tat ein Übriges.

Von den Vormittagsgästen war keiner mehr da. Der Geruch, den die Nebelgranaten verursacht hatten, hatte sich verflüchtigt. Die Lüftungsanlage funktionierte wieder einwandfrei. Die Leute, die jetzt die Liegen rundum allmählich bevölkerten, hatten von den Geschehnissen des Vormittags keine Ahnung.

Die riesige Scheibe, die Bekanntschaft mit einer resoluten Baggerschaufel gemacht hatte und seitdem ein hässlich gezacktes, riesiges Loch aufwies, blieb für die neuen Badegäste unsichtbar, da der Bereich gesperrt war. Eine Handvoll Bauarbeiter war damit beschäftigt, die Trümmer aufzuräumen.

Thermenchef Schilling wollte unbedingt vor dem Eintreffen Kronbergers alle Spuren beseitigt haben. Die Einkaufsgalerie, die mit einem halben Dutzend Läden bestückt war, machte den gleichen Eindruck wie an jedem normalen Arbeitstag. Wer genau hinsah, spürte jedoch, dass hier etwas passiert war. Zweifel bedankte sich bei Fischli, der sich erleichtert von ihm verabschiedete, als eine drängende Frauenstimme ertönte.

»Herr Fischli, ach Herr Fischli! Hätten Sie kurz Zeit? Es wäre dringend. Dauert auch nicht lang, nur ein paar Minütchen. Ich mach Ihnen auch einen kleinen Schwarzen. Da sagen Sie nicht nein, nicht wahr? Natürlich nicht. Soviel Zeit muss sein. Aber Herr Fischli! Nun bleiben Sie doch endlich mal stehen!«

Fischli blieb schließlich widerwillig stehen und warf die Hände theatralisch in die Luft. Er drehte sich um.

»Frau Sontheimer. Ich hab keine Zeit. Ich muss …«

»Ach was. Tun Sie doch nicht so beschäftigt. Sie haben doch den Adnan.«

Zweifel war ein paar Meter entfernt stehengeblieben und tat so, als interessiere er sich für die Preisliste des Coiffeurs, der sein Geschäft neben dem Laden von Frau Sontheimer hatte, die Bademoden und Dessous verkaufte. Fischli warf Zweifel einen verstohlenen Blick zu.

»Wer ist denn jetzt der Tote? Mir können Sie es doch sagen. Von mir erfährt keiner was.« Sie hatte Fischli vertraulich am Arm gefasst und versuchte, ihn in ihren Laden zu lotsen.

»Von mir auch nicht. Hat mir die Polizei verboten. Fragen Sie doch den Kommissar, der steht schon hinter Ihnen.« Sie riss die Augen auf und schwenkte hastig herum. Zweifel, so plötzlich ins Spiel gebracht, reagierte sofort.

»Gegen einen Espresso hätte ich nichts einzuwenden«, sagte er mit einem gewinnenden Lächeln.

Ilse Sontheimer, reich verwitwet, die ihren Laden hauptsächlich als Gerüchteküche und geschickt getarntes Kommunikationszentrum für das gehobene weibliche Publikum nutzte, verschlug es für wenige Sekunden die Sprache. Zweifel nutzte diesen taktischen Vorteil aus. »Vielleicht wäre es auch wieder mal Zeit für eine neue Badehose«, sagte er und ging schnurstracks an ihr vorbei in den menschenleeren Laden. Ein Blick auf die Preisschilder genügte ihm. Sie hatten eine eher abschreckende Wirkung auf die 0815-Kundschaft.

Ilse Sontheimer blieb nichts anderes übrig, als ihm zu folgen. Er drehte sich zu ihr um.

»Schön, Frau Sontheimer, so war doch Ihr Name, mein Name ist Zweifel, Kriminalkommissar. Dann wollen wir uns doch mal ungestört unterhalten.« Sie fand ihre Sprache wieder.

»Mit einem kleinen Schwarzen habe ich einen Mokka gemeint. Espresso gibt es bei mir nicht. Das klingt so nach ›hoppla hopp‹ und ›wird's bald‹ und ›jetzt aber fix‹. Mokka ist was für Genießer, die sich Zeit lassen können, finden Sie nicht?« Zweifel schenkte ihr ein Lächeln.

»Dann lassen Sie in diesem Fall bitte den Zucker weg.« Sie nickte gleichfalls lächelnd und verschwand in einem Nebenraum, der als Kaffeeküche diente und kaum größer als eine Umkleidekabine war.

Zweifel setzte sich in einen Korbstuhl, der dort platziert war, wo üblicherweise der männliche Teil der Kundschaft am besten aufgehoben war: In der Nähe der Kasse und darüber hinaus nicht im Weg.

Er hörte sie emsig herumhantieren. Den Geräuschen nach zu urteilen verfügte »Sonny's Dessous« über eine hochmoderne Mokkamaschine. Überhaupt waren nicht nur die Preise, sondern die gesamte Ladeneinrichtung hochklassig, wie Zweifel unschwer erkennen konnte.

»Sie mögen Schweizer Pralinen, hoffe ich.« Ilse Sontheimer war mit einem Tablett erschienen, auf dem sich zwei goldgeränderte Designertassen neben einer gläsernen Etagere mit einer erklecklichen Anzahl verführerischer Schokojuwelen befanden.

»Ich höre mich nicht Nein sagen«, sagte Zweifel.

»Dann greifen Sie ungeniert zu«, sagte sie und stellte eine Tasse in seine Reichweite.

»Gibt es denn viele Besucher, die 350 Euro für einen Badeanzug ausgeben?«, fragte er und angelte nach einer mit zwei Pistazien verzierten, hellbraunen Schönheit. Sie nippte an ihrer Tasse.

»Mehr als Sie sich vermutlich vorstellen können. Vor allem Ausländer, Schweizer, um genau zu sein, gönnen sich gern mal was ganz Besonderes.«

Sie stellte ihre Tasse ab. »Meine Ware ist ja nicht einfach nur teuer. Sie bekommen eben auch etwas ganz Außergewöhnliches für Ihr Geld«, fügte sie hinzu. Zweifel nickte und wechselte das Thema.

»Wie haben Sie den Vormittag erlebt?«

»Tja, Herr Kommissar, was soll ich sagen? Das war doch mal eine nette Abwechslung.«

»Wie bitte?« Fast hätte er sich an seinem Mokka verschluckt.

»Ich weiß natürlich, dass niemand ernsthaft zu Schaden gekommen ist, sonst würde ich nicht so daherreden. Das heißt ...« Sie schaute ihn mit großen Augen an. »Jemand ist doch zu Schaden gekommen. Darf man wirklich nicht erfahren, um wen es sich bei dem Toten im Whirlpool handelt?«

Er setzte seine Tasse vorsichtig wieder ab und inspizierte die Etagere. Sollte sie ruhig noch ein bisschen zappeln.

»Was ist denn das hier für eine Köstlichkeit?« Er hatte sich eine schwarze Praline geangelt, die zur Hälfte in einer goldenen Papiermanschette steckte.

»Neunzigprozentige Surabaya-Schokolade mit einer Füllung aus weißem Rum und Kokosnussmus.«

»Da muss ich ja beinahe überlegen, ob das als Beamtenbestechung angesehen werden kann.« Sie antwortete ihm mit einem breiten Lächeln und sagte nichts.

Er ließ sich ihre Praline und ihr Schweigen in aller Ruhe auf der Zunge zergehen.

»Was haben Sie denn von dem Rauchgas mitbekommen?«

»Von dem Rauch selbst so gut wie nichts. Ich hatte gerade meinen Laden dichtgemacht und wollte für eine Viertelstunde an die frische Luft. Ich rauche ganz gern mal diese kleinen schwarzen Zigarren, Sie wissen schon. Auf dem Weg nach draußen hab ich einen kleinen Schwatz mit Roberto gehalten. Der betreibt das Bistro gleich nebenan. ›Du rauchst zu viel‹, sagte er gerade zu mir, und da ging es los. Unter den Ruhebänken, die da in der Mitte der Galerie stehen, kam dichter Qualm hervor. Es dauerte nicht lang und die ganze Ladenstraße war eingenebelt und zwar genau zu dem Zeitpunkt, als eine große Besuchergruppe an den Kassen stand. Das müssen wohl zwei oder drei Reisebusse voll gewesen sein. Und als der Rauch kam und den Weg nach draußen versperrte, sind die alle Richtung Saunabereich geflüchtet. Ich hab mich dann gleich mit Roberto in dessen Küche verzogen, die hat einen Seitenausgang ins Freie.«

»Und die Panik drinnen im Saunabereich?«

»Davon hab ich nichts mitbekommen.«

»Wann waren Sie heute Morgen da?«

»Kurz nach neun, wie immer. Ich öffne um halb zehn.«

»Irgendjemand muss diese Rauchgasgranaten unter den Sitzen versteckt haben. Können Sie sich an irgendwas erinnern, was uns weiterhelfen könnte?«, fragte er und leerte seine Tasse.

»Da muss ich nachdenken, das heißt, warten Sie, da muss ich gar nicht groß überlegen. Möchten Sie noch einen Mokka?«

Sie wartete seine Antwort gar nicht erst ab und verschwand mit beiden Tassen.

»Gestern Abend, kurz bevor ich ging, hab ich was beobachtet«, rief sie ihm aus ihrer Miniküche zu, während es dort zischte und brodelte. Zweifel stand auf und ging ihr nach. »Wenn ich jetzt so drüber nachdenke, bin ich mir sicher …«, rief sie im Bemühen, ihre Maschine zu übertönen, laut über ihre Schulter. »Huch, hab Sie gar nicht bemerkt. Also …«, sagte sie im normalen Tonfall und füllte beide Tassen aus einer kleinen Glaskaraffe, »ich bin sicher, dass ich den gesehen hab, der die Gasbomben versteckt hat. Bitte sehr, Herr Kommissar, sehr heiß.«

Zweifel nahm ihr seine Tasse ab und zog die Augenbrauen in die Höhe.

»Ich hörte es klimpern.« Er schaute sie an und schlürfte dabei vorsichtig an der dunkelbraunen Flüssigkeit. »Als ich nachschauen wollte, wer da mit Geld um sich warf, sah ich einen Mann auf allen Vieren bei den vorderen Sitzbänken. Er fluchte, aber es hörte sich Französisch an. Was sagen die bei solchen Gelegenheiten? ›Mörde‹ oder so ähnlich. Er hatte einen weinroten Overall an mit irgendeiner Firmenaufschrift. Sah wie ein Techniker aus. Es könnte aber auch ein Handwerker gewesen sein. Jedenfalls sammelte er all seine Münzen, die da auf dem Boden verstreut waren, ein und das waren nicht wenige. Er war also eine ganze Weile beschäftigt.«

Sie nahm einen nachdenklichen Schluck aus ihrer Mokkatasse. Zweifel schwieg und wartete.

»Ich hab ihn dann nicht weiter beobachtet, sondern meine Kasse abgeschlossen. Dann nahm ich meine Tasche und drehte gerade den Schlüssel in meiner Tür um, als es ein zweites Mal klimperte. Wie schusslig kann ein Mann denn sein, frag ich Sie.«

»Und dieses Mal lag er bei den hinteren Bänken auf dem Boden?« Sie nickte. »Hat ihm denn niemand geholfen?« Sie schüttelte den Kopf.

»Da waren nur ein paar Senioren in der Nähe. Die haben das zwar mitbekommen, aber die gehen natürlich nicht für ein paar Münzen in die Knie. Diese Gasdinger hat der doch sicher in seinem Overall verstecken können, was meinen Sie?«

»Möglich. Es wäre gut, wenn Sie mir nachher zeigen, wo genau er gelegen hat.«

»Wissen Sie, wer es war?« Zweifel war kurzzeitig verwirrt. Er leerte seine Tasse und schaute Ilse Sontheimer nachdenklich an, dann verstand er ihre Frage. Er rieb mit der linken Hand über seinen kahlen Schädel.

»Whirlpool ist schon mal ganz falsch«, sagte er.

»Das dachte ich mir schon«, erwiderte sie, während sie auf einem Ananasmarzipantrüffel kaute.

»Sagt Ihnen der Name Kronberger etwas?«

Sie hustete und verschluckte sich. Zweifel traf ein vorwurfsvoller Blick.

»Ihretwegen hab ich jetzt meine Lieblingspraline verschluckt«, schnaufte sie.

»Was für eine Verschwendung«, sagte Zweifel ungerührt.

»Etwa der Alte?«

»Nein, einer seiner Söhne. Er lag ertrunken in der Stollensauna.«

»Ertrunken? Unfassbar. Welcher?«

»Das wissen wir noch nicht. Wir müssen warten, bis der Vater ihn identifiziert hat.«

»Wirklich ertrunken? Aber das ist doch absurd, Herr Kommissar.«

»Nicht, wenn er seinen letzten Atemzug an einem anderen Ort gemacht hat.«

»Woanders? Aber wie kam er denn dann in die Sauna?«

»Jedenfalls nicht zu Fuß. Jemand muss ihm dabei behilflich gewesen sein.«

»Behilflich? Wie meinen Sie das? Ach so.« Sie legte einen Zeigefinger an ihre Nase und nahm Zweifel die leere Tasse aus der Hand. »Man hat ihn hineingetragen. Aber wie soll das funktioniert haben bei dem ganzen Betrieb hier? Das muss doch jemand beobachtet haben.«

»Nicht, wenn gerade alle mit ihrer Panik beschäftigt waren.«

»Ach, Sie glauben, das hängt mit diesem angeblichen Giftgasangriff zusammen?«

»Ich glaube nur, dass Ihr Mokka der Beste ist, den ich in diesem Jahr getrunken habe und dass Ihre Pralinen die Besten sind, die mir in diesem Jahrzehnt begegnet sind«, sagte Zweifel.

»Schön, dann fehlt jetzt nur noch die Badehose Ihres Lebens, Herr Kommissar, was meinen Sie?«

»Vielleicht ein andermal, Frau Sontheimer.«

»Dann vielleicht etwas Leichtes für Ihre Frau?« Er stockte einen Moment auf seinem Weg zur Tür, dann schüttelte er den Kopf, ohne sie anzusehen. Ihr sechster Sinn sagte ihr, dass dies ein endgültiges Nein war.

8. Kapitel

Vor der Ladentür stieß Zweifel mit einem großen, kräftigen Bauarbeiter zusammen.

»Sind Sie der Oberkriminale hier?«, fragte der den Kommissar, ohne Zeit auf eine Entschuldigung zu verschwenden. Zweifel nickte und klopfte sich den Staub vom Jackett, mit dem ihn der Mann bedacht hatte. »Was isch jetz mit meim Bagger? Ham Ihre Kollegen den jetz endlich als Tatwaffe identifiziert? I hab doch glei zugebn, dass I des Loch verbrochn hab. Auf ausdrückliche Anstiftung eines diffusen Bademeisters.«

Er hob beide Hände, die mit Wagenschmiere, Erde und Kalk reichlich versehen waren. »I wasch meine Hände in Unschuld, Herr Oberinschpecktor.«

Zweifel, der handgreifliche Beteuerungen zu Lasten seines Jacketts fürchten musste, trat geistesgegenwärtig zwei Schritte zurück.

»Sie heißen?«, fragte er ihn zur Abwehr so unfreundlich wie es ihm gerade möglich war. Der Mann grunzte.

»I ben der Mucki«, sagte er dann und zog geräuschvoll die Nase hoch.

»Steht das so auch in Ihrem Ausweis?«

»Na, da steht was anderes. Wollnsen sehn?« Er nestelte an seinem verdreckten Blaumann herum.

»Es genügt, wenn Sie mir Ihren vollständigen Namen laut und deutlich verraten.«

»No langsam, langsam. Ned so förmlich. I frag ja nur wegn meim Bagger. Der braucht nämlich Bewegung, Herr Kriminalrat.«

Zweifel wollte jetzt erst recht nicht nachgeben und holte Stift und Notizblock hervor.

»Also …«, mehr sagte er nicht. Der Baggerfahrer schnaufte, dann zog er noch einmal die Nase hoch.

»Nepomuk Steiner, staatlich geprüfter Baumaschinenführer und außerdem staatlich geprüfter Landmaschinenmechaniker und außerdem …«

»Das reicht erst mal«, schnitt ihm Zweifel das Wort ab. Ilse Sontheimer hielt sich derweil dezent im Hintergrund. Roberto vom Bistro nebenan kam herübergeschlendert und stellte sich neben sie.

»Geben etwas Neuigkeit?«, raunte er ihr hinter vorgehaltener Hand zu. Sie nickte kurz und legte einen Zeigefinger auf ihre Lippen.

»Ich will es kurz machen, Herr Steiner und Sie nicht länger als nötig von Ihrem Bagger fernhalten. Bevor Sie mir jetzt antworten, überlegen Sie genau. Denken Sie an alles, was Sie heute gesehen und gehört haben.«

Zweifel redete eindringlich aber jetzt etwas freundlicher mit dem Mann, der mit verschränkten Armen breitspurig vor ihm stand.

»Machen Sie die Augen zu. Das hilft beim Erinnern. Also. Was kam Ihnen an diesem Vormittag komisch vor? Worüber haben Sie sich gewundert? Was war nicht, wie es sein sollte?«

»Jo mei«, sagte Nepomuk Steiner spontan und kratzte sich ratlos am Kopf.

Zweifel hob die rechte Hand.

»Die Augen zu, sag ich!« Und dann schnippte er einmal mit Daumen und Zeigefinger.

»Santa Madonna, la Polizia macht in Hypnose?«, murmelte Roberto, als er verblüfft zusah, wie der Baggerführer tatsächlich die Augen schloss und nachzudenken schien. So stand er etwa zwei Minuten vor dem Kommissar, der beinahe an seiner Methode zu zweifeln begann.

»Nun«, sagte Zweifel schließlich, »was erscheint da vor Ihrem geistigen Auge?« Nepomuk Steiner öffnete seine Augen.

»Mei, wenn Sie mi so frogn – da erscheint eigentlich gar nix.« Zweifel seufzte. »So kann I ned nachdenkn. Da fällt mir nur ein, dass mei Frau mir heut die Brotzeit verweigert hat, weil I gestern auswärts gessen hob'. Muss I heut Mittag halt scho wieder auswärts essen. Das is weibliche Logik. Aber das wird Sie jetzt ned so intressiern, schätz ich.«

Zweifel wedelte unwillig mit seinem Bleistift und klopfte damit auf sein Notizbuch. Der Baggerfahrer Nepomuk Steiner kam langsam ins Schwitzen. Er kratzte sich im Nacken, dann hustete er einmal kräftig, mehr aus Verlegenheit.

»Nur weil Sie nach was gefragt ham, was nicht so war wie es sein sollte. Mei. Die Nackerten. Die warn halt recht aufgregt.«

»Das meine ich nicht, Herr Steiner. Probieren wir es anders. Was war, als Sie heut Morgen hier angekommen sind?«

»Ois wie immer. Koiner da außer mir. I ben meischtens der erschte.«

»Und später?« Zweifel war nun klar, dass er seinem Gegenüber alles aus der Nase ziehen musste. Der zog sie gut vernehmlich hoch.

»Um zehne hab I mein brek.«

»Ihren was?«

»Brek. Pause. Wissens, auf'm Bau müssens sich Ihre Kräfte gut einteilen.«

»Ich dachte, Sie sitzen bequem auf Ihrem Bagger und buddeln im Sand.« Nepomuk Steiner verschränkte erneut seine muskelbepackten Arme und versuchte herauszufinden, ob er jetzt beleidigt war. Er war es nicht.

»Genau, Herr Polizeipräsident, und Sie dürfen den ganzen Tag im dicken Auto sitzen und tatütata machen.«

Zweifel ließ den Kopf sinken. Dann drehte er sich um, damit er sein Schmunzeln unbemerkt wegpacken konnte. Dabei blickte er direkt in Robertos sizilianische Augen, in denen mehr als ein Fragezeichen stand. Ilse Sontheimer daneben schüttelte verwundert ihren Kopf.

»Apropos tatütata«, ließ sich Nepomuk Steiner vernehmen. Zweifel drehte sich wieder zu ihm um. »jetzt woaß I, was Sie moina, Herr …«

»Bevor Sie mich jetzt zum Justizminister machen, Herr Steiner, ich bin Kommissar, einfach nur Kriminalkommissar«

»Herr Kommissar, ja, des war übrigens a gute Serie damals, ›Der Kommissar‹. Kennans die?« Zweifel flüchtete sich in Galgenhumor.

»Deswegen bin ich Kommissar geworden.«

»Ach was! Da schau her. Was wollt' ich jetzt sagen? Richtig. Die hatten keine Sirene. Des war irgendwie auch gar kein richtiges Rettungsfahrzeug. Blaulicht hat auch gefehlt. Des war also nicht wie es sein sollte, wie Sie gesagt ham.«

»Jetzt müssen Sie mir helfen, Herr Steiner. Ich bin nicht so schnell im Rätselraten. Was haben Sie denn genau gesehen?«

»Zwei Sanitäter. Die müssen schon lang vor allen anderen dagewesen sein. Bevor der ganze Zinnober losging.«

Zweifel schaute ihn schweigend an und zog die Augenbrauen nach oben. Nepomuk Steiner dämmerte, dass er seine Ausführungen etwas besser sortieren musste. Also holte er tief Luft.

»Als der John mich angerufen hat …«

»Sie meinen Herrn Fischli, den Bademeister? Wieso hatte der überhaupt Ihre Nummer?«

»Mir san Nachbarn, scho ewig, der John und I. Wie gesagt,

da hab I ja noch gar nix mitgekriegt gehabt von dem ganzen Tohuwaboschlagmichtot, als der mi angrufn hot. Nepomuk Steiner wischte sich die Nase mit den Fingern. »Die ganzen Sankas und Notarztwägen sind ja erst viel später gekommen. Aber die andern zwei, die ohne Sirene, die warn mindestens scho a halbe Stunde vorher da. Die san mir aufgfalln, als I grad mal im Gebüsch war, Sie verstehn scho.«

»Um welche Uhrzeit war das genau?«, fragte Zweifel.

»Mei, so halber elfe. I war grad fertig mit meim Brek.«

»Wie kommen Sie darauf, dass es Sanitäter waren?«

»Ja was denn sonst? Die warn so angezogen wie Sanitäter. Und die ham eine Tragbahre rauszogn aus`m Auto.«

Nepomuk Steiner machte eine bedeutsame Pause und nickte Roberto und Frau Sontheimer zu, die stumm einige Meter hinter Zweifel auf »etwas Neuigkeit« warteten. »Da lag einer drauf, also, eine Person lag drauf. I konnt nicht erkennen ob Männlein oder Weiblein. Und das fand I reichlich komisch. Warum laden die da, hinter der Therme, also wo weit und breit kein Eingang is, jemanden aus? Warum laden die überhaupt jemanden aus? Die ham doch da nix zu suchen. Die müssten doch ins Krankenhaus fahrn mit dera Person, oder ned?«

Zweifel machte sich stirnrunzelnd Notizen.

»Haben die zwei Sie bemerkt?«

»Kann I mir ned vorstelln.«

»Und weiter?«

»Nix weiter. Mei Kollege hat mi anpfiffn. I hab mi dann wieder auf mein Baggr konzentriert und auf mei Arbeit. Und, bittschön, des würd' I jetzt ganz gern auch wieder tun. I muss ja fertig wern.«

»Sie haben diese zwei Sanitäter mit ihrem Patienten ab dem Zeitpunkt also aus den Augen verloren?« Steiner nickte.

Zweifel steckte seinen Notizblock weg und rieb mit der linken Hand über seine Glatze.

»Wenn Sie mir noch zeigen, wo Sie die beiden gesehen haben, steht einem Wiedersehen mit Ihrem Bagger nichts entgegen.«

»Ich sollte Ihnen doch auch etwas zeigen!«, mischte sich Ilse Sontheimer ein.

Zweifel nickte, kratzte sich am Kopf und fasste Roberto ins Auge.

»Und Sie? Haben Sie mir auch etwas zu zeigen?« Roberto erbleichte.

»Santa Madonna! Sono innocente, isch bin unschuldig«, stammelte er und wich zurück, beide Hände hochhaltend.

»Das sind wir alle«, murmelte Zweifel, »ganz am Anfang.«

Moritz Kronberger wachte auf. Etwas stimmte nicht. Da war ein großer schwarzer Stein in seinem Denken. Etwas Ungeheuerliches war, während er schlief, durch sein Unterbewusstsein gekrochen.

Er erinnerte sich an seinen Traum. Er war eine einsame Bergstraße hinaufgelaufen, bei strahlendem Sonnenschein. Doch seine Bewegungen waren äußerst langsam und strengten ihn an. Das musste an dem großen, dunklen Mantel liegen, den er trotz der sommerlichen Hitze trug. Der Mantel ließ ihn frösteln. Er lag schwer auf seinen Schultern. Er konnte seine Hände nicht sehen, die Ärmel waren zugenäht. Er fühlte seine kalten Finger, die innen an dem Futterstoff unaufhörlich kratzten, während er einen Schritt vor den anderen setzte. Es war windstill. Eine Serpentine folgte auf die andere. Hoch über ihm im strahlend blauen Himmel begleitete ihn eine Bergdohle. Er konnte ihre Rufe hören. Er konnte seine Füße nicht sehen. Der Mantel war so lang, dass er am Boden schleifte. Seine Fußsohlen waren kalt und schmerzten. Er trug weder Schuhe noch Strümpfe. Sein Atem ging keuchend. Die Luft war sehr dünn. Die Sonne brannte. Er fror. Weiter oben in der Ferne konnte er den Gipfelgrat ausmachen.

Die Straße war nun zu einem Schotterweg geworden und wurde immer schmaler. Seine Schritte verlangsamten sich. Er spürte die spitzen und kantigen Steine, die sich schmerzhaft in seine Fußsohlen bohrten.

Der Mantel legte sich immer enger um seinen Körper. Er schnürte ihm die Brust ein, presste sich von allen Seiten an seine stolpernden Beine, bis es ihm nicht mehr möglich war, auch nur einen Schritt zu machen.

Er blieb stehen. Er musste stehenbleiben. Einige Meter vor ihm landete, mit schwarzen Flügeln heftig flatternd, die Bergdohle. Er atmete schwer und keuchte seine Erschöpfung in die dünne Bergluft. Irgendwann drehte der Vogel den Kopf und zeigte ihm sein Gesicht. Der Anblick erschreckte ihn zu Tode und riss ihn aus seinem Schlaf.

Moritz Kronberger versuchte, sich zu orientieren. Er hatte die Sätze seines Vaters so verinnerlicht, dass sie wie ein Mantra an seine Stirn pochten. Wer überlegen kann, wird überleben. Darum ging es. Ums Überleben.

Ein eiskalter Stich fuhr ihm in die Brust. Sein Bruder hatte nicht überlebt. Florian war tot. Das hatten sie ihm klargemacht. Aber wie konnte das sein? Sie hielten ihn doch für Florian.

Er öffnete die Augen. Trübes Kellerlicht umfing ihn. Es roch anders hier. Er drehte vorsichtig seinen Kopf nach allen Seiten und bemühte sich, etwas zu erkennen. Die Tür war nicht da, wo er sie zuletzt gesehen hatte. Seine Hände tasteten die raue Wolldecke ab, auf der er lag. Wie war das möglich?

Da war kein Klebeband mehr um die Handgelenkte, er konnte seine Arme frei bewegen. Mit einem Ruck zog er seine Beine an. Der plötzliche Schmerz in seinen Muskeln ließ ihn aufstöhnen. Gleichzeitig setzte sein Herz für einen Moment aus vor Überraschung. Er war nicht mehr gefesselt.

Mühsam darauf bedacht, jeden Schmerz zu vermeiden, richtete er sich langsam auf, bis er schließlich verblüfft feststellte, dass er auf einer Krankenbahre saß, die in einem Kellerraum stehen musste. Man hatte ihn hierher transportiert, während er schlief. Die nächsten zehn Minuten verbrachte er sitzend damit, irgendein Geräusch zu identifizieren, das auf seine Entführer hingewiesen hätte. Doch außer einem leisen, sporadisch auftretenden Rascheln, vermutlich von Mäusen, drang nichts an seine Ohren.

Schließlich fasste er sich ein Herz und stand vorsichtig auf. Er war wacklig auf den schmerzenden Beinen und versuchte, den plötzlich auftretenden Schwindel zu beherrschen. Ein paar Mal atmete er tief durch. Dann ging er zur Tür. Sie ließ sich leicht öffnen und kratzte ein wenig auf dem Boden. Wieder wartete er und lauschte angestrengt. Eine alte Holztreppe lag vor ihm, die er Stufe um Stufe erklomm, jederzeit darauf gefasst, von den Entführern entdeckt zu werden. Doch es war niemand zu hören. Es kam niemand, ihn aufzuhalten.

Immer noch ungläubig drückte er die Klinke der Türe, als er oben angelangt war. Er stieß sie weit auf und machte ein paar Schritte. Er war im Freien. Er sog die frische Luft ein und blinzelte ins Sonnenlicht. Moritz Kronberger war frei. Etwas stimmte nicht.

»Einsteins Rübe‹ Wo die Leute nur immer die Namen für ihre Lokale hernehmen«, brummte der Kommissar.

Melzick nahm einen großen Schluck von ihrem dschungelgrünen Smoothie und schaute dann in die Runde. Das Lokal war fast voll besetzt. Es befand sich in einem ehemaligen Hangar, der von außen aussah wie ein halbierter, flach auf dem Boden liegender, riesiger Holzeimer. Es gab keine geraden Wände. Das Halbrund des Daches reichte auf beiden Seiten bis auf den Boden. Mehr als vierzig Jahre war darin ein historisches Fliegermuseum untergebracht gewesen bis die Flugveteranen sich entschlossen hatten, in eine größere Halle umzuziehen, die direkt an der Rollbahn des Wörishofer Kleinflughafens lag. Die neuen Inhaber hatten den alten Kasten behutsam renoviert, neue Fenster anstelle der von zentimeterdickem Staub bedeckten Butzenscheiben eingebaut, den Eingang durch breitere Türen einladender gemacht und für eine stilechte Beleuchtung in Form von Petroleumlampen gesorgt, die überall im Raum verteilt waren und sich erst bei genauer Betrachtung als geschickt getarnte LEDs entpuppten.

Unter der hochgewölbten Decke hing an dicken Tauen ein Nachbau des legendären Hängegleiters von Otto Lilienthal. Die Wände zierten Fotos historischer Doppeldecker sowie Porträtaufnahmen ehrwürdiger Physiknobelpreisträger. Der berühmteste, der dem Fotografen die Zunge herausstreckte, fehlte allerdings. Dafür tauchte er im Namen des Lokals auf.

Tische und Stühle, Geschirr und Besteck, Serviettenhalter und Speisekarte – das alles war im Fünfzigerjahre-Stil gehalten. Neben dem langen dunklen Tresen stand eine Original Wurlitzer Jukebox, die laut dezent angebrachtem Hinweis ausschließlich auf Zehnpfennigstücke reagierte.

»Bin auch zum ersten Mal hier, Chef. Penny Stock hat mir den Tipp gegeben. Sie erzählte was von drei abgebrochenen Physikstudenten, für die nach dem dritten Semester Rezepte erfinden wichtiger war, als Formeln von den Bäumen der wissenschaftlichen Erkenntnis zu pflücken. Da liegt ›Einsteins Rübe‹ als Name doch auf der Hand.«

»Dann hätten sie aber auch ›Schrödingers Katze‹ nehmen können.«

»Da komm ich jetzt zwar nicht ganz mit, aber so viel kann ich Ihnen versichern: Tiere gibt es hier nicht auf den Tellern. Außerdem macht sich Einsteins Kopf deutlich besser auf einer Speisekarte, als eine haarige Mieze«, erwiderte Melzick und hielt ihm die Frontseite der Karte unter die Nase.

»Das mit der Katze erklär ich Ihnen ein andermal. Wenn Sie mir jetzt bitte erklären, was ich mir unter ›zwei panierten Kornkreisen im Senfbad‹ vorzustellen habe.«

»Hört sich nach Experiment an, genauso wie das hier —,« sie fuhr mit den Fingern die Speisekarte entlang, »ein Teller hausgemachter Parallelen‹.« Zweifel war jetzt ganz von dem Speiseangebot dieses Lokals gefesselt.

»Die lieben hier anscheinend kleine Portiönchen, wenn ich mir das so anschaue: ›Ein Karäffchen Lichtpartikel mit Spektrumrum‹.«

»Speck?«

»Ja, aber ohne ›c‹, dürfte also eher im physikalischen Sinn gemeint sein. Und hier: ›Ein Schälchen dunkle Materie‹. Was in Dreiteufelsnamen soll das sein? Vor allem: Wonach schmeckt es?«

»Das kann ich Ihnen leider nicht verraten.« Von beiden unbemerkt war einer der drei ehemaligen Physikstudenten an ihren Tisch getreten. Zweifel schaute ihn fragend an. Melzick kratzte sich verblüfft an der Nase. Außer im Fernsehen hatte sie bisher noch niemanden einen echten Frack tragen sehen.

Mit seiner dreieckigen Gesichtsform und seiner großen Nase erinnerte sie der junge Mann sehr stark an Fred Astaire in einer seiner Glanzrollen. Er räusperte sich vornehm hinter vorgehaltener Hand.

»Wir wissen in der Tat bis heute nicht, woher und wie die dunkle Materie auf unsere Speisekarte kommt. Sie dürfen sie aber gerne probieren.«

Zweifel rümpfte die Nase.

»Und was ist mit den Preisen für Ihre Speisen? Wissen Sie die wenigstens, ich kann hier nirgendwo etwas entdecken, Herr Ober.«

»Maitre wäre die korrekte Anrede, wenn Sie mir die Bemerkung erlauben.« Melzick fühlte sich wie in einem Film. »Im Übrigen werden Sie nach erfolgter Nahrungsaufnahme feststellen, dass Preis und Leistung in diesem Teil des Universums ein inniges Verhältnis zueinander haben.«

»Aha. Es beruhigt mich, das zu hören«, gab Zweifel trocken zurück. »Wenn ich mich dann noch nach Ihrer Halbwertzeit erkundigen dürfte. Ich habe nämlich um 17 Uhr einen Termin.« Melzick konnte ein vergnügtes Grunzen nicht unterdrücken. Der Maitre warf ihr einen kurzen Blick zu, bevor er ungerührt antwortete.

»Für diejenigen unserer Gäste, die noch an die Existenz der Zeit glauben, haben wir größtes Verständnis.«

»Das heißt, wir dürfen relativ schnell mit einem Ergebnis unserer Bestellung rechnen?« Der Frack straffte sich in den Schultern.

»Das ganze Leben ist ein Experiment. Probieren Sie's einfach«, war seine Antwort. Zweifel tauschte einen Blick mit Melzick.

»Schön, ich denke, wir begnügen uns zunächst mit zwei Tellerchen hausgemachter Parallelen und warten ab, was uns noch dazu einfällt.« Der Maitre nickte leicht und entfernte sich auf leisen Sohlen.

»Ich muss unbedingt mit Penny reden«, meinte Melzick.
Zweifel lehnte sich entspannt zurück.

»Zweimal Spaghetti«, war im Hintergrund zu hören. Sie schauten sich an und grinsten erleichtert.

»Hoffentlich brauchen wir kein Mikroskop für die Tellerchen und ich hab auch keine Lust mit 'ner Pinzette zu essen«, sagte Melzick. »Ich hab einen Beerenhunger.«

»Darf man das als Veganerin so formulieren?«

»Wenn man es mit zwei ›e‹ schreibt, darf man das«, gab sie zurück und leerte ihren Smoothie. Zweifel nahm einen vorsichtigen Schluck aus seinem Glas.

»Ich hab keine Ahnung, was da drin ist, aber das ist vorläufig egal. Melzick, wir müssen reden.«

»Darauf warte ich schon die ganze Zeit, Chef.« Sie waren direkt von der Therme zum Essen in die Innenstadt gefahren, auf Melzicks Vorschlag hin. Ihr Magenknurren war nicht zu überhören gewesen und Zweifel hatte außer den Sontheimer'schen Pralinen seit dem Frühstück keine feste Nahrung mehr zu sich genommen.

»Ich sollte Klopfer nicht unbedingt warten lassen. Er scheint heute zu den Menschen zu gehören, die ganz besonders an die Existenz der Zeit glauben.«

»Also, dann sag ich Ihnen mal schnell, was Schilling und seine Assistentin mir unter der Folter verraten haben.« Bevor sie loslegen konnte, kam ein junges Mädchen an ihren Tisch.

»Hat Max sich wieder als Maitre aufgespielt?«, fragte sie in leicht genervtem Ton und stellte zwei Tellerchen auf den Tisch, kaum größer als die Gläser einer Pilotenbrille.

»Wir fanden es eigentlich ganz amü... was soll das denn darstellen?«, fragte Zweifel. Das Fräulein, ganz in Schwarz mit einer bodenlangen weißen Schürze, richtete das Augenmerk auf den Tisch, als wäre ihr soeben erst aufgefallen, was sie da serviert hatte. Auf jedem Teller lagen, exakt ausgerichtet, jeweils acht Spaghetti, jede Nudel etwa so lang wie Einsteins Nase. Sie kratzte sich kurz am Kinn und verkündete dann:

»Nehmen Sie es einfach als Vorgeschmack auf zu erwartende Genüsse hin.« Damit verschwand sie in Richtung Küche.

»Immerhin al dente«, sagte Melzick, die sich bereits ein Stück einverleibt hatte. »Sie wissen ja, Chef, schön langsam essen.«

»Ich werde mich hüten«, sagte er, ließ seine acht Minispaghetti auf einen Rutsch in seinem Mund verschwinden und kaute drei bis vier Mal. »So, das wäre erledigt.« Melzick nahm die zweite Nudel zwischen Daumen und Zeigefinger.

»Schilling ist für alles zuständig.«

»Das heißt, wenn es etwas zu entscheiden gibt, dann ...«

»Genau. Dann ist das seine Sache und zwar ausschließlich, wie er mehrmals betonte. Meine Frage nach einem Organigramm, die ich mir nicht verkneifen konnte, fasste er dann prompt als Beleidigung auf. Fischli ist der Einzige, den man als so eine Art Abteilungsleiter ansehen könnte. Aber auch nur weil er der Älteste und Erfahrenste der acht Bademeister ist. Es gibt da noch eine Reihe von Mitarbeiterinnen, die sich bei der Betreuung, Beratung, Aufsicht und beim Empfang im Wellness- und Saunabereich abwechseln. Dann haben wir noch die Kassiererinnen, das Personal im Restaurant und im Bistro und die Leute, die in den Ladengeschäften arbeiten. Vier Haustechniker sorgen im Wechsel für den reibungslosen Ablauf. Ich habe hier eine Liste der Mitarbeiter, die heute Morgen anwesend waren. Hinter jedem Namen ist das Eintrittsdatum vermerkt, Sie werden feststellen, dass es kaum jemanden gibt, der länger als zwei Jahre dort arbeitet. In der technischen Zentrale …«

»Die hat mir Fischli gezeigt«, unterbrach sie Zweifel.

»Dann haben Sie mit dem Techniker sprechen können?«, fragte Melzick. Zweifel nickte kurz.

»Der Mann war mit den Nerven fertig. Hat wohl erst vor ein paar Monaten hier angefangen und ist noch in der Probezeit. Er konnte mir nicht sagen, was mit der Haustechnik los war, außer dass von einer Sekunde auf die andere praktisch nichts mehr funktioniert hat. ›Die elektronische Steuerung hat gemacht was sie wollte‹, waren seine Worte.«

Melzick war bei der dritten Nudel angelangt.

»Ich glaube eher, die hat gemacht, was jemand anderes wollte. Das hört sich sehr nach einem Hackerangriff an.«

»Jetzt futtern Sie doch endlich mal Ihre Vorspeise, der Anblick macht mich ganz kribbelig.« Melzick gehorchte umgehend und fuhr kauend fort.

»Ein Sicherheitskonzept gibt es immerhin. Auf dem Papier.«

Zweifel nickte.

»Adnan, der jüngere Bademeister hat mir bestätigt, dass es für solche Notfälle nichts taugt. Da geht es ausschließlich um vorbeugende Verhaltensmaßnahmen.«

»Sowas wie: ›Wenn Schilling kommt in die tiefe Hocke gehen und Arme über den Kopf‹?« Zweifel nickte.

»Muss ja einen Grund geben, dass die Leute hier so rasch wieder aufhören zu arbeiten. Haben Sie übrigens rausgefunden, wer heute Vormittag diese verunglückten Durchsagen verbrochen hat?«

»Nein.«

»Wie nein?«

»Ich weiß zwar, wer normalerweise die Durchsagen macht. Es sind zwei Studentinnen, die sich alle paar Tage abwechseln. Ihre Namen hab ich ganz unten separat auf der Liste notiert. Charlotte Burg wäre erst ab übermorgen an der Reihe gewesen. Sie steckt mitten in der Vorbereitung für die Semesterprüfungen. Henriette Kohler wäre demnach heute dran gewesen.«

»Also, Melzick, wo ist das Problem?«

»Sie ist nicht erschienen.«

»Woher wissen wir das?«

»Die haben ein Zeiterfassungssystem in der Therme. Eine von Schillings ›innovativen Maßnahmen zur Mitarbeiterführung‹.«

»Aha, und was sagt uns das?«

»Sie hat sich heute nicht angemeldet. Sie war nicht da. Als sich das bei unserer kleinen Konferenz herausstellte, war Schilling sichtlich überrascht.«

»Wer hat denn dann die Durchsagen gemacht, zum Teufel?«

»Henriette Kohler jedenfalls nicht. Schillings Sekretärin hat wie wild herumtelefoniert, aber die Kohler hat niemand gesehen.«

»Interessant. Fischli hat erwähnt, dass er die Stimme von heute noch nie gehört habe. Das heißt im Klartext«, sagte Zweifel und lehnte sich vor, »wer auch immer die Durchsagen machte, führte Böses im Schilde und kam von außerhalb. So wurde die Panik erst richtig angefeuert.«

»Dazu passen die verriegelten Türen und die Rauchgasbomben. Da hat jemand ganz gezielt ein Chaos inszeniert.«

»Die Frage ist«, sagte Zweifel und rieb mit der Linken über seine Glatze, »ob dieser Jemand auch für die Leiche in der

Stollensauna zuständig ist.« Melzick lehnte sich zurück. Maitre Max war mit zwei großen, dampfenden Tellern voller Spaghetti an ihren Tisch getreten.

»Ich vermisse die Parallelen«, sagte Zweifel mit kritischem Blick auf seine riesige Portion. Maitre Max schaute ihn an wie einen Schüler, der nach Extraferien fragt.

»Wie Sie vielleicht wissen«, hob er zu einer geduldigen Erläuterung an, »ist ein wesentliches Phänomen von Einsteins Relativitätstheorie der gekrümmte Raum.« Zweifel nickte und schaute ihn gespannt an. »Nun, wir haben diese Theorie um eine kulinarische Komponente erweitert. Durch die Krümmung der Nudel entsteht mehr Raum für Sugo.«

»Sie sollten im Theater auftreten.«

»Das tue ich bereits. Ich wünsche Ihnen viel Erfolg beim Studium Ihrer Teller.«

Womit er sich entfernte.

»Alfo, mir fmeckt bie Theorie«, meinte Melzick mit vollem Mund. Zweifel griff zu Löffel und Gabel.

»Hat der gute Schilling eine plausible Erklärung dafür gehabt, warum die Polizei nicht sofort gerufen wurde?«

»Darf ich einen Wunsch äußern, Chef?« Zweifel hob fragend die Augenbrauen. »Bei uns zuhause galt früher mal die nervige Regel, beim Essen die Klappe zu halten. Das hab ich nie verstanden und ich habs auch nie geschafft.« Zweifel ahnte wohin der Hase lief.

»Aber jetzt sind Sie älter und weiser geworden.«

»Genau. Jetzt hab ich den Grund verstanden und mir vorgenommen, beim Essen nur zu essen und zu essen und sonst nichts zu tun. Hört sich das schräg an?«

Zweifel wartete mit seiner Antwort, weil er den Mund gerade voller Spaghetti in köstlicher Sugo-Begleitung hatte. Dann hob er den Daumen und nickte.

Und während die beiden sich schweigend in ihr Spaghetti-Studium vertieften, gelang es ihnen beinahe, den Fall zu vergessen.

9. Kapitel

Lucy war so in den ellenlangen Artikel über Theo Kronberger vertieft, dass sie den Mann mit dem Schnauzer erst bemerkte, als er sich mit beiden Ellenbogen auf ihren Tresen lehnte. Mit der Rechten hielt er ihr einen Presseausweis vor die Nase.

»Tachchen, Reisser, Mindelheimer Zeitung, ich bin der Erste, will ich hoffen«, sagte er und ließ einen Raucherhusten vom schwersten Kaliber hören.

Lucy lehnte sich zurück, verschränkte ihre massigen Arme vor ihrer massigen Oberweite und runzelte die Stirn. Dieser Mensch war ihr auf Anhieb so unsympathisch wie kalte Pommes.

»Nee, Meister, außer Ihnen waren schon alle da«, war ihre prompte Antwort. Einen Moment lang stutzte er, dann verzog er den Mund zu einem gelbzahnigen Lächeln.

»Nicht mit mir, hübsche Frau. Ich bin es gewohnt, der Erste zu sein.« Er senkte seine Reibeisenstimme etwas. »Und wenn ich der Einzige bleibe, soll mir das schon was wert sein. Sagen Sie den Kollegen von der Konkurrenz einfach, Sie wüssten von nichts.« Er ging noch etwas tiefer mit seiner Stimme. »Und mir flüstern Sie einfach alles ins Ohr, wie wär's?«

»Allein bei dieser Vorstellung rollen sich meine Fußnägel auf und ich wäre Ihnen sehr verbunden, wenn Sie Ihr Nikotin nicht in meine Richtung ausatmen. Vielleicht verzichten Sie überhaupt aufs Ausatmen, wie wäre das?«

Er stieß einen heiseren Lacher aus, gefolgt von einem ausführlichen Hustenanfall. Lucy stieß nach.

»Außerdem wäre es mir sehr lieb, wenn Sie unsere Putzfrau von Ihren unappetitlichen Hinterlassenschaften verschonen würden.« Er nahm die Ellenbogen vom Tresen, richtete sich auf und packte sein Grinsen ein.

»Hoppla, hübsche Frau, in so einem prachtvollen Körper hätte ich aber etwas mehr Humor erwartet.« Jetzt riss Lucy der Geduldsfaden.

»Packen Sie Ihr Testosteron mal wieder in den Kühlschrank. Sie werden es im Alter brauchen.« Das brachte ihn für einen Moment aus dem Konzept. Er räusperte sich.

»Schon gut, schon gut, lassen wir die Hormone mal aus dem Spiel. Die werden sowieso überschätzt. Ich will mit Ihrem Chef reden.«

»Warum?«

»Sagen wir mal: Massives öffentliches Interesse.«

»Er ist nicht da.«

»Glaub ich nicht. Und jetzt reicht es mit dem Geplänkel, Teuerste. Heute Vormittag gab's eine Panik in der Therme, ausgelöst von einem mutmaßlichen Terroranschlag und das in Bad Wörishofen. Und Sie wollen mir weismachen, der zuständige Polizeichef sei nicht zu sprechen? Polizei hilflos, ratlos, sprachlos – was ist los mit Alois Klopfer? Ist er als Chef der hiesigen Polizei noch der Richtige? Wie gefallen ihm wohl diese Schlagzeilen?« Lucy reckte ihre drei Doppelkinne.

»Er wird sie nicht lesen.«

»Aber die Mehrheit der Bevölkerung wird sie lesen, sie wird sie geradezu verschlingen. Und ganz bestimmt wird sie der Chef von Herrn Klopfer lesen. Der Polizeipräsident ist sehr auf die Außenwirkung seines Vereins bedacht. Ganz zu schweigen davon, wie wohl die Reaktion von Herrn Kronberger ausfallen dürfte.« Er hatte sich in eine ordentliche Betriebstemperatur geredet. Lucy schaute ihm unbeeindruckt in die zusammengekniffenen Augen. Dann öffnete sie beiläufig ihre Schublade.

»Sie können ja plötzlich ganz manierlich formulieren. Lauter gerade Sätze. Wer hätte das gedacht«, sagte sie gelassen und griff nach einem Schokoriegel. »Hier! Das hat Sie doch sicher Energie gekostet. Beißen Sie da mal rein. Vermutlich können wir uns danach fast wie Erwachsene unterhalten.«

Zum ersten Mal seit langer Zeit war Egon Reisser sprachlos.

Zweifel legte die Serviette, die mit physikalischen Formeln bedruckt war wie ein vollgekritzelter Spickzettel, neben seinen leeren Teller und atmete tief durch.

»Die Quantität wurde tatsächlich von der Qualität übertroffen. Langsam mach ich mir Sorgen, was die Preise in diesem Lokaltheater angeht.«

»Ist doch ein Arbeitsessen, Chef.«

»Richtig. Arbeit. Wie lautete jetzt Schillings Ausrede?« Melzick leckte ein letztes Mal ihren Löffel ab.

»Er hat keine. Außer Kronberger.«

»Wie darf ich das verstehen?«

»Der hat 'ne Allergie gegen jede Form staatlicher Einmischung und hat damit Schilling erfolgreich angesteckt. ›Die Polizei will ich nicht in meinem Haus sehen. Wir brauchen sie nicht.‹ So lautet Kronbergers Dogma, das Schilling wortgetreu befolgt, und zwar aus eigener Überzeugung.«

»Aha. Offensichtlich reicht die Phantasie dieser beiden Herren nur bis zum Beckenrand.«

»Na ja – ein Beinahe-Terroranschlag und ein Ertränkter in der Sauna – Sie müssen zugeben, sowas denkt sich doch höchstens ein gelangweilter Schriftsteller aus.«

»Ich gebe gar nichts zu. Jedenfalls wächst meine Vorfreude auf das Gespräch mit diesem Herrn Kronberger stündlich.«

»Hat Penny sich eigentlich schon mit Ihnen in Verbindung gesetzt?«

»Ach ja – auf die ist Verlass. Sie hat jede Menge Fingerabdrücke sichergestellt. Sie wissen ja, was ich davon halte. Außerdem hat sie ein paar Grashalme, zwei winzige Kieselsteine und einen noch winzigeren, dunkelgrünen Metallsplitter in der Stollensauna gefunden. Das passt zu dem, was unsere Leute auf dem Gelände entdeckt haben.«

»Und das wäre?«

»Am westlichen Rand des Geländes, auf der Rückseite der Blockhäuser mit den finnischen Außensaunen, wurde der dunkelgrüne Drahtzaun fein säuberlich aufgeschnitten. Fußspuren konnten zwar nicht identifiziert werden. Trotzdem war klar zu erkennen, dass sich dort jemand Zutritt verschafft hat. Ich hab mir die Stelle kurz angeschaut. Mucki hat dort ganz in der Nähe ein verdächtiges Fahrzeug gesehen.«

»Wer ist denn Mucki und was für ein Fahrzeug?«

»Nepomuk Steiner, Baggerfahrer. Hat nicht weit von dem Loch im Zaun eine Art Lieferwagen stehen sehen. Da führt nur ein Feldweg hin, der für den öffentlichen Verkehr gesperrt ist. Er hat beobachtet, wie zwei Männer, angezogen wie Sanitäter, eine Tragbahre ausgeladen haben, mit einer Person darauf.« Melzick überlegte kurz.

»Taxi für einen Toten, würde ich mal behaupten. Und die zwei haben die bleiche Leiche dann einfach so in der Sauna deponiert, oder wie?«

»Fischli hat mir einen Seiteneingang gezeigt, der angeblich immer verschlossen ist. Der war heute allerdings offen für alles.«

»Hat Mucki gesehen, wie sie ihn reingetragen haben?«

»Das nicht. Die Arbeit rief und lenkte ihn ab.«

»Trotzdem deutet wohl alles darauf hin, dass Kronbergers Sohn auf die Art heimlich in der Sauna gelandet ist.«

»Tja, das ist eben das Merkwürdige, Melzick. Wie heimlich war das denn bitte? Am helllichten Tag im offenen Gelände mit vielen potentiellen Zuschauern?«

»Hat denn irgendeiner von denen was gesehen?«

»Eben nicht. Zumindest haben wir bisher keinen gefunden. Die Panik hat alle abgelenkt.«

»Sorry, das will mir nicht in den Kopf.«

»Vielleicht gibt es ja jemanden, der was beobachtet, aber dem Ganzen keine große Bedeutung beigemessen hat. Ein Haufen Badegäste ist uns ja durch die Lappen gegangen. Die kommen doch von überall her.« Zweifel kratzte sich am Kopf. »Ein Aufruf in der Presse wird da wenig bringen.«

»Und was ist mit denen, die die Kollegen befragt haben?«

»Das waren zumeist Leute, die ganz nah am Geschehen dran waren. Die waren so mit sich selbst beschäftigt, von denen hat keiner was bemerkt.«

»Wenn ich etwas bemerken dürfte«, sagte völlig unerwartet Maitre Max, der sich an den Tisch herangeschlichen haben musste. Beide schauten auf, als hätte er sie bei etwas Verbotenem ertappt. »Ihr 17 Uhr-Termin. Sie können ihn noch einhalten.« Zweifel warf einen raschen Blick auf seine Uhr. Maitre Max räusperte sich ebenso energisch wie vornehm hinter vorgehaltener Hand. »Ihrer sofortigen Abreise steht nichts im Wege außer einem leichten finanziellen Ungleichgewicht.«

»Sie meinen ich soll bezahlen?« Maitre Max senkte die Augen.

»Wenn Sie dies in Erwägung ziehen wollen.«

»Dann schlage ich vor, Sie nennen mir eine Zahl«, sagte Zweifel und holte seine Brieftasche hervor. Maitre Max trat einen Schritt zurück.

»Sie beide durften bei uns eine neue Erfahrung machen.

Das ist an sich unbezahlbar. Sie genießen sozusagen als Studienanfänger bei uns heute das einmalige Privileg, den Preis nach Gusto selbst festzulegen.« Damit zauberte er ein kleines schwarzes Tellerchen hinter seinem Rücken hervor und stellte es auf den Tisch. Zwei Toffees in dunkelbraun lagen darauf und schmolzen schicksalsergeben dahin. Max entfernte sich auf seine bekannte Art. Zweifel tauschte mit Melzick ratlose Blicke. Dann starrte er auf seine Serviette mit den Formeln.

»'ne echte Herausforderung, Chef«, meinte Melzick, »sowohl verhaltenstechnisch als auch finanztechnisch.« Zweifel nickte.

»Immerhin fühlte es sich äußerst originell an, in diesem Lokal meinen Hunger zu bekämpfen. Das verlangt ein angemessenes Honorar. Er legte zwei rote Scheine auf den Tisch. Wie aus dem Nichts tauchte der befrackte Max auf.

»Wie ich sehe, haben Sie darauf geachtet, dass Ihr Preis-Leistungs-Quotient kleiner eins ist. In diesem Fall dürfen Sie uns gerne wieder heimsuchen.«
Zweifel steckte seine Brieftasche weg.

»Auf meiner Liste der angenehmen Dinge, die nach einer Wiederholung rufen, stehen Sie ganz oben, Maitre. Sind übrigens Videokameras in Ihrem Theater erlaubt?« Max hob abwehrend beide Hände und bewegte seinen Kopf genau einmal von links nach rechts. »Ich werde demnächst meine Studien bei Ihnen fortsetzten. Die dunkle Materie, serviert in einem Schälchen, übt eine gewisse Anziehungskraft aus.«

»Somit hat sie ihren Zweck erfüllt«, erwiderte Max und nahm die Scheine an sich. Zweifel schnappte sich ein Toffee und deutete kauend mit dem Zeigefinger auf Melzick.

»Falls Sie bereit sind, sich weiterhin trotz Urlaubs in diesen Fall zu verbeißen,« er schob ihr das Tellerchen mit dem zweiten Toffee zu, »schlage ich vor, dass Sie sich für den Rest des Tages mit zwei Dingen beschäftigen.« Er legte eine kleine Karte auf den Tisch. »Das ist Lukas Freuns Studentenausweis. Interviewen Sie den jungen Mann so ausführlich wie möglich. Zweitens: Ich hab Ihnen ja erzählt, was diese Frau Sontheimer beobachtet hat. Finden Sie heraus, welcher der Handwerksbetriebe der näheren Umgebung seine Mitarbeiter in bordeauxrote Overalls steckt. Und falls Ihnen das Spanisch vorkommt, halten Sie nach einem Franzosen Ausschau. Er ist verdächtig, die zwei Rauchgasgranaten in so einem Overall versteckt und in der Ladengalerie unter den Sitzbänken deponiert zu haben.«

»Soll ich ihn gleich verhaften?«, fragte Melzick und schnappte sich das zweite Toffee. Zweifel warf ihr einen spöttischen Blick zu. »Schon gut, Chef. Ich such ihn erstmal, dann sehen wir weiter.« Zweifel stand auf.

»Morgen um neun bin ich in der Therme. Wäre mir recht, wenn Sie mich da flankieren könnten.«

»Kronberger und Schilling, das wird nicht einfach werden, Chef, aber ich bin dabei.«

»Gut, dann werd' ich jetzt mal Klopfer durch mein pünktliches Erscheinen verblüffen.«

Polizeichef Alois Klopfer brütete. Das konnte ein gutes Zeichen sein oder ein schlechtes. Lucy hatte in den sechs Jahren, die sie nun schon in seiner unmittelbaren Umgebung verbringen durfte, noch nicht herausgefunden, wie das Stimmungsbarometer des Chefs bei diesem Verhalten zu deuten war.

Wie von ihm befohlen, hatte sie ihn in Rekordzeit mit umfangreichem Material zu Theo Kronberger versorgt. Das knappe Dutzend Seiten hatte ihm immerhin ein freundlich geknurrtes ›Danke‹ entlockt. Dennoch konnte sie nicht wissen, ob noch ein weiteres Gewitter in Klopfer rumorte, oder ob die Luft rein war.

Und ausgerechnet in dieser fifty-fifty-Situation musste die Presse in Gestalt Reissers über sie kommen. Den hatte sie zwar mit ihrem überraschenden Schokoladenangriff für den Augenblick ruhiggestellt, aber deswegen noch lange nicht vom Hals.

Nachdem sie dummerweise voreilig behauptet hatte, der Chef sei nicht da, verbot es sich von selbst, vor Reissers Augen zu seinem Büro zu gehen und zu fragen, ob er vielleicht doch da sei. Erschwerend kam hinzu, dass man nie wissen konnte, ob Klopfer gerade Lust hatte, mit der Presse zu reden oder nicht. Die Tagesform war ausschlaggebend. Immerhin könnte sie ihn ja auf seinem Handy anrufen, ohne das Gesicht zu verlieren.

Sie griff nach ihrem Telefonhörer und überprüfte nebenbei unauffällig Ihren Schokoriegelvorrat.

Reisser hatte ihr den Rücken zugekehrt und lehnte lässig an der Theke, während er die Kunstdrucke an der gegenüberliegenden Wand abfällig musterte. In seiner rechten Hand knisterte das leere Schokoriegelpapier. Mit einem abschließenden Schmatzen drehte er sich zu Lucy um, die gerade Klopfers Mobilfunknummer wählte und dabei hoffte, dass er den Vibrationsalarm eingestellt hatte. Reisser zeigte seine gelben Beißer.

»Sie haben nicht zufällig noch so ein Teil?«, fragte er sie und legte das zerknäulte, klebrige Papier auf den Tresen. Wortlos holte sie ihren eisernen Kalorienvorrat aus der Schublade und hielt ihn Reisser mit strengem Blick hin.

»Das ist mein Letzter. Bei Gelegenheit dürfen Sie meinen Vorrat gerne wieder auffüllen.«

»Sicher doch, ich werde ja heute nicht das letzte Mal hier sein, Gnädigste«, sagte er und riss gierig das Papier ab. Hinter der Bürotür Klopfers ertönte in diesem Augenblick unverkennbar *Obladi Oblada* von den Beatles.

Lucy fluchte, aber nur innerlich. Klopfers Stimme war für Reissers Ohren laut genug. Er sah Lucy trotz vollem Mund mit spöttischem Grinsen an. Sie legte mit einem Seufzen auf.

»Wahrscheinlich hat er den unterirdischen Geheimgang benutzt«, sagte Reisser kauend. Er pulte mit dem Zeigefinger Karamellreste aus seinen Backenzähnen. »Oder er hat sich in sein Büro beamen lassen. Was das wieder den Steuerzahler kostet.«

»Schlucken Sie Ihre Bemerkungen und was Sie sonst noch im Mund haben erst mal runter und warten Sie hier!«, sagte sie im Befehlston und wuchtete sich aus ihrem Bürostuhl.

»Ich laufe nicht weg«, sagte er schmatzend, »aber ich geh auch nicht ans Telefon, wenn's klingelt.« Sie verdrehte die Augen und klopfte an Klopfers Bürotür.

»Schön, dass Sie meine Zeitvorgaben neuerdings ernst nehmen«, sagte Klopfer. Zweifel setzte sich an den Besprechungstisch in dem geräumigen Büro seines Chefs. Es war Punkt 17 Uhr. Klopfer raffte ein paar Blätter zusammen und kam hinter seinem ausladenden Schreibtisch hervor. Auftritt Lucy mit einer Kanne Kaffee.

»Keine weiteren Störungen Lucy. Wenn noch so ein öffentlich Interessierter aufpoppt, wimmeln Sie ihn ab.«

»Mit welcher Begründung?«, fragte sie und stellte die Kanne neben die Tassen auf den Glastisch.

»Lassen Sie sich was einfallen. Oder schauen Sie in den Arbeitsanweisungen nach. Da steht doch für alle Fälle was drin.«

»Da bin ich aber mal gespannt«, murmelte sie in das oberste ihrer drei Kinne und schwebte aus dem Raum.

»War etwa die Presse schon da?«, fragte Zweifel und füllte die Tassen. Klopfer ließ sich ihm gegenüber nieder.

»Wundert Sie das? Es ist Sauregurkenzeit. Die kommen so sicher wie die Stechmücken.« Er nahm seine Tasse von Zweifel entgegen und schlürfte heftig.

»Welche Mücke war es denn?«, fragte Zweifel.

»Reisser, Mindelheimer Zeitung. Bin ihn nur mit äußerster Mühe losgeworden.« Zweifel wusste, was das bedeutete.

»Ich hoffe, Sie haben ihm nicht zu viel Honig versprochen, Chef, sonst haben Sie ihn morgen gleich wieder an der Backe.«

»Es ist meine Backe, Zweifel. Und nun lassen Sie mal hören, wo wir stehen.« Zweifel legte die bisherigen Zeugenaussagen und Ermittlungsergebnisse wie Puzzleteile auf den Tisch.

»Ein toter Mann in der Sauna und eine Massenpanik drum herum«, sinnierte Klopfer.

»Diese Panik wurde gezielt inszeniert, so viel ist sicher«, sagte Zweifel.

»Sicher ist gar nichts, Zweifel. Die Sache behagt mir ganz und gar nicht. Da spielt jemand den großen Manipulator. Das fängt schon bei dieser Kinderstimme an, die Sie und Melzick zum Tatort gelockt hat. Und dann diese ominösen Schreie. Die würde ich mir gern mal anhören. Haben Sie die Platte noch?«

»CD. Bring ich Ihnen mal vorbei.« Klopfer lehnte sich zurück.

»Da sorgt also jemand für markerschütternde Schreie, blockierte Türen, Rauchgaswolken und mysteriöse Durchsagen, die das Ganze zum Kochen bringen.«

»In so einer Situation, wie Fischli, der Bademeister, sie geschildert hat, achtet niemand auf zwei Sanitäter, die einen Körper auf einer Bahre durch die Gegend tragen.«

»Aha, soso. Wir sollen also denken, dass das Tohuwabohu extra zu diesem Zweck veranstaltet wurde. Aus genau diesem Grund müssen wir auch andersrum denken, Zweifel.« Der Kommissar nippte nachdenklich an seiner Tasse.

»Wenn die Panik und der Leichentransport nichts miteinander zu tun haben, wer sollte denn dann bitte schön einen Grund gehabt haben, so ein Spektakel, das ganz böse enden kann, heraufzubeschwören?«

Klopfer stellte seine Tasse ab, verschränkte beide Arme hinter dem Kopf und schaute an die Decke.

»Das weiß ich nicht. Wir wissen überhaupt noch viel zu wenig. Wir wissen nicht, wer Sie angerufen hat, warum diese Studentin, wie heißt sie gleich …?«

»Kohler, Henriette Kohler.«

»… warum diese Kohler nicht erschienen ist, wer an ihrer Stelle diese Durchsagen gemacht hat, wer diesen Seiteneingang aufgeschlossen hat, wer die ganze Elektronik lahmgelegt hat und wie, wer die Rauchgasgranaten gezündet hat …«

»Wenigstens wissen wir, wer geschrien hat«, warf Zweifel ein. Klopfer warf ihm einen scharfen Blick zu.

»Wir wissen auch, dass der Tote ein Sohn von Theo Kronberger ist. Hier …«, er schob Zweifel den Stapel Blätter zu, »das hat Lucy für Sie an Hintergrundinformationen zusammengestellt. Auswendiglernen! Leider kann ich morgen nicht dabei sein, ich muss nach München.« Zweifel überflog die zuoberst liegende Seite und murmelte ein für seinen Chef gut hörbares »wie bedauerlich«. Klopfer ignorierte die Bemerkung.

»Sie halten mich auf dem Laufenden. Auch was Penny Stocks und Dr. Kälberers Ergebnisse angeht. Ich erwarte morgen mehr Antworten als Fragen, Zweifel.«

Lucy saß oder besser thronte auf ihrem Bürostuhl, hatte Schokolade weder in der Hand noch im Mund und blickte skeptisch auf die unwegsame Landschaft aus Aktenordnern, Notizbüchern, Papierstapeln, Filzstiften, Lochern, Kalendern, Tassen, Tellern und einem einzelnen Radiergummi auf ihrem Schreibtisch, als sei irgendjemand anders dafür verantwortlich.

Als sie Zweifel aus Klopfers Büro kommen sah, schnaufte sie erleichtert.

Der Kommissar legte erst das Dossier über Kronberger und dann beide Ellenbogen auf ihren Tresen.

»Gute Arbeit, Lucy«, sagte er und klopfte auf die oberste Seite, auf der unter anderem auch ein Pressefoto Theo Kronbergers abgebildet war. Lucy nickte.

»War 'ne Kleinigkeit. Im Internet gibt's jede Menge Klatsch und Tratsch über den Mann. Ich hab einfach die Gerüchte, Verleumdungen, die Home-Stories und die Aussagen der sogenannten für gewöhnlich gut unterrichteten Kreise weglassen. Die sind für gewöhnlich gut erfunden.«

»Respekt. Das Weglassenkönnen ist eine große Kunst, Lucy. Manche Maler sagen das und viele Schriftsteller.«

»Meinetwegen. Ich hab da viel Erfahrung damit. Vielleicht sollte ich bei der VHS einen Kurs anbieten. ›Ihr Schreibtisch – eine Oase des Nichts‹ oder: ›Von der Vielfalt zur Einfalt in dreiundzwanzig Schritten.‹ Allerdings gibt es da etwas, das ich nicht weglassen kann.« Sie öffnete ihre Schreibtischschublade und schenkte Zweifel einen verzweifelten Blick. »Schauen Sie sich das bloß an. Diese gähnende Leere macht mich fertig.«

Zweifel riskierte ein Auge und war verblüfft.

»Ich glaube, das ist das erste Mal in sechs Jahren, dass in dieser Schublade ein Schokoladenvakuum herrscht. Wie kommt denn solches, Lucy? Kein Geld? Keine Disziplin? Keine Planung?«

»Ha!«, sie warf beide Arme in die Luft, »ich wurde heimgesucht.«

»Aha. Und von welcher Plage?«

»Ein Presseköter. Von der unerfreulichen Sorte.«

»Und den belohnen Sie auch noch?«

»Ich bin ja selbst fassungslos. Aber dieser Reisser ...«

»Ich verstehe. Klopfer hat sowas erwähnt. Mit der Presse müssen Sie leben lernen, Lucy.«

»Aber ich hab ihn mit meinen letzten beiden Riegeln gefüttert. Die hatte ich mir gerade erst besorgt. Den werd' ich doch nie wieder los.«

»Vielleicht frisst er Ihnen beim nächsten Mal aus der Hand. Da sollten Sie ein paar Leckerli parat haben.«

»Das Gleiche hat der Chef mir auch schon empfohlen«, sagte sie und seufzte.

»Apropos empfehlen«, sagte Zweifel und tippte auf das Dossier. Sie haben das alles ja schon gelesen. Was halten Sie von Kronberger? Wie würden Sie sich verhalten?«

Lucy schob ihre Schublade vorsichtig zu und schaute Zweifel nachdenklich an.

»Dieser Mann gibt sich nie mit weniger als hundert Prozent zufrieden. Er ist sehr klein und sehr leise und immer sehr höflich, aber er hat etliche Millionen in seinem Geldspeicher. Also hat er in seinem Leben sehr viel sehr richtig gemacht. Er hat keine Frau und er hat keine Geduld, vor allem mit Leuten, die etwas falsch machen. Und jetzt hat er einen toten Sohn und Sie dürfen ihm das morgen Vormittag beibringen.«

Sie legte ihre Hände zusammen. »Ich schlage vor, Sie frühstücken vorher was Ordentliches.«

»Sie meinen, ich soll von meinem Frühstücksbüffet mal nichts weglassen.« Sie nickte.

»Falls doch was übrigbleibt, dürfen Sie es bei mir entsorgen.«

»Ich nehme Sie beim Wort Lucy.«

»Da werd' ich gern genommen.« Zweifel zwinkerte ihr zu, schnappte das Dossier und wandte sich zum Gehen. Lucys Blick fiel auf einen ihrer Notizzettel, die sie in Augenhöhe auf den Rand der Theke geklebt hatte.

»Hat Sie übrigens Ihr Freund aus Berlin erreicht?« Zweifel drehte sich abrupt um.

»Welcher Freund?«

»Daniel Braun oder Brahm oder so. Schreckliches Gekritzel, das ich da fabriziert habe«, sagte sie und wedelte mit dem Zettel in der Luft herum. Zweifel starrte sie an.

»Wann hat der angerufen?« Lucy ahnte nichts Böses.

»Na Freitagabend, Sie waren schon weg. Sagte er hätte Sie ewig nicht gesehen und wäre gerade in der Nähe.« Zweifel trat ganz dicht an die Empfangstheke und fixierte Lucy, der ein wenig unbehaglich wurde.

»Daniel Braun«, sagte er langsam und musste sich räuspern.

»Also doch. Hab ich's ganz richtig notiert. Er war sehr freundlich am Telefon und schien gut aufgelegt. Sagte, er wäre dabei gewesen, als das mit Ihrer Frau passierte, damals in Berlin.«

»So, sagte er das?« Zweifels Stimme klang urplötzlich etwas heiser.

»Ja, er konnte mir viele Einzelheiten nennen. Und dann sagte er, er hätte eine wichtige Nachricht für Sie. Hat er Sie denn nicht angerufen?« Zweifel strich über seine Augen.

»Ich hab seit vier Wochen eine neue Geheimnummer, Lucy, das wissen Sie doch. Er kann mich gar nicht angerufen haben, es sei denn ...« Lucy schluckte. »Lucy ...!«

Na ja, er war so glaubwürdig und ...«

»Haben Sie ihm etwa die Nummer gegeben?« Lucy nickte trotzig.

»Ist er etwa nicht Ihr Freund?« Zweifel schaute an die Decke und holte tief Luft. Er schüttelte den Kopf und fuhr sich nochmal mit der Hand über die Augen. Dann schaute er Lucy an.

»Daniel Braun war mein Freund, Lucy. Wir haben uns wirklich ewig nicht gesehen und wir werden uns ewig nicht wiedersehen. Er war tatsächlich dabei, damals, als meine Frau starb. Aber er ist mit ihr in die Luft gesprengt worden, Lucy. Er kann daher wohl kaum in der Nähe sein und das bedeutet Sie haben meine Geheimnummer einem Wildfremden gegeben.«

Lucy öffnete den Mund, aber ihr fehlten die Worte. Zweifel war schon an der Tür, als er sich nochmal umdrehte.

»Und ja, Lucy, ich bin angerufen worden. Heute Morgen. Von einer äußerst merkwürdigen Stimme.«

10. Kapitel

Melzick war mit ihrem Fahrrad unterwegs. Die Autowerkstatt von Paul Freun lag am anderen Ende der Stadt. Auf dem Weg dorthin legte sie einen Zwischenstopp bei ihrem Bruder ein. Zacharias war gerade mit beiden Händen im Teig. Einige Wochen zuvor hatte er sich seinen größten Wunsch erfüllt und das »Dessert Inn« eröffnet. Dort gab es ausschließlich Nachtisch zu genießen in verblüffenden veganen Variationen. Sein Paradies für Kalorien hatte wie eine Kalorienbombe eingeschlagen.

»Hallo, Meister der magischen Muffins«, begrüßte ihn Melzick, »hast du ein paar Krümel für mich übrig?«

Sie hatte ihn in seiner Küche überrascht, die für gewöhnliche Sterbliche tabu war. Zacharias ließ seine Hände in einer riesigen Teigschüssel stecken und warf seiner Schwester über die Schulter einen überraschten Blick zu.

»Mel! Schön, dass du auch einmal vorbeikommst. Du kannst mir helfen.«

»Gibt es denn dafür nicht spezielle neuartige Maschinen? Man nennt sie Mixer, glaub ich.«

»Du glaubst doch wohl nicht, dass ich so 'nen Schrott in meiner Küche dulde. Bei mir ist alles Handarbeit. Der Teig spürt das.«

»Ach und was macht er dann, der Teig?«, fragte sie und riskierte mit ihrem Zeigefinger eine Probebohrung in dem gleichmäßig geformten, schokoladenbraunen Klumpen.

»Mel, du verstößt gegen das Gesetz!«

»Meine Finger sind sauber«, antwortete sie und schleckte genüsslich. Ihr Bruder wartete gespannt.

»Ich frag jetzt nicht, was du da alles drin versteckt hast, Zack, aber es schmeckt verboten gut.«

Zacharias hörte das Lob und überhörte die verhasste Abkürzung seines Namens.

»Ich hätt' es dir sowieso nicht verraten«, sagte er und knetete weiter.

»Du hast heute doch geschlossen, wieso brauchst du dann meine Hilfe?«

Zacharias beendete seine Arbeit, indem er seine Hände unter heißem Wasser von den Teigresten befreite, sie abtrocknete und die Schüssel mit einem dünnen Leintuch abdeckte, bevor er sie in den Kühlschrank stellte. Melzick runzelte die Stirn.

»Was macht der Teig denn im Kühlschrank?«

Zacharias holte einen Teller aus dem großen Wandregal und ging damit zur Theke, auf der eine gläserne Vitrine mit drei Etagen stand.

»Er denkt über seine Zukunft nach«, war seine Antwort.

»Aha, du meinst ob er gehen soll oder bleiben oder wie?« Zacharias sparte sich eine Antwort, holte von der oberen Etage eine cremefarbene Torte, in deren Mitte Granatapfelkerne schimmerten, schnitt ein großes Stück ab und ließ es gekonnt auf den Teller rutschen.

»Hier Mel, du wolltest ein paar Krümel.« Aus einer Schublade holte er eine Kuchengabel. »Sag mir deine Meinung und dann sag ich dir, wobei du mir helfen kannst.«

Melzick brauchte knapp drei Minuten, dann schob sie den blanken Teller in Richtung Zacharias.

»Wie lautet deine Skala nochmal?« Ihr Bruder zählte an den Fingern ab.

»Eins bedeutet: Vorsätzliche Geschmacksverirrung; fünf bedeutet: Das hätt' ich auch hingekriegt; sieben: Fortgeschrittene Leckerness; zehn: Nicht schlecht.«
»Nicht schlecht?«

»Jep. Das ist die höchste Auszeichnung, besser geht's nicht, soviel wie: Der Himmel auf Erden, top of the list, simply the best, forget the rest …«

»Ist ja schon gut, beruhig dich. Die Torte kriegt 'ne Neun von mir.« Zacharias grinste.

»Willst du noch ein Stück?«

»Morgen vielleicht. Also, jetzt rück raus mit der Sprache.« Zacharias setzte sich auf einen der hohen Stühle an der Theke und verschränkte seine Arme.

»Ich hab jemanden kennengelernt«, begann er zaghaft. Melzick schwieg. Sie wusste, das würde ihn am ehesten zum Reden bringen.

»Mein Laden brummt, ich weiß vor lauter Arbeit nicht, was für Wetter wir haben. Ich brauch dringend jemanden, der mir hilft. Und vorgestern kam Jocelyn rein.«

Er machte eine Pause. Melzick setzte sich neben ihn auf einen Stuhl.

»Ich erzähl's am besten gleich am Anfang: Sie kommt aus Äthiopien. Ist von da geflüchtet und seit ungefähr sechs Wochen hier. Was hältst du davon, wenn sie bei mir arbeitet?«

»Äh, Moment mal, darf die das überhaupt?«

»Offiziell natürlich nicht. Mehr so auf Geschenkebasis.«

»Was soll das denn heißen?«

»Naja, sie schenkt mir ein bisschen Arbeit und ich schenk ihr ein bisschen Geld, ohne Vertrag und den ganzen Firlefanz.«

»Schwarzarbeit also.«

»Nicht so wirklich, Mel. Mensch, ich will ihr helfen, das kann doch nicht falsch sein.«

»Aber du lässt sie nicht in deine Küche?«

»Natürlich nicht, was denkst du denn? Jedenfalls nicht am Anfang. Es gibt auch so genug zu tun.«

»Also«, sie sprang von ihrem Stuhl herunter, »wenn du mich fragst, und das tust du ja, dann sag ich dir als große Polizeischwester: Pass auf deine Gäste auf. Wenn da nur einer ein bisschen komisch tickt, was gar nicht so selten ist, und den richtigen Stellen einen wohlgemeinten Hinweis gibt, kommst du mit der ›sie-schenkt-mir-was-ich-schenke-ihr-auch-was-Version‹ nicht davon. Dann bekommst du nämlich noch was geschenkt, nämlich ganz viel Aufmerksamkeit von Leuten, die keinen Nachtisch wollen.«

Zacharias schnaufte und nickte.

»Abgesehen davon halt ich das für eine coole Idee, obwohl es natürlich illegal ist. Wann kann ich Jocelyn denn mal kennenlernen?«

»Oh Mel! Okay. Theoretisch morgen schon. Du wolltest ja mit Penny vorbeikommen, aber das klappt ja jetzt nicht.«

»Wie kommst du denn darauf? Natürlich kommen wir. Penny hat deine Karte von oben bis unten durchprobiert bis auf zwei neue Muffins und die Torte da. Die wird sie morgen sicher mit mir in Angriff nehmen.«

Zacharias kratzte sich am Kopf.

»Aber sie ist doch krank.«

»Spinnst du?«

»Sie hat mich gestern Abend angerufen. Ziemlich heiser. Und sie wollte dir auch noch Bescheid sagen. Deswegen hab ich ihr ja deine Nummer nochmal gegeben.«

»Die hat sie doch längst. Was soll das?« Zacharias hob ratlos beide Hände.

»Ihr Handy wurde gestohlen oder sie hat's irgendwo liegenlassen. So genau weiß ich das nicht mehr. Und da war deine Nummer eingespeichert.« Melzick fasste ihren Bruder scharf ins Auge.

»Also jetzt pass mal auf, Zack: Erstens hab ich heute

Vormittag Penny putzmunter bei der Arbeit erlebt, zweitens hat sie meine Geheimnummer nirgendwo anders gespeichert als hier«, sie tippte sich an die Stirn, »und drittens wüsste ich daher gern, wem du meine Geheimnummer gegeben hast.«

Zacharias starrte sie an.

»Aber ich kenn doch Penny, sie war das ganz bestimmt.«

»Hast du ihre Stimme erkannt?« Zacharias griff sich an den Hinterkopf.

»Ich sag doch, sie war heiser.« Wieder starrte er seine Schwester an.

»Scheiße. Aber wer soll es denn sonst gewesen sein?« Melzick legte beide Hände flach auf die Theke.

»Jemand, der weiß, dass ich mit Penny verabredet war, der weiß, dass du mein Bruder bist und der weiß, dass ich bei der Kripo bin.«

»Wie kommst du denn darauf? Wart doch einfach ab, bis du von der Frau angerufen wirst.« Melzick klopfte mit beiden Händen einmal auf den Tresen.

»Ist schon passiert, Zack. Heute Morgen. Und es war garantiert nicht Penny.«

Auf dem weiträumigen Gelände standen eine französische Göttin der Marke Citroën, ein Ford Capri, ein Opel GT sowie zwei amerikanische Ungeheuer der Haifischflossenära in weitem Abstand voneinander, so als dürften sie nichts voneinander wissen. Den Rest des Areals füllten mehr oder minder hässliche Rostlauben aus praktisch jedem Baujahr seit 1980. Das jüngste Vehikel, ein Datsun, mochte wohl fünfzehn Jahre alt sein und stand gegenüber dem stählernen Rolltor, hinter dem sich Paul Freuns Werkstatt befand. Melzick stieg vom Rad und lehnte es an die Mauer. Zwischen den Fahrzeugen war außer einem gewaltigen Neufundländer kein Lebewesen zu entdecken. Der schwarze Hund lag gemütlich auf einem alten, zerschlissenen Teppich von der Größe einer Tischtennisplatte und hatte die Augen halb geschlossen.

»Luis meditiert«, sagte eine angenehme Stimme hinter ihrem Rücken.

Sie drehte sich um und blickte in ein ölverschmiertes, etwa fünfzigjähriges Gesicht mit einem prächtigen, rotbraunen Vollbart und freundlich blinzelnden, dunklen Augen. »So viel Zeit hätt' ich auch mal gern.«

»Man hat die Zeit, die man sich nimmt«, gab Melzick zur Antwort. Er wischte seine rechte Hand an einem Lappen ab, der an seinem Gürtel hing.

»So jung und schon so weise«, sagte er. »Ich würde Ihnen ja gern die Hand geben, wenn Sie nichts gegen Schmieröl haben.«

»Kein Problem«, sagte Melzick unerschrocken und streckte ihm ihre hin. »Sie sind Herr Freun, nehm' ich an. Ist Ihr Sohn Lukas da?«

»Hab mir schon gedacht, dass Sie nicht zu mir wollen. Studienkollegin, wie?«

Melzick lächelte zur Antwort und gab sich ansonsten bedeckt.

»Gehen Sie einfach außen um die Werkstatt rum. Die Tür ist offen. Er wird oben sein. Aber lenken Sie ihn nicht zu sehr ab.« Kurz darauf stand Melzick im zweiten Stock des Wohnhauses, das sich auf dem Dach der Werkstatthalle befand. Da diese so hoch war, wie zwei Geschosse, ging der Blick von hier oben aus dem Fenster des luftigen Treppenhauses über ganz Bad Wörishofen. In westlicher Richtung, etwa drei Kilometer Luftlinie entfernt, konnte sie die markante Wölbung des Thermenparadieses ausmachen.

Die Tür zu Lukas' Apartment war nur angelehnt. Eine Klingel fehlte, also klopfte sie.

»Herr Freun, darf ich reinkommen?« Keine Antwort. Melzick drehte sich um und horchte hinunter ins Treppenhaus. Doch dort war niemand. Sie überlegte kurz, es ein Stockwerk höher zu probieren, doch dann stieß sie kurzentschlossen die Tür auf und trat ein.

Es war ein geräumiges Studentenzimmer: Schmales Bett, Schreibtisch vorm Fenster, Bücherregale mit einer beeindruckenden Sammlung an dicken Wälzern, ein altgedientes, dunkelblaues Sofa, davor ein niedriger Opiumtisch, darauf zwei Laptops, aufgeklappt. Kahle, hellgrün getünchte Wände. Keinerlei Poster, kein Krimskrams, keine verstaubte Gitarre in der Ecke, auch kein Didgeridoo. Eine Wasserpfeife fehlte ebenso wie leere Zigarettenschachteln, eine Stereoanlage ebenso wie verstreut herumliegende Turnschuhe und Klamotten.

Melzick bekam Gelegenheit, ihre Vorurteile gegenüber Studenten zu korrigieren. Im Hintergrund war eine Tür leicht angelehnt, ein Wasserhahn rauschte.

»Probier doch mal den anderen Link.« Die Stimme kam aus dem Badezimmer. Gleichzeitig hörte Melzick Schritte aus dem Treppenhaus.

Lukas Freun kam, beladen mit zwei vollen Kuchentellern und einer Thermoskanne herein. Er kaute auf beiden Backen und als er Melzick wie aus dem Nichts vor sich in seinem Apartment stehen sah, vergaß er zu schlucken. Stattdessen bekam er einen Hustenanfall und verstreute Marmorkuchenkrümel auf dem hellen Sisalteppich.

»Hallo. Die Tür stand offen. Ich wollte Sie nicht erschrecken, aber auf mein Klopfen hat niemand reagiert«, sagte sie.

»Ging ja nicht, ich saß auf dem Topf«, sagte die Badezimmerstimme in ihrem Rücken. Lukas bekam wieder Luft und drängte sich vorsichtig an Melzick vorbei.

»Mensch Mel, du lässt einfach jeden hier rein. Nimm mir mal die Thermoskanne ab«, sagte er.

Melzick war irritiert, als sie ihren Kurznamen hörte. Ein junger Mann mit langen, blonden Haaren und einem zaghaft sprießenden Backenbart war aus dem Badezimmer aufgetaucht, nahm Lukas die Thermoskanne aus dem Arm und stellte sie neben die Laptops auf den niedrigen Tisch. Er bedachte Melzick mit einem Lächeln und ließ sich auf das Sofa fallen. Lukas hatte die Kuchenteller auf seinem Schreibtisch abgestellt und räusperte sich.

»Und Sie sind?« Melzick holte ihren Ausweis hervor. Lukas nahm ihn ihr ab und studierte ihn ungläubig.

»Polizei? Kripo?«

»Zeig mal!«, sagte sein Kommilitone. Lukas warf ihm den Ausweis zu und holte dann zwei große Becher von seinem Bücherregal.

»Ist was passiert?«, fragte der Blonde und gab Melzick kopfschüttelnd den Ausweis zurück.

»Wir untersuchen die Vorfälle von heute Vormittag in der Therme. Wir haben das hier gefunden. Daher dürften zumindest Sie, Herr Freun, wissen, was passiert ist«, sagte Melzick und überreichte ihm seinen Studentenausweis.

Der junge Mann auf dem Sofa pfiff leise durch die Zähne. Melzick wandte sich ihm zu.

»Ihr Vorname ist Mel? Hab ich das richtig verstanden?«

»Nur Lu sagt Mel zu mir«, antwortete er und schenkte die beiden Becher voll. »Da fehlt noch 'ne Tasse Lu.«

»Danke, nicht für mich. Aber vielleicht verraten Sie mir Ihren vollständigen Namen?«

»Kuchen wollen Sie auch keinen? Der ist von Lus Vater, echt lecker« Melzick schüttelte den Kopf und holte ihr Notizbuch hervor, um ihren Fragen Nachdruck zu verleihen.

»Also gut, ich gebe es zu, ich bin einer von den Bodenheims. Melchior Bodenheim«, sagte er und nahm seinen Kuchenteller von Lukas entgegen, der stehenblieb und seinem Freund mit den Augen ein Zeichen gab.

»Danke für das hier«, sagte Lukas und wedelte mit seinem Studentenausweis, »ich hab ihn noch gar nicht vermisst.«

»Unsere Spurensicherung hat ihn aus dem großen Becken gefischt«, sagte Melzick und bemerkte aus den Augenwinkeln, wie Melchior beide Laptops zuklappte. Bodenheim, der Name sagte ihr irgendetwas.

»Wollen Sie sich nicht setzen?«, fragte er und rutschte in eine Ecke des Sofas.

»Gute Idee« sagte Melzick und nutzte die Gelegenheit sich im Zimmer umzusehen. »Scheint mir ganz komfortabel zu sein für eine Studentenbude.« Lukas nickte einmal und verschränkte die Arme.

»Wieso braucht man denn die Spurensicherung. Ich meine, heut Morgen, das war doch einfach nur technisches Versagen, nehm' ich an. Sicher, da gab es 'ne ganz schöne Aufregung. Aber so sind die Leute eben. Total irrational. Wenn jeder in Ruhe abgewartet hätte, wär' gar nichts passiert, oder?«

»Sie beurteilen das im Nachhinein, Herr Freun, da lässt sich leicht nach vernünftigem Verhalten rufen. Sie waren doch dabei. Ist es wirklich so leicht, in einer panisch agierenden Menschenmenge cool zu bleiben?«

»Sie sagen es«, warf Melchior kauend ein, »wir waren dabei. Und wir sind cool geblieben. War 'ne gute Übung.«

»Sie studieren demnach auch Psychologie?« Melchior grinste und nickte. »Welches Semester?«

»Zehntes.«

»Während der Ausbildung war Psychologie mein Lieblingsfach«, sagte Melzick. »Da lernt man doch wahnsinnig viel über seine Mitmenschen. Allein die Körpersprache. Ist übrigens ganz wichtig bei Verhören«, erläuterte sie und warf einen Blick auf Lukas, der immer noch mit verschränkten Armen an seinem Schreibtisch stand.

»Ach was«, sagte Melchior und gähnte ungeniert, während er die Arme über dem Kopf verschränkte und sich an den Ellbogen festhielt. »Naja, wir sind da schon ein bisschen weiter.«

»Zweifellos«, sagte Melzick und grinste ihn an.

»Was wollen Sie von uns wissen?«, fragte Lukas, dem das Gespräch auf die Nerven zu gehen schien.

»Oh, ja, natürlich, was war es bloß, was ich Sie fragen wollte?« Melzick blätterte demonstrativ in ihrem Notizbuch und kam sich beinahe vor wie Inspektor Columbo. Sie nahm Lukas ins Visier.

»Ist so ein Thermenaufenthalt nicht ein bisschen teuer?«

»Sowas geht auf meine Rechnung«, mischte Melchior sich ein.

»Ich sagte ja, ich bin einer von den Bodenheims.«

»Ist das für Sie in Ordnung, Lukas?«, fragte Melzick, die die Zeit für gekommen hielt, unbequeme Fragen zu stellen.

Lukas zuckte die Achseln und sagte nichts darauf.

»Gut, Sie waren also beide heute Vormittag im Spaßbad, anstatt sich mit Psychologie zu beschäftigen?«, bohrte Melzick etwas tiefer. Das Grinsen verschwand von Melchiors Gesicht.

»Wer sagt denn, dass wir uns nicht mit Psychologie beschäftigt haben? War doch ein sehr aufschlussreicher Exkurs für uns, stimmt's Lu?«

Lukas' Miene verfinsterte sich zusehends. Er schüttelte den Kopf und funkelte Melchior wütend an.

»Sie scheinen das nicht so zu sehen, Herr Freun. Erzählen Sie mir doch bitte mal, was Sie beobachtet haben«, insistierte Melzick.

Lukas antwortete nicht sofort. Stattdessen studierte er intensiv seinen Kuchenteller auf dem Schreibtisch, rührte ihn jedoch nicht an.

Melchior nahm einen tiefen Schluck aus seinem Kaffeebecher und griff nach dem zweiten Stück Kuchen. Ihn schien das Ganze weiter nichts anzugehen.

»Wir waren ungefähr um halb zehn da«, sagte Lukas ohne sich umzudrehen. »Ich hab nichts Außergewöhnliches bemerkt.«

»Waren Sie in einer Sauna?« Lukas schüttelte den Kopf.

»Wir haben uns an der Bar einen Fruchtcocktail geholt und uns dann auf die Empore verzogen. Da hat man seine Ruhe.«

»Aber Sie wollten sicher noch saunieren?«

»Klar doch«, warf Melchior mit vollem Mund etwas undeutlich ein, bevor Lukas antworten konnte. Melzick registrierte, dass Melchior haarscharf aufpasste. Lukas drehte sich jetzt um und nickte.

»Sicher. Hatten wir vor.«

»Warum hätten Sie auch sonst in die Therme gehen sollen. Fruchtsaft gibt's auch woanders und sicher billiger«, sagte Melzick und machte sich eine Notiz.

»Und dann?«

Lukas zuckte mit den Schultern. ›Warum stellt der sich bloß so an‹, dachte Melzick. ›Wie ein bockiger Teenager.‹

»Herr Freun, ich möchte ganz einfach nur von Ihnen wissen, was Sie beobachtet haben.« Lukas tauschte einen Blick mit Melchior, der prompt reagierte.

»Tja, dann ging die Show los. Diese Schreie«, er schlug die Beine übereinander, »wir dachten, da wird jemand abgestochen, und da waren wir nicht die Einzigen.«

»Die Bademeister sind in die Richtung gerannt, wo die …, diese …, also wo dieser Lärm herkam«, pflichtete ihm Lukas stockend bei.

»Hat ihn das wirklich so mitgenommen«, dachte Melzick für sich.

»Und wie kam es dann zu der Panik?« Jetzt zuckte Melchior mit den Schultern.

»Da kam einiges zusammen. Erst war da 'ne Unruhe wegen der Schreie, eher ein Unbehagen, vermischt mit Unsicherheit. Dann roch es so komisch, als ob irgendein Gas im Saunabereich austreten würde. Es wurde zunehmend unkommod«, sagte er.

»Originelle Wortwahl«, murmelte Melzick und blickte von Melchior zu Lukas. Der kratzte sich an der Nase.

»Immer mehr Leute packten zusammen und wollten ins Freie. Aber das ging nicht, die Türen waren verriegelt.«

»Erschwerend kam hinzu, dass ein Haufen Leute in voller Montur von der anderen Seite, also vom Eingang her, in die Halle drängte«, sagte Melchior. »Dann fielen einige ins Wasser. Ich glaube, von den Senioren wurden auch ein paar ohnmächtig. Und die Bademeister vermittelten überhaupt nicht den Eindruck, souverän mit der Situation umgehen zu können.«

Er stellte seinen leeren Kuchenteller auf den Tisch neben die Laptops und füllte seine Tasse erneut mit Kaffee. Dann hielt er die Thermoskanne hoch und warf Lukas einen fragenden Blick zu. Der schüttelte den Kopf und drehte sich wieder zu seinem Schreibtisch um, als müsste er dort dringend etwas aufräumen.

In diesem Moment erklang das Thema aus den Harry Potter Filmen. Lukas erstarrte. Melchior verschluckte sich und verschüttete etwas Kaffee auf das Sofa.

»Shit.« Er stellte die tropfende Tasse auf den Tisch und wischte seine Hand an der Jeans ab. Dann tastete er eilig nach dem lautstarken Smartphone, das sich in einer Ritze unter einigen Kissen verkrümelt hatte. Er drückte es aus, ohne nach dem Anrufer zu sehen.

»Harry Potter hab ich auch mal gelesen«, bemerkte Melzick beiläufig. »Die Story gibt aber vom psychologischen Standpunkt nicht allzu viel her, meinen Sie nicht auch? Diese ewige Schwarzweißmalerei.« Melchior lächelte gequält.

»Das ist eigentlich das Handy meiner Schwester.« Melzick reagierte sofort.

»Ach ja? Darf ich?«, fragte sie und streckte die Hand danach aus. Lukas gab ein undefinierbares Geräusch von sich. Melchior blieb nichts anderes übrig.

»Jetzt haben Sie mich doch glatt bei einer Lüge ertappt«, versuchte er, die Situation zu retten und steckte das Handy in seine Hosentasche. »Wollte nur mal sehen, ob Sie für sowas 'ne Antenne haben«, sagte er betont lässig.

»Hab ich«, antwortete Melzick ebenso lässig. Lukas hatte sich wieder umgedreht und warf Melchior einen giftigen Blick zu. Melzick schüttelte ihren Kopf und griff ordnend in ihre hennaroten Dreadlocks. Sie schenkte Melchior ein freundliches Lächeln und streckte ihm noch einmal ihre Hand entgegen.

»Sie haben doch sicher nichts dagegen, Herr Bodenheim.« Er lächelte zurück und zögerte einen Moment.

»Kann mir zwar nicht vorstellen, was daran für Sie von Interesse sein soll, aber bitte.« Es war das neueste Modell einer sehr teuren Marke.

Melzick wog es prüfend in der Hand und bemerkte, wie Lukas die Thermoskanne öffnete, um sich etwas nachzuschenken, obwohl seine Tasse noch voll sein musste.

»Sie haben es sicher in der Therme dabeigehabt«, sagte Melzick fast wie zu sich selbst, während sie mit Melchiors Smartphone hantierte, als ob es ihres wäre. »Ich frage mich gerade, ob das nicht eine gute Gelegenheit war, um …«, murmelte sie und schien etwas entdeckt zu haben.

»Mel, ich hab dir doch gesagt, dass …«, sagte Lukas, als plötzlich ein Durcheinander aus Hallenbadgeräuschen und Schreien zu hören war, überlagert von einer Frauenstimme. Melzick schaute Melchior an.

»Ich hab mich schon gewundert, warum Sie die Durchsagen nicht erwähnt haben.«

»Äh, naja, klar, die Durchsagen«, sagte Melchior.

»Lass es!«, unterbrach ihn Lukas. »Halt einfach deine Klappe!« Melzick nickte.

»Vorerst genügt mir das hier, Herr Bodenheim. Sie bekommen es ganz sicher zurück.« Melchior runzelte die Stirn.

»Äh, ich weiß jetzt nicht, was ich dazu sagen soll. Ich meine – dürfen Sie das denn?« Melzick klopfte mit ihrem Stift auf ihren Notizblock wie zur Bestätigung. Sie fasste Melchior ins Auge.

»Was würden Sie dazu sagen, wenn Ihr Smartphone ein Beweismittel in einem Mordfall wäre?«, fragte sie.

11. Kapitel

Lukas fuhr herum. Über Melchiors Gesicht lief ein Schatten.

»Wieso Mordfall?«, stieß Lukas hervor.

»Ich denke, Sie sind wegen der Panik in der Therme hier. Den Leuten ist doch nichts passiert. Ich meine, abgesehen von dem Schrecken, ein paar Kratzern und ein paar Atembeschwerden«, sagte Melchior.

»Naja, einer von ihnen bekam ganz besondere Atembeschwerden. Man hat ihn tot in der Stollensauna gefunden. Er wurde offenbar ertränkt.«

Melchior klappte der Kiefer herunter und Lukas sank auf seinen Schreibtischstuhl. Beide starrten Melzick an. Na, die sind wirklich vom Hocker, dachte sie. Das wird sie etwas gesprächiger machen. Vorerst hatte es ihnen die Sprache verschlagen. Melzick tippte auf das Handy.

»Dieses Video werden wir genau untersuchen. Trotzdem möchte ich von Ihnen hören, was darauf zu sehen ist.« Lukas fasste sich überraschenderweise als Erster.

»Hören Sie, mit einem Mord wollen wir nichts zu tun haben. Wer ist es denn, ich meine, wen hat man umgebracht?«

»Wissen Sie, wem die Therme gehört?«, fragte Melzick zurück. Lukas nickte.

»Gehört doch dem Kronberger«, sagte Melchior, der seine Sprache ebenfalls wiedergefunden hatte. »Hat es den etwa erwischt?«

»Einen seiner Söhne.« Melchior schien eine Spur blasser zu werden.

»Doch nicht etwa Florian?«

»Das wissen wir noch nicht.« Melchior schüttelte fassungslos den Kopf.

»Florian kann es einfach nicht sein.«

»Sie kennen ihn gut?«, fragte Melzick. Lukas schnaubte verächtlich durch die Nase.

»Sind doch alle im Millionärsclub!«, brach es aus ihm heraus.

»Was soll das, Lu? Spinnst du jetzt?«, rief Melchior und funkelte ihn an.

»Was für ein Millionärsclub?«, wollte Melzick wissen.

»Es gibt keinen Millionärsclub«, gab Melchior genervt zur Antwort. »Das ist nur so eine fixe Idee von Lukas Freun.« Er verschränkte seine Arme und schoss noch einen Pfeil ab. »Mein Kommilitone hat ein Problem mit der finanziellen Elite.«

»Versteh ich gut«, sagte Melzick, »wer hat das nicht?«

»Ach kommen Sie. Jetzt bestärken Sie ihn nicht auch noch.«

»Fällt mir nicht ein«, sagte Melzick, die langsam ungeduldig wurde. Sie hielt das Handy in die Höhe. »Das Video!«, beharrte sie. Melchior stand auf.

»Ich geh hier vorher nicht weg, Herr Bodenheim, Herr Freun. Sie sollten langsam begreifen, dass es hier nicht um Ihre Probleme geht. Es sei denn«, sagte Melzick und lehnte sich zurück, »dieses Video ist Ihr Problem.«

Melchior lachte etwas zu laut auf. Lukas drehte seinen Schreibtischstuhl hin und her.

»Um ehrlich zu sein«, sagte Melchior und kratzte sich an seinem dünnen Bart, »Kameraführung und Ton sind nicht gerade professionell. Aber die Darsteller kommen sehr authentisch rüber.«

»Du bist ein Idiot, Mel, das reicht jetzt!«

»Lu, sei vorsichtig! Mach keinen Fehler!«

Melchior war dicht vor Lukas stehengeblieben und wollte ihm eine Hand auf die Schulter legen. Lukas schob sie weg und sprang von seinem Stuhl auf.

Melzick hatte sich das in aller Ruhe angeschaut.

»Wenn Sie mich fragen, dann kommen Sie beide als Darsteller nicht sehr authentisch rüber«, sagte sie. Beide starrten sie an. »Und diese Komödie, die Sie mir hier vorspielen, finde ich äußerst aufschlussreich.«

Melchior dämmerte, dass er Melzick unterschätzt hatte. Lukas hatte das schon längst gemerkt.

»Ich muss zugeben«, sagte Melchior, »dass wir nicht auf so ein kritisches Publikum vorbereitet waren.«

»Mel, ich sags dir zum letzten …«

»Schon gut, schon gut, ich habs kapiert, lass mich einfach reden, okay? Setz dich hin. Beruhig dich, Herrgott nochmal!«

Melchior drückte Lukas auf seinen Stuhl zurück. Dann drehte er sich zu Melzick um.

»Sie werden nicht viel entdecken, dazu ist das Filmchen viel zu kurz. Die Schreie sind übrigens nicht drauf.«

»Hielten Sie die Schreie für echt?« Melchior fuhr sich mit der Hand durch die Haare und tauschte einen raschen Blick mit Lukas.

»Wieso sollten sie nicht echt gewesen sein?«, wollte er dann wissen.

»Ja, das ist die Frage«, sagte Melzick und machte eine kurze Notiz. »Kennen Sie sich mit Tontechnik aus?«

»Nein«, sagte Lukas rasch.

»Was soll die Frage«, sagte Melchior gleichzeitig.

»Richtig«, murmelte Melzick, »der Ton ist ja nicht so besonders gelungen, wie Sie behaupten. Aber Sie kennen sicher jemanden, der da noch was hätte drehen können. An dem Ton, meine ich, tontechnisch gesehen«, hakte sie nach.

»Nein«, sagte Lukas und fiel ihr fast ins Wort.

»Nicht die Bohne«, bestätigte Melchior und warf ihr einen aufmerksamen Blick zu.

»Aha«, sagte sie und machte eine ausführliche Notiz. Melchior schüttelte den Kopf und fuhr fort.

»Jedenfalls, wenig später ging es los, das Gedränge, das Geschrei …«

»Und Sie haben einfach mal draufgehalten, ohne sich von der Panik anstecken zu lassen?«

Melchior nickte. Lukas schwieg.

»Wie viele Aufrufe wird so ein Video wohl haben, im Netz?«, fragte Melzick betont harmlos.

»So ein Blödsinn«, brach es aus Lukas heraus, »an sowas haben wir überhaupt nicht gedacht.«

»Das wäre schon sehr geschmacklos«, sagte Melchior, ohne Melzick zu überzeugen.

»Sie wollten es also ausschließlich zu privaten Studienzwecken nutzen?«

»Hören Sie, Frau …«

»Zick.«

»… Frau Zick, wir waren rein zufällig Zeugen eines interessanten psychologischen Phänomens. Da ist es doch verständlich, wenn …«

»… wenn Sie die Chance nutzen, die trockene Theorie durch saftige Praxis zu ergänzen, verstehe.«

»Wir haben nichts Verbotenes getan«, sagte Lukas. Seine Stimme klang etwas gepresst.

»Wenn Sie wüssten, wie oft ich diesen Satz schon gehört habe«, sagte Melzick.

»Wundert mich nicht, bei Ihrem Beruf«, sagte Melchior. Melzick packte ihren Notizblock weg und stand auf.

»Schon irgendwelche Pläne, was Sie nach Ihrem Studium anfangen werden?« Lukas zuckte mit den Schultern. Melchior antwortete.

»Sicher haben wir die, aber wir werden sie Ihnen nicht

verraten. Sind ja wohl kaum relevant im vorliegenden Fall, oder?« Melzick stand schon an der Eingangstür und drehte sich noch einmal um.

»Es kann durchaus sein, dass mir in nächster Zeit noch einige relevante Fragen einfallen.« Melchior zeigte ein schmales Lächeln.

»Wir können es kaum erwarten.«

»Ich weiß Ihre Kooperationsbereitschaft zu schätzen. Schönen Tag noch.« Sie ließ die Tür offen und ging mit polternden Schritten die Treppe hinunter. Und mit leisen Schritten wieder hinauf.

»So ein hartnäckiges Biest«, hörte sie Melchior sagen.

»Was muss dein blödes Handy auch ausgerechnet in dem Moment klingeln?«, fauchte Lukas. »Dieses verfluchte Video! Meinst du die merken was?«

»Keine Ahnung«, sagte Melchior, »blöd ist diese Zick aber bestimmt nicht.«

»Da könntest du recht haben, Herr Bodenheim«, dachte Melzick und schlich von dannen.

Zweifel hatte das Dossier auf dem Beifahrersitz liegen. Er hatte einen längeren Spaziergang im Ostpark gemacht, um die Gedanken an Daniel Braun und seine Frau zur Ruhe zu bringen. Jetzt war er auf dem Weg nach Hause, stand im Stau vor einer Baustelle und überlegte gerade, ob er Melzick noch einmal anrufen sollte, als es klingelte. Eine kleinlaute Lucy war dran.

»Ein dringender Anruf aus Berlin, Herr Kommissar. Diesmal scheint er echt zu sein. Ich hab vereinbart dass Sie zurückrufen.«

»Ist gut Lucy«, sagte Zweifel und notierte sich die Berliner Nummer.

»Was machen Sie um diese Zeit eigentlich noch im Büro? Ist doch schon nach sieben.«

»Strafarbeit. Nachsitzen. Das Übliche eben«, seufzte Lucy.

»Verstehe. Aber jetzt schleichen Sie bitte nach Hause.«

Zweifel legte auf, ohne ihre Antwort abzuwarten. Er scherte aus der Wagenkolonne aus, wendete und parkte auf der anderen Straßenseite vor der Schokoladenmanufaktur.

»Bertelmann«, meldete sich eine sympathische Männerstimme, die etwas nervös klang. Zweifel stellte sich vor.

»Sie haben wichtige Informationen für mich? Worum geht es denn?«

»Ja. Äh, mein Neffe, der Elias, der hat wat beobachtet und wir jlooben ...«

»Moment, Sie rufen doch aus Berlin an. Sind Sie sicher, dass Sie bei mir an der richtigen Adresse sind?«

»Ach so, ja, hab ick ja noch nüscht erwähnt. Wir sind heute Morjen da jewesen.«

»Wo?«

»Na, bei Ihnen, in Bad Wörishofen. In diese Therme da.«

»Ach was«, sagte Zweifel und nahm sich einen Notizblock aus dem Handschuhfach. »Also dat Chaos da hat mir jereicht und da bin ick stantepede nach Berlin zurick. Mit dem Wohnmobil. Ja doch!«

Irgendjemand schien sich aus dem Hintergrund einzumischen.

»Sie waren mit Elias heute Morgen in der Therme und haben diese Panik mitgekriegt.«

»Jenau. Und Johanna, wat meine Frau is, war auch da.«

»Wie alt ist Ihr Neffe?«

»Elias is zwelfe. Wir ham ihn zu uns jenommen, als seine Eltern damals, ja doch, is ja ejal.« Die Stimme im Hintergrund musste wohl Johanna gehören, die sich unüberhörbar einmischte.

Zweifel beobachtete eine junge Mutter, die mit ihrem Sohn vor dem Schaufenster der Schokomanufaktur stehengeblieben war. Der Kleine schien sich zu langweilen und zerrte ungeduldig an ihrer Hand, aber sie war ganz in den Anblick der Dekoration aus Schokolade vertieft.

»Elias is 'n heller Junge, der kricht viel mit, wat unsereinem piepe is.«

Zweifel liebte den Berliner Dialekt. Er hatte mehr als zehn Jahre dort verbracht.

»Nee, nee, du wolltest, dat ick anrufe und denn mach ick dit jetzt ooch. Lass mir einfach mit'm Kommissar reden und misch dir nicht ein.«

Zweifel hatte einen Anfall von Geduld, während er den immer ungeduldiger an der Hand seiner Mutter zappelnden Jungen beobachtete.

»Wo war ick?« Fast hätte Zweifel »in Berlin« gesagt, aber er wartete zusammen mit Fred auf die Erleuchtung.

»Jenau. Elias. Folgendet hatter beobachtet aus seinem Vasteck. Hat sich übrigens vor mir vasteckt, die Kanallje. Na ejal. Lange bevor dit Tohuwabohu so richtich losjing, war der Junge verschwunden. Wir ham uns erst keene Sorjen jemacht. Dann hamse wen abjeschlachtet in diesem sojenannten Spaßbad. Hat sich zumindest so anjehört. Naja kurz und jut: Wir beede raus aus den ganzen Schlamassel, finden den Bengel draußen aufm Parkplatz, ick fackel nich lange, pack die ganze Mischpoke ein und ab nach Berlin. Und erst als wir gemietlich zuhause hocken, erfahrn wir, dat et 'nen Toten jejeben haben soll. Dit hat Elias mitjekricht und denn hatter meine Frau jebeichtet, watter jesehen hat.« Fred holte tief Luft, Zweifel am anderen Ende der Leitung ebenso.

Jetzt würde Fred es knallen lassen, hoffte er und seine Hoffnung wurde erfüllt.

»Wahrscheinlich den Toten, Herr Kommissar, so bleich wie der jewesen sein soll.«

»Etwas genauer bitte, Herr Bertelmann. Sie haben doch auch die Einleitung so wunderbar hingekriegt«, sagte Zweifel.

Fred hatte keinen Draht für Ironie, deshalb ignorierte er sie einfach.

»Zwee Männeken, vermutlich Sanitäter, eene Tragbahre und als Hauptperson een Mensch so weiß im Jesicht wie Nofretete, wennse sich die Schminke mal wegdenken. Und jetzt kommtet: Die beeden ham die volle Bahre zum Jebäude jeschleppt, warn fürn paar Sekunden vaschwunden und sin mit der leeren Tragbahre zurück zu ihrem Fahrzeuch. Gleich darauf warnse weg wie weiland Apollo 13 hinterm Mond.« Zweifel gefielen Freds bildhafte Vergleiche.

»Herr Bertelmann, das ist eine sehr wertvolle Aussage, eine sehr wichtige.«

»Wusst ick, wusst ick.«

»Ich würde gern selbst mit Elias sprechen.«

»Und warum dit?«

»Ich möchte mir einen Eindruck verschaffen, wie belastbar seine Angaben sind.«

Einen Moment lang war Stille in der Leitung, bis Fred diesen Satz für sich übersetzt hatte.

»Sie meinen, ob der Elias sich dit ausn Fingern jesogen hat?«

»Ganz genau, Herr Bertelmann.«

»Dit kann ick ausschließen, könnse mir jlooben. Der hat noch nie jelogen.«

»Dann ist ja nichts dagegen einzuwenden, oder?« Wieder herrschte für einen Moment Stille.

»Telefonisch reicht Ihnen ja wohl, will ick hoffen«, sagte Fred, während im Hintergrund Johanna hörbar pausenlos auf ihn einredete.

»Fürs Erste ja, aber ich denke, ein persönliches Gespräch wäre mir lieber.«

»Een Moment, Herr Kommissar.« Der Hörer wurde von Fred nur nachlässig abgedeckt, so dass Zweifel Ohrenzeuge eines heftig getuschelten Meinungsaustausches zwischen Fred und Johanna wurde, gefolgt von etwa einer Minute vollkommener Stille.

»Herr Bertelmann, sind Sie noch dran?«, fragte Zweifel schließlich.

»Hallo Herr Kommissar, sindse noch dran?«

»Aber ja doch.«

»Also, wir ham Elias jefracht, und er will nich.«

»Hat er das begründet?«

»Hatter. Er sacht, datter nüscht davon erfunden hat. Is allet die reine Wahrheit.«

»Hm, kann ich vielleicht mal …«

»Wissense, er kann et nüscht ham, wenn man ihm nüscht jloobt. Da wird er leicht bockich. Fragense mal meene Holde.«

»Ja, Herr Bertelmann, das wollte ich gerade vorschlagen.«

»Wat?«

»Ihre Frau. Kann ich die mal sprechen?«

Zweifel hatte erstmal ein weiteres getuscheltes Palaver erwartet, stattdessen brüllte ihm eine kräftige Frauenstimme ohne Vorwarnung ins Ohr.

»Tachchen, Herr Kommissar, Johanna Bertelmann hier!« Zweifel hielt den Hörer etwas weiter weg und überlegte kurz, welche Taktik anzuwenden wäre.

»Schön, Frau Bertelmann, Sie haben ja mitbekommen,

worum es mir geht. Ich würde Elias sehr gern kennenlernen.«

»Vasteh ick ja, Herr Kommissar, aber der Junge hattet nüscht so mit Polizisten, seit, naja, seit damals, als sie ihm jesacht ham, dat seine Eltern ..., beede ..., also dit war schrecklich für den Jungen.«

»Ich seh überhaupt nicht aus wie ein Polizist«, sagte Zweifel spontan und dachte, »was sag ich denn da für einen Blödsinn?« Johanna hielt es anscheinend nicht für Blödsinn.

»Dit is sehr freundlich von Ihnen«, war allerdings alles, was sie dazu sagte.

»Also gut, Frau Bertelmann, ich bin sicher, wenn Sie nochmals mit Elias reden ..., er hört doch sicher auf Sie, könnte ich mir vorstellen.«

»Wat man halt von einem Jungen in seinem Alter erwarten kann.« Zweifel spürte, dass er hier nicht weiterkam und beschloss, das Thema vorerst fallen zu lassen.

»Ihr Mann hat mir geschildert, was Elias beobachtet hat. Vielleicht können Sie mir helfen den Ablauf etwas zu präzisieren.«

»Wat meenensen damit?«

»Zeit und Ort, Frau Bertelmann. Um welche Uhrzeit hat Elias die Sanitäter beobachtet und wo genau sind sie verschwunden?«

»Er hat wat von einer Ecke oder Nische erzählt, da musset ja irjendwo 'nen Seiteneingang jeben in dem Jebäude. Naja, und dann hatter jesacht, diese Schreie, also die sin zehn Minuten früher jewesen.«

»Weiß Elias denn, wie lange zehn Minuten sind, ich meine, weiß er es wirklich genau? Das ist sehr wichtig, Frau Bertelmann.« Er hörte ein Schnaufen.

»Herr Kommissar! Elias jeht in die Schule. Er sitzt in der Klasse und wartet uff die Pausen. Und dann isser inne Pause und muss auf'n Punkt wieder inne Klasse sein. Jloobense mir, der weeß, wat zehn Minuten sin.« Zweifel nickte.

Der Junge vor dem Schokoladenladen hatte sich von der Hand seiner Mutter losgerissen und rannte über die Straße. Zweifel hörte Reifen quietschen, doch bevor er reagieren konnte, war eine Radfahrerin zur Stelle und hatte den Jungen rechtzeitig am Arm geschnappt. Es war nichts passiert. Für eine winzige, atemlose Sekunde starrten alle auf den Jungen, der Autofahrer, die Frau mit dem Rad, seine Mutter und Zweifel. Dann brüllte der Kleine los vor Schreck.

»Janz schön wat los bei Ihnen, wat?«, hörte Zweifel Johannas fröhliche Stimme.

»Ich glaube, hier hat gerade jemand gelernt, was zehn Sekunden sind«, sagte er.

»Müssense noch wat wissen, Herr Kommissar?«

»Ihre Adresse, Frau Bertelmann, vielleicht werd' ich Sie mal besuchen.« Sie gab ihm den Straßennamen.

»Dritter Stock. Klingel is kaputt, Sie müssen orntlich jejen die Tür bummern.«

»Aber ich werde nicht ›Polizei! Aufmachen!‹ brüllen.« Johanna prustete ins Telefon.

»Ick valass mir druff, Herr Kommissar.«

»Ich verlass mich auf Sie, Schilling. Punkt 8 Uhr 30. Kommen Sie zum Parkpalais. Wir fahren dann zusammen zur Therme. Vergessen Sie die Zahlen nicht.«

Theo Kronberger steckte sein Telefon weg und lehnte sich in seinem Sessel zurück. Aber nur für einige Minuten. Sie flogen gerade über Frankreich. Als sie Straßburg hinter sich ließen, war er schon längst wieder in seine Papiere vertieft und ließ seinen Kaffee kalt werden. Die erste Klasse war nur zur Hälfte besetzt. Das kam ihm sehr entgegen. Er hatte keine

Lust auf geschäftlichen Smalltalk und er hatte keine Lust, unfreundlich zu sein.

Schilling, etliche Kilometer Luftlinie entfernt, hatte dagegen kein Problem damit, unfreundlich zu sein.

Das bevorstehende Gespräch mit Kronberger versprach, unerfreulich zu werden. Bisher war jede Begegnung mit seinem Chef eine unerfreuliche Konfrontation gewesen. Dabei war Kronberger ein Mann, der nie laut wurde oder scharf oder gar ätzend. Er sprach stets ruhig und leise und bestimmt. Es war die Endgültigkeit seiner Sätze, die Schilling vollkommen in die Defensive trieb.

Nichts hasste Schilling so sehr wie sich rechtfertigen zu müssen, insbesondere dann, wenn ihm überzeugende Argumente fehlten. Nach Kronbergers bei den regelmäßigen Meetings subtil geäußerter Meinung, fehlten ihm diese Argumente in letzter Zeit etwas zu oft. Schilling wusste, dass er auf einem Schleudersitz saß und er wusste um die kurze Reißleine darunter. Es war für ihn so undenkbar, was geschehen würde, wenn Kronberger daran ziehen sollte, dass er diesen Gedanken nicht mehr aus dem Kopf bekam. Zu dieser frühen Morgenstunde war noch niemand in seiner Reichweite, an dem er seine Nervosität austoben konnte.

Wenn er das schon hörte: Parkpalais. Das mondänste Wohngebäude zwischen Zürich und München lag am Rand des Kurparks von Bad Wörishofen. Kronberger besaß dort die komplette oberste Etage, ein prachtvolles Penthaus und doch nur ein Mosaikstein in der gewaltigen Immobiliensammlung des Theo Kronberger.

Nicht einmal zwanzig Tage im Jahr lebte er dort. Es gehörte zu seinem Machtbewusstsein, die Direktoren seiner Unternehmen zum Rapport in seine jeweiligen Privaträume zu zitieren.

Seitdem Schilling das erste Mal dort gewesen war, hasste er dieses Prozedere. Nie hatte er sich kleiner gefühlt. Und das in Gegenwart eines Mannes, der ihm nicht mal bis zur Schulter reichte.

Er überflog seine Papiere. Die absoluten Zahlen waren gar nicht mal so schlecht. Es war der Trend, der ihm Magenschmerzen verursachte. Seit geraumer Zeit war kein Zuwachs bei den Besucherzahlen zu verzeichnen. Sie stagnierten, wenn auch auf einem sehr hohen Niveau. Die Gewinnsteigerung im letzten Jahr basierte fast ausschließlich auf höheren Eintrittspreisen.

Die Spielräume bei den Personalkosten hatte Schilling ausgereizt. Hier gab es nichts mehr einzusparen, es sei denn bei seinem eigenen Gehalt.

Der Gedanke ließ ihn frösteln. Er war auf jeden verdammten Euro seines üppigen Geschäftsführergehalts angewiesen. Auf Jahre hinaus. Wenn Kronberger aus irgendeinem Grund das Interesse an der Therme verlor, konnte es durchaus sein, dass er sie innerhalb kürzester Zeit verkaufen würde. Dann wäre es vorbei mit Herrn Lars Schilling. In seinem Alter einen ähnlich gut bezahlten Job zu bekommen, war ausgeschlossen.

Schilling starrte aus dem Fenster in den frühen Morgen. Ausgeschlossen. Dazu durfte es einfach nicht kommen. Ein rascher Blick auf die Uhr. Er raffte seine Papiere zusammen und machte sich auf den Weg zum Parkpalais. Seine Gefühle waren nicht gemischt. Sie waren pur: Angst und Hass.

Theo Kronberger blickte vom Dachgarten, der zu seinem Penthaus gehörte, über die hohen Bäume des Kurparks, der um diese Zeit nahezu menschenleer war. Er nippte an seinem Kaffee, der, wie fast immer, kalt geworden war. Er fragte sich nicht, woran das liegen mochte. Derlei Reflexionen waren ihm wesensfremd. Er nahm den abgekühlten Kaffee hin wie er eine Wolke hinnahm, die sich vor die Sonne schob.

»Hat Florian sich schon gemeldet?«, wollte er von seinem Sekretär wissen. Dieser riss den Blick von einem der drei großen Computerbildschirme los, die vor ihm nebeneinander aufgebaut waren, eine mobile Informationszentrale, welche die auf mehrere Kontinente verteilten Unternehmen des Kronberger-Imperiums gläsern machte.

»Bisher noch nicht, Herr Kronberger. Soll ich eine Verbindung herstellen?« Kronberger überlegte einen Augenblick, stellte die halbvolle Tasse auf die Brüstung und rieb seine kalten Hände aneinander.

»Nein, lassen Sie nur, dafür ist jetzt keine Zeit.« Der Kopf des Assistenten verschwand wieder hinter den Bildschirmen.

Kronberger schaute gelassen auf seine Uhr. Schilling würde gleich da sein. Trotzdem verschwendete er keinen Gedanken an ihn. Die Entscheidung über die Therme war im Grundsatz schon gefallen. Es war unerheblich, welche Zahlen Schilling ihm vorlegen würde. Kronberger hatte schon vor einiger Zeit beschlossen, seine Unternehmen bis auf ganz wenige zu verkaufen.

Ihm war in den letzten Wochen bewusst geworden, dass der zeitliche Aufwand in keinem Verhältnis zu dem Profit stand, den er damit erzielte. Er wollte seine Angelegenheiten konsolidieren, konzentrieren, Klarheit schaffen.

Er beobachtete eine Weile seinen Sekretär, der intensiv die Zahlen, Kurven und Diagramme auf den drei überdimensionalen Bildschirmen verfolgte und fühlte sich erneut in seinem Plan bestärkt. Es hatte absolut nichts mit Schwäche zu tun, wie manch einer seiner Geschäftspartner das sehen würde. Ganz im Gegenteil, es war für ihn ein

Zeichen von Stärke. Er würde keinen Deut von seinem Plan abweichen, trotz oder wegen der unerwarteten Schwierigkeiten, die sich bei seiner Umsetzung seit kurzem ergaben.

Kronberger dachte an die komplizierten Verhandlungen, die er in der letzten Woche in Amerika geführt hatte. Die Therme abzustoßen würde vergleichsweise ein Kinderspiel sein.

12. Kapitel

Kommissar Adam Zweifel war schlechter Laune an diesem Dienstagmorgen. Er hatte eine miserable Nacht hinter sich. Die Aussicht auf das Gespräch mit Kronberger und Schilling verdarb ihm den Appetit.

Der Kaffee schmeckte, als hätte jemand einen Esslöffel Essig reingetan. Der letzte Apfel auf dem Fensterbrett war faul, die Bananen noch grün und das Brot wurde allein schon von seinen finsteren Blicken schwarz, ohne dass er es in den Toaster steckte.

Er schnappte sich die halbvolle Milchtüte aus dem Kühlschrank, merkte erst nach zwei tiefen Schlucken, dass sie verdorben war, pfefferte sie in die leere Spüle, dass es nur so spritzte und starrte böse aus dem Fenster.

Irgendetwas in der Nacht hatte ihn so wütend gemacht. Er wusste, es war dieser ewige Albtraum und er wollte nicht darüber nachdenken.

Er wollte nicht über seine Frau nachdenken, nicht über jene Tage in Berlin, nicht über ihre Pläne, über die letzten Worte, die er mit ihr gewechselt hatte, nicht über den lächerlichen Zufall, der sie zielgenau zu einer explodierenden Granate geführt hatte.

In einem Buch über fernöstliche Lebensphilosophie hatte er mal gelesen: »Wenn dir etwas Schlimmes passiert, frag nicht, warum ich sondern sag: Warum nicht ich.«

Zweifel schloss die Augen, ballte die Fäuste und kämpfte vergebens gegen die aufquellende Wut. Es gab Zeiten in denen er es am liebsten laut herausgeschrien hätte: Weil sie erst dreißig war! Weil sie es nicht verdient hatte. Weil wir es nicht verdient hatten! Weil ich es nicht verdient habe. Und wie jedes Mal, wenn er ans Ende dieser Gedankenkette gekommen war, beschlich ihn ein hartnäckiger Zweifel, wie ein räudiger Hund, der sich nicht verjagen ließ. Hatte er es womöglich doch verdient? Er strich mit der Hand müde über die Augen.

Dann fiel ihm etwas ein. Er öffnete eine Schublade nach der anderen in seiner kleinen Küche, bis er ihn gefunden hatte. Er holte ihn heraus, griff nach seinen Schlüsseln und verließ die Wohnung. Als er an seinem Auto war, hatte er den Schokoriegel bereits verdrückt.

Melzick hatte verschlafen. Die Recherche nach einem Handwerksbetrieb mit bordeauxroten Arbeitsklamotten hatte sie länger als vermutet beschäftigt.

Anschließend hatte sie sich das Video auf Melchiors Handy mindestens ein Dutzend Mal angeschaut, ohne etwas zu entdecken, was sie wesentlich weitergebracht hätte. Sie würde es Zweifel vorspielen, mit und ohne Ton. Und sie würde Penny fragen, mit ihrem unglaublich feinen Gespür für die versteckten Kleinigkeiten und verborgenen Ungereimtheiten.

Für Tee war jetzt keine Zeit mehr. Die halbe Schüssel Müsli hatte sie in zwei Minuten verdrückt, dann griff sie nach zwei Bananen und hastete aus ihrer Wohnung.

»Sie sind spät dran, Melzick.«

»Ja, ich freu mich auch, Sie zu sehen. Zweifellos ein guter Morgen.« Ein Blick hinüber zu dem Mann mit der Glatze genügte und sie wusste, dass sie den falschen Ton angeschlagen hatte. Sie schnallte sich an und betrachtete etwas ratlos die beiden Bananen, die ihr Frühstück abrunden sollten.

Er startete mit quietschenden Reifen, ohne ein weiteres Wort zu verlieren.

An der ersten roten Ampel reichte sie ihm ebenso wortlos eine Banane.

Er warf einen kurzen Blick darauf und schaltete in den Leerlauf.

»Geschält wär' sie mir lieber«, knurrte er. Melzick folgte seiner Empfehlung.

»Die Schalen lassen Sie aber nicht in meinem Auto liegen!« Sie nickte und hielt den Mund.

Als sie an einer Baustelle in einen Stau gerieten, ließ er sein Fenster herunter und verdrückte das letzte Stück seiner Banane.

»War 'ne gute Idee«, sagte er, während er aus dem Seitenfenster starrte. »Übrigens, guten Morgen, Melzick.«

»Ich hab meinen Text schon aufgesagt«, sagte sie, kurbelte ihr Fenster runter, nahm ihm seine Schale aus der Hand und warf sie zusammen mit ihrer raus. Er warf einen Blick in den Rückspiegel.

»Ganz so hatte ich das nicht gemeint.«

»Verrottet sowieso, ich hab den Grünstreifen getroffen.« Er nickte und trommelte mit den Fingern auf das Lenkrad. Der Fahrer vor ihnen war ausgestiegen. Zweifel schaltete den Motor aus und drehte sich zu ihr um.

»Okay Melzick, ganz ehrlich, mit mir ist heute Morgen nicht gut Kirschen essen.«

»Deswegen hab ich's ja mit einer Banane probiert.« Er schloss die Augen.

»Okay, ich schlage vor, wir unterhalten uns nicht länger über Obst. Vielleicht erzählen Sie mal was Sie gestern noch herausgefunden haben. Könnte sich positiv auf meine Stimmung auswirken.« Melzick berichtete von dem Gespräch mit Lukas und Melchior. »Sie haben dieses Handy mit dem Video dabei?« Sie zog es aus ihrer Tasche und hielt es hoch.

»Gut, das schau ich mir später an. Der Spurensicherung sollten wir auch einen Blick darauf gönnen.«

»Penny steht auf meiner Liste ganz oben.«

»Es gibt da übrigens einen interessanten Augenzeugen. Hab gestern mit seinen Eltern gesprochen.«

»Mit den Eltern?«

»Er ist erst zwölf. Und – nein, es waren nicht die Eltern, die sind schon tot.«

»Die sind tot?«

»Melzick, Sie müssen nicht jeden Satz von mir wiederholen. Das ist irritierend und mir reichen meine Konzentrationsstörungen heute Morgen vollauf.«

»Soll ich fahren?«

»Nein, Melzick, dafür reicht es gerade noch. Ich hätte nur gern diesen verdammten Stau hinter mir.«

»Sie haben also mit jemandem gesprochen, der noch nicht tot war?« Er warf ihr einen scharfen Blick zu. Sie grinste frech zurück. »Es interessiert mich einfach, aber wenn Ihnen die Einzelheiten entfallen sind …« Er atmete tief durch.

»Fred und Johanna und Elias Bertelmann. Onkel, Tante, Neffe. Waren gestern Vormittag an diesem speziellen Event in der Therme beteiligt. Der Junge hat etwas Merkwürdiges beobachtet und kann sehr genaue Zeitangaben dazu machen.« Zweifel berichtete von seinem Telefonat mit Berlin.

»Ganz schön weit weg für eine Zeugenvernehmung«, sagte Melzick. »Apropos weit weg: Einen Handwerksbetrieb mit diesen Arbeitsklamotten, wie sie diese Frau Sontheimer beschrieben hat, also den gibt es weit und breit nicht. Da hat sich jemand eine gute Tarnung ausgesucht.«

Zweifel beobachtete, wie der Fahrer, der vor ihnen ausgestiegen war, mit einer vollen Bäckertüte zurückkam.

»Was halten Sie davon …«

»Bin schon weg«, sagte Melzick, die den Mann auch gesehen hatte.

Wenig später kam sie mit einer Tüte warmer Brezen zurück.

»Was wissen Sie über diesen Kronberger?«, fragte sie kauend.

»Lucy war fleißig«, sagte er, griff nach hinten, wo das Dossier auf dem Rücksitz lag und reichte es ihr. Melzick überflog es.

»64 Jahre alt, Zwillingssöhne, die Frau nach der Geburt des zweiten Sohnes gestorben. Wie ist das passiert?«

»Es gab Komplikationen. Der erste Sohn kam ganz normal auf die Welt. Der zweite allerdings erst zwei Tage später. Aus irgendwelchen Gründen wollten die Ärzte keinen Kaiserschnitt riskieren. Die Mutter ist schließlich an Erschöpfung gestorben.«

»Soll das heißen, dass die Zwillinge nicht am gleichen Tag geboren sind?«

»Ja, das ist schon öfters vorgekommen. Kronberger war damals durch clevere Immobilienspekulationen im Ausland bereits Multimillionär.«

»Wie kann einer allein 32 Firmen besitzen?« Melzick schüttelte den Kopf und studierte die verschiedenen Artikel, die Lucy herausgesucht hatte. Der Stau schien sich aufzulösen. Das Auto vor ihnen bewegte sich ein paar Meter vorwärts. Zweifel startete seinen Wagen, doch nur, um wenig später den Schlüssel wieder umzudrehen.

»Dazu braucht man eine ganz besondere Energie, Melzick.«

»Auf den Fotos kommt er gar nicht so energiegeladen rüber.«

»Die Bilder können Sie vergessen. Sie wissen doch, wie Paparazzi arbeiten.«

Melzick hatte sich festgelesen.

»Aha, er hat seit dem Tod seiner Frau nicht wieder geheiratet. Schon klar. So einer ist doch mit seiner Kohle verheiratet.«

»Sie machen einen Fehler, wenn Sie bei diesem Mann Ihren Vorurteilen freien Lauf lassen.«

»Meine Vorurteile sind schwer erarbeitet. Die lass' ich mir nicht nehmen.«

»Sie hören sich an wie … na endlich, es geht weiter.« Zweifel startete erneut den Wagen.

»Hier steht, dass er angeblich ein gutes Verhältnis zu seinem Sohn hat. Ich denke er hat zwei Söhne. Was ist mit dem anderen?«

»Der taucht in der Berichterstattung so gut wie gar nicht auf. Warum weiß ich nicht. Vielleicht will ihn der Vater vor der Presse schützen.« Melzick ordnete mit der rechten Hand ihre Dreadlocks und stellte aufs Geratewohl Vermutungen an.

»Da haben wir also Zwillinge, eineiige sogar, die vom Aussehen her nicht auseinanderzuhalten sind, die vom Charakter her aber durchaus sowas wie Jekyll und Hyde sein könnten. Mit dem einen kommt der Vater bestens klar, sie haben dieselbe Wellenlänge und er führt ihn beizeiten an die ganz großen Aufgaben im Wirtschaftsleben heran. Der Junge scheint ja ein richtiger Überflieger zu sein, wenn ich mir das so ansehe. Schweizer Privatschule, Studium in St. Gallen und Princeton. Der reinste Kronprinz. Der andere Sohn tickt komplett entgegengesetzt. Was macht man mit so einem?«

Zweifel war jetzt flott unterwegs und nahm eine Rechtskurve in scharfem Tempo. Er blickte rasch zu Melzick rüber, die sich am Haltegriff festklammerte und unverdrossen weiter fantasierte. »Man sieht zu, dass er zu essen und zu trinken hat, schreiben, lesen und rechnen lernt und gesund bleibt. Ansonsten versteckt man ihn vor der Öffentlichkeit.«

Zweifel schaltete in den vierten Gang.

»Sie lesen zu viele Romane, Melzick.«

»Ich les überhaupt keine Bücher.«

»Alles was Sie sich da zusammengereimt haben vergessen Sie mal ganz schnell wieder.«

»Geht klar, Chef. War ja nur 'ne Lockerungsübung für den Hinterkopf.«

»Florian oder Moritz. Einer von beiden ist der Ertränkte aus der Sauna. Haben Sie einen Vorschlag, wie ich das dem Vater beibringen soll?«, fragte Zweifel, nachdem beide eine Weile geschwiegen hatten.

Melzick holte die letzte Breze heraus und knüllte die Papiertüte zusammen.

»Ruhig und gelassen«, meinte sie kauend.

»Sind Sie wahnsinnig?!« Schilling war blass vor Zorn.

Kronberger saß hinter der geschlossenen Tür in Schillings Büro vor einer Tasse Kaffee und wartete darauf, dass Klarheit in Bezug auf die Geschehnisse des Vortags kam.

Das Gespräch in Kronbergers noblem Penthaus war unerfreulich und kurz gewesen. Schilling hatte ihm die Zahlen vorgelegt und die Maßnahmen erläutert, mit denen er die Besucherzahlen der Therme in diesem Jahr nach oben katapultieren wollte. Kronberger hatte sich seinen hastigen Vortrag kommentarlos angehört und dabei ohne großes Interesse zu zeigen in Schillings Unterlagen geblättert.

Schilling war sich vorgekommen wie ein Pennäler, der die ihm aufgebrummte Strafarbeit zwar pünktlich abgeliefert hatte, der den Ansprüchen, die man an ihn stellte, jedoch nicht genügte. Nicht genügend. Das hatte Kronbergers Miene ausgedrückt, die Art, wie er die Papiere mit zwei Fingern anfasste, der Ton, in dem er »gibt es sonst noch was Wichtiges?« fragte.

Schilling hatte ihm erläutert, dass Kommissar Adam Zweifel mit ihm persönlich sprechen wolle und in Kürze da sein werde. Kronberger hatte die Nase gerümpft, was gleichbedeutend war mit äußerstem Missfallen.

Sie waren wortlos zur Therme gefahren. Es werde nicht lange dauern, hatte Schilling daraufhin beim Aussteigen beteuert und Kronberger hatte sich in Schillings Büro gesetzt, ohne ein Wort zu verlieren.

Die Art, wie er leicht angewidert die von Schillings Sekretärin eilig servierte Tasse Kaffee zur Seite schob und seinen Blackberry hervorholte, um einige wirklich dringende E-Mails, wie er leise betonte, zu schreiben, war für Schilling das Signal gewesen, das Büro zu verlassen und die Tür hinter sich zuzumachen.

»Dieser Zwerg wird sehr bald eine sehr schlechte Nachricht bekommen«, dachte Schilling grimmig. Im Vorzimmer wartete seine Sekretärin auf ihn.

»Adnan ist heute nicht erschienen, Herr Schilling. Die anderen Bademeister sind im Urlaub oder krank und hier ist Fischli am Telefon«, sagte sie und hielt ihm den Hörer hin. Er riss ihn ihr wortlos aus der Hand.

»Guten Morgen Herr Schilling, Fischli hier, ich wollte Sie nur persönlich informieren. Mir hat das Ganze gestern doch sehr zugesetzt. Ich bin ja auch nicht mehr der Jüngste. Ich kann heute unmöglich arbeiten. Meine Frau sagt auch …« Weiter kam der Chefbademeister nicht.

»Sind Sie wahnsinnig, Fischli?«, wiederholte Schilling und dämpfte mühsam seine Stimme.

»Sie hören mir jetzt gut zu! Herr Kronberger ist im Haus, was ich von Adnan und den anderen Bademeistern nicht behaupten kann. Ich erwarte, dass Sie in einer Viertelstunde hier sind! Haben Sie mich verstanden? Mann! Ich kann sonst für nichts garantieren! Für gar nichts!«

Er streckte der Sekretärin, die seinen wütend gezischten Befehlen verdattert zugehört hatte, den Hörer hin und funkelte sie an.

»Sie haben heute ab sofort nur noch gute Nachrichten für mich, ist das klar?« Sie starrte ihn verängstigt an und nickte. »Wo bleibt denn dieser nervige Kommissar? Wollte er nicht um ...?«

»Er wird sicher bald da sein«, stammelte sie.

»Wissen Sie das oder vermuten Sie es nur?«

»Ich, äh, ich glaube ...« In diesem Moment klopfte jemand energisch an die Tür zum Vorzimmer. Bevor seine Sekretärin reagieren konnte, war Schilling mit drei, vier Schritten zur Stelle und riss sie auf.

»Sie sind spät dran, Herr Kommissar«, sagte er und verzog den Mund zähnefletschend zu etwas, das ein Lächeln sein sollte. Zweifel nickte kurz zur Begrüßung.

»Ich wusste gar nicht, dass wir eine Uhrzeit vereinbart hatten«, erwiderte er.

»Und ich wusste nicht, dass Sie eine Verstärkung brauchen«, sagte Schilling mit einem säuerlichen Blick auf Melzicks Dreadlocks.

»Hätte ich Sie vorwarnen sollen? Ich war im Glauben, dass Sie genügend Sitzgelegenheiten in Ihrem Büro haben«, gab Zweifel zurück. Schilling überging diese Bemerkung.

»Sie haben sicher schon gefrühstückt.«

»Ach wissen Sie, gegen eine gute Tasse Kaffee hätte ich nichts einzuwenden. Sie auch Melzick?« Sie nickte, obwohl ihr gerade gar nicht danach war. Schilling warf seiner Sekretärin einen mürrischen Blick zu.

»Sie haben es gehört! Für mich nichts!«

Zweifel, den der Hafer stach, schenkte ihr ein strahlendes Lächeln.

»Vielen Dank für Ihre Mühe. Ohne Milch und Zucker bitte.« Doris Deh war schon aufgestanden, wusste jedoch nicht, welche Reaktion auf Zweifels Freundlichkeit sie in Anwesenheit ihres Chefs riskieren konnte und ließ sich sicherheitshalber erst mal nur auf ihren Stuhl zurückfallen.

»Na, dann kommen Sie mal näher ran, Herr Kronberger wartet schon«, knurrte Schilling und ging voraus. Als sie das Büro betraten, saß Kronberger an dem quadratischen Glastisch in der Besprechungsecke und blickte konzentriert auf seinen Blackberry, ohne auf Schilling, Zweifel oder Melzick zu achten.

Schilling ging nach einem kurzen Blick auf seinen Chef zu seinem Schreibtisch und räumte irgendwelche Papiere zusammen. Nach dem bisherigen Verlauf dieses Morgens begann er sich zu fragen, wie lange er noch an diesem Schreibtisch sitzen würde.

Zweifel und Melzick tauschten einen Blick. Der Kommissar verspürte an diesem Morgen wenig Lust auf diplomatische Verrenkungen und ging, ohne Schilling groß zu beachten, kurzentschlossen auf Kronberger zu.

»Guten Morgen, Herr Kronberger, Kriminalhauptkommissar Adam Zweifel, meine Assistentin Zick. Danke, dass Sie sich Zeit nehmen für uns.«

Kronberger schien ihn gar nicht gehört zu haben, denn er starrte wortlos auf das Display seines Luxus-Smartphones.

Eine der wirksamsten Verhaltensweisen, die Melzick gleich zu Beginn ihrer Zusammenarbeit von Zweifel gelernt hatte, war, im richtigen Moment Stille auszuhalten. Theo Kronberger konnten sie damit allerdings nicht beeindrucken.

Zu oft hatte er die gleiche Taktik in Gesprächen mit Mitarbeitern angewendet, deren Leistung in seinen Augen ungenügend war. Es hätte also eine ziemlich lange Stille nach Zweifels Begrüßungsworten herrschen können, wenn Schilling mit seinem dünnen Nervenkostüm nicht gewesen wäre. Er stürzte hinter seinem Schreibtisch hervor, als ihm einfiel, dass es seine Aufgabe gewesen wäre, die gegenseitige Vorstellung zu übernehmen.

»Das ist der Polizist, von dem ich Ihnen erzählt habe, Herr Kronberger«, sagte er lauter als nötig und stellte sich neben den Glastisch, wobei er Zweifel einen abschätzigen Blick zuwarf. Nach dreißig quälend langen Sekunden steckte Kronberger seinen Blackberry in die Innentasche seines Jacketts und nahm seine Brille ab. Seine Stimme war sehr leise als er, Schilling ignorierend, sagte:

»Guten Morgen. Ich habe zehn Minuten für dieses Gespräch reserviert. Wenn Sie sich also so kurz wie möglich fassen.«

Er war nicht aufgestanden und schien vom Händeschütteln nichts zu halten. Stattdessen deutete er kurz auf die Sitzgelegenheiten. Schilling blieb als Einziger stehen.

Zweifel setzte sich, schlug die Beine übereinander, faltete seine Hände und räusperte sich dezent.

»Gestern Vormittag wurde auf die Therme eine Art Anschlag verübt. Was zunächst nach einem massiven technischen Versagen aussah, muss in Wahrheit von fremder Hand minutiös geplant und ausgeführt worden sein. Bei dem vermeintlichen Giftgas, ausgelöst durch zwei Granaten im Bereich der Ladengalerie, handelte es sich um vergleichsweise harmloses Rauchgas. Es kam im weiteren Verlauf zu einer Panik unter den Gästen. Herrn Fischlis Geistesgegenwart können wir es verdanken, dass Schlimmeres verhindert

wurde, wenngleich ein gewisser Sachschaden dabei entstand.«
Kronberger drehte den Kopf leicht in Schillings Richtung,
ohne ihn anzusehen.

»Wer ist Fischli?«, fragte er leise.

»Chefbademeister. Hat die große Scheibe in der Nordseite
von einem Baggerfahrer zertrümmern lassen«, antwortete
Schilling. Ich werde mit der Versicherung reden müssen«,
fügte er hinzu.

»Verschonen Sie mich mit Selbstverständlichkeiten,
Schilling.«

Kronberger hatte diesen Satz beinahe geflüstert, dennoch
hatte ihn jeder im Raum klar und deutlich verstanden. Er
lehnte sich in seinem Stuhl zurück und schlug nun ebenfalls
die Beine übereinander.

»Gab es Personenschaden?« Diese Frage schien er an seine
Kaffeetasse, die unberührt auf dem quadratischen Glastisch
stand, zu richten.

»Hebt Blickkontakte für die wichtigen Fragen auf«, dachte
Melzick, die den kleinen Mann genauestens beobachtete.

»Keine schwerwiegenden Verletzungen außer Prellungen,
Schnittwunden, Atembeschwerden und tränenden Augen.«
Kronberger verschränkte seine Arme und richtete die
Konzentration auf seine tadellosen Manschetten.

»Mir ist klar, Herr Zweifel, dass dies wohl kaum der Grund
für dieses Gespräch sein dürfte. Natürlich sind Sie wegen
dieses bedauerlichen Toten hier, den man wohl in einem der
Saunaräume gefunden hat, wenn ich Schilling richtig
verstanden habe. Weiß man übrigens schon, wer es ist?«

Schilling bewegte sich unauffällig zurück zu seinem
Schreibtisch und setzte sich, um das Drama aus der ersten
Reihe zu verfolgen.

»Sie haben Recht, Herr Kronberger, ich bin wegen des

Toten hier, der zweifelsfrei ermordet wurde.«

Er machte eine kurze Pause.

»Um dieses Gespräch habe ich gebeten, weil Sie wissen werden, wer der Tote ist.« Kronberger schaute Zweifel zum ersten Mal richtig in die Augen. Er runzelte die Stirn.

»Darf ich fragen, wie Sie darauf kommen?«

»Es ist einer Ihrer beiden Söhne. Ich muss Sie bitten, ihn zu identifizieren.«

»Ruhig und gelassen, wie mein Vorschlag«, dachte Melzick. Kronberger lächelte schmal.

»Das ist unmöglich, Herr Zweifel. Florian ist geschäftlich unterwegs und Moritz«, er schaute kurz an die Decke, »Moritz ist nicht da«, sagte er lapidar.

Zweifel beugte sich nach vorn und hatte die Hände jetzt gefaltet auf dem Glastisch liegen.

»Ich widerspreche Ihnen äußerst ungern, Herr Kronberger, aber unser Polizeiarzt hat den Toten ohne zu zögern als einen der Kronberger-Zwillinge identifiziert.«

»Wie heißt dieser Arzt?«

»Das tut nichts zur Sache. Es wird nicht lange dauern, es ist nur eine kurze Autofahrt.« Kronberger sah Zweifel prüfend in die Augen.

»Ich halte das für pure Zeitverschwendung, Herr Zweifel.«

»Ich muss darauf bestehen.«

»Darf ich davon ausgehen, dass Sie dieses Vorgehen mit Ihrem Vorgesetzten abgestimmt haben?« Die Stimme war zwar leise, aber sie hatte an Schärfe zugenommen. Zweifel nickte nur. Kronberger runzelte erneut die Stirn und dachte ein paar Sekunden nach.

Schilling, hinter seinem Schreibtisch sitzend, wartete vergebens auf einen Ausbruch. Kronberger hatte rasch einen Entschluss gefasst.

163

»Ich werde diesen Irrtum aus der Welt schaffen und anschließend werde ich mit dem Innenminister reden«, sagte er so sanft, dass es Melzick ein wenig fröstelte.

»Grüßen Sie ihn von mir«, lag Zweifel auf der Zunge, aber er schluckte es hinunter und stand auf.

»Mein Wagen wartet vor dem Eingang«, sagte Kronberger, »gehen Sie schon vor. Ich möchte vorher noch kurz etwas mit meinem Mitarbeiter bereden.«

Zweifel und Melzick verließen das Büro. Die große, schwarze Limousine, hinter deren Steuer sich ein Chauffeur die Zeit mit Zeitunglesen vertrieb, war ihnen vorhin schon vor dem Gebäude aufgefallen. Als sie gegangen waren, saß Schilling steif hinter seinem Schreibtisch und starrte mit leeren Augen auf seine Unterlagen. Bei Kronbergers letztem Satz war ihm ein eisiger Stich in den Magen gefahren. Er suchte fieberhaft nach den richtigen Worten.

»Herr Kronberger, es tut mir sehr leid, aber ich hatte keine Ahnung …«

Kronberger hob die Hand und unterbrach ihn.

»Darüber wünsche ich nicht mit Ihnen zu reden.« Er warf seinem Angestellten einen kurzen Blick zu. Schilling verstummte. Sein Herz schlug ihm bis zum Hals.

»Ich denke Sie sollten wissen, dass ich in der letzten Woche unter anderem mit Schlesinger gesprochen habe.«

Schlesinger war unter den Direktoren und Führungskräften des Kronberger-Imperiums berüchtigt und gefürchtet. Wenn dieser Name fiel, war das gleichbedeutend mit radikalen Maßnahmen. Es bedeutete in aller Regel das Karriereende. Als exzellenter Jurist, gewiefter Steueranwalt und penibler Controller arbeitete er seit den gemeinsamen Studienzeiten mit Kronberger zusammen. Schilling atmete hörbar aus und begann, leicht mit dem Kopf zu schütteln.

»Er wird sich in den nächsten Tagen mit Ihnen in Verbindung setzen«, sagte Kronberger leise. »Ich gehe davon aus, dass Sie Ihren Vertrag bis zuletzt erfüllen. Er endet am 30. August und wird nicht verlängert.«

Kronberger stand auf und rieb mit der Hand einmal kurz über seinen linken Jackenärmel. Damit war Schillings Ende besiegelt.

Er saß an seinem Schreibtisch und schüttelte den Kopf noch lange nachdem Kronberger sein Büro verlassen hatte.

13. Kapitel

Die Gerichtsmedizin war wie ausgestorben. Melzick schaute auf die Uhr. Um diese Zeit saßen die meisten, die hier arbeiteten, bei einem Kaffee zusammen oder rauchten irgendwo draußen, um die Nase freizubekommen.

Der kahle, fensterlose Raum im Erdgeschoss mit den großen Schubladen und den Metalltüren war grell erleuchtet. Zweifel drehte sich zum wiederholten Mal nach Theo Kronberger um, der einige Meter hinter ihnen war. Fast schien es, als wolle der Mann es vermeiden, neben dem großgewachsenen Kommissar herzulaufen. Ganz am Ende des Raumes wartete ein erstaunlich junger Mann geduldig, bis sie nähergekommen waren.

»Kommissar Zweifel. Wir kommen, um die Leiche aus der Therme identifizieren zu lassen.« Der junge Mann im weißen Laborkittel und in hellgrünen Gummistiefeln nickte.

»Ich weiß Bescheid. Dr. Kälberer hat mich gebeten, hier auf Sie zu warten. Ich bin sein Assistent.«

Er hatte einen flüchtigen Blick auf Kronberger geworfen, der scheinbar unbeteiligt im Hintergrund stand und machte sich daran, eine der Schubladen herauszuziehen.

Zweifel drehte sich zu Kronberger um und nickte ihm leicht zu. Kronberger drehte seinen Kopf zur Seite und wartete ein paar Sekunden.

Melzick hatte sich an die Seite des jungen Assistenten gestellt und beobachtete Kronberger, genauso wie Zweifel. Kronberger musste diese Blicke spüren. Doch sie ließen ihn unberührt. Er schaute auf seine Armbanduhr.

»Also gut, Herr Zweifel, dann lassen Sie mal sehen«, sagte er und machte ein paar energische Schritte bis er direkt neben der geöffneten Schublade, Melzick gegenüberstand. Der

Körper war mit einem weißen Laken bedeckt. Der Assistent schlug es behutsam zurück, als wollte er den Darunterliegenden nicht wecken.

Kronbergers Augen weiteten sich vor grenzenloser Verblüffung.

»Aber das ist …«, er bekam einen Hustenanfall, der nicht enden wollte und rang nach Luft, während er sich abwandte.

Zweifel tauschte einen Blick mit Melzick und wartete bis Kronberger wieder Atem geschöpft hatte.

»Das ist …das ist nicht möglich!«, brachte Kronberger mühsam mit seiner leisen Stimme hervor. Er schüttelte den Kopf. Dann starrte er der Leiche ins Gesicht. Melzick konnte keinerlei Ähnlichkeit entdecken, aber Kronbergers Reaktion sprach für sich.

»Herr Kronberger«, begann Zweifel behutsam, »können Sie mir sagen, wer das ist?«

Kronberger konnte den Blick nicht abwenden von dem jungen weißen Männergesicht mit der hohen Stirn, den hohen Wangenknochen und dem fliehenden Kinn.

»Das ist mein Sohn«, flüsterte er schließlich.

»Welcher Ihrer Söhne, Herr Kronberger?«

»Wie?« Er schaute Zweifel mit dem Ausdruck größter Verwirrung an.

»Ist es Florian oder Moritz?«

»Florian oder Moritz«, flüsterte er und nickte, »Florian oder Moritz.« Dann griff er ohne Vorwarnung dem Toten hinter das linke Ohr und schien nach etwas zu suchen. Als er es gefunden hatte, zuckte er zurück.

»Es ist«, sagte er und bekam erneut einen Hustenanfall, »es ist Florian. Florian Kronberger«, sagte er unter großer Mühe. Zweifel nickte Dr. Kälberers Assistenten zu. Dieser zog das Laken über das Gesicht des Toten und ließ die Schublade in der Wand verschwinden. Kronberger blickte Zweifel mit einer seltsamen Mischung aus Verwirrung und Wut an.

»Aber das ist nicht möglich!«, beharrte er.

»Wir unterhalten uns besser draußen weiter. Hier gibt es sicher eine Cafeteria oder etwas Ähnliches«, sagte Zweifel und schaute Melzick fragend an. Diese ging voraus und wenig später saßen sie zu dritt an einem kleinen Plastiktisch im obersten Stockwerk in der Kantine, die sich mittlerweile geleert hatte. Kronberger schien sich wieder im Griff zu haben.

»Ich verlange zu wissen, was mit meinem Sohn passiert ist. Jede Einzelheit. Das muss lückenlos geklärt werden«, sagte er leise, nahm einen Becher Kaffee von Melzick entgegen und nippte daran.

»Vorsicht, der ist sehr heiß.« Doch die Warnung kam zu spät, er hatte sich bereits die Zunge verbrannt.

»Wir sind noch ganz am Anfang der Ermittlungen, Herr Kronberger.«

»Sie unterrichten mich laufend. Ich erwarte schnelle Ergebnisse.«

»Ist Schnelligkeit wichtiger als Wahrheit?«, fragte Zweifel. Kronberger warf ihm einen prüfenden Blick zu.

»Sie haben mich genau verstanden, Herr Zweifel, und ich bin sicher, Ihr Vorgesetzter sieht das genauso.«

»Wie haben Sie ihn erkannt?«, mischte sich Melzick ein, die ein längeres Geplänkel befürchtete. Kronberger richtete sein Augenmerk auf ihre hennaroten Dreadlocks.

»Wie bitte?«

»Ihren Sohn. Woran haben Sie Florian erkannt? Hat er eine Narbe am Ohr oder sonst etwas Unverkennbares?« Kronberger starrte aus dem Fenster und schwieg.

»Verraten Sie es uns?«, beharrte Melzick.

»Er hat hinter dem linken Ohr eine Brandnarbe, nicht sehr groß. Sie haben als Kinder manchmal mit dem Feuer gespielt«, sagte er leise und strich mit der Hand über seine rechte Schläfe. Eine Weile sagte keiner von ihnen etwas.

Zweifel lag eine Frage auf der Zunge. Er trommelte leise mit den Fingern auf dem Tisch. Melzick nippte nachdenklich an ihrem Becher und ließ keinen Blick von Kronberger, der davon unberührt blieb. Nach wie vor blickte er schweigend aus dem Fenster.

Dieser Gedanke an seinen toten Sohn fühlte sich so fremd an. Kronberger war es gewohnt, unangenehme Tatsachen zu schaffen, und er war es gewohnt, andere mit unangenehmen Tatsachen persönlich zu konfrontieren. Er hatte darin eine große Routine erworben. Das Gefühlsleben seiner Mitmenschen spielte sich für ihn irgendwo in Patagonien oder auf dem Mond ab. Es hatte keinerlei Bedeutung für ihn. In den seltenen Fällen, in denen er selbst mit unangenehmen Tatsachen konfrontiert worden war, hatte er diese so rasch wie möglich als gegeben hingenommen und in seinen Augen wirksame Gegenmaßnahmen ergriffen. Doch was konnte er in diesem Fall hier tun? Es gab keine Gegenmaßnahmen für den Tod seines Sohnes. Und er konnte es nicht als gegeben hinnehmen. Er konnte es nicht akzeptieren.

Für kurze Zeit kam ihm seine Frau in den Sinn. Seit beinahe dreißig Jahren war sie nun tot. Gestorben kurz nach der Geburt von Moritz.

Kronberger hatte sämtliche Ärzte und Hebammen verklagt, die während der drei Tage dauernden Geburt seine Frau Valerie auch nur von Weitem gesehen hatten, ohne ihren Tod zu verhindern. Diese hatten sich erbittert gewehrt.

Es war eine verhängnisvolle Kette von nicht vorhersehbaren Komplikationen aufgetreten. Sämtliche ärztliche Entscheidungen und Maßnahmen waren lückenlos und nachvollziehbar dokumentiert worden. Mehrere medizinische Sachverständige, die zum Teil aus dem Ausland eingeflogen worden waren, kamen übereinstimmend zu dem Ergebnis, dass Valerie Kronbergers Leben nur durch ein Wunder hätte gerettet werden können.

Kronberger hatte sich alle Argumente, Schlussfolgerungen und Beurteilungen der ärztlichen Koryphäen schweigend angehört, schlussendlich auch das Urteil des Gerichts, das den Stellungnahmen der Sachverständigen folgte.

In den Jahren danach hatte er nicht eher Ruhe gegeben, bis die Karrieren sämtlicher involvierter Personen ruiniert oder zumindest dauerhaft beschädigt waren. In der Wahl seiner Mittel war er nicht zimperlich gewesen und am Ende wünschten sich alle, sie hätten den Namen Kronberger nie gehört.

So war der Lebensanfang seiner beiden Söhne eingebettet in den gnadenlosen Rachefeldzug ihres Vaters. Diese Rache hatte für scharfe Falten in seinem Gesicht und für Kälte in den beiden Kinderzimmern gesorgt. Von Anfang an waren die beiden Jungs, die sich äußerlich so ähnlich waren, dass niemand, nicht einmal ihr Vater, sie auseinanderhalten konnte, weit voneinander getrennt untergebracht.

Moritz, der Zweitgeborene, war das Kind, an dem Valerie gestorben war. Florian, der Erstgeborene, war sein Sohn. Für Theo Kronberger war dies die einzig richtige und nachvollziehbare Sichtweise. Daraus hatten sich alle nachfolgenden Entscheidungen, die das Leben der beiden Jungs betrafen, zwangsläufig ergeben. In den Augen Theo Kronbergers hatte er die richtigen Maßnahmen ergriffen. Sie waren insoweit wirksam, als er den Tod seiner Frau gedanklich abhaken konnte, als hätte er seine Unterschrift unter einen komplizierten und mit harten Bandagen umkämpften Vertrag gesetzt. Auf emotionale und sentimentale Aspekte legte er keinerlei Wert. Sie führten nach seiner Lebenserfahrung zu keinem zählbaren Ergebnis und waren für ihn folglich nicht von Bedeutung. Ihm war bewusst, dass dies eine sehr kühle Sichtweise und Einstellung war, die die wenigsten Menschen verstanden. Doch das war ihm gleichgültig. Eine andere Einstellung kam für ihn nicht in Frage. So war er eben.

»Sie haben vorhin erwähnt«, brach Zweifel das Schweigen, »dass Moritz, wie haben Sie das formuliert, ach ja, dass Moritz nicht da ist. Wie ist das genau zu verstehen? Ist er verreist? Wissen Sie überhaupt, wo er ist?«

Kronberger drehte seinen Kopf mit den kurzgeschorenen, eisgrauen Haaren langsam zum Kommissar und schaute ihn aus schmalen Augen an, als hätte er die Frage nicht verstanden. »Ich würde mich gern mit ihm unterhalten«, fügte Zweifel hinzu.

Kronberger holte seinen Blackberry aus der Innentasche seines Jacketts und legte ihn demonstrativ auf die weiße Tischplatte neben seinen Kaffeebecher.

»Das halte ich für keine gute Idee. Ich sehe absolut keinen Sinn darin.«

»Moritz war immerhin sein Zwillingsbruder. Es könnte doch sein, dass ...«

Kronberger hob leicht seine linke Hand.

»Die beiden standen nicht miteinander in Verbindung. Jedenfalls nicht in letzter Zeit«

»Was heißt das präzise?«, fragte Melzick. Kronberger würdigte sie keines Blickes und begann, wortlos auf seinem Blackberry herumzutippen. Melzick tauschte einen Blick mit Zweifel. »Bedeutet ›in letzter Zeit‹ zwei Tage, zwei Wochen, zwei Monate, zwei Jahre?«, hakte sie nach. Kronberger drehte den Kopf andeutungsweise in Melzicks Richtung und fragte Zweifel mit einem Stirnrunzeln:

»Würden Sie mir erklären, welche Relevanz die Fragen Ihrer Assistentin bei der Suche nach dem Mörder meines Sohnes haben?«

Zweifel blickte an die Decke und atmete tief durch.

»Ich gehe mal davon aus, Herr Kronberger, dass Sie die Bedeutung präziser Informationen bei all Ihren geschäftlichen Entscheidungen zu schätzen wissen. Mir geht es bei meiner Arbeit nicht anders. Je mehr exakte Informationen wir über das Umfeld des Opfers haben, desto eher sind wir in der Lage, die Wahrheit zu rekonstruieren. Sie dürfen davon ausgehen, dass ich dieselbe Frage gestellt hätte. Meine Mitarbeiterin Frau Zick ist es gewohnt, mitzudenken. Manchmal ist sie mir gedanklich voraus und kommt mir mit ihren Fragen zuvor. Ich denke, diese Einstellung dürfte Ihrer auf Ergebnisse fokussierten Sichtweise entgegenkommen.«

Melzick hielt für einige Momente die Luft an. Ihr Chef war wieder einmal von seiner Formulierungswut gepackt worden. Sie bewunderte ihn dafür, wie er seine Sätze bei Bedarf gelassen und ruhig aus der Hüfte abfeuerte. Aber sie wagte nicht einzuschätzen, wie Theo Kronberger darauf reagieren würde. Der konzentrierte sich auf seinen Blackberry. Eine steile Falte erschien zwischen seinen Augenbrauen.

»Wir haben Ihren Terminplan wohl ein wenig durcheinandergebracht«, dachte Melzick bei diesem Anblick.

Kronberger steckte sein teures Gerät wieder ein. Er schien einen Entschluss gefasst zu haben. Er schaute sich in der leeren Kantine um, dann schloss er die Augen.

»Florian hat nach Beendigung seines Studiums als meine rechte Hand begonnen, in meinem Konzern mitzuarbeiten.

Es ist eine äußerst anspruchsvolle, diffizile und herausfordernde Aufgabe, die er in hervorragender Weise bewältigt.«

»Dafür war er ja auch in St. Gallen und in Princeton«, warf Melzick ein. Kronberger schaute ihr zum ersten Mal direkt in die Augen, worauf sie schon gewartet hatte. Sie hielt seinem Blick stand. »Ziemlich teuer, so ein Studium, könnte ich mir vorstellen.« Er schüttelte leicht seinen Kopf.

»Wollen Sie etwa den genauen Betrag wissen?«

»Was das angeht, sind wir im Bilde«, sagte Zweifel und warf Melzick einen kritischen Blick zu. »Wann hat Florian denn mit seiner Arbeit begonnen?«

»Vor vier Jahren, drei Monaten und zwölf Tagen. Während dieser Zeit hatte er mit Sicherheit keinen Kontakt mit Moritz. Ist das präzise genug?«

»Wie können Sie so genau wissen, dass er keinen Kontakt zu seinem Bruder hatte? Haben Sie sein Telefon abgehört, oder …« Zweifel hob die Hand, um Melzick etwas zu bremsen. Kronberger hatte die Augen wieder geschlossen. Seine Geduld wurde auf eine Zerreißprobe gestellt.

»Sie können davon ausgehen, dass mir nichts verborgen bleibt, was Moritz angeht. Und dass mir nichts verborgen blieb, was Florian anging.« Seine leise Stimme übte sich in der Vergangenheitsform.

»Also wissen Sie, wo sich Moritz derzeit aufhält?«, fragte Zweifel.

»Sie haben mich offensichtlich immer noch nicht verstanden, Herr Zweifel.« Die Falte zwischen seinen Augenbrauen grub sich tiefer, als er dem Kommissar einen langen Blick zuwarf.

»Ich wünsche nicht, dass Sie oder Ihre Mitarbeiterin mit Moritz sprechen. Und ich erwarte, dass mein Wunsch respektiert wird. Ein Gespräch mit ihm würde Ihnen in keiner Weise weiterhelfen.«

»Aber wenn …«

Zweifel hinderte Melzick mit einem scharfen Blick und einem Kopfschütteln am Weiterreden.

»Fürs Erste will ich es dabei belassen, Herr Kronberger. Möchten Sie noch einen Kaffee?« Kronberger fuhr sich mit der Hand an die Lippen und schüttelte den Kopf.

»Sie haben sicher nichts dagegen, wenn ich …? Melzick, wären Sie so nett?«

Sie schaute ihn wortlos an. Wollte ihr Chef sie etwa aus dem Weg haben? Mit einem Seufzer stand sie auf und ging zum Kaffeeautomaten. Kronberger starrte wieder aus dem Fenster. Der gewaltsame Tod seines Sohnes begann sich in seinem Denken festzukrallen. Er fühlte nichts. Er versuchte, die Kontrolle zu behalten. Nichts hasste er so sehr, wie die Kontrolle zu verlieren.

»Wann haben Sie Florian zuletzt gesehen?«, fragte Zweifel. Zum wiederholten Mal schien es, als habe Kronberger eine Frage nicht gehört. Melzick kam mit zwei dampfenden Kaffeebechern zurück, die sie vorsichtig auf der weißen Tischplatte absetzte, als er zu reden begann.

»Wir waren die ganze letzte Woche in Amerika, Florida, um genauer zu sein. In Palm Beach, um Ihrer Frage zuvorzukommen. Wir hatten äußerst schwierige und komplizierte Verhandlungen sowohl mit Amerikanern als auch mit japanischen und arabischen Geschäftspartnern.

»Worum ging es dabei?« Kronberger schnaubte verächtlich durch die Nase.

»Herr Zweifel, glauben Sie ernsthaft, dass …?«

»Schon gut, schon gut. Kamen Sie zu einem Abschluss?« Kronberger schüttelte den Kopf.

»Wie ich schon sagte, es ging um eine sehr komplexe Transaktion.«

»Waren Sie die ganze Woche über zusammen?«

»Nein, die letzten beiden Tage musste ich Florian zurück nach Europa schicken. Nach Wien.«

»Sie haben ihn demnach am Samstag zuletzt gesehen, in Palm Beach?«

»Nein, wir haben uns am Sonntag noch zweimal per Skype über die wichtigsten Aspekte ausgetauscht.«

»Da war er also schon in Wien?«

»Ja.«

»Sind Sie sicher?«

»Absolut.«

»Aber Sie haben ihn doch nur auf einem kleinen Bildschirm gesehen. Der kann auch ganz woanders gestanden haben.«

»Er war in Wien.«

»Aber ...«

»Hören Sie, Herr Kommissar!« Kronberger atmete tief durch und schloss die Augen, während er sich bemühte, ruhig zu bleiben. »Wenn wir in Wien sind, nutzen wir unser Penthaus in der Innenstadt. Kennen Sie sich in Wien aus?«

Zweifel nickte zu Melzicks Überraschung, die sie hinter ihrem Kaffeebecher versteckte. »Dann sagt Ihnen sicher die Kärntnerstraße etwas. Wir haben dort seit mehr als dreißig Jahren eine Bleibe, nicht weit vom Stephansplatz.«

Er machte eine Pause, während der Melzick versuchte, sich vorzustellen, was Theo Kronberger unter einer Bleibe verstand. »Ich habe nicht nur Florian auf dem Bildschirm gesehen, sondern auch den Stephansdom. Und ich habe die Pummerin gehört, klar und deutlich.«

»Wen haben Sie gehört?«, fragte Melzick verdutzt.

»Die Glocke des Stephansdoms«, erklärte Zweifel.

»Die hat einen tiefen, unverwechselbaren Klang.« Er rieb mit der linken Hand über seinen kahlen Schädel.

»Zu welchen Uhrzeiten haben Sie mit Ihrem Sohn gesprochen?«

»Bei ihm war es neun Uhr morgens und vierzehn Uhr.«

»Welchen Eindruck hatten Sie von ihm?«

»Was ist das für eine Frage?« Zweifel beugte sich auf seinem Stuhl nach vorn.

»Wissen Sie, Herr Kronberger, das ist immer die Stelle, wo im Film die Frage gestellt wird: ›Ist Ihnen etwas Ungewöhnliches aufgefallen?‹ Wenn Sie sich jetzt die Gespräche mit ihm in Erinnerung rufen und aus der Distanz betrachten, gibt es da etwas, das außerhalb seines gewöhnlichen Verhaltens lag? Das kann auch eine nebensächliche Kleinigkeit sein, die Sie, während Sie mit ihm sprachen, ignoriert haben, die Ihnen dennoch in Erinnerung blieb. Lassen Sie sich Zeit mit der Antwort.«

»Zeit!« Wieder schnaubte Kronberger verächtlich durch die Nase. »Hören Sie zu, Herr Kommissar: Florian war am Sonntagnachmittag in Wien. Und am Montagvormittag liegt er«, wieder starrte er aus dem Fenster, »tot in einer Sauna in Bad Wörishofen. Man hat ihn ersäuft, verstehen Sie, was das heißt?« Zum ersten Mal an diesem Tag verlor Kronberger die Contenance. Seine laute Stimme dröhnte durch die leere Kantine. Doch in der nächsten Sekunde hatte er sich schon wieder im Griff. »Florian war in keiner Weise verändert, weder in seinem Aussehen noch in seinem Verhalten, in seiner Sprache, seiner Wortwahl, seiner Kleidung. Er trug die gleiche Brille wie immer …«

»Er trug eine Brille?«, fragte Melzick.

»Wir haben keine gefunden«, sagte Zweifel.

»Vielleicht konnte der Mörder sie gebrauchen.«

Kronbergers Sarkasmus war ein Zeichen seiner Ungeduld und seiner immer stärker aufkeimenden Wut. »Abgesehen davon, dass er sich ermorden ließ, zeigte Florian kein ungewöhnliches Verhalten.«

»Herr Kronberger, ich kann verstehen, dass ...« Der kleine Mann hob die Hand und brachte Zweifel damit zum Schweigen. Er stand auf und begann, an der Fensterfront entlangzugehen.

Melzick tauschte mit Zweifel einen Blick und zuckte ratlos mit den Schultern. Für Zweifel war das Gespräch jedoch noch nicht beendet. Er wartete ein paar Minuten und trank dabei seinen Kaffee.

Kronberger machte überraschenderweise keine Anstalten, den Raum zu verlassen. Er hatte die Arme verschränkt, stand am anderen Ende der Kantine und beobachtete den vormittäglichen Berufsverkehr. Melzick holte ihr Notizbuch hervor.

»Wie kam Florian von Wien hierher?«, notierte sie und zeigte dies ihrem Chef. Der nickte und stand ebenfalls auf. Er warf seinen leeren Kaffeebecher in einen Mülleimer und ging langsam in Richtung Kronberger.

»Warum mussten Sie Florian nach Wien schicken? Was sollte er dort für Sie erledigen? Mit wem sollte er sich treffen?« Kronberger steckte die Hände in die Hosentaschen und warf Zweifel einen Blick zu.

»Sie sind sehr hartnäckig.«

Zweifel nickte und schwieg. Kronberger schaute wieder aus dem Fenster.

»Es war im Grunde genommen eine Kleinigkeit.«

»Ich verstehe nicht.«

»Natürlich verstehen Sie nicht. Es gab Schwierigkeiten mit einem unserer Investoren. Florian hatte überraschend einen

Anruf von einem ehemaligen Kommilitonen bekommen. Dessen Vater hat sich vor einigen Jahren mit einem größeren Betrag bei einem unserer Immobilienprojekte engagiert. Die Akquisition lief damals über Florian, also war es naheliegend, dass er sich selbst darum kümmert.«

»Worin bestanden denn die Schwierigkeiten?«

»Der Mann wollte sein Geld vorzeitig zurückhaben. Das ist bei solch großen Projekten aber nicht vorgesehen.«

»Sowas wird doch sicher vertraglich hieb- und stichfest formuliert«, meinte Zweifel.

»Wenn es um viel Geld geht, findet sich immer ein Rechtsanwalt, der den Säbel auspackt. Florian wollte das über die persönliche Schiene lösen. Er war sehr zuversichtlich, seinen Kommilitonen und damit auch dessen Vater von einem Aufschub überzeugen zu können.«

»Ich brauche die Namen, Herr Kronberger. Ich muss überprüfen, wann und wo er mit diesen Leuten geredet hat.« Kronberger warf Zweifel einen Blick zu und schaute dann hinüber zu Melzick, die am Tisch sitzengeblieben war und sich einige Notizen gemacht hatte. »Außerdem müssen wir herausfinden, wie er von Wien hierhergekommen ist, ob er allein reiste, wann und wo er seinem Mörder begegnet ist.« Kronberger legte die Hand auf seine Stirn und schüttelte langsam den Kopf.

»Es ergibt keinen Sinn.«

»Was meinen Sie damit?«, fragte Zweifel.

Kronberger ließ diese Frage unbeantwortet und starrte wieder aus dem Fenster.

»Julius Schwarzenberg«, sagte er schließlich. Sein Sohn Aron hat mit Florian zusammen in Princeton studiert. Er wollte sich am Sonntagnachmittag mit den beiden in unserem Penthaus treffen. Kurz davor hab ich noch einmal mit ihm gesprochen und ein paar Details geklärt. Das war das letzte Mal …« Er brach ab und holte seinen Blackberry hervor. Stirnrunzelnd las er eine Nachricht und steckte ihn dann wieder ein.

»Hören Sie, Herr Zweifel, ich habe hier schon viel zu viel Zeit mit Ihnen verloren. Ich breche das Gespräch an dieser Stelle ab. Sie kennen Ihre Aufgaben. Ich muss in dreißig Minuten am …«

»Wie kann ich Sie erreichen?«

»Überhaupt nicht.« Kronberger war bereits auf dem Weg zum Fahrstuhl. Er drehte sich in der Tür kurz um. »Ich werde mich mit Ihnen in Verbindung setzen. Wenn Sie mir Ihre Mobilfunknummer geben würden.« Zweifel diktierte sie ihm und Kronberger tippte sie in seinen Blackberry. »Spätestens heute Abend will ich erste Ergebnisse sehen.« Damit verschwand er.

Melzick steckte ihren Notizblock weg und gesellte sich zu ihrem Chef.

»Was kann denn jetzt noch so dringend sein, wo sein Sohn tot ist?«

»Tja, Melzick, das ist die Frage. Und die würde ich liebend gern seinem anderen Sohn stellen.«

14. Kapitel

Schilling versuchte, das Chaos in seinen Gedanken einzudämmen. Er stand am Fenster seines Büros und starrte in die Wolken, ohne sie wahrzunehmen. Kronbergers letzte Worte hämmerten in seinem Kopf. »Vertrag bis zuletzt erfüllen.« »Endet am 30. August.« »Wird nicht verlängert.« Der 30. August! Nicht einmal fünf Wochen! In den nächsten Tagen würde der gefürchtete Schlesinger anrufen.

Er ging zurück zu seinem Schreibtisch, wühlte ziellos in den Unterlagen, die schlagartig keinerlei Bedeutung mehr für ihn hatten. Eine Handvoll Zahlen, von denen er gehofft hatte, dass sie seine Zukunft ... Was für eine Zukunft? Sein Mund verzerrte sich zu einem bitteren Grinsen.

Er fühlte, wie die Wut, die ihn schon seit langer Zeit begleitete, seinen Magen mit spitzen Fingern zusammenpresste. Zur Hölle, womit hatte er das verdient? Er ballte seine Fäuste und schüttelte sie in ohnmächtigem Zorn. Sein ganzer Körper war aufs äußerste gespannt wie unter einem Stromstoß. Mit großer Anstrengung unterdrückte er einen Urschrei. Ihm brach der Schweiß aus. Ein stechender Schmerz fuhr ihm in die Schläfen. Er brachte ihn zur Besinnung, ließ seine Wut abkühlen, bis sie ein gefährlicher Eisberg war, der in seiner Seele trieb wie in eisblauer See. Er spürte, wie er allmählich zur Ruhe kam. Der Anfall war vorbei.

Sein Verstand, der vorübergehend ausgesetzt hatte, begann wieder zu arbeiten. Befeuert von einem unbändigen Willen, aus dieser Sache rauszukommen, machte Schilling sich daran, eine Liste zu erstellen. Er setzte sich, nahm ein frisches Blatt Papier, einen Bleistift und räumte mit dem linken Arm die ganzen lächerlich unwichtigen Unterlagen energisch zur Seite.

Als er den Bleistift ansetzte, brach die Spitze ab. Er warf ihn in den Papierkorb, atmete tief durch und holte seinen Füller aus der Innentasche seines Jacketts.

Der erste Punkt auf seiner Liste lautete: K. kontaktieren.

Lucy schob ihre Schublade zu und wischte ihre Finger an einem Papiertaschentuch ab. Diese Kokosingwerschnitten waren einfach zu fettig. Da blieb sie doch lieber bei ihrer Nussschokolade.

Klopfers Worte hatte sie sich zu Herzen genommen und eine teure Leckerei besorgt. Das Preisschild hatte sie bewusst nicht entfernt. Sie überlegte gerade, ob sie die Zahlen darauf ein bisschen manipulieren sollte.

»Ach was«, murmelte sie vor sich hin, »der bringt's fertig und schickt die Schokoladentafel zur Spurensicherung. Vier Euro fünfzig für 80 Gramm sind auch so schon teuer genug. Da kann er nicht meckern.« Das Telefon klingelte. Als sie seufzend abhob, kamen Kommissar Zweifel und Melzick, in ein Gespräch vertieft, zur Tür herein. Lucy strahlte beide zur Begrüßung an, während sie dem Störenfried lauschte.

»Den Weg können Sie sich sparen, Meister.« Zweifel stutzte einen Moment und schaute sie fragend an.

»Den Weg können Sie sich sparen, Meister«, wiederholte Lucy im gleichen Tonfall und verdrehte dabei die Augen. Zweifel nickte ihr zu und ging in sein Büro, Melzick grinste sie an und folgte ihm. Als sie die Tür hinter sich zumachte, hörten Sie Lucy ein drittes Mal sagen:

»Den Weg können Sie sich sparen, Meister.«

»Macht Lucy jetzt einen auf Anrufbeantworter?«, fragte Melzick. Zweifel zuckte mit den Schultern.

»Raten Sie mal, wer in der Leitung ist«, sagte er und setzte sich an seinen Schreibtisch. Melzick blieb stehen.

»Klopfer? Nee, wäre mir neu, dass wir ihn jetzt mit Meister anreden müssen. Außerdem würde er da sicher auf ›großer Meister‹ bestehen.«

»Melzick! Wo bleibt Ihr Respekt, Vorgesetzten gegenüber?«

»Hab ich irgendwo liegenlassen, Chef. Wahrscheinlich zuhause im Kühlschrank.«

»Na, da kann er Ihnen ja immerhin nicht verlorengehen.« Zweifel kramte in einer seiner Schubladen. »Wo ist denn nur mein …?«

»Das war dieser Reisser!« Lucy war ohne anzuklopfen hereingeplatzt.

»Wer?«, fragte Melzick.

»In meinen Augen ein ganz heißer Kandidat für den Schmierfink-Nobelpreis«, schnaufte Lucy.

»Der war doch gestern erst da«, sagte Zweifel und durchwühlte genervt die zweite Schublade.

»Wie es aussieht, wird er auch heute hier antanzen«, seufzte Lucy.

»Trotz deiner neuen Gesprächsstrategie?«, fragte Melzick.

»Der ist wie die AFD, den kriegst du einfach nicht los. Was suchen Sie denn da so angestrengt, Kommissar?« Zweifel gab es auf und schob auch die dritte Schublade wieder zu.

»Schlüssel.«

»Aha.«

»Ja, die Schlüssel zu meiner Mary.«

»Sie wollen zu diesem Zeitpunkt der Ermittlungen mit Ihrem Haifischflossencabrio …?«

»In der Tat, Melzick«, fiel Zweifel seiner Assistentin ins Wort,

»Sie haben Klopfers Tonfall richtig gut drauf.«

»Ist auch eine Form von Respekt Vorgesetzten gegenüber. Wo wollen Sie denn hinfahren?«

»In die Werkstatt, Melzick, nur in die Werkstatt.« Lucy und Melzick tauschten einen Blick.

»Wann sind Sie denn zuletzt damit gefahren?«, wollte Lucy wissen. Zweifel starrte sie nachdenklich an.

»Wann hatten wir den letzten regenfreien Sonntag?«

»Oh«, sagte sie.

»Genau«, nickte Zweifel, »muss schon vier oder fünf Wochen her sein.

»Wieso müssen Sie dann mit Ihrem Prachtstück in die Werkstatt?«, fragte Melzick.

»Generalüberholung, Gesundheits-Check, sozusagen. Mein Mechaniker hat endlich die lang erwarteten Originalersatzteile aus Amerika bekommen. Freun hat mich angerufen.«

»Wenn ich 'n Schlüssel verlegt habe, such ich immer da, wo er eigentlich gar nicht sein kann«, meinte Lucy. Zweifel warf ihr einen skeptischen Blick zu.

»Soll ich demnach mal auf Ihrem Schreibtisch nachsehen?« Sie schaute ihn erschrocken an. Er hob beide Hände.

»Schon gut, schon gut, Lucy. Ich vergesse Ihren Schreibtisch und wir vergessen mal den Schlüssel. Wir haben einen Mordfall zu lösen. Melzick, wir machen jetzt erstmal einen Schlachtplan. Was halten Sie davon?«

»Jep«, sagte sie bloß und ließ sich auf einen Sessel fallen.

»Dann geh ich mal in Deckung«, sagte Lucy und verließ eilig das Büro. Zweifel telefonierte kurz mit seinem Mechaniker Paul Freun, um seinen Termin fürs Erste abzusagen. Dann setzte er sich zu seiner Assistentin an den Besprechungstisch. Sie hatte ihren Notizblock bereits hervorgeholt.

»Also Chef, wie lautet meine To-do-Liste?«

»Machen Sie mal Vorschläge«, erwiderte er. In diesem Moment klingelte sein altes schwarzes Wählscheibentelefon.

»Das war Penny mit ein paar Neuigkeiten«, sagte er ein paar Minuten später. »Diese ominöse Seitentür zum Beispiel, die ja angeblich immer verschlossen ist, wurde nicht gewaltsam geöffnet. Irgendjemand muss sie genau zum richtigen Zeitpunkt aufgeschlossen haben. Also etwa zehn bis fünfzehn Minuten nach dem zweiten Schrei. Elias, der Junge aus Berlin hat diese Zeitspanne genannt. Zehn Minuten nach den Schreien hat er beobachtet, wie die Sanitäter erstmals auftauchten. Rechnen wir ein paar Minuten dazu, bis sie plötzlich im Gebäude verschwunden waren.« Melzick zog die Nase kraus.

»Ziemlich genau um diese Zeit muss die Panik ihren Höhepunkt erreicht haben.« Zweifel nickte.

»Wer war also dort hinten und konnte außerdem im Besitz des Schlüssels sein?« Er rieb mit der linken Hand über seine Glatze.

»Nach allem, was mir Adnan und Fischli erzählten, kommt dafür nur einer in Frage, wenn wir den berühmten großen Unbekannten mal in der Schublade lassen.« Melzick zückte ihren Bleistift. »Adnan war der Einzige, der für kurze Zeit allein im hinteren Saunabereich war, nachdem er zwei ältere Damen verscheucht hatte. Außerdem hatte er ganz sicher die Möglichkeit, an den Schlüssel zu kommen.«

»Soll ich ihm nochmal auf den Zahn fühlen?« Zweifel nickte.

»Das ist Nummer eins auf Ihrer Liste. Außerdem kümmern Sie sich bitte um die Studentin, die gestern nicht erschienen ist, um die Durchsagen zu machen.« Melzick machte eine Notiz.

»Henriette Kohler. Bin gespannt, ob die auch Psychologie studiert. Hatte ja gestern schon das Vergnügen mit zweien von der Sorte. Dieses Video, das die beiden da gemacht haben, angeblich nur zu Studienzwecken — also ich habs mir ein paar Mal angesehen, aber mir ist einfach nichts ins Auge gestochen. Trotzdem …«

»Wir können uns das gleich gemeinsam reinziehen. Vorher will ich von Ihnen wissen, was Sie von Kronbergers Aussage halten.«

Melzick steckte ihren Notizblock weg, stand auf und ging ans Fenster.

»Das ist ein ganz spezieller Zeitgenosse. Kann ich mir als Vater gar nicht vorstellen. Ein hundertprozentiger Kopfmensch. Hat sich und alle anderen im Griff. Glaubt er wenigstens. Von dem geht 'ne Kälte aus wie von 'nem tausend Jahre alten Gletscher. Mir fällt gerade kein besserer Vergleich ein.«

»Sagt er die Wahrheit?«

»Worüber?«

»Über seinen Sohn.«

»Welchen? Moritz?« Zweifel nickte. Melzick zog ihre Stirn in Falten. »Jedenfalls sagt er nicht alles. Da müssen wir nachbohren, auch wenn es dem feinen Herrn nicht gefällt.«

»Bin ganz Ihrer Meinung. Aber das überlassen Sie besser mir.« Melzick schluckte das ohne Widerrede.

»Mir hat nicht gefallen, wie sicher er sich fühlte, was seinen anderen Sohn angeht.«

»Was meinen Sie?«

»Na die Sache mit Wien und dieser Pommerin …«

»Pummerin.«

»Egal. Das kam so selbstgerecht und überheblich rüber. Kann ich einfach nicht vertragen.«

»Ich werde mit Schwarzenberg reden und Kronbergers Angaben überprüfen. Das sollte nicht allzu schwer sein. Dann sehen wir, ob Ihr Unbehagen begründet ist.«

Zweifel holte Melchiors Smartphone hervor und legte es auf den Tisch.

»Hat dieser Student das übrigens freiwillig rausgerückt?«

»Nö, der war nicht sehr zutraulich. Erst als ich den beiden das Wort Mord auf den Kuchenteller legte, verging ihnen der Appetit.« Melzick setzte sich wieder zu ihm an den Besprechungstisch. »Ist 'n ziemlich teures Teil, aber die Bodenheims sind ja fast so ein Kaliber wie die Kronbergers. Melchior scheint Florian zu kennen. Er ist kurz aus der Rolle gefallen, als er hörte, dass es sich bei der Leiche um einen der Zwillinge handelt. Und Lukas hat etwas von einem Millionärsclub gefaselt.«

Lucy kam wie immer ohne anzuklopfen hereingeplatzt.

»Möchte jemand der Anwesenden einen Kaffee oder sowas?« Beide schauten sie wortlos an. Sie hatten zwar in der Kantine während des Gesprächs mit Kronberger schon sowas ähnliches wie Kaffee in ihren Bechern gehabt, aber der unterschied sich von Lucys Heißgetränk wie Bachblütentropfen von Morphium. Sie nickten synchron. Lucys Kopf verschwand und Melzick startete das Video.

Sie ließ Zweifel allein auf das Display starren und lehnte sich in ihrem Sessel zurück. Sie beobachtete das angespannte Gesicht ihres Chefs und hörte den Geräuschen nur mit halbem Ohr zu. Zu oft hatte sie das Video abgespielt.

»Das ist alles?«, fragte Zweifel schließlich. Sie nickte. »Immerhin haben wir jetzt die Uhrzeit. Wir wissen, dass die Panik um 10 Uhr 34 in vollem Gange war. Wir hören eine Frauenstimme, die die Durchsagen macht, wenn wir auch noch nicht wissen, wem sie gehört. Wir sehen Fischli, der auf der Treppe zur Empore steht. Ich nehme an, das ist Lukas Freun, der da ins Wasser springt, um den Jungen zu retten. Dabei hat er also seinen Studienausweis verloren.« Wieder nickte Melzick. Zweifel starrte nachdenklich auf das Standbild, das verzweifelte Menschen zeigte, die sich in der Schleuse zum Außenbecken ineinander verkeilt hatten. Das Wort Inferno kam ihm in den Sinn.

Er schaute sich den Film ein zweites Mal an, ein drittes Mal, ohne ein Wort zu sagen.

Melzick hatte die Augen geschlossen. Der Kommissar hatte den Ton abgeschaltet und konzentrierte sich ganz auf die Bilder, vor allem auf die Dinge, die am Rand und im Hintergrund passierten. Beim vierten Mal drehte er den Ton bis zum Anschlag.

Melzick riss plötzlich die Augen auf und starrte ihn an. Er erwiderte ihren Blick.

»Es kommt nicht auf das an, was wir hier sehen oder auch nicht sehen, Melzick. Viel wichtiger ist, was wir hören. Melzick beugte sich in ihrem Sessel vor.

»Melchiors Gemurmel. Was sagt er da: »Jetzt kommt gleich die Durchsage …«

»Wieso wusste er so genau, wann die erste Durchsage kommt, fast auf die Sekunde? Zufall?«, fragte Zweifel. Melzick verzog das Gesicht.

»Es gibt keine Zufälle«, sagt mein Guru immer.

»Dann lief das Ganze entweder nach einem festen Zeitplan ab, den er genau kannte oder er hat selbst das Signal für die Durchsage gegeben«, sagte Zweifel.

»Das heißt aber, dass es Melchior und wahrscheinlich auch Lukas waren, die diese Panik gezielt herbeigeführt haben«, ergänzte Melzick. »Dann haben sie aber auch die Gasgranaten deponiert. Oder sie haben jemanden damit beauftragt.«

»Unwahrscheinlich«, widersprach Zweifel. »Das wäre ein unnötiger Mitwisser gewesen. Den beiden war sicher klar, dass das alles andere als ein harmloser Streich ist. Daher hielten sie es sicher für klug, dass so wenige Personen wie möglich davon wussten.«

»Die Frage ist, ob die Frau mit den Durchsagen in den Plan eingeweiht gewesen ist. Da fällt mir ein …« Melzick schlug mit der flachen Hand an ihre Stirn. »Der bordeauxrote Handwerkeroverall! Ich hab Paul Freuns Werkstatt vergessen. Die hab ich nicht überprüft.« Zweifel stutzte.

»Die Farbe hab ich da noch nie gesehen.« Er kratzte sich an der Nase. »Aber das heißt nichts. Sollten wir trotzdem checken.« Melzick grinste.

»Wenn Sie jetzt Ihren Schlüssel hätten, könnten Sie die Gelegenheit nutzen und das selbst übernehmen.« In diesem Moment kam Lucy herein. Als sie das Tablett abstellte, klirrte es leise. Zweifel hob eine Serviette an, die völlig zweckfrei neben seiner Tasse lag.

»Da schau her«, sagte er. »Wie lautet Ihre Erklärung, Lucy?«, fragte er betont ruhig, während er einen altmodischen Autoschlüssel in die Höhe hielt.

Die Büroperle errötete und wich seinem Blick aus. Sie räusperte sich.

»Hab ich gefunden.«

»Aha«, sagte Zweifel und wartete auf Weiteres.

Lucy schenkte den beiden die Kaffeebecher voll, wobei etwas danebenging. Sie war jedoch so damit beschäftigt, die richtigen Worte zu finden, dass ihr dieses Malheur entging.

»Ja, hab ich in Ihrem Büro gefunden, als ich mal sonntags hier war.«

»Sie waren an einem Sonntag im Büro?« Zweifels Stimme bekam einen drohenden Unterton. »Das soll ich glauben?« Lucy nickte.

»Wenn Sie so gut sein wollen. Ich geb's ja zu, ich hab ihn vergessen.«

»Ich dachte, du hast ihn gefunden und der Chef hat ihn vergessen«, mischte Melzick sich ein.

»Ja, das auch.«

»An einem Sonntag!«, staunte Zweifel.

»Ich wollte meinen Schreibtisch aufräumen. Das hatte ich mir jedenfalls vorgenommen. Und zwar ohne ständig gestört zu werden.«

»Ein ganz brauchbarer Gedanke so weit«, sagte Zweifel und klimperte leise mit dem Schlüssel. Lucy winkte ab und seufzte.

»Nichts als blanke Theorie.«

»Wie, wurde nichts draus?«, fragte Melzick. Lucy schüttelte den Kopf.

»Ich hab die falsche Schublade aufgemacht.«

»Wieso?«

»Na, die mit dem Kästner.«

»Mit wem? Lucy, jetzt red' doch mal so, dass wir alle mitkommen. Welcher Kästner?«

»Na der Erich. Das Buch mit dem Millionär. Ich brauch nur irgendeine Seite aufzuschlagen und schon hab ich mich festgelesen.« Zweifel ging ein Licht auf.

»›Drei Männer im Schnee‹ etwa?«

»Sie verstehen mich, Herr Kommissar, ich wusste es.«

»Ich kenne es.«

»Ich aber nicht«, fuhr Melzick dazwischen.

»Ich kann's dir mal ausleihen.«

»Ich lese keine Bücher, jedenfalls keine, wo Millionäre drin vorkommen.«

»Da entgeht Ihnen aber so einiges«, meinte Zweifel. Melzick verdrehte die Augen und nahm einen Schluck aus ihrem Kaffeebecher.

»Ich bin also gerade an der Stelle, wo sie ihren Schneemann

mitten in der Nacht taufen wollen, da klingelt's.« Melzick gab
es auf und verkniff sich weitere Nachfragen.

»Wo?«, fragte stattdessen Zweifel. Seine Geduld wurde
allmählich auf eine harte Probe gestellt.

»In Ihrem Büro. Mindestens zehn Mal hab ich's läuten
lassen, dann bin ich hin. Und da sah ich ihn auf dem Boden
liegen, hab ihn aufgehoben und in meinem Schreibtisch
deponiert.«

»Und vergessen«, murmelte Zweifel und steckte den
Schlüssel in seine Hosentasche.

»Ja, leider. Ich konnte doch mit lesen nicht aufhören, so
mittendrin, ›wenigstens das Kapitel noch‹, dachte ich, das war
aber nur ein ganz Kurzes und da hab ich einfach
weitergelesen ohne es zu merken und gar nicht mehr
aufgehört und …«

»Und wer war dran?«, wagte Melzick, den Redefluss Lucys
umzuleiten.

»Wo?«

»Am Telefon, Lucy, du erinnerst dich?« Lucy griff ratlos an
eines ihrer drei Kinne.

»Keine Ahnung. Hatte aufgelegt.« Zweifel nahm ebenfalls
einen Schluck Kaffee.

»Und was geht sonntags hier sonst noch so ab?« Lucy
machte große Augen.

»Woher soll ich das wissen, Herr Kommissar? Das war
mein erster Sonntag im Büro. Und mein letzter.«

»Da hätte ich allerdings selbst draufkommen können. Ihr
Schreibtisch macht nach wie vor einen verwirrenden
Eindruck.«

»Das geht mir ja genauso, aber ich werd' ja auch laufend
abgelenkt und komm gar nicht dazu …«

»Bei der Gelegenheit fällt mir 'ne weitere Ablenkung ein.

Finden Sie bitte die Nummern der Schwarzenbergs in Wien raus. Die Vornamen sind Julius und Aron. Die werden vielleicht nicht im Telefonbuch stehen.«

»Soll ich Sie dann gleich verbinden?«

»Nein, geben Sie mir nur die Nummern, da werde ich später selbst anrufen.«

»Da war übrigens ein Anruf für dich, Mel. Eine Carla Dingsbums, Nachname ist egal, hat sie gesagt. Du kennst sie von der Schule her, hat sie gesagt. Sollst sie heute noch anrufen, hat sie gesagt.« Melzick stellte ihren leeren Kaffeebecher auf den Glastisch.

»Worum es geht, hat sie aber nicht gesagt, oder?« Lucy zuckte mit den Schultern.

»Nummer drei auf Ihrer Liste, Melzick«, sagte Zweifel.

»Jemand zuhause?«, rief eine raue Stimme von draußen und ertrank in einem grässlichen Hustenanfall.

»Kundschaft, Lucy«, sagte Melzick. Lucy erbleichte. Sie warf Zweifel einen schnellen Blick zu.

»Herr Kommissar, könnten Sie …«

»Auf gar keinen Fall, Lucy. Außerdem sind wir mit unserem Schlachtplan noch nicht fertig. Die Schlacht mit der Presse können Sie allein schlagen. Mit links. Und mit rechts. Sicherheitshalber.«

»Na los, Lucy, du bist doch schwer bewaffnet«, sagte Melzick und klopfte ihr auf die Schulter.

»Womit denn?«

»Mit deiner spitzen Zunge. Und wenn es haarig wird, ruf einfach laut Polizei.« Lucy schaute von einem zum anderen. Dann schnaufte sie ergeben.

»Muss ich mir merken«, hörten sie sie in eines ihrer drei Kinne murmeln, als sie das Büro verließ. Durch die offene Tür bekamen sie gerade noch Reissers Begrüßung mit:

»Ah, die Sonne des Südens geht auf.« Lucys Parade wurde von der laut zufallenden Tür verschluckt.

»Wir müssen rausfinden, wie Florian Kronberger von Wien nach Bad Wörishofen gekommen ist«, führte Melzick das Gespräch fort, als hätte es keine Unterbrechung gegeben.

»Vielleicht kann einer der Schwarzenbergs etwas dazu sagen.«

»Nummer eins auf Ihrer Liste, Chef.«

»Dann bring ich meine Mary zum Doktor. Anschließend werde ich mit dem jungen Melchior Bodenheim ein paar Gedächtnisübungen machen.«

»Das heißt, wir sehen uns wann wieder?«

»Was halten Sie von einem gemeinsamen Mittagessen?«

»Aber nicht schon wieder ›Einsteins Rübe‹«.

»Nein, die heben wir uns für den Abschluss dieses Falles auf.«

»Sie gehen also davon aus, dass wir das hinkriegen, Chef?«

»So sicher, wie sich Parallelen in der Unendlichkeit treffen. Haben Sie etwa Zweifel?« Melzick verkniff sich das Wortspiel, das ihr auf der Zunge lag und blieb ihrem Chef eine Antwort schuldig. »Haben Sie eine Idee, welches Motiv hinter dem Mord stecken könnte«, fragte er. Melzick hatte schon oft ihren treffsicheren Instinkt bewiesen. Sie spielte mit ihrem Kaffeebecher und ließ sich Zeit mit der Antwort.

»Da wir derzeit noch nicht wissen, wer von einem toten Kronberger-Zwilling profitieren könnte, lass ich diese Richtung mal außer Acht.« Sie machte eine Pause, stellte den Becher hin und verschränkte ihre Arme. »Der Mörder wollte den Vater treffen, Kronberger Senior, und zwar so schmerzhaft wie möglich und so öffentlich wie möglich. Deswegen haben wir diese Anrufe bekommen. Kronberger sollte keine Chance haben, die Polizei zu umgehen, was er nach Schillings Aussage üblicherweise tut. Einer in seiner Position und mit seinen Verbindungen glaubt zu wissen, wie man solche Dinge selbst regelt. Ich glaube, dass ihm jemand sehr deutlich machen wollte, dass er eben nicht allmächtig ist. Jemand wollte ihn ohnmächtig sehen.«

»Also Rache?« Melzick warf Zweifel einen kurzen Blick zu.

»So einer wie Kronberger hat sicher nicht bloß einen Feind.«

»Da stimme ich Ihnen zu.«

»Diese organisierte Panik und dieser originelle Leichentransport – das wirkt wie eine Inszenierung. So einen Aufwand betreibt einer nicht ohne Grund. Der Mörder wollte ein deutliches Zeichen setzen.«

»Oder aber, um einen Gedanken Klopfers aufzugreifen, wir sollen genau das denken, und das Motiv liegt in Wahrheit ganz woanders.«

»Na prima«, seufzte Melzick. »Dann mach ich mich mal auf die Socken.«

»Um eins bei Stavros?« Sie nickte und grinste.

»Wer zuerst da ist, darf für beide bestellen.«

15. Kapitel

»Carla? Lady!« Melzick war von der Reihenfolge ihrer To-do-Liste abgewichen. Zu groß war ihre Neugier. Seit der Abiturfeier, auf der Carla mit einem langen Abendkleid erschienen war, Melzick dagegen in olivgrünen Baggy-Pants aus dem Secondhand-Laden, hatten sie sich aus den Augen verloren. Den Spitznamen Lady verdankte Carla ihrem perfekten Oxfordakzent. Die letzten drei Schuljahre waren sie nebeneinander gesessen und hatten Spickzettel und Jungs getauscht. Sie wollten ursprünglich eine Studentinnen-WG gründen, doch dann hatte Melzick sich über Nacht für eine gehobene Polizeilaufbahn entschieden, was Carla mit »komplett bescheuert« kommentiert hatte. Das war das Ende ihrer Freundschaft gewesen.

»Brauchst du Polizeischutz oder willst du mit mir über alte Zeiten reden?« Melzick stand neben ihrem Fahrrad auf dem überfüllten Parkplatz der Polizeidirektion. Als die Sätze draußen waren, merkte sie, dass der Ton eine Spur zu rau war. Oder auch zwei Spuren. Die Stille in der Leitung dauerte dementsprechend eisige vier Sekunden lang.

»Hallo Mel, schön, deine Stimme mal wieder zu hören«, versuchte Carla, das Eis zu brechen. »Polizeischutz brauche ich nicht gerade, aber es gibt da etwas, was ich mit dir besprechen möchte.«

»Na dann lass mal hören.«

»Können wir uns nicht irgendwo treffen?« Melzick stutzte, reagierte aber sofort.

»Kennst du das ›Dessert Inn‹?«

»Da gibt's doch nur dieses vegane Zeug, also ich weiß nicht recht…«

»Warst du schon mal da?«

»Nee, ich bin ja die meiste Zeit in München.«

»Keine Ausreden, Carla! Wir treffen uns da oder überhaupt nicht.«

»Du lieber Himmel, ist mir eigentlich egal. Und wann?«

»Schaffst du's in zehn Minuten?«

»Bin schon unterwegs.«

»Ich hab nur die Nummer von dem Aron Schwarzenberg rausgekriegt«, schnaufte Lucy und blieb in der Tür zu Zweifels Büro stehen. »Der Senior telefoniert nicht. Das heißt, er lässt sich nicht anrufen. Er schreibt lieber Briefe.«

»Hört sich nach einem Spleen an.«

»Kann aber auch daran liegen, dass er ein Hörgerät hat.« Zweifel stand von seinem Schreibtisch auf.

»Wie sind Sie denn mit der Presse verblieben?«, wollte er von ihr wissen.

»Die hab ich mit ihren eigenen Waffen geschlagen.«

»Als da wären?«

»Lügen — übertreiben — weglassen.«

»Das hat geholfen? Das müssen Sie mir erklären.« Lucy kam näher und gab ihm den Zettel mit Schwarzenbergs Nummer. Dann nahm sie das Tablett mit der Kaffeekanne und den zwei Bechern vom Tisch. In der Bürotür drehte sie sich um.

»Ein türkischer Ehemann, drei kleine Kinder, Diät.« Zweifel warf einen raschen Blick auf den Zettel, dann einen nachdenklichen auf Lucy.

»Der Ehemann war gelogen, drei Kinder sind wohl übertrieben …«

»Aber nur ein bisschen. Meine Mutter nervt fast genauso.«

»Und die Diät haben Sie weggelassen?«

»Musste ich. Er hat mich ja zum Essen eingeladen«, sprachs und machte die Tür zu.

Carla wartete bereits vor dem »Dessert Inn«, als Melzick mit ihrem Rad ankam.

Die Begrüßung fiel leicht unterkühlt aus. Dafür war die von Zacharias viel herzlicher.

»Du kennst den Typen wohl schon länger«, fragte Carla, als sie sich gesetzt hatten.

»Kann man so sagen. Er ist mein Bruder.«

»Oh, den hab ich gar nicht erkannt, na ja ich glaub ich hab ihn ja auch nur einmal …«

Melzick hob ihre Hand um ihre hennaroten Dreadlocks zu ordnen.

»Vergiss es Carla, jetzt bestellen wir erstmal was.« Carla nickte und überließ Melzick die Auswahl.

»Sind das Gummibärchen auf der Torte, die roten Dinger da?«, fragte sie wenig später.

Melzick schüttelte den Kopf.

»Granatapfelkerne«, brachte sie mühsam mit vollem Mund hervor.

»Um die Zeit ess' ich eigentlich keinen Kuchen.« Melzick zuckte mit den Schultern.

»Hab mal gehört, dass man seine schlechten Gewohnheiten Stufe für Stufe die Treppe runterschubsen soll, anders wird man sie nicht los.«

Sie schauten sich an und fanden endlich Zeit für ein Lächeln.

»Alfo, waf gibf?«, fragte Melzick, die ihr Tortenstück schon zur Hälfte verdrückt hatte. Carla seufzte.

»Trouble, jede Menge Mist, Mel.«

Sie schüttelte den Kopf und spielte mit ihrer Kuchengabel.

»Mord, Totschlag, Banküberfall oder was hast du sonst angestellt?«

Carla schaute sie nachdenklich an.

»Dauert es eigentlich lange, bis man die Haare so hinkriegt?« Melzick nahm Carlas schwarze Haarpracht ins Visier.

»Würd' ich an deiner Stelle lieber lassen, steht dir sowieso nicht. Oder willst du etwa 'ne andere Identität annehmen? Jetzt werde ich langsam wirklich neugierig.«

»Quatsch, um mich geht's ja gar nicht. Jedenfalls nicht hauptsächlich. Ich war nur am Rande beteiligt. Eingeweiht quasi. Aber ich habs nicht verhindert.«

»Nimm es mir nicht übel, aber so viel heißen Brei auf einem Haufen hab ich schon lange nicht mehr gesehen. Komm auf den Punkt. Am besten in kurzen klaren Hauptsätzen, wie früher im Deutschleistungskurs.« Carla schaute ihr fest in die Augen und atmete hörbar ein.

»Du weißt ja sicher, dass ich Psychologie studiere, in München. Es gibt zwei Kommilitonen, mit denen ich mich ganz gut verstehe, bis gestern jedenfalls. Vor ein paar Wochen haben wir darüber geredet, wie trocken das Studium ist. Du machst dir keine Vorstellung davon.« Melzick kaute, hörte aufmerksam zu und schwieg. »Man müsste mal sowas Extremes, worüber wir immer nur lesen und reden, live erleben. Das war unsere Idee.« Carla stach ihre Gabel mehrmals in die Torte, was Melzick kritisch beäugte.

»Soll ich dir kleine Stückchen abschneiden?«

»Was? Oh! Nein, nein, natürlich nicht.« Die Gabel mit einem Stück Torte verschwand in Carlas Mund. Das machte sie für einen Moment sprachlos.

»Also habt ihr beschlossen, ein Irrenhaus zu besuchen und ein paar Insassen zu befreien oder was?«, fragte Melzick und schob ihren leeren Teller zur Seite. Carla warf einen Blick über ihre Schulter.

»Meinst du, dein Bruder verrät mir …«

»Keine Chance, Carla. Zack hütet seine Rezepte als seien es Wertpapiere.«

»Das sind sie wahrscheinlich auch. Der Laden ist ganz schön voll für einen Dienstagvormittag.«

»Carla ...!«

»Ja doch! Wir sind in kein Irrenhaus. Aber wir haben eins veranstaltet, könnte man sagen, das heißt, die beiden haben es getan. So hirnrissig das Ganze.« Wieder schüttelte sie den Kopf und beschäftigte sich intensiv mit ihrer Torte, die sie bald in Rekordzeit vertilgt hatte. »Wahnsinn«, entfuhr es ihr, als sie die Gabel auf ihren Teller legte. Melzick hatte beschlossen, ihren Geduldsfaden zu trainieren und wartete ab. Carla tupfte ihre Lippen mit der Serviette ab.

»Hast du bei der Polizei schon mal 'ne Massenpanik miterlebt, auf 'ner Veranstaltung oder so?« Melzick schüttelte den Kopf und wurde hellhörig. Carla faltete die Serviette ordentlich zusammen und legte sie auf halb fünf unter ihre Gabel. »Diese Panik, gestern in der Therme, die wurde absichtlich herbeigeführt.« Als Melzick nichts sagte, fuhr Carla fort. »Die beiden haben sich das genau überlegt. Am Anfang hab ich noch mitgemacht, weil ich davon ausging, dass es bei dem Rumspinnen bleiben würde. Ist doch absolut unkontrollierbar, so 'ne Panik. Aber sie meinten offensichtlich, dass da nicht groß was passieren könnte.« Melzick beugte sich vor.

»Was genau haben die beiden sich überlegt, Carla?«

»Na, die ganze Technik eben, wie sie die am wirkungsvollsten manipulieren können. Es gab Rauchgas. Das haben sie irgendwo besorgt, wo haben sie mir nicht verraten. Sie haben irgendwas mit der Lüftung angestellt und auch mit den Türen, so dass die sich nicht öffnen ließen. Und dann haben sie die Leute mit falschen Durchsagen kirregemacht.« Carla musste wieder ihren Kopf schütteln. »Das hört sich echt crazy an, wenn ich das hier so erzähle.«

»Was hältst du von einem Kakao?«, fragte Melzick. Sie wollte Zeit gewinnen.

»Gerne. Wenn der genauso fantastisch schmeckt, wie dieser Kuchen.«

»Verlass dich drauf. Mein Bruder hat da ein paar spezielle Zutaten.«

Sie tippte ein paar Mal auf den Touchscreen, der in der Mitte des Tisches eingelassen war. Carla deutete mit dem Finger auf das Display.

»War das die Idee deines Bruders?« Melzick nickte.

»Zack hat wirklich alles genauso umgesetzt, wie er es geplant hatte. Genauso wie deine Kommilitonen«, sagte sie nach einer kurzen Pause. »Warum wolltest du mit mir reden?« Carla faltete ihre Hände auf dem Tisch.

»Weißt du, die beiden wissen nichts von unserem Gespräch. Wir sind gestern im Streit auseinander. Eigentlich könnte es mir egal sein, was auf sie zukommt. Aber damit komm ich nicht klar. So bin ich nicht. Im Grunde genommen war ja keine böse Absicht dahinter. Was wirklich Schlimmes ist nicht passiert. Wenn sie sich jetzt freiwillig melden, dann kommen sie noch am besten davon, was meinst du?«

»Typisch Carla«, dachte Melzick, »will immer den Schaden begrenzen, Wogen glätten, Feuer löschen.«

»Wie haben die das mit der Lüftung und den Türen hingekriegt?« Carla zuckte mit den Schultern.

»Lu …, ich meine, einer der beiden war mal in so 'nem Hackerclub. War für den wahrscheinlich ein Kinderspiel, sich Zugang zu dem Zentralrechner in der Therme zu verschaffen und die Hauselektronik lahmzulegen.«

»Und wer hat diese Durchsagen gemacht?«

»Keine Ahnung. Also, was meinst du, was kommt auf sie zu, wenn sie sich stellen?« Melzick beschloss, die Katze aus dem Sack zu lassen.

Zacharias brachte den Kakao, dampfend heiß, in hohen, schmalen, türkisfarbenen Bechern. Er tauschte einen raschen Blick mit seiner Schwester und verschwand wortlos wieder in seiner Küche. Carla schnupperte an der schokoladenbraunen Flüssigkeit.

»Ist verdammt heiß, warte besser noch ein bisschen«, wollte Melzick sagen, aber es war schon zu spät, genauso wie vorhin bei Theo Kronberger. Carla zog zischend die Luft ein, um ihre verbrannte Zunge zu kühlen. Sie streckte sie heraus.

»Wie heißen die beiden denn«, wollte Melzick wissen, obwohl sie es natürlich schon wusste.

»Ich wollte dir die Namen erstmal nicht sagen, verstehst du. Ich will ja, dass sie sich selbst stellen und nicht die Polizei auf sie aufmerksam machen.«

»Der eine heißt Lukas, stimmt's?« Carla starrte sie erschrocken an. »Okay, deine Reaktion genügt mir. Deine Aktion kommt zu spät. Ich hab mich gestern schon mit Lukas Freun und Melchior Bodenheim ausführlich unterhalten.« Carla biss sich auf die Lippen. Dann nahm sie ihre Tasse in beide Hände und blies vorsichtig hinein, während sie fieberhaft überlegte. Aber ihr wurde rasch klar, dass sie aus der Nummer nicht mehr rauskam. Sie setzte ihre Tasse ab und seufzte.

»Wie bist du auf die beiden gekommen?«

»Spurensicherung, mehr darf ich dazu nicht sagen.«

»Schon klar. Hört sich ja an wie bei einem richtigen Kriminalfall.«

»Den haben wir auch«, sagte Melzick und nippte vorsichtig an ihrem Kakao.

»Mel, ich bitte dich, es geht doch höchstens um Körperverletzung, Sachbeschädigung, groben Unfug, was weiß ich.« Melzick nahm noch einen Schluck und setzte ihre Tasse ab.

»Wir ermitteln in einem Mordfall.«

»Wie bitte?«, rief Carla ungewollt laut und mit einer unkontrollierten Handbewegung stieß sie ihre fast volle Tasse um. Die heiße Schokolade lief über die Tischplatte und den Touchscreen bis hinüber auf Melzicks Seite, wo sie auf deren Jeans runtertropfte.

»Ach du scheiße!«, rief Carla.

»Da geb' ich dir vollkommen Recht«, sagte Melzick, »die dampft ganz gewaltig.«

Zweifel saß in seinem Büro und wählte die Nummer von Aron Schwarzenberg zum vierten Mal. Das Geräusch der Wählscheibe wirkte irgendwie beruhigend. Eine schnöde Wahlwiederholungstaste hätte ihn um dieses Vergnügen gebracht. Wieder ertönte das Besetztzeichen. Während Zweifels Zeigefinger schon ganz automatisch die Wählscheibe in Drehungen versetzte, überlegte er, ob die Familie etwas mit dem Schwarzenberg-Palais in Wien zu tun haben könnte.

»Kanzlei Schwarzenberg«, meldete sich eine ältliche Frauenstimme mit einem hauchzarten Wiener Akzent. Zweifel stellte sich mit Namen aber ohne Dienstgrad vor.

»Ob Sie wohl eine Möglichkeit sehen, dass Herr Schwarzenberg Junior mir einige Minuten seiner kostbaren Zeit zur Verfügung stellt?« Zweifel lauschte gelinde überrascht seiner eigenen Formulierung nach. Irgendwie hatte ihn der anheimelnde Tonfall der Sekretärin dazu animiert. Ihre Antwort fiel prompt ein paar Grade wärmer aus. Zwei Minuten später meldete sich Aron Schwarzenberg betont unterkühlt und geschäftsmäßig. Zweifel stellte sich vor.

»Herr Theo Kronberger hat mir Ihren Namen genannt, Herr Schwarzenberg.«

»Ach, das überrascht mich ein wenig. Er hat mir Ihren Anruf nicht avisiert. Wir übernehmen aktuell keine neuen Mandate. Verstehen Sie mich bitte nicht falsch. Wir legen großen Wert auf Diskretion. Sehr großen. Ein rein telefonischer Kontakt mit einem Unbekannten ohne jegliche Referenzen birgt in dieser Hinsicht doch einige, wie soll ich sagen …?«

»Gefahren?«, kam ihm Zweifel zu Hilfe.

»Unwägbarkeiten ist wohl die adäquatere Bezeichnung.«

»Soll ich Herrn Kronberger bitten, Sie anzurufen?«

»Einen Augenblick bitte, Herr Zweifel.« Etwa dreißig Sekunden lang herrschte Stille in der Leitung. Schwarzenberg wurde offensichtlich gestört und deckte den Hörer ab.

Zweifel vermutete, dass die Sekretärin hereingekommen war. Als er sich wieder meldete, glaubte Zweifel eine Spur Misstrauen herauszuhören.

»Herr Zweifel?« Er machte eine Pause und räusperte sich dezent.

»Vielleicht sagen Sie mir einfach, in welcher Angelegenheit ich Ihnen behilflich sein kann.« Zweifel beschloss, direkt zu sein.

»Ich untersuche den Mord an Florian Kronberger.« Er wartete Schwarzenbergs Schrecksekunde ab und fuhr dann fort. »Herr Kronberger sagte mir, dass sein Sohn Florian am vergangenen Sonntag in Wien war, um sich mit Ihnen beziehungsweise Ihrem Vater zu treffen. In diesem Zusammenhang habe ich einige Fragen an Sie.«

»Einen Augenblick, was sagen Sie da? Florian ist tot? Was ist denn passiert?«

»Er wurde ermordet aufgefunden, in Bad Wörishofen, am Montagmorgen.«

»Aber das ist ja unfassbar.« Wieder machte er eine Pause.

»Sie sind von der Polizei? Kriminalpolizei?« Seine Stimme klang jetzt sehr reserviert.

»Ja, ich vergaß wohl, zu erwähnen, dass ich Kriminalhauptkommissar bin.«

»Was ich am Telefon nicht überprüfen kann, Herr Zweifel.«

»Es geht ja auch nur um ein paar Fragen.«

»Herr Zweifel, es geht immer nur um ein paar Fragen. Je harmloser die Fragen, desto heikler die Antworten.« Zweifel ignorierte den Einwand.

»Ihre Sekretärin meldete sich mit ›Kanzlei Schwarzenberg‹. Sie sind Anwalt, nehme ich an.«

»Ich habe zwar unter anderem Jura studiert, aber ich praktiziere nicht als Anwalt.«

»Dann führen Sie also eine Steuerberatungskanzlei?«

»Nein.«

»Wirtschaftsprüfung?«

»Nein, Herr Zweifel.«

»Sie wollen meine Fragen nicht beantworten?«

»Aber das tue ich doch, Herr Zweifel.« Der Kommissar konnte das arrogante Lächeln förmlich hören.

»Könnte ich ein paar Worte mit Ihrem Vater wechseln?«

»Zu welchem Zweck?«

»Ist das nicht offensichtlich?«

»Um der Wahrheit die Ehre zu geben, Herr Zweifel, ich verstehe den Zusammenhang zwischen Herrn Kronbergers Tod und dem Inhalt Ihrer Fragen nicht.« Zweifel überlegte sich eine andere Strategie.

»Wäre es Ihrem Verständnis zuträglich, wenn ich meine österreichischen Amtskollegen einschalten würde? Falls Sie den offiziellen Charakter eher bevorzugen. Wir könnten Sie sicher heute noch besuchen. In Ihrer Kanzlei. Natürlich würden wir ohne Blaulicht vorfahren. Allein schon wegen der Diskretion. Und wir kämen in Zivil. Die meisten von uns jedenfalls. Ich will versuchen, da meinen Einfluss geltend zu machen.«

Zweifel verstummte und biss sich auf die Lippen. Er hatte sich hinreißen lassen. Vielleicht hatte ihn auch das Gespräch mit Theo Kronberger vorübergehend dünnhäutiger werden lassen. Unduldsamer gegenüber ungerechtfertigter Arroganz. Gab es überhaupt gerechtfertigte Arroganz?

Er atmete tief durch und hakte das Gespräch innerlich bereits ab. Er verfluchte sich dafür. Der Tag hatte eben einfach schon miserabel angefangen.

Überraschenderweise schien Schwarzenberg sich seine Worte ernsthaft durch den Kopf gehen zu lassen. Womöglich gehörte er zu der Sorte von humorlosen Menschen, überlegte Zweifel, die weder Sinn für Ironie noch für Sarkasmus hegten und jedes Wort für bare Münze nahmen.

»Ich mache Ihnen einen anderen Vorschlag, Herr Zweifel. In meinen Augen ist es der einzig akzeptable. Sie lassen mich Ihre wirklich relevanten Fragen der Reihe nach hören. Das können meines Erachtens nicht mehr als drei oder vier sein. Ich werde in angemessener Zeit entscheiden, welche davon eine Antwort verdienen und diese entsprechend formulieren.«

Zweifel glaubte, sich verhört zu haben. Er war vorübergehend sprachlos. »Herr Zweifel? Ich höre.« Zweifel riss sich zusammen. Angesichts des bürokratischen Aufwands, der drohte, wenn er die Wiener Kollegen tatsächlich einschalten müsste, war Schwarzenbergs Vorschlag das kleinere Übel.

»Wollen Sie mitschreiben?«

»Das ist nicht nötig, unser Gespräch wird aufgezeichnet.«

»Gut zu wissen. Tun Sie das immer?«

»Ist das bereits eine Ihrer relevanten Fragen?«

»Ich fürchte, so einfach kann ich es Ihnen nicht machen. Folgende Punkte müssen geklärt werden. Haben Sie Florian Kronberger am vergangenen Sonntag getroffen? Wenn ja, von wann bis wann und wo? Wie kam er nach Wien und wie hat er Wien verlassen?« Zweifel überlegte einen Augenblick. »Wie können Sie sicher sein, falls Sie mit ihm gesprochen haben, dass es wirklich Florian Kronberger war? Ich bin sicher, Herr Schwarzenberg, dass Sie für all diese Fragen eine Antwort haben.« Schwarzenberg schwieg. Zweifel wartete.

»Ich werde darüber nachdenken, Herr Zweifel. Ich rufe Sie an.«

Carla hatte Melzick länger als erwartet in Beschlag genommen. Als sie erfahren hatte, dass Mord im Spiel war, versuchte sie, Lukas und Melchior von jeglichem Verdacht reinzuwaschen.

»Das war 'ne granatenmäßige Blödheit von denen, aber jemanden umbringen? Du hast sie doch selbst erlebt. Traust du Lukas oder Melchior sowas zu?«

»Klar.«

»Spinnst du?«

»Carla, ich trau jedem einen Mord zu. Auch dir. Und mir natürlich auch.« Zacharias, der gerade dabei gewesen war Carlas Kakaospuren zu beseitigen, hatte sich eingemischt.

»Das darfst du nicht ernst nehmen. Mel hat ein krasses Bild von ihren Mitmenschen. Ist 'ne Berufskrankheit.«

»Und deine Berufskrankheit, kleiner Bruder, ist die rosarote Brille. Du hast einfach zu viel mit Süßigkeiten zu tun.«

»Apropos – wollt ihr noch was?« Beide hatten abwehrend die Hände gehoben. »Okay okay«, hatte er gesagt, »die Schokolade geht auf mich. Dann hast du 'nen Grund wiederzukommen und beim nächsten Mal die ganze Tasse zu trinken, Carla.« Sie hatte sich bei ihm bedankt und dann Melzick ihre Handynummer gegeben. Die Verabschiedung war etwas herzlicher ausgefallen als die Begrüßung. Danach war Melzick zur Therme gefahren, wo sie von Fischli erfuhr, dass Adnan zuhause geblieben war.

»Wenn Sie mich ansehen, dann merken Sie gleich, dass ich heute hier auch nichts zu suchen habe. Aber Schilling ist komplett ausgeflippt.«, hatte er ihr im Vertrauen zugeraunt.

»Sie sind also extra gekommen, um seine Nerven zu schonen?«

»Wenn Sie das so formulieren, hört es sich leicht bescheuert an. Adnan hat Recht gehabt, zuhause zu bleiben. Aber deshalb kann ich nicht auch noch wegbleiben. Der Tag wird sicher irgendwie vorbeigehen.«

Melzick hatte Adnans Haus trotz der vagen Angaben von Fischli problemlos gefunden. Es war ein großes Mehrfamilienhaus am Rande der Stadt. Als sie ratlos vor den zwölf Klingelschildern stand, fiel ihr ein, dass sie seinen Nachnamen nicht wusste. Es gab vier Adnans in diesem Haus. Eine Chance von eins zu vier ist gar nicht schlecht, dachte sie und suchte sich für ihren ersten Versuch den zweiten Adnan von oben aus. Ihr Finger lag kaum auf dem schwarz glänzenden Klingelknopf, als die Eingangstür aufgerissen wurde und der junge Bademeister mit verstörtem Gesichtsausdruck vor ihr stand.

»Es geht los«, stammelte er, bevor sie etwas sagen konnte.

»Wann?«, fragte Melzick verwirrt.

Er schien sie überhaupt nicht wiederzuerkennen und drängte sie unsanft zur Seite. In diesem Moment sah sie eine junge Frau schwerfällig die Treppe herunterkommen. Sie klammerte sich mit beiden Händen am Treppengeländer fest und atmete mehrmals stoßweise aus. An ihrem Bein hielt sich ein höchstens zweijähriger Junge fest und starrte Melzick aus großen, schwarzen Augen an. Auf dem ersten Treppenabsatz stand eine unerhört dicke Frau, die enorme Ähnlichkeit mit Adnan hatte und vom Alter her seine Mutter sein konnte. Sie lamentierte unaufhörlich in einer unverständlichen Sprache. Dabei trug sie ein einjähriges Kind auf dem Arm, das aus Leibeskräften schrie.

»Adnan«, stöhnte nun die junge Frau, die kurz vor ihrer dritten Geburt stand, »warte Adnan, warte!« Er hatte inzwischen die Eingangstür festgeklemmt und schob Melzick energisch aus dem Weg.

»Jamila, wir müssen uns beeilen. Wir nehmen Karims Auto. Ich hol es.« Die junge Frau krümmte sich, soweit das ihr angeschwollener Leib zuließ. Melzick war wie gelähmt. Jamila stieß einen Schrei aus. Das lautstarke Lamento von Adnans Mutter und das Geschrei des kleinen Mädchens auf ihrem Arm verstummten abrupt. Für einen kurzen Moment war es ganz still im Treppenhaus. Immer noch starrte der kleine Junge Melzick an. Plötzlich plätscherte es, so als ob jemand einen Topf Wasser auf die Steinstufen geschüttet hätte. Das war die Fruchtblase, dachte Melzick.

Adnan, immerhin schon zweifacher Vater, blickte fassungslos auf den Wasserschwall, den Jamila gerade losgelassen hatte. Sofort setzte das lautstarke Gejammer der werdenden Großmutter wieder ein, mit dem sie das kleine Mädchen ansteckte, das schlimmer als zuvor losplärrte. Auch der Junge mit den großen, schwarzen Augen verzog jetzt das Gesicht. Gleich würde er in das Konzert mit einstimmen. Melzick schüttelte ihre Erstarrung ab wie einen lästigen Mantel.

»Ich fahre, Adnan«, sagte sie mit einer Stimme, die keinen Widerspruch duldete. Sie deutete mit ihrem Zeigefinger energisch auf Adnans Mutter. »Sie bleiben hier bei den Kindern!« Sie stützte Jamila, die schon ein paar Schritte gemacht hatte, so gut es ging. »Wo steht das Auto? Geben Sie mir die Schlüssel! Sie sitzen hinten bei Ihrer Frau! Und ihr beruhigt euch!«, rief sie in Richtung Großmutter und Kinder. Zu ihrer Überraschung wurden alle ihre Befehle unverzüglich befolgt. Stumm starrten die Großmutter und die zwei Kleinen zur Tür heraus. Melzick klemmte sich hinter das Steuer.

»Verdammt, der hat ja eine Automatikschaltung«, stöhnte sie.

»Wir müssen nach Mindelheim!«, rief ihr Adnan vom Rücksitz zu, als sie mit quietschenden Reifen auf die Straße einbog.

»Weiß ich«, rief Melzick zurück, »da bin ich auch geboren.«

16. Kapitel

Zweifel öffnete das schwere Eisentor zu einem alten, heruntergekommenen Schuppen und atmete den vertrauten Geruch ein: Gummi, Benzin und Katze. Von der Katze war nichts zu sehen. Er schaute in allen Ecken und unter dem Wagen nach. Er zog die Pferdedecken von dem alten Cadillac und stapelte sie in einer Ecke auf einer wackligen Holzkiste auf. Dann setzte er sich hinter das dünne, elfenbeinfarbene Lenkrad und schloss für einen Moment die Augen, bevor er den Wagen startete. Das angenehm tiefe Blubbern ließ die dünnen Scheiben des Schuppens erzittern. Langsam ließ er den Wagen rückwärts hinausrollen. Ein etwa zwölfjähriges Mädchen mit pechschwarzen Haaren stand dabei und vergaß das Kaugummikauen.

»Was ist das?«, fragte sie Zweifel, der ausgestiegen war, um das Tor zu schließen.

»Das ist Mary«, sagte er, setzte sich in seinen Cadillac Eldorado, Baujahr 1959 und fuhr davon.

»Hier, trinken Sie«, sagte Melzick zu Adnan, der auf der vorderen Kante eines Stuhles im langen Flur der Entbindungsstation saß. Sie reichte ihm einen Pappbecher mit einer heißen Flüssigkeit, die aus dem Automaten getröpfelt war, nachdem sie auf den Knopf »Kaffee, schwarz« gedrückt hatte. Adnan nahm den Becher mit zwei Fingern entgegen und bedankte sich. Er bedankte sich auch dafür, dass Melzick sie gefahren hatte. Das tat er bereits zum vierten Mal. Melzick setzte sich neben ihn.

»Jetzt werden Sie also zum dritten Mal Vater. Wollten Sie nicht dabei sein?« Er schüttelte stumm den Kopf und sie spürte, dass das vielleicht ein wunder Punkt war. Immerhin hatte sie so Gelegenheit, sich mit ihm zu unterhalten. »Wissen Sie denn, was es wird?« Wieder schüttelte er den Kopf und nippte an seinem Becher. Eine Schwester lief vorbei und warf einen kritischen Blick auf die beiden Ungleichen. Melzick überlegte, wie sie ihn zum Reden bringen konnte. »Sie haben einen Sohn und eine Tochter, nicht?« Er nickte. »Wie heißen die beiden denn?«

»Karim, so heißt auch mein Bruder. Und Amina.«

»War das Ihre Mutter, vorhin im Treppenhaus?« Er nickte und nippte erneut an seinem Becher, den er in die andere Hand gewechselt hatte. Immerhin ist das Gebräu wenigstens heiß, dachte Melzick, die ihrerseits gerne etwas Kaltes getrunken hätte, aber ihre letzten Münzen waren für Adnans Becher draufgegangen.

»Wohnen Sie mit Ihren Eltern zusammen?«

»Mein Vater ist letztes Jahr gestorben. Meine Mutter wohnt bei uns. Sie musste ihre Wohnung aufgeben.«

»Verstehe. Wie groß ist Ihre Wohnung denn?« Er stellte den Becher vorsichtig auf den Linoleumfußboden und schaute sie das erste Mal richtig an.

»Warum wollen Sie das wissen?«

»Entschuldigung, ich wollte nicht neugierig sein«, sagte sie und schlug die Beine übereinander. »Meine Wohnung hat 35 Quadratmeter.«

»Das ist viel«, sagte er. Melzick nickte.

»Es ist mehr als genug. Ich wohne allein.«

»Das ist schlimm.«

»Ist es nicht, ich habe Nachbarn.« Melzick hörte sich das sagen und musste gleichzeitig an die ewig feiernden Ungeheuer in ihrem Haus denken.

»Wir haben 50 Quadratmeter.«

»Das ist nicht viel«, staunte Melzick.

»Doch, wir sind ja nur drei Erwachsene und drei Kinder. Bald.«

Er schaute auf seine Armbanduhr und dann auf die Stationsuhr.

»Die Mieten sind in den letzten Jahren stark angestiegen«, sagte Melzick. Er nickte und nahm seinen Becher wieder in die Hand. »Ihre Frau arbeitet nicht, vermute ich mal, bei drei Kindern.«

»Nein«, sagte er leise.

»Ihre Mutter?«

»Sie spricht kein Deutsch. Sie kann hier nicht arbeiten.«

»Also hängt alles an Ihnen.« Es war keine Frage, sondern eine Feststellung, mit der Melzick das Gespräch in die gewünschte Bahn lenkte. »Bezahlt Herr Kronberger ein gutes Gehalt?« Ein sparsames Lächeln huschte über sein Gesicht. »Wissen Sie, Adnan, wir stehen vor einem Rätsel«, begann Melzick den entscheidenden Angriff. »Wir wissen, dass der Tote von außen hineingetragen wurde. Die Täter haben die Seitentür im hinteren Saunabereich benutzt.« Adnan nickte langsam und konzentrierte sich auf seinen Kaffeebecher. »Tragen Sie eigentlich Handschuhe, wenn Sie dort arbeiten?«

»Handschuhe? Nein, wie kommen Sie darauf?«

»Diese Tür ist immer verschlossen, nicht wahr?« Er schaute sie misstrauisch an. »Wir haben einwandfrei festgestellt, dass sie nicht gewaltsam geöffnet wurde.«

Sie machte eine Pause. Adnan setzte sich aufrecht hin.

»Sie war den ganzen Vormittag über verschlossen. Herr Fischli hat uns das bestätigt. Er hat es selbst überprüft, etwa zehn Minuten bevor der erste Schrei zu hören war. Jemand muss die Tür danach aufgeschlossen haben. Jemand, der zu dem Zeitpunkt allein dort war. Jemand, der den Schlüssel hatte.« Wieder machte sie eine Pause und schaute ihn prüfend von der Seite an. Adnan schaute in die andere Richtung. Sie bemerkte, wie er heftig schluckte.

»Adnan, wir haben Fingerabdrücke gefunden.« Seine Nerven waren zum Zerreißen gespannt. Hätte die Geburt seines dritten Kindes nicht unmittelbar bevorgestanden, wäre Melzicks Taktik vielleicht nicht aufgegangen. So aber hatte sie leichtes Spiel.

»Wir werden sie mit Ihren Fingerabdrücken vergleichen. Aber Sie können mir vielleicht helfen, Adnan. Vor allem können Sie sich selbst helfen.« Er schüttelte den Kopf.

»Ich weiß nichts«, sagte er so leise, dass es fast ein Flüstern war. »Ich weiß nichts.« Melzick wartete ab. Sein Widerstand war dünn wie Papier.

»Hören Sie, Adnan«, sagte sie, »ich glaube Ihnen. Ich kann mir vorstellen, dass Sie da in was reingerutscht sind, ohne zu wissen, wie … « Sie verstummte und beobachtete, wie er sich die Haare raufte.

»Zweitausend Euro.« Melzick beugte sich vor, um sein Gesicht besser sehen zu können. »Zweitausend Euro«, wiederholte er leise. Sie schaute den Flur entlang, der merkwürdigerweise gerade menschenleer war.

»Das ist viel Geld«, sagte sie ebenso leise.

»Muss ich es zurückgeben?«, fragte er und schaute sie an. Sie antwortete nicht. Jeden Moment konnte das Kind da sein. Sie durfte keine Zeit verlieren.

»Wofür genau haben Sie das Geld bekommen?« Adnan schüttelte den Kopf, den er wieder in seinen Händen vergraben hatte.

»Er hat gesagt, ich soll dafür sorgen, dass die Tür offen ist, sobald zwei Schreie zu hören waren, und dass niemand es mitbekommen soll. Er hat gesagt, dass ich dafür zweitausend Euro bekomme. Er hat gesagt, dass sie vorbeikommen, wenn die Tür nicht offen ist. Bei mir zuhause vorbeikommen. Er wusste, wo ich wohne. Er wusste alles von meiner Familie. Sogar, woran mein Vater gestorben ist.«

»Jemand hat sie bedroht und Ihnen gleichzeitig Geld gegeben?« Adnan nickte. »Wann hat er es Ihnen gegeben und wo?«

»Es war in meinem Briefkasten. Am Sonntagmorgen.«

»Wann haben Sie ihn getroffen und wo?«

»Überhaupt nicht. Er hat mich nur angerufen.«

»Was hat er gesagt?« Adnan setzte sich auf und starrte an die gegenüberliegende Wand.

»Ich hätte Ihnen das nicht erzählen dürfen. Die kriegen das raus.«

»Wieso glauben Sie, dass es mehrere sind?«

»Er hat es gesagt. Er hat immer von ›wir‹ gesprochen. ›Wir wollen, dass Sie das tun, wir wissen, wie alt Ihre Frau ist, wir wissen, wie Ihre Kinder heißen, wir wissen woher Ihre Mutter kommt.‹ Die wissen wirklich alles. Und bald wissen, sie, dass ich mit der Polizei gesprochen habe.«

»Aber Sie haben mir ja gar nichts gesagt.« Adnan schaute sie verwirrt an.

»Sie haben mir überhaupt keinen Hinweis gegeben, der uns zu den Tätern führen könnte. Wir wissen jetzt nur eines ganz sicher: Die Panik wurde von den Mördern geplant.«

»Mit diesem Mord hab ich nichts zu tun. Als ich den Toten in der Sauna gefunden habe, muss ich den Kopf verloren haben. Ich hab sogar vergessen, diese verdammte Tür wieder zu verschließen. Ich wollte das Geld am liebsten wieder loswerden. Ich hab es weggeworfen.«

»Sie haben was?«

»In den Müllcontainer. Meine Mutter hat es wieder herausgeholt. Ich rühr es nicht mehr an.«

»Vorhin haben sie gefragt, ob Sie es zurückgeben müssen.«

»Ja, ich …, ich weiß nicht …, ich weiß überhaupt nichts mehr.« Er stützte seine Unterarme auf die Knie und ließ den Kopf sinken. Melzick schaute nach rechts. Eine Hebamme kam eiligen Schrittes auf sie zu.

»Ich lass Sie jetzt allein«, konnte Melzick noch sagen, als Adnan auch schon aufsprang. Er hatte jetzt andere Dinge im Kopf.

Zweifel ließ seinen türkisfarbenen Cadillac auf dem großen Parkplatz vor Paul Freuns Werkstatt ausrollen. Aus den Augenwinkeln sah er Luis auf seinem zerschlissenen Teppich liegen. Zweifel stieg aus und ließ die Fahrertür mit einem satten Ton zufallen. Der große, schwarze Neufundländer hob nicht mal ein Ohr. Er schien tief in Gedanken versunken. Vielleicht dachte er auch gar nichts. Ein unförmiger Berg aus schwarzem Fell, so lag er da, zwischen einem Toyota aus den Achtzigern und einem Opel GT aus den Siebzigern. Zu sehen war niemand weit und breit. Es wäre auch das erste Mal gewesen, dass Zweifel einen Menschen außer dem Werkstattmeister auf dem Gelände gesehen hätte. Dieser Ort schien ausschließlich von altehrwürdigen Automobilen bevölkert, die unter Paul Freuns kundigen Händen einen dritten Frühling erlebten.

Zweifel schlenderte zwischen alten Italienern, Französinnen und Amerikanern umher. Es gab mehrere Alfa Romeos, Göttinnen und Donnervögel.

»Wie geht's Mary?« Paul Freun war aus den Tiefen seiner Werkstatthalle aufgetaucht. Zweifel begrüßte ihn mit Handschlag.

»Sie braucht mehr Bewegung«, sagte er und stutzte einen Moment, als er den Mechanikermeister musterte.

214

»Brauchen wir wahrscheinlich alle«, sagte Freun und warf den Lappen, an dem er seine ölverschmierten Finger abgewischt hatte, in eine alte rostige Blechtonne. »Benzinpumpe, Verteilerkopf, Ölfilter, alles gestern aus den USA angekommen. Mit dem Lack dauert es aber noch etwas.« Zweifel nickte. Er war an ungenaue Zeitangaben gewöhnt. Die Zeit relativierte sich ohnehin jedes Mal, wenn er sich hinter das Steuer seines Oldtimers setzte. Sie unterhielten sich etwa zwanzig Minuten über Cadillacs im Allgemeinen und über des Kommissars Exemplar im Besonderen.

»Ich kann Sie in die Stadt fahren, wenn Sie keine Angst vor Staub haben«, sagte Freun schließlich. Zweifel nahm dankend an. Als sie nebeneinander in dem klapprigen Jeep saßen, der Zweifel immer an »Daktari« erinnerte, platzte er mit der Frage heraus, die ihm auf der Zunge lag, seit er Freun begrüßt hatte. Der Mechaniker antwortete keineswegs überrascht. Zweifel hatte seine Antwort im Grunde genommen genauso erwartet. Er stellte noch ein paar Fragen, die Freun unter gelegentlichem Kraulen seines roten Vollbarts gelassen quittierte. Der Mechaniker ließ den Kommissar vor dem Anwesen der Bodenheims, nicht weit vom Zentrum entfernt, aussteigen.

»Sie können Ihr Prachtstück morgen Abend wieder abholen, Herr Zweifel«, rief er ihm durch das Seitenfenster noch zu, dann bretterte er davon.

Melzick brauchte nicht zu klingeln. Die Tür des Studentenwohnheims stand weit offen.

»Wo finde ich Henriette?«, fragte sie eine dunkelhäutige Studentin.

»Welche? Wir haben drei davon.«

»Kohler. Henriette Kohler.«

»Kenn ich nicht. Dann haben wir anscheinend vier, sorry«, sagte sie und sprang die Treppe hoch.

»Suchst du Henry?« Melzick drehte sich um. Vor ihr stand ein kleingewachsener Mann, Ende zwanzig, dunkelblauer Anzug, weiße Turnschuhe, Sonnenbrille in die schwarzen Locken hochgeschoben, der einen Stapel Leitzordner auf beiden Armen trug.«

»Äh, wenn damit Henriette Kohler gemeint ist, dann ja.« Er strahlte sie an.

»Zweiter Stock. Ich glaube, es ist die Nummer 28.« Melzick bedankte sich und stieg die Treppen hinauf. Eine Gruppe von vier ernstblickenden Studentinnen, die auf dem Treppenabsatz flüsternd in eine erregte Diskussion vertieft waren, durchpflügte sie wie ein Mähdrescher. Die Tür zu Nummer 28 war nur angelehnt.

»Willst du zu mir?«, fragte eine zaghafte Stimme in ihrem Rücken.

»Henriette Kohler?«

»Wer will das wissen?« Melzick zeigte ihre Dienstmarke und hielt sie der Fragestellerin vor die Nase. Die schaute als erstes den Flur entlang nach beiden Seiten, dann schob sie die Tür auf und ließ Melzick eintreten. Sie war Anfang Zwanzig und hatte langes, blondes Haar, das in dünnen Strähnen auf ihre Schultern fiel. Alles an ihr war dünn. Der zerbrechliche Eindruck, den sie auf Melzick machte, wurde noch durch ihre seltsam zaghafte Stimme unterstrichen. Melzick war bewusst, dass sie die junge Frau sehr erschreckt haben musste. Sie überlegte, wie sie das Gespräch in entspannte Bahnen lenken könnte.

»Ihr habt hier Studenten, die im Anzug rumlaufen?«

»Ach, das war sicher Kilian.«

»Kilian?«

»Professor Kilian, Wirtschaftswissenschaften und Philosophie. Der hat bestimmt wieder seine Ordner verteilt.«

»Er hatte tatsächlich ein paar auf den Armen. Wieso verteilt er die?« Sie zuckte mit den Schultern.

»Er hält sich ganz gerne hier bei uns auf, nehme ich an.« Sie sagte das ohne irgendeinen Unterton. Sie stand mit dem Rücken zu ihrem Schreibtisch und hielt die Arme verschränkt. Sie schaute Melzick ebenso unsicher wie ungläubig an.

»Sie sind wirklich von der Polizei? Kriminalpolizei auch noch. Ich hab noch nie …, ich meine …, wie …?«

»Ich hab Ihren Namen von der Therme.«

»Aber wieso? Stimmt irgendetwas nicht?«

»Wissen Sie denn nicht, was dort gestern passiert ist?« Sie schüttelte den Kopf.

»Ich war nicht da.«

»Aber sie hätten eigentlich da sein sollen.«

»Woher wissen Sie das?«

»Ich habe mit Herrn Schilling gesprochen.«

»Mit Schilling? Aber wieso denn? Ich bin doch angerufen worden. Was soll das ganze Theater?« Sie klang jetzt nicht mehr nervös, eher genervt. Melzick hatte nur den Namen Schilling erwähnen müssen.

»Von wem sind Sie angerufen worden?«

»Das war ein Mann. Jemand von der Therme.«

»Woher wissen Sie das?«

»Woher wohl, mein Gott! Er hat sich so gemeldet.«

»Und was hat er gesagt?«

»Na, dass ich zuhause bleiben soll. Dass es eine Änderung im Dienstplan gegeben hat.«

»Wie hieß er?«

»Weiß ich nicht. Ich weiß nicht mal, ob er ihn genannt hat.

Und falls ja, hätte ich ihn bestimmt vergessen.«

»Wieso?«

»Weil er mich nicht interessiert hat. Er hat mir einen freien Tag beschert, den kann ich gut gebrauchen. Ich bin sowieso im Rückstand mit meinem Studium.«

»Was studieren Sie denn?«

»Wirtschaftswissenschaften, drittes Semester.«

»Bei Professor Kilian?« Sie nickte und blickte sich unschlüssig in ihrem Zimmer um.

»Möchten Sie vielleicht …, ich könnte Ihnen ein Glas Wasser anbieten.«

»Nein, nein, lassen Sie nur.« Henriette Kohler verließ den Platz an ihrem Schreibtisch und schob den Bürostuhl wortlos in Melzicks Richtung, die sich ebenso wortlos darauf niederließ. Die blasse, junge Frau ging zum Fenster, schaute hinaus, ohne etwas wahrzunehmen und setzte sich auf die breite Fensterbank.

»Was ist denn nun passiert?«

»Es gab eine Massenpanik. Viele Leute erlitten Verletzungen, zumeist leichte. Eine Stimme, die offensichtlich niemandem in der Therme bekannt vorkam, heizte diese Panik mit verwirrenden Durchsagen erst so richtig an.« Henriette Kohler starrte sie aus ihren blassen Augen an. Melzick fuhr fort. »Es gab einen Toten.« Die junge Frau wurde blasser, als sie ohnehin schon war. Melzick konnte das nicht so genau erkennen. Ihrer Stimme jedenfalls merkte sie die Bestürzung deutlich an.

»Aber das verstehe ich nicht. Was hat das mit …?«

»Das müssen Sie auch nicht verstehen. Wir untersuchen, was da passiert ist und wie die genauen Abläufe waren. Wir sind auf jeden Hinweis angewiesen, auch wenn er noch so unbedeutend erscheinen könnte. Übrigens wusste keiner

Ihrer Kollegen und Vorgesetzten in der Therme, warum Sie gestern nicht erschienen sind. Ich hatte den Eindruck, dass Herr Schilling nicht sehr erfreut darüber war.«

»So ein …, der glaubt mir nie im Leben, dass ich angerufen worden bin. Das heißt …«, sie seufzte laut und hielt dann eine Hand vor den Mund, »ich kann mir schon wieder 'nen neuen Job suchen.«

»Kam es öfter vor, dass der Dienstplan geändert wurde?« Sie schüttelte den Kopf.

»War, glaub ich, das erste Mal.«

»Es kam Ihnen nicht merkwürdig vor?«

»Nee, überhaupt nicht. Der wusste genau Bescheid, wer wann eingeteilt war.«

»Hat jemand Ihr Telefonat mitbekommen?«

»Nein, ich war allein«, sagte sie und runzelte die Stirn. »Wie meistens«, fügte sie leise hinzu.

»An der Stimme ist Ihnen nichts aufgefallen?«

»Aufgefallen?«

»Ein Dialekt, ein Akzent, ein Sprachfehler, hat er gelispelt, hat er die Stimme verstellt, irgendwas in der Art?« Sie schüttelte wieder den Kopf. Melzick atmete hörbar aus. »Eine ganz normale Männerstimme also, die Ihnen sagt –, was sagte er eigentlich?«

»Hallo Frau Kohler. Es gab da eine Planänderung. Eine neue Kollegin übernimmt morgen Ihre Schicht. Sie können zuhause bleiben.«

»Demnach hat er Sie am Sonntag angerufen?«

»Am Sonntagabend.«

»Also mir wäre das komisch vorgekommen, wenn mich eine unbekannte Person Sonntagabends anruft und mir für den nächsten Tag freigibt.« Henriette Kohler zuckte trotzig mit den Schultern und sagte nichts.

Melzick ließ nicht locker. »Aber Sie waren ja ganz froh darüber.«

»Ich habs doch gesagt! Die Prüfungen sind Ende der Woche. Ich kann's mir nicht leisten, durchzufallen.«

»So streng kam mir der Professor Kilian gar nicht vor.« Die blasse junge Frau verschränkte wieder ihre Arme und senkte das Kinn.«

»Sie haben eben keine Ahnung.«

»Ja«, sagte Melzick und stand auf, »das scheint mir auch so. Aber ich weiß, wie ich das ändern kann. Es könnte sein, dass ich nochmal vorbeikomme. Sie werden ja nicht weglaufen, so kurz vor den Prüfungen, nehme ich an.«

Melzick hatte es tatsächlich geschafft, einen Hauch von Röte in dieses blasse Gesicht zu treiben. Sie verließ ohne ein weiteres Wort das Zimmer und schloss die Tür hinter sich. Draußen lauschte sie für einen Moment. Ein kurzer, dumpfer Schlag war zu hören. Irgendwas war an die Wand geworfen worden.

17. Kapitel

Melzick war kurzerhand mit dem Taxi vom Krankenhaus zum Studentenwohnheim gefahren. Nachdem sie ihre To-do-Liste vom Vormittag vollständig abhaken konnte, machte sie sich zu Fuß auf den Weg zu Stavros' Lokal, das nur etwa zehn Gehminuten entfernt war.

Als sie kurz vorm Ziel um die Ecke bog, sah sie ihren Chef, ebenfalls zu Fuß, auf der anderen Straßenseite. Er hatte sie noch nicht bemerkt und so beschleunigte sie ihren Schritt. Vor Stavros' Taverne angelangt drehte sie sich triumphierend um und wollte ihn mit einer passenden Bemerkung begrüßen. Doch er war ganz plötzlich verschwunden. Suchend blickte sie umher. Dann lief sie auf seiner Straßenseite ein paar Meter zurück, bis sie vor einem Buchladen stand.

In dessen Schaufenster stapelten sich die neuesten Kriminalromane. Hinter einem Stapel dicker Kluftinger-Bücher konnte sie eine rötliche Haarmähne ausmachen. Eine attraktive Frau in den Vierzigern stand dort in ein angeregtes Gespräch vertieft, und zwar mit einem kahlköpfigen, großgewachsenen Endvierziger. Melzick wusste nicht recht, was sie davon halten sollte, ihren Chef und ihre Mutter so zu entdecken. Sie beobachtete die beiden eine Weile, dann riss sie sich von dem Anblick los. Einen Augenblick lang stand sie ratlos vor dem Eingang, dann fasste sie einen Entschluss.

Wenig später saß sie bei Stavros vor einem Teller schwarzer Oliven und kaute in Gedanken versunken auf einem knusprigen Stück Weißbrot herum.

»Chef kommen?«, fragte Stavros, nachdem er am Nachbartisch serviert hatte. Sie zuckte nur mit den Schultern. Eine Viertelstunde später kam er mit einem Teller Dolmades vorbei.

»Chef nicht kommen?«, fragte er.

»Doch«, sagte Melzick, »irgendwann.« Worauf Stavros mit den Schultern zuckte und in seine Küche zurückkehrte. Eine weitere halbe Stunde später, Melzick war immer noch mit ihren Dolmades beschäftigt, kam Zweifel schwungvoll zur Tür herein.

»Hallo Melzick, keine Oliven heute?«, fragte er und deutete auf ihren Teller.

»Hab ich schon erledigt«, sagte sie kurz angebunden und stocherte in ihrem Teller herum.

Stavros brachte unaufgefordert und mit strahlendem Lächeln die gewohnte Vorspeise, über die Zweifel sich mit Heißhunger hermachte.

»Gab's irgendwas Neues heute Vormittag?«, fragte er und brach sich ein Stück von dem ofenwarmen Weißbrot ab. Melzick schob ihren Teller, der noch nicht geleert war, auf die Seite. Sie nickte.

»Wiegt knapp dreitausend Gramm, ist ein Mädchen und heißt Aleika.« Zweifel blickte sie mit vollem Mund an und vergaß zu kauen.

»Was wollen Sie mir damit sagen, Melzick? Gehört das Mädchen etwa zu den Tatverdächtigen?«

»Die Kleine nicht, aber ihr Vater vielleicht. Ich hab ihn und seine Frau heute morgen ins Krankenhaus gebracht.«

»Wo Sie was genau getan haben?«

»Gewartet bis zum Schluss. Ich war eigentlich schon draußen, bin dann aber doch neugierig geworden und wollte wissen, wer da auf die Welt gekommen ist.«

»Und bei der Gelegenheit haben Sie sich auch das Gewicht und den Namen notiert, sehr umsichtig.«

Zweifel schien ungewohnt aufgekratzt zu sein. Melzick schob das insgeheim auf ihre Mutter. Die beiden mussten ja eine halbe Ewigkeit in dem Buchladen miteinander geredet haben.

Wie zur Bestätigung zog Zweifel ein schmales Buch aus der Innentasche seines Jacketts und legte es neben seinen leeren Teller.

»Wenn ich Ihre Liste richtig im Kopf habe, muss es sich bei dem glücklichen und verdächtigen Vater um Adnan handeln«, sagte er und bestellte ein Mineralwasser bei Stavros.

»Wie Sie das nur wieder rausgekriegt haben«, erwiderte Melzick eine Spur zu genervt. Zweifel überhörte den Misston. Er fiel ihm gar nicht auf.

»Hat er gestanden?«

»Den Mord nicht. Aber dass er die Seitentür geöffnet hat. Jemand hat ihm gleichzeitig Geld geboten und ihn bedroht, sollte er nicht dafür sorgen, dass die Tür offen ist, sobald zwei Schreie zu hören waren.«

»Wieviel Geld?«

Stavros brachte den Hauptgang und während Zweifel aß, berichtete Melzick ihm in allen Einzelheiten von dem Gespräch mit Adnan.

»Davor hab ich mich mit meiner Schulfreundin getroffen, mit Carla. Sie ist Kommilitonin von Lukas Freun und Melchior Bodenheim. Haben Sie mit dem übrigens gesprochen?« Zweifel schüttelte den Kopf.

»Mit seinem Vater. Erzähl ich, wenn Sie mit Ihrem Bericht fertig sind.« Melzick schilderte zusammenfassend, was sie von Carla erfahren hatte.

»Das erklärt so manches und bestätigt ein paar Vermutungen«, brummte Zweifel nachdenklich. »Und der dritte Punkt?«

»Henriette Kohler. Wurde ebenso wie Adnan angerufen. Von einem Mann, der so gut über die Dienstpläne informiert war, dass sie ihn, ohne groß nachzufragen, für einen Mitarbeiter der Therme hielt.«

Zweifel nahm sein zweites Dolmadesröllchen in Angriff. Melzick erzählte ihm auch von diesem Gespräch im Studentenwohnheim das Wesentliche.

»Ist doch erstaunlich, was man mit ein paar Telefonaten erreichen kann«, sagte Zweifel kauend.

»Das heißt, Sie hatten einen guten Draht nach Wien, Chef?« Er nickte, dann winkte er ab.

»Hab mit dem Junior telefoniert. Er weigerte sich, seinen Vater mit mir zu konfrontieren. Die Schwarzenbergs betreiben eine sehr verschwiegene Kanzlei, wobei Aron Schwarzenberg mir nicht einmal sagen wollte, welcher Art von Geschäften sie nachgehen.«

»Ein Wunder, dass er Ihnen überhaupt geantwortet hat.« Zweifel nahm eine letzte Gabel und legte dann sein Besteck beiseite.

»Hat er ja nicht. Ich warte noch drauf. Er wird im Büro zurückrufen. Ich hab Lucy gebeten, über die Mittagspause dazubleiben.«

»Und Ihr Besuch bei Freun?«

Zweifel kratzte sich am Kopf.

»Ich kann Mary morgen Abend wieder abholen.«

»Das ist schön für Sie, aber das war nicht, was ich wissen wollte«, sagte Melzick und zog die Augenbrauen hoch.

»Ach das meinen Sie. Na ja — Paul war gut angezogen. Besser als sonst. Bordeauxroter Overall.« Melzick zog die Augenbrauen höher. »Aber«, sagte Zweifel und hob einen Zeigefinger, »er kann kein Französisch und er war noch nie in der Therme. Seine Arbeitsklamotten lässt er in der Werkstatt liegen. Die schließt er zwar jeden Abend ab, doch für Lukas wäre das sicher kein Hindernis.«

»Außerdem kann er bei seiner Schulbildung garantiert ein paar Brocken Französisch.«

»Ehrlich gesagt braucht man keine großen Französischkenntnisse, um glaubhaft zu fluchen. ›Merde‹ ist leicht auszusprechen. Aber gut, es passt natürlich zu dem, was uns diese Carla über die beiden gesagt hat. Spielen wir den Ablauf einmal durch. Lukas besorgt sich den Overall seines Vaters und deponiert die Gasgranaten unter den Sitzbänken in der Ladengalerie, wo Frau Sontheimer ihn bemerkt. Er hat die Kenntnisse, um die elektronische Steuerung der Lüftung und der Außentüren zu manipulieren. Melchior und er verschaffen sich eine speziell bearbeitete Aufnahme von Pink Floyds berühmten Schreien. Melchior ruft Henriette Kohler an und sagt ihr ab. Sie spielen die irreführenden Durchsagen ein, die jemand für sie auf ein Band gesprochen hat, wahrscheinlich ohne zu wissen, was damit geschehen soll. Soweit hört sich alles einigermaßen plausibel an.« Melzick zog die Nase kraus.

»Was die Inszenierung der Panik angeht schon. Allerdings ist noch zu klären, woher Melchior den genauen Dienstplan kannte. Wir wissen, dass der Transport von Florians Leiche zeitlich genau auf das Chaos im Paradies abgestimmt war. Adnans Anrufer hat ausdrücklich auf die beiden Schreie hingewiesen.«

»Demnach müssten Lukas und Melchior auch hinter dem Mord an Kronberger stecken«, sagte Zweifel und zog seinerseits die Nase kraus.

»Und sie müssten zwei Komplizen haben, nämlich die beiden Sanitäter.« Er schüttelte leicht den Kopf.

»Was halten Sie davon Melzick?«

»Ich muss aufs Klo.«

»Ah ja. Bringen Sie bitte ein paar Ideen mit.«

»Sie wünschen noch etwas?«, fragte Stavros, als Melzick aufgestanden war. »Vielleicht etwas Süßes?« Sie schüttelte den Kopf. Zweifel bestellte eine Schokocreme. Er saß für ein paar Minuten allein am Tisch und rekapitulierte sein Gespräch mit Roman Bodenheim.

Nachdem ihm auf sein Klingeln niemand die Tür geöffnet hatte, war er die rote Mauer entlang bis zur Rückseite des Anwesens gelaufen. Von dort aus hatte er einen Mann auf der weitläufigen Terrasse ausgemacht, der mit dem Rücken zu ihm stand. Er schien sehr konzentriert mit etwas beschäftigt zu sein, denn er hatte Zweifels Rufen erst beim dritten Mal gehört. Er hatte sich zu ihm umgedreht, kurz die Hand gehoben und war auf Zweifel zugekommen, der am rückwärtigen Gartentor stehengeblieben war.

Zweifel hatte einen leicht unsicheren Schritt bei dem Mann beobachtet und später, als er unmittelbar neben ihm stand, einen ganz leichten Geruch nach Aceton wahrgenommen, beides oft Anzeichen für übermäßigen Alkoholgenuss. Roman Bodenheim war keineswegs überrascht gewesen, als er Zweifels Dienstmarke zu sehen bekam.

»Treten Sie näher, Herr Kommissar. Ich bin gerade dabei, einen schönen Rotwein zu dekantieren. Sind Sie Weinkenner?« Zweifel hatte verneint und gemeinsam waren sie über den ungepflegten Rasen zur Terrasse geschlendert. Bodenheim hatte ihm einen Korbsessel mit zerschlissenem Polster angeboten, während er sich daranmachte, eine zweite Flasche zu entkorken.

Stavros brachte die Schokocreme und Zweifel begann, nachdenklich zu löffeln. Er rief sich den Moment in Erinnerung, als ihm während des Gesprächs mit Bodenheim schlagartig klar geworden war, woher er dessen Namen kannte. Die Schlagzeilen leuchteten eine nach der anderen in seinem Gedächtnis auf: »Ruinöse Privatklinik«; »Pompöser Lebensstil«; »Scheidung auf die teure Art«; »Bodenheim Senior in Frankreich untergetaucht«; »Wo sind die Bodenheim-Millionen?«

Der Vater von Roman Bodenheim, ein Arzt von internationalem Ruf, war in einen Prozess verwickelt worden, von dem er sich nie mehr erholte. Viele Jahre später hatte er versucht, zusammen mit seinem Sohn Roman eine Privatklinik zu etablieren, die jedoch floppte. Die hohen Investitionen hatten das Familienvermögen gewaltig angenagt. Der Vater verschwand von einem Tag auf den anderen von der Bildfläche. In der Folge hatte Sohn Roman zusätzlich Stress mit seiner Frau, die sich durch die Scheidung einige Millionen sicherte. Böse Zungen hatten behauptet, dass auf diese Weise dem Konkursverwalter ein Schnippchen geschlagen worden war. Immerhin, das musste Zweifel zugeben, lebte Roman Bodenheim nach wie vor standesgemäß. Aber der Putz bröckelte, das war nicht zu übersehen.

Eine schöne Aufgabe für Melzick, dachte er. Sie würde die Hintergründe per Internetrecherche beleuchten. Als hätte sie das Stichwort gehört, tauchte sie wieder auf. Er legte seinen Löffel beiseite.

»Ich hab nachgedacht, Chef und ich krieg das nicht auf die Reihe, dass Lukas und Melchior an dem Mord beteiligt gewesen sein sollen. Das fühlt sich falsch an.«

»Interessantes Argument. Das habe ich so vor Gericht auch noch nicht gehört. ›Herr Vorsitzender, ich beantrage Freispruch. Es fühlt sich falsch an, dass mein Mandant den Mord begangen haben soll. Fühlen Sie das nicht auch?‹« Melzick verdrehte die Augen.

»Sie haben Melchior doch kennengelernt?«

»Nein, eben nicht, er war an der Uni in München. Ich habe nur kurz mit seinem Vater Roman gesprochen. Er machte einen freundlichen und zugleich abwesenden Eindruck auf mich. Irgendein teurer Rotwein hatte seine ganze Aufmerksamkeit beansprucht. Deshalb ist einer der nächsten Punkte auf Ihrer Liste: Finden Sie raus, ob es eine Verbindung zwischen Kronberger und der Bodenheimfamilie gibt.«

»Sie vermuten etwas Bestimmtes?« Zweifel zählte an den Fingern ab:

»Prozess, Privatklinik, Konkurs, Scheidung, verschwundenes Millionenvermögen– brauchen Sie noch mehr Ansatzpunkte.« Melzick rieb mit dem Zeigefinger über ihre Nase.

»Da ist doch mal einer verschwunden, jetzt fällt's mir wieder ein. Hat sich von einem Tag auf den anderen in Luft aufgelöst.«

»Das war Charles, der Vater von Roman, der Großvater von Melchior. Kann gut sein, dass Sie da 'ne ganze Menge Material finden.« Melzick stützte ihren Kopf auf eine Hand und schloss für einen Moment ihre Augen.

»Nehmen wir an«, sagte sie, »ich finde nichts. Nehmen wir an, Melchior hat außer Blödsinn weiter nichts verbrochen und Lukas ebenso wenig, dann bedeutet das …«

»Jemand anderes hat die Panik ausgenutzt, soweit war ich auch schon. Derjenige muss genau über den Plan informiert gewesen sein. Er muss gewusst haben, wann und wo und wie die Leute um den Verstand gebracht werden sollten. Er hat Adnan manipuliert, zwei Komplizen angeheuert und Florian ersäuft. Warum in aller Welt nur dieser Aufwand? Womit wir beim Motiv sind. Übrigens, Dr. Kälberer hat mich wieder mal mit ein paar boshaften Bemerkungen eingedeckt und irgendwo dazwischen den Todeszeitpunkt fallengelassen. Zwischen 23:00 Uhr und 02:00 Uhr in der Nacht von Sonntag auf Montag hat der junge Mann seinen letzten Schnapper gemacht, wie der gute Doktor sich auszudrücken beliebt.«

»Wir sollten wissen, wo Florian sich in diesem Zeitraum aufgehalten hat. Dann können wir die Alibis unserer Hauptdarsteller unter die Lupe nehmen«, sagte Melzick.

»Wen nominieren wir denn für den Oscar?«, wollte Zweifel wissen.

»Für alle Fälle gehören Melchior und Lukas dazu.«

»Was ist mit Schilling?«

»Der hat gute Chancen.«

»Moritz Kronberger«, sagte Zweifel, »über den wissen wir so gut wie nichts, außer dass uns sein Vater nicht sagen will, wo er steckt.« Melzick rieb sich die Nase.

»Dann haben wir noch Aron Schwarzenberg.«

»Der ist am ehesten für einen Stummfilm zu gebrauchen«, spann Zweifel den Faden weiter, »bester, nichtssagender Schauspieler.«

»Theo Kronberger?«, warf Melzick in den Raum. Zweifel klopfte mit seinem Löffel leicht an die leere Dessertschale.

»Sie haben ihn ja selbst erlebt. Wenn der was mit dem Mord an seinem Sohn zu tun hat, dann ist er einer der besten Schauspieler, die ich je erlebt habe.« Stavros erschien mit einer frischen Schokocreme.

»Sie wollten noch ein Süßes, Chef?«, fragte er so gutgelaunt, dass Zweifel es ihm nicht abschlagen konnte. Er hatte gerade einen Mund voll genommen, als sein Handy auf dem Tisch vibrierte. Er nickte Melzick auffordernd zu und sie ging ran.

»Lucy, du Arbeitstier, kriegst du wenigstens einen Bonus?«, sagte Melzick. »Aha, verstehe, das müsst ihr noch verhandeln. Wie bitte? Du sprichst so undeutlich. Jetzt kau erst mal fertig und schluck runter. Aha.« Melzick lauschte konzentriert und machte sich eine Notiz. »Wenn du mich fragst, solltest du auf Mozartkugeln bestehen. Premiumpackung. Der Chef wird sicher mit sich reden lassen, wenn ich ihn mir so anschaue.« Sie legte auf.

»Wusste gar nicht, wie großzügig Sie sein können, Melzick.«

»Vor allem wenn es Ihren Etat betrifft. Es kann nicht schaden, wenn wir Lucy ein bisschen bei Laune halten.«

»Hat Schwarzenberg sich gemeldet?«

»Sie sollen ihn innerhalb der nächsten fünf Minuten zurückrufen. Das hier ist seine direkte Durchwahl.« Zweifel legte die Serviette hin und schnappte sein Handy.

»Herr Schwarzenberg, das freut mich aber, dass Sie so bald schon Zeit gefunden haben, über …« Der Kommissar wurde rüde unterbrochen. Zweifel lauschte mit halb geschlossenen Augen und gerunzelter Stirn.

Melzick schob ihm ihren Notizblock rüber. Aus einem Instinkt heraus hatte sie eine zusätzliche Frage darauf notiert.

»Ich verstehe, und das ist alles, was Sie mir sagen können, wollen, dürfen?« Schwarzenbergs Erwiderung fiel kurz aus.

»Nun, dann erlauben Sie mir noch eine Frage, die …«, er las, was Melzick geschrieben hatte und riss die Augen auf, während er seinen Satz zu Ende improvisierte: »… die Sie, ganz gegen Ihre Gewohnheit, spontan beantworten können, ohne dass Ihre Diskretion darunter zu leiden hätte. Wie war das Wetter in Wien am Sonntag? Genau, Sie haben mich richtig verstanden. Das Wetter am Tag Ihres Treffens mit Florian Kronberger. Das war ja wohl am Sonntag.« Zweifel tauschte einen Blick mit Melzick, die eifrig nickte.

»Gerne, ich warte. — Er muss seine Sekretärin fragen«, flüsterte er Melzick zu. »Ach, das ist ja interessant. Ja. Ja, Sie können davon ausgehen, dass jede meiner Fragen ihre

Bedeutung hat. Das kann ich Ihnen versprechen. Natürlich, es steht Ihnen selbstverständlich frei, mit ihm zu sprechen. Ich danke ebenfalls.«

Er verabschiedete sich formvollendet und legte sein Handy neben die zweite leere Schokocremeschale.

»Warum die Leute nur immer mit meinem Vorgesetzten reden wollen?«

»Ich höre?«, sagte Melzick.

»Erst verraten Sie mir, welche Bedeutung meine Frage nach dem Wetter haben soll.« Sie zuckte nur mit den Schultern und schob ihren Notizblock in die Gesäßtasche ihrer schwarzen Jeans.

»Wird sich noch herausstellen, Chef. Ich denke noch drüber nach, was meine Intuition damit bezweckt haben könnte.«

»Geregnet hat es. Aus Kübeln. Den ganzen Tag und zwar in der gesamten Osthälfte von Österreich.«

»Was hat er denn sonst noch von sich gegeben?«

»Erstens: Er war am Sonntag von 14 Uhr 30 bis 16 Uhr mit Florian im Hotel Imperial. Der hatte dort eingecheckt.«

»Moment mal. Sein Vater hat doch von dem Familiendomizil in der Nähe der Pommerin geredet.«

»Pummerin, Melzick, die Glocke im Stephansdom wird Pummerin genannt. Sie sollten mal nach Wien fahren. Abgesehen davon haben Sie gut aufgepasst. Florian wollte vielleicht seinem alles kontrollierenden Vater entwischen.«

»Die beiden waren also im Hotel und haben über viel Geld verhandelt?«

»Über was sie geredet haben, war aus Schwarzenberg nicht herauszulocken. Aber er bestätigte, dass Florian mit einem Wagen der unauffälligen Art selbst angekommen sein soll. Ob Florian mit diesem Wagen, einem grauen Porsche Cayenne, Wien auch wieder verlassen hat, ob mit oder ohne

Chauffeur, das hat den Schwarzenberg nicht interessiert, weshalb er dazu nichts Konkretes sagen kann. Meine letzte Frage, wie sicher er sein kann, mit Florian gesprochen zu haben, hat er mir dagegen sehr konkret beantwortet.«

»Nämlich?«

»Hundertprozentig, auch wenn er weiß, dass es einen Zwillingsbruder gibt. Aber dem ist er nie begegnet und Florian hat er drei Jahre lang jeden Tag gesehen.«

»Was ist das für ein Hotel?«

»Das Nobelste in Wien. Dort setzen wir an. Ich werde das übernehmen. Sie haben heute schon genug Gespräche geführt.«

»Okay, dann will ich mir die Bodenheims per Internet vornehmen. Am liebsten zuhause, Chef. Fürs Bürohocken hab ich heute keinen Nerv.«

»Hatten Sie den überhaupt schon mal?«, fragte er und winkte Stavros.

»Dafür braucht man eben ein gewisses Alter.« Zweifel musterte sie, während er die Rechnung bezahlte und Stavros wie üblich mit einem großzügigen Trinkgeld bedachte.

»Sie sind tatsächlich in den Augen vieler zu jung für den Job.«

»Kann von Vorteil sein, wenn man unterschätzt wird. Inspektor Columbo fuhr auf dieser Schiene.«

»Allerdings war er deutlich besser angezogen als Sie.«

»Dafür war sein Auto schicker als Ihr ...«

»Gut, das reicht, Melzick, bevor ich eskaliere«, sagte er und wollte im Gehen das Taschenbuch einstecken, das er vorhin gekauft hatte. Melzick hatte ganz nebenbei einen Blick darauf geworfen.

»Wenn Sie das gelesen haben, Chef, werden Sie nie mehr eskalieren.«

»Meinen Sie?«

»Meine Ma hat mir oft daraus vorgelesen.« Er tippte mit dem Zeigefinger darauf.

»Aus diesem Buch?« Sie nickte. »Ihre Mutter ist eine erstaunliche Frau.« Wieder nickte sie.

»Hab ich schon öfters gehört.« Zweifel glaubte etwas aus diesem Tonfall herauszuhören. Sie wich seinem forschenden Blick aus und ging zur Tür.

»Ich ruf Sie an, wenn ich was hab«, warf sie ihm über die Schulter zu.

18. Kapitel

Schilling saß allein in seinem Büro bei einem Glas Whisky. Seine Sekretärin hatte er nach Hause geschickt. Der nächste Anruf galt Osman.

Osman verfügte über stahlharte Nerven, jedoch wenig Geduld und er kannte Schillings Adresse. Außerdem stand hinter seinem Namen der größte Betrag. Schilling trank einen großen Schluck und räusperte sich energisch. Auf keinen Fall durfte seine Stimme angespannt klingen. Die Strategie war klar: Angriff, Frechheit siegt.

»Osman, ich bin's, Larry.« Das war sein Spielername. »Gib mir nochmal zehn. Bis Freitag. Zu den üblichen Konditionen. Wie? Das findest du übertrieben? Du hast gute Geschäfte wohl nicht mehr nötig. Aber bitte, ich wollte dir nur einen Gefallen tun. Frag ich eben bei deiner Konkurrenz. Was mit den restlichen dreißig ist? Was soll damit sein? Soviel ich weiß, hatten wir Freitag vereinbart, oder? Und was ist heute? Na bitte. Du brauchst mich nicht daran zu erinnern. Nach diesem Geschäft brauchst du mich überhaupt nie mehr an etwas zu erinnern, das wird nämlich das Letzte zwischen uns gewesen sein.«

Kaum hatte Schilling aufgelegt, sackte er in sich zusammen, wie ein Schlauchboot, das die Bekanntschaft mit ein paar Haifischzähnen gemacht hat. Osman hatte etwas gewittert. Nach diesem Reinfall blieb Schilling keine Wahl. Er musste an das Allerheiligste ran, er musste das Depot seines Sohnes anzapfen. Ein zweites Glas beruhigte ihn so weit, dass er seine Stimme unter Kontrolle hatte.

»Lars Schilling hier.« Er nannte die Depotnummer und das vereinbarte alphanumerische Kennwort. »Verkaufen Sie sofort sämtliche Positionen unlimitiert.« Der Bankmitarbeiter brauchte einige Sekunden, dann bat er Schilling, in der Leitung zu bleiben.

»Herr Schilling?«, meldete sich wenig später eine andere Stimme, offensichtlich ein etwas älterer Hase. »Sie möchten den gesamten Depotbestand verkaufen? Sie wissen, dass Sie bei einem aktuellen Kurswert von knapp über 200.000 Verluste von mehr als 25% realisieren würden?«

»Ist mir bekannt. Hauen Sie alles raus! Sofort!« Wieder herrschte für ein paar Sekunden Stille in der Leitung, die Schilling sich nicht erklären konnte und die an seinen dünnen Nerven kratzte.

»Herr Schilling?«

»Ja doch! Sind die Verkäufe jetzt durch?«

»So schnell geht das nicht, Herr Schilling.«

»Warum nicht?«, fauchte er.

»Es handelt sich um das Depot Ihres Sohnes.«

»Das weiß ich, Herrgott nochmal! Ich bin bevollmächtigt, wo ist das Problem?«

»Ihr Sohn hat Sie demnach nicht informiert?« Schilling fuhr ein kalter Stich in den Magen. Er hatte mit seinem Sohn seit mehr als einem halben Jahr nicht mehr geredet.

»Worüber?« Die Stimme des Bankers wurde merklich kühler.

»Nun, Ihre Vollmacht wurde bereits vor einigen Wochen gelöscht, Herr Schilling.«

»Was soll das heißen, gelöscht? Von wem denn?« Er war so perplex, dass ihm die Luft wegblieb.

»Nur der Depotinhaber kann Vollmachten erteilen und löschen, Herr Schilling, in diesem Fall also Ihr Sohn.« Für einen Moment fehlten Schilling die Worte.

»Da muss ein Fehler in Ihrem Programm vorliegen, eine Verwechslung oder was weiß ich.« Er spürte die vertraute

Wut hochsteigen. »Das ist typisch für Ihre Bank. Und während ich hier mit Ihnen diskutieren darf, laufen mir die Kurse davon. Das wird teuer für Sie, das kann ich Ihnen garantieren. Ihr Name ist?« Der Banker nannte ihn und buchstabierte ihn außerdem ungefragt und in großer Gelassenheit. Schilling hörte dünne Fäden von Schadenfreude heraus und zwang sich ruhig und kalt zu klingen.

»Mein Anwalt wird sich mit Ihnen in Verbindung setzen.«

»Das steht Ihnen frei, Herr Schilling. Kann ich sonst noch etwas für Sie tun?« Schilling lag ein Fluch auf der Zunge. Er schluckte ihn hinunter und legte auf. Er starrte aus seinem Fenster und dachte an seinen Sohn. In erster Linie dachte er an das Depot seines Sohnes. Es war sein Geld. Er hatte die Aktien gekauft von seinem bitter verdienten Geld. Er hatte den Namen seines Sohnes nur aus steuerlichen Gründen benutzen wollen. Mit fadenscheinigen Argumenten hatte er ihn überrumpelt. Obwohl damals das Misstrauen gegenüber seinem Vater schon emporgewuchert war, hatte der Junge dieser »einfachen Formalität« schließlich zugestimmt. Er wollte mit solchen Dingen einfach nichts zu tun haben, mit »diesem ganzen Kapitalistenscheiß«, wie er sich ausdrückte. Um seinen lästigen Vater loszuwerden, hatte er schließlich unterschrieben. Schilling war sicher gewesen, dass sein Sohn ein Depotkonto nicht von einem Sparschwein unterscheiden konnte. Irgendjemand musste ihn aufgeklärt haben, musste ihm zugeflüstert haben, dass unter seinem Namen wahrscheinlich ein Schatz bei der Bank gebunkert war. Den hatte er sich nun ganz elegant unter den Nagel gerissen. Schilling war ausgetrickst worden und er sah keine Chance, an das Geld heranzukommen. Denn er war sicher, dass seine Exfrau dahintersteckte. Sie hatte seinen Sohn darauf gebracht. Was gleichbedeutend war mit dem größten anzunehmenden Unglück.

Schilling hielt es nicht mehr auf seinem Stuhl. Er fluchte und verfluchte jeden und alles, während er an dem bodentiefen Fenster seines Büros stand, das er heute genauso verloren hatte, wie seinen Job, sein Geld, seine letzte Chance, seine Zukunft. Schilling starrte in einen Himmel, der besonders blau zu sein schien an diesem rabenschwarzen Tag. Er machte sich keine Illusionen mehr. Er hätte nur gern gewusst, wo sein Fehler gelegen hatte. An welcher Stelle war er falsch abgebogen in diese teuflische Sackgasse.

Er ging die paar Schritte zu seinem Schreibtisch und ließ sich schwer auf den Stuhl fallen bei dem Gedanken an einen anderen jungen Mann. Er war ihm auf den Leim gegangen. Allmählich durchschaute er die ganze Geschichte. Dieser schlaue Teufel hatte ihn und seine Kenntnisse ausgenutzt. Schilling blickte müde auf seine Liste. Ein Strohhalm tauchte auf. Eine Möglichkeit hatte er noch. Wenn es schon für ihn keine Rettung mehr gab, so konnte er zumindest noch einen großen Schaden anrichten. Er nahm die Liste und knüllte sie zusammen. Kronberger würde ihm kein Wort glauben. Oder vielleicht doch? Er verschränkte die Arme und verfiel ins Grübeln. Er schloss die Augen. Nach einer Weile atmete er tief durch und nickte langsam vor sich hin. Er würde mit aller Macht nach dem Strohhalm greifen.

Melzick war zu Fuß unterwegs in ihre Wohnung. Zwischendurch hatte sie daran gedacht, ihre Mutter zu besuchen. Aber dann war ihr die Szene in den Sinn gekommen: Ihr Chef und ihre Mutter, die in dem Buchladen beieinanderstanden, und sie verwarf den Gedanken wieder. Sie hatte einfach keine Lust, sich jetzt mit Ma Prema auseinanderzusetzen, weil sie nicht sicher war, wie sie auf ihre Bemerkungen reagieren würde. Oft genug hatte sie die Erfahrung gemacht, dass sie Dinge sagte, die ihr gleich darauf leidtaten. Außerdem wollte sie sich voll und ganz auf den Fall konzentrieren. Ein schnelles Abendessen und ein paar Stunden vor dem Laptop, so sah ihr Plan für den Rest des Tages aus, doch daraus sollte nichts werden.

Schon von Weitem entdeckte sie zwei Gestalten vor dem Haus, denen sie am liebsten nicht begegnet wäre. Automatisch blieb sie stehen, dann beschloss sie, ihre Nachbarn, Henning und seine unsägliche Freundin, einfach links liegenzulassen. Im Näherkommen vergaß sie ihren Vorsatz. Es wäre auch gar nicht möglich gewesen, die beiden zu ignorieren, denn Henning kam ihr mit hochrotem Kopf entgegengelaufen. Außerdem war er splitterfasernackt.

»Du musst uns retten, du bist doch von der Polizei!«, rief er atemlos. Melzick war es neu, dass sie per du waren, aber das war jetzt nebensächlich. Neben ihm hatte sich nämlich seine Freundin aufgebaut, Kleidergröße 58, allerdings ebenfalls ganz ohne Kleider. Sie musterte Melzick von oben bis unten, als sei diese nicht richtig angezogen. Melzick versuchte, sich nur auf die Gesichter der beiden zu konzentrieren und die restlichen Fleischberge auszublenden.

»Wir haben uns ausgesperrt. Es ist sonst niemand im Haus. Gottseidank, dass du schon da bist«, sagte Henning, immer noch recht kurzatmig.

»Hast aber früh Feierabend gemacht, was?«, keifte seine Freundin und präsentierte ihren nackten Doppelzentner samt ausführlicher Tattoos, als wären sie am FKK-Strand, und Melzick hätte sich unpassenderweise dorthin verirrt.

»Lass doch, Heike, sie soll uns doch helfen«, fuhr Henning sie an. Melzick verschränkte die Arme. Heikes Bemerkung hatte sie auf Krawall gebürstet. Jetzt war sie endlich da, die Gelegenheit. Im Laufe der letzten heißen Sommerwochen in unmittelbarer Nachbarschaft der beiden Supernudisten hatte Melzick einen ganzen Stausee mit ihrem Ärger volllaufen lassen und jetzt zog sie mit Wonne den Stöpsel raus.

»Wie soll ich euch denn helfen? Zum Anziehen hab ich nichts dabei. Jedenfalls«, sie rümpfte ihre Nase, »nicht in der Nilpferd-Größe.« Heike schnaubte verächtlich. Henning winkte ab.

»Das ist halb so wild. Wir haben zum Glück die Balkontür offengelassen, aber ich komm da nicht hoch.« Er deutete vage auf seinen Bauch und grinste schief. »Bin einfach nicht zum Klettern gemacht.«

»Ach was«, erwiderte Melzick, »ist mir bisher gar nicht aufgefallen.«

»Also was is jetzt«, mischte sich Heike ein, »kannst du deinen Hintern da hochbewegen, oder nicht?« Hennings Stirn rötete sich. Nicht, weil er nackt vor Melzick stand, sondern weil Heike kein Blatt vor den Mund nahm.

»Hör nicht auf Heike, die ist gerade ein bisschen nervös.« Damit handelte er sich einen kräftigen Rippenstoß ein. Melzick zuckte mit den Schultern.

»Mir kommt sie eigentlich genauso unausstehlich vor wie immer.« Heike richtete ihre leicht hervorquellenden Augen auf Melzick und holte tief Luft. Henning stellte sich vor sie.

»Ist sicher 'ne Kleinigkeit für dich, du bist doch durchtrainiert.« Er wollte ihr zutraulich den Arm tätscheln und beugte sich leicht zu Melzick, so dass sie in den Genuss seiner Bierfahne kam. Melzick wich zwei Schritte zurück. Sie wusste, dass sie in einer Minute an dem Efeuspalier in den zweiten Stock klettern konnte. Aber so leicht wollte sie es den beiden nicht machen.

»Was habt Ihr denn für Spielchen getrieben? Striphalma? Gemischtes Sumo-Ringen? Nein!« Sie hob abwehrend die Hand, als Henning zu einer Antwort ansetzte während er gleichzeitig beide Arme seitlich ausstreckte, um die brodelnde Heike im Zaum zu halten. »Sag nichts! Ich will's eigentlich nicht wissen. Es gibt Dinge, die will man sich einfach nicht vorstellen.«

»Die Trulla soll aufhören zu quatschen«, fauchte Heike.

»Kannst du deiner Lieblingswurst mal verdeutlichen, dass ich euch wegen Erregung öffentlichen Ärgernisses drankriege?«, sagte Melzick und verschärfte ihren Ton. Henning verdrehte die Augen.

»Jetzt mach mal halblang. Hier ist doch gar keine Öffentlichkeit.«

»Und was ist mit dem Kindergarten da drüben? Die Kleinen kriegen doch alle ein Trauma, wenn sie euch sehen.«

»Du kriegst gleich 'n Koma, Kleine, wenn du …«

»Jetzt halt mal die Klappe, Heike«, fuhr Henning energisch dazwischen.

»Dumm, aggressiv, verhaltensauffällig – deine Heike scheint ein schwieriger Fall zu sein. Sauschwer, wenn du mal 'ne ehrliche Meinung hören willst.« Henning hob beschwörend beide Arme zum Himmel. Außer dem Bieratem lag jetzt ein betäubendes Aroma von Männerschweiß in der Luft.

Melzick drehte sich demonstrativ zur Seite, um Luft zu schnappen.

»Okay. Ist ja gut. Das ist deine Meinung. Sollst du haben, meinetwegen«, sagte er und zwang sich zu einem ruhigen Ton. »Aber du musst es ja nicht so rausposaunen!«, zischte er in einem Moment der Unbeherrschtheit. Melzick drehte sich wieder zu ihm.

»Ich glaube nicht«, sagte sie langsam und darauf bedacht, dass Heike jedes Wort mitbekam, »dass irgendjemandem lange verborgen bleibt, was deine Dampfnudel für ein Kaliber ist.«

Henning konnte Heike nur mit größter Mühe davon abhalten, sich auf Melzick zu stürzen, die gelassen ihre Arme verschränkt hatte. Die beiden rangen schwitzend und unerbittlich miteinander. Henning schnaufte vor Anstrengung, Heike stieß ein wütendes Grunzen aus.

»Also doch gemischtes Sumo-Ringen«, meinte Melzick und streifte ihre Ärmel zurück. Heike sah das aus den Augenwinkeln und ließ verdutzt von Henning ab.«

»Willst du Bifi-Würstchen dich etwa mit mir anlegen?«, stieß sie keuchend hervor. Melzick hatte genug. Auf der anderen Straßenseite waren einige Passanten stehengeblieben. Zwei Teenager hatten ihre Smartphones gezückt und filmten.

»Wetten, dass ihr heute Abend auf Youtube zu sehen sein werdet?«

»Was is los?«, schrie Heike mit furchterregender Stimme und drehte sich um. Die beiden Jungs auf der anderen Straßenseite hielten nichtsahnend weiterhin ihre Handys in die Luft. Doch nach wenigen Sekunden dämmerte ihnen, was da auf sie zukam. Angesichts eines wütenden weiblichen Fleischberges, der nackt auf sie zu walzte, waren sie vor Schreck wie gelähmt. Sie würden den Anblick nie wieder in ihrem Leben vergessen. Wie in einer Art Schockstarre hielten sie die Arme mit den Handys immer noch von sich gestreckt und starrten mit weit aufgerissenen Augen auf ein menschliches Ungeheuer, das ihnen bedrohlich nahekam.

»Her damit, ihr Pickelzecken!«, fauchte Heike wie ein leibhaftiger Drache und pflückte zwei iPhones wie reife Äpfel aus ihren verkrampften Händen. Die Jungs, vielleicht dreizehn oder vierzehn Jahre alt, glotzten entsetzt auf Heikes blanken Busen. Dieser Moment prägte sie fürs Leben. Mit erstaunlich flinken Wurstfingern löschte ihr künftiger Albtraum sämtliche Aufnahmen und ließ die beiden Teile grimmig lächelnd auf den Boden fallen. Anschließend gewährte sie ihnen einen Panoramablick auf ihre gewaltige Kehrseite. Das gab ihnen den Rest. Sie klaubten ihre Smartphones auf und rannten so schnell sie konnten davon.

»Wird wohl nix mit eurer Pornofilmkarriere«, raunte Melzick Henning zu, der das Schauspiel mit offenem Mund verfolgt hatte. Melzick wartete nicht ab, bis Heike zu ihrem nächsten Angriff ansetzte. Sie warf einen prüfenden Blick die Hauswand hoch, rüttelte ein paar Mal an dem Efeuspalier und machte sich auf den Weg nach oben. Als Heike bei Henning ankam, schwang sich Melzick gerade über das Balkongeländer.

»Hat die Tofu-Liese sich endlich bewegt. Wurde mir echt langsam zu blöd mit der.«

»Mensch, Heike, jetzt reiß dich mal zusammen! Ich hab dir doch gesagt, dass die von der Polizei ist.«

»Die is'n Bulle? Nie im Leben! Eher find ich'n Bikini in meiner Größe.« Henning dämpfte seine Stimme.

»Ich glaub die ist sogar bei der Kripo. Du weißt genau, dass ich mir gerade keinen Trouble leisten kann, also tu mir den Gefallen und quatsch nicht quer.« Heike antwortete, indem sie ihn mit beiden Händen vorwärtsschubste.

»Wie wär's, wenn du mal weniger quasseln würdest? Los, Abmarsch nach oben! Ich hab keinen Bock drauf, dass die Tussi sich in unserer Wohnung breitmacht.« Melzick stand bereits oben im Wohnzimmer und atmete ganz flach. Die Mischung aus Knoblauch, Alkohol, Schweiß und feuchten

Socken war zu viel für ihren Magen. Sie verspürte auch keinerlei Neigung, sich in dem Chaos umzusehen.

Sie hielt eine Hand vor Mund und Nase und ging durch den kleinen Flur zur Eingangstür. Dabei erhaschte sie durch eine halb offenstehende Tür einen Blick in ein mit technischen Geräten vollgestopftes Zimmer.

Unter anderem standen drei extrabreite Bildschirme auf einem langen, schwarzen Tisch nebeneinander.

Irgendjemand hämmerte mit der Faust an die Eingangstür. Sie riss sie mit einem Schwung auf und stand Aug in Auge mit Heike, deren rotes Gesicht schweißüberströmt war. Henning schob sich zwischen die zwei.

»Vielen Dank, das war echt megafreundlich von dir«, stammelte er. »Wir schulden dir was.«

Heike blieb stumm und musterte Melzick von oben bis unten.

»Komm doch mal zum Abendessen zu uns. Wir sind spitze im Grillen.«

»Ist mir bekannt. Die Tierleichen riecht man ja meilenweit.«

»Die was?«, keifte Heike. Henning versuchte, sie zu übertönen.

»Wir würden für dich natürlich was anderes aufs Feuer schmeißen, Kartoffeln oder so.« Er überlegte krampfhaft. »Salat geht ja nicht, oder? Bring einfach was mit, was du essen darfst.« Melzick verlor die Geduld.

»Lass gut sein, Henning. Guck Heike an, dann weißt du, was die davon hält. Ich hab von euch beiden heute so viel gesehen, dass es für den Rest meines Lebens reicht. Kann ich jetzt vorbei? Ich muss nämlich arbeiten.« Henning machte einen Schritt zur Seite und Melzick schloss die Augen und ging mitten durch die beiden durch. Auf der Treppe hörte sie Heikes Stimme.

»Die soll bei der Polizei sein? Das kannst du mir nicht weismachen. Die nehmen doch keine Chaoten. Hast du gesehen, was die auf dem Kopf …« Dann war nichts mehr zu verstehen. Henning hatte die Tür zugeknallt.

Melzick ging die Treppe hoch, schloss ihre Wohnungstür auf und ließ sie hinter sich zufallen. Sie atmete zweimal tief durch. Für jeden Sumo-Ringer einmal.

19. Kapitel

Zweifel war in seinem Büro. Polizeichef Klopfer war nicht da, was ihm ganz gelegen kam. Lucy hatte ihm die Nummer vom Hotel Imperial in Wien herausgesucht und sich dann sofort wieder an die Ausgrabung ihres Schreibtisches gemacht. Nach wenigen Minuten hatte er die Bestätigung des Concierge erhalten. Der »Herr Kommerzienrat« Kronberger sei mit dem »Herrn Justizrat« Schwarzenberg am Sonntagnachmittag in seiner Suite zusammengetroffen. Die Herren hätten ab ca. 14 Uhr 30 miteinander konferiert. Gegen 16 Uhr habe der »Herr Justizrat« Schwarzenberg das Hotel verlassen, das habe er persönlich beobachtet. Den »Herrn Kommerzienrat« Kronberger habe er an diesem Tag persönlich nicht gesehen, was aber nichts zu bedeuten habe, da ihn, also den Concierge, eine Anzahl der renommiertesten »Herren Medizinalräte« intensiv in Anspruch genommen hätten, weil sie nach ihrem langwierigen Symposium dringend der Entspannung bedurften und seinen diesbezüglichen erfahrenen Rat in Anspruch genommen hätten.

Zweifel wollte noch wissen, ob die Herren etwas beim Zimmerservice bestellt hätten. Nein, nicht die Medizinalräte, die anderen beiden. Einen Einspänner und einen Kapuziner nebst etwas Gebäck, lautete die Antwort. Zweifel hatte noch ein paar detaillierte Fragen an den sehr kooperativen »Auskunftsrat« gestellt, wie er ihn im Stillen getauft hatte. Nachdem er einige weitere Kommerzienräte abgezogen hatte, blieb als Ergebnis Folgendes: Florian Kronberger war am Sonntagvormittag mit eigenem Fahrzeug (»es sah nach Porsche aus«) in Wien im Hotel Imperial angekommen und hatte seine Suite bezogen (»Sie war telefonisch reserviert worden. Von wem? Wie darf ich das verstehen? Das kann ja wohl nur Herr Kronberger selbst gewesen sein«). Weitere Gäste habe er nicht empfangen. Am Abend gegen 18 Uhr habe er ausgecheckt. Sein Porsche habe die hoteleigene Garage kurz darauf verlassen. Nein, der Concierge selbst hätte Kronberger kein einziges Mal an diesem Tage aus den bereits erwähnten Gründen gesehen.

Woher er denn wisse, dass es Florian Kronberger gewesen sei, der die Suite bezogen habe. (»Aber Herr Kriminalrat, so hat er sich doch bei uns eingetragen, wie können Sie daran zweifeln?«). Bezahlt habe er in bar inklusive eines »sehr adäquaten Trinkgeldes«. Er halte die Frage des Kriminalrats nach dem Kennzeichen des Porsche zwar für etwas befremdlich, könne aber selbstverständlich damit dienen, da die Hotelgarage videoüberwacht sei. (»Es dauert nur ein paar Minuten, wenn der Herr Kriminalrat sich bitte gedulden wolle …«).

Zweifel dankte im Geiste dem hauseigenen Rundfunkrat oder wer auch immer für die Überwachungsfilme zuständig war und notierte sich das Kennzeichen wenig später. (»Stehe stets gern zu Diensten, Herr Kriminalrat. Vielleicht beehren Sie uns ja einmal persönlich mit Ihrer Anwesenheit.«)

Als Zweifel den Hörer auflegte, schüttelte er sich einmal kräftig, um die Ohren von dem wienerischen Tonfall freizubekommen, der sich wie eine zu süße Mehlspeise auf das Trommelfell gelegt hatte. Kurz darauf, nach einem weiteren Telefonat, wusste er, dass der graue Porsche zu einem Limousinen-Service gehörte, von einem Mann namens Kronberger, Florian für das Wochenende gemietet und am Samstagabend am Münchner Flughafen abgeholt worden war. Die Ausweispapiere seien in Ordnung gewesen. Nicht in Ordnung sei allerdings, dass der Wagen nicht, wie vereinbart, am Montagmorgen zurückgebracht worden war. Die hinterlegte Barkaution sei zwar üppig, aber bei Weitem nicht ausreichend. Zweifels Mitleid hielt sich in Grenzen. Er veranlasste eine Suchaktion entlang der Autobahn von München nach Wien, sowie von Bad Wörishofen nach München. Dann öffnete er seine Bürotür.

»Lucy, finden Sie bitte heraus, ob Florian Kronberger am Samstag von Miami nach München geflogen ist und falls ja, wann er dort gelandet ist.«

»Endlich darf ich was Vernünftiges tun«, seufzte sie und ließ einen wüsten Papierstapel in ihren Mülleimer fallen. Zweifel schaute auf seine Uhr.

»Wann kommt denn unser aller Chef?« Lucy hatte einen zweiten Stapel Papier gepackt und war dabei, ihn in eine der Schreibtischschubladen zu stopfen.

»Verspätet sich. Kann acht Uhr werden.«

»Mögen Sie wirklich Mozartkugeln?« Sie schaute ihn aus glänzenden Augen an.

»Ich mag seine Musik und seine Kugeln. Also, ich meine natürlich …« Er winkte ab.

»Ich weiß, was Sie meinen und ich werde es mir merken.« Lucy räumte nicht weniger als vier Locher auf die Seite und dachte über Zweifels Auftrag nach.

»Wäre es nicht einfacher, den Vater zu fragen, welchen Flug sein Sohn genommen hat?« Zweifel stutzte einen Moment über die vier Locher – vermutlich bildeten sie ein Team – beschloss jedoch, Lucy nicht näher danach zu fragen. Stattdessen sagte er:

»Wenn der Vater nicht Theo Kronberger hieße, wäre es tatsächlich einfacher. Aber abgesehen davon ist eine Bestätigung durch die Fluggesellschaft in jedem Fall zuverlässiger. Allzu viele Flüge wird es ja nicht gegeben haben, die in Frage kommen.«

Während Lucy sich an die Strippe hängte, schaute er sich die Webseite des Hotels Imperial an. Danach versuchte er, Näheres über die Kanzlei Schwarzenberg zu finden. Auf einer reichlich kitschigen, in Karmesinrot und Gold gehaltenen Seite war in einer nobel wirkenden Schriftart wenig zu erfahren. Das Wesentliche stand für den, der es lesen konnte, zwischen den Zeilen. Die Kanzlei befasse sich auf »multinationaler Ebene mit finanziellen Lösungen, fiskalischen Expertisen und familiären Aufgabenstellungen«. Dabei »greife sie auf in Jahrzehnten erworbene juristische Erfahrung zum Wohle der Mandanten zurück«. Immerhin vermieden die beiden Inhaber all die nervigen englischen Werbevokabeln, die in diesem Metier üblicherweise wucherten. In ovalen Rahmen fotografiert, blickten sie den Betrachter an wie die leibhaftigen Nachfolger Kaiser Franz-Josefs. Zweifel studierte besonders Aron Schwarzenbergs Konterfei. Ein blasses, nichtssagendes Gesicht, das man nach zehn Sekunden wieder vergessen hatte. Er ging auf die Suche nach Zeitungsartikeln und Wirtschaftsmeldungen und besuchte auch die Klatschspalten. Das Ergebnis war vielversprechend, doch Zweifel kam nicht zum Lesen. Lucy kam herein.

»Es wird teuer für Sie, Kommissar.«

»Das kommt doch immer auf die Währung an, Lucy.«

»Gut, Ihnen zuliebe werde ich's in Mozartkugeln umrechnen.«

»Demnach haben Sie was rausgefunden?« Sie hob zwei Finger zum Victory-Zeichen.

»Erstens: Der Porsche ist aufgetaucht. Er steht an einer Tankstelle zwischen München und Salzburg. Mit fast leerem Tank und nicht verschlossen. Der Zündschlüssel steckt allerdings nicht.«

»Sofort die Spurensicherung hinschicken.«

»Hab ich schon veranlasst. Penny ist mit ihren Jungs unterwegs.« Zweifel lächelte anerkennend.

»Und die zweite teure Nachricht?«

»Florian Kronberger ist am Samstagnachmittag in München gelandet. Direktflug von Miami. Natürlich First Class. Er saß die ganze Zeit allein in der vordersten Reihe. Hat mit niemandem geredet. Nichts gegessen. Nur Kaffee getrunken und die Hälfte des Fluges geschlafen.« Zweifel rieb sich verdutzt den kahlen Schädel.

»Lucy! Man könnte glauben, Sie wären mit ihm geflogen. Wie in aller Welt sind Sie an diese Informationen gekommen?«

»Ich hab eine gute Freundin, deren Schwester ist Flugbegleiterin.«

»Und die ist mit dem gleichen Flug wie Kronberger gekommen?« Lucy nickte.

»Die Besatzung ist immer über die VIPs informiert und angewiesen, deren Sonderwünsche soweit wie möglich zu erfüllen. Das war bei Florian Kronberger aber nicht möglich.«

»Wieso?«

»Er hatte keine und deshalb ist er ihr besonders im Gedächtnis geblieben.« Zweifel nickte versonnen.

»Florian war also allein unterwegs, zumindest im Flugzeug. Er mietet am Samstagabend in München den Porsche, fährt in der Nacht zum Sonntag nach Wien, trifft dort Aron Schwarzenberg im Imperial und fährt, in der Nacht zum Montag, zurück. Und irgendwo auf dem Rückweg begegnet er seinem Mörder.« Lucy war in der Tür stehengeblieben.

»Da sehe ich aber noch jede Menge weißer Flecken, Kommissar.« Er seufzte.

»Ich weiß Lucy, ich weiß.«

»Wen hat Florian in Wien noch getroffen? Zeit genug hatte er ja«, grübelte Lucy.

»Wen hat er unterwegs getroffen und wo?«, sinnierte Zweifel.

»Wer hat übrigens den Porsche so schnell entdeckt?«

»Ein Tankwart. Die Kollegen haben alle Tankstellenpächter auf der Strecke angerufen und die Autonummer durchgegeben. Der von der Raststätte Hochfelln-Süd hat gleich seinen Angestellten rausgeschickt, um alle parkenden Autos zu überprüfen.«

»Die haben doch üblicherweise eine Überwachungskamera, nicht?« Lucy nickte. »Rufen Sie gleich mal dort an. Die sollen die Aufnahmen von Samstagabend bis Montagmorgen sicherstellen. Vielleicht ergibt sich irgendwas daraus. Immerhin bleibt noch zu klären, wie Florian von dort wegkam, ohne den Porsche.«

Die letzten Sätze hatte Zweifel mehr zu sich gesprochen, da Lucy schon wieder am Telefon hing. »Wir sollten uns auch den Überwachungsfilm vom Hotel Imperial besorgen«, dachte er und nahm seinen Hörer in die Hand. Kurz darauf war klar: Beide Aufnahmen waren noch nicht gelöscht worden. Der Concierge aus Wien war zwar immer noch »etwas befremdet, Herr Kriminalrat, wirklich äußerst ungewöhnlich, Ihr Wunsch, aber ich kann Ihnen die Aufnahmen per E-Mail zukommen lassen«. Zweifel bedankte sich und versprach, sollte er einmal nach Wien kommen, dem Imperial einen Besuch abzustatten. Es war eine höfliche Lüge.

»Wie es aussieht, Lucy«, sagte er, als die Raststätte Hochfelln-Süd ebenfalls reagiert hatte, »dauert es noch etwas mit den Mozartkugeln, ich muss jetzt erstmal Filme angucken.«

»Damit kann ich leben. Mozart hätte ich heute sowieso nicht mehr vertragen. Was halten Sie davon, wenn ich mir die Filme mitanschaue?«

»Und Ihr Schreibtisch?«

»Der ist froh, wenn ich ihn mal in Ruhe lasse.« Kurz darauf saßen sie einträchtig nebeneinander vor Zweifels Bildschirm. Der Film aus Wien war in schwarzweiß und etwa vier Minuten lang. Er zeigte ein offenes Parkhaus mit geräumigen Stellplätzen. Der Porsche Cayenne mit dem Münchner Kennzeichen kam ins Bild und rangierte ein paar Mal hin und her. Die Scheinwerfer erloschen und eine volle Minute lang passierte gar nichts. Dann öffnete sich die Fahrertür und ein Mann stieg aus. Er trug einen dunklen Anzug, sein Gesicht war nicht zu erkennen. Als er die Fahrertür geschlossen hatte, streckte er beide Arme nach oben, verschränkte sie über dem Kopf und fasste sich an den Ellbogen. Dann dehnte er die Schultermuskulatur. Schließlich drehte er sich um, holte einen Aktenkoffer vom Rücksitz und ging Richtung Treppenhaus wie Zweifel vermutete.

»Man müsste das Bild vergrößern können«, meinte Lucy.

»Das versuchen wir später. Fällt Ihnen sonst etwas auf?«, fragte Zweifel. Sie schüttelte den Kopf.

»Nee, sieht wie 'n ganz normales Parkhaus aus. Ziemlich hell da würd' ich sagen. Dürfte also nicht unterirdisch sein.« Zweifel kniff skeptisch die Augen zusammen und ließ den Film weiterlaufen.

Nach einem Schnitt war der zweite Teil zu sehen. Die Lichtverhältnisse hatten sich geändert. Schräg einfallendes Sonnenlicht spiegelte sich in Seitenscheiben. Der Porsche stand auf demselben Platz.

»Da kommt er«, sagte Lucy. Wieder war der Mann im dunklen Anzug zu erkennen.

»Er hat keinen Aktenkoffer mehr bei sich«, sagte Zweifel. Sie beobachteten, wie er die Wagentür aufschloss. Bevor er einstieg schaute er sich um, aber das Gesicht war auch dieses Mal nicht gut zu erkennen. Der Mann setzte sich hinter das Steuer, rangierte rückwärts aus der Parknische und fuhr langsam aus dem Blickfeld. Der Film stoppte. Zweifel starrte auf das schwarzweiße Standbild.

»Tja Herr Kommissar, was soll ich sagen. Also wahnsinnig viel hab ich da jetzt nicht feststellen können, außer dass ein Anzugträger mit seinem teuren Auto ankommt und wieder abfährt«, sagte Lucy. Zweifel wischte sich mit der Hand über die Augen, dann schaute er Lucy von der Seite an.

»Die Frage ist, wo er ankommt und abfährt, Lucy.«

»Wieso, das ist doch der Film aus Wien, denk' ich.«

»Das kann nicht Wien sein, Lucy, schauen Sie doch hin.«

»Äh, aber wie können Sie das erkennen, Kommissar? Gibt's da solche Parkhäuser nicht oder wie?«

»Parkhäuser schon.« Er lehnte sich zurück und verschränkte seine Arme. »Es hat an diesem Wochenende in der ganzen Osthälfte Österreichs Hunde und Katzen geregnet.« Lucy runzelte die Stirn und starrte jetzt ebenfalls das Standbild an, auf dem Sonnenstrahlen auf Glasscheiben funkelten.

»Aber das heißt ja ...«

»Es gibt zwei Möglichkeiten, Lucy: Entweder steht dieser Porsche von Florian Kronberger in einem Parkhaus weit weg von Wien, oder es ist tatsächlich das Parkhaus vom Imperial, aber zu einer anderen Zeit.«

Er griff zum Hörer.

»Ja, hier ist noch einmal Kommissar Zweifel. Ganz recht. Vielen Dank, ja, ich habe den Film bekommen und ihn bereits angesehen. Aber es ist der falsche Film. Ich wollte den vom letzten Wochenende. Das schon, ja, der Porsche mit dem fraglichen Kennzeichen ist zu sehen. Nein, nichts ist in Ordnung. Es scheint die Sonne.« Zweifel lauschte der Antwort des Concierge und tauschte einen Blick mit Lucy. »Das ist ja alles schön und gut. Jetzt verraten Sie mir doch nur, wie das Wetter war, am Wochenende in Wien.« Stille in der Leitung.

»Auf die Ausrede bin ich gespannt«, meinte Lucy.

»Was soll das heißen, Sie haben Anordnungen befolgt? Wessen Anordnungen? Lassen Sie bitte die Verzierungen weg und beantworten Sie meine Frage in einem einfachen Satz.«

Lucy beobachtete, wie ihr Chef große Augen machte, als er dem Concierge Gehör schenkte. Das passierte nicht oft.

»Na, das Trinkgeld muss ja besonders, wie sagen Sie so schön, adäquat gewesen sein. Nein, das brauchen Sie nicht zu beantworten.«

Er wechselte noch ein paar Worte mit dem Concierge, die etwas weniger freundlich ausfielen. Unter anderem verlangte er die Übermittlung des Überwachungsfilms vom verregneten letzten Wochenende. Dann bedankte er sich, legte auf und schlug einmal mit der flachen Hand auf seinen Schreibtisch.

»Mozarts Landsleute benehmen sich merkwürdig, Lucy«, sagte er.

»Was hat der Mensch denn gesagt?«, wollte sie wissen.

»Er war zuerst verblüfft und gab zu, den Überwachungsfilm nicht so genau geprüft zu haben. Natürlich habe es geregnet am Sonntag. Und dann gab er noch was zu. Der Herr Schwarzenberg, den ›Justizrat‹ hat er doch tatsächlich weggelassen, fällt mir gerade auf, also der Herr Schwarzenberg habe ihm einen ungewöhnlichen, einen ganz speziellen Auftrag erteilt.«

»Ich denke, dafür sind Concierges in erster Linie da. Und für die besonders dicken Trinkgelder«, meinte Lucy. »Was war das für ein Auftrag?«

»Schwarzenberg habe ihn darauf vorbereitet, dass es eventuell eine Anfrage nach einem Überwachungsfilm geben könne. Vielleicht sogar von der Polizei. Und dass auf diesem Film ein grauer Porsche Cayenne zu sehen sein müsse, mit dem passenden Kennzeichen natürlich. Schwarzenberg habe ausdrücklich darum gebeten, dass in diesem Fall ein Film weitergegeben werden solle, der bereits beim letzten Aufenthalt Florian Kronbergers in Wien aufgenommen worden war. Schwarzenberg habe das Datum genannt und der Concierge habe daraufhin den Film herausgesucht und für den Fall der Fälle bereitgehalten. Deswegen kam die Mail so schnell bei uns an. Schwarzenberg habe dem Concierge bestätigt, dass damit keinerlei Straftat verbunden sei, es handle sich um eine völlig harmlose Vorgehensweise und es sei ohnehin ungewiss, ob die Polizei sich überhaupt je für diesen Film interessieren würde.«

»Soll das heißen, die haben getrickst, die Österreicher?« Zweifel nickte.

»Die große Frage ist: Warum dieses ganze Täuschungsmanöver?« Er holte tief Luft.

»Ich werde nach Wien fliegen müssen, Lucy.« Sie zwinkerte ihm zu.

»Das ist eine gute Nachricht für mich und eine schlechte für den Justizrat Schwarzenberg, schätze ich.« Zweifel schnalzte mit der Zunge und startete den Überwachungsfilm, den ihm die Raststätte Hochfelln-Süd zugemailt hatte. Er war in Farbe und man konnte die Gesichter der Menschen deutlich erkennen. Außerdem waren Tag und Uhrzeit eingeblendet.

»Okay, das Ganze startet am Samstagabend 18 Uhr. So früh kann Florian zwar gar nicht dort gewesen sein, aber ich gehe lieber auf Nummer sicher. Volle Konzentration Lucy, wir suchen einen jungen Mann, gut angezogen, Brille, blond, schlank. Ich lass den Film so oft es geht schnell vorlaufen. Sagen Sie einfach Stopp, wenn Sie was entdecken, oder wenn Sie 'ne Pause brauchen.«

Lucy nickte und riss die Augen auf. Sie verbrachten die nächsten dreißig Minuten höchst konzentriert vor Zweifels Bildschirm. Viermal sagte Lucy:

»Das isser«, doch Zweifel winkte jedes Mal ab.

»Sie haben ihn doch auch bloß als Toten gesehen, Kommissar«, wandte sie ein, aber er blieb stur. Beim fünften Mann, der ihnen auffiel, wagte sie nichts mehr zu sagen. Zweifel stoppte die Aufnahme und registrierte die Uhrzeit.

»Kurz vor 21 Uhr. Das passt in etwa.« Sie schauten sich die Sequenz mehrere Male an. Ein junger Mann ohne Brille betrat den Verkaufsraum der Tankstelle ohne Eile. Er schaute sich um, durchstöberte die Regale mit den Süßigkeiten, nahm eine Tüte, vermutlich Gummibärchen, heraus und aus einem anderen Regal zwei abgepackte Sandwiches. Dann ging er an den Tresen, über dem an der Decke die Kamera installiert war. Zweifel hielt den Film an und studierte das lebende Gesicht Florian Kronbergers. Lucy neben ihm beugte sich vor.

»Das isser?«, fragte sie. Zweifel nickte. »Aber er trägt keine Brille.«

»Gerade deshalb bin ich mir ganz sicher. Als Toter trug er ja auch keine.« Er ließ den Film weiterlaufen. Kronberger ließ sich eine große Tasse Kaffee geben, zahlte in bar und stellte sich an einen der runden Bistrotische, die vor dem Tresen aufgestellt waren.

»Da war er also auf dem Weg nach Wien, noch quicklebendig wie es aussieht«, sagte Lucy und starrte fasziniert auf den Bildschirm. Zweifel ließ den Film wieder schnell vorlaufen bis er ihn urplötzlich wieder stoppte.

»Wer ist das?«, fragte Lucy.

Ein Mann im mittleren Alter in einem schwarzen Trainingsanzug hatte sich wie zufällig an Kronbergers Tisch gestellt, der gerade dabei war, das zweite Sandwich auszupacken. Es konnte aber kein Zufall sein, denn die anderen drei Tische waren frei.

Zweifel stutzte und ließ den Film zurücklaufen, bis der Mann im Trainingsanzug durch die Tür kam. Zweifel schaute auf die Uhr, es war 21 Uhr 16. Der Mann war nicht besonders groß und blickte sich aufmerksam um. Er wirkte nervös. Er stand Kronberger gegenüber am Tisch, also mit dem Rücken zur Kamera.

Kronberger schien ihn zunächst zu ignorieren, obwohl der Mann offensichtlich mit ihm redete und das, was er sagte mit heftigen Gesten unterstrich. Es sah so aus, als ob er etwas von ihm forderte. Als Kronberger mit dem zweiten Sandwich fertig war, schaute er dem Mann im Trainingsanzug das erste Mal direkt ins Gesicht. Er bewegte die Lippen. Es waren nur wenige Worte. Dann nahm er die Tüte mit den Gummibärchen, drehte sich ohne Eile um und verließ den Verkaufsraum.

Wieder schaute Zweifel auf die Uhr, die rechts oben am Bildschirm mitlief. Der Mann hatte etwa zehn Minuten auf Kronberger eingeredet. Jetzt stand er allein, hatte die Ellenbogen auf den Tisch gestützt und ließ den Kopf hängen. Dann drehte er sich um, nahm eine kleine Schnapsflasche aus dem Regal neben der Kasse und bezahlte.

»Das gibt's doch nicht!«, sagte Zweifel.

»Wie, Sie kennen den Typen?«, fragte Lucy. Zweifel konnte den Blick nicht vom Bildschirm losreißen. Er schüttelte ungläubig den Kopf.

»Das ist Schilling, der Chef der Therme.«

Melzick war schnell fündig geworden. Über die Familie Bodenheim gab es jede Menge Einträge. Der Vater von Roman Bodenheim war Gynäkologe gewesen und Kronbergers Frau war im Laufe einer unerträglich langen Geburt, die fast drei Tage dauerte, gestorben. Nahezu dreißig Jahre war das her.

Wenn es also eine Verbindung zwischen den Kronbergers und den Bodenheims gab, konnte sie hier am ehesten etwas finden. So dachte Melzick und sie dachte richtig. Charles Bodenheim, der Großvater von Melchior, der Vater von Roman, war der leitende Arzt der Entbindungsklinik in der Schweiz gewesen, wo die Kronberger-Zwillinge zur Welt kamen. Bis dato eine der besten Adressen europaweit. Florian kam am 26. Juli auf die Welt, Moritz am 28. Juli, und am 29. Juli starb ihre Mutter an den Folgen der ungewöhnlich schwierigen von einer Reihe von Komplikationen begleiteten Geburt.

Als Melzick diesen ›Urknall‹ ausfindig gemacht hatte, war es leicht für sie, immer weitere Berichte und Artikel auszugraben. Es faszinierte sie, zu verfolgen, mit welcher Konsequenz und Unbarmherzigkeit Theo Kronberger auf den Tod seiner Frau reagierte. Er musste eine Liste gemacht haben, an deren Spitze Charles Bodenheim stand. Im Laufe der folgenden Jahre ließ Kronberger nichts unversucht, die an der Geburt seiner Söhne beteiligten Hebammen, Krankenschwestern, Ärzte, Fachärzte und Sachverständigen beruflich, finanziell und gesellschaftlich zu ruinieren.

Sein prominentestes Opfer war Charles Bodenheim. Drei Jahre nach der Geburt trat Bodenheim, von den Geschehnissen rund um den Prozess zermürbt, von seinem Amt als Chefarzt zurück. Zusammen mit seinem Sohn Roman, zwischenzeitlich promovierter Internist, gründete er nach langem Ringen eine Privatklinik. Er investierte einen Großteil des Familienvermögens. Es sollte ein Befreiungsschlag werden, die zähen Spinnweben der Kronberger-Tragödie sollten zerrissen und weggewischt werden.

Nach etlichen Jahren schien dies gelungen. Was in der Schweiz passiert war, war aus den Schlagzeilen verschwunden. Bodenheims Ruf war nicht gänzlich zerstört. Die ersten prominenten Namen tauchten in seiner neuen Privatklinik auf. Bald folgten andere. Die Bodenheims wagten aufzuatmen.

Doch schließlich kam das endgültige Aus. Die Banken kündigten die Hypothekenkredite aus heiterem Himmel. Die Kreditlinien auf den Geschäftskonten wurden nicht verlängert. Die Folge: Das Geld für die laufenden Kosten und für die Gehälter fehlte. Am Ende blieb nur der Gang zum Konkursrichter. Charles Bodenheim erlitt einen Nervenzusammenbruch und verschwand von einem Tag auf den anderen. Die Gerüchteküche brodelte. Irgendwo in Frankreich sollte er bei einem alten Freund untergetaucht sein. Man sah ihn nie wieder in der Öffentlichkeit.

Sein Sohn Roman entwickelte eine Leidenschaft für Alkohol. Dessen Frau reagierte prompt: Sie ließ sich scheiden. Melchior lebte bei ihr bis er volljährig war. Dann zog er zu seinem Vater, der zwar immer noch in dem familieneigenen Anwesen wohnte. Allerdings zahlte er eine horrende Miete dafür, denn es gehörte ihm nicht mehr, wie man munkelte. Zu diesem Bild passte, dass das Grundstück mit dem weitläufigen Park zunehmend verwahrloste.

Melchior erweckte nach außen hin immer noch den Eindruck, der Sprössling einer reichen Familie zu sein. Für ihn musste es schwer sein, mitzuerleben, wie sein Vater Stufe um Stufe abstieg. Die wahren Hintergründe des Untergangs der Familie Bodenheim dürften Melchior nicht verborgen geblieben sein. Theo Kronberger hatte damals beschlossen, dass jemand für den Tod seiner Frau zu zahlen hatte. Er hatte die Rechnung gestellt und akribisch dafür gesorgt, dass sie beglichen wurde.

Melzick klappte ihren Laptop zu und schaute aus ihrem Fenster in den blassen Sommerhimmel. Sie hatte genug gelesen. Beim Blick in die fetten weißen Wolken zählte sie zusammen, was sie an diesem Tag schon alles verdrückt hatte und schnell war ihr klar: Sie hatte genug gegessen. Aber sie hatte noch nicht genug gehört. Kurz darauf saß sie auf ihrem Fahrrad.

Einer wie der, dachte Schilling, unternimmt nichts ohne Hintergedanken. Das hätte ihm eigentlich klar sein müssen. Wie hatte er sich nur auf diesen Deal einlassen können? Wie hatte er so blind sein können? Schilling schnaubte vor Wut und Verachtung. Einer wie der spielt doch nur mit den Menschen, für den gibt es keinen Ernstfall, für den gibt es keine Sackgasse, nur breite Alleenstraßen in jede Richtung. Schilling saß in der Falle. Seine Schulden umzingelten ihn wie eine Bande verärgerter, bedrohlicher Nachbarn, von denen der gefährlichste Osman hieß. Er hatte nicht mehr viel Zeit.

Dieses fatale Gespräch am Samstagabend. Im Grunde genommen hatte nur er selbst geredet. Es war seine letzte Chance gewesen. Und am Ende sagt einer wie der nur einen einzigen Satz und das war's dann. Schilling lachte bitter auf bei dem Gedanken an die Begegnung in der Raststätte.

Er saß noch lange an seinem Schreibtisch und allmählich spann er ein feines, giftiges Netz aus bösen Gedanken. Nichts konnte ihn ablenken.

20. Kapitel

Zweifel hatte ein paar Mal versucht, Schilling zu erreichen. Er ging einfach nicht ans Telefon. Auch seine Sekretärin hatte offenbar keine Lust dazu. Es lief der Anrufbeantworter mit der unzutreffenden Behauptung: »Sie rufen außerhalb unserer Geschäftszeiten an«, blablabla … Der Kommissar runzelte die Stirn. Schilling war ebenso verlogen wie unsympathisch, großspurig und anmaßend. Zweifel war gespannt, was für eine Geschichte er ihm auftischen würde.

Er beschloss, dass Schilling das nächste Forschungsobjekt für Melzick sein sollte. Warum hatte er verschwiegen, dass er sich persönlich mit Florian getroffen hatte? Wie sicher war seine Position in der Therme überhaupt? Wie gut wurde er bezahlt? Wie war sein Lebensstil? Kannte er etwa auch den anderen Sohn Theo Kronbergers persönlich, Moritz, den großen Unbekannten?

Zweifel stand in seinem Büro mit einer Schulter an die Wand gelehnt, beobachtete das Treiben auf dem Parkplatz der Polizeidirektion und versuchte, sich die drei Kronbergers an einem Tisch vorzustellen. Es gelang ihm nicht. Er war so in Gedanken versunken, dass er nicht bemerkte, wie seine Bürotür sich öffnete und jemand eintrat.

»Wie lautet Ihr Lieblingsfilm, Chef?«, fragte Melzick ohne große Einleitung und ließ sich in einen der bequemen Sessel fallen. Zweifel drehte sich langsam von der Wand weg.

»Dieses oder letztes Jahrhundert?«, fragte er zurück. Er wusste, dass Melzick ihr Filmwissen gerne mit seinem verglich. Und er wusste, dass es durchaus hilfreich war, sich auf diese Weise abzulenken, wenn er zu sehr ins Grübeln geraten war. Melzick hatte eine Antenne dafür, wann dies der Fall war.

»Ich will nicht kleinlich sein, Chef.« Er überlegte nicht lange.

»Die zwölf Geschworenen.«

»Die deutsche oder die amerikanische Version?«

»Da gibt es eine deutsche Version?«

»Aber hallo, wieder mal eine Wissenslücke, die ich stopfen kann. Es gibt tatsächlich eine Version mit deutschen Schauspielern. Und die sind um Längen besser. Ralf Wolter, Lukas Amman, Herbert Bötticher, der junge Mario Adorf, Siegfried Lowitz, bevor er der Alte war.«

»Es erstaunt mich immer wieder, wen Sie alles kennen, Melzick. Ich denke mal, Lowitz hat bestimmt den Geschworenen gespielt, der als letzter umfällt, stimmt's?«

Melzick richtete ihren Zeigefinger auf Zweifel und nickte.

»Der ganze Film spielt in einem einzigen Raum. Das hat mich immer fasziniert.«

»Ich wette, Ihnen hat am besten gefallen, wie sich einer allein nur mit Worten gegen eine übermächtig scheinende Mehrheit durchsetzt.« Melzick musste grinsen.

»Ganz mein Fall, das muss ich zugeben, Herr Staatsanwalt.«

»Womit wir wieder bei unserem aktuellen Fall sind. Was haben Sie über die Bodenheims herausgefunden?« Melzick berichtete ausführlich.

»Dieser Charles, der Großvater von Melchior, ist tatsächlich seitdem nie mehr aufgetaucht«, sagte sie schließlich. »Ich könnte mir vorstellen, dass er irgendwo in Südfrankreich lebt.« Zweifel musste daran denken, womit Roman Bodenheim beschäftigt war, als er mit ihm sprach.

»Vielleicht kümmert er sich auf seine alten Tage lieber um junge Reben. Jedenfalls hätten alle drei, Charles, Roman und Melchior genügend Gründe, Theo Kronberger eine Krone ins Gesicht zu drücken.« Zweifel zwinkerte ihr zu.

»Ich hab übrigens schon den nächsten Namen, den Sie googeln dürfen.«

»Lowitz oder Adorf?«, fragte Melzick. Zweifel wedelte verneinend mit dem Zeigefinger hin und her.

»Lars Schilling. Bei dem wird das Internet allerdings nicht ausreichen. Reden Sie doch mal mit seiner Sekretärin. Die weiß möglicherweise etwas, zum Beispiel über seine Familie, falls er eine hat.«

»Einen Ehering hab ich nicht bei ihm entdeckt. Auf seinem Schreibtisch standen auch keine Fotos. Und ehrlich gesagt kann ich mir auch nicht vorstellen, dass so einer …«

»Vorsicht, Melzick. Stellen Sie sich lieber vor, dass Schilling früher vielleicht ganz anders war. Sie sind ja auch nicht mit Dreadlocks auf die Welt gekommen.«

»Ich frag jetzt nicht, mit welcher Frisur Sie Ihre Eltern bei der Geburt überrascht haben. Aber Sie haben Recht. Ich tu einfach so, als würde ich Schilling nicht kennen.«

»Gute Idee. Er hat übrigens auch nur so getan, als würde er die Kronberger-Zwillinge nicht persönlich kennen. Dabei hat er sich am Samstagabend mit Florian getroffen.«

Melzick war sprachlos, was nicht oft vorkam. »Es gibt sogar einen Film davon. Übrigens haben wir auch zwei Überwachungsaufnahmen aus Wien. Sie können sich alles nachher ansehen. Ihre Frage nach dem Wetter war ein Schuss ins Schwarze.«

Er berichtete kurz von seiner telefonischen Begegnung mit dem Concierge des Imperial. »Mit dem Schwarzenberg werde ich persönlich ein Hühnchen rupfen.«

»Gut, dass ich nicht dabei sein muss.«

»Ich wusste gar nicht, dass sich Ihre vegane Einstellung auch auf Redewendungen erstreckt.« Melzick hob abwehrend beide Hände.

»Soweit bin ich noch nicht. Wann lassen Sie sich denn von Kronberger anrufen? Da wär' ich gerne dabei.« Zweifel kratzte sich an der Nase.

»Den werde ich selbst anrufen. Vorher will ich aber von Penny wissen, ob sie in dem Porsche etwas entdeckt hat.«

»Wie, ist der schon aufgetaucht?« Zweifel brachte sie auf den neuesten Stand.

»Okay, ich rufe Penny an, lassen Sie nur«, sagte Melzick und wählte bereits die Nummer der Spurensicherung. Während sie telefonierte, kam Lucy herein und schlich sich an den Kommissar heran.

»Brauchen Sie mich heute noch, Herr Kommissar?«, fragte sie hoffnungsvoll. Durch die offene Tür sah Zweifel einen Blumenstrauß über dem Tresen schweben, hinter dem sich ein Mann krümmte, der von einem Hustenanfall geplagt wurde. Die Blumen zitterten und fast kam es ihm vor, als ob auch Lucy zitterte.

»Das Abendessen?«, fragte Zweifel.

»Der hat es wirklich ernst gemeint, Herr Kommissar, was soll ich machen?«, flüsterte sie.

»Ein gutes Verhältnis zur Presse ist nicht zu verachten«, raunte er ihr ungerührt zu. »Sie sind ja schon ein großes Mädchen. Ich hab da keine Bedenken.« Sie schnaufte hilflos.

»Wenn Sie diesen Herrn dem Chef vom Hals halten, wird Klopfer Ihnen ewig dankbar sein.« Sie schnaufte noch einmal.

»Und wenn Sie weiterhin so schnaufen, kriegt es der liebe Herr Reisser womöglich in den falschen Hals, Lucy. Also: Nehmen Sie die Blumen, hören Sie zu, was er Ihnen zu sagen hat und genießen Sie das Essen. Wo geht's denn hin?«

Lucy schaute Zweifel leidend an, während ihre drei Kinne bebten.

»Ich hab keine Ahnung«, hauchte sie.

Melzick tätschelte Lucys Arm, während sie immer noch darauf wartete, dass Penny sich meldete.

»Du kannst uns ja morgen alles erzählen«, meinte sie.

»Jetzt fällst du mir auch noch in den Rücken«, stöhnte Lucy.

»Das Gemüse lass' ich aber da. Ich komm mir ja vor, als ob mich einer zur Tanzstunde abholt.« Sie blickte von Zweifel zu Melzick und wieder zurück. Es kam keine Antwort. Schließlich hob sie ergeben die Hände. »Schon gut, schon gut, ich habs ja verstanden. Dann werd' ich mal gehen.« Womit sie sich schweren Schrittes entfernte.

»Fast wie Maria Stuart auf dem Weg zum Schafott«, meinte Zweifel, als die Tür hinter Lucy zufiel.

»Nur der Hals etwas dicker«, ergänzte Melzick. Vom Geschichtsunterricht hatte sie sich nur die schaurigsten Details gemerkt, unter anderem auch das Rendezvous der schottischen Königin mit dem Scharfrichter.

»Hallo Penny, wo hab ich dich denn hergeholt? Sorry. Hätte mir dein Kollege aber auch gleich flüstern können. Habt ihr in dem ...« Weiter kam Melzick nicht. Sie hielt ihr Handy etwas weiter vom Ohr weg. So konnte Zweifel vom Wutausbruch der Penny Stock auch etwas mitbekommen. »Penny, stopp, Penny, halt mal, halt, aber ... Penny jetzt hol doch mal Luft!« Auch Melzick war etwas lauter geworden.

»Du meine Güte, was hat sie denn?«, murmelte der Kommissar. Melzick legte auf und warf das Handy auf den Tisch.

»Wir müssen ein paar Minuten warten, Chef. In dem Zustand ist sie wie eine Horde Bisons, Sie wissen schon, die alten John Wayne-Filme.«

»Gut, lassen wir die Büffel vorbeidonnern und überlegen in der Zwischenzeit, mit welchen Fragen ich Kronberger behelligen sollte.«

»Sie fragen ihn nach dem Wetter«, kam es prompt von Melzick.

»Sehr witzig, wird das jetzt ihre Standardfrage?«

»Wieso? Er hat doch Florian in Wien per Skype erreicht. Wäre doch möglich, dass er dabei irgendwas erkennen konnte.«

»Also gut, dann sollte er uns auch endlich verraten, wo Moritz ist.«

»Wie wollen Sie ihn dazu bringen?« Er seufzte.

»Ich habe keine Ahnung. Ich muss ihn irgendwie verunsichern, aus der Bahn bringen.« Melzick griff zum Telefon.

»Penny müsste jetzt wieder in der Spur sein. Ich versuch's nochmal.« Auch beim zweiten Anruf kam Melzick fast nicht zu Wort. »Ist ja schon gut. Vergiss es. Versteh ich gut, ehrlich. Ja, Penny. Ja. Alles gut. Wirklich!«, sagte sie, dann lauschte sie ein paar Minuten. »Okay. Alles klar. Das reicht uns erstmal. Jaha! Nein. Ich glaub' für heute hab ich genug. Können wir uns morgen Abend zusammensetzen? Ich sag Zack Bescheid. Bis dann.«

Zweifel wartete geduldig auf die Übersetzung. Melzick griff mit beiden Händen in ihre roten Dreadlocks und brachte sie ordentlich durcheinander.

»Irgendwas mit ihrem Auto stimmte nicht. Die Leute von der Werkstatt haben sie ausgelacht. Ihr Mobilfunkvertrag wurde grundlos storniert, ihre EC-Karte wurde eingezogen, für Sonntag hat sich ihre Mutter zu Besuch angekündigt, ihr Ex rückt ihre CDs nicht raus, der Kollege hat ihr 'nen Becher Kaffee über die nagelneue Hose geschüttet, und das waren jetzt nur die Dinge, die ich einigermaßen heraushören konnte.« Zweifel verarbeitete diesen Satz blitzschnell.

»Und der Porsche?«

»Sie hat den Zündschlüssel im linken hinteren Radkasten entdeckt, er war dort mit Klebeband befestigt. Außerdem blonde Haare auf dem Beifahrersitz. Die konnten Florian zugeordnet werden.«

»Sonst keine weiteren Spuren?«

»Doch, und zwar auf dem Fahrersitz. Nochmal blonde Haare, aber von einer anderen Person. Die zu identifizieren dürfte schwierig sein, ohne Vergleichsmaterial.«

»Hm«, machte Zweifel und dachte nach. »Wer ist Ihnen denn in den letzten beiden Tagen über den Weg gelaufen, der blond war?« Melzick erinnerte sich und zählte ihre Begegnungen stumm an den Fingern ab, dann streckte sie drei in die Höhe.

»Heike, Henriette Kohler, Melchior Bodenheim.«

»Wer ist Heike?«

»Oh, das ist eine sehr liebe Nachbarin. Ich mach Sie mal gelegentlich miteinander bekannt.« Ihr Ton machte ihn misstrauisch, ihr Grinsen noch mehr.

»Ich glaube Ihnen kein Wort davon. Hm, aber die anderen beiden — immer wieder poppt der Name Melchior auf. Was für einen Grund könnte er gehabt haben, sich mit Florian zu treffen?«

»Na ja, von dem angeblichen Millionärsclub hab ich Ihnen ja schon erzählt. Was Henriette Kohler mit Florian am Hut haben sollte, kann ich mir allerdings überhaupt nicht vorstellen. Die hat nur ihr Studium im Kopf.«

»Meinen Sie, Sie könnten trotzdem von ihr 'ne Haarprobe organisieren?« Melzick kratzte sich am Kopf.

»Ich lass mir was einfallen.«

»Es sind mir einfach noch zu viele Verdächtige im Spiel, Melzick, das gefällt mir nicht. Wir müssen einen nach dem anderen ausschließen.«

»Was ist, wenn danach keiner mehr übrigbleibt?« Zweifel zog an seinem linken Ohrläppchen und schnalzte mit der Zunge.

»Dann fress' ich Lucys Blumenstrauß.«

»Demnach sind Sie sicher, dass wir dem Täter schon begegnet sind.«

»Falsch, Melzick, wir sind noch nicht allen Verdächtigen begegnet. So, und jetzt ist Kronberger dran.«

Melchior war allein in seinem Studierzimmer unter dem Dach. Seit einer Stunde war er damit beschäftigt, eine Karte von Südfrankreich zu untersuchen. Die Satellitenfotos von Google Maps waren lückenlos. Dennoch erwies es sich als äußerst zeitraubend, ein bestimmtes, verfallenes Landhaus von oben zu identifizieren. Auf der Tastatur lagen zwei ältere Fotos, die das Gebäude von der Nordseite und von der Ostseite zeigten, samt dazugehörigem Park, Pool sowie einer niedrigen, halbkreisförmigen Mauer, über der ein spitzes Holzdach schwebte. Nach Melchiors Überlegung musste das ein Brunnen sein. Der Pool war lang und schmal und an einer Kopfseite deutlich verbreitert. Das Grundstück war von hohen Bäumen eingerahmt. Eine schmale Alleenstraße führte direkt darauf zu. Nach Melchiors Meinung waren das bei weitem ausreichende Merkmale, um dieses Haus ausfindig machen zu können.

Er starrte konzentriert auf seinen Bildschirm. Die Tasse Tee war kalt geworden, die Pappschachtel daneben enthielt eine Pizza, die dieselbe Erfahrung gemacht hatte. Mit einem Ohr hörte Melchior während seiner angestrengten Suche auf Geräusche im Haus, die ihm das Näherkommen seines Vaters angekündigt hätten. Zuletzt hatte er ihn in seinem Arbeitszimmer sitzen sehen, den schweren Kopf über einen

Wust von Papieren gebeugt, die übliche Flasche Rotwein neben sich. Er schien auch auf einer Suche zu sein. Einer vergeblichen, wie Melchior wusste. Sein Vater würde keinen Ausweg aus der finanziellen Misere finden. Nicht in seinem Zustand. Melchior hatte sämtliche Illusionen darüber zum Fenster hinausgeworfen. Erst hatte er es nicht wahrhaben wollen. Zu souverän hatte sein Vater die Anzeichen monetärer Schwäche überspielt. Alles nur vorläufig, vorübergehend, temporär, nicht ernst zu nehmen. Melchior war zu sehr mit sich und mit seinem Studium beschäftigt gewesen, hatte sich die meiste Zeit in München aufgehalten, Spritztouren mit seinen Kumpels aus dem Millionärsclub, wie Lu die Clique hartnäckig nannte, unternommen. Erstmals war er stutzig geworden, als er in der Post, die traditionsgemäß auf einem Tablett in der Eingangshalle lag, eine Mahnung gefunden hatte. Eine Rechnung über 6.000 Euro für einen Segelbootsausflug auf dem Starnberger See war offensichtlich nicht bezahlt worden. Eine Lappalie. Hatte sein Vater sicher übersehen. Melchior hatte in der Vergangenheit immer wieder mal das Limit seiner Platinkreditkarte ausgereizt, aber dass eine Rechnung unbezahlt geblieben war, stellte ein Novum dar. Er hatte sich keine weiteren Gedanken deswegen gemacht. Eine einfache Umbuchung von einem der cash-Konten und die Sache war aus der Welt. Eine Woche später hatte er den Vorfall schon vergessen, als sein Vater ihn morgens darauf ansprach.

»Deine Clique ist wohl ziemlich groß, Melchior?« Die Frage war völlig überraschend gekommen. Roman Bodenheim hatte bis dato noch nie Interesse an Melchiors Umgang gezeigt. Melchior hatte seinen Kaffee ausgetrunken, seine Tasche geschnappt und aus dem Haus gewollt, als ihm aufging, dass sein Vater tatsächlich eine Antwort erwartete.

»Nö, eigentlich nicht, meistens sind wir so sechs bis acht«, hatte er geantwortet. Die zweite Frage war für Melchior noch überraschender gewesen.

»Wer zahlt denn, meistens?«

»Ist doch egal. Was kümmert's dich?« Sein Vater hatte genickt und an die Wand gestarrt. Und dieser Blick war Melchior im Gedächtnis geblieben, gerade weil sein Vater dazu geschwiegen hatte.

Melchior hatte keine Lust, länger als unbedingt nötig über seinen Vater nachzudenken, doch es häuften sich in der Folge die Anzeichen, dass etwas nicht in Ordnung war. Von einem Tag auf den anderen waren der Range Rover und der große BMW verschwunden. Einzig der altersschwache Jaguar und Melchiors kleiner Audi waren übriggeblieben. Das Personal wurde nach und nach entlassen. Es gab niemanden mehr, der sich um den Park kümmerte, den Haushalt in Schuss hielt, die Wäsche versorgte und das Essen besorgte.

Sein Vater war dazu übergegangen, beim Inder, Italiener oder Griechen anzurufen. Die leeren Pappschachteln stapelten sich nach einer Weile in der Küche, neben den leeren Weinflaschen.

Dann war der Tag gekommen, an dem sein Vater ihn mit einem Glas Rotwein in der Hand fragte, wann er eigentlich gedenke, sein Studium zu beenden. Melchior hatte sich spontan zu einem Gegenangriff entschlossen. Er hatte endlich Klarheit haben wollen.

»Wie lange reicht denn dein Geld noch dafür?«, hatte er ihn gefragt. Sein Vater hatte mit einem müden Lächeln geantwortet, sein Glas geleert und war wortlos in sein Arbeitszimmer zurückgekehrt.

»Was ist los, Dad?« Melchior war ihm gefolgt. »Sind wir pleite, oder was?«

Roman Bodenheim hatte sich vor seinen mit Papieren überladenen Schreibtisch postiert, die Hände in die Taschen seines abgetragenen Kaschmirsakkos gesteckt und seinem Sohn entschlossen die Wahrheit vorenthalten.

»Mein lieber Melchior, du residierst hier in einer Zehnzimmervilla in der besten Wohngegend, fährst einen erstklassigen Sportwagen, studierst an einer der besten Universitäten in Europa und hast so ein kleines graues Kärtchen, das dir praktisch jeden Wunsch erfüllt und da wagst du es, das Wort Pleite in den Mund zu nehmen? Mir gegenüber?« Seine Stimme war ruhig gewesen und sehr kühl. Und dann war diese Frage gekommen, betont beiläufig, als Melchior, von der Zwecklosigkeit dieses Gesprächs überzeugt, sich schon wieder umgedreht hatte.

»Triffst du dich eigentlich noch mit dem jungen Kronberger?« Melchior wusste, dass er seinen Vater nicht belügen konnte, das hatte er noch nie geschafft.

»Nicht mehr so oft wie früher«, war seine Antwort wahrheitsgemäß gewesen. Danach hatte er das Arbeitszimmer seines Vaters verlassen, bevor ihm noch weitere unangenehme Fragen einfielen. Am nächsten Tag hatte er den Familienanwalt aufgesucht, der sich seit vielen Jahren auch um die finanziellen Angelegenheiten der Bodenheims kümmerte und erfahren, dass von dem Familienvermögen nicht mehr viel übrig war. Die erschreckende Wahrheit lautete: Sie lebten von der Substanz. Die Villa war verkauft worden, um dringende Verbindlichkeiten abzulösen. Anschließend hatte sein Vater sie von dem neuen Eigentümer gemietet, um den Schein zu wahren, wie Melchior folgerte. Daher auch all die anderen Sparmaßnahmen. Etwa zwei Jahre würde das Geld noch reichen, offerierte ihm der Anwalt. Dann wäre es bei dem jetzigen Lebensstandard restlos aufgebraucht. Allerdings vermute er, dass sein Großvater, Charles Bodenheim, kurz vor seinem Verschwinden einen nicht unerheblichen Betrag »separiert« habe.

Melchior hatte nicht lockergelassen, bis der Anwalt seine vagen Angaben durch konkrete Zahlen ersetzt hatte. Nach seinen Unterlagen müssten es zwischen drei und vier Millionen gewesen sein. Bargeld. Wo sich sein Großvater aufhalte, wisse niemand, hatte der Anwalt beteuert. Er könne sich jedoch daran erinnern, dass etwa einen Monat vor seinem Verschwinden ein sechsstelliger Betrag nach Südfrankreich überwiesen worden sei. Charles habe etwas von einer »Anzahlung für eine Hütte im Exil« gemurmelt. Einige Monate später hatte der Konkursverwalter versucht, die Spur des Geldes zu verfolgen, jedoch ohne Erfolg. Sämtliche ausländische Empfängerkonten waren gelöscht, das gesamte Guthaben in kleinen Portionen in bar abgehoben. Es gab keine Möglichkeit, die Adresse der »Hütte« ausfindig zu machen. Sein Großvater habe ihm aber bei ihrem letzten Treffen zwei Fotos gezeigt und versehentlich liegengelassen. Der Anwalt hatte sie natürlich aufgehoben. Melchior hatte die beiden Aufnahmen nachdenklich betrachtet. »Die werde ich mitnehmen«, hatte er gesagt, und nun lagen sie auf den Tasten seines Laptops.

Für ein paar Minuten musste er seine Augen entspannen, die trocken waren und brannten. Vor seinem geistigen Auge tauchte Moritz auf, wie er ihn das letzte Mal angetroffen hatte. Er war anders gewesen als sonst, aufgedrehter irgendwie. Er hatte den Eindruck gemacht, als freute er sich auf etwas. Vielleicht auf die unverhoffte Begegnung mit seinem Bruder, ohne dass ihr Vater davon Wind bekam? Melchior hätte es beinahe als diebische Freude bezeichnet.

Doch zu Moritz passte diese Art der Gemütsregung genauso wenig, wie Schadenfreude zum Papst.

Damals hatte Melchior ihn mit gemischten Gefühlen verlassen. Er musste auch an Florian denken und wie begeistert er war, als er ihm das Zimmer im Flughafenhotel in München gezeigt hatte.

Melchior schlug die Augen auf. Wer von den beiden war nun der Tote in der Therme?

Sein Handy meldete sich. Zum vierten Mal in der letzten halben Stunde. Er schaute auf das Display und drückte den Anruf weg. Zum vierten Mal dieser nervige Schilling. Konnte der keine Ruhe geben?

21. Kapitel

Zweifel hatte keine Lust zu warten, bis Theo Kronberger anrief. Er wollte selbst den Zeitpunkt bestimmen, wann ein Gespräch stattzufinden hatte, auch wenn Kronberger gegenteiliger Ansicht war. Das Problem war nur, dass Kronberger ihm seine Nummer nicht verraten hatte. Schilling, der sie sicherlich kannte, ging nicht ans Telefon, ebenso wenig dessen Sekretärin. Von Schwarzenberg mit all seiner Diskretion würde er sie auch nicht bekommen. Zweifels Ärger klammerte sich an seine Ungeduld und beides wuchs von Minute zu Minute. Melzick blieb das nicht verborgen.

»Hatte Lucy in ihrem Dossier über Kronberger nicht etwas notiert?«, fragte sie. Zweifel schüttelte den Kopf.

»Nein, aber er war doch mit einem Fahrer unterwegs, stimmt's? Limousinen-Service, Flughafen München. Es war ein Jaguar.« Jetzt schüttelte Melzick den Kopf.

»Sah mir eher nach einem Aston Martin aus.«

»Mir egal. Versuchen Sie Ihr Glück.« Nach mehreren Telefonaten hatte Melzick herausgefunden, wo Kronberger einen Wagen samt Chauffeur gemietet hatte. Die Chauffeure waren telefonisch zu erreichen. Wenig später wählte Zweifel die von Melzick ergatterte Nummer. Der Fahrer ging nach dem ersten Klingelzeichen ran und hörte sich an, was der Kommissar zu sagen hatte.

»Wenn Sie einen Augenblick warten, ich frag mal nach.« Zweifel runzelte die Stirn.

»Die haben Miles Davis als Warteschleifenmusik«, sagte er.

»Ist das was Gutes?«, fragte Melzick. Er verdrehte die Augen.

»Jedenfalls besser als Howard Carpendale.«

»Den kenn ich auch nicht.«

»Herr Zweifel?« Die Stimme des Chauffeurs klang sachlich und selbstsicher. »Herr Kronberger ist derzeit nicht bereit zu einem Gespräch mit Ihnen. Er lässt Sie wissen, dass er Sie in etwa zehn Minuten anrufen wird. Er geht davon aus, dass Sie in Ihrem Büro erreichbar sind.«

»Ich habe verstanden«, sagte Zweifel kurz angebunden und legte auf. Melzick konnte sich den Text zusammenreimen.

»Der Kronberger kann wahrscheinlich gar nicht anders, Chef.« Sie vertrieben sich die Zeit damit, einen Flug nach Wien herauszusuchen.

»Wird 'ne kurze Nacht für Sie, Chef. Ihr Flieger geht um 5 Uhr 50«, verkündete Melzick schließlich. Zweifel lag schon auf der Zunge, dass er üblicherweise um diese Zeit ohnehin schon seit Stunden wachliege, aber dann schluckte er es hinunter. Seine Schlafstörungen gehörten ihm allein, er wollte sie mit niemandem teilen. Außer mit seiner toten Frau, die ihn jede Nacht besuchte. Lucys Telefon meldete sich. Melzick sprang an den chaotischen Schreibtisch. Es war Kronberger. Sie legte das Gespräch auf Zweifels Apparat um.

»Zweifel hier, Herr Kronberger.« Eine Sekunde lang erwog der Kommissar, eine Diskussion darüber vom Zaun zu brechen, wer für wen telefonisch erreichbar sein sollte. Dann entschied er sich dafür, weder Zeit noch Argumente zu verplempern.

»Herr Kommissar, hatten wir nicht vereinbart, dass ich mich bei Ihnen nach dem Stand der Dinge erkundige?« Zweifel ignorierte diese Einleitung und kam sofort auf den Punkt.

»Sie erwähnten, dass sie mit Florian am Sonntagnachmittag vor dessen Treffen mit Schwarzenberg per Skype gesprochen haben.«

»Worauf wollen Sie hinaus?«

· »Sie haben ihn auf Ihrem Bildschirm gesehen und erkannt.« Es war mehr eine Feststellung als eine Frage.

»Herr Kommissar, haben Sie nichts ...«

»Konnten Sie das Zimmerfenster sehen, war der Stephansdom im Bild?«

»Also jetzt verliere ich allmählich die ...«

»Herr Kronberger, eine einfache Antwort genügt. Sie werden gleich erfahren, worauf ich hinaus will.«

»Das hoffe ich auch sehr für Sie.« Pause. »Florian saß mit dem Rücken zum Fenster. Und ich habe den Stephansdom zweifelsfrei erkannt.«

Melzick, die mithörte, ballte die Faust.

»Wie war das Wetter?«

»Was? Ich verstehe nicht ...«

»Ich bin ganz sicher, dass Sie mich akustisch und inhaltlich verstanden haben, Herr Kronberger. Also, wie war das Wetter auf dem Bildschirm?«

Kronberger schwieg verärgert. Was bildete sich dieser kleine Provinzpolizist ein? Sobald dieses Gespräch beendet war, würde er den Innenminister anrufen. So ließ er nicht mit sich reden.

»Es schien die Sonne, Herr Kommissar. Es herrschte strahlender Sonnenschein. Bringt das etwa Licht in Ihre Ermittlungen?« Zweifel strich einmal über seinen kahlen Schädel.

»So könnte man es nennen, Herr Kronberger. Die Anzeichen verdichten sich, dass Florian überhaupt nicht in Wien war.«

»Das ist doch absurd! Was sollen das für Anzeichen sein? Haben Sie denn nicht mit Schwarzenberg geredet? Hat der Ihnen nicht das Treffen mit meinem Sohn bestätigt? Ich muss mich doch sehr wundern! Und ich muss mich sehr ärgern, Herr Zweifel! Was sind das für Spielchen, die Sie hier treiben? Sie sollen den Mord an meinem Sohn aufklären. Lückenlos. So rasch wie möglich. Stattdessen kümmern Sie sich um die Wetterlage in Wien. Ihr Verhalten zieht Konsequenzen nach sich, das ist Ihnen hoffentlich klar!«

Zweifel hatte sich entspannt zurückgelehnt. Da hatte Kronberger sich doch fast von selbst aus dem Gleichgewicht geredet. Genau da wollte er ihn haben.

»Ihr Sohn hat Sie belogen, Herr Kronberger, das sollte Ihnen klar sein. Es stellt sich für uns die Frage, wen er noch alles belogen hat. Und welche Konsequenzen daraus zu ziehen sind.«

Kronbergers Stimme vibrierte vor unterdrücktem Ärger, als er fragte:

»Und worauf bitte schön gründen Ihre Erleuchtungen, Herr Zweifel?« Zweifel blieb gelassen im Tonfall.

»Auf die Aussage von Herrn Schwarzenberg, die vom Concierge des Hotels Imperial in Wien bestätigt wurde, und auf Petrus natürlich.« Zweifel machte eine kurze Pause um Kronberger ausreichend Zeit zur Verwirrung zu geben. »Schwarzenberg behauptet, sich mit Ihrem Sohn in diesem Hotel getroffen zu haben. Und er behauptet, dass es während des ganzen Wochenendes pausenlos geregnet habe. Der Concierge vom Imperial, in dem das angebliche Treffen stattgefunden hat, gab ebenfalls den Regen zu Protokoll. Das Wetter lässt sich ohnehin nicht leugnen. Ihr Sohn meldet sich aus Wien per Skype bei strahlendem Sonnenschein bei Ihnen. Der Überwachungsfilm des hoteleigenen Parkhauses, auf dem der von Florian gemietete Porsche zu sehen ist, weist ebenso auf einen sonnigen Tag hin. Herr Kronberger, wie erklären Sie sich das?«

Zweifel wechselte einen Blick mit Melzick, die gespannt lauschte.

Kronberger war dabei, diese ebenso überraschenden wie für ihn unerklärlichen Fakten zu verarbeiten. Er tat dies in der gewohnten Geschwindigkeit und verblüffte Zweifel mit seiner schnellen Replik.

»Sie werden mir das erklären. Sie werden mir erklären, wie Florian das bewerkstelligt haben soll. Sie werden mir erklären, warum er das getan haben soll. Von welchem Porsche reden Sie da? Und warum soll er sich im Imperial mit Schwarzenberg getroffen haben?«

»Das ›Warum‹ kann ich noch nicht beantworten. Das ›Wie‹ schon eher. Das Auge lässt sich leicht überlisten. Eine Fototapete, die richtige Beleuchtung, dazu den Glockenschlag der Pummerin vom Band zur rechten Zeit eingespielt, das genügte, um die Illusion zu erzeugen. Hinzu kommt, dass Sie genau das gesehen und gehört haben, was Sie erwartet haben. Den Porsche hat Florian am Samstagabend in München gemietet. Was den Überwachungsfilm des Hotels Imperial angeht, da hat man versucht, uns zu täuschen. Der Concierge gab an, er hätte von Schwarzenberg einen Auftrag erhalten. Sollte eine entsprechende Anfrage, möglicherweise von der Polizei, an ihn gerichtet werden, so solle er doch bitte den Überwachungsfilm von Florians letztem Besuch in Wien, etwa vier Wochen vorher, weiterleiten.« Kronberger verlor erneut etwas die Fassung.

»Wie kommt dieser Schwarzenberg dazu, so etwas zu veranlassen? Aus welchem Grund denn? Außerdem war Florian die letzten beiden Monate ununterbrochen in Amerika. Es kann gar keinen älteren Film aus Wien mit ihm geben.«

»Ich fliege morgen nach Wien und rede persönlich mit Schwarzenberg«, sagte Zweifel ruhig und bereitete den nächsten Angriff vor.

»Mich würde außerdem interessieren, warum Florian sich am Samstagabend mit Herrn Schilling in einer Raststätte zwischen München und Salzburg getroffen hat. Haben Sie da eine Vorstellung, Herr Kronberger?« Dieses Mal brauchte Kronberger deutlich länger für seine Antwort.

»Was erzählen Sie da? Florian kannte Schilling überhaupt nicht. Er hatte sich um anderes zu kümmern als um die niederen Angestellten.« Die letzten Worte waren von einem Hauch Geringschätzung und einer Spur Verachtung eingefärbt. Kronberger fand es überflüssig, zu verbergen, dass er schwache Mitarbeiter verachtete. »Noch dazu da ich Schillings Vertrag nicht verlängert habe.«

»Sie haben ihn gefeuert?«

»Ich sah keine Möglichkeit, ihn weiterhin zu beschäftigen. Wie kommen Sie darauf, dass …« Kronberger stockte einen Moment. Ihm war ein Gedanke gekommen. »Gibt es da etwa auch einen Film, oder was macht Sie so sicher?«

»In der Tat, Herr Kronberger, es gibt einen Videofilm vom Samstagabend in dieser Raststätte und ich habe sowohl Florian als auch Schilling darauf erkannt. Der Porsche wurde übrigens auch dort gefunden.« Melzick war aufgestanden. Irgendetwas an Zweifels Schilderung störte sie. Sicher, es entsprach alles der Wahrheit und trotzdem. Trotzdem. Dieses ›trotzdem‹ steckte ihr im Hals wie ein zu großes Apfelstück, dass sie zu eilig verschluckt hatte. Sie hörte leise Kronbergers Stimme und konnte nach wie vor jedes einzelne Wort verstehen.

»Ich verstehe nicht, Herr Zweifel, ich verstehe sehr viel nicht. Zum Beispiel warum Florian diesen Porsche gemietet haben sollte. Er hatte seinen eigenen Wagen immer am Flughafen München geparkt, wenn er außer Landes war. Warum dieses Treffen im Hotel stattgefunden haben soll, ist mir auch ein Rätsel. Wir nutzen für Gespräche dieser Art immer und ausschließlich unser Penthaus nahe dem Stephansdom und von da hat er mich ja auch …«

Wieder stockte Kronberger, als ihm einfiel, dass Florian ihn ja gar nicht von dort kontaktiert haben konnte.

»Was für einen Wagen hatte Florian denn?«, fragte Zweifel. Kronberger antwortete ohne zu überlegen.

»Einen schwarzen Aston Martin natürlich.« »Natürlich«, dachte Zweifel bei sich, »was für eine Frage.«

»Der gleiche, den Sie heute benutzen?«

»Was? Äh, nein, nein — es ist ein älteres Modell, glaube ich.« Kronberger klang leicht unsicher, verwirrt. Er war krampfhaft bemüht, Klarheit und Struktur in seine Gedanken zu bringen. Er zwang sich zur Ruhe. Wer ruhig ist, kann überlegen. Wer überlegt, kann überleben. Blitzartig schossen ihm diese Worte durch den Sinn.

»Kann es sein, Herr Kronberger, dass Florian sich Ihrer Kontrolle entziehen wollte?«

»Aber nein!«, entfuhr es Kronberger, »was für ein lächerlicher Gedanke.«

Er atmete tief durch.

»Dazu, Herr Zweifel, hatte er überhaupt keinen Grund.«

»Ach nein?«, bohrte Zweifel nach. »Ich habe den Eindruck gewonnen, dass Sie ein Mann sind, der gerne alles und jeden unter Kontrolle hat.«

»Wer in meinem Sinne handelt, muss nicht kontrolliert werden. Das wäre Zeitverschwendung. Florian hat immer in meinem Sinn gehandelt. Nicht umsonst habe ich ihn zu meiner rechten Hand gemacht.«

»Dennoch hatte er wohl einen eigenen Kopf und den hat er benutzt, um Sie zu täuschen. Finden Sie es nicht eigenartig, dass Schwarzenberg offensichtlich damit gerechnet hat, dass die Polizei Ermittlungen anstellen könnte, und dass er versucht hat, diese zu behindern?«

»Ich habe keine Ahnung, was Herrn Schwarzenberg zu solchen Überlegungen veranlasst hat.«

»Er ist doch ein Kommilitone von Florian gewesen. Er kannte ihn so gut, dass er ihm sogar ein Vermögen anvertraut hat. Sie haben bei unserem ersten Gespräch erwähnt, dass Schwarzenberg dieses Geld vorzeitig zurückhaben wollte. Können Sie sich vorstellen, dass die beiden eine Abmachung getroffen haben, von der Sie nichts wissen sollten?«

»Herr Zweifel«, Kronberger bemühte sich, Ruhe in seine Stimme zu bringen, »das ist absolut undenkbar.«

»Finden Sie? Nach allem, was wir bisher erfahren haben, halte ich das sehr wohl für denkbar. Sie sollten sich an solche Gedanken gewöhnen. Das Undenkbare ist viel öfter Realität, als wir wahrhaben wollen.«

»Ich denke, ich kann auf Ihre philosophischen Erkenntnisse sehr gut verzichten.«

»Worauf ich nicht verzichten kann, ist ein Gespräch mit Moritz.« Damit erwischte er Kronberger erneut auf dem falschen Fuß. Er hatte immer noch nicht verdaut, was ihm gerade über Florian berichtet worden war.

»Das wird nicht möglich sein.«

»Aber Herr Kronberger, Sie sind doch ein Mann, der alles möglich machen kann.«

»Ich wiederhole mich nur ungern. Es geht nicht! Sie können ihn nicht sprechen!«

»Ist er etwa außerhalb Ihrer Kontrolle?« Zweifel hatte den Satz einfach so mal eben aus der Hüfte geschossen und war schon auf Kronbergers vehementen Protest gefasst. Doch dieser schwieg nur. Melzick schaute Zweifel fragend an, doch der zuckte nur mit den Schultern. »Herr Kronberger? Wie darf ich Ihr Schweigen deuten?«

»Sie deuten gar nichts, Herr Zweifel. Hören Sie gut zu. Ich habe es Ihnen schon mehrfach gesagt: Moritz ist nicht da!«

»Diese Antwort genügt mir nicht, Herr Kronberger. Wo ist er? Wo ist Ihr zweiter Sohn?«

Wieder nur Schweigen.

»Herr Kronberger, wissen Sie etwa nicht, wo er ist? Sollte es tatsächlich noch etwas geben, worüber Sie keine Kontrolle haben? Florian hat Sie hinters Licht geführt. Tut Moritz möglicherweise das Gleiche? Kann es sein, dass Sie längst nicht alles wissen, was Sie wissen sollten? Ist es möglich …«

»Er ist entführt worden.« Zweifels Provokationen hatten Erfolg. »Er ist entführt worden«, wiederholte Kronberger tonlos. In seiner Stimme war eine Spur von Erschöpfung nicht zu überhören. »Bevor Sie weitere Fragen stellen, sage ich Ihnen, dass das kein Problem darstellt. Er ist darauf vorbereitet. Bestens vorbereitet. Ich habe das mit beiden trainiert. Er weiß, was er zu tun hat. Er wird das überleben, weil er ruhig bleiben wird.«

Melzick sah Zweifel an und schüttelte den Kopf. Zweifel sparte es sich, ihn zu fragen, warum er erst jetzt damit herauskam.

»Wann wurde Moritz entführt?«

»Das braucht Sie nicht zu interessieren.«

»Wann haben Sie Moritz zuletzt gesehen?«

»Anfang letzten Jahres.«

»Sie haben ihn anderthalb Jahre lang nicht gesehen?«

»Wir sind keine Familie, die sich ständig in den Armen liegt.«

»Familie ist wohl das falsche Wort«, dachte Melzick. Dann fiel ihr etwas ein. Sie machte Zweifel erst ein Zeichen mit der Hand, dann deutete sie hinter ihr Ohr. Zweifel winkte ab. Das war ihm selbst schon eingefallen.

»Als wir in der Pathologie waren, haben Sie Florian nur an seiner Narbe hinter dem Ohr erkannt. Heißt das, dass er und Moritz sich, obwohl fast dreißig Jahre alt, immer noch zum Verwechseln ähnlich sehen? Ich meine, in dem Alter legt man doch schon lange Wert auf Individualität, und sei es nur ein Dreitagebart, eine andere Frisur oder vielleicht sogar ein Tattoo. Sie haben Moritz 18 Monate lang nicht gesehen und sind dennoch auf die Narbe hinter dem Ohr angewiesen, um Florian von ihm unterscheiden zu können?« Kronberger atmete hörbar aus.

»Es mag für Sie vielleicht schwer nachvollziehbar sein, aber Moritz …, er legte immer schon großen Wert darauf, genau wie sein Bruder auszusehen. Florian war das gleichgültig.«

»Nach der Identifizierung sagten Sie so etwas wie ›das macht doch keinen Sinn‹. Für mich hört sich das, angesichts Moritz' Entführung, so an, als ob Sie eher ihn als Opfer erwartet hätten und nicht Florian. Haben die Entführer sich denn schon bei Ihnen gemeldet?«

»Darüber treffe ich keine Aussage«, zischte Kronberger verärgert.

»Wie haben Sie überhaupt erfahren, dass Moritz entführt worden ist?«

Kronberger ließ sich Zeit mit der Antwort. Zweifel wurde ungeduldig. »Herr Kronberger, Sie haben Ihren Sohn seit einer halben Ewigkeit nicht gesehen. Woher also wollen Sie wissen, dass Moritz entführt worden ist?«

»Herr Zweifel, meine Geduld ist langsam am Ende, ich …«

»Da sind wir schon zwei«, unterbrach ihn Zweifel rüde.

»Es ist vollkommen ausgeschlossen, dass die Polizei sich in diese Sache einmischt. Ich erwarte, dass dies befolgt wird.« Er machte eine kurze Pause. »Ich hätte es Ihnen nie sagen dürfen. Noch einmal: Moritz weiß, was er zu tun hat, wie er sich zu verhalten hat.« Zweifel hatte genug.

»Wer hat Ihnen gesagt, dass Moritz entführt wurde, mehr will ich doch nicht wissen, Herrgott nochmal!« Er war ziemlich laut geworden, ganz gegen seine Absicht. Für Melzick war klar, dass damit das Gespräch ein abruptes Ende haben würde.

»Florian hat es mir gesagt«, hörte sie Kronberger zu ihrer großen Überraschung sagen. »Am Samstagabend hat er mich angerufen.«

»Was genau hat er gesagt?«, fragte Zweifel. Kronberger ließ sich Zeit mit der Antwort.

»Er sagte: ›Es ist passiert. Moritz wurde entführt‹«

»Mehr nicht?«

»Auf ein solches Ereignis, ich sagte es bereits, waren wir alle vorbereitet, bestens vorbereitet.« Er räusperte sich energisch.

»Hören Sie, das muss reichen! Ich will darüber kein Wort mehr verlieren! Das Gespräch ist hiermit beendet. Ich rufe Sie morgen um 15 Uhr an. Sie kennen Ihre Aufgabe, Herr Zweifel. Im Übrigen werde ich an geeigneter Stelle Erkundigungen über Sie einziehen. Ich habe ja wohl schon erwähnt, dass Ihr Verhalten mir gegenüber Konsequenzen haben wird. Sie hören von mir.« Kronberger hatte aufgelegt.

Zweifel hielt den Hörer noch eine Weile in der Hand und klopfte leicht damit gegen seine Stirn.

Melzick wusste, dass jetzt Schweigen angesagt war, bis ihr Chef ansprechbar war. Nach etwa zwei Minuten legte er auf und schaute sie an, als würde er sie an diesem Tag zum ersten Mal sehen.

»Ist Ihnen was aufgefallen, Chef?«, fragte sie ihn und wirbelte mit den Fingern ihre Dreadlocks durcheinander.

»Sie haben 'ne neue Haarfarbe.«

»Quatsch! Besser als die geht ja gar nicht. Außer vielleicht – gar keine«, meinte sie mit einem prüfenden Blick auf seine Glatze.

»Spucken Sie schon aus, was Sie meinen, Melzick.«

»Ich komme mir allmählich immer mehr vor, wie in einem Film.« Zweifel stand auf und schnappte sich eine Thermoskanne, die auf seinem Schreibtisch stand. Er öffnete sie, roch vorsichtig daran und verzog angewidert das Gesicht.

»Muss von heute Morgen sein. Hat Lucy wohl vergessen. Reden Sie nur weiter, ich hol uns ein Wasser«, sagte er und ging nach draußen.

»Zuerst die Panik«, rief Melzick ihm hinterher, »ein filmreifes Chaos samt wunderbarer Rettung durch einen Bagger. Dann Florians Auftritt in der Sauna. Melchior und Lukas, die harmlosen Studenten in ihrer Glanzrolle. Schilling, der uns den großen Chef vorspielt, obwohl er für Kronberger keine Rolle mehr spielt. In einer Nebenrolle, was echt ein Witz ist, Doris Deh, seine Tippse. Und dann diese ganzen visuellen Effekte. Florian, der sich angeblich aus dem sonnigen Wien meldet. Das vertauschte Homevideo aus dem Parkhaus des Imperial, das muss ich mir ja noch zu Gemüte führen. Schließlich High Noon kurz nach neun an einer Autobahnraststätte. Ich bin gespannt, wie dieser Schwarzenberg seine Rolle anlegt, wenn Sie ihn morgen unter die Lupe nehmen.« Zweifel war mit zwei Gläsern und einer Flasche Mineralwasser zurückgekommen und schenkte beide voll.

»Also gut, Melzick, wenn Sie das alles vor Ihrem geistigen Auge ablaufen lassen, wer könnte der Regisseur des Dramas sein?« Melzick nippte nachdenklich an ihrem Glas. Dann stand sie auf, ging zum Fenster und schaute in den Abend hinaus.

»Ich seh' ihn vor mir, Chef«, sagte sie leise, »aber er hat seine Baseballmütze tief in die Stirn gezogen und 'ne große Sonnenbrille auf der Nase.«

»Mit anderen Worten, Sie haben keine Ahnung.«

»Doch die hab ich. Die ist aber so abwegig, dass ich sie vorerst für mich behalte.« Zweifel nickte und trank sein Glas aus.

»Machen wir Schluss für heute. Ich muss erstmal das Gespräch mit Kronberger verdauen. Sie denken morgen Vormittag an die Haarprobe der Kohler und horchen mal diese Doris Deh ein bisschen aus. Wenn Schilling eine Leiche im Keller haben sollte, dann hat sie bestimmt schon mal was gerochen.«

»Denken Sie an die Mozartkugeln, wenn Sie schon in Wien sind.«

»Ich werde an nichts anderes denken, Melzick. Sobald ich zurück bin, treffen wir uns. Ich ruf Sie an.«

»Aye aye, Käpt'n«, sagte sie und verschwand aus seinem Büro. Er stand noch eine Weile am Fenster, dann setzte er sich an seinen Schreibtisch. Er nahm einen Bleistift aus seiner Schublade und spielte damit herum, während er über das nachdachte, was Kronberger gesagt hatte. Moritz war entführt worden. Entsprach das den Tatsachen? So wie er Kronberger einschätzte, konnte er sich sehr gut vorstellen, dass der seine Söhne auf den Ernstfall vorbereitet hatte mit all seiner nüchternen, gründlichen Perfektion. Er ging davon aus, dass Moritz so reagierte, wie er es trainiert hatte. War das realistisch? Was hatten die Entführer mit ihm gemacht? Woher wusste Florian von der Entführung? Hatten die

Entführer sich mit ihm in Verbindung gesetzt? Hing sein Täuschungsmanöver vielleicht mit der Entführung zusammen? Was hatte er unternommen vor seinem Tod. Oder war ihm gleichgültig gewesen, was mit Moritz passierte? Zweifel grübelte geraume Zeit über diese Fragen nach. Denn natürlich war diese Entführung Sache der Polizei und musste von ihm aufgeklärt werden, ganz egal was Kronberger für Anweisungen erteilte.

Irgendwann streifte Zweifels Blick das Foto seiner Frau, das auf seinem Schreibtisch stand. Ihr Lächeln stach in sein Herz. So viele Jahre war sie schon tot. Er fragte sich zum hundertsten Mal, warum die Zeit bei ihm nicht wirkte. Warum heilte sie seine Wunde nicht?

Er stand abrupt auf, bevor der große schwarze Vogel näherkam. Ihn konnte er jetzt nicht gebrauchen. Er hatte genug zu tun. Das würde ihm helfen, ihn zu verscheuchen, so wie es meistens half.

Er nahm das Foto in die Hand, strich mit dem Zeigefinger über das hübsche, zweidimensionale Gesicht, schloss für einen Moment die Augen, dann stellte er es behutsam wieder hin und verließ sein Büro.

22. Kapitel

Am nächsten Morgen schreckte ein übles Geräusch Melzick aus dem Schlaf. Ein halbes Dutzend zwölfjähriger Hexen war dabei, die abgebrochenen Fingernägel an einer Schultafel glatt zu feilen, begleitet von einem infernalischen Knirschen, das durch Mark und Bein ging. Melzicks halbwacher Verstand vermutete wehrloses Metall, das bestialisch gequält wurde. Vollends irritiert war sie, als diese Lärmorgie urplötzlich von rhythmischen, wummernden Bässen untermalt wurde, deren Schallwellen unangenehm auf ihr noch schlafendes Zwerchfell trommelten.

Melzick verkroch sich unter ihre Decke, packte das Kopfkissen auf ihre Ohren und hielt die Luft an. Für dreißig Sekunden schien das Problem gelöst. Dann brach die Kakophonie erneut über sie herein. Das Tempo der Bassrhythmen hatte sich verdoppelt, sechzig Fingernägel waren dabei, Rillen in die Schultafel zu fräsen. Metallisches Knirschen wetteiferte mit bestialischem Kreischen.

An diesem Punkt beschloss Melzick, dass es sich um vorsätzliche Körperverletzung handelte. Sie warf einen wütenden Blick unter dem Kissen hervor auf ihren kleinen Reisewecker, der unter dem monströsen Bassgedröhn auf dem kleinen Tischchen neben ihrem Bett vor sich hin zitterte. Sieben Uhr!! Das war nicht nur Körperverletzung, das war ein Terroranschlag und Melzick ahnte bereits, wer die Terroristen waren.

Ihr stand das technische Equipment vor Augen, auf das sie gestern in Hennings Wohnung einen Blick hatte erhaschen können. Die Ähnlichkeit mit einem Tonstudio war unübersehbar gewesen und sie war heute Morgen auch unüberhörbar.

Melzick richtete sich mit einem Ruck auf und feuerte ihr Kissen mit Karacho an die Wand. Die frühmorgendliche Adrenalindusche hatte sie genau in die richtige Stimmung gebracht für eine Ansprache an ihre lieben Nachbarn. Sie sprang in ihre Jeans, warf sich ein rotes Sweatshirt über und verzichtete auf Schuhe und Socken. Sie riss ihre Wohnungstür auf und stürmte die Treppe hinunter. Einen ihrer Sportschuhe hatte sie in der rechten Hand. Sie hämmerte damit gegen Hennings Tür und zwar so lange, bis der Lärm abrupt aufhörte. Gleich darauf wurde die Tür schwungvoll geöffnet. Vor ihr stand Heike in einem rosa T-Shirt, das einem jungen Elefanten gepasst hätte. Ein paar Sekunden lang starrten sie sich wortlos wütend an. Melzick hielt immer noch den Sportschuh in der erhobenen Hand und bezwang ihren Reflex, einfach weiter zuzuschlagen. Heike fand zuerst Worte.

»So früh schon auf, Mädchen? Hast wohl 'ne schwache Blase?« Das war Melzick einfach zu blöd. Sie hielt Heike ihren Schuh unter die Nase. Die verzog das Gesicht und trat prompt einen Schritt zur Seite. Der Weg war frei. Melzick marschierte ohne zu zögern den Flur entlang bis zu der Tür, die gestern offen gestanden, jetzt aber geschlossen war. Sie klinkte sie auf.

»Heh!«, keifte Heike hinter ihr her, »das ist nicht das Klo, Kleine! Ich würd' mal sagen, du verpisst dich jetzt!« Melzick ignorierte sie. Sie stand in der offenen Tür zum Tonstudio und funkelte Henning an. Der saß in Jogginghosen, Schlabbershirt, mit einer Kingsize-Kaffeetasse in der linken Hand und gewaltigen Kopfhörern auf seinem Quadratschädel an einem Mischpult, vor sich die drei Monitore. Er schluckte einen großen Schluck Milchkaffee runter und schaute Melzick fragend an.

»Kann ich was für dich tun?«, fragte er. Melzick holte tief Luft. Dann ließ sie einen Urschrei los, der wohl noch den letzten Siebenschläfer im ganzen Haus senkrecht im Bett stehen ließ. Es hatte etwas Befreiendes. Melzick spürte, wie sie lockerer in den Schultern wurde.

»Spinnt die Bullentrulla jetzt komplett, oder was is los?«, grunzte Heike in ihrem Rücken. Melzick drehte sich zu ihr um und bemerkte erst jetzt, dass Heike ebenfalls einen überdimensionierten Kopfhörer in ihrer feisten Hand hatte.

»Hör nicht auf Heike«, sagte Henning, »die ist ein bisschen im Stress. Sie kommt mit ihrem neuen Song nicht weiter. Da darf man sie in ihrer Kreativi …«

»Soll das heißen, der rosa Elefant will Musik machen?«, fiel Melzick ihm ins Wort. Henning guckte beleidigt. Dann guckte er entsetzt. Melzick fuhr instinktiv herum und konnte Heike gerade noch ausweichen, die den rosa Elefanten nicht auf sich sitzen lassen wollte. Sie war mit einem Besen auf Melzick losgegangen. Was nun folgte, geschah ganz automatisch. Nicht umsonst war Melzick im Selbstverteidigungstraining die Jahrgangsbeste gewesen. Heike hatte nicht den Hauch einer Chance. Im Nu war sie krachend auf dem staubigen Teppichboden gelandet. Melzick hielt ihr den Besenstiel dicht unter die vor Wut und Überraschung schnaubende Nase. Henning war perplex.

»Das nächste Mal zeig ich dir, wie es richtig wehtun kann, liebe Heike.« Dann machte sie zwei Schritte auf Henning zu, der immer noch den Kopfhörer aufhatte und vor ihr zurückwich. Melzick warf ihm einen kühlen Blick zu und streifte dann seine technische Anlage und das Kabelgewirr auf dem Tisch. Sie griff zielsicher nach einem Kabel, das über dem Tischrand herunterhing und hielt ihm das Ende mit dem Stecker demonstrativ vor die Nase.

»Schon mal dran gedacht, das Ding hier einzustöpseln?«
Henning fluchte, als er merkte, dass es sein Kopfhörerkabel
war.

»Dein Lieblingsnilpferd hat's nicht so mit der
Harmonielehre. Ich vermute mal, dass ihr die Leute erst um
ihr Gehör und dann um den Verstand bringen wollt.« Auf
dem Boden rollte Heike sich ächzend auf die Seite und
versuchte aufzustehen. »Das ist dann aber vorsätzliche
Körperverletzung in Tateinheit mit schwerwiegender
Blödheit. Ich hab mir zwischenzeitlich 'ne Excel-Datei
gemacht, damit sich der Staatsanwalt leichter tut.« Henning
lief rot an.

»Jetzt mach aber mal halblang!«

»Mach ich ja! Für die volle Länge fehlt mir sowieso die Zeit
und die Geduld. Ihr habt demnächst einen netten und sehr
ausführlichen Brief von ganz oben zu erwarten. Du brauchst
nicht aufzustehen, Heike, ich find allein raus. Bleib einfach
liegen und rühr dich nicht. Ist am besten so für die Umwelt.«
In die plötzliche Stille hinein drangen empörte Rufe der
anderen Hausbewohner.

Melzick ging und ließ die beiden sprachlos zurück. Sie fand,
dass sie ihr Adrenalin sehr gut verarbeitet hatte.

Sie machte sich in aller Ruhe und bestens gelaunt einen
Obstteller flankiert von einer großen Schale Müsli.

Zwanzig Minuten später sprang sie im Treppenhaus an
erregt debattierenden Ohrenzeugen des morgendlichen
Terroranschlags vorbei und die Treppe hinunter und
schwang sich auf ihr Rad.

Als sie im Büro ankam, war Lucy schon da. Sie saß mit
verschränkten Armen hinter ihrem Schreibtisch und hing
ihren Gedanken nach.

»Was hast du mit deinen Haaren gemacht?«, fragte Melzick

anstelle einer Begrüßung. Lucy reagierte zeitverzögert, als ob man sie gerade erst geweckt hätte.

»Erst mal guten Morgen, Mel. Was willst du denn schon hier?«

»Mörder fangen. Die schlafen auch nicht lange.«

»Außer dir ist aber noch keiner da.«

»Dann können wir ja in Ruhe über gestern Abend quatschen. Hast du irgendwas zu berichten?« Um Zeit zu gewinnen, drehte sich Lucy auf Ihrem Bürostuhl herum, stand auf und fing an, umständlich mit der Kaffeemaschine zu hantieren. »Willst du Zeit gewinnen, Lucy?« Sie antwortete nicht. »Eine Minute hast du schon gewonnen, herzlichen Glückwunsch.«

Die Maschine gab ihre üblichen Geräusche von sich, das heißt, sie röchelte zufrieden vor sich hin. Lucy dagegen schwieg hartnäckig und holte zwei Tassen aus dem Regal.

»Hat der Reisser dich zum Schweigen verdonnert?«, versuchte es Melzick nicht minder hartnäckig. »Kann ich mir eigentlich nicht vorstellen. Oder hat er vielleicht gar nix gesagt? Das kann ich mir erst recht nicht vorstellen. Der ist doch so geschwätzig wie zehn alte Tanten, der kann doch bestimmt nicht für fünf Minuten …«

»Mel, du hast keine Ahnung«, unterbrach sie Lucy.

»Deswegen frag ich ja.« Lucy seufzte, aber sie sagte immer noch nichts. Melzick ließ nicht locker. »Der Kaffee braucht noch etwas. Also, was ist?«

»Du kannst ganz schön penetrant sein.«

»Weiß ich. Liegt am Beruf.«

»Was machst du denn, wenn ich die Aussage verweigern will?«

»Das glaub ich dir keine Sekunde. Du kannst es ja kaum abwarten.«

»Merkt man das so deutlich?«

»Als ob du ein Plakat hochhalten würdest, auf dem steht: ›Ich weiß was‹.« Lucy seufzte noch einmal, ging zur Kaffeemaschine, füllte die beiden Tassen, stellte Melzicks auf den Tresen und ließ sich mit ihrer in beiden Händen auf ihren Bürostuhl sinken. Laut schlürfte sie und leise sagte sie:

»Also gut.« Melzick schob ihre Tasse zur Seite und lehnte sich mit beiden Ellenbogen auf den Tresen. »Dieser Kerl hat geredet wie ein Hörbuch. Ich hätte eigentlich ein Tonband mitlaufen lassen sollen.«

»Mich interessiert hauptsächlich, ob er was über unsere Hauptdarsteller erzählt hat.«

»Über wen?« Melzick zählte an den Fingern ab:

»Kronberger Senior, Kronberger Junior, Schilling, Roman Bodenheim, Melchior Bodenheim, Donald Trump.« Lucy schüttelte den Kopf.

»Donald ist ihm zu langweilig.« Sie nahm einen weiteren Schluck Kaffee.

»Am meisten hat er über Schilling berichtet.«

»Echt jetzt? Das wundert mich aber ein kleines bisschen. Gibt es denn da so viel zu wissen?«

Lucy nickte und fing an, sich mit ihrem Bürostuhl hin und her zu drehen.

»Ein ehemaliger Mitarbeiter wollte Schilling einen Strick drehen und ging am Tag, als er entlassen wurde zur Presse.«

»Und ist bei Reisser gelandet?« Lucy nickte wieder und nahm noch einen großen Schluck.

»Schilling ist seit sechs Jahren Geschäftsführer in der Therme«, sagte sie. »Ich kann mir gut vorstellen, dass es in der Zwischenzeit mehr ehemalige als aktuelle Mitarbeiter gibt.«

»Ich hab ihn kennengelernt, Lucy.«

»Es gab in den letzten zwei Jahren vier Prozesse vor dem Arbeitsgericht. Die hat er alle gewonnen. Das lag aber nur an dem Spitzenanwalt, den der Kronberger geschickt hat, sagt Reisser.«

»Was hat man Schilling vorgeworfen?«

»Mobbing. Vom Feinsten. Konnte aber nicht nachgewiesen werden. Die Zeugen der Anklage sind allesamt umgefallen.«

»Warum wundert mich das nicht?«, sagte Melzick und griff nach ihrer Tasse. »Ich kann mich aber nicht erinnern, irgendwas darüber gelesen zu haben. Hatte dein Reisser womöglich 'ne Schreibhemmung?«

»Er ist nicht mein Reisser, Mel, merk dir das! Aber die Schreibhemmung gab's tatsächlich. Der Mitarbeiter, von dem ich gesprochen habe, hat sich den Anwalt gespart. Er wusste ja, wie die Prozesse ausgegangen waren. Stattdessen wollte er Schillings Verhalten an die große Glocke hängen. Reisser hat sich das angehört und ein bisschen recherchiert beim Arbeitsgericht. Aber der Redaktionsleiter wollte den Artikel nicht bringen, auch nicht der Chefredakteur und erst recht nicht der Herausgeber.«

»Mit welcher Begründung?«

»Langweiliges Thema, fehlendes öffentliches Interesse, die Behauptungen des Mitarbeiters seien unglaubwürdig, die Prozesse abgeschlossen und nicht mehr aktuell und so weiter und so weiter.«

»In Wahrheit steckt da doch der Kronberger dahinter.«

»Das hat der Reisser auch so gesehen.«

»Hat der eigentlich auch einen Vornamen?«

»Keine Ahnung«, sagte Lucy, »wir sind immer noch per Sie.«

»Das soll ich glauben?«

Lucy warf ihr einen scharfen Blick zu.

»Du scheinst mich nicht zu kennen, Mel. Ist mir ganz egal was du glaubst.« Melzick zuckte gleichmütig mit den Schultern.

»Also gut. Was hat der Reisser unternommen?«

»Der kennt Gott und die Welt und bei denen hat er sich auch umgehört. Schilling ist als Chef ein Ungeheuer. Aber er hat auch eine private Seite. Seine Frau hat sich übel von ihm scheiden lassen. Er spielt Karten um hohe Einsätze, die er sich gar nicht leisten kann. Er hat Schulden im sechsstelligen Bereich bei mehreren Banken, die allmählich nervös werden. Und er hat Schulden bei einigen Kredithaien. Aber die werden nicht nervös, die handeln.« Melzick stellte ihre leere Tasse auf den Tresen.

»Hat aber gute Quellen, der Reisser, was?«

»Ich glaub, den darf man auf keinen Fall unterschätzen. Der weiß, wie man an Informationen kommt, die topsecret sind.«

»Trotzdem ist er eine Plaudertasche, oder?«

»Das täuscht. Der sagt nur, was er sagen will. Ich glaub, der weiß noch viel mehr, vor allem auch über die Kronberger-Zwillinge.«

»Wie kommst du darauf?«

»Er hat so ein paar Andeutungen gemacht. Er kennt wohl ein paar Leute aus dem näheren Umfeld.«

»Ach was? Wen denn zum Beispiel?«

»Na, den Fahrer vom Kronberger zum Beispiel. Und mit dem Sekretär hatte er auch schon zu tun.«

»Was ist mit Schillings Sekretärin? Kennt er die auch?« Lucy schüttelte den Kopf.

»Nee, zu der hat er noch keinen Draht gelegt.« Melzick schaute auf ihre Uhr.

»Kennst du Doris Deh?«

»Wie kommst du jetzt auf die Nudel? Mit meiner Mutter

darf ich mir jeden Sonntagnachmittag die Filme von der reinziehen. Lebt die eigentlich noch? Die müsste jetzt eigentlich sogar älter sein als meine ...«

»Die arbeitet hier ganz in der Nähe und die werd' ich jetzt besuchen.« Lucy verschlug es die Sprache. Sie fand sie erst wieder, als Melzick sich schon längst auf ihr Bike geschwungen hatte.

»Wenn ich das meiner Mutter erzähle ...«

Doris Deh schrie. Die Nacht war schon eine Katastrophe gewesen, der Morgen grauenvoll, ihre Laune auf dem Tiefpunkt und jetzt auch noch das. Sie war Viertel nach acht in ihrem Büro angekommen, hatte Handtasche und Leinenblazer weggeräumt, sich einen Espresso gemacht, mit drei Schlucken getrunken und war, solchermaßen gestärkt, nebenan ins Büro des Chefs eingetreten, um ihm die Post auf den Tisch zu legen. Dort lag er bereits selbst. Es war offensichtlich, dass ihn die Post dieses Tages nicht die Bohne interessieren würde. Doris Deh schrie.

Melzick war gerade dabei, ihr Bike abzuschließen, als sie die Schreie hörte.

»Hört sich jetzt aber nicht nach Pink Floyd an«, dachte sie und rannte durch die Eingangstür hoch in den ersten Stock. Eine Putzfrau mit rotem Gesicht und weit aufgerissenen Augen kam ihr entgegen. Sie machte den Mund auf, aber es kam kein Wort heraus. Sie deutete mit beiden Armen auf die weit offenstehende Tür zum Büro von Lars Schilling. Von dort kamen die Schreie. Die Sekretärin war wie von Sinnen.

Mit ein paar Schritten war Melzick neben ihr und sah die Bescherung. Lars Schilling lag mit dem Oberkörper auf seinem Schreibtisch. Seine Arme lagen weit ausgebreitet auf den Papierunterlagen, sein Kopf ruhte auf der linken Seite, seine rechte Schläfe zierte ein kleines rundes Loch, seine Augen waren weit geöffnet. Über seine Wange lief ein schmaler, rötlichbrauner Streifen bis unter sein Kinn, von wo ein paar Tropfen ein leeres, gelbes Blatt Papier besudelt hatten. Geronnenes Blut.

Melzick erfasste die Situation blitzschnell. Sie packte die Sekretärin energisch an beiden Schultern, schob sie vom Schreibtisch weg und aus dem Raum hinaus. Sie stieß die Bürotür mit der Hüfte zu und bugsierte Doris Deh in ihr eigenes Büro. Dort drückte sie sie auf einen der Stühle. Sie hatte sich innerlich schon darauf vorbereitet, ihr eine Ohrfeige geben zu müssen, aber die Sekretärin war plötzlich fertig mit Schreien, jetzt wo sie ihren toten Chef nicht mehr unmittelbar vor Augen hatte.

Melzick schaute sich um. In der Tür stand die Putzfrau mit dem roten Gesicht und den großen Augen, immer noch sprachlos. Melzick sprach sie an.

»Betreten Sie bitte das Büro nicht, bleiben Sie draußen auf dem Flur und gehen Sie nicht weg. Ich bin von der Polizei.« Die Frau nickte und schien etwas erleichtert. Melzick schloss die Tür und kehrte zu Doris Deh zurück. Diese schluchzte ein paar Mal und schniefte. Melzick gab ihr ein Taschentuch. Sie nahm es in die Hand und zog die Nase hoch, während sie es auseinander und wieder zusammenfaltete.

»Ist er …, ist er wirklich …«, stammelte sie. Melzick musste daran denken, wie Schilling seine Sekretärin behandelt hatte und fand ihre Reaktion übertrieben. Aber sie wusste aus Erfahrung auch, dass manche Menschen, von der eigenen Unsterblichkeit überzeugt, aus allen Wolken fallen, wenn sie so direkt mit dem Tod konfrontiert werden. Es war wie ein Aufwachen, und Melzick fand in solchen Situationen selten die richtigen Worte.

»Der ist mausetot«, sagte sie so sanft wie möglich. Doris Deh zerknüllte das Taschentuch und schaute sie ungläubig an.

»Aber ich, ich bin doch, ich hab nicht, also ich hab überhaupt nichts gehört«, brachte sie stockend hervor.

»Da können Sie von Glück reden«, sagte Melzick trocken, holte ihr Smartphone hervor und versuchte, Zweifel zu erreichen, was nicht gelang. Sie machte zwei weitere Anrufe mit mehr Erfolg.

Danach schaute sie Doris Deh prüfend ins Gesicht. Die Sekretärin hatte sich so weit beruhigt, dass sie wieder einen klaren Gedanken fassen konnte.

»Hat er, ich meine, glauben Sie, es war Selbstmord?«

»Nein«, antwortete Melzick und trat an die kleine Kaffeeküche, um ein Glas Wasser zu holen. Doris Deh nahm das Glas dankbar entgegen, trank gierig, verschluckte sich und verschüttete etwas auf ihre Hose.

»Wie können Sie so sicher sein«, fragte sie und rieb mechanisch mit der Hand an den Flecken herum.

»Wo ist die Waffe?«, fragte Melzick zurück. »Und wo ist der Grund?«, dachte sie bei sich. Sie erinnerte sich daran, weshalb sie hergekommen war.

»Ach wie dumm von mir«, schniefte Doris Deh, »die müsste ja irgendwo liegen, neben seiner Hand oder so und außerdem«, sie hielt sich für einen Moment die Hand vor den Mund, »und außerdem würde er dann ja auch nicht so komisch mit den Armen auf dem Schreibtisch liegen, nicht?« Melzick nickte ihr zu.

»Vollkommen richtig. Können Sie sich vorstellen, wer das getan haben könnte?« Doris Deh riss die Augen auf.

»Wer, ich? Wie soll ich denn …, wie kommen Sie auf die Idee?«

»Na ja, Sie haben ja immerhin mit ihm zusammengearbeitet. Seit fast drei Jahren, wenn ich mich recht erinnere. Tag für Tag acht Stunden Tür an Tür oder vielleicht noch näher.« Kaum hatte sie den Satz ausgesprochen, bereute Melzick ihn schon. Aber Doris Deh reagiert überraschend abgeklärt.

»Tür an Tür war genug. Und ich war immer froh, wenn die Tür zu war.« Sie hielt ihr leeres Glas etwas ratlos in der Hand. Melzick nahm es ihr ab.

»Ich kann mir vorstellen, nach allem was ich bisher gehört habe, dass er nicht sehr beliebt war.« Doris Deh putzte sich geräuschvoll die Nase. Melzick deutete das als Zustimmung.

»Er war verheiratet, nicht wahr?«, wagte sie einen Schuss ins Blaue, obwohl sie die Wahrheit schon kannte. Doris Deh zuckte nur mit den Schultern. »Haben Sie seine Frau mal kennengelernt?«

»Die war nur einmal hier, mit dem Sohn. Es ist schon länger her und es muss am Tag ihrer Scheidung gewesen sein.«

»Wie kommen Sie darauf?«

»Es war nicht zu überhören, was sie ihm an den Kopf warf: ›Du hast gehört, was der Richter gesagt hat! Du zahlst bis du schwarz wirst! Und du lässt meinen Sohn in Ruhe!‹ ›Es ist auch mein Sohn‹, hat er geantwortet, und der Junge stand die ganze Zeit zwischen den beiden. Ich hab die Tür dann zugemacht. Ich wollte davon nichts mitkriegen. Sowas macht mich immer ganz fertig«, schniefte sie, »ist ja beinahe wie Krieg.« Melzick nickte. »Der Sohn ist vor ein paar Monaten noch einmal dagewesen, allein und mittlerweile erwachsen. Das Treffen lief aber viel ruhiger ab.«

»Sie haben also nicht mitgekriegt, worum es dabei ging?« Doris Deh schüttelte bedauernd den Kopf.

»Die haben sich eine halbe Stunde lang unterhalten und dann ist er wieder gegangen. Herr Schilling hat mich an dem

Tag früher nach Hause geschickt, das ist sonst nie vorgekommen.«

»Sind Ihnen noch andere Besucher aufgefallen?« Wieder zuckte sie mit den Schultern.

»Da muss ich nachdenken. Viel Besuch hat er nicht bekommen.« Melzick ging und füllte das Glas noch einmal mit Wasser. Nebenbei schaute sie kurz auf den Flur hinaus. Die Putzfrau saß dort auf einem Stuhl und schien ganz zufrieden mit der außerplanmäßigen Pause. Sie blätterte in einer alten Zeitschrift, die sie aus dem Papierkorb gefischt hatte und schaute Melzick fragend an. Diese gab ihr mit der Hand ein Zeichen, noch zu warten. Dann kehrte sie mit dem vollen Glas zu Doris Deh zurück.

»Haben Sie vielleicht eine Zigarette für mich?«, fragte diese und griff durstig nach dem Wasserglas.

»Ich hab nicht mal Feuer«, antwortete Melzick. Mit einem Ohr lauschte sie auf die Sirenen der Kollegen, die jeden Moment eintreffen mussten.

»Ist Ihnen jemand eingefallen?« Statt zu antworten, leerte Doris Deh das Glas in einem Zug und bekam prompt einen Schluckauf. Melzick zwang sich zur Geduld. »Frau Deh, gab es noch einen Besucher, an den Sie sich erinnern?« Sie schaute Melzick aus glasigen Augen an. Der Schluckauf wurde heftiger und unterbrach ihre Rede in unregelmäßigen Abständen.

»Hier oben ist – mir keiner speziell aufgefallen –. Aber – ich hab mal was – beobachtet unten auf dem Parkplatz – frühmorgens. Ich hatte – gerade die Post auf den Schreibtisch – gelegt. Da – seh' ich von dem Fenster da drüben – wie Schilling aus seinem – Auto aussteigt und – von drei Männern umringt wird. Hören – konnte ich nichts, aber die waren nicht – sehr freundlich, das konnte man deutlich sehen. Nach – ein paar Minuten ließen sie ihn stehen—, stiegen in ihr Auto und fuhren – davon. An dem Morgen war er besonders mies – drauf.«

Ganz allmählich machten sich Sirenen bemerkbar. Doris Deh schlug eine Hand vor den Mund.

Melzick stand auf. Die Sekretärin erhob sich ebenfalls und stand auf wackligen Beinen. Sie blickte stumm auf die Verbindungstür zum Büro Ihres toten Chefs. Der Schluckauf meldete sich ein letztes Mal.

23. Kapitel

Zweifel saß am Fenster und war eingenickt. Auf seinem Klapptisch lagen mehrere Notizblätter unter seiner rechten Hand, in der, zunehmend unsicherer, sein Kugelschreiber hing. In der Kabine war außer den üblichen Fluggeräuschen nicht viel zu hören. Die meisten Passagiere waren mit Lesen oder ihrem Smartphone oder mit Musikhören beschäftigt oder sie dösten vor sich hin. Der Junge, der neben Zweifel saß, war hellwach. Er reise allein, das sei er gewohnt. Mit seinen vierzehn Jahren habe er schon einige hunderttausend Flugkilometer gesammelt.

»Meine Schwester lebt in Australien, mein Vater in England. Ich habe gerade meinen Bruder in Wien besucht.« Mit all diesen Informationen hatte er Zweifel versorgt, nachdem sie fast gleichzeitig auf ihren Sitz gesunken waren. Der Junge hatte sofort einen Stapel loser Schreibblätter und einen Füller aus seinem Bordcase gefischt. Zweifel hatte aufgeatmet, schien ihm doch ein Gespräch mit einem redseligen Halbwüchsigen erspart zu bleiben. Tatsächlich hörte der Junge nicht einmal dann mit Schreiben auf, als die Flugbegleiterinnen das obligatorische Frühstück verteilten. Er ließ sich nur einen Becher Tomatensaft geben, in den er ohne hinzusehen reichlich Pfeffer und Salz streute. Mit einem raschen Seitenblick wünschte er Zweifel, der sein Frühstück mit einem wahren Heißhunger auspackte, einen guten Appetit.

Zweifel aß viel zu schnell und bekam Magenschmerzen, die er mit einem Becher Kaffee zu betäuben versuchte. Die ganze Zeit über ging ihm sein Gespräch mit Aron Schwarzenberg nicht aus dem Kopf. Er wurde das nagende Gefühl nicht los, irgendetwas vergessen zu haben. Verstohlen beobachtete er die linke Hand des Jungen, die unaufhörlich Wort um Wort notierte. Eine Erinnerung an seine Schulzeit blitzte auf. Deutschklausur, zehnte oder elfte Klasse. Während seine Nachbarn rechts und links von ihm vom Start weg pausenlos schrieben, hatte er nur auf sein leeres Blatt Papier gestarrt und war sich mit zunehmender Panik der Leere in seinem Kopf bewusst geworden.

Am liebsten hätte er seinen mustergültigen Mitschülern, die sorgsam darauf bedacht waren, ihm nur ja keinen Blick auf ihr Geschreibsel zu gewähren, die Stifte aus der Hand geschlagen. Seine Ausweglosigkeit in dieser Situation hatte ihn plötzlich zu seiner Überraschung ganz ruhig werden lassen. Damals hatte er zum ersten Mal seine innere Stärke gespürt, die ihn seither zuverlässig begleitete. Einfach mal zwei Schritte zurück machen, das Fernrohr umdrehen, das Ganze von oben betrachten, Zuschauer sein, unbeteiligt sein – dieses Verhaltensmuster hatte er seither immer wieder erfolgreich angewandt. Damals hatte er zwei Worte in großen Blockbuchstaben notiert und dem Oberstudienrat, der zeitunglesend hinter dem Pult saß, sein Blatt auf das Feuilleton gelegt. »Heute nicht«, lasen die amüsierten Augen des Deutschprofessors. Auf dem Nachhauseweg hatte sich Adam noch zu seinem Mut beglückwünscht. Als er in seinem Zimmer die Schultasche aufs Bett warf, war er sicher, eine Riesendummheit begangen zu haben. Doch weit gefehlt. Wie war noch der mit roter Tinte in gestochen scharfe Buchstaben gefasste Kommentar seines Deutschlehrers gewesen? »Verglichen mit den allermeisten Arbeiten, die zu lesen ich verdammt bin, ist Ihr Elaborat, was Kürze, Prägnanz und Klarheit der Gedankenführung angeht, einzigartig, und dies meine ich wörtlich — beim nächsten Mal wünsche ich eine ausführlichere Version.« Er hatte ihm eine Zwei dafür gegeben. Als er seinem Vater davon erzählt hatte, war dessen einziger Kommentar gewesen: »Ist doch eine angemessene Zensur für zwei Worte.« All das ging ihm durch den Kopf, während neben ihm emsig Seite um Seite mit einer unleserlichen und ungewöhnlich großen Handschrift gefüllt wurde. Es half nichts. Er musste sich dringend Notizen machen, um das Gespräch mit Schwarzenberg sinnvoll zu speichern. Auf dem Weg zum Flughafen hatte er keine Zeit dafür gefunden.

»Kann ich vielleicht zwei oder drei Blätter haben, bitte?«, fragte er den Jungen. Der zog wortlos ein paar Blätter unter seinem Stapel hervor und legte sie auf Zweifels Klapptisch, ohne ihn eines Blickes zu würdigen.

»Stift haben Sie?«, kam die Frage leicht genervt. Zweifel bedankte sich und nickte. »Gut«, sagte der Junge, dessen Stimme man anhörte, dass er ganz woanders war.

Nach kurzem Nachdenken begann auch Zweifel zu schreiben und bald schien seine rechte Hand sich einen Wettstreit mit der linken Hand seines Sitznachbarn zu liefern. Ab und zu hielt er inne, während er sich den Gesprächsverlauf in der Kanzlei Schwarzenberg in Erinnerung rief.

Aron Schwarzenberg war äußerst unangenehm überrascht gewesen von seinem frühen Besuch. Er war zwar seit sieben Uhr in seinem Büro, nutzte diese Tageszeit aber regelmäßig, um sich auf anstehende Gespräche vorzubereiten. Er hasste es, dabei gestört zu werden.

»Herr Kommissar! Ich fürchte, Sie haben den weiten Weg umsonst gemacht. Ich bin mitten in der Vorbereitung einer eminent wichtigen, geschäftlichen Besprechung.

»Ich kann warten«, hatte Zweifel seelenruhig geantwortet. Sie standen zwischen Tür und Angel. Schwarzenbergs

Sekretärin war hinter ihrem Schreibtisch hervorgekommen und wartete auf Anweisungen. Schwarzenbergs Gesicht hatte einen dunkleren Ton angenommen, während er fieberhaft überlegte, wie die Situation zu retten sei.

Zweifel hatte sich auf einen der mit dunkelrotem Samt gepolsterten Stühle gesetzt, die im breiten Flur der Kanzlei einladend gruppiert waren.

»Wirklich, Herr Zweifel, wenn Sie Ihr Kommen doch angekündigt hätten.«

»Ach, ich bin sicher, Sie finden irgendwo noch ein Viertelstündchen, das Sie mir schenken können.« Mit einem Blick auf die ratlos wirkende Sekretärin hatte er seine felsenfeste Absicht zu bleiben untermauert.

»Der Kaffee im Flugzeug ist praktisch ungenießbar. Sicher legen Sie, wie in allem, was Ihre Kanzlei betrifft, auch bei den Genussmitteln Wert auf höchste Qualität.« Die Sekretärin hatte Schwarzenberg einen fragenden Blick zugeworfen. Der hatte sich zu einem Entschluss durchgerungen.

»Gut, Herr Zweifel, wenn Sie mir versprechen, die Unterredung so kurz wie möglich zu gestalten …« Zweifel hatte beide Hände gehoben und entwaffnend gelächelt. Schwarzenberg gab nach.

»Bringen Sie uns Kaffee, Teresa. Keine Unterbrechungen, bitte.« Kurz darauf hatte Zweifel Aron Schwarzenberg in dessen weiträumigem Büro gegenübergesessen und ohne lange Umschweife schmerzhaft auf den Zahn gefühlt.

»Es wird Sie sicher interessieren, dass ich mit dem Concierge des Hotels Imperial gesprochen habe, Herr Schwarzenberg. Er war sehr kooperativ. Wir unterhielten uns unter anderem über einen Videofilm, der im Parkhaus des Hotels von einer Überwachungskamera aufgenommen worden ist. Es wird Sie sicher nicht überraschen, dass darauf der Porsche Cayenne zu sehen ist, mit dem Florian Kronberger in Wien war.« Schwarzenberg hatte sich nach dieser Eröffnung in seinem bequemen Stuhl zurückgelehnt und die Arme verschränkt. Er hatte sich geräuspert, es jedoch vorgezogen zu schweigen. Zweifel hatte sich ebenfalls zurückgelehnt und eine Pause eingelegt, während der er sein Gegenüber mit seinen dunklen Augen fixierte. Der Kampf war nicht von langer Dauer gewesen. Nach einem Blick auf seine Armbanduhr hatte Schwarzenberg sich bedächtig erhoben und war zu einem der bodentiefen Fenster gegangen, um nach draußen zu sehen.

»Ich bin doch einigermaßen überrascht über Ihre Vorgehensweise, Herr Kommissar. Wegen so einer Lappalie reisen Sie nach Wien?«

»Ist die Wahrheit eine Lappalie für Sie?«

»Die Antwort darauf kann ich mir wohl sparen.« Zweifel hatte sich kurzentschlossen für einen Frontalangriff entschieden.

»Warum gaben Sie dem Concierge den Auftrag, einen alten Überwachungsfilm an die Polizei weiterzuleiten?« Schwarzenberg hatte sich ruckartig zu dem Kommissar umgedreht. Im selben Moment war die Sekretärin mit dem Kaffee hereingekommen. Sie hatte das Silbertablett mit zwei antik wirkenden Tassen aus hauchdünnem Porzellan vor Zweifel auf den Tisch gestellt und wortlos den Raum verlassen. Schwarzenberg hatte sich nach kurzem Zögern wieder auf seinen Stuhl gesetzt und sie hatten gleichzeitig nach ihrer Tasse gegriffen.

Zweifel versuchte, sich an jedes Wort zu erinnern, das danach gefallen war. Er spürte, wie der Junge neben ihm kurz im Schreiben innehielt und neugierig herübersah, beachtete ihn aber nicht. Zu deutlich stand ihm Schwarzenbergs

Gesichtsausdruck vor Augen, als dieser sich zu einer Erklärung entschlossen hatte.

»Also gut, Herr Kommissar, ich will uns beiden Zeit ersparen, obwohl ich wirklich nicht einsehen kann, warum Sie dem Ganzen überhaupt eine Bedeutung zumessen.« Er hatte kurz an seiner Tasse genippt und sie in der Hand behalten, als er fortfuhr.

»Florian und ich waren Studienkollegen in Princeton. Aus dieser Zeit gibt es viele gemeinsame Erinnerungen. Nach der Promotionsfeier haben wir uns aus den Augen verloren. Sein Vater hatte ihn so sehr eingespannt, dass Florian für nichts anderes mehr Zeit fand. Vor ein paar Jahren trafen wir uns zufällig auf einem Kongress.«

»Florian hat Ihnen eine Immobilienbeteiligung vermittelt.«

»Ach, das wissen Sie bereits? Nun ja, wie dem auch sei, seitdem ist der Kontakt nicht mehr abgerissen, wobei wir uns persönlich erst vor ein paar Wochen wieder trafen.«

»Wann genau war das?« Schwarzenberg runzelte die Stirn, er liebte keine Unterbrechungen.

Auf der anderen Seite hielt er sich viel darauf zugute, seinen Terminkalender im Kopf zu haben und zwar über Monate hinweg.

»Am Sonntag, den 28. Juli«, antwortete er daher nach kurzer Überlegung und nahm einen weiteren Schluck aus seiner Tasse.

»Bei diesem Treffen äußerte er eine etwas kuriose Bitte. Er sagte: ›Hör zu, ich hab sonst niemanden, den ich fragen könnte. Ich brauche irgendwann in den nächsten Wochen eine Art Alibi, eigentlich was ganz Harmloses, aber du weißt ja wie mein Vater tickt. Ich werde, wenn es soweit ist, eine Suite im Imperial buchen. Da bin ich sowieso Stammgast, wenn ich in Wien bin. Es kommt darauf an, dass du ein geschäftliches Treffen mit mir dort vortäuschst. Den genauen Termin sag ich dir ein paar Tage vorher. Der steht noch nicht fest.«

Schwarzenberg stellte seine Tasse hin und schlug die Beine übereinander.

»Er hat mich letzte Woche am Freitag angerufen und gesagt: ›Es ist soweit. Sonntag, 25. August. Unser Treffen soll von 14 Uhr 30 bis 16 Uhr gehen. Ich habe die Suite bereits gebucht. Sprich bitte mit dem Concierge.‹ Und dann hat Florian mich gebeten, dem Concierge den Auftrag mit dem Überwachungsfilm zu geben.« Schwarzenberg machte eine Pause.

»Haben Sie ihn nicht nach dem Grund gefragt für dieses ganze Theater?«, fragte Zweifel.

»Er sagte, er müsse dringend für ein bis zwei Tage vom Radarschirm seines Vaters verschwinden. Er hatte früher schon mal erwähnt, wie weit der Kontrollwahn seines Vaters ging und machte noch ein paar Andeutungen darüber, die mir durchaus glaubhaft vorkamen. Außerdem habe er jemanden kennengelernt, doch auch das müsse streng geheim bleiben.«

»Sie haben ihm also geglaubt?«

»Das sagte ich ja gerade.«

»Und der Concierge?«

»War äußerst hilfsbereit. Es wurde alles wie geplant ausgeführt.«

»Aber Herr Schwarzenberg, das ist doch unglaubwürdig. Wenn Florian vom Radarschirm seines Vaters hätte verschwinden wollen, wie Sie behaupten, dann wäre doch der aktuelle Überwachungsfilm, auf dem ja dasselbe Fahrzeug zu sehen ist, vollkommen ausreichend gewesen. Warum dieser Aufwand? Warum sollte der alte Film an uns weitergeleitet werden? Das macht doch keinen Sinn.

Wie erklären Sie sich das?« Schwarzenberg hatte wortlos in seine Tasse gestiert und dazu geschwiegen.

»Wissen Sie, wo Florian an diesem Wochenende war?«

»Nein, aber er war nicht in Wien.«

»Haben Sie sich diesen Überwachungsfilm von dem Concierge zeigen lassen?«

»Nein, der hat mich nicht interessiert. Für mich war die Sache erledigt, als ich für Florian auscheckte. Aber mir ist immer noch nicht klar, was an diesem Film anders ist. Wie haben Sie erkannt, dass er nicht am letzten Wochenende aufgenommen worden sein kann?«

»Das wissen Sie wirklich nicht?«

»Ich sagte doch, dass ich ihn mir nicht angesehen habe. ›Mach dir darüber keine Gedanken‹, hatte Florian gemeint, ›es ist nichts Illegales. Es ist im Grunde genommen ein Spiel, ein Streich, den ich meinem Vater spiele‹.«

»Hat er das so ausgedrückt?« Schwarzenberg hatte genickt und Zweifel lange angesehen.

»Es scheint die Sonne.«

»Wie bitte?«

»Auf diesem Film sind eindeutig Sonnenstrahlen zu erkennen. Wie Sie selbst bestätigt haben, war die Sonne am Sonntag vielleicht in Florida, aber ganz bestimmt nicht in Wien. «

»Aber das verstehe ich nicht, Herr Kommissar.«

»Haben Sie danach nochmal mit ihm gesprochen?«

»Nein.«

»Was hat Florian Ihnen als Gegenleistung versprochen?«

»Es war ein Freundschaftsdienst unter Studienkollegen. Es stand außer Frage, dass ich ihm behilflich sein würde.«

»Was wurde eigentlich aus Ihrer Immobilienbeteiligung?«

»Ich verstehe nicht.«

»Herr Kronberger sagte, dass Florian eigens aus diesem Grund nach Wien gereist sei.«

»Aus welchem Grund?«

»Er sagte, die Schwarzenbergs wollten vorzeitig aussteigen und ihre Millioneneinlage zurück«, sagte Zweifel und beugte sich vor. »Es geht doch um Millionen, nicht wahr? Deswegen sei Florian damit beauftragt worden, Sie vom Gegenteil zu überzeugen. Als ehemaliger Kommilitone und weil er den Deal seinerzeit ja auch selbst eingefädelt hatte.«

Schwarzenberg war blass geworden.

»Aber davon kann ja gar keine Rede sein. Das stand nie zur Debatte. Wir haben keinerlei Veranlassung dazu.«

»Sie haben die sechs Millionen also nicht zurückerhalten?«

»Es sind vier Millionen, Herr Kommissar, wie kommen Sie auf sechs?«

»Oh, ich habe einfach mal geraten. Danke, dass Sie mir den Betrag bestätigt haben. Ist Ihnen klar, Herr Schwarzenberg, dass Florian seit seinem angeblichen Treffen mit Ihnen nicht mehr lebend gesehen worden ist? Seine Spur endet im Hotel Imperial.«

»Aber ich sagte doch, dass er gar nicht da war.«

»Bei unserem Telefonat haben Sie das Gegenteil behauptet.« Schwarzenberg hatte seine Tasse mit einem leichten Klirren abgestellt, war aufgestanden und hatte sich in den Schultern gestreckt.

»Ich kann mir nicht helfen, aber ich habe den Eindruck, dass Sie mir nicht glauben, Herr Zweifel. Das kann ich so nicht akzeptieren. Ich versichere Ihnen, dass ich keine andere Erklärung für das Verhalten von Florian habe, als die bereits erwähnte.«

»Dann fasse ich mal zusammen.« Zweifel hatte die Beine übereinandergeschlagen und an den Fingern aufgezählt.

»Erstens: Sie bestätigten mir telefonisch, wohlgemerkt nach einer reichlichen Denkpause, dass Sie sich am Sonntag, den 25. August von 14 Uhr 30 bis 16 Uhr mit Florian Kronberger im Hotel Imperial getroffen haben. Zweitens: Sie gaben dem Concierge den Auftrag, einen vier Wochen alten Überwachungsfilm, auf dem Florian mit seinem Porsche zu sehen ist, zu verwenden, falls es eine polizeiliche Anfrage gebe. Drittens: Sie geben im persönlichen Gespräch jetzt zu, gelogen zu haben, was das Treffen mit Florian angeht.«

Schwarzenberg hatte keine Reaktion gezeigt, als Zweifel eine Pause einlegte. Erst als er mit seiner Aufzählung fortgefahren war, hatte sich der Herr Justizrat an seinen Schreibtisch gesetzt und sein Telefon zu sich herangezogen.

»Viertens: Laut Herrn Kronberger ging es bei Ihrem Treffen mit Florian um eine Beteiligung in Millionenhöhe, die Sie zurückforderten. Fünftens:«

Zweifel hatte eine Pause gemacht und dabei zugesehen, wie Schwarzenberg eine vierstellige Nummer wählte.

»Sie streiten ab, diese Rückforderung gestellt zu haben.«

»Viktor, würdest du bitte in mein Büro kommen?«, war alles gewesen, was Schwarzenberg gesagt hatte, bevor er den Hörer wieder auflegte. Zweifel hatte seine Liste unbeirrt fortgeführt.

»Sechstens: Florian Kronberger wurde am Morgen nach Ihrem Treffen ermordet aufgefunden. Siebtens: …«

In diesem Moment war die Tür aufgegangen und ein grauhaariges Männlein von kaum einem Meter fünfzig Körpergröße war hereingehuscht. Zweifel konnte keinen anderen Ausdruck dafür finden.

»Dr. Somsa ist mein Justiziar, Kommissar. Viktor, das ist Kommissar Zweifel aus Deutschland.« Das Männlein hatte Zweifel gegenüber ein Nicken angedeutet und dann

Schwarzenberg einen fragenden Blick zugeworfen. »Unser Gespräch ist an einem Punkt angelangt, an dem ich ein Ausrufezeichen setzen muss«, hatte Schwarzenberg leise und in einem beinahe drohenden Tonfall vorgebracht,

»Hat der Kommissar sich nicht angemessen verhalten?«, hatte der kleine Dr. Somsa in einer ungewöhnlich tiefen Stimme, die so gar nicht zu seiner Erscheinung passen wollte, gefragt.

»Die übliche Methode«, war Schwarzenbergs Antwort gewesen, »zuerst waren es nur ein paar einfache Fragen und bevor wir noch unsere Tassen geleert haben, steht ein hässlicher Mordverdacht im Raum.«

Zweifel war fest eingeschlafen. Der Junge neben ihm hatte seinen Schreibmarathon beendet. Ein beachtlicher Stapel handbeschriebener Seiten lag fein säuberlich aufgeschichtet neben seinem Füller auf dem Klapptisch. Er hatte ohne hinzusehen gespürt, dass sein schweigsamer Nachbar mit der Glatze eingenickt sein musste. Ein Blick auf das Blatt mit Zweifels Notizen gab ihm Gewissheit. Mitten im letzten Wort flossen die Buchstaben in eine unregelmäßige Linie aus. Die Neugier des Jungen war geweckt. »Schwarzenberg lügt«, stand dort. »Klopfer informieren.« »Wann und wo hat Florian seinen Mörder getroffen?« »Wo ist Moritz?« »Verbindung Melchior – Florian? « »Konflikt Florian – Schwarzenberg.« »Melzick anrufen.« »Mozartkugeln.« Der Junge versuchte sich einen Reim zu machen. Besonders eine Notiz fesselte ihn. »Aktueller Film aus Wien – wer sitzt im Porsche?«, stand da, zweimal unterstrichen.

Er hatte sich ziemlich weit herübergebeugt und dabei Zweifels Ellenbogen berührt, der davon erwachte. Der Junge setzte sich sofort wieder gerade hin, aber er konnte Zweifel nicht täuschen. Der warf ihm einen prüfenden Blick zu.

»Ziemlich wirrer Text, was meinst du?«, fragte er ihn. Der Junge nickte, dann siegte seine Neugier.

»Sind Sie Drehbuchautor oder Regisseur oder so etwas?« Zweifel lächelte.

»Tja, das wäre mal was anderes. Als Drehbuchautor kannst du ganz allein bestimmen, was passiert. Alles liegt erst mal in einer Hand. Und du weißt jederzeit, welche Figur was getan hat und wo und wie und warum.« Er warf dem Jungen noch einen Blick zu. »Mein Job ist kniffliger. Ich weiß nichts und muss alles herausfinden.«

»Dann sind Sie ein Detektiv?« Zweifel nickte.

»Das heißt Sie müssen gut beobachten und kombinieren können.« Wieder nickte Zweifel. Der Junge schaute ihn an und grinste verwegen.

»Na, dann wissen Sie doch bestimmt, über was ich geschrieben habe«, sagte er und legte eine Hand auf seinen Schreibstapel.

Zweifel blickte auf seine eigenen Notizen. Er war nicht ganz fertig geworden. Mit dem Auftauchen des Dr. Viktor Somsa hatte das Gespräch mit Aron Schwarzenberg ein rasches Ende gefunden. Ihn beschlich das unbestimmte Gefühl, etwas Wichtiges noch nicht notiert zu haben. Eine Bemerkung, ein Ausdruck hatte sich in seiner Erinnerung ein gutes Versteck gesucht. Er wusste aus Erfahrung, dass Ablenkung effektiv sein konnte. Deswegen ging er auf das Fragespiel des Jungen ein.

»Ich weiß es nicht, aber ich will versuchen, methodisch vorzugehen. Du bist ein Linkshänder, das heißt ich habe so gut wie kein einziges Wort lesen können. Es sind sehr viele Worte und es sind sehr viele Seiten. Du hast geschrieben, ohne eine Pause zu machen. Du kommst gerade von einem Besuch bei deinem Bruder in Wien. Du bist viel unterwegs, um deine Familienmitglieder zu besuchen. Du hast deinen Vater erwähnt, der in England wohnt und deine Schwester in Australien. Für eine so kleine Familie wohnt ihr ziemlich weit auseinander.«

Zweifel machte eine Pause und malte mit seinem Kugelschreiber sinnlose Zeichen. »Deine Mutter hast du nicht erwähnt.« Wieder machte er eine Pause. »Du hast eine große Handschrift und du schreibst mit einem Füller.« Zweifel legte seine Hände gefaltet auf den Klapptisch. »Damit ist alles klar für mich.« Der Junge runzelte die Stirn und legte nun beide Hände auf seine Blätter.

»Da bin ich aber gespannt.«

»Du hast deinen Namen auf deinem Hemd stehen und auf deinem Bordcase. Das sieht mir schon sehr nach einer Mutter aus, die sich Gedanken um ihren Sohn macht. Und ihr Sohn denkt viel an seine Mutter. Aber ihr seht euch nicht oft, weil sie in Amerika lebt, im Reservat. Von ihr hast du den Füller und die amerikanische Schreibweise des Datums, das hab ich nämlich lesen können. Sie lebt im Reservat, weil sie eine Indianerin ist, eine Sioux. Daher dein Name. Dakota ist ein typisch indianischer Name. Sie hat sich von deinem Vater scheiden lassen, weil er es leid war, in einem Tipi zu leben und Bisons zu jagen, wo er doch Vegetarier ist. Du bist derjenige, der die Familie zusammenhält, indem er ständig von einem zum anderen reist. Das hast du deiner Mutter versprochen. Du hast ihr versprochen, dass du aufschreibst, was auf deinen Reisen passiert. Sie will es gar nicht so genau wissen. Du sollst es für dich aufschreiben.« Zweifel legte eine Denkpause ein. Der Junge starrte ihn mit offenem Mund an. »Deine Schwester hatte genug vom Streit deiner Eltern und wollte dem so weit wie möglich aus dem Weg gehen. Daher ist sie nach Australien gegangen und studiert dort, wie die

Aborigines mit Konflikten umgehen. Dein Bruder dagegen studiert in Wien Psychologie. Oder nein, das wäre zu naheliegend, nein, er hat eine Imbissbude auf der Donauinsel und füttert dich mit Crepes, wenn du ihn besuchst. Kein Wunder, dass du an Bord nur noch Tomatensaft runterkriegst. Dein Vater schließlich, hm, was ist wohl mit deinem Vater?«

Zweifel blickte auf den seltsam geformten Ring, den der Junge am rechten Zeigefinger trug. »Ah ja. Dein Vater hat sich in England, nicht weit von Stonehenge eine kleine Holzhütte gebaut und belästigt die Touristen dort mit selbst angebautem Gemüse, das er mit spirituellem Wasser behandelt.« Zweifel nickte vor sich hin. »Bei so einer Familie wird aus dem Brief an deine Mutter leicht ein Roman.«

Der Junge hatte seinen Mund wieder geschlossen. Bevor ihm eine Erwiderung einfiel, kam die Durchsage des Flugkapitäns, dass sie in zwanzig Minuten in München landen würden. Der Junge klopfte ein paar Mal mit den Fingern leicht auf die vollgeschriebenen Blätter. Dann drehte er sich zu Zweifel um und grinste.

»Sie sollten vielleicht doch als Drehbuchautor arbeiten. Als Detektiv sehe ich schwarz für Sie.« Zweifel rümpfte die Nase und schnalzte mit der Zunge.

»So was Ähnliches hab ich schon befürchtet. Lag ich denn total daneben?« Der Junge nickte.

»Sie haben mir anscheinend meine vielen tausend Flugkilometer geglaubt.«

»Du hast mich also angelogen?«

»Ich wusste ja nicht, dass Sie ein Detektiv sind. Merken Sie denn nicht, wenn die Leute Lügen erzählen?«

»Wenn sie wissen, dass sie lügen, dann schon, meistens jedenfalls. Aber wenn sie selbst die Unwahrheit für die

Wahrheit halten, wird es schwierig.« Der Junge runzelte die Stirn.

»Das sind dann aber keine Lügen, glaub ich, obwohl die Leute was Falsches sagen. Ganz schön kompliziert. Aber ich hab zum Beispiel gewusst, dass ich lüge und trotzdem haben Sie mir geglaubt.«

»Bist du da sicher?«

»Na klar. Die ganze verrückte Theorie über meine weit verstreute Familie, ich meine, das ist Ihnen doch nur deshalb eingefallen. Nur weil ich gesagt habe, dass ich so viel herumfliege.« Zweifel blickte nachdenklich den Gang entlang. Er kam ins Grübeln. Ohne es zu ahnen, hatte der Junge eine versteckte Schublade ins Zweifels Gedankenbüro geöffnet. Es war ein Satz, den Aron Schwarzenberg gesagt hatte. Zweifels Unterbewusstsein nagte hartnäckig an diesem Satz, wie ein Jagdhund an seinem Knochen. Aber es ließ für sein Bewusstsein nichts übrig. Es war wie verhext: Je länger er darüber nachdachte, desto weiter entfernten sich diese paar Worte aus seinem greifbaren Gedächtnis.

Er rümpfte die Nase, dann verabschiedete er sich von dem Jungen.

»Ich werde meiner Mutter von Ihnen berichten«, rief der ihm noch feixend über die Schulter zu.

24. Kapitel

Wenig später eilte Zweifel durch das Flughafenterminal eins und nahm die S-Bahn zum Hauptbahnhof. Ihm gegenüber saß ein braungebranntes, gutgelauntes Seniorenpaar. Sie grinsten ihn permanent an, was ihn so irritierte, dass er sich einen anderen Platz suchte. Er wählte Klopfers Nummer und machte sich auf ein mittleres Donnerwetter gefasst.

»Wer ist da bitte?«, hörte er die ruhige Stimme seines Chefs und ahnte, dass das Donnerwetter noch etwas größer ausfallen würde. Er hatte sich bereits mit seinem Namen gemeldet und Klopfer hatte ihn auch hundertprozentig verstanden. Es war das übliche Spielchen zu erwarten. Zweifel seufzte innerlich. Doch es war kein Spielchen, denn Klopfer erwischte ihn auf dem falschen Fuß.

»Sagt Ihnen der Name Lars Schilling etwas, Herr Kriminalhauptkommissar?«

»Das wissen Sie doch, Chef. Er ist einer meiner Hauptverdächtigen, vor allem seit klar ist, dass er sich mit Florian Kronberger ...« Klopfer unterbrach ihn ungeduldig.

»Sie werden sicher nochmal mit ihm reden wollen, denke ich?«

»Allerdings. Das habe ich mir unter anderem für heute vorgenommen.« Klopfer machte eine unheilvolle Pause.

»Dann schlage ich vor, Sie treffen sich mit ihm in der Pathologie. Er hat da ein Date mit Dr. Kälberer.« Zweifel stockte der Atem.

»Was soll das heißen?«

»Helfen Sie mir doch bitte mal, Herr Zweifel. Wenn ich mich recht erinnere, haben wir uns am Montag dieser Woche zuletzt gesehen.« Zweifel verdrehte die Augen. Klopfer konnte einem manchmal gehörig auf die Nerven gehen. »Ich hatte Sie gebeten, mir am Dienstag über Ihr Gespräch mit Kronberger zu berichten. Ich kann mich nicht daran erinnern, dass Sie gestern angerufen hätten. Stattdessen machen Sie eine Spritztour nach Wien. Über die Kosten werden wir uns noch zu unterhalten haben …«

»Was ist mit Schilling?«, Zweifel war der Geduldsfaden gerissen.

»Erschossen. In seinem Büro. Kollegin Melzick kam wohl gerade dazu, als er von seiner Sekretärin entdeckt wurde.« Beinahe wäre Zweifel ein Fluch herausgerutscht.

»Ich bin in knapp anderthalb Stunden da.«

»Ich kann es kaum erwarten. Vielleicht können Sie es einrichten, zuerst bei mir vorbeizukommen. Sie wissen noch, wo mein Büro ist?«

»Ich habs mir notiert, Chef. Außerdem bring ich auch ein paar Neuigkeiten von meiner Spritztour mit.«

»Mozartkugeln sind hoffentlich auch dabei«, sagte Klopfer und legte auf.

»Verdammt«, entfuhr es Zweifel so laut, dass eine ältere Dame mit strengen Zöpfen sich empört zu ihm umdrehte und unter hochgezogenen Augenbrauen anfunkelte.

»Wissen Sie zufällig, wo ich am Hauptbahnhof Mozartkugeln bekomme?«, fragte Zweifel sie. Offensichtlich hielt sie eine Antwort für überflüssig, rümpfte die Nase und drehte sich um. Zweifel wählte Melzicks Nummer, doch da meldete sich sein Handy in die Akkupause ab. Er steckte es weg und verkniff sich einen weiteren Fluch.

Die nächste halbe Stunde verbrachte er damit, sich darüber klarzuwerden, was Schillings Ermordung für ihre bisherigen Überlegungen bedeutete. Er starrte abwechselnd aus dem Fenster und auf die Zopffrisur der älteren Dame. »Kann ein Hinterkopf arrogant wirken?«, fragte er sich und wusste zugleich die Antwort. Als er sich erhob, um auszusteigen, bemerkte er das kleine Mädchen, das die ganze Zeit brav und unsichtbar neben der älteren Dame gesessen hatte. Sie schenkte ihm ein scheues Lächeln, als er ihr zuzwinkerte. Gleich darauf guckte sie wieder ernst geradeaus.

»Ist dieser Polizist endlich verschwunden?« Julius Schwarzenberg waren Ärger und Ungeduld mehr als deutlich anzumerken. Sein sonst eher blasser Teint hatte eine rötlich-violette, ungesund wirkende Färbung angenommen. Er saß in seinem Bürosessel vornübergebeugt mit beiden Unterarmen auf der massiven Ebenholzplatte seines gewaltigen Schreibtisches, der blankgefegt war von jeglichen Papieren und Utensilien. Einzig ein Miniaturobelisk aus schneeweißem Marmor stand in der vorderen linken Ecke. Die Vorhänge der riesigen Fenster waren zurückgezogen, so dass die Sonne keine Mühe hatte, den Obelisken mit einem schmalen Schatten zu verzieren. Sein Sohn Aron saß in einem unbequemen Sessel vor dem Schreibtisch und wollte, diese Unterredung wäre endlich vorbei. Auf die Frage seines Vaters nickte er stumm.

»Was halten Sie davon, Somsa?«, fragte der Senior der Kanzlei Schwarzenberg seinen Justiziar. Dr. Somsa, der auf dem zweiten Besuchersessel saß und sich darum bemühte, zu ignorieren, dass seine Füße in der Luft baumelten, ließ sich Zeit mit seiner Antwort.

»Unerfreuliche Sache. Darf nicht an die Öffentlichkeit dringen. Könnte Mandanten und Investoren verschrecken. Könnte uns einiges an Provision kosten. Könnte Schwierigkeiten mit den Behörden geben.«

»Könnte, könnte, könnte! Wenn ich das schon höre.« Schwarzenbergs Gesichtsfarbe erfuhr eine weitere

Verschlechterung. Er griff mit seiner schmalen, knochigen Hand nach dem Obelisken und stellte ihn energisch in die Mitte des Schreibtisches.

»Was ist aus unserer Beteiligung bei Kronberger geworden?«, fragte er seinen Sohn. »Bis wann kann ich mit dem Kapital rechnen?« Aron konnte den drohenden Unterton in der Stimme seines Vaters nicht überhören.

Dr. Somsa ließ sich nicht anmerken, dass er den Senior der Kanzlei noch nie so aufgewühlt erlebt hatte. Er stellte insgeheim Überlegungen an, wie er seine eigene Person aus dem drohenden Desaster heraushalten konnte.

»Bald. Ich habe mit Kronberger vereinbart, dass wir Ende des Monats unsere Einlage zurückbekommen. Abzüglich der damit verbundenen Kosten.«

»Das bedeutet, wir bekommen nicht die vollen vier Millionen?« Aron nickte. Sein Vater verfiel vorübergehend in Sarkasmus. »Fühlst du dich in der Lage, mir eine konkrete Zahl zu nennen, Aron?« Aron heftete seinen Blick an den kleinen weißen Obelisken, als wäre die Zahl dort eingemeißelt.

»Fünfhundert«, sagte er kurz und knapp. Sein Vater zeigte keine spürbare Reaktion. Er verharrte bewegungslos in seiner Position hinter dem imposanten Schreibtisch.

Dr. Somsas Augen ruhten unauffällig auf dem Gesicht seines Arbeitgebers. Mittlerweile stand sein Entschluss fest: Er würde dieses Haus so schnell wie möglich verlassen.

Eine Weile war kein Ton zu hören. Die Fenster waren schalldicht und durch die dick gepolsterte Doppeltür drang ohnehin kein Laut. Julius Schwarzenberg hätte also, von der Außenwelt unbemerkt, seinem Zorn freien Lauf lassen können. Doch das lag nicht in seiner Art. Nur wer sich selbst beherrscht, hat das Recht, über andere zu herrschen, das war einer seiner Leitsätze. Hinzu kam in seinem Alter die Erkenntnis, dass die Tage gezählt waren, dass er seine Kräfte einzuteilen hatte und jegliche Energieverschwendung sich rächen würde.

So atmete er im Stillen einige Male tief durch und überließ nicht Zorn und Enttäuschung, sondern Nüchternheit das Feld.

»Dreieinhalb Millionen also, bis Ultimo. Wird das reichen, Dr. Somsa?«

Er redete den winzigen Advokaten jetzt ganz bewusst mit seinem Titel an. Der hielt seine Füße still und konzentrierte sich blitzschnell auf seine Antwort.

»Die wichtigsten Kandidaten können wir damit vorerst ruhigstellen.« Er vermied absichtlich das Wort Gläubiger.

»Was verstehen Sie unter vorerst?«

»Dreißig Tage«, war die prompte Antwort. Julius Schwarzenberg fixierte ihn.

»Machen Sie vierzig Tage daraus!« Dr. Somsa hatte diese Replik vorhergesehen und geistesgegenwärtig mit einkalkuliert. Vierzig Tage würden für ihn kein Problem sein. Er sprang von seinem Stuhl.

»Das wird sehr schwierig«, sagte er stattdessen.

»Für die sehr schwierigen Angelegenheiten habe ich Sie rekrutiert, Dr. Somsa. Ich erwarte Ihre Bestätigung heute Abend.« Dr. Somsa verließ wortlos das Kontor.

Julius Schwarzenberg lehnte sich in seinem bequemen Sessel zurück. Sein Sohn hatte sich erhoben. Er hasste diesen Platz vor dem Schreibtisch. Er sehnte den Tag herbei, an dem er dahinter Platz nehmen würde.

»Ich bin noch nicht fertig«, sagte sein Vater. Aron blieb vor dem Tisch stehen. »Was ist das für eine Sache mit dem Kronberger? Was weißt du über den Mord?« Aron schwieg.

Er steckte die rechte Hand in die Tasche seines Jacketts und schlenderte zur Fensterfront.

»Florian hat mich um einen Gefallen gebeten. Den habe ich ihm erfüllt. Das ist alles.«

»Das glaube ich nicht. Da steckt doch mehr dahinter.«

»Glaub, was du willst.«

»Ich habe das Gespräch mit diesem Polizisten mitgehört. Der glaubt dir kein Wort, das dürfte dir klar sein. So wie ich den einschätze, lässt der nicht so bald locker. Das kann sehr unangenehm für uns werden. Das brauche ich dir wohl nicht zu erklären.« Beide dachten in diesem Moment an die Welle von Schadenersatzforderungen, die sich ihrer Kanzlei bedrohlich näherte.

»Mir will das nicht in den Kopf, Aron. Warum nur dieses ganze Theater mit dem vorgetäuschten Gesprächstermin? Und diese unsägliche Geschichte mit der Videoaufzeichnung. Da stimmt doch was nicht. Der Kronberger hat dich hereingelegt, so sieht das für mich aus.«

»Er ist umgebracht worden, Vater. Und ich habe rein gar nichts damit zu tun.« Er blickte demonstrativ auf seine Armbanduhr. »Ich hab jetzt einen Termin. Wir sehen uns heute Abend.«

Julius Schwarzenberg schüttelte langsam den Kopf, als sein Sohn das Büro verlassen hatte. Sein Blick blieb nachdenklich an dem kleinen weißen Obelisken hängen, der sich wie ein Mahnmal auf dem gewaltigen Schreibtisch ausmachte.

Als Aron Schwarzenberg kurz darauf in seine Limousine stieg, legte er beide Hände auf das Lenkrad, senkte den Kopf und schloss die Augen. »Der hat dich reingelegt.« Dieser Satz ging ihm nicht mehr aus dem Sinn.

»Hi Mel, wo ist der Kunde?«, fragte Penny Stock. Sie war mit ihren beiden Assistenten im Schlepptau eingetroffen. Melzick nahm sie in Doris Dehs Zimmer in Empfang. Die Sekretärin saß apathisch an ihrem Schreibtisch und zuckte zusammen, als sie Pennys laute Stimme vernahm. Melzick deutete mit dem Daumen auf Schillings Büro, dessen Tür sie geschlossen hatte, ohne Fingerabdrücke zu hinterlassen.

Penny und die zwei Jungs, wie sie sie nannte, legten ihre Arbeitskleidung an: Schneeweiße Overalls samt Latexhandschuhen.

Melzick öffnete die Tür. Penny war mit wenigen, vorsichtigen Schritten am Schreibtisch, wo sie Schillings letzte Arbeitshaltung begutachtete.

»Schönen guten Tag, der Herr«. Sie hatte sich angewöhnt, jeden ihrer »Kunden« so zu begrüßen, »denn es gibt keinen Grund, Toten gegenüber unfreundlich zu sein«, wie sie betonte. Dann begann sie systematisch mit ihrer peniblen Arbeit, während Melzick sich mit ihr unterhielt.

»Etwa zwanzig nach acht wurde er gefunden. Wie lange ist er tot, was meinst du, Penny?«

Die Leiterin der Spurensicherung schürzte ihre Lippen.

»Dazu müsste ich die Körpertemperatur messen. Vorläufig will ich aber seine Position nicht verändern. Wart einen Moment.« Sie holte aus ihrem Einsatzkoffer ein kleines Fläschchen samt Pipette hervor und träufelte vorsichtig eine Flüssigkeit in Schillings rechtes Auge. »Die Pupille reagiert noch. Demnach kann es höchstens fünf Stunden her sein.« Melzick schaute auf ihre Uhr.

»Also nach 4 Uhr heute Morgen?«, fragte Melzick. Penny nickte.

»Wo bleibt dein Chef?«, fragte sie und nahm jeden Fingernagel Schillings einzeln unter die Lupe.

»Ist unterwegs zu seinem Chef«, sagte Melzick. Lucy hatte ihr das berichtet, nachdem sie ihn unerklärlicherweise nicht hatte erreichen können. Penny war dabei, erst die rechte, dann die linke Hand Schillings auf Schmauchspuren zu untersuchen. Dazu tupfte sie Daumen- und Zeigefingerbereiche mit einem kleinen Schwamm ab. Die so gesicherten Partikel, wenn denn welche vorhanden waren, würden später unter dem Rasterelektronenmikroskop untersucht werden.

»Er wird sich zwar kaum erschossen und dann mit ausgebreiteten Armen auf seinen Schreibtisch gelegt haben. Aber in diese Position hätte ihn theoretisch auch jemand anders bringen können, der ihn vor uns gefunden hat.« Auf diese Idee war Melzick noch gar nicht gekommen.

»Klingt aber abwegig«, meinte sie.

»Mord ist immer abwegig.«

»Schon, aber wer findet denn einen, der sich erschossen hat und drapiert ihn dann über seinen Schreibtisch wie in einem schlechten Theaterstück?«

»Tja, das bleibt vorerst im Dunkeln.« Penny hatte ihre Untersuchung der toten Hände vorerst abgeschlossen und warf einen kritischen Blick auf ihre Jungs, von denen einer, mit Lupe und Pinzette bewaffnet, auf dem Boden herumrutschte, während der andere mit einer Digitalkamera einen Haufen Fotos machte.

»Apropos dunkel«, sagte Melzick und verschränkte ihre Arme, »hast du eigentlich schon mal die dunkle Materie probiert?« Penny blickte sie verständnislos an. »Einsteins Rübe«, ergänzte Melzick.

»Oh, das meinst du.« Penny schüttelte den Kopf und schnalzte mit der Zunge. »Vergiss diese komische Pflanze nicht«, sagte sie zu dem mit der Lupe.

»Ja, genau das meine ich«, sagte Melzick. Du hast mir ja den Tipp gegeben, also bin ich mit meinem Chef da hin.«

»Lass mich raten – ihr habt zu viel bezahlt?«

Melzick schüttelte den Kopf.

»Unwichtig, war sowieso 'ne Spesenrechnung.« Penny schaute sie aufmerksam von der Seite an.

»Sowas kriegt ihr bezahlt? Ich fass es nicht.«

»Jetzt lenk nicht ab. Erzähl mir lieber, was ich krieg, wenn ich so eine Schale dunkler Materie bestelle.«

»Tu das lieber nicht«, sagte Penny, ohne eine Miene zu verziehen, »das ist mein voller Ernst.« Melzick betrachtete stirnrunzelnd das Gesicht ihrer Freundin.

»Kann es sein, dass du mich gerade verarschen willst, Penny?«

»Auf die Idee bin ich noch gar nicht gekommen, außerdem hab ich dafür jetzt wirklich keine Zeit. Du siehst ja«, sie deutete mit der weiß behandschuhten Rechten auf den toten Herrn Schilling, »die Kundschaft wartet.«

Lucy legte gerade den Hörer auf, als Zweifel hereinstürmte. Er warf ihr sein Handy zu.

»Hallo Lucy, bitte aufladen«, rief er ihr im Vorbeigehen zu. Bevor er an Klopfers Tür klopfte fragte er: »Wie ist die Stimmung aktuell?« Lucy hatte sein Handy lässig mit der linken Hand aufgefangen.

»Aufgeladen«, war ihre Antwort. Zweifels Chef stand am Fenster seines Büros. Der Kommissar schloss die Tür hinter sich. Er wählte die Taktik der Überrumpelung, bevor Klopfer auch nur ein Wort sagen konnte.

»Wenn Sie es für richtig halten, Chef, dann können Sie den Fall einem anderen Kollegen übergeben. Ich hab wohl ein paar Fehler zu viel gemacht. Vielleicht sollte ich mich überhaupt nach einer anderen Tätigkeit umschauen. Die Empfehlung hab ich heute Morgen schon im Flugzeug bekommen. Das Ticket geht übrigens auf mich. Im Grunde genommen war es eher eine Vergnügungsreise, wobei ich den eigentlichen Zweck beinahe vergessen hätte. Zum Glück kriegt man am Hauptbahnhof fast alles.« Er zog eine Schachtel Mozartkugeln hervor und wedelte damit in der Luft herum. Sein Kalkül ging auf. Er hatte Klopfer so viele Köder hingeworfen, dass der zunächst nicht wusste, wonach er zuerst schnappen sollte. Sein Chef kniff die Augen zusammen, wobei sich eine steile Falte zwischen seinen schmalen Augenbrauen bildete. Er biss nach dem ersten Köder.

»Ich bin mir meiner Kompetenzen durchaus bewusst, Zweifel. Den Gefallen werde ich Ihnen nicht tun, Sie von diesem Fall abzuziehen.«

Zweifel setzte sich unaufgefordert und schlug die Beine übereinander.

Klopfer blieb erstmal am Fenster mit verschränkten Armen stehen und rekapitulierte, was sein Untergebener so alles von sich gegeben hatte.

»Bei Gelegenheit dürfen Sie mir eine Liste Ihrer Fehler zukommen lassen, für die Personalakte. Ich vermute mal, das da«, er deutete mit seinem Kinn kurz in Richtung der Schachtel mit Mozartkugeln, die Zweifel lässig auf den Glastisch geworfen hatte, »ist ein alberner Versuch der Wiedergutmachung.« Zweifel verzog keine Miene, als er antwortete.

»Wenn Sie das so sehen, Chef. Dann müssen Sie die Dinger aber mit Lucy teilen.«

»Fällt mir im Traum nicht ein. Was bringen Sie außerdem aus Wien mit?« Zweifel berichtete von seinem Gespräch mit

Aron Schwarzenberg und seinen nachfolgenden Überlegungen.

»Wir werden diese Kanzlei mal diskret unter die Lupe nehmen. Melzick hat ein großes Talent für so etwas.« Klopfer hatte kommentarlos zugehört und nickte zustimmend. Er ging dabei langsam vor seinem Fenster auf und ab.

»Kronberger hat seinen Sohn identifiziert, hörte ich. Wie hat er es aufgenommen?«

»Es hat seine arrogante Selbstsicherheit vorübergehend erschüttert. Was ihn aber nicht davon abgehalten hat, uns Anweisungen zu erteilen.«

»Welcher Art?«

»Um wieviel Uhr ich mich für seinen täglichen Anruf bereithalten soll, zum Beispiel.« Klopfer zog die Augenbrauen hoch.

»Er erwartet schnellstmögliche Ergebnisse und behält sich vor, beim Innenminister ein Wort für mich einzulegen. Ich fürchte nur, es wird kein Gutes sein.« Klopfer wedelte diesen Satz ungeduldig mit einer Hand beiseite. Er stellte seine Bürowanderung ein und setzte sich Zweifel gegenüber.

»Ach ja, eine weitere Anweisung lautet, dass wir uns auf gar keinen Fall in die Entführung seines Sohnes Moritz einmischen sollen. Er meinte, sein Sohn wisse ganz genau, was in einer solchen Situation zu tun sei. Er geht wohl davon aus, dass wir es nicht wissen.«

»Wovon reden Sie da, Zweifel? Was für eine Entführung?« Der Kommissar erklärte in kurzen Worten, was er über Moritz' Entführung von dessen Vater erfahren hatte. Klopfer hielt es nicht auf seinem Sitz.

»Da wird also der eine Sohn ermordet und der andere entführt«, sagte er, während er erneut betont langsam hin- und her lief. »Den Mord will er aufgeklärt haben, und zwar spätestens morgen, wohingegen die Entführung ganz allein Sache der Familie Kronberger ist.«

Zweifel nickte stumm, ohne seinen Chef bei dem sorgfältigen Aufbau eines gepflegten Wutanfalls zu stören.

»Zuwiderhandlungen haben ein Feedback des Innenministers zur Folge. Habe ich das alles richtig verstanden?«

Zweifel nickte abermals. Das war ein wunder Punkt Klopfers. Drohungen dieser Art ließen ihn jedes Mal mit den Hufen scharren und mit den Nüstern schnauben. Dieses Bild kam Zweifel in den Sinn. Als Comiczeichnung. Klopfer fasste einen Entschluss.

»Sie kümmern sich natürlich weiterhin um den Fall. Im Klartext: Sie klären die beiden Morde auf. Die Entführung, das brauche ich Ihnen nicht zu sagen, ist ein Schwerverbrechen und damit ebenfalls Ihre Sache. Um den Innenminister werde ich mich kümmern.«

Er war am Fenster stehengeblieben und starrte hinaus. Zweifel, der sich schon auf einen Ausbruch Klopfers vorbereitet hatte, war fast ein bisschen enttäuscht. Er stand ebenfalls auf. Klopfer sagte:

»Seltsam, finden Sie nicht?«

»Was meinen Sie, Chef?«

»Mord und Entführung bei Zwillingen. Wie leicht kann da eine Verwechslung passieren. Waren diese beiden sich sehr ähnlich? Ich meine äußerlich?« Zweifel stutzte über diese Frage. Er rief sich die Szene in der Pathologie in Erinnerung.

»Kronberger hat Florian identifiziert, indem er nach einer Narbe hinter dem Ohr tastete.« Klopfer drehte sich zu ihm um.

»Heißt das, dass er ihn gar nicht anders von Moritz unterscheiden konnte?« Zweifel nickte.

»Er war sich ganz sicher?«, fragte Klopfer.

»Die Erkenntnis, dass es Florian war, traf ihn wie ein Blitz.«
Klopfer schüttelte leicht den Kopf und setzte sich hinter
seinen Schreibtisch.

»Auf die Gefahr hin, mich zu wiederholen, Zweifel, halten
Sie mich gefälligst auf dem Laufenden. Und nehmen Sie die
Dinger mit. Marzipan rühr ich nur an Weihnachten an.«
Zweifel ersparte sich und seinem Chef die Antwort, die ihm
schon auf der Zunge lag, schnappte nach den Mozartkugeln
und rauschte aus dem Büro.

Lucy hing am Telefon und hatte sich auf ihrem Bürostuhl
mit dem Rücken zum Tresen gedreht. Als Zweifel die
Schachtel darauf fallen ließ, zuckte sie leicht zusammen.
Zweifel verstand nur einen halben Satz:

»... später nochmal an«, dann rotierte sie auf ihrem Stuhl in
die Ausgangsstellung und legte den Hörer auf.

»Wichtige Recherche, was Lucy? Absolut geheim, wie?« Sie
warf einen raschen Blick auf die Schachtel und setzte ein
unschuldiges Gesicht auf.

»Wussten Sie, dass Mozart nur 35 Jahre alt wurde?«, fragte
sie.

»Was wollen Sie damit andeuten?«

»Jack London wurde gerade mal vierzig.«

»Trainieren Sie jetzt für ›Wer wird Millionär‹?«

»Ich tu was für meine Allgemeinbildung.«

»Auf Anweisung von Herrn Klopfer oder auf Empfehlung
von Herrn Reisser?« Lucy reckte ihre drei Kinne.

»Von Herrn Reisser nehme ich keine Empfehlungen
entgegen.« Zweifel legte beide Ellbogen auf den Tresen und
schob dabei die Mozartkugeln zur Seite.

»Höre ich da einen gewissen Ärger heraus, Lucy?« Sie lehnte
sich in ihrem Stuhl zurück und verschränkte die Arme.

»Kein Kommentar, Herr Kommissar.«

»Schön, dann kann ich die ja wieder mitnehmen«, sagte Zweifel und griff nach der Schachtel. Lucy seufzte und setzte sich gerade hin.

»Das halte ich für keine so gute Idee, wo die Schachtel so 'ne weite Reise hinter sich hat.«

»Äh ja, um ehrlich zu sein, so weit war die Reise gar nicht.«

»Soll heißen?«

»Die sind vom Münchner Hauptbahnhof.«

»Darüber kann ich hinwegsehen.«

»Soll heißen?«

»Ich kümmere mich gern um ihre Entsorgung. Also die Sorge nehme ich Ihnen gerne ab.«

»Vielen Dank. Apropos Sorge – was macht denn mein Handy?« Lucy warf einen suchenden Blick auf ihren Schreibtisch und begann, zunehmend hektischer, darauf herumzuwühlen.

»Habs gleich, Herr Kommissar, das ist gut aufgehoben bei mir, das geht nicht verloren, ist ja schließlich kein Bermudadreieck hier, apropos Bermuda, da wollt' ich noch was googeln, was war es denn, wo war es denn, wann hab ich es denn zuletzt …?«, so murmelte sie unablässig vor sich hin, während ihre dicken Finger diverse Ordner, Locher, Kalender, Teller, einen Löffel samt Tasse sowie unzählige lose Blätter durcheinanderschoben. Zweifel schaute sich das stirnrunzelnd mit an.

»Ha!«, rief sie schließlich triumphierend und hielt sein Smartphone stolz in die Höhe, »zu 67 Prozent geladen! Dabei fällt mir ein, Herr Kronberger hat angerufen und wollte Sie sprechen.« Zweifel griff nach dem Handy und hätte es beinahe fallengelassen.

»Wieso das denn? Er wollte doch erst heute Nachmittag anrufen.«

»Er rief aber gerade eben bei mir an, als Sie beim Chef waren. Hat sich ganz anders angehört, als ich ihn mir vorgestellt habe. Irgendwie ratlos.«

»Warum hat er nicht auf dem hier angerufen?« Er hielt sein Handy hoch. »Und ratlos? Das passt nun wirklich überhaupt nicht zu ihm. Kann ich ihn zurückrufen?«

Lucy schüttelte den Kopf.

»Nee, er versucht's nochmal, hat er gesagt«, erwiderte sie und rückte ein paar Locher von links nach rechts.

»Ich bin jetzt aber auf dem Weg zum toten Schilling, Lucy. Wenn er wieder anruft, geben Sie ihm nochmal meine Handynummer durch.«

»Ich dachte, die soll ich …« Sie wurde vom Läuten ihres Telefons unterbrochen. »Ach, Herr Kronberger, das trifft sich gut, er steht gerade neben mir.« Zweifel nahm den Hörer.

»Zweifel hier, Herr Kronberger. Hatten wir nicht eine andere Uhrzeit vereinbart?«

»Ich weiß nicht, wovon Sie reden, Herr Zweifel«, sagte eine Stimme, die der Kommissar nicht kannte. »Ich bin Moritz Kronberger und ich habe noch nie mit Ihnen gesprochen.«

25. Kapitel

»Na endlich, Chef«, sagte Melzick und warf Penny einen Blick zu. Zweifel begrüßte die Leiterin der Spurensicherung und nickte ihren beiden Assistenten kurz zu.

»Was gibt's Neues, Melzick?«

»Fragen Sie Penny.« Sie befanden sich alle im Büro von Schillings Sekretärin. Melzick hatte sie nach Hause geschickt. Auch die Putzfrau, deren Vernehmung schnell erledigt war. Penny hatte sich ihres weißen Overalls bereits entledigt und war dabei, die Fotos auf dem Display der Digitalkamera zu begutachten. Sie legte die Kamera weg und ging Zweifel voraus in Schillings Büro.

»Er wird gleich abgeholt, sie kommen gerade noch rechtzeitig, Herr Kommissar.« Zweifel ging hinüber zum Schreibtisch. Es versetzte ihm jedes Mal einen Stich, ein Mordopfer aus der Nähe zu betrachten, besonders wenn er den Menschen, und sei es noch so flüchtig, gekannt hatte.

»Wann ist das passiert?«, fragte er.

»Irgendwann heute Morgen zwischen vier Uhr und acht Uhr 15«, seufzte Melzick. »Also eine Uhrzeit, wo praktisch jedermanns Alibi lautet: Ich war im Bett.«

»Ja, und die Glücklichen unter uns haben Zeugen dafür«, seufzte Penny. Alle drei vermieden direkten Blickkontakt. Sie wussten, dass sie nicht zu den Glücklichen gehörten.

»Selbstmord scheidet wohl aus«, sagte Zweifel.

»So gut wie«, antwortete Penny. Sie war an der Tür stehengeblieben. Zweifel schaute sich rasch in dem Büro um.

»Wo ist sein Laptop?«, fragte er.

»Seine Sekretärin konnte nichts dazu sagen, außer dass er ein sehr teures Gerät benutzt hat«, antwortete Melzick.

»Irgendwelche Notizen, Papiere, zerknüllte Zettel?«

»Im Papierkorb war nichts. Auf dem Schreibtisch ein leeres Blatt Papier. In den Schubladen nur Geschäftliches. Auch in dem Schrank da drüben, lauter langweiliges Zeug.« Pennys Tonfall ließ ihn hellhörig werden.

»Aber Sie haben woanders was entdeckt, hab ich Recht?« Pennys Gesicht blieb ausdruckslos. Sie verließ ihren Platz an der Tür und durchquerte den Raum, bis sie vor der großen Agave stand, direkt neben dem bodentiefen Fenster.

»Ich kann diese Pflanzen nicht ausstehen«, sagte sie. »Die wirken auf mich immer aggressiv, giftig, gefährlich.«

»Die gehören in die Wüste und nicht in ein Büro, wollen Sie damit sagen«, meinte Zweifel.

»Penny hat es grundsätzlich nicht so mit Gemüse«, warf Melzick ein.

»Vielen Dank für die Wortmeldung«, gab Penny zurück.

»Was haben Sie denn gefunden außer dieser ungenießbaren Botanik?«, wollte Zweifel wissen. Penny winkte ihn näher heran.

»Werfen Sie mal einen Blick darauf. Von unten. Sie müssen schon in die Knie gehen.« Zweifel gehorchte, was Melzick amüsiert beobachtete. Er rutschte auf allen Vieren an den riesigen Kübel mit der Hydrokultur heran, in dem die Agave ihr Unwesen trieb. »Was entdeckt?«, fragte Penny. Zweifel legte sich auf dem Boden auf die Seite, weil das für einen Mann seiner Größe bequemer war.

»Geben Sie mir einen Tipp«, sagte er.

»Lassen Sie sich Zeit«, sagte Penny und warf Melzick einen Blick zu. Hin- und hergerissen zwischen dem Impuls, einfach aufzustehen und sich nicht länger lächerlich zu machen einerseits und seiner ewigen Neugier, versteckte Dinge zu finden andererseits, ließ er sich, innerlich seufzend, auf den Rücken rollen und schob sich auf dem glatten Boden noch näher heran, so dass er die Pflanze von unten absuchen konnte. Nach knapp einer Minute, während der sich Penny und Melzick ebenso still verhielten wie Schilling, stellte Zweifel fest:

»Da stehen Zahlen. Zweistellige Zahlen. Oder nein, das kann man nicht so genau sagen. Es sind jedenfalls, einen Moment, genau, es sind zehn Ziffern. Alle spiegelverkehrt.« Er beugte sich unter der Pflanze hervor. »Muss ich mir die alle merken, oder haben Sie sie aufgeschrieben?« Penny nickte anerkennend.

»Respekt. Die sind nicht leicht zu finden. Natürlich hab ich sie notiert.« Zweifel setzte sich auf.

»Die sind wahrscheinlich mit einem Filzstift da hingeschrieben worden«, meinte er.

»Das vermute ich auch. Die Frage ist nur …« Zweifel stand schwungvoll auf und fiel ihr ins Wort.

»… wer war's und warum? Diese Fragen stelle ich mir seit mehr als 20 Jahren.«

»Wir haben bereits 'ne Antwort, Chef«, sagte Melzick.

»Lassen Sie mich raten«, erwiderte er und klopfte seine Hose ab. »Es ist ein Zahlencode. Und den braucht man«, er nickte kurz, »ja, den braucht man für einen Safe zum Beispiel. Sie werden mir gleich sagen, dass Sie ihn gefunden haben. Oder muss ich dazu vielleicht auf eine Leiter klettern und die Decke absuchen?« Penny war verblüfft.

»Sie sollten Detektiv werden.«

»Da hab ich heute schon was anderes gehört.«

»Penny hat Recht, Chef. Ihre Idee mit der Decke ist gar nicht so schlecht. Wir haben zu viert überall gesucht, aber an die Decke hat keiner von uns gedacht.«

Aus dem Flur drangen Geräusche. Schillings Eskorte war gekommen. Während die zwei Männer seinen Leichnam routiniert einpackten und nach draußen verfrachteten, standen Penny, Melzick und Zweifel um die Agave herum und unterhielten sich gedämpft über seine Ermordung. Penny hatte ihre Assistenten damit beauftragt, eine Leiter zu besorgen.

»Wir haben die Ziffern fotografiert«, sagte Penny. Für einen richtig guten Schriftvergleich taugen die Aufnahmen aber nicht viel.«

»Den brauchen wir nicht«, sagte Zweifel. »Die hat Schilling dort notiert, sagt mir meine Intuition.«

»Und was sagt deine Intuition, Mel?«

Melzick kratzte sich nachdenklich am Kopf.

»Drei Dinge. Erstens: Er hat was Lebenswichtiges in seinem Safe versteckt. Zweitens: Er wollte den Code nirgendwo speichern, wo er geknackt werden konnte. Laptop und Handy waren also tabu. Da wir diese nicht gefunden haben, gehe ich davon aus, dass der Mörder oder die Mörder beides mitgenommen haben. Schilling hat in dem Fall also eine kluge Entscheidung getroffen. Drittens: Er konnte sich keine Zahlen merken. Und er war zu faul, sich jedes Mal, wenn er sie brauchte, auf den Boden zu legen. Er hat sie so notiert, dass er nur einen Taschenspiegel drunter zu halten brauchte.«

»Warum hat er den Code nicht irgendwo bei sich zuhause versteckt?«, fragte Penny.

»Vielleicht hat er keine Agave.«

»Sehr witzig, Mel.«

»Jedenfalls hat er privat jede Menge Probleme gehabt. Lucy hat mir da einiges erzählen können.«

Melzick berichtete von Reissers aufschlussreichen Recherchen und von dem Wenigen, was Doris Deh ihr über Schilling erzählt hatte.

»Bei der Wahl seiner Kreditgeber war er demnach unkritisch, was deren Ruf und vor allem deren Zinssätze angeht. In diesem Metier ist man nicht zimperlich, wenn es darum geht, Ratenrückstände einzutreiben«, sagte Zweifel. Melzick nickte.

»Dazu passt, dass seine Sekretärin beobachtet hat, wie er eines Morgens von drei sehr unfreundlich wirkenden Herren belagert worden ist. Aber was hat das alles mit Florian Kronberger zu tun?«, fragte Melzick.

»Bisher wissen wir nur von der Videoaufzeichnung in dieser Raststätte Samstagnacht. Sie sollten sich das noch ansehen, Melzick. In meinem Büro. Auch die Aufnahmen aus dem Parkhaus in Wien. Vielleicht fällt Ihnen etwas auf, was Lucy und mir entgangen ist.« Die beiden Assistenten Pennys kamen mit der Leiter. Nach einer halben Stunde intensiven Suchens und Abklopfens und nachdem sämtliche Lampen abmontiert waren, stellte sich heraus, dass Zweifel mit seiner Idee falsch gelegen hatte. Penny verabschiedete sich und verschwand samt Leiter und ihren Jungs.

»Übrigens«, sagte sie und kam nochmal zurück, »wenn Sie den Safe gefunden haben, rufen Sie mich bitte an. Ich wäre gern mit dabei, wenn Sie den Zahlencode ausprobieren. Und wenn mir was einfällt, rufe ich Sie an.« Dann war sie endgültig weg.

»Na ja«, meinte Melzick, »es kann ja auch 'ne Telefonnummer sein oder ein Schweizer Nummernkonto oder seine Lieblingszahlen beim Roulette.«

»Die hätte er aber bestimmt auswendig gewusst, meinen Sie nicht? Wie hat Penny die Zahlen überhaupt entdeckt?«

»Einer ihrer Jungs hat auf dem Boden einen kaputten Spiegel gefunden, nicht weit von der Pflanze entfernt.«

»Halten Sie das für einen Zufall?«

»Weiß nicht. Wenn es kein Zufall war, war es Absicht. Die Frage ist dann aber: Wessen Absicht? Darüber muss ich noch nachdenken. Wie war eigentlich Ihr Date mit Mozart?« Zweifel brachte Melzick auf den neuesten Stand, was seinen Wienbesuch betraf.

»Dieser Dr. Somsa kam leider genau im falschen Augenblick.«

»Wir müssen noch mehr über die Schwarzenberg-Kanzlei herausfinden, Chef. Was der Ihnen erzählt hat, ist doch ein Witz. Das ist was für mich.«

»Vergessen Sie die Videos nicht. Wenn Sie sich beeilen, sind vielleicht noch ein paar von den Mozartkugeln übrig.«

»Da hab ich wenig Hoffnung. Übrigens – bei Ihrer Turnübung vorhin haben Sie Ihr Handy verloren.« Zweifel ging und bückte sich danach. Melzick war fast schon aus der Tür, als ihm noch etwas einfiel.

»Ach Melzick, das Neueste haben Sie ja noch gar nicht mitbekommen.«

»Klopfer geht in Ruhestand.«

»Nein, Kronberger hat angerufen.«

»Na ja, das war doch zu erwarten.«

»Nicht unbedingt. Es ist nämlich Moritz Kronberger, der angerufen hat.«

Lucy war ganz in die Lektüre eines Internetartikels vertieft, in dem es um moderne Arbeitsplatzorganisation ging.

»Wie soll das denn funktionieren?«, murmelte sie, »der hat doch keine Ahnung, wie das hier zugeht.« Sie schüttelte empört den Kopf und schob sich eine weitere Mozartkugel in den Mund.

»Die sind echt gut, die kenn ich«, sagte eine etwas unsichere, junge Männerstimme. Erst jetzt bemerkte sie den Besucher, der sich vor ihren Tresen getraut hatte. Sie schaute ihn mit vollem Mund fragend an. »Ähm, ja, ich bin Lukas Freun. Ist Frau Zick da?« Lucy verschluckte sich und bekam keine Luft mehr. Sie gab Töne von sich, als sei sie kurz vor dem Ersticken. Ihr Gesicht lief rot an, Tränen schossen in ihre Augen. Lukas Freun zögerte nicht lange. Lucy war aufgestanden und stützte sich mit beiden Händen auf dem Schreibtisch ab. Ihr keuchender Husten hörte sich gemeingefährlich an.

Lukas war um die Theke herumgegangen und schlug ihr mit der flachen Hand fünf Mal kräftig genau zwischen die Schulterblätter. Lucy riss vor Schreck beide Arme hoch. Es wirkte. Sie sog pfeifend die Luft ein und schnaufte wie ein Walross.

»Geht's wieder?«, fragte Lukas. Sie nickte erschöpft und ließ sich auf ihren Stuhl sinken. Lukas lächelte sie unsicher an. »Ich wollte sie wirklich nicht erschrecken.« Lucy winkte ab.

»Mozart ist schuld«, japste sie.

»Wie bitte?«

»Vergessen Sie's.« Ihr Blick blieb einen oder zwei Momente an der rotgoldenen Schachtel auf ihrem Schreibtisch haften. Zwei Schokoladenmarzipankugeln waren noch übrig. Sie würde die Finger davon lassen. Wenigstens für heute. Oder zumindest bis heute Abend. Lukas Stimme riss sie aus ihren Überlegungen.

»Also, diese Frau Zick war bei mir zuhause. Vorgestern. Sie hat uns wegen dieser Sache in der Therme sprechen wollen.«

»Wer ist uns?«

»Melchior war auch da. Melchior Bodenheim.« Er machte eine Pause und suchte nach den richtigen Worten, wobei er seinen rechten Daumen an die Stirn presste. Lucy schaute ihn fragend an. »Ich muss nochmal mit ihr reden. Ich hab nachgedacht und ich muss nochmal mit ihr reden«, sagte er und nickte, als wolle er sich selbst Mut machen. Lucy griff zum Hörer.

Melzick war etwa eine halbe Stunde davor angekommen und hatte sich gleich in Zweifels Büro verzogen. Wie jedes Mal, wenn sie in diesem Raum war, der eher einem Wohnzimmer glich, bewunderte sie die penible Ordnung, die hier herrschte. Es war nicht so, dass nichts herumlag, aber was herumlag oder herumstand schien genau am richtigen Ort zu sein.

Sie blieb vor seinem Schreibtisch stehen und warf einen langen Blick auf das Foto seiner Frau. Sie war vor vielen Jahren bei einem Banküberfall auf schreckliche Weise ums Leben gekommen. Die langen blonden Haare, das fröhliche, selbstbewusste Lächeln – auf Melzick wirkte ihr Gesicht so vertraut und sympathisch, als wären sie miteinander befreundet gewesen.

Außer einem schmalen blauen Aktenordner und seinem uralten schwarzen Telefon mit Wählscheibe war der Schreibtisch leer. Sein Laptop stand auf dem kleinen Tisch in der Sitzecke.

Sie ließ sich auf einen der Sessel fallen und schloss die Augen. Dieser Fall stellte sie vor eine große Herausforderung. Nach und nach erschienen Puzzleteile auf dem Tisch, die von der Farbe her zu passen schienen, die aber eine vollkommen unpassende Form hatten. Und jetzt dieser Anruf von Moritz Kronberger. Melzick spulte gedanklich nochmal ab, was Zweifel ihr berichtet hatte. Das Telefonat mit dem Entführten war nicht sehr lang gewesen. Zweifel hatte den Dialog tatsächlich Wort für Wort parat gehabt.

»Ich bin Moritz Kronberger und habe noch nie mit Ihnen gesprochen.«

»Moritz Kronberger? Aber wieso …? Wo sind Sie? Von wo sprechen Sie?«

»Einen Augenblick, da muss ich nachfragen.« Nach einer kurzen Pause hatte er sich wieder gemeldet. »Es ist ein Parkplatz an der A96, Wertachtal heißt er, nicht weit von Bad Wörishofen, sagt der Mann. Das Telefon gehört einem LKW-Fahrer. Er hat es mir geliehen.«

»Wie sind Sie dahin gekommen?«

»Ich – ich weiß es nicht.« An dieser Stelle hatte sich der LKW-Fahrer eingemischt.

»Hören Sie, der Mann hier macht einen ziemlich wirren Eindruck. Hat was von einer Entführung gefaselt. Weiß nicht, wo er herkommt. Da dacht' ich mir, ist wohl am besten, wenn er die Polizei anruft.« Danach war Kronberger wieder am Telefon.

»Können Sie mir helfen, Herr … wie war Ihr Name?«

»Zweifel. Bleiben Sie, wo Sie sind, ich lasse Sie abholen.« Das war das ganze Gespräch gewesen.

Melzick war gespannt auf das Treffen mit Moritz Kronberger. Zweifel hatte zwei Beamte losgeschickt und war dann sofort in Schillings Büro gefahren. Dort hatte er sich nach ihrem Gespräch mit den Worten abgemeldet:

»Ich bin mal kurz weg, Melzick. Wir sehen uns nachher bei Lucy. Ich muss in Ruhe nachdenken und das kann ich am besten bei Mary.« Melzick hatte nicht weiter nachgefragt und war ins Büro gefahren. Sie zog Zweifels Laptop zu sich heran, um endlich die Videoaufzeichnungen zu begutachten. Ihr fiel nicht auf, dass die Aufnahmen sofort zu sehen waren. Ein paar Minuten lang konzentrierte sie sich voll und ganz auf die Bilder, die sie sah. Die Begegnung zwischen Schilling und Florian hakte sie nach dem zweiten Durchlauf ab. Außer der Überraschung, dass es eben Schilling war, der an diesem

Bistrotisch auf Florian einredete, gab es für sie nichts Bemerkenswertes zu entdecken.

Anders verhielt es sich mit den Aufnahmen aus Wien. Nach dem ersten Durchlauf hatte sie das Gefühl, etwas übersehen zu haben. Sie ließ den Film noch einmal ablaufen und stoppte ihn alle paar Sekunden. Es gab eine Stelle, an der das Gesicht des Porschefahrers teilweise zu erkennen war. Sie überlegte gerade, wie man es vergrößern könnte, als Lucy sich meldete.

»Hier ist ein junger Mann, der sich darum reißt, mit dir zu reden.«

»Wer ist es?«

»Wirst du gleich sehen. Ich bin sicher, du hast ein paar Minuten Zeit für ihn.«

26. Kapitel

Die Tür ging auf und Lukas Freun trat ein. Melzick sprang vor Überraschung von ihrem Sessel hoch. Bevor sie etwas sagen konnte, meinte er:

»Erschrecken Sie bitte nicht. Ihre Kollegin hat bei meinem Anblick schon einen Anfall bekommen.« Lucy stand hinter ihm und schob ihn sanft vor sich her.

»Er hat mir ein paar kräftige Schläge verpasst und schon war alles gut«, sagte sie. Melzick blickte verständnislos. »Erste Hilfe«, ergänzte Lucy. »Ist ja auch egal. Soll ich einen Kaffee machen?«

»Gute Idee, Lucy.« Lucy schloss die Tür und Melzick deutete auf einen der Sessel. Lukas nahm Platz und warf einen raschen Blick auf das Standbild, vor dem Melzick gegrübelt hatte. Sie klappte den Laptop zu und sah ihn fragend an. Er wich ihrem Blick aus und konzentrierte sich auf seine Hände, die er auf seinen Knien liegen hatte und am Stoff seiner Jeans trocken rieb.

»Mein Vater darf nichts erfahren, hören Sie? Das würde ihn nämlich ..., er könnte nicht damit ..., er hat das nicht verdient, verstehen Sie?«

»Natürlich«, sagte Melzick instinktiv, obwohl sie nicht genau wusste, was er meinte. Lukas warf ihr einen schnellen Blick zu. Sie erwiderte ihn mit einem Lächeln. Es sollte entspannend wirken, tat es aber nicht. Dazu schien die Last auf seinen Schultern zu groß. Er kratzte mit dem Daumen an einer geröteten Stelle auf seiner Stirn und fuhr dann damit fort, seine Hände an der Hose abzureiben.

»Unser Gespräch von Montagabend, äh, also da fehlt noch etwas.« Er sprach stockend und mit großen Pausen. »Ich hab nachgedacht. Die ganze letzte Nacht. War 'ne Scheißnacht.

342

Die Nacht davor auch.« Die Stelle an seiner Stirn färbte sich dunkler. Er starrte auf den Laptop. Melzick lehnte sich in ihrem Sessel zurück und schlug die Beine übereinander. »Die Gasgranaten – das war ich. Die kann man ganz leicht übers Internet besorgen. Ich hab mir 'n Overall angezogen und bin als Techniker hin. Abends. War nicht schwer. Normalerweise beachtet einen da auch keiner. Mich hat bestimmt keiner beachtet. Ich müsste also gar nichts sagen. Ich könnte einfach den Mund halten.« Melzick schüttelte den Kopf.

»Ich glaube nicht, dass Sie das können, Herr Freun. Ist ein gutes Zeichen, wenn Sie mich fragen.« Er blickte sie an und ließ endlich seine Knie in Ruhe.

»Es war ganz harmlos. Das Gas, meine ich. Dachte ich. Dachten wir. Irgendwie haben wir uns das nicht so vorgestellt. Dass das Ganze so krass abläuft. Wir dachten, wir könnten es jederzeit aufklären und abbrechen, theoretisch …« Wieder kratzte er sich an der Stirn. »Ich bin so froh, dass dem Kleinen nichts passiert ist. Wenn ich mir vorstelle …«

Er brach ab und gab sich seinen Gedanken hin. Melzick wartete ruhig ab. Sie wusste, er würde erst dann aufhören zu reden, wenn alles auf dem Tisch lag. Lucy kam mit dem Kaffee und Melzick legte demonstrativ den Zeigefinger an die Lippen. Lucy stellte eine gelbe Thermoskanne und zwei Kaffeebecher auf den kleinen Tisch und verschwand wortlos wieder.

»Die haben was ausgeheckt. Und mich haben Sie die Drecksarbeit machen lassen. Melchior und Florian meine ich. Auch wenn Melchior das Gegenteil behauptet, es gibt diesen Millionärsclub wirklich. Und da gehöre ich nicht dazu, natürlich nicht.« Er schnaubte einmal kurz und verächtlich. Dann griff er nach dem vollen Kaffeebecher, den Melzick ihm hingestellt hatte. Er nahm einen Würfelzucker, packte ihn aus und zerkrümelte ihn langsam zwischen Daumen und Zeigefinger, während er weiterredete. Lucy hatte ihre letzten beiden Mozartkugeln spendiert. Melzick wickelte eine davon vorsichtig aus. »Aber das ist nicht der Punkt. Der Punkt ist, dass Melchior die Sache so runterspielt, als sei alles nur halb so wild. Den juckt das gar nicht, verstehen Sie?«

Er ließ den Rest des Würfelzuckers in den Kaffee fallen und nahm einen Schluck, wobei er den Becher mit beiden Händen festhielt. Melzick nickte und kaute.

»Und dann ist mir eingefallen, dass ich die beiden ein paar Mal gesehen hab. Melchior und Florian. Einmal im Wald. Sie saßen beide im Auto, so 'n protziger Schlitten, und ich fuhr mit dem Rad auf sie zu. Ein andermal an einem der Seen hier in der Gegend. Und jedes Mal hatte ich den Eindruck, als ob sie sich ärgerten, dass ich sie gesehen habe. War ihnen irgendwie unangenehm, auch wenn Melchior versucht hat, das zu überspielen.« Er nahm noch einen Schluck und hielt die Tasse weiterhin mit beiden Händen fest.

Melzick hob fragend die zweite Mozartkugel in die Höhe und er winkte ab, worauf sie sie ebenfalls auswickelte und eine Hälfte abbiss.

»Die beiden haben was zusammen geplant. Ich hab da drüber nachgedacht und ich bin sicher, dass die was ausgeheckt haben. Ich hab mit Melchior nur über die Sache mit der Panik gesprochen. Er war auf die Idee mit den Schreien gekommen und ich hab mich drum gekümmert, das umzusetzen. Ich weiß, wie man sowas hinkriegt und ich hab auch dafür gesorgt, dass die ganze Elektronik da spinnt, Himmelherrgott nochmal« brach es aus ihm heraus, als würde ihm nun, da er es aussprach, erst die Tragweite richtig klar. »Melchior hat nur arrangiert, dass jemand anders die Durchsagen macht, das heißt, auf Band spricht. Ich weiß aber nicht, wen er dafür aufgetrieben hat.« Er holte ein paar Mal tief Luft und stellte seinen Kaffeebecher auf den Tisch.

»Mit dem Toten hab ich nichts zu tun«, sagte er leise. Plötzlich sackte er in sich zusammen, stützte sich mit den Ellbogen auf seinen Oberschenkeln ab und versteckte sein Gesicht in beiden Händen.

»Glauben Sie, Melchior hat was damit zu tun?«, fragte Melzick. Er schüttelte den Kopf und sah sie aus geröteten Augen an.

»Das ist es ja eben. Ich weiß es nicht.«

»Würden Sie ihm so etwas zutrauen?« Nach einer Weile nickte er kaum merklich.

»Aber das ergibt überhaupt keinen Sinn. Wenn er doch mit Florian unter einer Decke steckte, wieso soll er ihn dann ...« Er stockte. Melzick erinnerte sich an ihr Gespräch mit den beiden und ihre Reaktion, als sie ihnen sagte, dass eine Leiche in der Sauna gefunden worden war. Lukas' Überraschung war echt gewesen und sie hätte schwören können, dass dasselbe auch auf Melchior zutraf. Er musste ein verdammt guter Schauspieler sein.

»Haben Sie Melchior darauf angesprochen? Ich meine, auf Ihren Eindruck, dass er und Florian ertappt wirkten als Sie ihnen so unvermutet begegneten?« Lukas schüttelte nur den Kopf.

»Er hätte das locker vom Tisch gewischt.«

»Wann haben Sie die beiden denn gesehen?«

»Vor vier Wochen ungefähr.« Melzick dachte an Theo Kronbergers Behauptung, dass Florian seit Monaten die USA nicht verlassen hätte.

»Wie gut sind Sie eigentlich mit Melchior befreundet?« Lukas blickte sie ratlos an. »Ich meine, Sie kommen zu mir und lenken einen schweren Verdacht auf ihn. Sie unterstellen ihm quasi, dass er an einem Mord beteiligt war. Haben Sie ihn mal direkt darauf angesprochen?« Lukas senkte den Kopf und schüttelte ihn. Seine Stimme war leise und etwas rau, als er antwortete.

»Richtig befreundet waren wir eigentlich nie. Am Anfang vielleicht. Da war ich ein paar Mal mit zum Segeln und auf den Partys bei ihm zuhause. Aber das ist dann irgendwann weniger geworden. Erst in letzter Zeit waren wir öfters zusammen. Seit wir das mit der Therme geplant haben. Ich hab Melchior irgendwann mal erzählt, dass ich ein selbst gebautes Tonstudio hab. Und da kam ihm die Idee mit den Schreien auf der Pink Floyd-Platte.« Melzick musste an das Handyvideo denken. Melchior hatte genau gewusst, wann die Ansagen kommen mussten.

»Sie haben diese fatalen Durchsagen auf Band selbst eingespielt und zwar genau zum richtigen Zeitpunkt?« Lukas nickte und schnaubte resigniert durch die Nase.

»Es war der falsche Zeitpunkt, wenn man die Wirkung betrachtet, oder?« Er starrte Melzick aus rotunterlaufenen Augen an. »Erst war es nur eine Schnapsidee. Aber je länger wir darüber nachdachten, desto plausibler erschien sie uns.«

»Weil Sie wussten, wie man das Ganze durchführen konnte.« Lukas nickte. »Sie haben mehrmals erwähnt, dass die beiden was ausgeheckt haben. Was hätte das denn sein können?« Lukas zuckte die Schultern und griff nach seinem halbvollen Kaffeebecher. Melzick bohrte nach.

»Sie haben wirklich keine Ahnung? Das nehme ich Ihnen nicht ab. Sie haben doch darüber nachgedacht. Nächtelang, wie Sie behauptet haben. Also wenn ich nachts wachliege vor lauter Nachdenken, fällt mir jede Menge ein. Das ist doch jedes Mal wie eine Endlosschleife, stimmt's?« Er schwieg und nahm einen langen Schluck. »Sie haben gar nicht umgerührt.«

»Was?«, fragte er verwirrt.

»Vorhin. Sie haben einen halben Zuckerwürfel in Ihren Becher fallen lassen und nicht umgerührt.« Er warf ihr einen raschen Blick zu.

»Ist mir eben lieber so«, sagte er fast trotzig. »Ich mag's ganz gern, wenn der Geschmack sich ändert.«

»Und Sie nehmen nur einen halben Würfel, weil der Rest in der Tasse sonst zu süß wird.« Ein halbes Lächeln stahl sich in seine Mundwinkel.

»Sie sind eine scharfe Beobachterin.«

Melzick nickte.

»Ich bekenne mich schuldig. Und ich will ehrlich zu Ihnen sein, Herr Freun. Als ich bei Ihnen zuhause den Toten in der Therme zur Sprache brachte, kam mir Ihre Reaktion echt und nicht gespielt vor. Aber wenn ich mir Melchiors Reaktion vor Augen führe ... Wissen Sie, ich hab mir die Bilder auf seinem Handy oft genug reingezogen. Nicht nur die Bilder, auch den Ton. Melchior wusste fast auf die Sekunde genau, wann zum Beispiel die erste Durchsage kommen würde. Nach dem, was Sie mir gerade erzählten, ist das auch kein Wunder. Sie haben mir bestätigt, was wir ohnehin schon vermutet haben.«

Sie machte eine Pause, um dem Folgenden mehr Gewicht zu verleihen.

»Es deutet tatsächlich sehr viel daraufhin, dass Melchior Sie benutzt hat. Die Panik in der Therme war dabei nur ein Ablenkungsmanöver, das Feuerwerk sozusagen, auf das sich alle Augen richten, während sich im Verborgenen etwas ganz Böses abspielt.« Lukas hörte zu und stierte in seinen Becher. »Sagen Sie mir, was Ihnen heute Nacht im Kopf herumgespukt ist.« Er trank aus, lehnte sich mit verschränkten Armen zurück und schaute an die Decke, ehe er stockend antwortete.

»Melchior hat manchmal Bemerkungen fallenlassen. Über Florians Vater. Dass der ein krankhafter Kontrollfreak ist. Der wusste über jede Minute des Tagesablaufs seines Sohnes Bescheid. Melchior konnte nicht fassen, dass Florian sich das gefallen ließ. Aber vielleicht hat er es sich ja nicht gefallen lassen. Vielleicht hatten die beiden einen Plan, wie Florian dem entgehen konnte. Und der Plan ist dann irgendwie danebengegangen.«

»Kannten Sie Florian persönlich?« Lukas schüttelte den Kopf.

»Ich hab ihn nur einmal auf einer Party getroffen. Und dann eben die beiden Male mit Melchior zusammen.«

»Woher wissen Sie eigentlich, dass es Florian war?« Lukas schaute sie verblüfft an.

»Wie meinen Sie das?«

»Kann es nicht auch Moritz gewesen sein? Wie können Sie sicher sein, dass es Florian war, den Sie gesehen haben?« Lukas schnaubte, als halte er diese Frage für lächerlich.

»Weil Moritz nie auftaucht.«

»Was soll das heißen?«

»Das war schon immer so. Moritz taucht einfach nicht auf. Von Melchior weiß ich, dass er meistens im Ausland lebt. Er versteckt sich in einem der vielen Häuser, die den Kronbergers gehören.« Es klingelte. Lucy war dran.

»Dein Chef ist da, mit Begleitung.«

»Ich komme raus.« Melzick legte den Hörer auf das museumsreife Telefon.

»Nehmen Sie sich noch einen Kaffee. Ich bin gleich wieder bei Ihnen«, sagte sie und ließ Lukas allein. Er zuckte die Schultern und griff nach der gelben Thermoskanne. Sein Blick fiel auf den Laptop.

Zweifel stand mit einem jungen Mann vor Lucys Theke.

»Herr Kronberger, das ist meine Kollegin, Frau Zick.«
Melzick blickte in das Gesicht des Toten aus der Sauna. Die
Ähnlichkeit war frappierend, allerdings war es unrasiert und
wirkte sehr müde. Sie reichte Moritz die Hand. Er wich ihrem
Blick aus und erwiderte den Händedruck wie ein fünfjähriger
Junge.

»Lucy, würden Sie Herrn Kronberger bitte in Melzicks
Büro begleiten?« Zweifel gab Lucy unauffällig zu verstehen,
dass sie bei Moritz bleiben sollte. Der stand mit gleichgültiger
Miene neben dem Kommissar. Melzick warf ihrem Chef
einen fragenden Blick zu. Der schüttelte leicht den Kopf.
Lucy fasste Moritz Kronberger am Ellbogen. Instinktiv traf
sie den richtigen Ton.

»Kommen Sie bitte mit mir, Herr Kronberger, ich hab ein
schönes Plätzchen für Sie. Da können Sie sich erstmal
ausruhen.« Er ließ sich ohne Weiteres von ihr in Melzicks
Büro dirigieren. Als sich die Tür hinter den beiden
geschlossen hatte, hob Zweifel die Hand um Melzicks Fragen
zuvorzukommen.

»Er ist äußerst schweigsam, berichten die beiden Kollegen,
die ihn hergebracht haben. ›Ich bin wahrscheinlich entführt
worden‹, war alles, was er auf der Fahrt hierher gesagt hat.«

»Na ja, auf mich macht er einen abwesenden Eindruck«,
meinte Melzick. »Glauben Sie, dass er unter Drogen steht?«
Zweifel schüttelte den Kopf.

»Vielleicht ein starkes Schlafmittel, das nachwirkt. Das
würde seine Orientierungslosigkeit erklären. Er hat keinerlei
Vorstellung, wie er auf den Parkplatz gekommen ist.«

»Wir sollten ihn durchchecken lassen.« Sie hob einen
Daumen. »Da haben Sie zur Abwechslung mal gute
Nachrichten für Herrn Kronberger. Obwohl …«, sie rieb
heftig an ihrer Nase, »nach dem, was ich gerade gehört habe,

bin ich da gar nicht so sicher.« Sie klärte Zweifel über ihren unerwarteten Besuch und dessen Äußerungen auf.

»Lukas Freun, sieh an«, sagte Zweifel. »Lassen Sie ihn nicht vom Haken. Ich überlege mir dafür in der Zwischenzeit eine neue To-do-Liste.«

»Für wen?« Zweifel breitete die Arme aus.

»Für uns alle.«

»Mit Lukas wollen Sie nicht sprechen?«

»Ich denke, im Augenblick eher nicht. Er ist jetzt an Sie gewöhnt. Sie machen das schon.«

Melzick kehrte in das Büro ihres Chefs zurück. Lukas saß auf ihrem Sessel, vor sich den geöffneten Laptop. Sie traute ihren Augen nicht.

»Irgendwelche interessanten Neuigkeiten, Herr Freun?«, fragte sie barsch. Lukas fühlte sich keineswegs ertappt. Er hatte gerade noch einen Schluck Kaffee im Mund und deutete mit dem Kinn auf den Bildschirm. »Was ist damit?«, fegte Melzick ihn an. Er schluckte runter.

»Ist das da Melchior?« Sie war mit drei, vier schnellen Schritten bei ihm. Den Laptop hatte sie ganz vergessen, als sie von Zweifels Ankunft und dessen Begleitung gehört hatte. Es war ein grober Fehler, der ihr ziemlich viel Ärger einbringen konnte. Sie hatte einen Moment nicht aufgepasst und einem Verdächtigen Zugang zu Zweifels Laptop gewährt. Ausgerechnet einem Verdächtigen, für den Hacken kein Fremdwort war. Ein Laptop, gespickt mit Daten und Dateien, die niemanden außerhalb dieses Büros etwas angingen. Sie unterdrückte einen Fluch, aber das Adrenalin trieb ihr die Hitze ins Gesicht.

»Was fällt Ihnen ein?«, presste sie hervor. Lukas drehte den Laptop zu ihr herum. Es war immer noch das Standbild zu sehen. Wieso war die Bildschirmsperre nicht aktiviert? Hatte

Lukas etwa in der kurzen Zeit, als sie draußen war, das Passwort herausgefunden? Lukas hob beide Hände.

»Ich hab mir nur das Standbild angesehen, ich schwör's! Das da könnte Melchior sein. Übrigens sollten Sie vielleicht eine Bildschirmsperre nutzen.«

Melzick überhörte diesen Hinweis.

»Sie haben mich sehr enttäuscht, Herr Freun.« Ihre Stimme klang rau vor unterdrücktem Zorn. »Ihre kriminelle Neugier wirft ein schlechtes Licht auf Sie. Ich weiß nicht, was Ihr Vater davon halten wird.« Lukas schluckte.

»Muss das wirklich sein? Ich sag doch, dass der Bildschirm nicht gesperrt war und dass ich mir nur das Standbild angesehen hab. Und ich glaube, ich hab Melchior erkannt.«

»Wie kommen Sie darauf?«, fragte Melzick und nahm ihm den Laptop ab. Lukas stand auf und rieb die Hände an seiner Hose ab.

»Weil ich ihn schon seit Jahren kenne. Nur komisch, dass er da einen Anzug trägt.« Soweit Melzick sich erinnern konnte, hatte die mitlaufende Uhr dieselbe Zeit angezeigt, als sie den Film angehalten hatte. Vielleicht hatte Lukas tatsächlich nur das eingefrorene Bild betrachtet. Sie klappte den Laptop zu und schoss einen finsteren Blick auf ihn ab. Er hob erneut beide Hände.

»Bitte, Sie müssen mir wirklich glauben. Ich hab, seit ich hier drin bin, nur die Wahrheit gesagt.« Er wedelte mit allen Fingern hin und her. »Von mir aus können Sie meine Fingerabdrücke haben.«

»Das würde gar nichts beweisen. Sie könnten die Tasten genauso gut mit den Fingerknöcheln berührt haben.« Sie holte tief Luft. »Welche Seiten haben Sie sich noch angesehen, Herr Freun?« Er erwiderte ihren Blick ohne auszuweichen.

»Keine einzige außer der hier, wirklich, sie müssen mir glauben.« Melzick nickte grimmig.

»Also gut, dann vergessen wir für's Erste, was Sie sich da geleistet haben.«

Sie setzte sich, stellte den Laptop auf den kleinen Tisch und klappte ihn auf. Der Bildschirm war tatsächlich wieder nicht gesperrt. Sie überlegte einen Moment. Dann ließ sie den ersten Film weiterlaufen. Lukas setzte sich neben sie und blickte stumm auf das Geschehen. Melzick ließ ihn anschließend auch das zweite Video aus dem Wiener Parkhaus anschauen, auf dem ein regennasser Porsche Cayenne zu sehen war. Sie sahen stumm zu, wie ein junger Mann aus dem Wagen ausstieg und sich streckte. Im zweiten Teil des Videos stieg offensichtlich derselbe Mann wieder ein und fuhr davon.

»Wo wurde das aufgenommen?«, wollte Lukas wissen.

»Das braucht Sie nicht zu interessieren. Bleiben Sie dabei, dass Sie Melchior erkannt haben?« Lukas nickte.

»Das ist er. Diese Bewegung ist so typisch für ihn.« Lukas verschränkte demonstrativ die Arme über dem Kopf, griff nach seinen Ellbogen und wiegte sich hin und her. »Das macht er andauernd, schon ganz unbewusst. Und das ist auf beiden Filmen zu sehen. Das ist er, hundertprozentig.« Melzick klappte den Bildschirm runter.

»Sie sind aus der Sache noch nicht raus, Herr Freun. Immerhin haben Sie uns wertvolle Hinweise gegeben.«

Lukas saß ganz vorn auf der Sesselkante. Er hatte die Arme vor der Brust überkreuzt und seine Hände auf den Schultern liegen. Sein Blick war trotz ihrer Aussage hoffnungsvoll auf Melzick geheftet. Ihr fiel noch etwas ein.

»In der Nacht zum Montag, wo waren Sie da zwischen 11 Uhr und zwei Uhr?« Lukas zuckte mit den Schultern.

»Zuhause, in meinem Zimmer.«

»Und was haben Sie da gemacht?«

»Im Internet recherchiert.«

»Ach ja? Und worüber?« Seine Stirn färbte sich etwas dunkler.

»Ich hab nach klinischen Studien gesucht.«

»Zu welchem Thema?«

»Erfahrungswerte bei der Therapie von Menschen, die durch eine Massenpanik traumatisiert wurden.«

»Verstehe. Haben Sie einen Zeugen dafür?« Lukas starrte sie an.

»Sie fragen mich jetzt nach meinem Alibi?« Melzick behielt ihn im Auge und zog zur Antwort lediglich ihre Augenbrauen hoch. Er räusperte sich.

»Dann fragen Sie doch meinen Vater«, sagte er trotzig.

»Hat er Sie denn gesehen?«

»Er hat bestimmt das Licht in meinem Zimmer gesehen.«

»Das wollte ich nicht wissen, Herr Freun. Hat er Sie gesehen, ja oder nein?« Lukas schüttelte stumm den Kopf. »Dann haben Sie kein Alibi«, stellte sie fest. »Wenn Sie mir bei der Gelegenheit bitte auch noch verraten, wo Sie heute Morgen ab vier Uhr waren.« Er blickte verständnislos auf ihre Dreadlock-Verwicklungen.

»Heute Morgen?«

»Ab vier, genau. Was haben Sie da alles angestellt?«

»Ich hab geschlafen. Ohne Zeugen, wenn Sie es genau wissen wollen. Hab Schlaf nachgeholt. Bis um elf.«

»Donnerwetter«, sagte Melzick. »Sind Sie übrigens je Moritz begegnet?« Er schüttelte den Kopf und grinste etwas schief.

»Wer weiß, ob es ihn überhaupt gibt. Also – ich meine – wenn ihn doch nie jemand zu Gesicht bekommt.« Er wippte leicht mit dem Oberkörper vor und zurück. »Aber das ist natürlich Blödsinn.« Melzick nickte langsam. Sie musste an Moritz' laschen Händedruck von vorhin denken.

»Natürlich«, murmelte sie und griff in ihre Dreadlocks, während sie mit leerem Blick auf den Boden starrte, »das ist Blödsinn, ziemlicher Blödsinn.« Lukas stand auf.

»Kann ich jetzt gehen?« Melzick war so von einem plötzlichen Gedanken gefangen, dass sie ihm einen abwesenden Blick zuwarf. Dann riss sie sich zusammen.

»Wohin?« Er stutzte.

»Nach Hause natürlich. Mein Vater wartet mit dem Mittagessen auf mich.«

»Gut. Ich weiß ja, wo ich Sie finde. Ich denke, das war nicht unser letztes Date, Herr Freun, vergessen Sie das nicht.« Er nickte stumm und ging zur Tür.

»Danke übrigens«, rief sie ihm hinterher. Draußen hing Lucy am Telefon. Als sie Lukas sah, deckte sie den Hörer ab.

»Danke übrigens, für vorhin.« Sie zwinkerte ihm zu. Im nächsten Moment war er draußen.

27. Kapitel

Kurz darauf kam Melzick aus Zweifels Büro.

»Wo ist der Chef, Lucy?« Lucy telefonierte immer noch und deckte den Hörer ab.

»Beim Chef«, flüsterte sie und nickte in Richtung Klopfers Büro.

»Und Moritz?«

»Wird gerade von unserem Bereitschaftsarzt untersucht, in der Ambulanz.« Das war der Raum für Notfälle, direkt neben der Ausnüchterungszelle. »Ich ruf später nochmal an«, beendete Lucy ihr Telefonat. Lukas' letzte Bemerkung hatte Melzick auf eine Idee gebracht.

»Wie wär's Lucy, ich hol uns ein paar Wraps zum Mittagessen und wir machen den Laden zu.« Lucy schaute erschrocken auf die Uhr. Dann schaute sie auf ihren Schreibtisch. Melzick bemerkte ihren halb zweifelnden, halb verzweifelten Blick. »Der kann warten, Lucy, dein Schreibtisch kommt sowieso besser ohne dich aus.«

»Du hast Recht, Mel. Vielleicht sollte ich einfach einen Neuen beantragen. Platz wär' ja genug. Übrigens hab ich zwischendurch auch was Sinnvolles getan.«

»Du meinst, außer über deine Papierwüste nachzudenken?« Lucy nickte und klimperte ein wenig auf ihrer Tastatur. Dann deutete sie mit ihrem dicken Zeigefinger auf den Bildschirm.

»Das wird euch sicher interessieren.« Melzick kam um die Theke herum und beugte sich über Lucys Arbeitsplatz.

»Die Kanzlei Schwarzenberg! Du hast recherchiert!«, rief sie aus. »Dasselbe hatte ich auch vor. Und wie lautet der Befund?«

»Bei denen müssten die Fenster beschlagen, so dick ist da die Luft.«

»Aha«, murmelte Melzick und begann zu scrollen. »Und was heißt das jetzt konkret?«

»Hunderte von Anlegern schreien nach Schadenersatz. Da rüstet eine ganze Armee zum Angriff. Falsche Anlageberatung ist dabei noch die harmloseste Variante. Untreue und Betrug in zweistelliger Millionenhöhe lautet der schärfste Vorwurf. Die Klatschpresse in Österreich hat sich natürlich darauf gestürzt und das Ganze nach allen Regeln der Kunst aufgebauscht. Was den beiden Schwarzenbergs aber die Haare grau färben wird, sind die Berichte in den seriösen Blättern und Wirtschaftsmagazinen. Hör dir bloß die Schlagzeilen an: ›Liquiditätsklemme‹; ›Verdacht auf Steuerhinterziehung und Geldwäsche im großen Stil‹; ›Kreditlinien gekündigt‹; ›Vermögen von Mandanten veruntreut‹ und so weiter und so weiter. Im Klartext: Die haben kein Moos mehr, die kriegen kein Moos mehr und der schöne Ruf ist ruiniert. Mehr als fünfzig Jahre war der in Stein gemeißelt und in Gold gerahmt. Alles aus und vorbei und zwar unwiderruflich.«

»Deswegen wollten die ihre Beteiligung von Kronberger zurückhaben«, sagte Melzick. »Jetzt ist mir schon klar, warum der Junior das gegenüber Zweifel dementiert hat. Das lässt diesen Aron Schwarzenberg und seine Erzählungen in einem ganz anderen Licht leuchten. Logisch, dass die Anwälte schon die Zähne fletschen wie ein Wolfsrudel.« Ein unheilvolles Knurren machte sich bemerkbar.

»Was war das?«, fragte Melzick erschrocken. Lucy druckste herum.

»Du hast was von Wraps erzählt.«

»Das war dein Magen?! Ich bin schon weg«, rief Melzick und verschwand wie der Blitz. Kurzentschlossen räumte Lucy die Hälfte ihres Schreibtisches leer und holte ein paar

Servietten aus ihrer obersten Schublade. Das Fax spuckte eine Seite aus, Absender: Dr. Kälberer. Wenig später rief die Polizei vom Münchner Flughafen an und Lucy machte eine sorgfältige Notiz.

»Was haben Sie mit Ihrem Schreibtisch gemacht, Lucy?«, fragte Zweifel.

Lucy hatte ihn nicht aus Klopfers Büro kommen hören. Sie setzte sich gerade hin und spielte unschlüssig mit einem der vier Locher, die zu ihrer Sammlung gehörten.

»Ach, wissen Sie, Herr Kommissar, eigentlich bin ich von Haus aus minimalistisch veranlagt.«

»Was Sie nicht sagen«, sagte Zweifel. »Das scheint neuerdings in Mode zu kommen.« Lucy stopfte den Locher in eine der überforderten Schubladen und drückte mit dem Knie dagegen.

»Heißt das, Sie haben dieser Veranlagung jetzt einfach mal an Ihrem Arbeitsplatz nachgegeben?« Lucy nickte.

»Probeweise, Herr Kommissar. Wenn Sie es so ausdrücken wollen.«

Zweifel legte beide Hände flach auf den Tresen.

»Sie sind immer für eine Überraschung gut, Lucy.« Sie streckte ihm das Fax und die Notiz entgegen.

»Diesmal sind es sogar zwei.« Zweifel zog die Augenbrauen in die Höhe.

»Ist das tatsächlich schon der Autopsie-Bericht von Dr. Kälberer? Und was haben wir hier noch? Aha.« Lucy hob eine Hand.

»Wir haben noch etwas für Sie. Aber das soll Melzick erzählen, wenn sie zurück ist.«

»Von wo?« Zur Antwort nickte Lucy in Richtung der Eingangstür, die Melzick gerade vollbeladen mit der Schulter aufstieß.

»Für jeden zwei, dachte ich. Asiatisch, dachte ich. Das reicht für den ersten Hunger, dachte ich«, sagte sie und legte ein halbes Dutzend mit Alufolie und Papier umwickelte, höllisch scharf gewürzte und mit exotischem Gemüse gefüllte Teigrollen auf den Tresen. Augenblicklich verbreitete sich ein angenehmer Duft.

»Sie haben ein gutes Timing, Melzick«, sagte Zweifel und überflog rasch das Fax von Dr. Kälberer. Lucy verteilte die Servietten auf ihrer freigeräumten Schreibtischhälfte, zauberte einen großen Teller aus ihrem Sideboard hervor und legte die Teigrollen darauf.

Melzick schob zwei kleine Hocker heran. Lucy hatte sie vor einiger Zeit mitgebracht, um was Grünes darauf zu deponieren. Allerdings kam es ihr irgendwann unmenschlich vor, wehrlose Zimmerpflanzen dem fürchterlichen Bürostress auszusetzen. Folglich ließ sie ihr Grünzeug zuhause. Seitdem standen die Hocker arbeitslos herum. Melzick und Zweifel ließen sich darauf nieder.

Während der nächsten Minuten waren alle drei schweigend und hochkonzentriert damit beschäftigt, ihre Wraps auszupacken und mit dem scharfen Gemüse klarzukommen. Melzicks Blick fiel auf den Notizzettel, den Zweifel neben das Fax auf den Schreibtisch gelegt hatte. Sie nahm ihn in die Hand. Der Kommissar nickte und wischte sich ein tränendes Auge.

»Der schwarze Aston Martin von Florian wurde auf einem großen Parkplatz in der Nähe des Münchner Flughafens gefunden. Die Kollegen haben ihn sichergestellt.«

»Wie ich sehe, hat der Herr Dr. Kälberer sich auch gemeldet«, sagte sie. »Oh verdammt!« Das galt einem intensiv curryfarbenen Soßenfleck, der es sich auf ihrer Jeans bequem machte. Zweifel schnalzte mit der Zunge.

»Das Wasser in der Lunge des Toten lässt so gut wie keine Rückschlüsse darauf zu, wo er ertränkt worden ist. Mit großer Wahrscheinlichkeit aber in einem See.« Lucy schnappte nach Luft und tupfte ihre Stirn mit einer Serviette ab. »Die blauen Flecken im Nackenbereich und an seinen Unterarmen deuten auf massive Gewaltanwendung hin«, sagte Zweifel und legte den Rest seines Wraps auf den großen Teller. »Ich bräuchte jetzt etwas Kühles. Lucy, haben Sie ein Mineralwasser greifbar?« Sie schüttelte den Kopf und wischte den Schweiß von ihrem Gesicht. Ihre Stimme krächzte etwas.

»Tut mir leid, da müssen wir jetzt durch, Herr Kommissar. Die Inder kriegen das ja auch hin.« Er räusperte sich energisch und griff nach seiner restlichen Portion. Melzick schaute ihm nachdenklich zu.

»Wie geht es übrigens Ihrem Prachtstück? Sie waren doch vorhin bei Mary.« Sämtliche Kollegen Zweifels wussten, dass er privat seinen Oldtimer hegte und pflegte, einen 59er Cadillac Eldorado. Doch nur Melzick und Lucy wussten, dass er ihn Mary getauft hatte und warum. Zweifel starrte betrübt auf seine leere Serviette.

»Nicht gut, Melzick, gar nicht gut. Irgendjemand hat sie heute Nacht demoliert. Mit einem Vorschlaghammer vermutlich. Sie steht bei meinem Mechaniker auf dem Parkplatz. Sie wissen ja, Paul Freun. Er wurde zwar von dem Lärm geweckt, ist aber gleich wieder eingeschlafen.«

»Wer macht denn sowas?«, fragte Lucy fassungslos und griff nach ihrem zweiten Wrap.

»Darum kümmere ich mich, wenn wir die Kronberger-Geschichte hinter uns haben«, sagte der Kommissar und schielte unschlüssig nach den verbliebenen Wraps auf dem großen Teller. »Sie haben noch was für mich, sagt Lucy.« Melzick schob ihm den Teller hin und er griff zu.

»Moment«, flüsterte sie kauend und streckte ihre Zunge raus, um sie zu kühlen. »Lucy hat sich selbst übertroffen und äußerst aufschlussreiche Tatsachen zur Finanzlage der Kanzlei Schwarzenberg herausgefischt.«

Da Lucys Gesicht in den letzten Minuten bereits die Farbe einer reifen Tomate angenommen hatte, fiel nicht weiter auf, dass sie noch röter konnte.

»Die stehen so nahe am Abgrund, Chef, dass keiner mehr neben ihnen stehen möchte.« Melzick zählte die Einzelheiten auf. »Für mich hat dieser Aron Schwarzenberg ein klassisches Motiv«, resümierte sie, »Hass.« Zweifel schüttelte den Kopf.

»Nicht, wenn Florian ihm das Geld zugesagt hat.«

»Soweit ich den alten Kronberger verstanden habe, sollte Florian das gerade nicht tun.«

»Ich habe den Eindruck, dass Florian viele Dinge getan hat, mit denen sein Vater nicht einverstanden gewesen wäre.«

»Immerhin verliert sich Florians Spur nach seinem Treffen mit dem jungen Schwarzenberg«, gab Melzick zu bedenken.

»Wenn er überhaupt da war. Da fällt mir ein: Haben Sie sich die Videoaufzeichnungen angesehen?« Melzick schluckte runter und hob ihren Zeigefinger. Sie wollte ihren Chef auf die Probe stellen.

»Ging nicht. Ihr Bildschirm war gesperrt und ich kenne Ihr Passwort nicht.«

Er schaute sie überrascht an.

»Das kann nicht sein, ich hab die Sperre extra vorher rausgenommen.« Lukas hatte also nicht gelogen. Melzick war erleichtert, ließ sich aber nichts anmerken.

»War nur 'n Scherz, Chef. Ich hab mir alles angeschaut. Schilling macht einen sehr enttäuschten Eindruck auf mich. Florian hat ihm wohl einen ziemlichen Dämpfer versetzt. Was hat Florian da übrigens gegessen? Das müsste ja eigentlich aus Dr. Kälberers Bericht hervorgehen.« Zweifel nahm das Blatt zur Hand.

»Tomaten-Mozzarella-Sandwich und Gummibärchen«, sagte er kauend. Lucy seufzte.

»Das darf ich mir gar nicht vorstellen, sonst wird mir schlecht«, sagte sie und legte ihren angebissenen Wrap zur Seite.

»Wirklich bemerkenswert, dieses Treffen. Wo ist die Verbindung zwischen den beiden? Was kann Schilling von Florian gewollt haben?«, fragte Zweifel.

»Geld, würde ich mal vermuten«, sagte Melzick. »Der eine schwimmt darin und der andere liegt auf dem Trockenen.«

»Nein, das erscheint mir etwas unglaubwürdig«, erwiderte Zweifel. »Schilling hat dafür doch ganz andere Quellen genutzt.«

»Auf mich wirkt sein Verhalten in dieser Raststätte aber auch so, als ob er von Florian etwas verlangt«, warf Lucy ein, dann gönnte sie ihrer Zunge ein wenig Frischluft.

»Bekommt man dieses Gemüse wirklich rezeptfrei, Mel?« Melzick nickte.

»Ich hab extra mittelscharf bestellt, sorry. Dachte, das wäre ungefährlich.«

»Wenn die Zunge erstmal überzeugt ist, geht's eigentlich«, meinte Zweifel.

»Meine Zunge ist nicht überzeugt, die ist betäubt«, schnaufte Lucy.

»Das hilft auch«, sagte Melzick.

»Was ist mit den anderen Aufzeichnungen?«, wandte Zweifel sich an Melzick. Sie betrachtete angelegentlich die Teigrolle in ihrer Hand.

»Ich hab mir erlaubt, Lukas die Aufnahmen aus Wien zu zeigen«, sagte sie und biss herzhaft zu.

Zweifel warf ihr einen scharfen Blick zu. Sie zuckte mit den Schultern.

»Er sagt, der Mann mit dem Porsche Cayenne sei eindeutig Melchior.«

»Melchior? Wie kann er da so sicher sein? Sie haben Melchior doch auch kennengelernt. Haben Sie ihn etwa erkannt?«

»Ich war nicht sicher. Irgendetwas hat mich erinnert und stutzig gemacht. Aber Lukas kennt ihn seit Jahren und hat mich darauf gebracht: Es ist eine ganz typische Bewegung die Melchior oft mit seinen Armen macht.« Sie deutete mit dem Finger auf ihn. »Sie würde ich genauso gut erkennen.«

»Mach ich etwa auch eine typische Bewegung?« Melzick schnalzte mit der Zunge.

»Sie streichen mit der flachen Hand über ihre Glatze.« Zweifel schaute Lucy an.

Die nickte kauend. Er hielt das letzte Stück seines Wraps zwischen Daumen und Zeigefinger und betrachtete es eingehend.

»Also schön, einverstanden. Nehmen wir mal an, es war Melchior. Übrigens: beide Male?« Melzick nickte und schleckte ihren Daumen ab.

»Es war also Melchior, der den Porsche nach Wien gefahren hat. Letztes Wochenende und ein paar Wochen vorher. Er und Florian haben das so miteinander besprochen. Melchior sollte gegenüber dem alles kontrollierenden Vater Kronberger den Anschein erwecken, Florian sei in Wien. Wenn das so ist, warum beließen es die beiden dann nicht bei einer einmaligen Täuschung. Das Video vom Wochenende hätte doch gereicht, um Florians Vater von seinem Wienbesuch zu überzeugen. Zumal ja auch die beiden Gespräche per Skype die Illusion perfekt machten. Warum also diese seltsame Geschichte mit dem zweiten Video, auf dem das »falsche« Wetter zu sehen ist?«

»Was ist, wenn es gar nicht darum ging, seinen Vater auszutricksen?«, mischte Lucy sich ein und zuckte entschuldigend mit den Schultern. »Nur so, als Idee.« Zweifel steckte das letzte Stück seines Wraps in den Mund und dachte darüber nach.

Melzick fasste sich an ihre Nase.

»Haben Sie nicht erwähnt, dass Florian Aron Schwarzenberg erst kurz vor dem Wochenende angerufen hat?«

»Richtig. Er sagte ihm am Freitag, dass es so weit sei, er solle das vermeintliche Treffen im Imperial für Sonntag, den 25. August von 14 Uhr 30 bis 16 Uhr arrangieren«, sagte Zweifel. »Ich weiß, worauf Sie hinauswollen. Zu diesem Zeitpunkt konnte Florian mit ziemlicher Sicherheit von dem gewaltigen Tief über Österreich wissen.«

»Er hat Aron dazu gebracht, ein sonniges Video weiterleiten zu lassen …«, sagte Melzick.

»… obwohl er davon ausgehen musste, dass irgendjemandem von der Polizei das ›falsche‹ Wetter auffallen würde«, nickte Zweifel und wischte den Mund mit seiner Serviette ab.

»Der Florian hat ihn reingelegt«, resümierte Lucy mit halbvollem Mund. »Der Schwarzenberg steht doch jetzt erstmal ganz schön blöd da, oder?«

»Weil die Erklärungen, die er für dieses absurde Videotheater hat, so dünn wie Reispapier sind«, sagte Zweifel und warf die zerknüllte Serviette zielsicher in den Papierkorb.

»Und weil Florian dafür gesorgt hat, dass er ein Motiv hat«, ergänzte Melzick. »Florian hat ihm die Millionenbeteiligung verweigert, so wie Theo Kronberger das angeordnet hat.

Könnte doch sein. Außerdem ist Florian nach dem angeblichen Treffen im Hotel Imperial, das Schwarzenberg später so schön dementiert hat, spurlos verschwunden und taucht erst als Leiche wieder auf. »Reicht das schon für eine Verhaftung, Chef?«, fragte sie, ohne es wirklich ernst zu meinen.

»Natürlich nicht. Ist mir viel zu wacklig, Melzick, das wissen Sie doch selbst. Ein guter Verteidiger macht damit dasselbe, was ich gerade mit der Serviette gemacht habe.«

»Was ich nicht kapiere«, sagte Lucy und tupfte ihre Mundwinkel sorgsam mit ihrer Serviette ab, »ist, warum dann Florian umgebracht wurde. Ich meine, erst gibt er sich wahnsinnig viel Mühe und betreibt einen Mordsaufwand, um diesen Aron Schwarzenberg verdächtig aussehen zu lassen, und dann lässt er sich tatsächlich ermorden, oder wie? Das will mir nicht in den Kopf.« Melzick kratzte mit beiden Händen kräftig ihren Kopf.

»Wurde er das denn überhaupt?«, fragte sie. Lucy und Zweifel tauschten einen Blick.

»Wieso? Ich dachte, Dr. Kälberer hätte festgestellt, dass er ertränkt worden ist?«

»Das meine ich nicht, Lucy. Der Tote in der Sauna wurde ermordet, das steht fest.« Zweifel schwieg und legte den Zeigefinger auf seinen Nasenrücken. »Ich spinn' jetzt mal ein bisschen rum, Chef, wenn's erlaubt ist.« Er nickte und ließ Melzick nicht aus den Augen. »Ich hab Ihnen ja schon mal erklärt, wieso mir der ganze Fall wie eine Filminszenierung vorkommt. Sie hatten damals gefragt, wen ich für den Regisseur des Dramas halte. Ich hielt meinen Gedanken für zu abwegig, deswegen bin ich mit der Sprache nicht herausgerückt.« Sie wirbelte ihre Dreadlocks mit beiden Händen durcheinander. »Wenn ich mir den ganzen Ablauf vor Augen halte, wäre Florian mein Hauptverdächtiger. Er hat Schilling abblitzen lassen und er hat Schwarzenberg gelinkt. Dummerweise ist er das Opfer. Aber woher wissen wir das?« Zweifel schaute sie nachdenklich an, dann stand er auf und ging zum Fenster. Lucy schaute Melzick verständnislos an.

»Aber Mel, was soll die Frage? Ich denke, sein Vater hat ihn identifiziert?« Melzick nickte.

»Das ist schon richtig. Sie haben gesehen, wie er reagiert hat, Chef. Für mich sah es so aus, als ob er den Toten sofort für Florian hielt. Er war schwer getroffen. Florian war sein Sohn, seine rechte Hand in allen Unternehmen. Moritz dagegen war in erster Linie schuld am Tod seiner Frau Valerie. Ich halte es für ausgeschlossen, dass er, im Glauben, es handelte sich um Moritz, so auf die Leiche reagiert hätte.« Lucy schüttelte den Kopf.

»Aber Mel, worauf willst du denn hinaus?« Melzick warf einen Blick hinüber zu Zweifel, der mit dem Rücken zu ihnen regungslos am Fenster stand.

»Kronberger hat nach einer kleinen Narbe hinter dem linken Ohr der Leiche getastet, um Florian zu identifizieren. Er hat uns erzählt, dass Moritz großen Wert darauf gelegt hat, sich äußerlich nicht von Florian zu unterscheiden. Ich meine, natürlich sind sie eineiige Zwillinge, da ist es ohnehin schwierig, sie auseinanderzuhalten. Es geht aber auch um Bart, Frisur, Haarfarbe, Kleidung, womöglich sogar um die Hauttönung, also alles, was veränderbar ist. Moritz hat sich stets Florian angeglichen. Daher konnte sein Vater die beiden nur anhand dieser Narbe unterscheiden.«

»Also ich kenne mehrere Zwillingspaare«, sagte Lucy nachdenklich. »Ab einem gewissen Alter haben die sehr großen Wert auf Individualität gelegt.«

»Das ist, worauf ich hinauswill. Für Moritz galt das nicht. Moritz wollte Florian sein, weil nur der von klein auf als Sohn von Vater Theo akzeptiert worden ist.« Melzick kniff die Augen zusammen. »Florian macht sich das zunutze. Er weiß, dass ihr Vater sie nur anhand der Narbe auseinanderhalten kann. Und er weiß, dass Moritz sich irgendwann die gleiche Narbe beigebracht hat, um jedes Unterscheidungsmerkmal wettzumachen. Wie gesagt – ich spinne nur ein bisschen rum. Ich glaube, dass Florian die Schnauze voll hatte von seinem Leben, das er unter der Lupe seines Vaters führen musste. Er arrangiert seine eigene Ermordung, er sorgt für Verdächtige und er sorgt für eine Leiche, die so aussieht wie er.« Zweifel drehte sich um.

»Ist das Motiv, das sie Florian da unterstellen wirklich plausibel? Hätte er, um sein Leben zu ändern, wirklich gleich seinen Bruder umbringen müssen? Aber dazu kommen wir später. Wenn wir Ihren Gedanken folgen, dann müsste demnach der Tote in der Sauna Moritz sein, und der junge Herr Kronberger, der gerade untersucht wird ...«

»... ist Florian«, ergänzte Melzick.

»In diesem Fall sorgt nur eine DNA-Analyse für Klarheit«, sagte Zweifel. Lucy hatte zwischenzeitlich die Überreste ihrer Mahlzeit beseitigt und für jeden einen Espresso gemacht. Stirnrunzelnd verteilte sie die drei kleinen Tassen.

»Das bedeutet aber doch, wenn du Recht hast mit deiner Spinnerei, dass Florian sein restliches Leben als Moritz führen muss.« Melzick nickte.

»Warum nicht? Ich könnte mir gut vorstellen, dass das angenehmer ist. Theo Kronberger hat Moritz zuletzt vor 18 Monaten gesehen. Er will nichts von ihm wissen. Er versteckt ihn in einem seiner vielen Häuser und lässt ihn ansonsten in Ruhe. Florians Leben dagegen ist bin ins Kleinste verplant und vollgestopft mit Tätigkeiten, die sich sehr stressig anhören.«

»Ihre Theorie ist abenteuerlich, Melzick«, sagte Zweifel und nippte nachdenklich an seinem Espresso. »Trotzdem will ich mal versuchen, sie zu untermauern. Ein toter Kronberger wird während der Massenpanik in der Therme in einer Sauna deponiert. Dafür war detailliertes Insiderwissen erforderlich.« Er zählte an den Fingern ab. »Die Informationen über die familiäre Situation von Adnan, dem Bademeister, der die entscheidende Tür rechtzeitig geöffnet hat. Der Dienstplan Henriette Kohlers, der Studentin, die an jenem Tag für die Durchsagen zuständig gewesen wäre. Die technischen Daten und der Zugangscode zur Hauselektronik. Lukas hat zwar behauptet, das sei für ihn kein Problem gewesen. Aber vielleicht hatte er ja auch eine Hilfestellung, die er bisher noch nicht erwähnt hat. Es gibt jemanden, der über all diese Dinge bestens Bescheid gewusst haben kann. Jemand, den Florian getroffen hat und der wenige Tage darauf getroffen wurde.« Zweifel schwieg und nahm noch einen Schluck.

»Der Schilling«, stieß Lucy hervor. »Sie meinen, er könnte Florian diese Informationen gegeben haben?«

»Gegen entsprechende Bezahlung, versteht sich«, ergänzte Melzick. »Schilling ist durchaus zuzutrauen, dass er bei diesem Treffen mit Florian am Samstagabend in der Raststätte mehr verlangte. Ihm womöglich sogar drohte.«

»Was er kurz darauf mit seinem Leben bezahlt hat«, seufzte Lucy. »Du hast ihn doch gefunden, Mel. Wie kommst du eigentlich klar damit? Ich meine, du hast ihn ja persönlich erlebt und dich mit ihm unterhalten. Sie doch auch, Herr Kommissar.« Melzick tauschte mit Zweifel einen Blick, zuckte mit den Schultern und versenkte die Nase in ihren Espresso. Zweifel schwieg.

Schließlich sagte Melzick:

»Ich versuche, das so zu sehen, wie Penny. Für die ist jede Leiche, und sei der Anblick noch zu schrecklich, ein Kunde, mit dem man freundlich und höflich umzugehen hat. Diese Einstellung ist nicht die schlechteste, um mit alldem fertigzuwerden.« Zweifel nickte.

»Von Penny können wir lernen«, stimmte er zu. »Da kommt sie übrigens.«

28. Kapitel

Penny Stock kam mit hochrotem Gesicht zur Tür herein.

»Mein Auto spielte plötzlich mitten im Kreisverkehr ›toter VW‹. Ich bin die ganze Strecke gelaufen«, japste sie.

»Welcher Kreisverkehr?«, wollte Melzick wissen.

»Kaufbeurer Straße, da wo die Post ist.« Melzick nickte anerkennend.

»Na, da bist du ja mindestens 800 Meter am Stück gelaufen.«

Penny verdrehte die Augen.

»Spar dir die Kommentare. Das war für mich so gut wie ein Halbmarathon. Wonach riecht es denn hier?«

»Indische Wraps. Sie können froh sein, dass nichts mehr da ist«, sagte Lucy.

»Ist Ihnen zwischenzeitlich eingefallen, wo der Safe des Herrn Schilling sein könnte?«, fragte Zweifel und stand auf. Penny schüttelte den Kopf. »Gehen wir doch alle in mein Büro«, sagte er darauf. »Sie auch, Lucy, ich brauche jeden Kopf.« Lucy schnaufte erschrocken und folgte ihnen. Melzick holte Melchiors Handy aus ihrem Büro.

»Hier, Penny schau dir das mal an und dann sag mir, was du davon hältst.«

»Wo bin ich ungestört?«

»Bei mir ist schön aufgeräumt.« Penny verschwand für ein paar Minuten in Melzicks Büro.

»Spinnen wir noch ein bisschen weiter an Ihrer Theorie«, sagte Zweifel und ließ sich auf einen der Sessel fallen. »Florian ist also nicht nach Wien gefahren, sondern hat in der Zwischenzeit seinen Bruder Moritz umgebracht, um künftig dessen Leben zu führen. Wie passt es denn dazu, dass Moritz entführt wurde?« Melzick musste nicht lange überlegen.

»Erstens: Florian war derjenige, der seinem Vater von der Entführung berichtet hat. Bis jetzt wissen wir nicht, ob es eine Lösegeldforderung gab. Ist Moritz also tatsächlich entführt worden? Florian konnte sicher sein, dass sein Vater die Polizei nicht einschalten würde. Das hat sich in dem Gespräch mit Theo Kronberger bestätigt, Chef. Florian täuscht die Entführung seines Bruders vor, bringt ihn um oder lässt ihn umbringen und in die Therme transportieren. Bei seinen finanziellen Möglichkeiten war es nicht weiter schwierig, das geeignete Personal dafür zu finden. Anschließend taucht er als der freigelassene Moritz wieder auf.«

Zweifel schloss die Augen.

»Sie vergessen, dass wir beide einen Anruf bekommen haben, der uns in die Therme gejagt hat, Melzick.« Sie nickte nachdenklich.

»Das hab ich nicht vergessen. War schließlich mein erster Urlaubstag. Sie haben Recht – da wollte jemand unbedingt, dass wir uns um die Sache kümmern. Jemand, der Theo Kronberger einen Schlag versetzen wollte.« Sie nahm ihr Ohrläppchen zwischen Daumen und Zeigefinger. »Schilling hat bestätigt, dass Kronberger nichts davon hält, die Polizei zu informieren. Die hätten die Panik irgendwie heruntergespielt. Schon am gleichen Tag nachmittags war ja ›business as usual‹ angesagt. Erst durch die beiden Anrufe bekam Kronberger uns an den Hals.«

»Was halten Sie davon?«, fragte Zweifel Lucy, die sich das alles angehört und mehr als einmal den Kopf geschüttelt hatte.

»Für mich klingt das einerseits nachvollziehbar, andererseits aber unglaublich. Was ich mich frage ist, wie Melchior in dieses Puzzle passt. Hat er Florian bei seinem

Plan geholfen, weil sie befreundet waren? Oder hat er vielleicht einen eigenen Plan dabei verfolgt?«

Zweifel nickte.

»Gute Fragen, Lucy. Es gibt viele Punkte, die auf Melchior hinweisen. Zunächst mal das Motiv. Sie haben die Familiengeschichte der Bodenheims ausgegraben, Melzick. Kronberger hat sie ruiniert mit seinem Rachefeldzug nach dem Tod seiner Frau. Melchior fühlte sich im Millionärsclub lange Zeit sicher sehr wohl. Vielleicht wusste er aber schon um die miserable Finanzlage und wer dafür verantwortlich war. Mit dem Mord an Florian hätte er doppelt Rache nehmen können an der Kronberger-Sippe.«

Penny kam ohne anzuklopfen herein, setzte sich in den letzten freien Sessel und legte Melchiors Handy auf den Tisch. Alle schauten sie fragend an. Penny rieb an ihrer Nase und runzelte die Stirn.

»So viele aufgeregte Nackte hab ich noch nie gesehen. Böse Sache so 'ne Panik. Wer hat das gefilmt?« Melzick erklärte ihr, wie sie an das Handy gekommen war. Penny hatte allerdings nichts entdeckt, was sie nicht schon wussten. Bis auf eine Sache.

»Hast du dir eigentlich die Anrufliste angesehen?«, wollte sie wissen. Melzick schüttelte verblüfft den Kopf. Daran hatte sie überhaupt nicht gedacht. Sie war viel zu sehr auf das Video fixiert gewesen. Penny holte die Liste auf das Display und hielt es ihr vor die Nase.

»Das ist doch Melchiors Handy, oder? Interessant, dass Schilling ihn in den letzten Tagen mindestens ein halbes Dutzend Mal angerufen hat.« Zweifel zog die Luft zwischen die Zähne.

»Was haben die beiden denn miteinander zu tun?«, fragte Lucy.

»Tja«, sagte Melzick, »was wollte Schilling von Melchior, so kurz vor seiner Ermordung?«

»Sicher wird der junge Mann eine plausible Erklärung parat haben, wenn ich ihn frage«, meinte Zweifel. »Er wird eine ganze Latte von Erklärungen brauchen. Fassen wir doch mal zusammen. Über sein mögliches Motiv für einen Mord an Florian haben wir ja schon gesprochen.«

»Vorausgesetzt, der Tote ist wirklich Florian«, warf Melzick ein.

»Ja doch, das unterstellen wir jetzt mal, solange das Gegenteil nicht feststeht«, erwiderte Zweifel. »Sein Kumpel Lukas hat gestanden, dass sie gemeinsam die Panik entfacht haben. Laut seiner Aussage hat Melchior Henriette Kohler angerufen und ihr die Dienstplanänderung mitgeteilt. Woher wusste er über den Dienstplan Bescheid? War Schilling ihm da behilflich? Hat Schilling dafür Geld verlangt? Hat er womöglich zu viel verlangt?« Melzick nickte vor sich hin.

»Ich denke, es ist an der Zeit, ihn vor allem zu fragen, wo er in der Nacht zum Montag zwischen elf und zwei Uhr war und wo heute Morgen ab vier Uhr.«

»Haben Sie Lukas nach seinem Alibi gefragt?« Melzick verschränkte die Arme.

»Er hat keins. Weder für die Nacht zum Montag, noch für heute Morgen.«

»Bei den Uhrzeiten hätt' ich auch kein Alibi«, sagte Lucy und verschränkte ebenfalls ihre Arme. »Tja, da ist es doch ganz praktisch, wenn man entführt worden ist.«

»Du meinst, dass Moritz, falls es wirklich Moritz ist, ein Alibi hat, weil er entführt wurde?« Lucy nickte.

»Was Besseres konnte ihm doch gar nicht passieren.«

»Klärt mich mal jemand auf, bitte? Geht's um Moritz Kronberger? Was für 'ne Entführung denn?«, wollte Penny wissen. Melzick brachte sie rasch auf den neuesten Stand der Dinge.

»Was ist denn das für 'ne Katastrophenfamilie?«, meinte Penny.

»Apropos Familie«, sagte Lucy, »was ist mit dem Vater von Melchior? Wie heißt der nochmal?«

»Roman Bodenheim«, sagte Melzick.

»Um den werde ich mich später kümmern, wenn ich seinem Sohn auf den Zahn fühle«, sagte Zweifel.

In diesem Moment klopfte jemand zaghaft zweimal an Zweifels Bürotür. Lucy reagierte am schnellsten und riss sie so schwungvoll auf, dass der Anklopfer erschrocken einen Schritt zurück machte.

»Äh, ich will ja nicht stören, aber ich bin jetzt fertig.« Es war der Bereitschaftsarzt. Zweifel winkte ihn herein. Vier Augenpaare schauten ihn erwartungsvoll an, was ihn sichtlich einschüchterte. Er wirkte eher wie ein Student im ersten Semester.

»Sie haben Herrn Kronberger aber gründlich untersucht«, sagte Zweifel mit einem Blick auf seine Armbanduhr. »Wie ist Ihr Name übrigens?« Der Angesprochene räusperte sich verlegen.

»Grass. Doktor. Doktor Grass.« Er stellte sich so zögernd vor, als sei ihm erst im letzten Moment sein Doktortitel eingefallen.

»Also gut, Dr. Grass«, sagte Zweifel ungerührt, »wie geht es dem Entführungsopfer?« Dr. Grass schloss kurz die Augen und bewegte stumm die Lippen, als schickte er ein Stoßgebet an die Decke des Büros.

»Als ob er in einer mündlichen Prüfung wäre, mit uns als bösen Professoren«, dachte Melzick und musste aufstoßen. Das Curry war definitiv zu scharf gewesen.

»Er verhält sich ganz ruhig.« Die Stimme des Doktors war ungewöhnlich hoch und er sprach sehr leise. »Ich habe ihm ein Beruhigungsmittel gegeben, obwohl das vielleicht gar nicht nötig …« Dr. Grass ließ den Satz unvollendet und schloss erneut die Augen, als müsste er sich zusammenreißen. Mit der rechten Hand hielt er seinen linken Arm fest.

»Er hat keine gravierenden Verletzungen. Im Wesentlichen geringe Hautabschürfungen an beiden Handgelenken. Der Größe nach könnten sie von Kabelbindern herrühren. Aber das kann ich nicht garantieren, ich …«

»Das brauchen Sie auch nicht, Dr. Grass«, sagte Zweifel. Dr. Grass nickte, und starrte, keineswegs erleichtert, auf eine Stelle am Fußboden zwei Meter von ihm entfernt.

»Außerdem ist er dehydriert, ich habe ihm eine Infusion gelegt. Er ist ansprechbar, zeigt normale Reflexe, ich vermute eine temporäre Amnesie«, fuhr er stockend in seinem Bericht fort.

Dann hob er den rechten Zeigefinger, dessen ungesunde gelbliche Farbe unverkennbar von Nikotin herrührte. »Seine Zunge ist verfärbt, vermutlich wurde er geknebelt. Er hat eine kleine Brandnarbe hinter dem linken Ohr und trägt eine Brille, die er aber gerade nicht trägt.«

»Ach was?« Melzick konnte sich nicht zurückhalten. Dr. Grass nickte geistesabwesend und ergänzte in seiner leicht chaotischen Art und Weise:

»Genau. Genauso wenig Kontaktlinsen. Puls und Blutdruck sind unauffällig, die Zähne vollständig, das rechte Bein 15 Millimeter länger als das linke.« Zweifel wurde allmählich klar, warum die Untersuchung so lange gedauert hatte. Dr. Grass rieb mit zwei Fingern an seiner Stirn und vermied weiterhin jeglichen Blickkontakt, während er seinen Bericht vervollständigte:

»Die Fingernägel sind intakt, die Kopfhaut unversehrt, das Hörvermögen nicht beeinträchtigt, sämtliche Gelenke schmerzfrei beweglich.« Es folgte eine kurze Pause, während der er zur Abwechslung an die Decke starrte. »Und er ist Nichtraucher«, warf er als Zugabe noch hinterher. Es klang beinahe vorwurfsvoll.

»Mit anderen Worten, er hat seine Entführung gut überstanden«, sagte Zweifel. Dr. Grass nickte zögernd und hob dann kurz seine rechte Hand.

»Bis auf seine Amnesie, aber da kann man nie wissen, wie lange, also das kann man nicht sagen. Finde ich. Ja.« Er deutete eine Verbeugung an, drehte sich um und verließ ohne weiteres Wort das Büro. Zweifel tauschte einen Blick mit Melzick, die sofort verstand und Dr. Grass nacheilte.

»Doktor, einen Moment noch«, rief sie. Er blieb ruckartig vor Lucys Tresen stehen, ohne sich umzudrehen. Fast hätte Melzick erwartet, dass er beide Hände hob.

»Wie lange muss Herr Kronberger noch liegen, ich meine, wegen der Infusion?«

»Oh, äh, ja. Ich denke – so etwa eine Stunde noch«, sagte er, ohne Melzick anzusehen.

»Ja, dann vielen Dank, Herr Doktor, das war sehr aufschlussreich«, sagte Melzick in dem Gefühl, ihn etwas aufbauen zu müssen. Er warf ihr einen scheuen Blick über die Schulter zu, als traue er seinen Ohren nicht. Sie schenkte ihm ein strahlendes Lächeln.

»Ja, wenn das so ist«, er kam etwas ins Stottern, »dann wissen, wissen Sie ja, wo, ich meine …«

»Wo wir Sie finden? Jep, das wissen wir, Herr Dr. Grass.« Und damit ließ sie ihn allein. Während er herauszufinden versuchte, ob er nun erleichtert sein sollte oder nicht, schaute er noch einmal kurz bei seinem Untersuchungsobjekt vorbei.

Moritz Kronberger war in einen leichten Schlaf gefallen. Dr. Grass nickte kurz vor sich hin, murmelte ein paar Worte und machte sich auf den Weg in sein Büro.

»Komischer Kauz«, meinte Melzick, als sie zu den anderen zurückkehrte.

Lucy schüttelte den Kopf.

»Nee, der ist es nur nicht gewohnt, dass ihn so viele Leute anstarren.«

»Wir sind doch nur vier«, warf Penny ein. »Was geschieht jetzt mit diesem Moritz?«

»Die Infusion hat er wohl in einer Stunde intus«, sagte Melzick, »und wenn ich richtig deute, was der gute Doktor gesagt hat, dann muss er auch nicht weiter beobachtet werden.«

»Wir werden ihn später noch nach Hause bringen«, sagte Zweifel. »Davon hat die Familie Kronberger ja eine ganze Menge. Lucy, was kommt wohl in Wörishofen dafür in Frage?.«

»Das Parkpalais«, antwortete sie wie aus der Pistole geschossen. Zweifel nickte.

»Sein Vater wird bald anrufen. Ich schlage vor, wir lassen ihn vorerst im Ambulanzzimmer und Lucy, Sie haben ein Auge auf ihn.« Lucy war bereits aufgestanden.

»Und das andere Auge?«

»Das können Sie zudrücken«, sagte Zweifel und zwinkerte ihr zu.

»Tja, Leute, ich muss mich jetzt erstmal um meinen halbtoten VW kümmern«, schnaufte Penny und verabschiedete sich. Zweifel warf Melzick einen nachdenklichen Blick zu.

»Was ist los, Chef?«, fragte sie. Lucy hatte sich wieder an ihren Schreibtisch verzogen.

»Ich denke mir gerade ein neues Passwort aus.« Melzick spürte eine leichte Übelkeit in sich aufsteigen. Diese scharfen Wraps hielt ihr Magen für eine Zumutung.

»Wie wäre es mit Pakchoi-Pfui?«, sagte sie und unterdrückte einen Rülpser.

»An dieses Mittagessen werde ich mich sowieso noch lange erinnern, damit muss ich nicht auch noch meinen Laptop füttern«, erwiderte er und klopfte ein paar Mal leicht auf seinen Bauch. Dann starrte er eine Weile vor sich hin und schwieg.

Melzick wusste aus Erfahrung, dass sie ihn in diesem Zustand nicht ansprechen durfte. Sie stellte sich ans Fenster und ließ Revue passieren, was sie erörtert hatten. Sie betrachtete ihre Theorie, dass Florian der Täter und Moritz das Opfer sei, aus allen Richtungen. Sollte der Kronberger, der sich gerade im Ambulanzzimmer befand, wirklich Florian … Sie schlug mit der flachen Hand an ihre Stirn und stieß

»Oh mein Gott!« hervor. Zweifel schien mit seinen Überlegungen zu einem, wenn auch vorläufigen, Ende gekommen zu sein.

»Ich sehe, Ihnen ist etwas eingefallen«, brummte er und stand auf, um das Fenster zu öffnen. Der blaue Sommerhimmel war mit fetten weißen Wolken bevölkert. Eine kühle Brise strömte ins Zimmer. Melzick stöhnte leise.

»Ich hätte diese Dinger nicht essen dürfen.«

»Diese Erkenntnis kommt in der Tat zu spät, Melzick. Wollen Sie sich etwa hinlegen?« Sie schüttelte heftig den Kopf.

»Es gibt noch etwas, woran ich zu spät gedacht habe. Sie aber auch, Chef.« Zweifel schaute sie von der Seite an und schnalzte einmal kurz mit der Zunge.

»Sie meinen die DNA-Analyse, stimmt's?«

»Die wird uns nicht weiterhelfen, denn Florian und Moritz sind eineiige Zwillinge.« Zweifel nickte.

»Tja, das Licht ist mir auch gerade aufgegangen, als ich über Dr. Kälberer nachdachte.«

»Er hätte Sie sicher in seiner freundlichen Art und Weise auf den neuesten Stand der wissenschaftlichen Forensik gebracht«, meinte Melzick und stieß ein weiteres Mal dezent auf.

»Sind Sie jetzt bald fertig mit Ihren Bäuerchen?«, wollte Zweifel wissen. Melzick hob beschwichtigend beide Hände.

»Sie brauchen keine Angst um Ihr Mobiliar zu haben, Chef.«

»Gut dann konzentrieren wir uns doch einfach mal auf die nicht unwesentliche Frage, welcher Kronberger denn jetzt lebt und welcher ermordet wurde.«

»Die Narbe hinter dem Ohr haben beide. In diesem Punkt trifft meine schräge Theorie also zu. Moritz wollte Florian sein und hat sich deshalb die Narbe selbst zugefügt. Wovon der Vater offensichtlich keine Ahnung hatte. Er hat nur nachgefühlt, ob eine Narbe vorhanden ist. Hätte er gewusst, dass beide Söhne dieses Merkmal haben, hätte er sie sich genauer angesehen.«

Zweifel nickte.

»Er war im Leichenschauhaus so sicher, dass es Florian ist, ganz einfach, weil er nur mit Florian zusammen war.« Zweifel rieb mit der rechten Hand über seinen kahlen Schädel.

»Übrigens dürfen wir nicht vergessen, dass die blonden Haare im Porsche Cayenne ebenso gut von Moritz stammen könnten, wie von Florian.«

»Das gilt für die eine Sorte. Der zweite Kandidat mit Haarausfall könnte Melchior Bodenheim heißen.«

Zweifel seufzte.

»Wir müssen uns was einfallen lassen, Melzick.«

»Der Alte muss mit Moritz reden«, erwiderte sie. »Ich bin sicher, er muss nur ein paar Worte mit ihm wechseln, um herauszufinden, welcher Sohn ihm erhalten geblieben ist.«

»Aber nur, wenn es tatsächlich Moritz sein sollte, weil der in die geschäftlichen Details nicht eingeweiht sein dürfte, wobei wir auch da nicht hundertprozentig sicher sein können. Florian dagegen könnte sich dumm stellen und seinem Vater den Moritz vorspielen.« Melzick wirbelte mit beiden Händen ihre Dreadlocks durcheinander.

»Vielleicht gibt es jemanden, der Moritz schon lange kennt. Jemanden, der nicht auf Narben angewiesen ist oder biochemische Beweismittel. Ein Erzieher vielleicht, eine Gouvernante, ein Kindermädchen, was weiß ich.«

»Aus dem Kindermädchenalter ist er raus.« Sie rümpfte die Nase.

»Es kann aber auch sein, dass er da schon wieder drin ist. Jedenfalls wissen wir viel zu wenig über sein bisheriges Leben. Und jetzt, wo er wundersamer Weise wieder aufgetaucht ist, wird uns sein Vater nicht einmal die Schuhgröße seines Sohnes verraten.« Zweifel stand immer noch am Fenster. Gedankenverloren ließ er den Blick über den Besucherparkplatz schweifen.

»Vielleicht …«, begann Melzick, doch er brachte sie mit einer raschen Handbewegung zum Schweigen, drehte sich um und war mit ein paar raschen Schritten aus dem Büro draußen.

»… sollte ich meine Klappe halten«, murmelte Melzick verblüfft ihren Satz zu Ende. Sie hörte Zweifels gedämpfte Stimme, als er rasch mit Lucy ein paar Worte wechselte und dann zurückkam.

»Was war das denn?«

»Ich hab Lucy gebeten, ihre glänzenden Beziehungen zur Presse spielen zu lassen.«

»Das ist nicht Ihr Ernst, Chef. Sie wollen Reisser anzapfen?« Er wischte einmal mit der Hand über sein Gesicht. Das war üblicherweise seine Geste, wenn er übermüdet war. Aber er wirkte hellwach und energiegeladen auf Melzick.

»Warum nicht? Der Mann scheint helle Ohren und scharfe Augen zu haben.« Melzick dachte daran, was Lucy ihr über ihn erzählt hatte.

»Das mag ja sein. Aber wie wollen Sie ihn daran hindern, unsere Ermittlungsergebnisse voreilig rauszuposaunen?« Zweifel warf ihr einen spöttischen Blick zu.

»Haben wir denn schon welche? Ich meine etwas wirklich Greifbares, das den Täter warnen könnte, wenn er es in der Zeitung liest?« Melzick schwieg. »Na sehen Sie. Bisher tappen wir ja schon in der Leichenhalle im Dunkeln.« Melzick ließ sich wieder auf einen Sessel fallen.

»Da hat uns jemand einen verdammt guten Streich gespielt«, seufzte sie.

Zweifel stutzte, drehte den Kopf hin und her, wie ein Jagdhund, der Witterung aufnimmt.

»Ein Spiel, ein Streich, den ich meinem Vater spielen will«, stieß er hervor.

Melzick blickte ihn verständnislos an. Er drehte sich zu ihr um.

»Wie finden Sie das?«

»Äh, ich weiß jetzt nicht genau, was Sie meinen, Chef«, erwiderte sie und kratzte sich an der Nase. Zweifel setzte sich in den Sessel ihr gegenüber und beugte sich vor, die Ellbogen auf den Knien.

»Sie haben doch Theo Kronberger kennengelernt, Melzick.

Finden Sie, dass man einem solchen Mann, einem solchen Vater einen Streich spielen kann?«

»Wer behauptet denn sowas?« Zweifel lehnte sich zurück.

»Aron Schwarzenberg. Endlich ist es mir wieder eingefallen. Die ganze Zeit über hatte ich das Gefühl, als ob …, also …, wie soll ich es ausdrücken?«

»Als ob Ihnen ein Apfelstück im Hals quer sitzt«, kam ihm Melzick zu Hilfe. Zweifel nickte.

»Hätte ich nicht besser ausdrücken können. Wie kommt es eigentlich, dass Sie fast immer ans Essen denken?« Melzick machte große Augen und blies die Backen auf. »Na, egal. Jedenfalls, als ich Aron Schwarzenberg fragte, warum Florian dieses Treffen mit ihm inszeniert hat, gab er zur Antwort, Florian hätte behauptet, seinem Vater damit einen Streich spielen zu wollen.«

»Das hört sich aber ziemlich schräg an, finde ich.«

»Ich kann mir nicht vorstellen, dass Florian sich so ausgedrückt hätte«, bestätigte Zweifel. Melzick zuckte die Schultern.

»Aber was schließen Sie daraus, Chef? Wollen Sie ihm aus seiner Wortwahl einen Strick drehen?« Zweifel kniff die Augen zusammen.

»Ich habe keine Ahnung, aber ich bin sicher, dass es sich dabei um eine äußerst wichtige Kleinigkeit handelt. Ich habe so das Gefühl, dass wir in diesem Fall ganz besonders auf die Kleinigkeiten achten müssen.«

»Bin gespannt, wie Sie das dem alten Kronberger beibringen.« Wie auf ein Stichwort kam Lucy herein.

»Der junge Kronberger ist aufgewacht, Herr Kommissar. Er will wissen, warum ich ihn nicht gehen lassen will, ob ich denn nicht wüsste, wer er sei, und überhaupt, was dieser Firlefanz mit der Infusion zu bedeuten habe. Außerdem hat er Hunger, sagt er. Was soll ich mit ihm machen?« Zweifel stand auf.

»Na, das hört sich doch alles schon sehr konkret an. Die Amnesie ist wohl schon überwunden, was? Immerhin erinnert er sich schon wieder daran, wer er ist. Sagen Sie ihm einfach, dass er noch für kurze Zeit unser Gast ist. Mindestens so lange, wie er für so einen wilden Pakchoi-Wrap braucht.« Lucy verdrehte die Augen.

»Wenn Sie das für eine gute Idee halten?« Zweifel nickte und grinste Melzick an.

»Schon verstanden, Chef. Bin gleich wieder da.«

29. Kapitel

Wenig später saß Moritz Kronberger in Zweifels Büro, kaute zögerlich und warf abwechselnd dem Kommissar und Melzick gleichgültige Blicke zu. Zweifel ließ sich und Moritz ein paar Minuten Zeit, bevor er ihn ansprach.

»Wissen Sie, dass ich Sie schon länger mal kennenlernen wollte, Herr Kronberger?«

»Ach ja?«, war alles, was Moritz dazu sagte.

»Ja. Ich hielt es für zwingend erforderlich, aber Ihr Vater war nicht sehr kooperativ in dieser Hinsicht.«

»Ach ja?«, wiederholte Moritz und biss mit zunehmendem Appetit in den Wrap. Die Schärfe schien ihn überhaupt nicht zu interessieren, genauso wenig wie das, was Zweifel zu sagen hatte.

»Ja. Er behauptete zunächst, Sie seien nicht da, was in gewissem Sinne ja auch zutraf und informierte uns erst sehr spät und nur auf wiederholtes Nachfragen über Ihre Entführung.«

Moritz schluckte zwei Mal und warf Melzick einen kurzen Blick zu.

»Kann ich bitte etwas zu trinken haben?« Melzick brachte ihm ein Glas Wasser, das er zur Hälfte leerte.

»Sie müssen sehr hartnäckig gewesen sein«, sagte er und nahm einen weiteren Bissen.

Zweifel beugte sich nach vorn und sah ihm unverwandt in die Augen.

»Das ist eine meiner stärksten Eigenschaften und oft genug unangenehm für meine Mitmenschen.«

»Ach ja?«, sagte Moritz mit vollem Mund. Zweifel hatte beschlossen, Dr. Grass' Diagnose einer temporären Amnesie temporär zu ignorieren.

»Was genau ist passiert, Herr Kronberger?«

Moritz hörte vorübergehend mit dem Kauen auf und blickte über seine Schulter, als wollte er sichergehen, dass niemand mithörte. Er betrachtete eingehend den Rest des Wraps in seiner Hand und legte ihn dann behutsam auf den Teller.

»Es kommt darauf an, vorbereitet zu sein«, sagte er. »Wer vorbereitet ist, kann die Ruhe bewahren. Wer die Ruhe bewahrt, kann überlegen. Wer überlegt, kann überleben.« Er sprach, als würde er ein Gedicht rezitieren, langsam und jedes einzelne Wort betonend. Dann nickte er ein Mal. »Vater hatte Recht. Sehen Sie mich an! Ich habe überlebt.« Er warf Zweifel einen selbstzufriedenen Blick zu.

»Der Arzt sagt, Ihnen geht es körperlich gut. Sie haben praktisch keine Verletzungen«, mischte sich Melzick ein. »Ganz so dramatisch kann es also nicht gewesen sein.«

Moritz tat, als hätte er sie nicht gehört und drehte sich demonstrativ von ihr weg.

»Sie erinnern sich jetzt wieder an alles?«, fragte Zweifel. Moritz griff zum Wasserglas und leerte es bedächtig.

»Will der jetzt Zeit gewinnen, oder was«, dachte Melzick und spürte, wie sie wieder mal ungeduldig wurde. Ignoriert zu werden ließ sie immer die Stacheln aufstellen. Sie konnte nichts dagegen tun, aber sie zwang sich zur Gelassenheit und beschloss, vorerst kein Wort mehr zu sagen. Moritz stellte das leere Glas neben seinen halb aufgegessenen Wrap und nickte ein paar Mal.

»Es ist merkwürdig, wenn die Erinnerung Stück für Stück zurückkommt. Als ob feiner Sand in eine leere Flasche gefüllt wird«, sagte er.

»Wenn Sie etwas konkreter werden könnten, wäre uns sehr geholfen«, erwiderte Zweifel mit einer Engelsgeduld. Moritz lehnte sich zurück und verschränkte die Arme.

»Ich war mit meinem Motorroller unterwegs. Draußen im Gewerbegebiet. Ich wollte zu dem kleinen Flugplatz. Da gibt es einen unbeschrankten Bahnübergang. Gegenüber ist das Jugendzentrum. Ich hielt an, um den Zug von Türkheim durchzulassen. Bevor ich wieder starten konnte, hielt ein silberner Mercedes mit quietschenden Reifen neben mir. Ein Mann stieg aus, packte mich von hinten unter den Armen und zerrte mich ins Auto.«

»Haben Sie sich gewehrt?«, wollte Zweifel wissen. Moritz schüttelte den Kopf.

»Ich war ja vorbereitet. Unser Vater hat uns schon ganz früh darauf vorbereitet. ›Wehrt euch nicht‹, hat er gesagt, ›so vermeidet ihr Verletzungen.‹«

»Ein kluger Rat«, meinte Zweifel. »Wann ist das passiert?« Moritz warf einen Blick zum Fenster.

»Am Donnerstag. Abends. Gegen acht.«

»Was wollten Sie so spät noch am Flugplatz?«, wollte Melzick wissen.

Zuerst schien es, als hätte er die Frage überhört, doch dann warf er Melzick einen raschen Blick zu, als würde er sie erst jetzt bemerken.

»Es gibt dafür keinen besonderen Grund. Ich hatte eben Lust dazu, rauszufahren und mir die kleinen Flieger aus der Nähe anzusehen.«

»Ist um die Zeit jemand dort?« Er zuckte gleichgültig die Schultern.

»Das Café dort schließt um acht. Mir ist das aber egal.«

»Und wie ging es weiter?«, wollte Zweifel wissen.

»Sie haben mir was über den Kopf gezogen, damit ich nicht sehe, wohin wir fahren.«

»Was war mit dem Roller?« Moritz schaute ihn überrascht an.

»Gut, dass Sie fragen. An den hatte ich überhaupt nicht mehr gedacht. Aber – ich bin ziemlich sicher, dass einer von denen damit weggefahren ist. Ich habe es gehört.«

»Also waren es drei Männer?«, fragte Melzick. »Ein Fahrer, einer, der Sie ins Auto gezerrt hat und einer, der sich um den Roller gekümmert hat.« Moritz nickte zögernd.

»Muss wohl so gewesen.« Zweifel spürte, dass Moritz kurz davor war, selbst Fragen zu stellen. Dem wollte er zuvorkommen.

»Sind Sie lange gefahren? Haben Sie eine Ahnung, wohin man Sie verschleppt hat, auch wenn Sie nichts gesehen haben?« Moritz nickte, was Melzick überraschte.

»Ich bin sogar sicher.«

»Da bin ich aber gespannt. Wie können Sie sicher sein?« Nach wie vor vermied Moritz es, sie anzusehen und blickte stattdessen Zweifel in die Augen.«

»Ich hab es gerochen«, sagte er.

»Das müssen Sie uns näher erklären.«

»Wir waren höchstens zehn Minuten unterwegs und ich habe versucht, anhand der Fahrzeugbewegungen die Strecke gedanklich mit zu verfolgen. Das war nicht sehr schwierig.«

»Weil Sie sowas schon öfter trainiert haben, nehme ich an.« Melzick bemühte sich, nicht überheblich zu klingen. Moritz achtete nicht auf ihren Einwurf.

»Nicht weit von der Therme steht ein heruntergekommenes, riesiges Gewächshaus. Daneben befindet sich ein Holzhaus, das seit Ewigkeiten verlassen ist. Da kommt man normalerweise nicht rein, ist alles abgesperrt. Aber es gibt eine Treppe, die zum Keller führt, dessen Eingang mit einem Holzbalken verriegelt ist«, fuhr Moritz fort. Er schwieg und blickte nachdenklich auf seine Knie. Das dauerte Melzick zu lange.

»Und das Holz riecht ganz besonders, oder wie?« Zweifel warf ihr einen kritischen Blick zu. Moritz fuhr fort.

»Die Steinstufen sind uralt und verwittert und überwuchert.«

»Das haben Sie alles gerochen?«, staunte Melzick. Moritz atmete einmal tief durch, als müsste er jede Menge Geduld aufbringen für diese begriffsstutzige Kriminalbeamtin. Er schüttelte fast unmerklich den Kopf.

»Ich bin schon ein paar Mal da gewesen. Ich kenne das Haus, die Ruine kann man fast sagen, sehr gut.«

»Sie sind auch drin gewesen?«

»Ja, bin ich. Ist das jetzt Hausfriedensbruch?« Zweifel mischte sich besänftigend ein.

»Ich wüsste nicht, wessen Hausfrieden Sie gebrochen haben sollten.« Moritz nickte kurz und richtete seine Aufmerksamkeit jetzt auf Melzicks Haarpracht.

»Die Stufen sind mit Bärlauch und Liebstöckel zugewachsen. Maggikraut, wenn Ihnen das eher was sagt. Wenn da ein paar Männer achtlos drauftreten, riecht das schon ziemlich unverwechselbar.«

Melzick spitzte die Lippen und machte ein Gesicht, als überlege sie, wann sie das letzte Mal Maggi verwendet hatte. »In dem Keller dort stehen massenweise leere Flaschen herum, es liegen fast überall Scherben und in den vergammelten Holzregalen verfaulen Äpfel.«

Er machte eine Pause und schielte auf den halben Wrap. »Die Scherben knirschten unter meinen Schuhen und unter denen meiner Entführer. Es roch nach verschüttetem Wein und Fallobst.«

Er warf Melzick einen sehr geraden Blick zu. »Deshalb bin ich so sicher. Man hat mich gefesselt mit diesen dünnen Plastikdingern und man hat mir überflüssigerweise einen

Knebel in den Mund gestopft, mit einem widerlich süßen Geschmack. Ich verlor das Bewusstsein.« Zweifel räusperte sich.

»Haben die Entführer mit Ihnen gesprochen?« Moritz griff nach dem Wrap und biss herzhaft hinein, während er überlegte.

»Wieviel Lösegeld hat mein Vater denn gezahlt?«, fragte er, statt eine Antwort zu geben. Melzick und Zweifel tauschten einen schnellen Blick.

»Den genauen Betrag kennen wir nicht. Ihr Vater war in dieser Hinsicht sehr wortkarg.« Moritz nickte.

»Sieht ihm ähnlich.«

»Noch einmal also: Sie sind am Donnerstagabend entführt worden und kamen heute Vormittag frei. Das sind sechs Tage. Was haben …«

»Heute ist schon Mittwoch?« Moritz wirkte verblüfft. »Dann muss ich zwei Tage und Nächte durchgeschlafen haben. Bestimmt war etwas in diesem Knebel.« Zweifel wurde allmählich ungeduldig.

»Haben die Entführer mit Ihnen gesprochen? Was war mit Essen und Trinken? Wie hat man Sie bewacht?« Moritz schüttelte nachdenklich den Kopf.

»Ich muss lange Zeit weg gewesen sein. Aber ich bin die ganze Zeit davon ausgegangen, dass die Sache gut ausgeht.«

»Versteht sich. Weil Sie ja vorher alles so schön geübt hatten«, bemerkte Melzick. Moritz setzte sich gerade hin und warf ihr einen aufmerksamen Blick zu.

»Ich glaube, mir gefällt Ihr Tonfall nicht.«

»Die Kollegin ist nur etwas ungeduldig, Herr Kronberger und möchte nur endlich die Antworten auf meine Fragen hören. Ich übrigens auch«, sagte Zweifel und versuchte ein Lächeln. Moritz schnaubte durch die Nase.

»Neben der Matratze, auf der ich gefesselt lag, stand eine große Flasche Wasser. Irgendwann fand ich auch einen Teller mit Brot und Obst. Gesehen habe ich keinen. Gesprochen auch nicht. Gehört schon. Aber kein Wort verstanden. Der Kellerraum war ohne Fenster, die Tür aus Metall, natürlich verriegelt.«

»Wie sind Sie freigekommen?«

Moritz kratzte sich am Kopf.

»Ich bin irgendwann heute Nacht aufgewacht, weil meine Beine schmerzten. Die Fesseln waren weg. Es dauerte ziemlich lange, bis ich das wirklich begriffen hatte. Ich versuchte, aufzustehen, was nicht einfach war, humpelte zur Tür und versuchte, irgendetwas draußen zu hören. Aber da war nichts. Ich drückte die Klinke und die Tür ging auf. Dann stolperte ich die Treppe nach oben – und wusste nicht, wo ich war.«

»Wieso? Sie sagten doch, Sie hätten dieses alte Haus am Geruch erkannt, an den Scherben und …«

»Ich muss mich getäuscht haben. Ich war ganz woanders und hatte vollkommen die Orientierung verloren.«

»Man hat Sie während Sie bewusstlos waren an einen anderen Ort verfrachtet«, murmelte Melzick nachdenklich.

»Das wäre eine Erklärung«, meinte Moritz. Und dann sagte er ansatzlos: »Ich würde gern mit Florian telefonieren und ihm sagen, dass die Sache überstanden ist.« Melzick warf Zweifel aus zusammengekniffenen einen Blick zu.

»Shit«, zischte sie leise, aber hörbar, so dass Moritz es mitbekam und Zweifel misstrauisch ansah. Der beschloss, nicht lange um den heißen Brei herumzureden.

»Das wird nicht möglich sein, Herr Kronberger. Ihr Bruder ist tot.« Moritz sprang auf, wie von einer Tarantel gestochen. Er starrte Zweifel an. »Er wurde ermordet. Ertränkt, um genau zu sein. Sonntagnacht.« Moritz fand seine Sprache wieder.

»Aber wieso haben Sie …, ist er denn nicht …, ich meine, wo ist das passiert?«

»Es ist hier passiert. Das heißt, wo genau, können wir noch nicht sagen. Irgendwo zwischen Wien und München.«

»Irgendwo?«

»Wir sind noch am Anfang unserer Ermittlungen.« Moritz starrte ihn immer noch ungläubig an. Dann räusperte er sich.

»Weiß mein Vater …?«

»Er hat ihn identifiziert. Er ist gestern aus Amerika gekommen.«

»Er hat ihn identifiziert?«, wiederholte Moritz leise. Er konnte es einfach nicht fassen, so schien es und ließ sich wieder auf seinen Sessel sinken.

»Er ist hier?« Zweifel seufzte.

»Wo genau er jetzt ist, wissen wir nicht. Er ist sehr beschäftigt. Das wird Ihnen nicht neu sein. Ich habe mich gestern Morgen mit ihm getroffen.«

Er blickte auf seine Uhr. »Ich erwarte seinen Anruf in ein paar Minuten.«

»Ist er nicht im Parkpalais?« Zweifel zuckte mit den Schultern.

»Was mir nicht klar ist, Herr Kronberger, ist Folgendes: Ihr Vater behauptet, dass Sie und Ihr Bruder in letzter Zeit keinerlei Kontakt miteinander gehabt hätten. Er sagte uns außerdem, dass Florian ihm am Samstag telefonisch von Ihrer Entführung berichtet hat. Wie kann Florian Wind davon bekommen haben?«

Moritz verschränkte die Arme. Melzick beobachtete ihn genau. Die enorme Ähnlichkeit mit dem Toten in der Sauna irritierte sie immer noch.

»Na — ich nehme an, die Entführer werden sich bei ihm gemeldet haben.«

»Aber wieso nicht bei Ihrem Vater?«

»Ich habe keine Ahnung.«

»Stimmt es, was Ihr Vater sagt?«

»Mein Vater hat irgendwann einen Entschluss gefasst.« Seine Stimme klang um einige Grade kühler, als er das sagte. »Ich habe meinen Bruder seit Jahren nicht gesehen. Aber das ist kein Problem für uns. Wir haben jeder unser eigenes Leben.« Er räusperte sich. »Hatten.«

Das Telefon klingelte. Zweifel ging zu seinem Schreibtisch. Es war Lucy.

»Herr Kronberger«, sagte sie nur und legte auf. Zweifel hielt den Hörer in der Hand und streckte sich.

Melzick ließ keinen Blick von Moritz, der ebenfalls aufgestanden war.

»Zweifel hier, Herr Kronberger, ich unterhalte mich gerade mit Moritz. Nein, wir haben uns nicht eingemischt, er ist von allein wieder aufgetaucht. Ich denke, das wird Sie sicher …, nein, er ist nicht verletzt. Er steht hier neben mir, möchten Sie nicht…?«

Zweifel schwieg und lauschte, während er eingehend seinen Schreibtisch begutachtete.

»Ich verstehe, dass Sie zu dieser Schlussfolgerung kommen. Wir werden das überprüfen müssen, aber dazu brauchen wir Ihre … Nein. Bisher nicht. Aber es gab einen weiteren Toten. Ihr Geschäftsführer, Herr Schilling.« Zweifel drehte sich zu Moritz um, der unbeteiligt dastand.

»Erschossen. Ein Zusammenhang kann derzeit nicht ausgeschlossen werden.« Wieder lauschte Zweifel ein, zwei Minuten schweigend. Als er sprach, war seine Stimme eine Spur tiefer als zuvor.

»Sie können davon ausgehen, Herr Kronberger, dass ich dem Mörder Ihres Sohnes schon sehr bald gegenüberstehen werde.« Melzick runzelte die Stirn. Zu solchen Versprechungen ließ sich ihr Chef normalerweise nicht hinreißen.

Moritz schaute Zweifel unbewegt an. Dann streckte er die Hand aus, als wolle er ihm den Hörer abnehmen. Zweifel drehte sich weg. Moritz ließ den Arm sinken.

Zweifel verabschiedete sich und legte auf.

»Ihr Vater wird Sie nachher im Parkpalais anrufen«, sagte er zu Moritz gewandt, der keinerlei Regung zeigte. »Er schlägt vor, dass Sie sich zunächst dort aufhalten, was ich für eine gute Idee halte. Es kann nämlich sein, dass ich noch einige Fragen an Sie haben werde.«

»Das heißt, ich soll mich nicht vom Fleck bewegen?«

»Ganz so hart würde ich es nicht ausdrücken. Aber solange der Mord an Ihrem Bruder nicht restlos aufgeklärt ist, wäre ich Ihnen sehr dankbar, wenn Sie sich zur Verfügung halten würden.«

Moritz runzelte die Stirn.

»Wie lange wird das dauern?« Melzick hörte überrascht, wie ihr Chef sagte:

»Zwei, höchstens drei Tage.« Moritz nickte.

»Damit kann ich leben.«

»Schön. Ich lasse Sie nach Hause bringen.«

»Das ist nicht nötig.«

»Es ist nötig. Immerhin sind Sie letzte Woche erst entführt worden. Ich gehe ungern ein Risiko ein.« Zweifel nickte Melzick zu, die Moritz hinausbegleitete und seine »Taxifahrt« organisierte.

»Was hat der alte Kronberger gesagt?«, wollte sie wissen, als sie in Zweifels Büro zurückkehrte.

»Es schien für ihn eine Selbstverständlichkeit zu sein, dass Moritz freigelassen wurde.«

»Sie sagten was von einer Schlussfolgerung?«

»Für ihn ist Moritz' Freilassung der Beweis dafür, dass Florian in Wien war. Er hat ihm am Samstagabend bei ihrem Telefonat vorgeschlagen, das Lösegeld aus dem Safe des Penthauses in Wien zu nehmen. Florian kannte die Kombination. Moritz ist frei, also wurde das Lösegeld bezahlt, also war Florian in Wien und hat das Geld nach seinem Gespräch mit Schwarzenberg an die Entführer übergeben, wie und wo auch immer.« Melzick nickte.

»Klingt auf seine Weise logisch. Hat er was zu Schillings Ermordung gesagt?«

»Er schien nicht sonderlich erfreut. Besonders ärgerlich findet er es aber, dass wir Moritz verhört haben, wie er sich ausdrückte. ›Das wird Konsequenzen haben‹, sagte er. Aber das sagt er ja jedes Mal. Ich habe noch nie so viele Konsequenzen versprochen bekommen, wie in diesem Fall. Morgen Vormittag um 10 Uhr will er wieder anrufen.« Melzick grinste gequält.

»Dann wollen wir doch hoffen, dass Herr Kronberger seine Versprechungen auch einhält.«

Sie richtete den Zeigefinger auf ihren Chef. »Und dass vor allem Sie Ihre Versprechen einhalten. War das nicht sehr gewagt? Sie wissen doch, wie diese Kronbergers ticken. Der Sohn scheint mir aus demselben Holz geschnitzt.« Zweifel zuckte gleichmütig mit den Achseln.

»Irgendwie lässt mich das Gefühl nicht los, dass wir tatsächlich kurz vor dem Durchbruch stehen.«

»Sorry Chef, aber ich sehe uns noch lange nicht so weit.«

»Was ist mit Ihrer Theorie?"

»Na ja — nach der haben wir uns gerade mit Florian

unterhalten und nicht mit Moritz. Wenn das zutrifft, ist die Frage, woher er von der Entführung wusste, überflüssig. Dann sind überhaupt viele Fragen überflüssig.«

»Wir wissen immer noch nicht, wo der Mord passierte.“

»Und genauso wenig wissen wir, wo Moritz hingebracht wurde, während er bewusstlos war.« Sie überlegte einen Augenblick. »Was halten Sie davon, wenn ich mich in diesem alten Schuppen, von dem er gesprochen hat, mal umsehe?«

»Die Entführung ist doch wie ein Spuk vorübergegangen, Melzick. Warum wollen Sie dahin?«

»Weiß nicht. Vielleicht wartet da noch ein Gespenst auf mich.«

»Und bringt Sie auf andere Gedanken, oder wie?«

»Warum nicht? Könnten ja auch ein paar richtige Gedanken dabei sein.«

»Also gut«, nickte Zweifel, »rufen Sie mich an, wenn es Ihnen zu unheimlich wird.«

30. Kapitel

Melchior lag auf seinem Bett und dachte nach. Die »Hütte« seines Großvaters Charles hatte er auch nach etlichen Stunden an seinem Laptop nicht gefunden. Er hatte versucht, sich an ihn zu erinnern, aber es war ihm nicht gelungen. Ihm waren nur die Fotos in den Sinn gekommen, auf denen er als kleiner Junge mit ihm zu sehen war. Auf einem Segelboot irgendwo in der Ägäis, vor dem prächtigen Eingang zu der Villa, die ihm damals noch gehört hatte, am Rand des Zengartens, den Charles mit viel Sinn für Details in seinem Park hatte anlegen lassen. Alles vorbei und verloren.

Melchior ließ der Gedanke an die Millionen nicht los, die sein Großvater mutmaßlich nach Frankreich geschmuggelt hatte. Sein Vater war eine Niete, was das Finanzielle anging. Das war ihm in den letzten Wochen endgültig klar geworden. Obendrein war er zu feige, Melchior die Wahrheit zu sagen. Erst der Familienanwalt hatte ihn mit der harten Wirklichkeit konfrontiert. Für Melchior war sofort klar gewesen, dass er handeln musste. Er hatte keine Lust auf eine Mietwohnung, Secondhand-Klamotten oder irgendein japanisches Mini-Auto. Die Vorstellung allein schüttelte ihn durch. Es war der blanke Horror für ihn. Sein jetziger Lebensstandard war das absolute Minimum, darunter ging gar nichts. Wobei er nicht den Eindruck hatte, besonders verschwenderisch zu sein. Aber ein gewisses Niveau sollte doch bitte schön möglich sein. Das Kronberger-Niveau. Das war sein Ziel. Deswegen hatte er bei Florian betont beiläufig das Terrain sondiert. Die Anderen in ihrer Clique waren ihm zu geschwätzig, zu schnell gelangweilt, zu wenig fokussiert. Mit denen konnte man keine Pläne schmieden, geschweige denn durchführen. Mit Florian war das anders, zumindest am Anfang. Er hatte ihn nach seiner Arbeit gefragt und danach einfach nur zugehört. Richtig zugehört. Das Psychologiestudium war wenigstens zu etwas nütze.

Sie hatten sich ein paar Mal getroffen. Melchior hatte schon bald einen gewissen Einblick in die Vermögensverhältnisse der Kronbergers bekommen. Florian hatte ihm auch von den Schwierigkeiten mit seinem Vater berichtet. Melchior war im Laufe der Gespräche bewusst geworden, dass sein eigener Vater zwar nicht mit Geld umgehen konnte, ihm aber immerhin ein Vater sein wollte, so gut er es vermochte. Vor allem ließ er ihm jede Menge Freiheiten. Das konnte man von Theo Kronberger nicht behaupten. Der wusste zu jeder Zeit, wo Florian war und was er tat. Er übte einen unmenschlichen Druck auf ihn aus, der nie nachließ. Eine Zeit lang konnte Florian damit umgehen. Er nahm die anspruchsvolle Arbeit als Herausforderung und als intellektuelles Kräftemessen mit seinem Vater an. Doch die Kräfte waren ungleich verteilt. Die Macht lag bei Theo Kronberger. Florian erkannte irgendwann, dass sich daran nichts ändern würde.

»Mein Vater ist ein Egozentriker. Der gibt nichts aus der Hand. Der gibt niemandem die Hand«, hatte Florian bei einem ihrer Treffen gesagt. An diesem Nachmittag war der Plan in Melchior aufgekeimt. In den folgenden Nächten tüftelte er ihn bis in alle Einzelheiten aus. Die Kronbergers würden ihm zu Geld verhelfen. Schließlich war Theo Kronberger an dem finanziellen Desaster der Bodenheims und an der schlechten Verfassung seines Vaters schuld.

Melchior brauchte die Millionen von Charles Bodenheim nicht. Er würde seine eigenen Millionen machen, und er würde auf niemanden Rücksicht nehmen. Melchior lag auf seinem Bett und erinnerte sich sehr genau daran, wie sich dieser Gedanke angefühlt hatte, der Gedanke an seinen Plan.

Und dann dachte er daran, was daraus geworden war. Er dachte an Lukas, den einzigen Schwachpunkt in diesem Plan. Er dachte an seinen Vater, der an seinem großen Schreibtisch voller Papiere mit erbitterter Hartnäckigkeit versuchte seine Verzweiflung wegzutrinken. Er wollte diese Verzweiflung auf gar keinen Fall zu seiner eigenen werden lassen.

Melchior starrte an die Decke und dachte an die letzten Tage. Er dachte an die letzten Nächte. Er dachte an das Geld. Und obwohl er sich dagegen wehrte, lief ihm ein Schauer über den Rücken.

»Eine Audienz beim großen Kriminalmeister persönlich«, tönte Reisser, als er in Zweifels Bürotür stand. Lucy stand hinter ihm und zuckte entschuldigend mit den Schultern. Zweifel schüttelte Reisser die Hand.

»Tja, das haben Sie Lucy zu verdanken. Ich nehme an, Sie werden das entsprechend honorieren.« Lucy verdrehte die Augen.

»Ich kümmere mich mal um das Koffein.« Zweifel bot Reisser einen Stuhl an.

»Auf das Nikotin müssen Sie für die nächsten Minuten verzichten.« Er hatte die gelblich verfärbten Fingerkuppen seines Gegenübers bemerkt. Reisser hob beide Hände.

»Das trifft mich hart. Aber Lucy hat bestimmt etwas zum Kompensieren in ihrer Schublade.«

»Diese Schublade hat sich also schon herumgesprochen?« Reisser wedelte verneinend mit dem Zeigefinger vor Zweifels Nase herum.

»Das hab ich selber sauber recherchiert.«

»Ah ja, verstehe.« Lucy kam mit einem Tablett herein, das sie schnaufend auf dem kleinen Tisch zwischen ihnen abstellte. Reisser warf einen Blick darauf, grinste Zweifel an und griff zufrieden nach dem Schokoriegel, der neben den beiden Tassen lag.

»Man dankt«, rief er Lucy zu und riss das Papier ab.

»War nur noch einer da«, sagte sie mit einem treuherzigen Blick auf Zweifel, dann verschwand sie. Reisser schmatzte bereits und lehnte sich bequem zurück. Zweifel stand auf und ging zum Fenster.

»Ich denke, wir haben etwas gemeinsam, Herr Reisser«, begann er. Reisser nickte kauend.

»Ist mir schon klar, Herr Kommissar, ohne Informationen können wir beide einpacken.« Zweifel beschloss, es kurz zu machen.

»Also gut — so lautet der Deal: Ich brauche echte Hintergrundinformationen zu Moritz Kronberger. Dinge, die nicht in der Zeitung standen, die eigentlich niemand wissen kann. Außer Ihnen. Möglicherweise.«

Reisser hörte abrupt mit dem Kauen auf, zerknüllte geräuschvoll das Schokoriegelpapier und warf Zweifel aus zusammengekniffenen Augen einen Blick zu. Zweifel hob leicht die rechte Hand, um den Inhalt seiner Worte etwas zu dämpfen. »Möglicherweise bekommen Sie im Gegenzug Informationen von mir, die eine ähnliche Qualität haben.«

Reisser ließ sich das durch den Kopf gehen und schluckte das Haselnuss-Kakao-Karamell-Gemisch hinunter.

»Exklusive Infos aus erster Hand. Ich weiß also künftig, wer die Leiche ist, bevor der Mörder seine Kanone lädt oder Ähnliches?« Zweifel nickte.

»So ähnlich. Aber ziehen Sie von Ihren Erwartungen vorsichtshalber 50 Prozent ab.«

Reisser pfiff leise durch die Zähne, wobei ein kleines Stückchen Karamell durch die Luft flog. Sie beachteten es beide nicht.

»50 ist 'ne ziemlich große Zahl in Verbindung mit dem Wort Prozent, Herr Kommissar.« Zweifel zuckte kurz mit den Schultern.

»Das ist mein Angebot Herr Reisser. Ich denke, wir können beide davon hundertprozentig profitieren.« Reisser nickte nachdenklich. Dann klatschte er einmal in die Hände.

»Da könnten Sie Recht haben. Der Deal gilt. Was wollen Sie genau wissen?«, fragte er und griff automatisch in die Innentasche seines Jacketts, wo Zellophan knisterte. Als er Zweifels Blick bemerkte, zog er die Hand ohne Zigaretten wieder hervor.

»Wir suchen jemanden, der Moritz schon lange kennt. Der ihn so gut kennt, dass er ihn zweifelsfrei identifizieren kann. Er gleicht Florian wie ein Pinguin dem anderen. Eine DNA-Analyse ist bei eineiigen Zwillingen derzeit noch nicht zuverlässig genug. Es bahnen sich zwar neue Entwicklungen in der Forschung an, aber so lange können wir nicht warten.«

»Das heißt, Sie wissen immer noch nicht, wer der Tote ist?«

»Sein Vater hat ihn als Florian identifiziert und zwar anhand einer kleinen Narbe hinter dem Ohr, die nach seinem Wissen nur Florian haben konnte.«

»Und wo ist dann das Problem?«

»Moritz hat die gleiche Narbe an der gleichen Stelle. Davon hat Theo Kronberger offensichtlich keine Ahnung, sonst hätte er sie sich angesehen und nicht nur mit den Fingern ertastet.«

»Und wenn Sie den Alten mit Moritz reden lassen? Der muss ihm doch nur ein paar Fragen stellen, die nur Florian beantworten kann, oder nicht?«

»Meine Kollegin hat denselben Vorschlag gemacht, aber ganz so einfach ist es nicht. Was ist, wenn der junge Kronberger keine Ahnung von der Materie zu haben scheint?

Dann bleibt immer noch die Möglichkeit, dass es Florian ist, der sich dumm stellt.«

»Und warum sollte er das tun?«

»Um aus seinem Leben auszubrechen beispielsweise.« Wieder pfiff Reisser leise durch die Zähne, allerdings ohne irgendwelche süßen Krümel zu emittieren.»Vielleicht gibt es jemanden aus Moritz' Vergangenheit, der ihn von klein auf kennt. Ein Hauslehrer möglicherweise, ein Butler oder Sekretär, ein Hausmädchen, eine Gouvernante oder was auch immer in Millionärskreisen üblich ist.« Reisser nickte versonnen ein paar Mal, bis ein Wolfslächeln seine Lippen verzog und seinen gelben Zähnen zu etwas Tageslicht verhalf.

»Ihnen kann geholfen werden, Herr Kommissar. Es gibt da jemanden.« Zweifel hob die Augenbrauen.

»Tatsächlich? Wer ist es? Wie kommen wir an ihn ran?«

»Er sitzt vor Ihnen.« Zweifel starrte ihn an.

»Was soll das heißen?« Reisser verschränkte die Arme.

»Vor zwei Jahren wollte ich so eine Art Homestory über die Kronbergers machen. Damals war die Therme in aller Munde. Es ging um irgendwelche steuerlichen Vergünstigungen. Die Lokalpolitik sorgte für einen Sturm im Weißbierglas. Da hätte ein Bericht über den Lifestyle der Multimillionärsfamilie einen hübschen Akzent gesetzt.«

»Sie verwenden den Konjunktiv?« Reisser gab ein schmatzendes Geräusch von sich.

»Üblicherweise greife ich dazu nur als Gegengift zum inflationären Gebrauch von Superlativen. In diesem Fall aber aus einem anderen Grund und äußerst ungern. Die Story wurde nie gedruckt.«

»Ich vermute mal höhere Gewalt als Ursache dafür.« Der Reporter nickte grimmig.

»Die Betonung liegt auf ›höhere‹ und sie liegt auf ›Gewalt‹.«

»Ich hätte nicht gedacht, dass ein Mann wie Sie sich davon beeindrucken lässt.»

»Sie verwenden ja ebenfalls den Konjunktiv, Herr Kommissar.«

»Lassen wir mal die Grammatik für einen Moment aus dem Spiel. Sie haben Moritz also interviewt?«

»Sagen wir, ich habe ein Gespräch mit ihm geführt.«

»Und anhand dieser Begegnung vor zwei Jahren wollen Sie also den jungen Kronberger einwandfrei identifizieren?« Reisser beugte sich mit verschränkten Armen nach vorn auf seine Knie und kniff erneut die Augen zusammen.

»Fragen Sie ihn nach meinem Nachtisch.«

»Wie bitte?«

»Mein Nachtisch. Fragen Sie ihn, was ich zum Nachtisch gegessen habe.« Zweifel kratzte sich ungläubig an der Stirn.

»Warum sollte er sich nach so langer Zeit daran erinnern? Und woher wollen Sie wissen, ob Sie damals nicht vielleicht doch mit Florian gesprochen haben?«

»Drei Pfirsich-Melba und eine Gerichtsverhandlung in Kopenhagen.« Zweifel seufzte.

»Sie drücken sich zwar kurz und knackig aus, dafür aber auch vollkommen unverständlich.«

Reisser legte die Hände auf seinen Knien zusammen wie zum Gebet.

»Erstens: Ich hatte Moritz zum Essen eingeladen. Ins Restaurant vom Steigenberger. Auf Spesenkosten versteht sich. Und da ich nun mal ein Süßer bin, habe ich auf den Hauptgang verzichtet und stattdessen drei Mal Pfirsich-Melba bestellt, worüber sich der Chefkellner dort heute noch wundert. Glauben Sie mir, Moritz hat das sicher nicht vergessen. Übrigens fand das Treffen ohne Wissen seines

Vaters statt, was Moritz besonders gefallen hat. An den alten Kronberger kommt man ja nicht ran.«

»Und worüber haben sich die Dänen beklagt?« Reisser stutzte einen Moment, zu sehr schwelgte er in Gedanken in Sahne, Vanilleeis und goldgelben Pfirsichen.

»Die Dänen? Ach ja, Kopenhagen. Florian war zu der Zeit vor Gericht. Musste als Zeuge in einem Wirtschaftsprozess aussagen. Es war also definitiv Moritz, der mir beim Schlemmen zugesehen hat. Und er hat es garantiert seinem Vater nicht erzählt, ganz zu schweigen von seinem Bruder. Die beiden hatten schon seit vielen Jahren keinen Kontakt zueinander.«

Zweifel nickte.

»Da ist wohl auch höhere Gewalt im Spiel.«

»Sagen wir mal so: Herr Kronberger hat gern alles unter Kontrolle.«

»Es gibt aber viele Dinge, die lassen sich nicht kontrollieren.« Reisser nickte.

»Mein Hunger auf Süßes beispielsweise.«

»Da steht Ihnen allerdings eine Enttäuschung bevor, Herr Reisser. Pfirsich-Melba gehört nicht zu unserer Büroausstattung.«

»Daran sollten Sie vielleicht etwas ändern, jetzt, wo ich öfters in diesen heiligen Hallen verweilen werde. Apropos — was ist mit meinen 50 Prozent? Gibt es einen Zusammenhang zwischen der Panik und dem Toten in der Sauna?«

»Das gehört leider zu den anderen 50 Prozent. Wir haben eine Spur, die nach Wien führt. Wir haben den Porsche Cayenne sichergestellt, mit dem der mutmaßliche Florian dorthin unterwegs war. Wir haben einen Zeugen, der beobachtet hat, wie zwei Männer den mutmaßlichen Florian auf einer Trage in die Therme gebracht haben. Und wir haben eine weitere heiße Spur aus dem näheren Umfeld des Opfers.« Reisser wiegte den Kopf hin und her.

»Kommen Sie, Herr Kommissar, was ist denn das für eine schwammige Formulierung?«

»Für die Formulierungen sind Sie zuständig. Ich kümmere mich darum, die heiße Spur nicht kalt werden zu lassen. Jedenfalls habe ich den Eindruck, dass wir beide ganz gut zusammenarbeiten werden, was meinen Sie?« Reisser stand schwungvoll auf und streckte ihm seine Hand hin.

»So gut wie Pfirsich und Vanilleeis.«

Aron Schwarzenberg saß in seinem Jaguar und rauchte ein dünnes, schwarzes Zigarillo. Sein Vater verabscheute diesen Geruch, weshalb es in den Kanzleiräumen verpönt war, auch nur ein Streichholz anzuzünden. Bisher jedenfalls. Aron Schwarzenberg sprach das Wort leise aus und lächelte bitter. Bisher! Bisher schien alles glatt zu gehen. Er musste an die Worte von Florian denken.

»Es ist ganz einfach nur ein Streich, den ich meinem Vater spielen werde. Mehr will ich dazu nicht sagen. Die Einzelheiten brauchen dich nicht zu interessieren. Wenn alles vorbei ist, wirst du vier Millionen haben.« Aron Schwarzenberg schloss die Augen. Vier Millionen — und sein Vater rechnete mit dreieinhalb Millionen. Da wäre ein hübscher Betrag für ihn übriggeblieben. Er schlug mit der geballten Faust auf das Lenkrad. Theorie, alles nur Theorie!

Er dachte an den Tag, als sie sich das erste Mal seit sechs Jahren wieder getroffen hatten. Es war gleichzeitig der Jahrestag ihrer Abschlussfeier in Princeton gewesen, aber Florian war mit keinem Wort darauf eingegangen. Auch an die Namen der Kommilitonen wollte er sich partout nicht erinnern und sobald die Rede auf die Professoren kam, wurde er einsilbig. Erst jetzt im Nachhinein fand Aron das merkwürdig. Florian hatte sich verändert. Eindeutig war sein Vater der Grund, der unmenschliche Anforderungen an ihn stellte. Aron war kurz davor gewesen, Mitleid zu bekommen. Jetzt war ihm klar, dass Florian ihn nach allen Regeln der Kunst manipuliert hatte, dieser elende Hurensohn! Diese elenden Schadenersatzforderungen!

Aron versuchte krampfhaft, sich zu erinnern, ab welchem Zeitpunkt alles in die falsche Richtung gelaufen war. Er hatte das Gefühl, an einem schwindelerregenden Abgrund zu stehen, während sich in seinem Rücken seine Feinde drängten. Er lachte kurz und freudlos. Feinde! Seit wann bitte schön hatte denn ein Schwarzenberg Feinde?

Er warf das halbgerauchte Zigarillo aus dem Fenster. Florian hatte sie aufgezählt, all die prominenten Namen derjenigen, die die Kanzlei Schwarzenberg mit horrenden Forderungen und epischen Klageschriften überzogen. Natürlich kannte Florian diese Leute, davon konnte er ausgehen.

»Wenn du willst, lass ich meine Verbindungen spielen, Aron. Unter alten Studienfreunden ist das doch Ehrensache.« Das war der Strohhalm, nach dem er gegriffen hatte. Ein Strohhalm, der Gold wert war. Und der ihn seinen Verstand ausschalten ließ. Diese merkwürdigen Überwachungsfilme. Warum bloß war er nicht misstrauisch geworden? Warum hatte er diese absurden Bitten von Florian ernst genommen? Dieses seltsame Treffen im Hotel Imperial. Wäre er nur nicht dort hingegangen. Die Sache war außer Kontrolle geraten. Er hätte sich nicht hinreißen lassen dürfen. Aron Schwarzenberg schlug in zunehmender Wut und Verzweiflung auf sein Lenkrad ein. Er begann, die Beherrschung zu verlieren. Wieder einmal.

Lucy seufzte tief und vernehmlich auf. Reisser war gerade aus der Tür verschwunden. Er würde erst morgen wieder vorbeikommen und ein paar Tausend Kalorien mitbringen, wie er versichert hatte. Sie wusste noch nicht recht, was sie von diesem Menschen halten sollte, als das Telefon klingelte. Sie lauschte kurz und stellte das Gespräch dann zu Zweifel durch.

»Da ist ein Kollege von der Flughafenpolizei München in der Leitung, Herr Kommissar. Zweifel, der in Gedanken versunken am Fenster gestanden war, nahm das Gespräch entgegen. Es dauerte gerade einmal zwei Minuten, aber danach war er um eine äußerst wichtige Information reicher. Er machte sich eine Notiz. Er würde Theo Kronberger mit weiteren Fragen nerven müssen und er fragte sich, ob er den Innenminister nicht vorwarnen sollte. Bei der Gelegenheit fiel ihm etwas ein.

»Ach Lucy, Sie haben mir doch heute Morgen von Moritz' Telefonanruf berichtet. Den ersten, meine ich, als ich noch nicht da war. Was genau hat er da gesagt?« Lucy blies die Backen auf und blickte an die Decke.

»Er sagte: ›Kann ich bitte Kommissar Zweifel sprechen?‹«

»War das der Wortlaut?«

»Genauso. Deswegen dachte ich ja zuerst, es sei der Alte.« Zweifel runzelte die Stirn und murmelte etwas Unverständliches.

»Er hat sich nur mit seinem Nachnamen gemeldet?«, fragte er. Lucy nickte. Zweifel schaute auf seine Uhr.

»Er dürfte jetzt im Parkpalais angekommen sein. Halten Sie es für möglich, mich mit ihm zu verbinden?« Lucy stutzte.

»Wenn er im Telefonbuch steht und Sie den Hörer abnehmen, wenn es gleich klingelt, steht dem nichts im Wege.«

»Okay, okay, ich frage ja nur. Mit Kronberger-Telefonaten hab ich schon einiges erlebt.«

Lucy zwinkerte ihm zu und war bereits auf der Suche.

»Kaum zu glauben, Herr Kommissar, aber da gibt es unter dem Namen Kronberger tatsächlich eine Nummer in Bad Wörishofen.« Sie wählte bereits und Zweifel verschwand in seinem Büro.

31. Kapitel

Melzick war mit ihrem Rad in Richtung Therme aus der Stadt hinausgefahren. Auf der schmalen, asphaltierten Straße, die in der Nachmittagshitze glühte, war niemand unterwegs. Der sonst übliche Wind hielt Siesta und der Fahrtwind blies ihr heiß wie ein Föhn ins Gesicht. Freiwillig war bei diesen Temperaturen keiner in der prallen Sonne unterwegs. Ihr Stirnband war durchweicht, das T-Shirt klebte am Rücken und in ihre schwarze Jeans stachen die Sonnenstrahlen wie heiße Nadeln. Im Inneren ihrer Turnschuhe herrschten Saunatemperaturen.

Doch das alles machte ihr nicht das Geringste aus. Sie liebte den Sommer, wenn er am heißesten war und grinste über das ganze Gesicht, so dass einige Fliegen Bekanntschaft mit ihren Zähnen machten. Sie versuchte, sie auszuspucken und schüttelte den Kopf über sich selbst.

Als sie sich dem riesigen Glasbau mit dem gewölbten Dach näherte und die gewaltigen Palmwedel hinter den Scheiben gut erkennen konnte, verlangsamte sie ihre Fahrt. Auf diesem Weg musste der Lieferwagen mit dem toten Kronberger gekommen sein.

Sie fuhr ganz nahe an die betreffende Stelle des Zauns heran, hinter dem unmittelbar eine fast drei Meter hohe Grasböschung die Sicht auf die Sauna- und Badegäste verwehrte. Der grüngestrichene Drahtzaun war hier durchschnitten worden. Das gelbe Absperrband der Polizei war der einzige Hinweis darauf, dass hier etwas nicht mit rechten Dingen zugegangen war. Melzick nahm das typische Aroma von heißem Holz wahr, das von den dicken Holzbalken der finnischen Sauna-Blockhäuser ausging, die weiter links entlang der schmalen Straße Zaun und Böschung unterbrachen. Sie dachte an die beiden »Sanitäter«, die mit ihrer toten Last den Zaun und die Böschung überwunden hatten. Es mussten enorm kräftige Männer gewesen sein. Dieser Junge aus Berlin, wie hieß er noch, der hatte das ja bestätigt. Melzick wusste, dass die Suche nach dem Lieferwagen und seiner Besatzung bislang ergebnislos verlaufen war, worüber sie sich nicht wunderte. Niemand hatte ein Kennzeichen notiert und außer einer Menge Muskeln waren keinerlei Merkmale bekannt, um die beiden Leichenträger zu identifizieren.

Melzick schoss der Schweiß aus allen Poren. Sie war von ihrem Rad abgestiegen und ganz nah an den Zaun herangegangen. Gedämpft drangen die typischen Geräusche des Spaßbades an ihr Ohr. Plötzlich bemerkte sie einen großen Schatten, der sich über das Gras bewegte und blickte automatisch nach oben. Ein Ballon schwebte über der Therme. Melzick kniff die Augen zusammen. Für eine Ballonfahrt war es eigentlich viel zu früh am Tag. Um diese Jahreszeit war ein Start selten vor 18 Uhr sinnvoll. Erst auf den zweiten Blick erkannte sie, dass es ein Werbeballon war. Für das kommende Wochenende wurde ein ganz besonderes Ereignis angekündigt: »Die Mozartnacht im Thermen-Paradies«. Das Leben und Treiben ging also nahtlos weiter, dachte Melzick, auch ohne den Chef.

Ihre Gedanken schweiften zu dem jungen Kronberger ab, den sie heute kennengelernt hatte. Dann kamen ihr Melchior und Lukas in den Sinn und sie dachte an den toten Schilling. Warum war er erschossen worden? Was machte einen solchen Menschen zu einem Mordopfer? Wer hatte Wert daraufgelegt, ihn mit ausgebreiteten Armen auf seinem Schreibtisch zu drapieren? Lebte da einer seine Neigung zum Makabren aus? Oder wollte jemand ein Zeichen setzen? Galt das auch für die Leiche in der Sauna? Aber wem sollte ein Zeichen gesetzt werden? Melzick wirbelte ihre Dreadlocks durcheinander und schaute sich um. Sie war allein auf dieser Seite des Zauns. Der asphaltierte Weg entfernte sich in einem Bogen von den Blockhäusern und schlängelte sich in Richtung Waldrand eine kleine Anhöhe hinauf.

Melzick schwang sich auf ihr Rad. Sie wusste das Gewächshaus, von dem der junge Kronberger gesprochen hatte, ganz in der Nähe. In dessen unmittelbarer Nachbarschaft befand sich das seit Ewigkeiten leerstehende Holzhaus. Sie war schon oft daran vorbeigefahren, ohne es zu beachten. Sie wusste, dass es unter den Einheimischen als das »Vierthalerhaus« bekannt war. Der Ursprung des Namens war unbekannt und es gab etliche Gerüchte um seine Geschichte.

Nach 200 Metern war sie angekommen. Das Grundstück war nicht eingezäunt. Sie stieg ab und schob ihr Fahrrad an das Haus heran. Die Fensterscheiben waren blind vor Staub und in den Ecken mit alten Spinnweben verklebt. Das Erdgeschoss war gemauert und mit brüchigem, gelblich braunem Putz versehen, der erste Stock war mit grau verwittertem Fichtenholz verkleidet.

Melzick schaute sich nach allen Seiten um. Die Grillen zirpten und die Gräser standen hoch. Hochsommerliche, träge Nachmittagsstille. Von Westen her bezog sich der weiße Himmel allmählich mit violetten Wolken. Die Luft über den Feldern ringsum vibrierte und leuchtete grünlich.

Melzick machte ein paar Schritte und schob ihr Fahrrad langsam an der Hausfront vorbei, wobei sie die beiden Fenster im Erdgeschoss nicht aus den Augen ließ. Die dunklen Scheiben waren von vergilbten, zerschlissenen Vorhängen eingerahmt und verwehrten den Blick ins Innere des Gebäudes. Für einen Augenblick glaubte sie, einer der Vorhänge hätte sich bewegt, obwohl kein Lüftchen sich regte. Mit einem Achselzucken tat sie es ab und warf einen Blick auf das einzige, etwas breitere Fenster, das mittig in der hölzernen Giebelwand im ersten Stock halb hinter einem morschen, grünstichigen Balkongeländer verborgen war. Die Scheibe war eingeschlagen. Die gezackte Linie des zerbrochenen Glases erinnerte Melzick absurderweise an die Grafik eines Aktienkurses.

Sie hatte den Asphaltweg jetzt verlassen und bewegte sich über das schotterbedeckte und mit wilden Gräsern überwucherte Gelände, das sich rechts von dem Haus etwa 30 Meter weit bis zu dem riesigen Gewächshaus erstreckte. In der rechten Hauswand befanden sich keinerlei Fenster, aber sie hatte schon die Steinstufen entdeckt, die seitlich zum Keller hinunterführten, ganz wie es der junge Kronberger beschrieben hatte. Sie waren mit Pflanzen zugewachsen, und es war deutlich zu erkennen, dass vor nicht allzu langer Zeit Füße darüber hinweg getrampelt sein mussten. Melzick schnupperte. Es roch tatsächlich nach Maggi. Bevor sie allerdings das Haus über diesen Weg betrat, wollte sie es erst von allen Seiten begutachten.

Nach allen Seiten blickend bog sie um die Ecke und stand jetzt vor der hinteren Seite des Hauses. Sie legte ihr Rad im hohen Gras ab, so dass es von dem Weg aus nicht zu sehen war. Eine alte Steintreppe führte in wenigen Stufen zur Eingangstür aus dunklem, fast schwarzem Holz, die einen erstaunlich stabilen Eindruck machte. Melzick rüttelte daran — sie war verschlossen. Das Fenster links von der Tür war mit einem Vorhang aus dickem Stoff verdeckt, dessen dunkle, rötlichbraune Farbe Melzick an getrocknetes Blut erinnerte. Sie spähte durch das rechte Fenster und erhaschte einen Blick auf ein Wohnzimmer, in dem die Zeit um 1970 herum stehengeblieben sein musste. Ein gewaltiger, graubrauner Fernsehapparat, dessen Bildschirm wundersamer Weise die Jahrzehnte unversehrt überstanden hatte, stand auf einem wackligen Nierentisch. Die Tapete mit psychedelischem Muster in Kaffeebraun, Orange und Sonnenblumengelb war an einigen Stellen abgerissen und hing in Fetzen herab. Im Hintergrund harrte ein Wohnzimmerbüffet in Nussbaum auf daumendünnen Holzbeinchen. Melzick schirmte die Augen mit beiden Händen ab und presste die Nase ans Fensterglas. Dort in der Ecke hinter einem Sessel lag etwas auf dem Boden, das ihr trotz brütender Hitze Kälteschauer über den Rücken jagte.

Melchior hatte bei seinem Plan eines nicht bedacht. Vielleicht hatte er den Gedanken auch nur verdrängt, um die Durchführung nicht zu gefährden. Wie konnte er seinem Vater plausibel erklären, woher das Geld kam? Er wusste wie Roman Bodenheim tickte. Dieser hielt sich viel darauf zugute, nie in seinem Leben illegal gehandelt zu haben. Bei dem leisesten Verdacht, mit den Millionen, die sein Sohn da anschleppte, könnte etwas nicht stimmen, würde er sofort zum Telefon greifen, oder, noch schlimmer, ihn zwingen, selbst zur Polizei zu gehen. Und wie in aller Welt sollte er nicht Verdacht schöpfen.

In Gedanken war Melchior das Gespräch mit seinem Vater in tausend Varianten durchgegangen. Es endete jedes Mal zuverlässig mit einem Anruf bei der Polizei.

Was für Melchior bisher nicht in Frage gekommen war — jetzt wurde es zur unvermeidlichen Lösung des Problems. Er würde seinen Vater alleinlassen müssen. Zumindest bis Gras über die Sache gewachsen war. Und er konnte ihm keinerlei

Nachricht zukommen lassen, das war einfach zu gefährlich. Diese Zick machte einen sehr cleveren Eindruck und ihr Chef war sicher auch nicht auf den Kopf gefallen. Doch erst einmal kam es darauf an, den Schatz zu heben.

»Ich muss es aus Österreich herüberholen. Das ist bei der Summe auch für einen Kronberger keine Kleinigkeit«, hatte er zu ihm gesagt.

»Und wie komme ich an das Geld?«

»Wir dürfen auf keinen Fall zusammen gesehen werden. Niemand darf auf die Idee kommen, wir wären jemals in diesem Haus gewesen, auch nicht zu unterschiedlichen Zeiten.« Melchior hatte diese Geheimniskrämerei etwas übertrieben gefunden, aber wohl oder übel mitgespielt.

»Gibst du mir dann irgendein Rauchzeichen, oder was?«, hatte er spöttisch gefragt.

»Hör zu«, war die todernste Antwort gewesen, »du fährst am Mittwoch raus zu dem alten Kasten. Da gibt es vorne ein Fenster im ersten Stock. Das hat all die Jahre die Besuche von besoffenen Landstreichern und neugierigen Zwergen heil überstanden. Wenn du siehst, dass es eingeschlagen ist, findest du das Geld im Haus, wie ich es dir beschrieben hab.« Melchior hatte diese Worte immer noch deutlich im Ohr.

Heute war Mittwoch. Der einzige Grund, weshalb er sich das Geld noch nicht geholt hatte, war der Gedanke an seinen Vater gewesen. Melchior erhob sich mit einem Ruck von seinem Bett, auf dem er seit über einer Stunde gelegen und gegrübelt hatte. Davon hatte er jetzt genug. Er würde jetzt einfach handeln.

Er steckte sein Handy ein, zog die Schuhe an und verließ entschlossen sein Zimmer. Doch als er oben an der Treppe stand, befielen ihn abermals Zweifel. Er blieb stehen, die Hand auf dem Geländer zur Faust geballt. Ratlosigkeit hüllte ihn erneut ein wie ein viel zu enger Mantel und ließ ihn ein paar Mal lautlos auf das polierte Holz hämmern.

In diesem Moment ertönte der Gong an der Eingangstür. Melchior hörte wie sein Vater in seinem Büro den schweren Schreibtischstuhl geräuschvoll zurückschob und mit langsamen Schritten zum Eingang schlurfte. Er öffnete die Tür und als Melchior hörte, wen er begrüßte, erstarrte er.

Zweifel hatte es eilig. Er saß in seinem altersschwachen Toyota, dessen Klimaanlage defekt war, und ließ sich die paar Worte, die er mit Moritz Kronberger gewechselt hatte, durch den Kopf gehen.

»Ich habe keine Ahnung, was die Essgewohnheiten der Presse mit dem Mord an meinem Bruder zu tun haben, Herr Kommissar.«

»Ich bin es gewohnt, dass man den Sinn meiner Fragen erst im Nachhinein versteht, Herr Kronberger. Können Sie sich nun daran erinnern, was Herr Reisser damals zu sich genommen hat?« Moritz hatte ein paar Sekunden lang geschwiegen und Zweifel hatte schon befürchtet, er würde einfach auflegen.

»Ich habe nie erlebt, dass jemand so verfressen sein kann. Anders kann ich es nicht ausdrücken. Es war irgendeine pompöse Nachspeise in diesem pompösen Lokal. Jede Menge Eis und Sahne und als Alibi ein paar Pfirsiche. Ein großer Teller, wirklich groß. Und den hat er dreimal bestellt. Und restlos vertilgt. Genügt Ihnen das, Herr Kommissar?«

»Es ist gut, wenigstens in einem Punkt Gewissheit zu haben.«

»Dann lege ich jetzt auf. Mein Vater wird jeden Moment anrufen, wie Sie ja vorhin angekündigt haben.« Es war also Moritz Kronberger gewesen. Florian Kronberger war der

Tote. Das stand nun fest. Damit war Melzicks Theorie endgültig ein Fall für fantasielose Schriftsteller, aber nicht für den Mord in der Therme.

Zweifel schaltete in den dritten Gang und wischte sich mit der Hand den Schweiß von der Stirn. Er verspürte plötzlich einen brennenden Durst und hoffte, Roman Bodenheim würde außer kostbaren Rotweinen auch simples Mineralwasser vorrätig haben.

»Herr Kommissar Zweifel, wir hatten doch bereits das Vergnügen. Gibt es denn schon irgendwelche Neuigkeiten? Aber bitte, kommen Sie doch herein. Sie wollen sicher Melchior sprechen. Melchior!«

Roman Bodenheim hatte unnatürlich laut gesprochen. Zweifel schrieb dies dem Rotwein zu, der auch an diesem besonders heißen Tag das bevorzugte Getränk seines Gegenübers gewesen sein musste. Roman Bodenheims Leutseligkeit wirkte aufgesetzt. War das bei Leutseligkeit nicht immer ein wenig so? Zweifels Aufmerksamkeit entging der harte Zug um die Mundwinkel und die große Resignation in den Augen nicht. In Romans Blick lag etwas Endgültiges, das so gar nicht zu seinem munteren Plauderton passen wollte.

Melchior hatte seine Schrecksekunde überwunden und kam betont lässig die Treppe heruntergeschlendert. Zweifel fiel auf den ersten Blick die Ähnlichkeit mit Moritz Kronberger auf. Größe, Haarfarbe, Körperbau, vor allem die Körpersprache — aus der Ferne hätte man den einen leicht für den anderen halten können. Aber von Angesicht zu Angesicht waren die Unterschiede offensichtlich. Melchiors Augen waren blau und sie standen viel weiter auseinander als bei Moritz.

Melchior streckte ihm die Hand entgegen. Sie war kalt.

»Guten Tag, Herr Kommissar«, sagte er in gelangweiltem Ton.

»Mit Ihrer Kollegin hab ich mich schon sehr ausführlich unterhalten. Hat sie Ihnen denn nicht davon berichtet?« Zweifel ergriff seine Hand und nickte leicht.

»Ach wissen Sie, ich mache mir immer gern selbst ein Bild von den wichtigen Personen in einem Mordfall.« (beinahe wäre ihm »verdächtigen Personen« herausgerutscht).

»Dann lasse ich Sie jetzt wohl lieber allein mit meinem Sohn«, murmelte Roman Bodenheim, mit einem Mal sehr kraftlos und zog sich in sein Büro zurück. Melchior verzog die Lippen zu einem schmalen Lächeln. Er war auf der Treppe stehengeblieben, so dass er, zwei Stufen oberhalb von Zweifel, auf diesen herabsehen konnte.

»Mir war bis dato nicht bewusst, dass ich zu den wichtigen Personen gehöre«, sagte er in einem Tonfall, der leicht amüsiert klingen sollte. Zweifel musterte ihn schweigend, legte den Kopf schief und lächelte vielsagend. Melchior schaute sich etwas unschlüssig um.

»Bevor Sie mich jetzt fragen, wo wir uns ungestört unterhalten können, schlage ich vor, wir verziehen uns in die Bibliothek, wie das in den guten, alten, englischen Kriminalromanen üblich ist.«

»Das kommt mir sehr entgegen, Herr Bodenheim, für diese Bücher habe ich ein Faible«, antwortete Zweifel eine Spur zu enthusiastisch.

»Ach ja?«, antwortete Melchior herablassend.

»Mit dir werde ich schon fertig«, dachten beide in diesem Moment.

Zweifel folgte Melchior einen breiten Flur entlang in einen Raum, der am weitesten entfernt von Roman Bodenheims

Büro zu sein schien. Er erinnerte nur sehr entfernt an eine Bibliothek. Einzig ein schmales, schlichtes Regal aus Mahagoni beherbergte etwa ein Dutzend Bildbände. Die wahllos herumstehenden Rattan-Möbel und die Fensterfront, die den Blick auf einen verwilderten Garten freigab, wiesen den Raum als Wintergarten aus. Auf dem Parkett war hier und da ein hässlicher Wasserfleck zu sehen. Zwei Bananenbäume in gewaltigen Kübeln aus Terrakotta flankierten und beschatteten mit ihren riesigen Blättern den Blick nach draußen. Zwischen zwei dunkelbraun gepolsterten Sesseln stand ein altmodischer Teewagen mit drei oder vier Flaschen hochprozentigen Inhalts.

Melchior deutete wortlos auf einen der Sessel und ließ sich in den anderen fallen. Zweifel ignorierte seine Handbewegung und pflanzte sich stattdessen neben dem linken Bananenbaum auf. Die Luft roch abgestanden und muffig. Es war tropisch schwül hinter den geschlossenen Fenstern. Ohne lange zu fragen, versuchte Zweifel, eines der Fenster zu öffnen, doch es klemmte. Melchior beobachtete ihn dabei. Zweifel ließ die Hand am Fenstergriff und drehte sich wortlos zu Melchior um. Der zuckte gleichgültig mit den Schultern.

»Möchten Sie was trinken?« Zweifels Blick streifte die Flaschen auf dem Teewagen.

»Ein kühles Bier vielleicht.« Damit erwischte er Melchior auf dem falschen Fuß. Er stutzte und stand dann zögernd auf.

»Ich sehe mal nach, was wir da haben«, sagte er und ließ Zweifel allein. Dieser schaute sich genauer um, wobei sich sein erster Eindruck festigte. Dieses Haus wurde vernachlässigt, genauso wie der Garten. Eigentlich ein Jammer, so ein hochwertiges Ambiente verkommen zu lassen.

Zweifel starrte gedankenverloren auf das cognacfarbene Parkett. Irgendwo im Haus klirrten ein paar Flaschen aneinander. Zweifel inspizierte die paar Bildbände, die auf dem Regal die Stellung hielten, wie ein letztes Häuflein Soldaten vor der entscheidenden Schlacht. Picasso, Klimt, Singer-Sargent, Pissaro und Spitzweg. Dazu eine Handvoll Fotobücher: Salgado, Cartier-Bresson, August Sander, Ansel Adams — die Crème de la Crème großer Fotografen. Mit Ausnahme des Picasso-Bandes hätte Zweifel sich liebend gern jeden einzelnen Prachtband für ein paar Stunden vorgenommen und Wellness für die Augen betrieben.

»Ich kann Picasso nicht ausstehen.« Melchior war unbemerkt zurückgekommen, in der linken Hand zwei dunkelgrüne, vor Kälte beschlagene Flaschen, in der rechten zwei hohe, schmale Gläser.

»Er hat ein paar sehr hübsche Tauben gemalt«, erwiderte Zweifel, »und er hat die Malerei mehr als einmal revolutioniert.« Melchior zuckte die Schultern und stellte Flaschen und Gläser auf den kleinen Tisch, der zwischen den beiden Sesseln stand.

»Mag sein. Revolutionen sind nicht so mein Fall.« Zweifel zog seinen ersten Pfeil aus dem Köcher.

»Der Status quo ist Ihnen also heilig?« Melchior warf sich in seinen Sessel und fläzte sich tief hinein. Eine Antwort auf Zweifels Frage hielt er für überflüssig. Die lieferte der Kommissar selbst. »Nun ja, das wundert mich nicht, bei Ihrem Status.« Melchior lachte kurz und verächtlich auf und schüttelte seinen Kopf. Er hatte diesen, wenn auch verdeckten, Vorwurf des Reichtums schon viel zu oft gespürt. Aber er ließ sich nicht provozieren. Er deutete auf das Bier.

»Ich wusste nicht, was Ihnen lieber ist, Flasche oder Glas.« Zweifel unterdrückte ein Schmunzeln. Er gönnte sich noch einen Blick auf Ansel Adams' phänomenale, schwarzweiße Landschaftsaufnahmen, klappte den Band bedauernd zu und stellte ihn zurück.

»Bei diesen Temperaturen ziehe ich die Flasche vor«, meinte er, griff danach, nahm einen tiefen Schluck und setzte sich neben Melchior.

»Aus der Flasche trinken nur Babys, hat man mir eingetrichtert«, sagte dieser und goss sein Glas zur Hälfte voll. Zweifel stellte die Flasche hin und stand kurzentschlossen auf. Er packte den Sessel und rückte ihn so zurecht, dass sie sich gegenübersaßen, was Melchior mit einem Stirnrunzeln quittierte.

»Wo wir gerade bei Ihrem Status waren, erlauben Sie mir ein paar Fragen zu diesem Thema?«, fragte Zweifel für Melchiors Geschmack übertrieben höflich. Er verdrehte die Augen und breitete ergeben die Hände aus.

»Sie studieren Psychologie an der LMU München?« Melchior nickte. »Sie wohnen zusammen mit Ihrem Vater in dieser Villa?« Melchior nickte und griff nach seinem Glas, in dem der Schaum sich bereits gelegt hatte. »Sie fahren den Audi, der draußen in der Einfahrt steht.« Zweifels Tonfall verriet, dass er keine Fragen stellte, sondern Tatsachen konstatierte. Melchior ersparte sich denn auch ein weiteres Nicken. »Sie sind Mitglied in einem, ich zitiere eine Zeugenaussage ›Millionärsclub.‹«

Melchior starrte ihn über den Rand seines Glases hinweg an und schwieg. Zweifel erwiderte seinen Blick.

»Der Range Rover Ihres Vaters mag als vornehmes Understatement durchgehen. Man protzt in Deutschland nicht so gerne mit seinem Reichtum.« Melchior leerte sein Glas und schenkte sich nach. Dieser Kommissar nervte ihn mit seinem andauernden Gerede über …

»Wieviel Geld steht Ihnen monatlich zur Verfügung?«
Zweifel war zu schärferen Geschossen übergegangen, aber
Melchior konnte er damit nicht treffen.

»Ich komme gut über die Runden, Herr Kommissar. Die
genaue Zahl kenne ich nicht. Ich dachte nur, Sie ermitteln in
einem Mordfall und nicht, dass Sie eine Studie über
Millionäre anstellen.«

»Womöglich wäre ich da bei Ihnen an der falschen
Adresse.«

»Wie kommen Sie denn auf den Trichter?«

»Na ja — man hört so einiges und man liest so einiges.«
Melchior machte eine abfällige Handbewegung.

»Jetzt sagen Sie mir bitte nicht, dass Sie Ihre Informationen
vom Hörensagen und aus der Presse beziehen.«

»Allerhöchstens zur Abrundung des Gesamteindrucks,
Herr Bodenheim. Ich sagte eingangs schon, dass ich mir
grundsätzlich persönlich einen Eindruck verschaffe.«
Melchior ließ sich hinreißen.

»Und was für einen Eindruck haben Sie denn nun?« Zweifel
nahm einen weiteren Schluck aus seiner Flasche und ließ die
Frage unbeantwortet. Sollte er ruhig ein bisschen schmoren.
Er wechselte blitzschnell das Thema.

»Haben Sie Kontakt zu Ihrem Großvater Charles?«
Melchior zuckte unmerklich zusammen und griff nach
seinem Glas, um Zeit zu gewinnen. Was wusste dieser
Polizist? Hatte er womöglich mit dem Familienanwalt
geredet? Galt hier nicht das Anwaltsgeheimnis?

Melchior erinnerte sich an sein letztes Gespräch mit ihm.
Allzu schwer war es nicht gewesen, Informationen aus dem
Advokaten herauszukitzeln. Wie verschlossen wäre er wohl
gegenüber diesem Herrn Zweifel gewesen? Melchior
beschloss, die Lügen auf das Wesentliche zu beschränken.

»Mein Großvater ist nach Frankreich emigriert, wie Sie sicher den diversen Presseartikeln entnommen haben. Ich weiß nicht, wo er lebt. Er schreibt nicht. Er ruft nicht an. Er kann mich gernhaben.«

»Ist das so?«

»Fragen Sie meinen Vater. Die Geschichte damals …« Er stockte. Er hatte es unbedingt vermeiden wollen, die Sprache darauf zu bringen, aber nun war es zu spät. »… die Sache damals hat ihm den Rest gegeben.«

»Na ja — er hat sich den Rest wohl genommen. Den Rest des Familienvermögens meine ich.« Dieser Hund war tatsächlich gut informiert, dachte Melchior.

»Er hat weder mich noch meinen Vater in seine finanziellen Pläne einbezogen, alles andere sind unbewiesene Gerüchte.«

»Aber das Geld war weg, oder?« Melchior zuckte die Schultern.

»Ich habe keine Ahnung, ob überhaupt noch etwas davon da war«, sagte Melchior, nippte an seinem Glas und stellte es wieder hin.

»Wovon leben Sie seither? Die neue Klinik hat ja wohl gefloppt.« Melchior verschränkte die Arme.

»Da fragen Sie wirklich am besten meinen Vater. Ich kümmere mich nicht um solche …«

»Wie gut kannten Sie Florian Kronberger?«, unterbrach Zweifel ihn abrupt. Es war ein bewährtes Mittel von ihm, Kandidaten mit raschen und unerwarteten Themenwechseln zu verunsichern.

Melchior stand auf. »Lass dich nicht kirremachen«, sagte er zu sich, »das ist doch nur eine Masche von dem. Aber nicht mit mir.« Er ging ein paar Schritte und versuchte dabei, gelassen zu wirken. Vor der Fensterfront blieb er stehen und drehte Zweifel den Rücken zu.

»Nun, wir sind beide Mitglieder in diesem ominösen Millionärsclub.«

»Nun, einer von Ihnen ist es jedenfalls nicht mehr.«

»Was soll das heißen?«

»Wir wissen jetzt definitiv, dass der Tote in der Sauna Florian Kronberger ist.«

»Verdammt«, dachte Melchior, »verdammt, verdammt. Wie konnte diese Sache nur so grandios schieflaufen? Was hat er mir da bloß eingebrockt?«

Als er an das Geld dachte, ballte sich eine kalte Faust in seinem Magen zusammen. Wäre er nur schon früher zum Vierthalerhaus gefahren, dann hätte er diesen unverschämten Polizisten nicht am Hals. Er durfte sich jetzt keinen einzigen Fehler mehr leisten. Er drehte sich um und starrte den Kommissar an.

»Es ist Florian — tatsächlich Florian? Heilige Scheiße!«

Zweifel stutzte für einen Moment. Melchior war ganz bleich geworden und schien von dieser Neuigkeit schwer getroffen zu sein. Der Junge ließ sich in seinen Sessel sinken, griff nach seinem Glas Bier und stellte es wieder hin, ohne getrunken zu haben.

»Das wird seinen Vater umhauen. Er weiß es sicher schon, nehme ich an.«

»Er hat ihn bereits gestern identifiziert.«

»Gestern? Aber dann verstehe ich nicht, wieso …«

»Wo waren Sie in der Nacht von Sonntag auf Montag zwischen 23 Uhr und 2 Uhr?« Melchior blinzelte verwirrt.

»In der Nacht von …«

»Zwischen elf und zwei, Sie haben mich schon richtig verstanden, Herr Bodenheim.« Jetzt kam es darauf an.

»Wo soll ich schon gewesen sein? Im Bett.«

»Gibt es dafür Zeugen?«

»Sie fragen mich tatsächlich allen Ernstes nach meinem Alibi? Ja geht's noch? Sind Sie wahnsinnig? Hören Sie, Florian war einer meiner besten Freunde. Vergessen Sie das Geschwafel über den Millionärsclub! Wir waren wirklich befreundet!«

Jetzt bloß nicht übertreiben.

»Gibt es Zeugen?«, beharrte Zweifel.

»Nein, die gibt es nicht!«, fauchte Melchior. Zweifel beugte sich vor.

»Wissen Sie, Herr Bodenheim, wir hatten heute eine lange Unterredung mit Ihrem Kommilitonen Lukas Freun. Er war sehr kooperativ.« Melchior wich Zweifels Blick aus, merkte im gleichen Moment, dass das ein Fehler war und starrte wütend zurück. »Bleib ruhig«, dachte er, »Lukas hat keine Ahnung.«

»Er traf eine Reihe von interessanten Aussagen«, sagte Zweifel. »Soll er doch ruhig ein bisschen zappeln«, dachte er, griff nach seiner Flasche und genehmigte sich einen langen Zug. Doch Melchior tat ihm den Gefallen nicht, nachzuhaken. Stattdessen fragte er:

»Möchten Sie noch eines?« Zweifel schüttelte den Kopf.

»Lukas hat uns von Ihrem Experiment erzählt. Sie haben beide dafür gesorgt, dass Hunderte von Badegästen, Männer, Frauen und Kinder, in Todesangst geraten sind. Das ist menschenverachtend, Herr Bodenheim.«

Zweifel sagte das in ruhigem Ton, wodurch seine Worte sich in Melchiors Bewusstsein frästen. Er machte eine Pause, bevor er fortfuhr.

»Es ist menschenverachtend und Sie werden die Konsequenzen zu tragen haben.« Melchior machte eine wegwerfende Handbewegung, aber er musste sich räuspern, bevor er antwortete.

»Ach kommen Sie, Herr Kommissar, es ist niemand ernsthaft verletzt worden. Und der Sachschaden — das ist doch ein Klacks.« Zweifel überging diese Bemerkung und schaute Melchior lange an. Dieser rieb mit dem Zeigefinger an seinem Nasenrücken.

»Abgesehen davon kann Lukas erzählen, was er will. Ich hab mit der ganzen Sache nichts zu tun.«

32. Kapitel

»Sie wussten auf die Sekunde genau, wann diese fatalen Durchsagen kommen würden. Wie erklären Sie sich das?«
Melchior zuckte gleichgültig die Achseln und schwieg.

»Lukas hat Sie gesehen, zusammen mit Florian. Vor etwa vier Wochen. Er sagte, Sie seien darüber verärgert gewesen.«

»Da hat Lu sich wieder mal was eingebildet. Es ist mir doch egal, mit wem er mich sieht.«

»Sie haben Florian also vor vier Wochen getroffen?«
Melchior zuckte erneut die Schultern.

»Ich führe nicht Tagebuch. Kalender hab ich auch keinen.«

»Aber Sie haben ihn getroffen?«, beharrte Zweifel. Melchior verstand nicht, was daran so wichtig sein sollte.

»Ja doch, wenn Sie das unbedingt wissen wollen.«

»Lukas hat Sie außerdem noch woanders erkannt.«

»Ach ja? Na, das ist ja wirklich spannend. Und was fangen Sie mit dieser überaus wichtigen Information an?«, wollte Melchior wissen, lehnte sich weit in seinem Sessel zurück und verschränkte die Arme über dem Kopf.

»Sie sind auf einem Überwachungsfilm zu sehen, aufgenommen in Wien. Genau genommen sind es zwei Aufnahmen. Eine vom letzten Sonntag und eine vom 28. Juli, also vier Wochen zuvor. Sie fuhren jedes Mal denselben grauen Porsche Cayenne. Sagt Ihnen das was?«

»Was zum Teufel hat das zu bedeuten?« schoss es Melchior durch den Kopf. »Wieso zwei Aufnahmen? Es war doch nur von einer die Rede gewesen. Blufft der jetzt, oder was?«

Melchior ließ sich nichts anmerken, während er fieberhaft nachdachte. Er setzte eine gelangweilte Miene auf, behielt die Arme oben und fasste sich an beide Ellbogen.

Er beschloss, das Risiko einzugehen.

»Da muss ein Irrtum vorliegen, Herr Kommissar. Ich bin noch nie im Imperial abgestiegen.«

Er merkte es im gleichen Moment. Er presste die Lippen zusammen. »Verdammt! Himmel Herrgott nochmal, wie konnte das passieren?«

»Das Hotel habe ich noch gar nicht erwähnt. Danke, dass Sie mir so entgegenkommen.« Melchior versuchte, den Fauxpas wieder wettzumachen. Er ließ die Arme herabfallen. Es sollte lässig aussehen.

»Da ist mir doch tatsächlich etwas herausgerutscht. Na, Sie sind mindestens so clever, wie Ihre Assistentin. Der entgeht auch nichts. Wie hieß sie noch gleich. War irgendwie ein merkwürdiger Name, den ich mir trotzdem nicht merken konnte.«

»Mit Ihrem Gedächtnis scheint es nicht weit her zu sein. Wenn Sie mir freundlicherweise erklären wollen, was Sie die beiden Male in Wien zu tun hatten?«

»Wenn Sie glauben, dass das von irgendeiner Bedeutung für Ihren Fall ist.«

»Das entscheide ich, wenn ich Ihre Antwort gehört habe.« Melchiors Verstand konnte blitzschnell arbeiten, vor allem, wenn es um Ausreden ging. Das Problem war nur, wie er den zweiten Film erklären sollte, ohne dass dieser Kommissar noch tiefer bohrte. Er konnte ihn sich ja selbst nicht erklären.

Melchior schlug die Beine übereinander. Wie wäre es, wenn er einfach bei der Wahrheit bliebe, zumindest teilweise. Immerhin hätte er dann sogar so etwas wie ein Alibi. Den Porsche hatten sie doch bestimmt schon entdeckt.

»Also gut, ich will es Ihnen verraten. Florian und ich, wir hatten uns etwas überlegt, einen Plan sozusagen. Florian hatte die Nase voll von seinem Leben. Es kotzte ihn an, rund um die Uhr gegängelt und überwacht zu werden.

Sie kennen seinen Vater nicht. Der ist ein ganz spezieller Fall.« »Wenn du wüsstest«, dachte Zweifel, ließ Melchior aber weiterreden.

»Deswegen musste die Sache absolut wasserdicht sein. Wir simulierten einen dringenden geschäftlichen Termin in Wien.« Zweifel hatte sich in seinem Sessel zurückgelehnt und die Augen halb geschlossen, als langweilte er sich. Melchior ließ sich davon nicht beeindrucken.

»Der alte Kronberger hatte vorher genau festgelegt, um welche Uhrzeit Florian ihn per Skype zu kontaktieren habe. Sein Vater war in Amerika geblieben, in Florida, glaube ich. Der Zeitunterschied spielte für ihn keine Rolle, der arbeitet sowieso 24/7.« Melchior sprach die Floskel für ein mit Arbeit vollgestopftes Leben englisch aus. »Also taten wir ihm den Gefallen. Die Illusion musste perfekt sein. Und sie war es.« Zweifel wollte es genau wissen.

»Wie haben Sie es gemacht?«

»Am schwierigsten war es, das Tonband mit der Glocke vom Stephansdom echt klingen zu lassen. Das Auge ist leichter zu überlisten. Da hat eine Fotografie im Poster-Format genügt. Darauf war sogar ein Baugerüst zu sehen. Der Stephansdom wird gerade restauriert.«

»Und Ihre Besuche mit dem Porsche im Parkhaus des Imperial?«

»Gehörten natürlich mit dazu.« Melchior hatte noch die Worte im Ohr:

»Mach dir darüber keine Gedanken, das gehört zu meinem Plan.« Melchior runzelte die Stirn, als er an das Gespräch mit ihm dachte. Für einen Moment verlor er den Faden. Zweifel half ihm auf die Sprünge.

»Die Überwachungsfilme sollten also die Illusion, Florian sei in Wien, perfekt machen.« Melchior nickte zögernd.

»Hatten Sie keine Bedenken, dass der Schwindel auffliegt? Lukas hat Sie immerhin erkannt.« Jetzt musste er improvisieren.

»Es war ja nicht davon auszugehen, dass Lukas die Filme zu Gesicht bekommt.« Warum bloß gab es zwei Filme?

»Wo war Florian, als er sich mit seinem Vater in Verbindung setzte?«

»Im Flughafenhotel in München. Ich hatte dort alles vorbereitet.«

»Sie haben ihn getroffen?« Melchior ließ der Gedanke an den zweiten Film nicht los. Er antwortete jetzt beinahe mechanisch auf Zweifels Fragen.

»Ich traf ihn in dem vereinbarten Hotelzimmer, zeigte ihm, wie das Poster am günstigsten zur Wirkung käme und spielte ihm das Band mit den Glockentönen vor.«

»Und dann?«

»Fuhr ich nach Wien.«

»Mit dem Porsche?« Melchior nickte.

»Was tat Florian?«

»Ich habe keine Ahnung. Er war so begeistert davon, seinen Vater zu linken, wahrscheinlich hat er …, ach, ich habe wirklich keine Ahnung. Er hat darüber kein Wort verloren und mir war es auch egal.«

»Sie kamen also Sonntagmorgen in Wien an?« Melchior nickte. Er hatte sich wieder gefangen. »Ich bin ins Parkhaus vom Imperial wie vereinbart, hab irgendwo gefrühstückt, war lange in der Albertina, es hat ja in Strömen geregnet und bin abends wieder losgefahren.« Er zuckte die Achseln und grinste. »Ich war also in der fraglichen Nacht nicht im Bett, Herr Kommissar, sondern auf der Autobahn. Dafür gibt es schätzungsweise ein paar hundert Zeugen, die ich alle überholt habe, aber das wird Ihnen wohl kaum genügen.

Vielleicht wollen Sie aber wissen, wo ich den Porsche abgestellt habe.« Zweifel faltete die Hände. »Die Raststätte heißt Hochfelln Süd. Da bin ich in mein eigenes Auto umgestiegen.«

»Warum?«

»Gehörte auch zum Plan. Florian wollte den Porsche dort wieder übernehmen. Den Zündschlüssel hab° ich im Radkasten versteckt.«

»Hm hm, das ist eine hübsche Geschichte, die Sie mir hier auftischen, Herr Bodenheim.« Zweifel verzog die Nase. «Da gibt es allerdings ein paar Ungereimtheiten.«

Melzick musste niesen. Es standen zu viele hohe Gräser ringsum. Sie wischte sich die Nase, holte tief Luft und presste die Stirn noch einmal vorsichtig an das verschmierte Fensterglas. Dabei versuchte sie, ruhig zu atmen. Wahrscheinlich war es nur ein Obdachloser, der sich in dieses Haus mit dem merkwürdigen Namen verkrochen hatte. »Vierthalerhaus«. Vorübergehend ging ihre Fantasie mit ihr durch und sie sah vor sich, wie in jedem der kleinen Räume im verwinkelten Innern eine grässlich zugerichtete Leiche lag und die Spuren eines Gemetzels langsam an den Tapeten herabliefen.

Erneut breitete sich ein teuflisches Kribbeln in ihrer Nase aus. Sie presste sie mit Daumen und Zeigefinger zusammen, hielt die Luft an und schüttelte energisch den Kopf. Um wieder klar und sachlich zu werden, klopfte sie mit den Fingerknöcheln mehrmals an das Fenster. Dann starrte sie erneut in das Zimmer. Wer oder was immer dort lag, zeigte keine Reaktion. Sie klopfte erneut, wenn auch ohne große Hoffnung und rief gedämpft:

»Hallo, könnten Sie bitte die Tür öffnen?«

Stille. »Warum muss sowas immer mir passieren?«, dachte sie, aber dann riss sie sich zusammen. Schließlich — was hatte sie schon groß gesehen? Wie hätte Penny, die Weltmeisterin im Beobachten und Analysieren es wohl bezeichnet?

»Vorläufig sind das nur ein paar alte Stiefel, die nebeneinander liegen und mit den Stiefelspitzen zur Decke zeigen. Die Schnürsenkel sind herausgerissen und es stecken orangene Jogginghosenbeine drin. Ob da nun wirklich jemand vor sich hin modert? Geh rein und schau halt nach, Mel, aber verwisch mir ja keine Spuren!« Das hätte sie gesagt, und wenn sie dagewesen wäre, hätte Melzick sich nicht lange mit Klopfen am Fenster aufgehalten.

Vielleicht lag es einfach nur an dem Namen, dass sie so zögerlich war. Das »Vierthalerhaus«. Sicher, auf Gerüchte konnte man nichts geben. Manchmal aber doch. Melzick hatte davon gelesen, dass es solche Orte gab. Orte, an denen Ungewöhnliches passierte. Ungewöhnlich viel passierte. »Mieses Karma«, hätte ihre Mutter gesagt. Der Gedanke an sie rüttelte Melzick wieder zurecht.

»Mieses Karma«, murmelte sie und musste grinsen. Sie bog um die Hausecke und ging zurück zur Kellertreppe, die wenig einladend zu einer rohen Holztür hinabführte. Mit einem schrägstehenden dicken Holzpfosten war sie provisorisch verrammelt. Melzick kitzelte der intensive Geruch nach Maggi in der Nase. Sie packte energisch den Pfosten, ruckelte ihn ein paar Mal hin und her, bis er nachgab und ließ ihn auf die plattgetretenen Pflanzen fallen. Die altersschwache Tür hing nur noch an einer Angel und Melzick spannte ihre Muskeln an, um sie aufzuwuchten. Aber es ging leichter, als sie gedacht hatte. Sie war vor nicht allzu langer Zeit schon einmal geöffnet worden. Melzick spähte hinein und wartete, bis ihre Augen sich an das Dunkel gewöhnt hatten. Sie machte ein paar Schritte und hörte Glas unter ihren Füßen knirschen. Sie roch die verfaulenden Äpfel, sah die alten Ballonflaschen in ihren Körben, bemerkte die schiefen Holzregale an den brüchigen, weißgekalkten Kellerwänden, die mit Schimmelflecken gesprenkelt waren. Die kühle, muffige Luft, das trübe Licht, den sandigen Boden hatte sie erwartet, auch das Geräusch von weghuschenden Mäusen oder sogar Ratten. Sie dachte an die orangenen Hosenbeine in den beiden Stiefeln und wunderte sich ein wenig, dass weder Bier-, Wein- oder Schnapsflaschen herumlagen. Sie ging weiter und würde sich bald noch mehr wundern.

Melchior verschränkte die Arme.

»Ach, ist das so? Welche Reime passen denn nicht, Ihrer Meinung nach?« Zweifel schlug die Beine übereinander.

»Die Kronbergers besitzen ein Penthaus in der Nähe des Stephansdoms. Das dürfte Ihnen bekannt sein, sonst hätten Sie ja das Münchner Hotelzimmer für die Skype-Konferenz nicht so täuschend echt herrichten können.« Melchior hob eine Augenbraue in die Höhe. »Laut Theo Kronberger fanden geschäftliche Termine in Wien stets in diesem Domizil statt. Warum also sollten Sie mit dem Porsche Cayenne ins Imperial fahren, nur um dort auf einem Überwachungsfilm zu landen?«

Melchior stutzte. Darüber hatte er nie nachgedacht. »Mach dir darüber keine Gedanken«. Melchior hatte das wörtlich genommen. Er zog die Augen zu schmalen Schlitzen zusammen, während er sich dafür verfluchte. Bevor er sich eine Antwort überlegen konnte, kam Zweifel mit der nächsten Merkwürdigkeit.

»Florian hatte laut Theo Kronberger seinen Aston Martin stets vollgetankt am Münchner Flughafen stehen. Warum also sollte er für die Fahrt nach Wien einen Porsche mieten, den sein Vater nicht kennt? Wie sollte der denn damit getäuscht werden?«

Melchior wischte mit der Hand über sein Gesicht und stand abrupt auf. Wie viele Neuigkeiten würde er heute denn noch erfahren? Zweifel blieb sitzen, aber er ließ ihm keine Zeit zum Überlegen.

»Den Porsche haben wir gefunden. Das war nicht schwer. Er stand an der Raststätte Hochfelln Süd. Das deutet darauf hin, dass Sie wenigstens was diesen Punkt betrifft, der Wahrheit den Vorzug gegeben haben.« Melchior schüttelte den Kopf.

»Was soll das heißen?«, rief er verärgert. »Ihre sogenannten Ungereimtheiten sind doch Schwachsinn. Das Imperial hat eben eine Überwachungskamera, das war der Grund. Warum er den Porsche gemietet hat? Keine Ahnung.« Das wüsste er selbst gerne, verdammt noch mal. »Wahrscheinlich wollte er den Aston schonen. Was weiß ich. Sie kennen doch diese englischen Schrottkisten.«

Melchior hatte sich in Rage geredet. Er stand vor der Glasfront und starrte hinaus. Zweifel trieb ihn systematisch weiter in die Ecke.

»Glauben Sie ernsthaft, Theo Kronberger oder gar mich mit diesen fadenscheinigen Erklärungen überzeugen zu können? Wer soll Ihnen denn dieses Märchen glauben? Sie sagen, Sie haben den Porsche nach Wien gefahren. Wie erklären Sie sich, dass wir blonde Haare von zwei verschiedenen Personen gefunden haben?«

»Ich ...«

»Das Merkwürdige ist, dass wir Haare, die Florian zuzuordnen sind, nur auf dem Beifahrersitz gefunden haben. Auf dem Fahrersitz dagegen ...« Er ließ den Satz unvollendet und warf einen nachdenklichen Blick auf Melchiors blonde Mähne.

»Die sind von mir. Jetzt tun Sie doch nicht so, als ob das von Bedeutung wäre. Ich hab doch schon erklärt, dass ich gefahren bin.«

»Zusammen mit Florian?«

»Nein! Haben Sie nicht zugehört?«

»Wie erklären Sie sich dann …«

»Überhaupt nicht!«, unterbrach ihn Melchior. »Ich erkläre überhaupt nichts mehr«, rief er wütend.

Es war ein schmaler Grat. Er war kurz davor, vollständig die Fassung zu verlieren. Die Wut war echt und sie ließ sich schwer beherrschen. »Mach dir darüber keine Gedanken.« Diese Worte klangen wie Hohn in seinen Ohren. Irgendwas schien hier gewaltig schief zu laufen. Aber er musste unbedingt zur Ruhe kommen. Dieser Kommissar war gut im Provozieren, dieser Scheißkerl.

Melchior atmete tief durch und versuchte, sich zu konzentrieren. Doch Zweifel ließ nicht locker.

»Wo waren Sie heute Morgen zwischen vier Uhr und acht Uhr 15?« Was sollte das nun wieder. Brauchte er etwa noch ein Alibi? Wofür denn? Er musste an das letzte Telefonat denken.

»Wir treffen uns um vier Uhr früh bei der Therme, hinten, wo die Blockhäuser sind. Wir müssen dringend etwas besprechen, aber das geht nicht am Telefon«, hatte er gesagt. Melchior war einverstanden gewesen, aber er hatte schlicht verschlafen, war nicht aus dem Bett gekommen.

»Im Bett, und das stimmt dieses Mal wirklich. Glauben Sie es oder lassen Sie es bleiben.«

»Gibt es dafür Zeugen?«

»Nein, Herr Kommissar, die gibt es nicht!«, schleuderte

Melchior ihm aufs äußerste gereizt entgegen. Zweifel erwiderte ruhig Melchiors giftigen Blick.

»Es sieht nicht gut aus für Sie, Herr Bodenheim und das ist noch untertrieben.«

»Ach ja? Was ist denn Schlimmes passiert heute morgen? Noch eine Panik im Planschbecken oder was?« Zweifel erhob sich langsam und blickte ernst auf Melchior herab, der nun direkt vor ihm stand und ihn kampflustig anfunkelte.

»Lars Schilling, der Geschäftsführer der Therme wurde heute Morgen erschossen aufgefunden. Es muss zwischen vier Uhr und acht Uhr 15 passiert sein.«

Melchior starrte Zweifel fassungslos an. Er dachte an dieses vereinbarte Treffen, das er verschlafen hatte und eine eisige Hand umklammerte seinen Magen.

Sie standen regungslos einander gegenüber in der Bibliothek, die in Wirklichkeit einem Treibhaus glich. Beiden stand der Schweiß auf der Stirn. In die Stille hinein peitschte ein Schuss durch das Haus.

Zweifel reagierte zuerst. Ohne auf Melchior zu achten, eilte er aus der Bibliothek den langen Flur entlang bis zur anderen Seite des Hauses, von wo der Schuss gekommen war. Er stürzte in das Büro von Roman Bodenheim. Ein beißender Pulverhauch lag in der Luft. Roman Bodenheim lag mit dem Oberkörper auf seinem mit unzähligen Papieren übersäten Schreibtisch. Die rechte Hand umklammerte eine Pistole und zitterte unkontrolliert. Zweifel beugte sich über ihn.

»Dad! Oh mein Gott!«, gellte ein Schrei in seinen Ohren. Melchior war ihm nachgerannt und blieb wie angewurzelt in der Tür stehen. Zweifel telefonierte nach einem Notarzt.

»Er lebt noch«, rief er Melchior zu. Das Zittern in Bodenheims rechter Hand ließ nach. Sein Kopf lag seitlich auf einem dicken Papierstapel. Er blutete stark aus einer

Stirnwunde und die weißen Blätter färbten sich rasch dunkelrot.

»Es ist nur ein Streifschuss«, sagte Zweifel und presste die Hand mit ein paar Taschentüchern fest auf Bodenheims Stirn. Melchior kam näher. Sein Vater war bei Bewusstsein. Er murmelte etwas. Melchior beugte sich zu seinem Gesicht hinab.

»Ich habs nicht hingekriegt«, flüsterte Roman Bodenheim.

Melzick schaltete ihr Handy aus. Sie wollte nicht von der Erkennungsmelodie aus »Bonanza« gestört werden, während sie auf der Pirsch war. Die Tür im Hintergrund lag im Dunkeln. Sie wich den Scherben auf dem verdreckten Boden aus so gut es ging und legte die Hand auf die angerostete Klinke. Sie lauschte. Ein winziger Schatten huschte an ihren Füßen vorbei. Jerry auf der Flucht vor Tom. Die Tür ließ sich lautlos öffnen.

Der Kellerflur war finster, obwohl draußen heller Tag war und sie die Eingangstür halb offengelassen hatte. Es war, als ob das Licht sich nicht in diesen verwinkelten Gang traute. Schräg gegenüber gab es eine weitere Tür, die fest verriegelt war. Melzick rüttelte vergebens daran und musste an Jodie Foster denken. Aber hier gab es weit und breit keine Lämmer, die schweigen konnten.

Sie tastete sich an der kühlen Kellerwand entlang Schritt für Schritt vorwärts. Der Geruch nach Katzenurin überfiel sie so heftig, dass ihr beinahe übel wurde.

Ihre rechte Hand griff plötzlich ins Leere. Sie starrte in einen kleinen, quadratischen Raum und rührte sich nicht. Ihre Augen hatten sich nun soweit an die Dunkelheit gewöhnt, dass sie die an einer Wand aufgestapelten Kisten und Kartons wahrnehmen konnte.

Sie atmete tief durch und blickte über die Schulter zurück. Sie war am Ende des Kellerflurs angekommen, der nun links um die Ecke führte. Dort war die Treppe. Melzick stieg hinauf. Auf der obersten Stufe angekommen, drückte sie sacht gegen eine Tür, die mit einem fürchterlichen Quietschen antwortete. Sie stieß sie mit einem Ruck auf und hielt die Luft an. Etwas wetzte unten im Keller zu Tode erschrocken den Flur entlang. Melzick hörte ein paar Glasscherben klirren und ein zischendes Fauchen. Das war Tom auf der Flucht vor Jerry.

Vorsichtig streckte sie den Kopf aus der Kellertür und lugte um die Ecke, wo sie das Wohnzimmer vermutete. Das Erste, was sie sah, war eine orangene Trainingsjacke, die sorgfältig auf dem staubigen Holzfußboden ausgebreitet war. Der Reißverschluss war bis oben hin geschlossen und es steckte kein Körper darin, sondern mehrere Kissen. Sie wagte sich weiter vor und entdeckte kopfschüttelnd die beiden Holzbalken, unterhalb der Jacke, die wie Beine nebeneinander lagen und zur Hälfte in eine orange Trainingshose gehüllt waren. Die Enden der Balken steckten in schwarzen Stiefeln, die aussahen, als hätten sie die Erde mehr als einmal umrundet.

Melzick atmete tief durch. Auf dem niedrigen Wohnzimmertisch lag eine aufgeschlagene TV-Zeitschrift. Melzick schaute auf das Datum. Es war der dritte September 1999, ein Freitag. RTL startete damals mit einer Quiz-Sendung. »Wer wird Millionär«. Der Titel der Sendung war mit schwarzem Kugelschreiber eingerahmt. Melzick warf einen Blick auf das altertümliche Monstrum von Fernseher und rechnete nach, wie alt sie damals gewesen sein musste. Jedenfalls alt genug, um die Sendung anschauen zu dürfen. Allerdings konnte sie sich nicht daran erinnern. Rasch untersuchte sie die übrigen Räume des Erdgeschosses. Die Küche, in der ein Sack vertrockneter Zwiebeln auf dem Resopal-Tisch lag. Das Bad in Moosgrün, in dem praktisch jede Kachel einen Sprung und der Spiegel deren ein halbes Dutzend hatte. Die Kloschüssel hatte jemand abmontiert und wahrscheinlich bei einem Polterabend dem glücklichen Paar vor die Füße geworfen. Im winzigen Vorraum, auf dessen Boden der Oberkörper der »hölzernen Leiche« lag, befand sich eine Garderobe in Eiche rustikal, die kurz nach dem zweiten Weltkrieg angeschafft worden sein musste. Von hier ging es nach draußen und Melzick stellte fest, dass die Eingangstür mit nicht weniger als vier eisernen Riegeln verschlossen war.

Allmählich kam sie sich vor wie in einem Albtraum. Und wie in einem Albtraum spähte sie die schmale Holztreppe hoch, die ins Obergeschoss führte und deren dünnes Geländer bei der geringsten Berührung wackelte. Bis hierher und bei oberflächlicher Betrachtung war das Vierthalerhaus einfach nur ein seit vielen Jahren verlassenes Haus, das einige Gestalten als Spielplatz für ihren makabren Humor missbraucht hatten. Bis hierher hatte Melzick aber auch noch keinerlei Hinweis gefunden, dass Moritz hier gefangen gehalten worden war.

Sie stieg langsam die Stufen hoch und blickte dabei immer wieder über die Schulter nach unten. Die Hitze drückte auf das alte, brüchige Dach aus Holzschindeln und mit jeder Stufe stieg die Temperatur gefühlt um ein paar Grad höher. An die dunkelbraune Holzwand waren vergilbte Fotos aus alten Zeiten genagelt. Melzick erkannte das Vierthalerhaus in seinen jungen Jahren. Menschen waren fast nicht darauf zu erkennen. Nur auf einem Foto lehnte sich eine Frau mit weißen Haaren aus dem Fenster im ersten Stock.

Melzick betrat die oberste Stufe und befand sich auf einem schmalen Gang, der auf beiden Seiten jeweils nach ein paar Metern zu einer geschlossenen Tür führte. Das mussten die beiden Schlafzimmer sein. Melzick probierte zuerst die Tür auf der linken Seite. Dahinter vermutete sie das Zimmer mit dem eingeschlagenen Fenster, das zur Frontseite ging. Auch diese Tür war fest verschlossen. Sie spähte durchs Schlüsselloch, der Schlüssel fehlte, konnte aber nichts erkennen. An der Tür auf der rechten Seite hing ein altes Schwarzweißfoto, die Porträtaufnahme einer weißhaarigen Frau. Melzick war sicher, dass es dieselbe wie auf dem Foto an der Treppenwand war. Zu einprägsam waren die markanten, herben Gesichtszüge mit den dunklen, ernsten Augen.

Melzick nahm das Bild, das nur mit einer Reißzwecke befestigt war, ab und drehte es um. »Magdalena Vierthaler« stand in gestochen scharfer Sütterlinschrift darauf, sowie eine Jahreszahl: 1939. Melzick hängte es wieder an seinen Platz und drückte die Klinke herunter. Diese Tür ließ sich leicht öffnen. Sie stieß sie langsam auf, so weit es ging. Als erstes fiel ihr Blick auf ein ungemachtes Bett, das so wirkte, als hätte jemand es erst diesen Morgen verlassen. Das Fenster ging auf das verwilderte Grundstück hinter dem Haus. Melzick schob die staubigen, mottenzerfressenen Vorhänge zur Seite. Von hier oben konnte sie leicht ihr Rad ausmachen, das im tiefen Gras lag.

Sie drehte sich um und starrte auf die roten Flecken an den Wänden, die mit Spritzern wild übersät waren. Ihr stockte der Atem.

33. Kapitel

Melchior sprang in seinen Audi und versuchte fieberhaft, den Schlüssel ins Zündschloss zu stecken. Es gelang ihm nicht sofort, seine Hand zitterte zu stark. Als er den Motor nach schier endlosen Sekunden aufheulen ließ, war er sicher, dass dieser Kommissar ihm im letzten Moment vor die Kühlerhaube springen würde. Er trat das Gaspedal mehrmals bis zum Anschlag durch. Kies spritzte auf, klirrte gegen die Scheiben der Eingangstür und prasselte hinter den Kotflügel des hässlichen, japanischen Zwergautos, das neben seinem Sportwagen kauerte. Melchior hatte den Kopf verloren. Der Schuss! Er hatte sofort gewusst, was passiert war. Die zitternde Hand seines Vaters, in der die Pistole lag — den Anblick würde er nie mehr vergessen. Seine flüsternde Stimme. Melchior hatte seinen Vater nie stark erlebt, doch als er sah, dass er überleben würde, hatte er blitzschnell seine Chance erkannt. Und während er die Einfahrt entlang raste, überschlugen sich die Gedanken in seinem Kopf. Die Millionen! Diese verfluchte Ratte! Zweifels bohrende Fragen, auf die Melchior keine Antworten gehabt hatte. Nichts von dem Plan war aufgegangen. Die Verabredung für heute Morgen, die so plötzlich für ihn kam und die er verschlafen hatte. Er wäre zu einer Zeit an einem Ort gewesen, an dem ein Mord passieren sollte. Was heißt sollte? Schilling war erschossen worden.

Melchior raste die engen Straßen Bad Wörishofens entlang, auf denen generell nicht schneller als 30 gefahren werden durfte. Sein Vater würde überleben. Das Blut auf seiner Stirn. Die verdammten Papiere, auf denen sein blutender Kopf lag! Er war ihrer nicht Herr geworden. Er hatte es nicht hingekriegt.

Melchior schaltete runter und überholte einen Milchlaster, der mit wütendem Hupen reagierte. Er warf einen Blick in den Rückspiegel. Dieser Kommissar war ihm nicht gefolgt. Das musste er auch gar nicht, schoss es Melchior plötzlich in den Sinn. Der ruft einfach seine Leute an. Melchior biss die Zähne zusammen, während er nach einem Ausweg suchte. Er war Richtung Ortsausgang gefahren und kurz vor dem Gewerbegebiet. Da fiel ihm der Roller ein, den er in der Nähe des Wertstoffhofes in einer unbenutzten Holzhütte versteckt hatte.

Er bog im Kreisverkehr Richtung Osten ab, wo der Flugplatz lag. Dort fand er mit etwas Glück einen Parkplatz. Es herrschte Hochbetrieb und niemand achtete auf den jungen Mann, der seinen Sportwagen abschloss und sich eilig zu Fuß Richtung Wertstoffhof entfernte. Auch hier war um diese Tageszeit sehr viel los.

Melchior hatte die paar hundert Meter im Laufschritt hinter sich gebracht und stand nun keuchend in der leeren Holzhütte. Er rang nach Atem. Der kurze Lauf hatte ihn sehr angestrengt. Sein Hemd klebte schweißnass am Rücken. Er warf die Plane, unter der die Vespa verborgen war, auf den Boden. Der Schlüssel war mit Klebeband ganz oben an einer Holzlatte befestigt, die zwischen anderen in einer Ecke stand.

Bevor er startete, vergewisserte er sich, dass keiner in der Nähe war. Niemand hatte Augen für ihn. Die unaufhörlichen Starts und Landungen der Kleinflugzeuge waren viel zu interessant. Trotz seiner großen Unruhe zwang er sich, langsam und unauffällig zu fahren. Seine Sinne waren aufs Äußerste angespannt. Er rechnete jeden Moment damit, Blaulicht und Sirenen zu begegnen. Er fuhr auf Umwegen durch das Gewerbegebiet Richtung Therme und dann weiter bis in die Nähe des Vierthalerhauses. Etwa hundert Meter davor bog er auf eine dicht bewachsene Wiese ab. Er versteckte den Roller hinter einer Hecke und spähte sorgsam ringsumher. Es war niemand in der Nähe. Sein Verstand lief auf Hochtouren. Was würde er tun, wenn hier eine böse Überraschung auf ihn wartete? Das durfte einfach nicht sein. Unbewusst ballte er die Fäuste. Würde er das vereinbarte Zeichen sehen? Er näherte sich langsam. Die letzten Meter ging er in die Knie und schlich sich von hinten an das Haus heran. Er wollte kein Risiko eingehen, gesehen zu werden.

Das Haus umgab eine merkwürdige Stille, selbst den Grillen war vor lauter Hitze das Zirpen vergangen. Melchior bewegte sich geduckt durch das hohe Gras bis er die Rückwand erreicht hatte. Er lugte durch das rechte Fenster. Dort stand ein riesiger Fernseher auf einem niedrigen Tisch und in der Ecke lag etwas auf dem Boden. Melchior überlegte einen Augenblick, dann schlich er weiter um die Ecke bis zur Kellertreppe. Die Tür stand offen. Er runzelte die Stirn und lief weiter die paar Schritte zur Vorderseite des Hauses. Ein Blick in den ersten Stock genügte ihm: Das Fenster war zerbrochen. Das war das Zeichen. Er atmete tief durch und lief rasch zur Kellertreppe zurück. Er schob die Tür vollends auf und betrat den ersten Raum. Ein paar Scherben klirrten unter seinen Füßen. Er sah auf den Boden und dann hörte er etwas, das ihm das Blut in den Adern gefrieren ließ.

»Melzick! Na endlich! Wo sind Sie denn, zum Teufel? Was ist mit Ihrem Handy los?« Melzick stand am oberen Treppenabsatz des Vierthalerhauses und versuchte, ruhig zu bleiben. Jemand musste im Keller sein. Sie hatte ganz deutlich Schritte auf knirschendem Glas gehört. Und dieser Eindringling hatte mit Sicherheit ihr Handy gehört. Wäre er doch nur eine Minute früher gekommen, da war es noch ausgeschaltet gewesen. Aber sie hatte Zweifel unbedingt von ihrem Fund berichten müssen und dabei festgestellt, dass er in den letzten Minuten schon vier Mal versucht hatte, sie anzurufen. Sie machte ein paar rasche Schritte in das Schlafzimmer, das sie nicht wieder hatte betreten wollen und schloss die Tür behutsam, ohne ein Geräusch zu verursachen. Dann flüsterte sie »no go« so leise, dass Zweifel es gerade noch verstehen konnte. Das war ein Code, den sie für den Fall vereinbart hatten, dass Gefahr im Verzug war und dass der Angerufene nicht reden konnte. Zweifel schaltete sofort.

»Sind Sie noch in diesem Haus, von dem Moritz gesprochen hat?« Sie klopfte mit dem Fingernagel einmal aufs Mikrofon für »ja«. Zweifel sprach rasch und dämpfte unwillkürlich ebenfalls seine Stimme.

»Okay. Hören Sie zu. Roman Bodenheim hat einen Selbstmordversuch unternommen, während ich Melchior in der Mangel hatte. In dem Durcheinander mit Notarzt, Sanitätern und neugierigen Nachbarn hat Melchior sich aus dem Staub gemacht. War mein Fehler. Er ist mit seinem Audi geflohen. Die Fahndung läuft. Seien Sie auf der Hut! Ist noch jemand im Haus?« Wieder klopfte Melzick einmal mit dem Fingernagel.

»Verdammt«, zischte Zweifel.

Das war ganz deutlich die Erkennungsmelodie von »Bonanza« gewesen. Melchior erstarrte. Da oben musste jemand sein, der nicht dort hingehörte und der ihn auf keinen Fall entdecken durfte. Ausgerechnet jetzt, wo er ganz kurz davor war, an die Kohle heranzukommen. Vielleicht war es nur einer von den Jungs, die in dem Haus Mutproben veranstalteten. Melchior wusste davon und überlegte einen Moment lang, ihm einfach einen gehörigen Schock zu versetzen und ihn dann hochkant rauszuschmeißen. Aber er verwarf den Gedanken gleich wieder. Er huschte in aller Eile in den dunklen Raum mit den Kartons und Kisten, um sich dort zu verstecken. Ganz dicht an die Wand gekauert, setzte er sich auf den kühlen Boden und schloss die Augen. Er wusste nicht, was er tun würde, außer abzuwarten.

»Hören Sie zu, Melzick! Gehen wir einmal davon aus, dass es Melchior ist. Er ist aller Wahrscheinlichkeit nach nicht bewaffnet. Trotzdem ist er in seiner jetzigen Verfassung zu allem fähig.« Melzick stand in dem stickigen Schlafzimmer mit ihrem Handy am Ohr und während sie die Blutspritzer an der Wand anstarrte, musste sie wieder an Penny denken.

»Vorerst sind das nur rote Flecken«, hätte Penny gesagt. »Ob das Farbe ist oder Himbeersaft oder Blut, wissen wir noch nicht und bis wir es wissen, stellen wir uns ganz dumm.« Der Gedanke gefiel Melzick. Sie nickte vor sich hin, während sie Zweifels Stimme lauschte, ohne ihm wirklich zuzuhören. Er versuchte ihr klarzumachen, was sie als Nächstes tun sollte. Doch sie war mit ihren Überlegungen bereits woanders. Zweifels Gerede störte sie und weil sie sich so besser konzentrieren konnte, legte sie einfach auf.

»Melzick? Melzick! Hallo? Sind Sie noch dran? Melzick!«, rief Zweifel verblüfft und verärgert. Er stand im Flur vor Roman Bodenheims Büro. Die Sanitäter hatten Melchiors Vater bereits auf eine Trage geschnallt und waren dabei, ihn abzutransportieren. Zweifel starrte auf sein Handy. Hatte sie aufgelegt oder war ihr jemand zuvorgekommen? Er unterdrückte einen Fluch und spurtete zu seinem Wagen.

»Es gibt zwei Möglichkeiten«, dachte Melzick, »entweder ist das da unten im Keller irgendein Neugieriger, der sich mal unverbindlich in dem geheimnisvollen Haus umsehen möchte und nicht damit rechnet, dass jemand im Obergeschoss lauert.« In diesem Fall hielt sie es für das Klügste, die Treppe hinunter zu poltern, um für klare Verhältnisse zu sorgen. Ihr Polizeiausweis würde ausreichen, um sich denjenigen vom Hals zu schaffen. Sie war ziemlich sicher, dass es nur eine Person war, nach den Geräuschen zu urteilen.

Oder aber es war Melchior, der, aus welchem Grund auch immer, hierher geflohen war. Er war gerade von ihrem Chef mit harten Fragen bombardiert worden und während Zweifel ihn in die Enge getrieben hatte, was sie sich lebhaft vorstellen konnte, hatte sein Vater ein paar Meter weiter versucht, sich eine Kugel in den Kopf zu schießen. Eine solche Situation war zu viel für Melchior, Psychologiestudium hin oder her. Sich irgendwo zu verkriechen, um in Ruhe nachdenken zu können — Melzick konnte sich gut vorstellen, dass Melchior genau das gerade brauchte.

Es musste aber einen Grund geben, warum er ausgerechnet ins Vierthalerhaus geflüchtet war. Sie würde diesen Grund herausfinden. Nicht durch direkte Konfrontation, sondern durch abwarten und beobachten. Melzick spitzte die Ohren. Es war mucksmäuschenstill. Der Eindringling schien ebenfalls abwarten zu wollen. Melzicks Handy hatte ihn gewarnt. Sie beschloss, so zu tun, als hätte sie die verräterischen Schritte auf den Scherben nicht bemerkt. Sie würde dieses merkwürdige Haus wie ein zufälliger Besucher verlassen, sich in einiger Entfernung verstecken und Zweifel anrufen. Der war bestimmt schon auf dem Weg, nachdem sie so mir nichts dir nichts aufgelegt hatte.

Sie ließ sich alles nochmal durch den Kopf gehen. Ihr Kalkül war, dass der Eindringling, auch wenn es Melchior sein sollte, in seinem Versteck im Keller warten würde, bis sie das Haus verlassen hätte. Sie atmete einmal tief durch und putzte sich geräuschvoll die Nase.

Dann polterte sie die Treppe hinunter, wie früher am letzten Schultag vor den großen Ferien. Im Erdgeschoss warf sie einen raschen Blick ins Wohnzimmer und dachte einen Moment daran, die TV-Zeitschrift mitzunehmen. Aber irgendetwas kam ihr daran falsch vor und instinktiv ließ sie es bleiben. Die Tür zur Küche warf sie mit einem Schwung zu, die zur Kellertreppe ließ sie gegen die Wand knallen. Nun musste jedem Hausgeist klar geworden sein, dass sie gleich in den Keller herunterkommen würde. Melzick blickte die engen Stufen hinab. »Ist nur 'ne Treppe in den Keller«, würde Penny sagen.

Melchior öffnete die Augen, als er die Schritte auf der oberen Treppe hörte. Da schien sich wohl jemand sehr sicher zu fühlen. Oder er tat einfach nur so. Melchior atmete ganz flach und verkroch sich noch ein paar Zentimeter weiter hinter den Stapel aus alten Kartons. Er zuckte zusammen, als eine Tür knallte, dann hörte er die Kellertür gegen die Wand schlagen. Dann war Stille, ein paar Sekunden lang, die ihm wie Minuten vorkamen.

»Jetzt komm endlich runter«, dachte er. »Komm runter, Herrgott nochmal.« Der erste Schritt, den er hörte, war wie eine Erlösung. Jetzt war es gleich vorbei. Er zählte die Stufen mit und hielt den Atem an. »Geh schon, geh vorbei!« Melchior hatte das Gefühl, als ob jemand in den dunklen Kellerraum starrte, in dem er wie ein Kaninchen gefangen hinter modrigen Kartons hockte. Gleich würden die Schritte näherkommen. Er spannte alle Muskeln an, bereit, wie ein Grizzly anzugreifen.

Erst als er weiter vorne Glas leise klirren hörte, die Kellertür zuklappen hörte, hörte, wie der Pfosten von außen dagegengestemmt wurde, atmete er auf. Die verrammelte Tür machte ihm keine Sorgen. Er konnte auch durch ein Fenster raus, oder den Weg über den Balkon nehmen. Melchior wartete und zählte langsam bis 30, dann stieg er rasch die Kellertreppe nach oben und betrat das Wohnzimmer.

Er sah die orangene Trainingsjacke auf dem Boden liegen. Die beiden Holzbalken, die mit Stiefeln verziert waren. Er zog den Reißverschluss der Jacke auf, drückte gegen die Kissen, mit denen sie aufgepolstert war und trat gegen die Stiefel. Dann warf er einen Blick auf den riesigen Fernseher. Er sah die TV-Zeitschrift auf dem Tisch liegen. Es war alles so, wie er es ihm beschrieben hatte. Melchior griff nach der Zeitschrift und schaute sie sich genau an. Die Lösung lag klar auf der Hand.

Lucy schaute Reisser skeptisch an.

»Das soll ich Ihnen glauben?« Er lehnte sich mit beiden Ellbogen auf den Tresen und entblößte eine Zahnreihe, die Lucy einen Schauder über den Rücken jagte. Bevor er antworten konnte, schob sie die nächste Frage nach.

»Was ist gelb und haust in einer finsteren Höhle?« Er stutzte einen Moment, dann schlug er mit der flachen Hand auf den Tresen und lachte laut auf, um gleich darauf von einem Raucherhusten geschüttelt zu werden, der jede Krankenkasse im Umkreis panisch die Fenster verschließen ließ.

»Ihr Humor gefällt mir, Teuerste«, japste er und wischte sich ein paar Tränen aus den Augen. »Abgesehen davon bin ich der Meinung, dass weiße Zähne etwas für Plakatwände sind. Meine sind eben gereift. Aber im Ernst — Sie könnten glatt bei uns anfangen. Schon mal daran gedacht, eine Kolumne zu schreiben?« Lucy warf ihm einen gelassenen Blick zu.

»Das kann sich die Mindelheimer Zeitung nicht leisten, Meister.«

»Wieso?«

»Sie sagen doch selber immer ›Teuerste‹ zu mir.«

»Das ist ideell gemeint, nicht materiell.«

»Typisch.«

»Das Materielle ist doch Humbug«, verkündete er und räusperte sich zur Bekräftigung. Lucy straffte die Schultern.

»Sie sehen eine angehende Minimalistin vor sich.« Reiser kniff die Augen zusammen und betrachtete demonstrativ Lucys alles andere als minimalistische Körperformen.

»Also, wenn ich ehrlich sein soll …«, begann er.

»Jetzt ist aber keine Zeit für Geständnisse«, unterbrach ihn Lucy. „Woher wissen Sie überhaupt, dass Moritz die Wahrheit gesagt hat?« Reisser tippte mit dem Nikotinfinger an sein Riechorgan.

»Ich rieche es gegen den Wind, wenn mir einer ein Märchen erzählt. Was auch immer mir in den letzten 20 Jahren zu Ohren kam, ging durch diesen Filter.« Wieder klopfte er auf seine Nase.

»Ach was?«

»Tonfall, Mimik, Körpersprache — die vor allem.« Er richtete sich auf und klopfte sich auf die Schulter. »Ist 'ne Wissenschaft für sich. Ich hab sie studiert.« Lucy zog die Augenbrauen hoch und verschränkte ihre massigen Arme zu einem Bollwerk.

»Wie kommt es dann, dass Sie meine Sprache so beharrlich missverstehen?«

Reisser grunzte und hob abwehrend beide Hände.

»Aber das müssten Sie doch wissen, Gnädigste. Eher kann ein Mann den Bodensee mit einem Föhn trockenlegen, als dass er versteht, was eine Frau meint.« Lucy schürzte die Lippen.

»Dann nehm' ich das mal als Kompliment. Aber zurück zu Moritz. Was war das damals mit dieser Entführung?« Reisser blies die Backen auf und ließ die Luft entweichen.

»Hätten Sie vielleicht 'nen Stuhl für mich? Im Sitzen kann ich besser erzählen.« Lucy winkte ihn um die Theke herum.

»Vielleicht auch noch einen Kaffee für den Herrn?« Er lehnte ab und ließ sich auf einen Hocker fallen.

»Er hat mir das alles vor ein paar Jahren erzählt, ohne dass sein Vater von dem Interview wusste. Als der dann Wind davon bekam, war die Story für die MZ schneller geplatzt, als Sie 'nen Schokoriegel auswickeln.« Reisser schnalzte mit der Zunge. »Der Mann ist ein Freak. Lässt seinen 14-jährigen Sohn aus heiterem Himmel entführen, um zu testen, wie der damit klarkommt. Um zu überprüfen, ob der seine Gebrauchsanweisung fürs Kidnapping verinnerlicht hat. Das Ganze war so gnadenlos echt inszeniert, dass Moritz jahrelang Albträume hatte. Er wurde gefesselt und geknebelt in einem schwarzen Kellerloch festgehalten. Zwei Männer waren da. Einer hat mit einer hohen Stimme gesprochen, die ihm durch Mark und Bein ging. Da war auch ein großer Bottich mit schwarzem Wasser. Moritz wusste nicht, was das zu bedeuten hatte. Aber er versuchte mit aller Macht, die ein 14-jähriger in einer solchen Situation aufbringen kann, ruhig zu bleiben. Keine Sekunde lang kam er auf die Idee, das Ganze sei nur eine Art Training. Erst recht nicht, als ihm der mit der hohen Stimme offenbarte, sein Bruder sei bereits tot. Hatte der sich etwa nicht an die Anweisungen gehalten? Hatte er vergessen, was der Senior ihnen eingetrichtert hatte? Immer wieder die gleichen Sätze. ›Wer vorbereitet ist, kann ruhig bleiben. Wer ruhig bleibt, kann überlegen. Wer überlegt, kann überleben‹.« Reisser kratzte sich an der Stirn. »Ist grundsätzlich keine üble Idee, seine Sprösslinge auf den Ernstfall vorzubereiten. Nur ist die ganze Übung bei Moritz sowas von danebengegangen. Der Kronberger geht davon aus, dass der Ableger von 'nem Eisberg auch ein Eisberg sein muss. Dabei hat er komplett ausgeblendet, was ein einziges Streichholz anrichten kann.«

»Versteh ich nicht.«

»Okay, ich rede wieder mal in Bilderrätseln. Der Eisberg steht für den Verstand, die Ratio, das Coole eben. Und das Streichholz …«

»Für die Angst«, unterbrach ihn Lucy, »oder die Seele…«

»Genau, das ganze Gedöns eben, das sich nicht immer und überall kontrollieren und beherrschen lässt.« Lucy schüttelte den Kopf.

»Und was war mit Florian? Hat der den gleichen Test bestehen müssen?«

»Das ist das Perfide daran gewesen. Aus irgendwelchen Gründen hielt Kronberger Senior das für überflüssig. Er hat Florian von diesem grausamen Spiel verschont. Und das war das Streichholz. Moritz wusste davon. Mir gegenüber hat er das runtergespielt. Aber ich hab das Glitzern in seinen Augen gesehen, als er davon erzählte.«

Reisser nickte nachdenklich vor sich hin.

»Das wär' wirklich 'ne tolle Story geworden.«

»Ist es immer noch, wie ich das sehe. Immerhin hat Moritz seine echte Entführung gut überstanden«, erwiderte Lucy. »Es muss nur jemand den Mut haben, das Ganze aufzuschreiben.«

»Besten Dank für die Anfeuerung, Gnädigste. Trauen Sie mir das etwa zu?« Lucy stand auf, sammelte diverse Locher auf ihrem Schreibtisch ein und legte den Kopf schief.

»Ich traue Ihnen nichts zu, aber ich traue Ihnen auch alles zu.«

»Das nehm' ich dann ebenfalls mal als Kompliment. Und jetzt«, er stand auf, »wo wir artig Komplimente ausgetauscht haben, wird es Zeit …« Er machte ein paar Schritte auf Lucy zu, die zurückwich.

Reissers Ambitionen wurden jäh unterbrochen. Ein markerschütternder Schrei gellte aus Klopfers Büro und gleich darauf ein zweiter, der nicht enden wollte. Lucy riss die Augen auf und schlug vor Entsetzen beide Hände vor den Mund. Reisser entfuhr vor Schreck ein halber Fluch.

»Was zum Teufel …« Der Rest ging in einem besonders grässlichen Hustenanfall unter. Lucy ließ die Locher fallen und stürzte zu Klopfers Bürotür, die sie aufriss. Reisser stolperte hinter ihr her und beide stockten im Türrahmen, als sie sahen, was los war.

Polizeichef Alois Klopfer saß hinter seinem Schreibtisch auf seinem Drehstuhl mit dem Rücken zu ihnen, leicht vornübergebeugt. Ein Brotmesser war nicht zu sehen, auch kein Beil, geschweige denn Blut an der Wand. Von einem Täter keine Spur, wenn man von Klopfer selbst einmal absah. Der drückte auf einen Knopf an seinem CD-Player, drehte sich seelenruhig um und sah die beiden todernst an. Fassungslos vernahmen sie seine Worte.

»Pink Floyd, ›careful with that axe, Eugene‹. Damit kann man wirklich eine ganze Elefantenherde in die Flucht schlagen.« Reisser fand seine Sprache als Erster wieder.

»Es sei denn, sie ist in der Therme eingesperrt.« Er schüttelte den Kopf und grinste sein fürchterliches Grinsen.

Melchior saß im Wohnzimmer des Vierthalerhauses auf dem verdreckten Fußboden. Er hatte das Fenster geöffnet, um die stickige Luft zu vertreiben. In der Schublade des Küchentisches hatte er einen verrosteten Schraubenzieher gefunden. Mühsam hatte er den gewaltigen Fernseher, dessen Mattscheibe blind war, auf dem wackligen Tischchen umgedreht.

Nun ging er daran, die Schrauben an der Rückwand zu entfernen. Er hatte übersehen, dass der Netzstecker eingestöpselt war. Die erste Schraube ließ sich ganz leicht herausdrehen. Wenn seine Vermutung stimmte, war sie erst vor kurzem hineingedreht worden. Neben ihm lag die aufgeklappte Fernsehzeitschrift auf dem Boden.

Günther Jauchs raffinierte Art, einen allzu selbstsicheren Kandidaten ins Wanken zu bringen, hatte ihm imponiert. Melchior hatte in den ersten Jahren keine einzige Sendung verpasst und keine einzige Frage falsch beantwortet. Deswegen hatte er bald das Interesse verloren. Millionär musste er damals ja nicht erst werden.

Er setzte den Schraubenzieher rechts unten an und begann, die zweite Schraube zu entfernen. Dabei schweiften seine Gedanken ab zu dem Gespräch mit Zweifel und wieder packte ihn eine heftige Unruhe, ein ungutes Gefühl, wenn er an die Fragen dachte. Wieso gab es einen zweiten Überwachungsfilm? Und der Aston Martin? Florians Wagen am Flughafen München war nie ein Thema gewesen, als über den Plan gesprochen wurde.

Er legte die zweite Schraube neben die erste auf den Boden und kniete sich jetzt hin. Als er sich der dritten näherte, hielt er inne. Und heute morgen? Was, wenn er nicht verschlafen hätte? War der Treffpunkt wirklich zufällig in der Nähe von Schillings Büro gewesen? Und der Zeitpunkt? Ebenfalls

Zufall? Nüchtern betrachtet hatte er alles andere als ein wasserdichtes Alibi. Und nüchtern betrachtet gab es eine ganze Reihe von Tatsachen, die ihn belasteten, seine Erklärungen unglaubwürdig machten, den Verdacht auf ihn lenkten.

»Dieser Mistkerl, dieser elende, gottverdammte Mistkerl hat mich reingelegt«, presste Melchior in plötzlicher Wut hervor. Hätte er ihm nur nicht von ihrer Schnapsidee mit der Panik erzählt. Er wollte unbedingt, dass sie die Sache durchziehen. »Ich will meinem Vater 'ne miese Publicity verschaffen und du kriegst 'ne richtig fette Kohle dafür..« Das waren seine Worte gewesen und Melchior hatte sie gern geglaubt, weil ihm der Gedanke gefiel. Er hatte nichts dagegen, Theo Kronberger eins auszuwischen. Mit Lukas zusammen hatte er die Panik bis ins Detail ausgetüftelt. Und ausgerechnet Lukas fiel ihm jetzt in den Rücken. Melchior wurde vollends klar, in welche Lage er geraten war. Und was war mit dem Geld? Wie hatte er sich ausgedrückt? »Wo wird man Millionär?« Melchior starrte den Fernseher an. Seine Hoffnung, ein paar Millionen in diesem alten Kasten zu finden, platzte wie eine Seifenblase. Er nahm den Griff des Schraubenziehers und schlug auf die Mattscheibe ein.

34. Kapitel

Zweifel war in wenigen Minuten durch Bad Wörishofens Innenstadt gerast. Er fuhr auf dem für Fußgänger und Radfahrer vorgesehenen, schmalen Sträßchen, das entlang des Eichwalds zur Therme führte. Bevor er die finnischen Saunablockhäuser erreichte, entdeckte er plötzlich Melzick, die hinter einer Hecke hervorsprang. Er bremste scharf und schlug ein paar Mal aufs Lenkrad in einer Mischung aus Wut und Erleichterung.

»Ich wusste es, ich wusste es«, zischte er zwischen den Zähnen hervor.

Dann stieg er betont gelassen aus.

»Hallo Chef, hab Sie schon erwartet«, sagte sie und ließ beide Hände locker in den Hosentaschen, um zu signalisieren, dass sie alles im Griff habe. Zweifel unterdrückte sowohl ein Grinsen als auch einen Fluch.

»Ich musste mich erstmal von dem Schock erholen, dass Sie einfach mitten in meiner Ansprache aufgelegt haben.«

»Jo, war 'ne ganz spontane Idee. Hat den heimlichen Besucher aber davon überzeugt, dass ich ihn nicht bemerkt habe.«

»Darüber haben wir später noch ein Wörtchen zu reden, Frau Kollegin. Wer ist es?« Sie zuckte mit den Schultern.

»Entweder irgendjemand oder Melchior.«

»Er ist noch drin?« Sie nickte. »Wenn es Melchior ist, wo ist dann sein Audi?«

»Jedenfalls nicht hier in der Nähe.«

»Zu Fuß wird er ja wohl kaum gekommen sein.« Melzick deutete über ihre Schulter.

»Dahinten hab ich 'nen Roller entdeckt. War nicht sehr gut versteckt.«

Zweifel warf einen Blick in die Richtung und nickte.

»Was ist mit Roman Bodenheim?«

»Oh, der hat's nicht hingekriegt, um es mal in seinen Worten auszudrücken. Ist wohl im letzten Moment abgerutscht und hat sich nur einen Streifschuss verpasst. Außer Blutverlust hat er nichts zu beklagen.«

»Dafür haben wir den vorübergehenden Verlust eines Verdächtigen zu beklagen«, sagte Melzick und feixte. »Ich frag jetzt nicht ›wie konnte das passieren?‹. Das wird Klopfer Ihnen schon an den Kopf werfen.«

»Der wird mich nicht treffen. Übrigens ist Moritz Kronberger jetzt eindeutig identifiziert.«

»So viel zu meiner Theorie. Florian bleibt also die Leiche. Wer hat Ihnen denn zu der Erkenntnis verholfen?«

»Die Presse und Pfirsich Melba.«

»Das muss ich jetzt aber nicht verstehen.«

»Ich erklär es Ihnen mal in aller Ruhe bei einem Nachtisch oder zweien.«

»Wie lange muss ich da drauf warten?«

»Bis zum Ende dieses Falles, womit wir endlich wieder beim Thema wären. Die Fahndung nach Melchior läuft, sein Wagen ist auffällig, die Kollegen werden ihn sehr bald ausfindig gemacht haben.«

»Es sei denn, wir machen ihn im Vierthalerhaus ausfindig.«

»Was ist mit dem Roller? Taugt der als Fluchtfahrzeug?«

Sie schüttelte den Kopf.

»Hab die Luft rausgelassen.«

»Gut, steigen Sie ein. Wir rollen zum Vierthalerhaus und sehen nach, wen es da zum Verhaften gibt.«

Melchior hatte für einen Moment vergessen, wie gefährlich ein Fernseher sein kann, vor allem, wenn er doppelt so alt ist wie er selbst. Wut und Enttäuschung suchten ein Ventil. Blöderweise hatte er es mit einem Röhrenbildschirm zu tun, der bei auftretender Gewalt keinen Spaß verstand. Kaum hatte Melchior mit dem Schraubenzieher zugeschlagen, implodierte das Gerät reaktionsschnell und vorschriftsmäßig mit einem lauten Knall. Melchior, der immer noch auf dem Boden kniete, fiel vor Schreck hintenüber und landete wenig sanft auf seinem rechten Ellbogen. Der plötzliche Schmerz fuhr ihm wie eine heiße Nadel ins Hirn.

Währenddessen machte sich der fadenscheinige, staubgraubraune Teppich erwartungsgemäß daran, Feuer zu fangen. Die Flammen hatten schnell die strohtrockenen Vorhänge erreicht und züngelten in Sekundenbruchteilen bis an die Zimmerdecke. Melchior schaute zum Fenster, doch das Feuer verwehrte ihm diesen Fluchtweg. Er krabbelte, seinen rebellierenden Ellbogen ignorierend, ebenso hektisch wie rückwärts aus dem Wohnzimmer. Dicker, schwarzer Qualm breitete sich aus und verfolgte ihn hinaus auf den schmalen Flur. Fieberhaft versuchte er, immer noch rücklings auf allen Vieren, die Wohnzimmertür mit einem Fuß zuzuschlagen, wobei er sich ergänzende Prellungen an verschiedenen Zehen einhandelte. Vor lauter Husten kam er nicht zum lauten Fluchen, verzichtete notgedrungen darauf und kam schwerfällig wie ein übergewichtiger Rentner auf die Beine. Sollte sich je auch nur ein Geldschein im Innern des Apparates befunden haben, war es jetzt eh zu spät und jeder Gedanke daran pure Zeitverschwendung.

Melchior humpelte eilig zur Kellertreppe, als ihm im letzten Moment einfiel, dass die Kellertür von außen verrammelt worden war. Er stolperte zum Bad, doch hier war an ein Entkommen nicht zu denken. Das Fenster dort war zu klein und außerdem vergittert, was zu diesem rätselhaften Haus passte. Hinter der Wohnzimmertür knisterte und prasselte es immer lauter und heftiger. Der beißende Rauch drang durch die Ritzen und füllte rasch den schmalen Flur. Melchior hustete und rang nach Atem. Er stürzte in die Küche. Sie hatte zwei Fenster und die waren nicht vergittert. Hässliches Knacken drang vom Flur her. Der alte Holzfußboden, die Türen und Deckenbalken überall im Haus reagierten lautstark auf die Hitze der Feuersbrunst. An Melchiors Beinen kroch Panik hoch. Sie rüttelte an seinen Schultern, als er versuchte, die Fenster zu öffnen. Sie bewegten sich keinen Millimeter. Seine Augen brannten und tränten. Seine Finger glitten, nach einem Haken suchend über das rissige Holz. Irgendjemand hatte die Fenster an die Rahmen festgenagelt. Er riss eine Schublade aus dem Küchenbüfett und schleuderte sie mit aller Macht gegen das Fensterglas, das in tausend Scherben zersprang. Der plötzliche Luftzug riss die Wohnzimmertür auf und ließ den Flur hinter ihm im Nu in hellen Flammen stehen. Das Feuer fauchte, es knisterte und knackte, das Haus stöhnte auf. Der Weg nach draußen war von gezackten Glasscherben eingerahmt, die ringsum im Fensterrahmen steckengeblieben waren. Melchior hustete und rang nach Luft. Er griff hastig nach der zweiten Schublade, doch die hatte sich verklemmt und ließ sich nicht herausziehen. Melchior schrie auf vor Wut. Sein Hals brannte wie Feuer. Er riss die Türen des Küchenschranks auf, doch bis auf ein paar Knäuel Zeitungspapier war er leer. Melchior spürte die enorme Hitze aus dem Flur. Er hörte das Prasseln der Flammen, keuchte und fühlte, dass er gleich die Besinnung verlieren würde. Irgendwie musste er die Glasscherben aus dem Fenster schlagen. Wenn wenigstens ein Stuhl dagewesen wäre. Ohnmächtig ballte er die Fäuste. Alles hatte sich gegen ihn verschworen. Sein Ellbogen war stark angeschwollen und schmerzte höllisch. Er konnte ihn kaum bewegen. Melchior starrte zurück in den Flur. Das Feuer würde in ein, zwei Minuten die Küche erreichen. Er schloss die Augen und nahm alle Kraft zusammen. Ein paar Schritte gehumpelter Anlauf, die Arme schützend vor das Gesicht halten, ein Hechtsprung wie noch nie ein Hecht gesprungen war — nur so würde er lebend aus diesem vermaledeiten Haus herauskommen. Er schob den Küchentisch in aller Eile aus dem Weg. Da hörte er die Schreie.

Zweifel bemerkte den Rauch als Erster.

»Ich schätze, zum Anschleichen ist nicht der richtige Zeitpunkt, Melzick.« Doch die war schon aus dem Auto gesprungen und rannte auf das alte Haus zu, aus dem bedrohlich schwarzer Qualm drang. Eines der Küchenfenster war zertrümmert.

»Hierher!«, schrie sie ins Innere. »hierher!« Gleichzeitig blickte sie sich suchend um.

Zweifel war ihr gefolgt und kam mit einer Holzlatte an, die er von irgendwo herbeigezaubert hatte. Melzick stand direkt vor dem Fenster. Sie hatte Melchior entdeckt, der sie entgeistert anstarrte.

»Zurück bleiben!«, rief Zweifel und schlug mit der Latte die Scherben heraus. Gleich darauf zerrten sie Melchior mit vereinten Kräften aus dem Fenster ins Freie.

Melzick führte den abwechselnd heftig Hustenden, Keuchenden und vor Schmerzen Stöhnenden in sichere Entfernung. Zweifel rief die Feuerwehr und wartete ein paar Minuten, bis Melchior sich einigermaßen beruhigt hatte. Dessen Gesicht war rußverschmiert, die Augen rotunterlaufen. Er sank kraftlos ins Gras und suchte nach Worten.

»Das war ziemlich knapp, Herr Bodenheim«, sagte Zweifel. Melzick betrachtete eingehend Melchiors Antlitz, das von den Erlebnissen der letzten Viertelstunde deutlich gezeichnet war.

»Kein Grund zur Panik, oder?«, konnte sie sich den Hieb nicht verkneifen. Melchior schwieg und blickte stumpf vor sich hin. Zweifel legte ihm eine Hand auf die Schulter.

»Scheint Ihr Glückstag zu sein. Erst überlebt Ihr Vater seinen Selbstmordversuch, dann entkommen Sie lebend aus einem brennenden Haus. Allerdings hat jede Glückssträhne mal ein Ende, denn wir nehmen Sie jetzt mit.

»Ich brauche Ihnen nicht zu sagen, dass Ihr Verhalten nicht zu akzeptieren ist, Melzick.«

Zweifel war wortlos an Lucy vorbei in sein Büro gestürmt. Melzick wusste, dass sie in Ruhe abwarten musste, bis ihr Chef sich ausgetobt hatte und war ihm schweigend gefolgt. Für ein heimliches Zwinkern in Lucys Richtung fand sie gerade noch Gelegenheit.

Sie machte die Bürotür hinter sich zu. Zweifel hatte sich auf seinen Stuhl fallen lassen und blätterte fahrig den Stapel Papiere durch, den Lucy ihm hingelegt hatte. Schließlich schob er ihn energisch auf die Seite und drehte sich um.

»Sie geben mir am Telefon zu verstehen, dass Sie in Gefahr sind und nicht offen reden können. Und mitten in meinen Anweisungen legen Sie einfach auf. Es hätte natürlich auch sein können, dass jemand anders aufgelegt hat. Man hört den Unterschied nicht. Es hätte sein können, dass Sie gar nicht mehr in der Lage waren, aufzulegen. Es hätte sein können, dass Sie zu nichts mehr in der Lage waren. Können Sie meinen Gedanken folgen, Frau Zick?« Melzick nickte zerknirscht. »Dann verstehen Sie auch sicher meinen Unmut, als ich erfahre, dass Ihnen gar nichts passiert ist.« Jetzt ging er aber zu weit.

»Es tut mir leid, wenn ich Ihre Erwartungen in dieser Hinsicht enttäuscht habe und heil davongekommen bin«, fauchte sie. Er lehnte sich in seinem Stuhl zurück, verschränkte die Arme, streckte die Beine aus und bedachte sie mit einem langen Blick aus zusammengekniffenen Augen. Melzick hielt ihm mühelos stand.

»Sie haben mich eben beim Nachdenken gestört. Da kann ich niemanden gebrauchen, der in mein Ohr quakt. Deshalb hab ich aufgelegt.« Er verzog den Mund zu einem schmalen Lächeln.

»Das ist einer der Gründe, warum Sie eine besonders gute Polizistin sind. Sie denken noch selbständig.« Melzick konnte sich ein Grinsen nicht verkneifen.

»Na ja — wahrscheinlich sollte ich mich für Ihren Anschiss bedanken. Sieht immerhin so aus, als hätten Sie sich Sorgen gemacht«, sagte sie eine Spur erleichtert.

»Davon kann überhaupt nicht die Rede sein.«

»Schon klar. Übrigens blöd, dass Melchior das Vierthalerhaus abgefackelt hat. Penny hätte sich bestimmt mal gern in dem Schlafzimmer unterm Dach umgesehen.«

»Ah ja?«

»Für mich sah das an den Wänden eindeutig nach Blut aus, aber das spielt jetzt ja keine Rolle mehr.«

»Wenn Sie da bloß Recht behalten.« Er nickte. »Ich denke, für heute ist es genug. Wir nehmen uns Melchior morgen vor.«

»Heute hatte er wohl keine guten Antworten auf Ihre Fragen?«

»Auf die wichtigen Fragen hatte er gar keine Antworten und das Wort Alibi kommt in seinem neueren Lebenslauf nicht vor. Allerdings hat er behauptet, den Porsche nach Wien gefahren zu haben. Er und Florian hätten einen gemeinsamen Plan gehabt.«

Zweifel berichtete ihr kurz von seinem Gespräch mit Melchior.

»Die Flucht allein beweist aber noch nicht viel«, gab Melzick zu bedenken. »Vielleicht ist ihm einfach nur die Situation über den Kopf gewachsen. Und ganz ehrlich, Chef: Ein Gespräch mit Ihnen ist auch nicht immer ein Vergnügen.«

»Da hab ich aber auch schon andere Meinungen gehört, Melzick. Zum Beispiel von Ihrer Mutter.« Sie zuckte unmerklich zusammen.

»Meine Mutter ist eine Ausnahme in so ziemlich jeder Hinsicht.« Sie wich seinem forschenden Blick aus.

»Da könnten Sie Recht haben«, sagte er und hielt es für besser, das Thema zu wechseln. »Fahren Sie nach Hause. Sortieren Sie Ihre Gedanken. Und morgen früh erklären Sie mir dann bitte, wie die Lösung dieses Falles aussieht.«

»Hört sich an wie 'ne Hausaufgabe.«

»Das ist eine Hausaufgabe.«

»Und was machen Sie, wenn ich Ihnen die ganze Arbeit abnehme?«

»Ich denke mir eine Belohnung aus. Außerdem will ich mich um Mary kümmern, die hat einen ziemlichen Blechschaden.«

»Da hilft doch sicher ein gutes Gespräch.«

»Manchmal ist Schweigen die beste Antwort, Melzick.«

»Der Gedanke ist mir auch schon oft gekommen. Also werde ich mich jetzt mal stumm in mein Kämmerlein verziehen.«

»Ich wollte es wäre so.«

Sie hob beide Hände über den Kopf, winkte zum Abschied und verschwand tatsächlich ohne ein weiteres Wort. Zweifel sah auf die Uhr, räumte seinen Schreibtisch auf, was genau eine Minute dauerte und stattete Lucy im Vorbeigehen einen kurzen Besuch ab.

»Ihr Freund Reisser war mir eine große Hilfe, Lucy«, sagte er. Sie schnaufte und ließ den dicken Papierstapel, den sie mit beiden Händen hielt, demonstrativ auf ihren Schreibtisch plumpsen, wo er infolge vielfach verstreuter Utensilien sofort in eine bedrohliche Schräglage geriet, was sie geflissentlich ignorierte. Sie stemmte beide Fäuste in ihre weichen Hüften und reckte ihre drei Kinne. Ein tiefer Seufzer ging ihrer Antwort voraus.

»Anscheinend ist es Zeit für ein Rundschreiben, Herr Kommissar, oder für eine Hausmitteilung oder für einen Anschlag am schwarzen Brett.« Er hob eine Augenbraue.

»Sie wollen uns allen etwas mitteilen? Darf man gratulieren?«

Das war zu viel. Sie sank kraftlos auf ihren Stuhl zurück und schüttelte entnervt den Kopf, wobei sie die Augen verdrehte und undeutliche Laute von sich gab. Dann faltete sie die Hände vor der Brust und warf Zweifel einen Blick aus waidwunden Augen zu.

»Herr Reisser ist nicht mein Freund«, sagte sie und setzte fünf Ausrufezeichen hinter jedes einzelne Wort. »Er wird es auch nicht werden. Eher kriegt Trump den Friedensnobelpreis.« Zweifel wiegte den Kopf hin und her.

»Ach wissen Sie, Lucy, bei der heutigen Friedenspolitik — wer will da schon irgendwas ausschließen?«

»Ich! Ich schließe etwas aus! Wie geht noch die Formulierung? Es gibt keinerlei bilaterale Verhandlungen oder Beziehungen oder sonst was zwischen Herrn Reisser und mir. Da ist nichts! Da ist gar nichts! Außer einem eisernen Vorhang! Das ist vermintes Gelände!«

»Na, das war jetzt aber mal ein schönes Dementi. Aber Sie wissen ja, was die Leute von einem Dementi halten.«

»Die Leute. Die Leute! Was für Leute? Die Leute sind mir egal. Aber Melzick hat schon so blöde Andeutungen gemacht und jetzt fangen Sie auch noch damit an.«

»Ich glaube Ihnen ja. Und Melzick — die nimmt Sie doch sicher nur auf den Arm. Die entscheidende Frage ist doch, was Herr Reisser glaubt.« Sie warf beide Hände in die Luft.

»Der hat den Tunnelblick. Ich hätte ihn nie mit Schokolade füttern dürfen. Der klebt an mir, als hätte er alle zehn Finger in Karamellsirup getaucht.« Zweifel unterdrückte ein Schmunzeln und erinnerte sich an ein früheres Gespräch.

»Der ›türkische Ehemann‹ wirkt also nicht mehr?«

»Ach was. An den hat er genau zehn Sekunden lang geglaubt. Recherchieren kann er wirklich gut, das muss man ihm lassen.«

»Mehr wollte ich ja auch gar nicht sagen, Lucy. Und was Donald Trump angeht — der hat sicher auch seine guten Seiten.« Sie starrte ihn fassungslos an, bis er sie angrinste. Dann griff sie nach einem Locher und wog ihn prüfend in der Hand.

»Aha, ich wusste doch, dass Sie die Dinger zur Selbstverteidigung verwenden. Apropos — wo ist der Chef?«

»Beim Bürgermeister.«

»Na wenigstens nicht beim Innenminister.«

»Äh, indirekt schon, glaube ich.«

»Was soll das heißen?«

»Sie kennen doch die Reihenfolge: Der Innenminister ruft den Landrat an, der Landrat ruft den Bürgermeister an, der Bürgermeister ruft den Klopfer an.«

»Also geht es um die Therme?« Lucy nickte.

»War doch zu erwarten, dass sich die Politik da irgendwann einmischt.«

»Dann drücken Sie mir die Daumen, Lucy, dass Theo Kronberger nicht auch noch Donald Trump angerufen hat.

Jemand klopfte an die Scheibe. Zweifel war auf Paul Freuns Oldtimer-Rehaklinik-Gelände abgebogen. Mit den Händen auf dem Lenkrad stand er bei laufendem Motor, ganz in Gedanken versunken zwischen einem Citroën SM und einem VW Bully.

»Hallo Herr Kommissar, wollen Sie nicht aussteigen?«

Beim Klang der Stimme zuckte Zweifel zusammen. Er starrte aus dem Seitenfenster in das Gesicht Dr. Kälberers, der sich zu dem kleinen Toyota herabgebeugt hatte.

Zweifel schüttelte verdattert den Kopf, zog den Schlüssel ab und stieg aus.

»Was machen Sie denn hier?«, fragte er und sah sich suchend nach seinem Cadillac-Therapeuten Freun um. Dr. Kälberer behielt beide Hände in den Hosentaschen, als er antwortete.

»Ich besuche einen alten Bekannten.«

»Sie kennen Paul Freun?«

»Ich meinte den hier«, sagte der Gerichtsmediziner und nickte mit dem Kopf in Richtung des VW-Busses. Zweifel rieb mit der Hand über seinen kahlen Schädel.

»Das ist Ihrer?«

»Tun Sie doch nicht so überrascht.«

»Ich tue nicht so, ich bin's. Ich kann mich nicht erinnern, dass Sie irgendwann einmal erwähnt haben, dass Ihnen so ein Schmuckstück gehört.« Zweifel lief um den VW herum, der, in Orange und Weiß lackiert, aussah, als käme er frisch aus der Fabrik. Dr. Kälberer folgte ihm seufzend.

»Ich kann mich nicht erinnern, dass wir uns je über etwas anderes als über Leichen unterhalten hätten. Wobei unterhalten eine schmeichelhafte Umschreibung ist«, sagte er und holte ein Taschentuch hervor, mit dem er am Chrom eines Seitenspiegels rieb.

Zweifel schaute ihn prüfend an.

»Warum steht er hier? Scheint doch ganz in Ordnung zu sein.« Der Arzt faltete das Taschentuch umständlich wieder zusammen, steckte es in seine Hemdtasche und betrachtete nachdenklich die gelblichen Wolkenformationen, die sich mehr und mehr am westlichen Himmel auftürmten. Das Gewitter, das sich seit dem frühen Nachmittag ankündigte, traf letzte Vorbereitungen. Aber es war nicht ausgeschlossen, dass es Bad Wörishofen in letzter Minute doch nicht eines Sturmes für würdig befand.

»Die Diagnose könnte lauten: Multiples Organversagen«, sagte Dr. Kälberer bedächtig. »Mit anderen Worten: Wir brauchen einen neuen Motor, eine neue Benzinpumpe und eine neue Batterie.«

Zweifel nickte, während er den Kopf durch das Seitenfenster des Bullys steckte.

»Paul kriegt das hin«, sagte er zu dem dünnen, cremefarbenen Lenkrad.

»Das weiß ich, deshalb bin ich ja hier.« Zweifel hatte seine Inspektion des Innenraums beendet.

»Wird wohl in seiner Werkstatt sein«, sagte er mehr zu sich selbst. Dr. Kälberer rümpfte die Nase.

»Ich habe vorhin mal einen Blick reingeworfen. Er ist gerade sehr beschäftigt.«

»Das ist er immer«, erwiderte Zweifel und wischte mit dem Unterarm über seine Stirn.

»Der Fall ist hoffnungslos.« Dr. Kälberer blickte ihn ausdruckslos durch seine randlose Brille an und nahm sie ab, um sie zu putzen.

»Welchen Fall meinen Sie?«

Der Arzt rieb mit einem grünen Tuch, das er aus seiner anderen Hemdtasche hervorgeholt hatte, mit einer Sorgfalt an den Brillengläsern herum, die aufreizend wirkte. Er ließ sich Zeit mit seiner Antwort.

»Mit diesem Fall meine ich nicht die Kronberger-Geschichte«, sagte er und setzte seine funkelnde Brille wieder auf, »sondern ein bedauernswertes Stück türkisfarbenen Bleches.«

»Was wollen Sie mir damit…« doch Zweifel wurde unterbrochen.

Die Werkstatttür ging auf und Paul Freun kam ihnen entgegen. Die Furchen auf seiner Stirn warfen tiefe Schatten, es konnte allerdings auch Schmieröl sein, das sich dorthin verirrt hatte. Verlegen kraulte er seinen roten Bart.

»Wie sieht es aus, Paul?«, fragte Zweifel und versuchte, einen Blick durch die offenstehende Tür ins Werkstattinnere zu erhaschen. Freun schüttelte ihm die Hand.

»Sehen Sie sich die Bescherung selbst an.« Zweifel lief voraus und betrat die Werkstatt. Da stand sein 1959er Cadillac Eldorado. Es verschlug ihm die Sprache. Dr. Kälberer war ihm mit Freun gefolgt.

»Da hat wohl jemand eine gewaltige Wut auf amerikanische Autos«, sagte der Arzt, »oder auf Sie, Herr Kommissar.« Eine winzige Spur Mitgefühl klang heraus, aber Zweifel hatte ein Ohr dafür.

Beide Türen des Cadillacs wiesen eine Reihe tiefer Dellen auf, ebenso die Motorhaube und der Kofferraumdeckel. Der Lack war an vielen Stellen abgesprungen. Die

Windschutzscheibe war wunderbarerweise unversehrt. Eine Heckflosse samt Rücklichtern war dafür vollkommen zertrümmert.

Die drei Männer standen eine Weile schweigend nebeneinander und betrachteten das invalide Automobil. Dann ergriff Freun das Wort.

»Ich hab ein paar E-Mails verschickt, an meine Kontaktadressen in Amerika. Mit ein bisschen Glück haben wir in einem halben Jahr eine neue Heckflosse.« Zweifel räusperte sich.

»Und was ist mit den Türen und dem Rest?« Freun zauste mit beiden Händen seinen roten Vollbart.

»Wird schwierig, Herr Kommissar, da will ich Ihnen nichts vormachen. Wird eine Weile dauern und wird nicht ganz billig.« Zweifel schaute in das offene Piratengesicht des Mechanikers. Ein verzweifeltes Lächeln stahl sich in seine Mundwinkel.

»Wie weit weg sind wir denn von ›unmöglich‹?« Freun hob nach kurzem Zögern Daumen und Zeigefinger, zwischen die eine Kichererbse gepasst hätte. Zweifels Lächeln wurde breiter.

»Hört sich ganz nach einem tollen Auftrag an, was?« Freun grinste hinter seinem roten Vollbart zurück.

»Und was ist mit meinem Patienten?«, meldete sich Dr. Kälberer zu Wort.

»Zwei Wochen, dann ist er wieder auf dem Damm.«

»Oh!« Fast klang der Arzt enttäuscht.

»Gab es übrigens noch weitere Opfer, Paul?«, wollte Zweifel wissen. Der Mechaniker schüttelte den Kopf.

»Ihr Cadillac stand neben einem ausrangierten Leichenwagen etwas abseits, ganz am Rand der Umzäunung dort drüben. War vielleicht ein Fehler, ihn dort zu parken, aber sonst gab es keinen freien Platz.« Zweifels Blick schweifte über das Meer von Autodächern.

»Und Luis?« Freun lachte kurz auf.

»Der schläft genauso fest wie ich.« Zweifel nickte kurz und verabschiedete sich dann.

Als er wieder in seinem Toyota saß und gerade starten wollte, klopfte es erneut an seinem Seitenfenster. Dr. Kälberer war ihm nachgeeilt.

»Wer ist Luis?«, fragte er. Zweifel löste die Handbremse.

»Das ist Paul Freuns Wachhund. Der muss hier irgendwo auf seinem liegenden Teppich dösen. Sind Sie mir deshalb nachgelaufen?«

Dr. Kälberer wollte etwas sagen, aber dann schüttelte er nur den Kopf.

Zweifel hatte einige Übung darin, jedes Wort zu verstehen, das nicht ausgesprochen wurde.

»Soll ich Sie mitnehmen?«

Der Arzt legte den Kopf schief, als müsse er sich diesen Vorschlag gründlich durch denselben gehen lassen. Dann machte er zu Zweifels nicht geringer Überraschung die Beifahrertür auf und stieg ein.

Das schien eine längere Begegnung zu werden. Bisher waren sie sich hauptsächlich telefonisch gegenseitig auf die Nerven gegangen.

Zweifel startete wortlos und fuhr langsam vom Gelände. Dr. Kälberer schnallte sich an und räusperte sich.

»Sie haben da einen äußerst schwierigen Fall am Hals.« Zweifel bog ab und beschleunigte.

»Immerhin wissen wir jetzt sicher, wer der Tote in der Sauna ist und wie er umgebracht wurde. Das ist doch ein ganz beachtliches Ermittlungsergebnis dafür, dass wir seit Montagvormittag daran arbeiten.«

»Sie nehmen das ein bisschen auf die leichte Schulter, scheint mir.«

Zweifel bremste scharf, als ein Traktor ohne Vorwarnung von rechts in die Straße einbog. Er sah Dr. Kälberer von der Seite an, der stur geradeaus blickte.

»Gebe ich Ihnen etwa Anlass zur Sorge, Herr Doktor?«, fragte Zweifel. Den spöttischen Unterton hatte er gewohnheitsmäßig angeschlagen, waren doch bislang die meisten Gespräche mit dem Mediziner so verlaufen: Vergiftet mit Gereiztheit, Hohn und Sarkasmus. Zweifel fand es sehr schwierig, dieses Muster zu durchbrechen und erwartete ungeduldig Kälberers bissige Replik.

Nicht zum ersten Mal an diesem Tag wurde er überrascht.

»Ich denke, Sie sollten wissen, mit wem Sie es zu tun haben«, sagte der Arzt alles andere als aggressiv. »Theo Kronberger ist niemand, den man sich zum Gegner machen sollte.«

Zweifel glaubte, sich verhört zu haben. Kurzerhand fuhr er an den rechten Straßenrand und hielt an. Der Fahrer hinter ihm musste abrupt bremsen und hupte ärgerlich. Zweifel ignorierte ihn und drehte sich zu Dr. Kälberer um.

»Was genau wollen Sie mir damit sagen?« Der Arzt blickte immer noch geradeaus.

»Solche Leute haben alle Möglichkeiten. Alle. Ich nehme an, Sie wissen, was nach dem Tod von Valerie Kronberger auf die Beteiligten zugekommen ist.«

»Ich habe alles darüber gelesen, um zu wissen, dass niemanden die Schuld an dieser Tragödie traf.«

»Das spielt für Leute wie Herrn Kronberger allenfalls eine sekundäre Rolle. Für ihn zählen nur Ergebnisse. Das Ergebnis damals war der Tod seiner Frau.« Zweifel kam ein Verdacht.

»Das ist lange her. Kann es sein, dass Sie in irgendeiner Form darin verwickelt waren?« Dr. Kälberer schwieg eine Weile, dann blickte er Zweifel in die Augen und sagte mit müder Stimme:

»Mein Bruder war damals Oberarzt an dieser Klinik in der Schweiz.«

»Was ist passiert?«

»Er hat das ganze Theater, die gerichtlichen Untersuchungen, den Prozess, die Verleumdungen nicht verkraftet. Die vor allem haben ihn ruiniert.« Zweifel schwieg. »Er ist zum Säufer geworden und eines nachts im Suff in ein Auto gelaufen.« Der Arzt holte sein Brillentuch aus der Brusttasche, schlug es auseinander und faltete es sorgfältig wieder zusammen.

»Merkwürdiger Zufall, dass auf diesem riesigen Platz ausgerechnet Ihr Wagen Prügel bezogen hat, finden Sie nicht?«

Zweifel runzelte die Stirn.

»Sie wollen mich warnen, Herr Dr. Kälberer?« Der Arzt nickte und steckte das Tuch wieder ein.

»Ich weiß, das ist zwecklos.« Zweifel startete wieder und fädelte sich in den Verkehr ein.

»Natürlich ist es zwecklos. Trotzdem — ich weiß es zu schätzen — danke.« Er fuhr eine Straße weiter. »Wo kann ich Sie jetzt hinfahren?«

»Na, zu Paul Freun natürlich, da steht ja mein Wagen.« Zweifel musste schmunzeln. Er wendete und fuhr zurück Richtung Gartenstadt und eine Weile herrschte ein fast entspanntes Schweigen.

»Paul Freun hat es gut«, meinte er schließlich, als sie kurz vor dem Ziel waren, » er muss sich nur um kaputtes Blech kümmern und wenn er was Besonderes braucht, schickt er einfach eine Mail nach Amerika.« Dr. Kälberer nickte versonnen.

»Verglichen mit unserer Arbeit hört sich das sehr verlockend an, nicht wahr?« Zweifel hielt an und der Arzt schnallte sich los. Er blieb sitzen. »Sie können mir glauben, es gibt Tage, da hätte ich lieber Motorenöl an den Händen statt Blut.« Er warf Zweifel einen Blick zu und stieg aus.

»Ja, aber wir haben es nicht anders gewollt, Doktor«, rief Zweifel ihm nach. Dr. Kälberer klopfte einmal leicht aufs Dach des Toyotas und entfernte sich ohne ein weiteres Wort.

Wer hätte sich das träumen lassen, dachte Zweifel, ein fast normales Gespräch mit einem Dr. Kälberer, den er so gar nicht kannte. Dann musste er an das Telefonat mit Theo Kronberger denken, das am nächsten Morgen bevorstand und fuhr mit gemischten Gefühlen nach Hause.

35. Kapitel

Lucy war, wie immer, am nächsten Morgen die Erste im Büro. Das Gewitter war ausgeblieben und so lief sie durch die Büroräume und riss alle Fenster auf. Als sie an Melzicks Schreibtisch vorbeikam, fiel ihr Blick auf Melchiors Handy, und blieb daran hängen, weil ein blaues Lämpchen leuchtete. Nach wenigen Sekunden hatte sie die eingegangene Nachricht auf dem Display und las sie mit zusammengekniffenen Augen. Sie las die Worte noch einmal und vergewisserte sich, was den Absender anging. Dann blies sie die Backen auf und zuckte mit den Schultern.

Sie ging zu ihrem Schreibtisch, legte das Handy auf den Tresen und nutzte die Zeit bis die Kollegen eintrafen dazu, ihre wichtigste Schublade aufzufüllen und den Inhalt der übrigen Schubladen auf ihrem Schreibtisch zu stapeln. So früh am Morgen war ihr Drang, aufzuräumen und wegzuschmeißen am größten. Sie war gerade in ein arg zerfleddertes Buch vertieft, als Melzick sie aufschreckte.

»Lesen am Arbeitsplatz! Lucy! Wenn das der Klopfer mitkriegt.«

»Ja ja ja, ich wünsch dir auch einen schönen Morgen«, sagte Lucy und behielt das Buch in der Hand.

»Was ist das überhaupt für ein Schmöker?«, fragte Melzick und wollte danach greifen.

»Das ist nichts für dich. Hat mehr als 200 Seiten und ist von einem Klassiker«, sagte Lucy und verbarg es hinter ihren großen Händen. Doch Melzick war schneller gewesen.

»›Das fliegende Klassenzimmer‹, schon wieder Erich Kästner.« Lucy zuckte die Schultern.

»Ein Klassiker, sag ich doch! Wirf lieber mal einen Blick auf das da.« Sie nickte in Richtung des Handys.

»Oh Lucy, das hab ich in den letzten Tagen oft genug in der Hand gehabt. Die Bilder muss ich mir wirklich nicht mehr antun.«

»Wer spricht von Bildern? Da hat jemand Melchior eine Nachricht geschickt.«

»Was?« Melzick griff nach dem Gerät. »Von Moritz Kronberger? Das ist doch ...« Sie brach ab und las mit wachsender Verwirrung die SMS. Sie las und schüttelte den Kopf und blickte ratlos in Lucys große, runde, blaue Augen.

»Ist das jetzt irgendeine ganz spezielle Rangliste?« Lucy zog die Nase kraus.

»Ja, aber in welcher Kategorie denn? Klamotten? Thronfolge? Millionen? Frisuren?«

»Moritz schreibt Melchior eine Nachricht, hm ...« Melzick legte einen Finger an die Nase und las sie laut vor.

»›johnny deppp kommt vor karl laagerfeld dazwischen liegt george cllooney bevor prinz ccharles charles dickenns folgt‹«

»Vielleicht geht's um Körpergröße«, sinnierte Lucy und stützte ihre drei Kinne auf ihre gefalteten Hände.

»Blödsinn.«

»Anzahl von Fernsehinterviews?«

»Dann wäre Charles Dickens definitiv auf dem letzten Platz.«

»Öha — für eine, die keine Bücher liest, kennst du aber ganz schön viele Schriftsteller. Erich Kästner. Charles Dickens. Noch jemand vielleicht?«

»Lucy! Lass mich nachdenken!«

»Ich bin mehr fürs Brainstorming.« Melzick seufzte. Lucy dagegen war von ihrem Vorschlag begeistert. »Wie wär's mit Anzahl der Ehen?«

»Blödsinn.«

»Anzahl der Kinder?«

»Blödsinn!«

»Anzahl der Follower auf Instagram? Likes auf Facebook? Abos auf Youtube?

»Lucy!«

»Kann nichts dafür, kommt mich so. Möchte bloß mal wissen, was für eine Deutschnote der Moritz gehabt hat. Vermutlich Legastheniker.« Melzick schüttelte energisch den Kopf.

»Die Schreibfehler sind Absicht, das sieht man.»

»Ach ja?«

»Gib mir mal was zu schreiben.« Lucy reichte ihr einen gelben Zettel und einen grünen Filzstift. »Und jetzt tu mir den Gefallen und halt für drei Minuten den Mund.« Lucy schmollte für eine Minute, dann kümmerte sie sich um ihre Schublade. Gleich darauf legte Melzick den Stift auf den Tresen und sagte:

»Fertig.«

»Wie jetzt?«

»Das ist ein Code, Lucy. Moritz hat Melchior eine verschlüsselte Botschaft geschickt.«

»Und du hast sie so schnell entschlüsselt? Das kann aber kein sehr raffinierter Code sein.«

»Wenn du meinst. Probier's doch selbst«, sagte Melzick und steckte den Zettel weg.

»Meine Güte, Mel, das brauch ich wirklich nicht, ich hab auch so genug zu tun. Guten Morgen, Herr Klopfer.« Der Polizeichef war, von Melzick unbemerkt, hereingekommen und mit ihm ein eisiger Morgenhauch.

»Morgen. Wenn Zweifel erscheint, sofort zu mir!« Melzick zog das Genick ein, bis er in seinem Büro verschwunden war. Sie wechselte mit Lucy einen Blick und zog die Augenbrauen hoch.

»Der hatte gestern Abend ein Date der unfreundlichen Art«, erklärte Lucy. »Bei unserem Herrn Bürgermeister.«

»Lass mich raten — Theo Kronberger hat ein bisschen an den Strippen gezogen.« Lucy nickte.

»Die Marionetten tanzen und schon geht das Theater los. Das hört erst auf, wenn ihr den Fall gelöst habt.« Melzick grunzte und wirbelte ihre Dreadlocks durcheinander.

»Mir egal, mich interessiert erst mal diese SMS von Moritz.«

»Ich denke du weißt schon, was sie bedeutet.«

»Ich hab sie entschlüsselt, aber ich weiß noch lange nicht, was sie bedeutet und vor allem weiß ich nicht, warum Moritz sie überhaupt verschlüsselt hat.«

»Vermutlich damit jemand wie ich nichts damit anfangen kann, meinte Lucy und stand auf, um Kaffee zu kochen. Sie füllte Wasser in die Maschine ein und holte ihre Spezialmischung aus dem Schrank. Vielleicht ist die SMS auch ganz harmlos«, sagte sie und löffelte schwarzbraunes Pulver in den Kaffeefilter.

»Ein Kronberger und harmlos — das passt nicht zusammen.«

»Der Meinung bin ich auch, Morgen Melzick.« Zweifel kam etwas atemlos herein.

»Zweifellos ein guter Morgen«, war Melzicks Antwort. Lucy drehte sich um.

»Der Herr Kommissar zum Rapport, bitte.« Zweifel verdrehte die Augen.

»Halten Sie mir 'ne Tasse warm.«

»Mit Inhalt?«

»Ich bitte darum, Lucy. Heiße Luft wartet ja wohl da drinnen schon auf mich.« Melzick verzog sich in ihr Büro und Lucy veranstaltete einen Workshop mit ihren Schubladen. Zweifel öffnete die Tür zum Büro seines Vorgesetzten.

Polizeichef Alois Klopfer stand am Fenster und schien eine Ansprache an die Außenwelt halten zu wollen.

Er kehrte Zweifel den Rücken zu. Dieser schloss die Tür hinter sich.

»Es wird Sie nicht wundern, dass es Anrufe gab, Zweifel.«

»Herr Kronberger hat etwas in der Richtung angedeutet. Ich hab allerdings keinen bekommen, ich meine, von den üblichen wichtigen Personen. Seine nächste Wortmeldung erwarte ich um zehn Uhr, wenn ...«

»Zweifel, Sie scheinen die Sache zu leicht zu nehmen, das ist nicht ...«

»Das wurde mir schon öfters unterstellt«, unterbrachen sie sich gegenseitig. »Das geht mir langsam auf die Nerven. Wenn es jemanden gibt, der Mord ernst nimmt, dann bin ich das. Das sollten Sie wissen, Chef!« Zweifel war, getroffen an seiner empfindlichen Stelle, ohne es zu wollen, so laut geworden, dass Lucy draußen verwundert den Kopf schüttelte. Sie hatte eher erwartet, dass Klopfer lospoltern würde. Der blieb ungerührt an seinem Fenster stehen, ebenso wie Zweifel stehenblieb.

»Ihre Empörung, Zweifel, kann ich gut verstehen. Wenn jemand Grund hat, empört zu sein über unerträgliche Einmischung von außen, dann bin ich das, das sollten Sie auch wissen.« Zweifel schwieg. »Als Erstes schlage ich vor, dass wir uns gegenseitig ausreden lassen.«

»Das tu ich ja bereits«, sagte Zweifel und nahm in einem der Sessel in Klopfers Besprechungsecke Platz.

»Schön. Ich will Sie lediglich darüber informieren, was sich über Bad Wörishofen zusammenbraut. Kronberger droht, die Therme zu schließen, was die Stadt einiges an Steuereinnahmen kosten würde.« Zweifel hörte mit versteinertem Gesicht zu.

»Viel gravierender ist, dass er Kontakt mit dem Chef einer großen Logistikfirma aufgenommen hat, die sich hier ansiedeln will. Dieses Vorhaben steht jetzt auf der Kippe. Da geht es um einen hohen zweistelligen Millionenbetrag und um knapp eintausend Arbeitsplätze.« Klopfer seufzte. »So viel zum wirtschaftlichen Schaden. Als flankierende Maßnahme hat Kronberger seine erstklassigen Beziehungen zu Justus Frantz ins Spiel gebracht.« Zweifel horchte auf.

»Das Festival?« Klopfer nickte.

»›Das Festival der Nationen‹ könnte dieses Jahr ins Wasser fallen. Der Bürgermeister ist, gelinde gesagt, in Panik.« Zweifel rieb mit der rechten Hand über seinen kahlen Schädel und schüttelte leicht den Kopf.

»Und wen, bitte schön, sollen wir hängen, damit all das nicht passiert?«

Klopfer drehte sich zu ihm um.

»Er erwartet schlicht, dass wir den Mörder seines Sohnes fassen und zwar so rasch wie möglich. Außerdem unterbindet er jede weitere Kontaktaufnahme mit Moritz.« Klopfer musste lächeln, als er das sagte.

»So, jetzt habe ich Ihnen das mitgeteilt. Wenn Sie mit dem Kopfschütteln fertig sind, dürfen Sie wieder auf die Jagd gehen. Und von mir aus reden Sie so viel mit Moritz, wie notwendig ist. Und klären den Mord an Schilling auf.« Zweifel erhob sich.

»Falls der Herr Innenminister oder möglicherweise Justus Frantz anrufen sollten …«

»… sage ich einfach, Sie sind momentan sehr beschäftigt«, beendete Klopfer den Satz und begab sich zu seinem Schreibtisch.

»Wie ich höre, haben Sie Melchior Bodenheim in Gewahrsam?«

»Ich werde ihn nachher ins Gebet nehmen.« Klopfer blätterte in seinen Papieren.

»Keine Folter, Zweifel. Wir leben nicht im Mittelalter, auch wenn manche zeitgenössischen Feudalherren sich ganz gerne so aufführen.«

»Zu Befehl.«

»Was haben wir gegen Bodenheim in der Hand?« Zweifel zählte an den Fingern ab.

»Ein fehlendes Alibi was Schillings Ermordung angeht. Ein wackliges Alibi, was Florian Kronbergers Ermordung angeht. Die schwer belastende Aussage seines Kommilitonen Lukas Freun, was das Chaos und die Panik in der Therme angeht. Er hat ein starkes Motiv für den Mord an Florian. Hinzu kommen seine unglaubwürdigen Aussagen gestern Nachmittag samt anschließender Flucht.«

»Wie kam es zu dem Feuer? Soweit ich weiß, ist diese Hütte bis auf die Grundmauern abgebrannt.« Zweifel erklärte ihm, was Melchior zähneknirschend berichtet hatte. Klopfer nickte nachdenklich.

»Was ist mit seinem Vater?«

»Er wird durchkommen.«

»Was ist mit dessen Motiv?«

Zweifel kratzte sich an der Nase.

»Ein Motiv hätte er sicher, aber Roman Bodenheim macht einen sehr labilen Eindruck. So eine Tat passt einfach nicht zu ihm.«

»Haben Sie sein Alibi überprüft?«

»Das halte ich für überflüssig, Chef.«

»Überprüfen Sie es trotzdem. Und vergessen Sie auch nicht unseren Kandidaten aus Wien.«

»Aron Schwarzenberg spielt in der ganzen Geschichte eine sehr undurchsichtige Rolle.«

476

»Hören Sie, Zweifel, wir sollten uns keine Fehler erlauben. Ich gebe Ihnen noch zwei Leute zur Verstärkung. Die sollen sich um Schwarzenberg kümmern.«

»Wenn Sie dann ruhiger schlafen, Chef.«

»Ich schlafe immer ruhig, aber ich weiß nicht, ob Sie das von sich behaupten können. Halten Sie mich auf dem Laufenden. Wir sehen uns heute Mittag. Wir könnten zusammen was essen.« Zweifel stutzte. In den zehn Jahren, die er jetzt schon mit Klopfer zusammenarbeitete, hatten sie noch nie zusammen gegessen. Offensichtlich war sein Chef doch nicht so ganz immun gegen den Druck von außen. Wahrscheinlich hatte man ihm eine ganz kurze Leine für seinen Kommissar nahegelegt.

»Wer zahlt?«

»Jedenfalls nicht der Innenminister.«

»Dann schlage ich vor, dass wir uns bei Stavros treffen. Sie wissen, wo das ist?« Klopfer warf ihm einen Blick zu und bemerkte trocken:

»Die Frage habe ich überhört. 13 Uhr 30 und seien Sie pünktlich.«

Lucy war auf allen Vieren unter ihren Schreibtisch gekrochen, wohin sich eine Rolle Klebeband verflüchtigt hatte. Zweifel stand am Tresen und beobachtete stumm Ihre Bemühungen eine Weile. Schließlich tauchte sie ächzend und mit rotem Kopf wieder auf, entdeckte den Zuschauer und ließ sich schwer auf ihren Stuhl fallen.

»Sparen Sie sich Ihren Kommentar, Herr Kommissar«, schnaufte sie und packte das Klebeband auf einen mittelgroßen Turm weiterer Büroutensilien.

»Ich nehme an, Sie kommen gut voran mit Ihrer Arbeit?«, erwiderte er.

»Na ja, Quantensprünge sind es nicht gerade.«

»Das wäre ja auch nur eine ganz winzige Bewegung, Lucy, im atomaren Raum und mit bloßem Auge nicht feststellbar. Ich stelle mit bloßem Auge aber jede Menge Bewegungen in diesem Raum fest. Ist das da übrigens meine Tasse unter dem Stapel Rundschreiben?« Lucy runzelte die Stirn.

»Welcher von den Stapeln?« Zweifel deutete auf eine Ecke des Schreibtisches. »Möchte mal wissen, wer die Dinger überhaupt liest, wer sie schreibt und warum die archiviert werden müssen«, schnaufte sie und kramte vorsichtig nach der unsichtbaren Kaffeetasse.

»Eines der Rätsel, die sich höherbesoldete Geister für uns ausdenken«, antwortete Zweifel und beobachtete skeptisch Lucys Bemühungen. Doch die hatte den Kaffee unfallfrei aus seinem Versteck befreit und stellte ihn vor Zweifel auf den Tresen.

»Melzick hat übrigens ein neues Rätsel für Sie, was diesen Fall betrifft. Moritz hat Melchior eine Nachricht zukommen lassen, die mit Johnny Depp und Charles Dickens zu tun hat.« Zweifel verschluckte sich fast an seinem lauwarmen Kaffee.

»Versteh ich jetzt nicht auf Anhieb.«

»Ja, das ging mir auch so. Aber die hat sie in Nullkommanichts ent- …« Zweifel war schon in Richtung Melzicks Büro verschwunden.

»… schlüsselt,« fügte Lucy unnötigerweise hinzu. »Und wieder bin ich allein«, seufzte sie, lehnte sich in ihrem Stuhl zurück und betrachtete mit heimlichem Stolz das Chaos, das sie um sich herum angerichtet hatte.

Melzick saß an ihrem Schreibtisch, hatte völlig untypisch beide Ellbogen aufgestützt und ihr Gesicht in den Händen vergraben.

»Störe ich bei Wichtigem?«, fragte Zweifel, als er hereinkam.

»Allerdings«, antwortete sie, ohne die Hände wegzunehmen.

»Darauf kann ich keine Rücksicht nehmen. Lucy sagte mir, Sie hätten ein Rätsel gelöst?«

Melzick seufzte und stand auf.

»Hier«, sagte sie und drückte ihm das Handy mit der merkwürdigen Botschaft in die Hand. »Bin gespannt, wie lange Sie brauchen.«

Zweifel nahm es wortlos entgegen und vertiefte sich in die wenigen Worte auf dem Display.

»Was hat Johnny Depp mit Prinz Charles zu tun?«, murmelte er vor sich hin, »und wieso schreibt Moritz die Namen …« Er verstummte und blickte auf seine Armbanduhr. »Wie lange haben Sie gebraucht?« Melzick grinste.

»Knapp zwei Minuten.«

»Okay, dann geht das Spiel unentschieden aus. Hier ist meine Lösung.« Sie verglichen ihre Ergebnisse miteinander und nickten beide anerkennend.

»Bevor wir uns den Kopf zerbrechen, was das zu bedeuten hat, werde ich einfach mal Melchior mit dem Text konfrontieren und sehen, wie er darauf reagiert.«

Lucy kam herein mit glänzenden Augen.

»Kann ich das Handy mal kurz haben?«, fragte sie und ohne eine Antwort abzuwarten, nahm sie es Zweifel aus der Hand.

»Ha!«, rief sie aus, »ich weiß die Lösung jetzt auch. Man muss nur die Buchstaben aufschreiben, die zu viel sind und dann in die Reihenfolge bringen, wie Moritz es beschrieben hat.«

Sie blickte auf Melzicks Zettel, der auf dem Tisch lag.

»Ich hab Recht, ich habs gewusst. Äh, jetzt sollten wir nur noch wissen, was das soll. Spricht man das französisch aus, ›blooa‹, oder irgendwie osteuropäisch, ›plantsch‹ oder wie?« Sie schaute ratlos von Zweifel zu Melzick und wieder zurück.

»Das ist einfacher, Lucy, man kann es auf Deutsch aussprechen. PLANC heißt einfach Plan C«, sagte Melzick.

»Plan B scheint demnach schiefgegangen zu sein«, meinte Zweifel.

»Aber es ist immerhin offensichtlich, dass Moritz und Melchior über einen oder mehrere gemeinsame Pläne verfügen. Davon werde ich Kronberger aber vorerst nichts verraten. Er wird nachher anrufen. Bis dahin, Melzick, machen wir Folgendes. Ach, und Sie, Lucy können sicher etwas für uns besorgen.« Lucy vernahm den ungewöhnlichen Auftrag und machte sich eilig auf den Weg, um die beiden nicht weiter zu stören.

36. Kapitel

Pünktlich um zehn Uhr meldete sich Theo Kronberger.

»Herr Zweifel, ich gehe davon aus, Sie haben Neuigkeiten für mich, aber machen Sie es kurz, ich rufe aus Brüssel an und mein Flug wurde gerade aufgerufen.« Zweifel unterdrückte die Frage, warum er dann nicht schon früher angerufen habe.

»Guten Morgen, Herr Kronberger. Wir haben in der Tat Neuigkeiten.« Einen verrückten Moment lang lag ihm auf der Zunge, zu sagen: »Ihre freundlichen Anrufe bei Gott und der Welt interessieren uns soviel wie das Wetter von gestern. Wir lassen uns bei unserer Arbeit von nichts und niemandem beeinflussen oder beeindrucken, selbst wenn Donald Trump damit drohen würde, eine drei Meter hohe Mauer samt Stacheldraht rund um Bad Wörishofen hinzuklotzen.« Zweifel lauschte diesen unausgesprochenen Sätzen fasziniert nach und beschloss im Geheimen, sie sich für einen geeigneteren Zeitpunkt aufzuheben.

»Ich höre, Herr Zweifel, ich höre«, schnarrte die ungeduldige Stimme Kronbergers. Zweifel riss sich zusammen.

»Es gibt einen Verdächtigen.«

»Wer ist es?«

»Melchior Bodenheim.«

»Der Name sagt mir nichts.« »Natürlich nicht«, dachte Zweifel.

»Er ist der Sohn und der Enkel von Roman und Charles Bodenheim.«

»Bedaure.« »Das bezweifle ich«, dachte Zweifel.

»Hat er gestanden?«

»Ich werde später mit ihm reden. Es gibt sehr starke Verdachtsmomente, die gegen ihn sprechen.« Kronberger schwieg. War ihm plötzlich eingefallen, wer die Bodenheims waren? Vielleicht überlegte er auch gerade, wen er anrufen könnte, um die Todesstrafe wieder einzuführen.

»Es gibt noch zwei Dinge, die Sie mir beantworten können, Herr Kronberger«, nutzte Zweifel den Augenblick. »Sie erwähnten, dass Florian Sie am Samstagabend anrief, um Sie von der Entführung von Moritz zu unterrichten. Können Sie mir sagen, wann genau er angerufen hat?« Zweifel vernahm ein undeutliches Geräusch und dann die verärgerte Stimme Kronbergers.

»Die Entführung von Moritz hat Sie nicht zu interessieren, Herr Zweifel. Moritz hat Sie überhaupt nicht zu interessieren. Ich habe das gestern bereits Ihren Vorgesetzten klargemacht. Ihre Starrköpfigkeit in dieser Sache ist …« Zweifel unterbrach ihn.

»Es geht mir nicht um die Entführung, sondern schlicht und ergreifend um eine Uhrzeit. Versuchen Sie bitte, sich zu erinnern.«

»Ich kann mich sehr genau erinnern. Es war um 11 Uhr vormittags. Ich hatte gerade ein neues Meeting in Florida begonnen.«

»Also um 18 Uhr Münchner Zeit. Und es war tatsächlich Florian, der anrief?«

»Es war seine Handynummer und es war seine Stimme, zum letzten Mal. Hören Sie, Zweifel, Sie strapazieren meine Geduld, ich muss …«

»Nur eine weitere Frage noch. Wo war Florian am Sonntag den 28. Juli?«

»In Seattle«, kam es wie aus der Pistole geschossen.«

»Wieso wissen Sie das so genau?«

»Weil es kurz nach seinem Geburtstag war und weil er mit Fieber im Bett lag und weil das Bett in unserem Anwesen in

Seattle steht und weil ich an diesem Wochenende zufällig auch in Seattle war. Und das war es jetzt. Endgültig, Zweifel! Sie haben den Bogen überspannt! Machen Sie sich auf Veränderungen in Ihrem Leben gefasst! Gravierende Veränderungen!« Bevor Zweifel etwas erwidern konnte, hatte Kronberger aufgelegt. Melzick, die alles mit angehört hatte, feixte.

»Da haben Sie wieder mal ziemlichen Dusel gehabt, Chef.«

»Wie meinen Sie das?«

»Na, dass der Herr aufgelegt hat, bevor Sie ihm Ihre Antwort ins Ohr flüstern konnten. Spiritus in glühende Kohlen spritzen — das fällt mir dazu ein.«

»Was fällt Ihnen ein, Melzick?«

»Dass wir jetzt nicht wissen, wann der Herr uns mit seinem nächsten Anruf beehrt.«

»Wissen Sie was? Das ist von durchaus sekundärer Bedeutung.«

»Sie meinen, es kann uns scheißegal sein?«

»Melzick, es gibt Worte, die gehören nicht mal in Ihren passiven Wortschatz.«

»Da gebe ich Ihnen Recht, Chef. Bei Gelegenheit mache ich Ihnen mal meine Liste zu diesem Thema.«

»Ich kann es kaum erwarten. Aber vielleicht lenken Sie Ihre sprachliche Kompetenz zunächst mal auf das Telefonat. Ist Ihnen was aufgefallen?«

»Grammatikalisch oder inhaltlich?«

»Melzick!«

»Schon gut, Chef, schon gut. Inhaltlich also. 28. Juli — das war vor viereinhalb Wochen. Sagten Sie nicht, dass Aron Schwarzenberg behauptet hat, sich an diesem Wochenende mit Florian getroffen zu haben? Entweder lügt dieser Schwarzenberg — oder ...«

»Sie sagen da ein sehr wichtiges Wort: Oder. Es gibt in diesem Fall sehr oft eine andere Möglichkeit. Entweder lügt Schwarzenberg oder Moritz war vor vier Wochen bei ihm und hat Florians Rolle übernommen. Schwarzenberg hatte Florian laut seiner eigenen Aussage mehrere Jahre lang nicht mehr gesehen. Es dürfte für Moritz nicht allzu schwierig gewesen sein, ihn zu täuschen. Ich halte ihn für einen fähigen Schauspieler. In einem Punkt zumindest hat er bei der Schilderung seiner Entführung gelogen. Woraus sich die Frage ergibt, ob nicht die ganze Kidnapping-Story erfunden ist.« Melzick nickte.

»Sie meinen den Zug aus Türkheim, den er angeblich an dem unbeschrankten Bahnübergang hat vorbeifahren lassen.«

»Das muss eine Fata Morgana gewesen sein oder ein Geisterzug. Die Strecke ist nämlich seit Mitte letzter Woche komplett gesperrt. Aber das ist ihm wohl entgangen.«

»Kein Wunder. Sie haben ja gehört, dass er nur sporadisch in Bad Wörishofen wohnt. Warum haben Sie ihn nicht direkt darauf angesprochen?«, wollte Melzick wissen, wobei sie die Antwort ahnte.

»Diese Frage wollte ich mir für einen besseren Zeitpunkt aufheben«, antwortete Zweifel.

»Was ist mit der Uhrzeit des Anrufs von Florian?«

»Das ist eine weitere Ungereimtheit, eine weitere dieser Kleinigkeiten, die einfach nicht passen. 18:00 Uhr Ortszeit in München, sagt Theo Kronberger.

Wie ich gestern von den Kollegen der Flughafenpolizei erfahren habe, hat Florian um 17:45 Uhr sein Handy verloren gemeldet.

Der Portier konnte sich sehr genau daran erinnern, weil Florian ein ziemliches Theater darum gemacht und ihn bestimmt eine halbe Stunde lang mit Beschlag belegt hat. Er konnte also seinen Vater wegen der Entführung gar nicht anrufen. Was schließen Sie daraus?«

»Es war jemand anders, der mit seinem Handy telefonierte. Hat Melchior nicht zugegeben, Florian am Münchner Flughafen getroffen zu haben?« Zweifel nickte.

»Er hat ihm das Handy geklaut und Kronberger angerufen.« Melzick wirbelte ihre Dreadlocks durcheinander und kniff ihre Augen zusammen.

»Oder er hat es Moritz gegeben, der mit der Stimme seines Bruders seine eigene Entführung ins Leben rief.«

»Und warum?«

»Um ein Alibi zu haben.«

»Und wofür?« Melzick wechselte einen stummen Blick mit Zweifel. Der sah auf seine Armbanduhr.

»Ich denke, es wird Zeit für ein Gespräch mit Melchior Bodenheim.«

Die Terrasse des Penthauses im Parkpalais war an Luxus kaum zu überbieten. Die Pracht war ihm auf die Nerven gegangen und so hatte er sich in den Wald verzogen, zu einer Tageszeit, als alles noch schlief. Er lief auf den Forstwegen bis er zu der Stelle mit den uralten Buchen kam. Er ließ sich zwischen den Wurzeln eines 263 Jahre alten Baumes nieder (eine eigens aufgestellte Tafel informierte darüber) und lehnte seinen Rücken gegen den Stamm. Er blickte nach oben, den silbrig grünen, gewaltigen Stamm entlang. Diesem Baum konnte alles egal sein. Er hatte Wurzeln geschlagen, als Goethe gerade laufen lernte.

Moritz schloss die Augen und konzentrierte sich auf die Fehler, die ihm unterlaufen waren. Kleinigkeiten eher. Dennoch — dieser Zweifel war nicht zu unterschätzen. Melchior würde ihm zwar standhalten, zu viel stand für ihn auf dem Spiel, aber man konnte nie wissen. Ihm war klar, dass sie Melchior in die Mangel nehmen würden, nachdem er eine ganze Nacht lang allein mit seinen Gedanken gewesen war. Das gehörte zu ihrer Taktik: Dem Verdächtigen viel Zeit zum Nachdenken geben.

Melchior hatte Anlass genug zum Grübeln. Melchior war schon immer ein Grübler gewesen. Aber er kannte auch ihre Abmachung. Er kannte auch die Eventualitäten. Sie hatten sie alle miteinander vorher besprochen. Sie hatten an alles gedacht. Natürlich hatten sie an alles gedacht. Niemand sonst hätte die ganze Sache auf diese Weise planen können.

Er hatte ihm eine Nachricht zukommen lassen, obwohl ihm klar war, dass sie Melchiors Handy beschlagnahmt hatten. Es war eine simple SMS, so einfach codiert, dass alle etwas damit anfangen konnten, die sie lasen. Scheinbar. Aber Melchior war der Einzige, der sie wirklich verstehen würde. Denn er kannte Plan C.

Moritz öffnete die Augen und ließ den Blick in die Baumkrone tauchen. Melchior würde sicher den Mund halten, denn er kannte Plan C.

Melchior wurde von einem Kollegen in Zivil in einen kleinen Raum gebracht, wo Zweifel und Melzick ihn erwarteten. Sie hatten vereinbart, dass Melzick zunächst die Fragen stellen würde.

Sie saß an einem kleinen Tisch, in dessen Mitte ein kleines Mikro stand. Melchior blieb stehen. Er wirkte in seinen vorsichtigen Bewegungen, wie jemand, der körperlichen Schmerz vermeiden will. Den Blick hielt er auf das Mikro gerichtet.

Zweifel, den er beim Eintreten nicht beachtet hatte, stand schräg hinter ihm in einer Ecke.

»Guten Morgen, Herr Bodenheim. Setzen Sie sich bitte«, sagte Melzick. Er nahm auf dem Stuhl ihr gegenüber Platz. Sie sprach ein paar einleitende Worte in das Mikro: Datum Uhrzeit, anwesende Personen.

»Ist es korrekt, dass Sie bei diesem Gespräch auf die Anwesenheit eines Rechtsbeistandes verzichten wollen?«, fragte sie Melchior. Der nickte stumm.

»Bitte antworten Sie laut und deutlich, Ihr Nicken kann das Gerät nicht aufnehmen.«

Melchior warf ihr einen grimmigen Blick zu. Er hatte erst am frühen Morgen für höchstens zwei Stunden geschlafen. Sein schmerzender Ellbogen hatte ihn wachgehalten — und ein Labyrinth aus Gedanken. Wieder und wieder hatte er die Fragen rekapituliert, die Zweifel ihm gestellt hatte, für die er keine Antworten parat gehabt hatte, und die sie ihm garantiert noch einmal stellen würden.

Er war hin und her gerissen. Einerseits saß er so tief im Schlamassel, dass er nur durch schonungslose Offenheit mit einem blauen Auge davonkommen könnte. Andererseits ließ ihn der Gedanke an das Geld nicht los. Sein Vater hatte überlebt. Aber deswegen hatte sich die finanzielle Lage der Bodenheims noch lange nicht verbessert. Im Gegenteil. So wie er seinen Vater jetzt einschätzte, hielt er es für möglich, dass er einen weiteren Selbstmordversuch unternahm.

Dann wiederum hatte er sich an die vielen Gespräche erinnert, in denen sie ihren Plan entwickelt hatten. Sie hatten sich mehrere Varianten überlegt. Und sie hatten eine Abmachung getroffen, Moritz und er, falls die Sache trotz allem schiefgehen sollte. Diese Abmachung lautete, dass Melchior in jedem Fall die Kohle bekommen sollte, die als Lösegeld für die Entführung bereitstand. Die Bedingung war: Absolutes Stillschweigen. Letztlich war das für Melchior ausschlaggebend. Deswegen würde er keinen Anwalt dabeihaben wollen. Außerdem hieß es doch immer: Unschuldige verzichten auf ihren Anwalt. Als er diesen Beschluss gefasst hatte, war er endlich in einen unruhigen Schlaf gesunken. Und jetzt saß er dieser arroganten Zicke gegenüber, die glaubte, ihm was beweisen zu können.

»Ich brauche keinen Anwalt. Ich habe nichts zu sagen.« Seine Stimme klang rau, aber bestimmt. Diese beiden Sätze waren ihm immer wieder durch den Kopf geschossen, seit er den Raum betreten hatte. Melzick tat, als hätte sie den zweiten Satz nicht gehört.

»Wie geht es Ihnen? Was macht der Arm?« Melchior zuckte die Schultern, blickte über Melzicks Kopf hinweg an die Wand und schwieg. Irgendwo hatte er mal gelesen, dass es für ein Gegenüber äußerst irritierend sein kann, wenn man den Blick auf einen Punkt etwa 20 Zentimeter oberhalb der Stirn richtete. Melchior hatte sich während seiner schlaflosen Nacht für dieses Verhör gewappnet und er war fest entschlossen, mit allen Schwertern zu kämpfen. Melzick war jedoch alles andere als kampflustig. Sie blickte ihn freundlich an.

»Ich kann mir vorstellen, dass Sie keine gute Nacht gehabt haben. Ihre Verletzung ist sicher bestmöglich versorgt worden, aber ich kenne mich mit diesen Prellungen aus. Hab selber schon einige abbekommen. Schmerztabletten hat man Ihnen doch sicher bereitgestellt?«

In Melchior keimte der Verdacht auf, dass diese Frau Zick nur für das Protokoll so übertrieben fürsorglich tat.

»Wenn ich Sie bitten darf, auf jede meiner Fragen zu antworten«, beharrte diese, »hörbar, meine ich. Körpersprache ist zwar die ehrlichste Sprache, aber leider lautlos.« Melchior ließ sich erweichen.

»Ja«, warf er hin, wie man einem Hund einen Knochen hinwirft.

»Sie wissen, dass Ihr Vater versucht hat, sich zu erschießen?«

»Ja.« Noch ein Knochen.

»Es geht ihm gut soviel wir wissen und soweit man das in dieser Situation behaupten kann. Es war ein Streifschuss. Er wird eine Narbe behalten. Wussten Sie, dass er eine Waffe in seiner Schublade hatte?«

Melchior konnte sich nicht erinnern, sie je gesehen zu haben. Er schwieg.

»Er wäre nicht der erste Vater, der Geheimnisse vor seinem Sohn hat. Daher würde es mich nicht wundern, wenn Sie keine Ahnung von dieser Pistole hatten.« Melchior verdrehte die Augen zur Decke. Es war doch wirklich rührend, wie diese kleine Möchtegernpsychologin ihn zu provozieren versuchte. Er schenkte ihr ein dünnes Lächeln und schoss zurück.

»Es soll auch Väter geben, die Geheimnisse vor Ihrer Tochter haben. Wie sieht das bei Ihnen aus?«

Zweifel hielt den Atem an. Melzicks wunder Punkt. Hoffentlich blieb sie bei ihrer Rolle.

»Das steht im Augenblick nicht zur Debatte«, erwiderte diese in aller Ruhe. »Seit unserem ersten Gespräch bei Ihrem Kommilitonen, Lukas Freun, haben wir uns eine Menge Gedanken gemacht. Natürlich auch über das, was Sie in dem Gespräch mit Kommissar Zweifel sagten. Ich bin sicher, Ihnen ist es nicht anders ergangen.«

Melchior lag ein höhnisches »Ach ja?« auf der Zunge.

»Wie wäre es mit einem Gedankenaustausch?« fragte Melzick mit Unschuldsmiene. Melchior schnaubte verächtlich und drehte den Kopf zur Seite. »Es gibt da einen

Punkt, zu dem ich gerne Ihre Meinung hören würde«, fuhr Melzick ungerührt fort. Sie holte ihr Notizbuch aus der Gesäßtasche, legte es auf den Tisch und fing an, seelenruhig darin zu blättern. Das ging so eine ganze Weile. Zweifel verhielt sich still in seiner Ecke. Melchior blickte stur zur Seite. Melzick blätterte. Was glaubte diese Pseudopolizistin damit zu erreichen? Wollte sie ihn nervös machen? Aus dem Konzept bringen? Oder einfach nur nerven? Das zumindest hatte sie erreicht. Aber das war es auch schon. Von ihm aus konnte sie den ganzen Tag in ihrem dämlichen Heftchen blättern.

»Ach da, jetzt hab ich's, sagte sie schließlich. »Sind einfach viel zu viele offene Punkte, sorry.« Er würdigte sie weiterhin keines Blickes. »Die Haare, genau. Wir haben Haare gefunden. In dem Porsche, mit dem Sie nach Wien gefahren sein wollen. Aber das wissen Sie ja bereits. Kommissar Zweifel hat es Ihnen gegenüber erwähnt. Sagt er zumindest.«

Melchior drehte den Kopf zu ihr herum und blickte sie ausdruckslos an.

»Wenn er sowas sagt, stimmt es auch, meistens. Also — hat er?« Melchior schwieg.

»Er steht da in der Ecke, ich kann ihn gerne nochmal fragen. Obwohl ich glaube, dass das überflüssig …, aber wenn Sie darauf bestehen. Soll ich ihn nochmal …«

»Ja du lieber Himmel, was wird das denn hier?«, brach es aus Melchior heraus. »Machen Sie hier ein Praktikum oder was?«

»Hat er es erwähnt?«

»Ja doch mein Gott, er hat es erwähnt und ich …« Er brach jäh ab und verschränkte die Arme. Ein dumpfer aber heftiger Schmerz durchzuckte seinen Ellbogen und er presste die Kiefer aufeinander.

»Was wollten Sie sagen?«, hakte Melzick freundlich nach. Melchior schüttelte den Kopf und starrte über sie hinweg an die Wand. Melzick schlug eine Seite in ihrem Notizbuch um und blätterte wieder zurück. »Sie sagten aus, Florian hätte den Porsche gemietet, Sie hätten ihn am Flughafen München übernommen und wären allein damit nach Wien gefahren. Die Haare auf dem Beifahrersitz können Florian zugeordnet werden, die auf dem Fahrersitz sind nach eigener Aussage Ihre. Demnach sind Sie gemeinsam irgendwohin gefahren?« Sie blickte ihn unverwandt an.

»Sind Sie?« Melchior richtete den Blick an die Decke und atmete tief aus.

»Nein.«

»Das verstehe ich nicht. Wenn er den Wagen gemietet und zum Münchner Flughafen gefahren hat, müssten seine Haare auf dem Fahrersitz gewesen sein. Da waren sie aber nicht. Warum sollte er sich andererseits auf den Beifahrersitz setzen, wenn Sie nicht mit ihm gefahren sind? Haben Sie dafür eine Erklärung?«

»Nein!« Weiß der Teufel, worauf sie hinauswollte.

»Aha. Ist ja vielleicht auch nur eine Kleinigkeit. Sie scheinen sich jedenfalls darüber keine Gedanken gemacht zu haben.« Keine Antwort.

»Haben Sie?« Zweifel unterdrückte ein Schmunzeln. Melchior hätte es ohnehin nicht bemerkt. Er schoss einen Blick auf Melzick ab und schwieg. Sie deutete mit dem Zeigefinger auf das Mikro. Er schnaubte verächtlich durch die Nase.

»Sie haben diese Kleinigkeit also nicht bedacht.« Melchior ging auf, wie sich das anhörte und runzelte die Stirn. »Bleiben wir noch eine Weile bei dem Porsche. Florian hatte üblicherweise am Münchner Flughafen seinen Aston Martin stehen. Wir haben ihn gefunden, in einwandfreiem Zustand und mit vollem Tank. Er nutzte ihn regelmäßig, wenn er in Süddeutschland, Österreich oder der Schweiz zu tun hatte. Das hat uns sein Vater Theo Kronberger bestätigt. Ein sehr schönes Auto. Dunkelblau metallic. Florian und Sie waren dicke Freunde, beteuerten Sie gegenüber Kommissar Zweifel. Dann kannten Sie den Wagen doch sicher?«

Melchior rührte sich nicht. Er würde darauf einfach nicht antworten.

»Sie wollten Theo Kronberger vortäuschen, dass sein Sohn Florian in Wien sei, zu einem geschäftlichen Termin. Um die Illusion abzurunden, gehörte dazu auch, dass Florian auf einem Überwachungsfilm zu sehen sein sollte. Aus diesem Grund sind Sie nach Wien gefahren. Aber, oh Wunder, nicht mit dem Aston Martin, sondern mit einem Porsche.«

Melzick machte eine kleine Pause.

»Das würde ich gern verstehen.«

»Da bist du nicht die Einzige«, dachte Melchior und knirschte mit den Zähnen. Von diesem Aston Martin war nie die Rede gewesen, keiner hatte ihn je erwähnt.

Melzick kratzte sich am Kopf und lächelte ihn an.

»Schon komisch, diese Sache mit den Illusionen. Nichts ist, wie es scheint. Sie wollten den Anschein erwecken, Florian sei in Wien und lassen sich dafür in einem Überwachungsfilm des Hotels Imperial festhalten. Merkwürdig nur, dass die Kronbergers mit diesem Hotel noch nie was am Hut hatten. Die haben da ein Penthaus. Nah beim Stephansdom. Sie nehmen dort ihre geschäftlichen Termine wahr, nirgendwo anders. Aber das alles wussten Sie sicher. Andererseits, wenn ich mir das so überlege, wussten Sie vielleicht doch nicht alles und die ganze Geschichte mit der Illusion war einfach nur — Illusion. Was meinen Sie zu diesem Gedanken?«

Melchior wäre am liebsten aufgestanden und gegangen. Diese Zick sprach Dinge aus, die er nicht wahrhaben wollte. Er spürte, wie sie ihn in eine ganz bestimmte Richtung drängen wollte und fühlte die vertraute Wut in sich aufwallen. Aber er beherrschte sich.

Er dachte an die Abmachung mit Moritz und beherrschte sich.

»Ich habe nichts zu sagen«, presste er hervor.

»Aha«, sagte Melzick und blätterte eifrig in ihrem Notizbuch.

»Sie waren am Sonntag, den 25.08.2013, also letzten Sonntag in Wien?« Melchior verzog die Lippen zu einem gequälten Grinsen.

»Das steht doch sicher irgendwo in Ihrem kleinen Schmierheft da, so oft wie darüber schon gelabert worden ist. Oder haben Sie etwa vergessen, es aufzuschreiben?«

»Sie waren auch am 28. Juli, also genau vier Wochen davor in Wien?« Jetzt kam dieser verdammte zweite Film aufs Tapet.

»Lukas Freun, Ihr Kommilitone …«

»Ich weiß, dass er mein Kommilitone ist, Herrgott!«

»… hat Sie identifiziert.«

Melzick behielt ihren Tonfall unerschütterlich bei. »Es gibt nämlich zwei Überwachungsfilme. Kein Mensch weiß warum, aber es gibt sie nun mal. Wussten Sie das?«

Melchior starrte sie regungslos an.

»Sicher wussten Sie das. Sie sind ja extra deswegen zweimal nach Wien gefahren, nicht wahr? Sogar mit demselben Porsche. Herr Freun hat Sie auf beiden Filmen erkannt. Sie machen häufig eine ganz charakteristische Bewegung. Ist Ihnen das bewusst? Wahrscheinlich nicht. Solche typischen Bewegungen passieren in der Regel unbewusst. Heute haben

Sie sie noch nicht gemacht, aber das ist ja auch kein Wunder, bei Ihrem kaputten Ellbogen.«

Melzick machte eine Pause und lächelte ihn penetrant freundlich an.

Melchior schüttelte angewidert den Kopf. Was, zur Hölle, sollte dieses ganze Geschwafel?

»Sie hatten zusammen mit Florian diesen Plan ausgeheckt mit all seinen kleinen Merkwürdigkeiten, und diese zweite Wienfahrt gehörte wohl auch dazu.«

Melzick legte ihre rechte Hand flach auf ihr Notizbuch, als wolle sie etwas vor ihm verbergen.

»Das Wetter war wie, am letzten Sonntag?« Er blickte sie verständnislos an. »Wie war das Wetter in Wien, Herr Bodenheim? Am 25.August.«

»Sie fragen mich das allen Ernstes?«

»Ich hab sogar schon zweimal gefragt.« Er zuckte die Schultern.

»Sauwetter. Regen ohne Ende«, knurrte er. Melzick tippte mit dem Zeigefinger auf ihr Notizbuch.

»Und schon sind wir bei der nächsten merkwürdigen Kleinigkeit, Herr Bodenheim. Der Concierge des Hotels Imperial hat uns nämlich den falschen Film übermittelt. Den von vor vier Wochen. Vom 28. Juli. Wo die Sonne scheint. Können Sie sich vorstellen, wer das veranlasst hat?«

Melchior drehte den Kopf zur Seite, als würde ihn nichts weniger interessieren.

Das Gegenteil war der Fall.

»Sie müssten es eigentlich wissen, denn letztendlich hat Ihr Kumpel Florian das gedeichselt. Es muss also auch zu diesem unverständlichen Plan gehört haben.« Sie schwieg. Melchior blickte stur zur Seite und versuchte, zu verarbeiten, was er gerade gehört hatte.

»Können Sie mir den Grund für dieses Theater sagen?«
Melchior schwieg. Es hatte ihm die Sprache verschlagen.

»Herr Bodenheim, warum dieses ganze Durcheinander, dieser Aufwand? Sie wollten doch lediglich Florians Vater etwas vorgaukeln. Angeblich. Wir haben natürlich nur Ihre Version. Von Florian können wir keine Erleuchtung mehr erwarten. Für ihn scheint der Plan ziemlich schiefgegangen zu sein.« Melzick stützte sich mit den Unterarmen auf dem Tisch ab und beugte sich nach vorn. Sie kam ganz nah an Melchiors Gesicht heran.

»Kann es sein, dass hinter all dem ein ganz anderer Plan steckt?«

Melchior schluckte. Diese verdammte Zick. Sie ließ einfach nicht locker. Er riss sich gewaltsam zusammen und versuchte, seine Stimme gleichgültig klingen zu lassen.

»Ich habe keine Ahnung, worauf Sie hinauswollen.«

»Aha«, sagte Melzick. Ihr war genauso wenig wie Zweifel entgangen, dass Melchior die Fäuste geballt hatte.

»Worauf ich hinauswill? Hier wurde ein ganz übles Spiel gespielt und Florian war nicht der einzige Verlierer. Es gibt noch jemanden, über den wir noch gar nicht gesprochen haben.«

Melchior wusste, was jetzt kommen musste. Melzick blätterte zwei Seiten um.

»Lars Schilling, unbeliebt, geschieden, gefeuert. Er wurde 39 Jahre alt, als man ihn in seinem Büro mit einer Pistole, Kaliber 9 mm erschoss und zwar gestern in den frühen Morgenstunden. Sie wissen sicher, wo Sie sich da aufgehalten haben. Nein, Sie brauchen nicht zu antworten. Hier steht's: In Ihrem Bett, allein.«

Melchior musste wieder an Moritz' Worte denken, mit denen er ihn in die Nähe des Tatorts hatte locken wollen. Was führte Moritz im Schilde? Nichts führte er im Schilde! Das war reiner Zufall! Sie hatten alles abgesprochen. Er würde das Geld bekommen, wenn alles vorbei war. Er musste nur die Ruhe bewahren, ganz egal, was sie ihm in die Schuhe schieben wollten. Sollten sie doch spekulieren, soviel sie wollten. Die Wahrheit käme nie heraus, sofern …

37. Kapitel

»Unter einem Alibi verstehen wir etwas anderes, Herr Bodenheim.« Melzicks Worte rissen ihn aus seinen Gedanken. »Sie kannten Lars Schilling?« Melchior schloss die Augen. Sie hatten sein Handy. Natürlich. Diese elende Bullentussi hatte es ihm ja abgenommen in Lukas' Wohnung. Er richtete den Blick an die Decke.

»Flüchtig.«

»Immerhin hat er Sie in den letzten Tagen vor seiner Ermordung ein halbes Dutzend Mal angerufen.« Melchior schwieg.

»Sie haben nicht mit ihm geredet? Natürlich haben Sie mit ihm geredet, es wäre ziemlich schräg, das zu leugnen. Ihr Handy ist im Gegensatz zu Ihnen sehr kooperativ. Sie glauben gar nicht, was man aus so einem Teil alles herauskriegt.«

»Machen Sie damit, was Sie wollen.«

»Aha.« Melzick änderte allmählich ihren Tonfall. »Sie haben Henriette Kohler angerufen und ihren Dienst für Montag abgesagt.«

»Sagt wer?«

»Lukas Freun. Sie kannten also den Dienstplan. Sie wussten über die Haustechnik Bescheid. Sie wussten genau, wann die Durchsagen kommen würden. Weil Sie sie organisiert hatten, wie Sie die ganze bescheuerte Panikaktion organisiert haben.« Melzick hatte sich ein wenig in Rage geredet. Melchior hockte schweigend auf seinem Stuhl.

»Sie wussten von der versteckten Seitentür. Sie wussten, wer den Schlüssel dafür hatte. Sie wussten, wie Sie denjenigen manipulieren konnten.« Melchior horchte auf, aber er ließ sich nichts anmerken.

Was für eine Tür? Wen sollte er denn manipuliert haben und wozu?

»Die Tür war zum richtigen Zeitpunkt offen, um den in der Nacht zuvor ertränkten Florian Kronberger in die Therme zu transportieren und in der Stollen-Sauna zu deponieren.«

Melchior starrte sie wortlos an. Von dieser Tür hatte er keinen blassen Schimmer. Sie wollten ihm tatsächlich den Mord an Florian anhängen. In diese Richtung war die ganze Fragerei von Anfang an gegangen. Er hatte es nicht wahrhaben wollen. Melzick war noch nicht fertig. Kopfschüttelnd hörte er zu, was diese Bullen sich zusammengereimt hatten.

»Woher wussten Sie von dem Dienstplan, von den Einzelheiten der Haustechnik, von der Seitentür, von dem Schlüsselinhaber und seinen Schwachpunkten? Das war nicht schwer zu erraten. Lars Schilling hatte Zugang zu all diesen Informationen und brauchte Geld. Sie hatten Geld und brauchten die Infos. Bingo!«

Melzick klatschte einmal in die Hände. Melchior lachte ungläubig auf.

»Und das hat Ihnen alles mein Handy verraten? Ist das hier 'ne verdammte Märchenstunde? Was erzählen Sie mir da für einen Schwachsinn?«

»Aha«, dachte Melzick, »er fängt an, zu wackeln.«

»Wir haben Lars Schilling gesehen, als er sich mit Florian getroffen hat.« Das saß. Melchior blieb der Mund offenstehen.

»Die beiden hatten eine heftige Unterredung, die offensichtlich sehr unbefriedigend für Schilling ausgegangen ist. Womöglich fühlte er sich für seine Dienste zu schlecht bezahlt und da er es ja mit Millionärssöhnchen zu tun hatte, glaubte er wohl, leichtes Spiel zu haben. Ein paar Trillionen mehr oder weniger würden in deren Geldspeicher doch sicher nicht auffallen. Sein Schweigen war schließlich unbezahlbar. Und jetzt schweigt er, unbezahlt, bis in alle Ewigkeit.«

Melzick faltete die Hände auf dem Tisch und sah Melchior tief in die Augen.

»Da er sich seit Sonntagnacht im Jenseits befindet, hat Florian für den Mord an Schilling das denkbar beste Alibi. Das kann man von Ihnen nicht behaupten.«

Melchior massierte mit Daumen und Zeigefinger seine Nasenwurzel, während er fieberhaft überlegte. Von diesem Treffen mit Schilling hörte er zum ersten Mal. Es gab zu viele Dinge, die er heute zum ersten Mal hörte. Viel zu viele, verdammt.

Aber was konnten sie ihm schon beweisen? Sicher, Lukas, dieser Idiot hatte das Nervenflattern bekommen. Doch da stand Aussage gegen Aussage. Und die ganzen anderen »merkwürdigen Kleinigkeiten«, wie sich diese Zick ausdrückte — die konnte er doch in der Luft zerpflücken. Vor allem ein Gedanke beflügelte ihn: Solange sie Moritz nicht im Verdacht hatten, war alles gut. Dann würde er auch an das Geld herankommen.

Melchior spitzte die Lippen und atmete mit einem leisen Pfeifton aus. Es war Zeit, zurückzuschlagen. Er musste reden. Klar, unbeirrt, straight. Sie konnten ihm nichts anhaben.

Er drehte sich erst demonstrativ zu Zweifel um, lächelte verächtlich und dann fixierte er Melzick.

»Von welcher Uhrzeit sprachen Sie nochmal?«

»Zwischen vier Uhr und acht Uhr 15.« Er deutete mit dem Zeigefinger auf Melzick.

»Sie werden verdammt viele Leute finden, die für diese Zeit kein Alibi haben. Und wen soll ich da angerufen haben?

Kohler? Kenn' ich nicht. Lars Schilling?« Bei jedem Satz schoss er mit dem Finger auf Melzick. »Der hat irgendwie spitzgekriegt, dass wir was mit der Panik zu tun haben sollen. Ich hab einmal mit ihm geredet. Er ist unverschämt geworden, ich hab aufgelegt und das war's. Was anderes werden Sie aus meinem Handy auch nicht rauskriegen.«

Melzick hatte sich zurückgelehnt und lauschte seiner zunehmend lauter werdenden Rede.

»Und das ganze Gefasel von blonden Haaren, tollen Autos und Penthäusern, Sonne und Regen in Österreich, versteckten Türen, Dienstplänen, mysteriösen Durchsagen und was weiß ich noch alles …« Er machte eine Pause und lehnte sich ebenfalls zurück.

»Bei allem Respekt«, (»den du sowieso nicht hast«, dachte Melzick), »aber das ist dürftiger, als ich dachte. Na ja,« er beugte sich nach vorn über den Tisch und zuckte mit den Schultern, »Sie machen hier ja auch nur ein Praktikum.«

Er verzog die Lippen zu einem schmalen Lächeln, lehnte sich wieder zurück und schlug die Beine übereinander. Über die Schulter hinweg richtete er an Zweifel, ohne ihn anzusehen, die Frage:

»Steht sonst noch etwas an?« Zweifel blieb zunächst in der Ecke stehen und gab Melzick ein Zeichen. Die stand wortlos auf und verließ den Raum.

»Für jemanden, der nichts zu sagen hat, waren Sie ganz schön gesprächig. Es war ein sehr aufschlussreicher Gedankenaustausch, immerhin. Aber jetzt wollen wir uns mal ernsthaft unterhalten, Herr Bodenheim.«

Zweifel begann, Melchior und den Tisch langsam zu umkreisen, während er weitersprach.

»Florian und Moritz Kronberger. Bisher war immer nur von Florian die Rede. Verständlich, denn er ist ja das

Mordopfer und Sie waren sehr befreundet mit ihm.« Zweifel blieb im Rücken von Melchior stehen. »Was ist mit Moritz?« Melchior behielt seine Haltung bei.

»Was soll mit ihm sein?«

»Wie gut kennen Sie ihn?«

»Nicht gut.« Die Antwort kam vielleicht etwas zu schnell.

»Wohnt er nicht im Parkpalais?«

»Kann schon sein. Soviel ich weiß, ist er aber nur selten in Bad Wörishofen. Sind ihm wohl zu viele alte Leute hier.«

»Hat er das so gesagt?«

Melchior biss sich auf die Lippen, während Zweifel seine Runde fortsetzte.

»Florian hat so was Ähnliches mal erwähnt.«

»Florian, so so. Wissen Sie, wo Moritz sich gerade befindet?«

»Ich habe keine Ahnung.« Wieder eine rasche Antwort.

»Er ist hier, ganz in der Nähe«, fuhr Zweifel fort. »Ich habe mich gestern mit ihm ziemlich lange unterhalten.« Melchior schlug die Beine anders übereinander und schwieg. Sein rechter Fuß begann zu wippen.

»Finden Sie es nicht erstaunlich, wie sehr er sich bemüht, Florian ähnlich zu sehen?«

»Das dürfte nicht allzu schwer sein. Sie sind Zwillinge.«

»Zugegeben, aber er hat eine identische Frisur, den gleichen Bart, die gleichen …«

»Er trägt keinen Bart«, widersprach Melchior und stockte im gleichen Augenblick.

»Wer?«

»Florian, ich meine Florian.«

»Ich dachte, Sie meinen Moritz.«

»Nein.« Melchior hielt seinen Fuß still. Was labert der jetzt so viel über Moritz? »War's das?«

Zweifel blieb direkt vor ihm stehen.

»Nein. Da wären noch ein paar Kleinigkeiten, die ich gerne mit Ihnen erörtern würde. Außerdem hat meine Kollegin Zick noch etwas für Sie. Sie muss jeden Moment wieder da sein. Sie ist eine sehr gute Ermittlerin, vor allem, wenn es darum geht, Zusammenhänge aufzuspüren. Welche Verbindung besteht zum Beispiel zwischen den Kronbergers und den Bodenheims? Sie hat ein bisschen Familienforschung betrieben und was dabei herauskam, können Sie sich denken.« Zweifel machte eine Pause. »Rache ist übrigens eines der häufigsten Motive für Mord.« Melchior grinste hämisch.

»Ist das so?«, war alles, was er dazu sagte.

»Die Kronbergers sind eine reiche Familie.«

»Was Sie nicht sagen, das ist mir neu.« Zweifel überging Melchiors Ironie.

»Haben Sie eine Vorstellung, wie reich?«

»Habe ich nicht. Werden schon ein paar Millionen sein.«

»Das glaube ich Ihnen nicht. Sie haben doch bestimmt schon von diesen Geldranglisten gehört.«

»Ach kommen Sie, die sind so nah an der Wahrheit wie eine Regierungserklärung.«

»Dafür sind unsere Quellen sehr zuverlässig. Einhundertachtzig.«

Zweifel verzichtete auf das Wort »Millionen«, es stand ohnehin im Raum.

Melchior stockte für eine Sekunde der Atem. Er starrte auf die Tischplatte. »Ist Ihnen bekannt, ob einer der beiden jemals entführt wurde?«

Melchior zuckte mit den Schultern.

»Florian hat nie was erwähnt.« Sein Fuß begann wieder zu wippen.

Die Tür ging auf und Melzick kam herein. Sie wechselte einen Blick mit Zweifel und legte wortlos etwas auf den Tisch. Es war sein Smartphone, Melchior erkannte es sofort. Melzick setzte sich ihm gegenüber und ließ ihn nicht aus den Augen.

Zweifel umzingelte Melchior mit seinen Schritten und mehr noch mit seinen Fragen.

»Aber Sie wussten sicher, dass Theo Kronberger seine Söhne vorbereitet hat, eine Entführung quasi trainiert hat.« Melchior runzelte die Stirn. Er wollte das Thema so schnell wie möglich beenden.

»Davon weiß ich nichts. Über so etwas haben wir nie geredet.«

»Florian hat das Training nicht erwähnt? Das kann ich mir nicht vorstellen. Sie müssen doch viel über seinen Vater und dessen Eigenheiten gesprochen haben.« Melchior zuckte lediglich mit den Schultern und verschränkte die Arme so gut es sein Ellbogen zuließ.

»Sie haben Florian am Samstagabend am Münchner Flughafen getroffen. Hat er nichts davon erwähnt?« Zweifel war wieder hinter ihm stehengeblieben. Melzick starrte Melchior an.

»Was soll er erwähnt haben? Wovon reden Sie denn?«

»Von Moritz' Entführung.« Melchior presste die Kiefer aufeinander und schloss die Augen. Seine Stimme klang rau, er musste sich räuspern.

»Sie haben doch gestern erst mit Moritz gesprochen, dachte ich. Also ist er wieder frei, oder? Alles gutgegangen, oder?« Melzick drehte das Handy um, ließ es aber ausgeschaltet. Zweifel war neben ihm stehengeblieben und wartete ab. Melchior fühlte sich extrem unbehaglich.

»Wo ist denn das Problem?«, schleuderte er Melzick gereizt entgegen.

»Das Telefonat ist das Problem, Herr Bodenheim.« Melchior drehte sich zu Zweifel um und starrte ihn von unten her an. Zweifel nickte Melzick zu.

»Ich erklär's Ihnen. Theo Kronberger erhielt um 18 Uhr am Samstagabend einen Anruf, in dem er von Moritz' Entführung erfuhr. Der Anruf kam von Florians Handy und es war auch seine Stimme. Aber es war nicht Florian. Der diskutierte nämlich genau zur selben Zeit mit dem Hotelportier und machte dem die Hölle heiß, weil sein Handy weg war. Verschwunden, verloren, auf einen anderen Planeten gebeamt, was auch immer.«

»Wir sind sicher, es wurde gestohlen. Es gibt nur einen, der mit der Stimme von Florian Theo Kronberger am Telefon davon überzeugen konnte, das Moritz entführt worden war«, sagte Zweifel.

»Und das ist Moritz selbst«, ergänzte Melzick. Melchior sank etwas in sich zusammen. Sie ließen ihn eine Weile schmoren.

»Es gab überhaupt keine Entführung«, sagte Zweifel. »Sie war vorgetäuscht.«

Melchior schüttelte hartnäckig den Kopf.

»Was Sie da behaupten, ist Blödsinn. Florian hat am Sonntag noch zweimal mit seinem Vater per Skype gesprochen. Glauben Sie im Ernst, dieser angebliche Anruf von Moritz sei nicht zur Sprache gekommen?«

Zweifel trat neben Melzick. Er nickte.

»Theo Kronberger hat kein Interesse an Moritz. Keiner weiß das besser, als Moritz selbst. Er versichert seinem Vater, ganz im Stil von Florian, dass er sich um alles kümmern und die Polizei nicht einschalten werde. Im Übrigen haben sowieso die geschäftlichen Dinge Vorrang. Das war genau das, was Theo Kronberger hören wollte und deswegen wurde am Sonntag bei den Gesprächen mit Florian kein Wort darüber verloren.«

Melchior war blass geworden. Er starrte auf sein Handy.

»Moritz hat also die Rolle von Florian übernommen und zwar nicht nur einmal.«

Bei diesem Satz blitzte in Melchiors Vorstellung ein Bild auf: Moritz, der aus dem grauen Porsche im Parkhaus des Hotels Imperial steigt.

Melzick und Zweifel schwiegen und beobachteten Melchior. Er kam sich vor wie eine Ratte im Versuchslabor. Doch was viel schlimmer war: Sie hatten Moritz auf dem Kieker. Er wusste sofort, was das bedeutete.

Melchior begann zu schwitzen. Zweifel riss ihn aus seinen Gedanken.

»Vor vier Wochen hat Florian in Wien einen früheren Studienfreund aus Princeton aufgesucht. Zumindest war der Mann davon überzeugt, es sei Florian. Der lag zur selben Zeit aber in Seattle krank im Bett, wie uns sein Vater unmissverständlich bestätigte. Wir haben daraufhin bei Kronbergers Assistenten ein bisschen nachgehakt. Es war tatsächlich vorgesehen gewesen, dass Florian an jenem Wochenende nach Europa fliegt. Die dortigen Termine wurden aber kurzfristig wegen seiner Erkrankung abgesagt. Moritz muss von der geplanten Reise erfahren haben. Er fuhr nach Wien. Daraus folgt für uns: Dieser Studienfreund wurde getäuscht. Er hatte Florian jahrelang nicht gesehen. Es war für Moritz daher nicht schwierig, ihm was vorzugaukeln. Er war es auch, der die Sache mit dem falschen Überwachungsfilm veranlasst hat.« Melchior starrte auf das Mikrofon, dass eine merkwürdige Form angenommen hatte. Melzick übernahm das Wort.

»Spätestens da haben wir uns gefragt: Was wäre, wenn ...«

Melchior wischte sich mit dem Zeigefinger den Schweiß von der Stirn.

»Was wäre, wenn Sie nicht mit Florian, sondern mit Moritz einen Plan geschmiedet hätten?«, sagte Zweifel.

»Was wäre, wenn Lukas Sie diese beiden Male nicht mit Florian, sondern mit Moritz überrascht hätte?«, sagte Melzick.

»Was wäre, wenn Moritz seine Entführung inszeniert hat, um ein Alibi zu haben für den Mord an Florian?«, fuhr Zweifel fort.

»Was wäre, wenn er dafür gesorgt hat, dass der Verdacht immer wieder auf Sie fällt?«, ergänzte Melzick.

»Sie haben ein Motiv. Sie hatten die Gelegenheit und Sie haben kein Alibi.«

»Und schließlich: Was wäre, wenn Sie das alles nicht wahrhaben wollen?«, setzte Zweifel obendrauf.

Melchior hielt den Blick gesenkt. Auf seiner Stirn hatten sich neue Schweißtröpfchen gebildet. Sein grünes T-Shirt färbte sich unter den Achseln dunkel.

Wüste Gedanken jagten durch seinen Kopf, ohne dass er sie zu fassen bekam. Ein glühend heißer Ball aus Verzweiflung quoll brodelnd in ihm hoch, befeuert von der jetzt scheinbar unwiderruflich feststehenden Tatsache: Moritz' Millionen waren für ihn unerreichbar.

Moritz' unerklärliches Verhalten, seine vielen Worte, ihre feste Abmachung — Melchior war einem Teufel auf den Leim gegangen. Die nackte Wahrheit sprang ihm ins Genick und würgte ihn. Er war der blinde, gierige und dumme Bauer in einer perfiden Schachpartie.

Melchior beugte sich nach vorn und verbarg sein schweißfeuchtes Gesicht in den Händen. Melzick verständigte sich mit Zweifel durch einen kurzen Blick, dann schob sie Melchior das Handy rüber.

»Wissen Sie, was Karl Lagerfeld mit Johnny Depp gemeinsam hat?«, fragte sie.

Melchior nahm die Hände vom Gesicht und blickte sie fassungslos an. »Die kommen beide in einer SMS vor, die an Sie gerichtet ist. Absender: Moritz Kronberger. Hier — lesen Sie selbst, falls es Sie interessiert.« Melchior starrte Zweifel an. Der nickte.

»Wir haben sie natürlich schon gelesen.« Melchior zögerte, dann griff er fahrig nach dem Smartphone, es rutschte ihm durch die Finger und fiel klappernd auf die Tischplatte. Schließlich bekam er es zu fassen und dann las er. Seine Lippen formten lautlos fünf weltbekannte Namen. Er stützte den gesunden Ellbogen auf und legte die Stirn auf den Handballen. Er las die Nachricht noch einmal. Erst beim dritten Mal gelang es ihm, die Namen zu erfassen, zu verwirrt war er. Seine Augen glotzten auf das Display, aber er war unfähig, den Sinn zu erkennen. Zweifel tauschte einen Blick mit Melzick und räusperte sich, als Melchior so gar keine Reaktion zeigen wollte. Melzick wurde ungeduldig.

»So schwer ist der Code jetzt wirklich nicht«, sagte sie und ließ beide Hände auf die Tischplatte fallen. Erst jetzt bemerkte Melchior die eigenwillige Schreibweise der Namen. Als er nach einer weiteren Minute aufblickte, sah Melzick ihm direkt in die Augen. »Plan C«, sagte sie, »demnach ist Plan B wohl schiefgegangen oder es gab nie einen. Wie ist Ihre Version? Was bedeutet Plan C für Sie?« Melchior runzelte die Stirn und schwieg. Zweifel schnappte sich einen Stuhl, der an der Wand stand und setzte sich mit an den Tisch.

»Was hat Moritz Ihnen mit dieser SMS sagen wollen?« Melchior legte sein Handy auf die Mitte des Tisches. Er holte ein Taschentuch aus der Hosentasche und tupfte seine Stirn ab.

»Herr Bodenheim, ist Ihnen klar, was Moritz Ihnen damit sagen will?« Melchior sah ihn aus ruhigen, grauen Augen an.

»Ich habe keine Ahnung«, sagte er. Melzick stieß verächtlich die Luft durch die Nase. Melchior setzte sich aufrecht hin, straffte die Schultern und verschränkte die Arme, so gut es ging.

Zweifel wusste ebenso gut wie Melzick, dass sie ihre ganze Theorie nicht beweisen konnten. Dazu war Melchiors Mithilfe erforderlich.

»Lars Schilling wurde aus nächster Nähe erschossen«, sagte Zweifel und rieb mit der flachen Hand über seinen kahlen Schädel. »Er kannte seinen Mörder. Er glaubte es zumindest. Es war eine Hinrichtung. Äußerst kaltblütig durchgeführt.« Zweifel sprach leise und eindringlich. »Stellen Sie sich vor, wie es ablief. Wie die Tür zu seinem Büro sich öffnet. Er blickt auf. Er hat den Besucher erwartet, denn er bleibt sitzen hinter seinem Schreibtisch. Es ist früh am Morgen. Er muss die ganze Nacht in seinem Büro verbracht haben. Der Besucher redet mit ihm, lenkt ihn ab, während er näherkommt.«

Melchiors Gesicht zeigte keine Regung. Er blickte wieder über Melzicks Kopf hinweg an die Wand, als ginge ihn das alles nichts an. Zweifel fuhr fort.

»Lars Schilling ahnt nichts von der Gefahr, er blättert in seinen Papieren, vielleicht hat der Besucher ihm eine Frage gestellt. Dann — zwei, drei schnelle Schritte und er steht neben ihm. Holt die Pistole hervor, setzt sie Schilling an die Schläfe und drückt ab, ohne zu zögern. Schilling hatte keine Chance, weil er blind war für die tödliche Gefahr.«

Melzick nickte und ließ Melchior nicht aus den Augen. Zweifel hatte beide Hände flach auf den Tisch gelegt und sprach weiter.

»Florian war genauso arglos. Irgendwann am Sonntag, nach dem zweiten Skype-Gespräch mit seinem Vater, hat er seinen Mörder getroffen und ist mit ihm weggefahren, weil er ihn kannte. Von klein auf kannte. Er wird betäubt. Aber er muss zu sich gekommen sein, als sein Mörder ihn unter Wasser drückt. Er hat keine Chance. Es gibt kein Entkommen. Stellen Sie sich seine letzten Momente vor, seinen letzten Gedanken, die Panik, die durch sein Blut rast.«

Zweifel verstummte.

Für eine quälend lange Pause war es still im Raum. Von außen drang kein Geräusch herein.

»Ein harter Brocken«, dachte Melzick, »wirklich ein ganz harter Brocken. Wir hatten ihn doch schon fast so weit.« Sie warf Zweifel einen raschen Blick zu.

Der lehnte sich zurück, verschränkte seine Arme und formulierte sorgfältig.

»Sie wissen, wo Sie waren, als Lars Schilling und Florian Kronberger gnadenlos umgebracht wurden. Sie werden wissen, wer es getan hat. Ich hoffe, Sie wissen, was Sie tun werden.«

Melchior gab nach ein paar Sekunden seine starre Haltung auf. Er blinzelte Zweifel verblüfft an. Seine Stimme klang brüchig.

»Was soll das jetzt schon wieder heißen?«

Zweifel schaute ihn an und antwortete nicht. »Was ist mit dem Untersuchungsrichter?«, wollte Melchior wissen.

»Möchten Sie mit ihm sprechen?«

»Ob ich mit ihm sprechen möchte? Machen Sie Witze? Ich dachte, ich muss ihm vorgeführt werden.«

»Ja, aber nur, wenn wir Sie vorläufig festgenommen hätten.« Melchior starrte abwechselnd Zweifel und Melzick, dann wieder Zweifel an.

»Ach ja — und was ist das, was Sie hier mit mir veranstalten?«

»Nun ja — wie hat meine Kollegin es so treffend genannt: Ein Gedankenaustausch.« Melchior sprang von seinem Stuhl auf.

»Blödsinn! Sie haben mich abgeführt und hierher mitgenommen.«

»Wir haben Sie aus einem brennenden Haus gerettet«, sagte Melzick. »Wir gehören zu den Guten, schon vergessen?«

»Das heißt, ich kann jetzt gehen? Ich hätte die ganze Zeit schon einfach gehen können?«

»Haben wir das nicht erwähnt?«, fragte Zweifel mit Unschuldsmiene.

»Wir haben Ihnen nicht Ihre Rechte vorgelesen«, sagte Melzick. »Das mussten wir auch nicht. Daran hätten Sie merken müssen, dass es sich nur um einen reinen ...«

»Okay, okay. Das reicht! Ich hab genug. Kann ich das hier mitnehmen?«

»Bedaure, das Handy ist immer noch ein Beweismittel.« Melchior machte eine wegwerfende Handbewegung und stürmte ohne ein weiteres Wort aus dem Raum.

Melzick schnappte sich das Mikrofon und biss hinein.

»Was denken Sie, Chef?« Zweifel stand auf und stellte seinen Stuhl zurück an die Wand.

»Ich bin sicher, in seinem Kopf findet jetzt ein Gedankenaustausch statt. Er wird zurückkommen. Was meinen Sie?« Melzick schmatzte und leckte einen verschmierten Finger ab.

»Zartbitterschokolade. Nicht gerade mein Fall.« Polizeichef Klopfer schmatzte und wischte sich den olivenölverschmierten Mund mit der Serviette ab.

»Setzen Sie sich, wir haben leider nicht viel Zeit, deswegen habe ich schon angefangen. Nehmen Sie die Dolmades, das geht am schnellsten«, sagte er kauend und angelte mit Daumen und Zeigefinger ein paar schwarze Oliven aus einem kleinen Schälchen.

Zweifel nahm Platz, griff nach dem gerösteten Weißbrot, das neben Klopfers Teller lag und biss herzhaft hinein.

»Fo gehtf noch fneller.«

Klopfer hob abwehrend die Hand mit der Gabel, verschluckte sich und bekam einen empörten Hustenanfall. Während er nach Luft schnappte, bestellte Zweifel bei Stavros einen Teller Moussaka. »Wo müssen Sie denn so eilig hin, Chef? Schon wieder nach München?« Klopfer stierte ihn aus tränenden Augen an.

»Geht Sie nichts an«, japste er. »Übrigens: Aron Schwarzenberg hat für Sonntagnacht ein wasserdichtes Alibi.«

»Und woher wissen wir das?«

»Die beiden Kollegen, die ich bei unserem letzten Gespräch erwähnt habe, leisten sehr schnelle und effiziente Arbeit.«

»Wer war das nochmal?«

»Die werden Sie nicht kennen, sind neu hier, Köber und Klupfel.«

»Aha.«

»Schwarzenberg war auf einem Empfang der Wirtschaftskammer Wien. Bis vier Uhr morgens. Mindestens ein Dutzend hochkarätige Zeugen.«

»Schön für ihn«, seufzte Zweifel, »Männer wie er haben immer ein Alibi.«

»Wie lief es mit dem jungen Bodenheim?«

Zweifel schilderte den Verlauf des Gesprächs in allen Einzelheiten, was Klopfer nervös auf die Uhr schauen ließ.

»Schon gut, schon gut, es reicht, ich muss nicht wissen, wie oft er in der Nase gebohrt hat.« Er hob den Zeigefinger. »Eines dürfte klar sein, Zweifel, Theo Kronberger wird nie im Leben zugeben, getäuscht worden zu sein, auch wenn es ›nur‹ um Moritz' simulierte Entführung gehen sollte. Er hat die besten und schärfsten Anwälte, davon dürfen wir ausgehen. Sie müssen sich etwas einfallen lassen.« Er legte sein Besteck hin. Der Teller war leergefegt.

»Wie ist der Nachtisch hier?«

»Ich denke, Sie müssen nach München.«

»Schon mal was von ›To-Go‹ gehört?«

»Der Staat in Afrika? Kenn ich eigentlich nur von Kreuzworträtseln, aber …«

Klopfer gebot ihm mit einer energischen Handbewegung Einhalt.

Stavros nahm dies als Aufforderung, mit einem dampfenden Teller an den Tisch zu kommen.

»Eine Schokocreme zum Mitnehmen und die Rechnung, bitte schnell.« Stavros huschte davon.

»Sind Sie sicher, was Ihre Einschätzung des Täters angeht?« Zweifel nickte ohne zu zögern und machte sich über sein Moussaka her, das Stavros ihm gebracht hatte.

»Wenn Sie falsch liegen, war es das mit Ihrer Karriere, das brauche ich Ihnen nicht aufs Brot zu schmieren. Übrigens: Künftig lassen Sie die Finger von meinem!«

»Man hat mir schon prophezeit, dass es in meinem Leben gravierende Änderungen geben wird«, erwiderte Zweifel und beobachtete, wie Stavros hinter seiner Theke ratlos versuchte, eine Schokocreme einzupacken.

»Es ist besser, wenn Sie sich auf alles gefasst machen«, sagte Klopfer und suchte vergeblich nach seiner Brieftasche.

»Ich glaube, das gilt auch für Sie«, sagte Zweifel mit ernster Miene. Stavros' zunehmende Verzweiflung war nicht zu übersehen. Er hatte einen roten Kopf und jetzt scheuchte er den Küchenjungen mit einem lautstarken Fluch davon. Wahrscheinlich sollte er beim Asiaten gegenüber eine kleine Lunchbox besorgen.

Stavros war eindeutig auf sitzende Gäste eingestellt und nicht auf gehende.

Ein lautes Scheppern und Klirren ließ die übrigen Gäste zusammenzucken.

»Was soll das heißen?«, fauchte Klopfer.

»Der Kokos-Mandelkuchen soll auch ganz gut sein«, meinte Zweifel. »Sagt Lucy. Die Schokocreme wird eindeutig überschätzt. Man könnte sogar sagen, sie hat augenblicklich ein sehr tiefes Niveau erreicht.«

Klopfer verrenkte den Hals, doch Stavros war schon auf dem Weg zu ihm, ein Breitwand-Lächeln im Gesicht und ein unförmiges, mit mehreren Servietten umwickeltes Päckchen in der Hand. Er legte es gleichzeitig mit der Rechnung auf den Tisch.

»Das Dessert springt aufs Haus«, verkündete er stolz. Klopfer glotzte ihn an.

»Was ist los?«

»Er meint, der Nachtisch geht aufs Haus«, erklärte Zweifel seinem verdutzten Chef. Der warf einen Blick auf das Päckchen, dann auf Stavros' grinsendes Gesicht und schließlich auf die Rechnung.

»Schön, dann geht das hier auf Sie, Zweifel«, sagte Klopfer im Aufstehen, »sonst springe ich Ihnen aufs Dach.« Er war schon in der Tür, als er noch zurückrief: »Lösen Sie den Fall und vermeiden Sie weitere Tote!«, worauf alle Blicke im Lokal sich wie auf Kommando Zweifel zuwandten.

»Was meint er, der Chef?«, wollte Stavros mit großen Augen wissen. Zweifel zuckte mit den Schultern.

»Nur das Übliche, Stavros, kein Grund zum Wundern. Kann ich bitte eine Schokocreme haben, zum hier essen?« Worauf Stavros strahlend in der Küche verschwand.

38. Kapitel

Am selben Nachmittag steckten Lucy und Melzick die Köpfe zusammen. Zweifel war nach Memmingen gefahren, nachdem er mit dem dortigen Dienststellenleiter telefoniert hatte. Lucys Schreibtisch war leergeräumt. Einzig ein kleiner Block mit gelben Klebezetteln und ein grüner Filzstift lagen als letzte Überlebende neben ihrem Telefon.

»An den Anblick kann ich mich nicht gewöhnen. Lucy. Das wirkt so, als hättest du gekündigt.« Lucy machte eine dicke Blase mit ihrem Kaugummi und ließ sie genüsslich platzen. Sie nickte.

»Das wäre ein herber Verlust, für alle, Mel, das kann ich euch nicht antun. Außerdem«, sie zog eine Schublade heraus, »solange es hier drin noch so aussieht, kannst du ganz entspannt bleiben.« Melzick schaute sich das Süßwarendepot in aller Ruhe an.

»Dein Mikro hat übrigens absolut echt gewirkt. Wo hast du das herbekommen?«

»Bleibt mein Geheimnis.« Sie wickelte einen zweiten Kaugummi aus und deutete mit dem Papier auf ihren Bildschirm, in dessen aktuelle Seite Melzick ganz vertieft war. »Was wollt ihr denn damit? Sind doch noch ein paar Wochen bis dahin.«

»Tja, Lucy, das ist auch ein Geheimnis. Besser, wenn du nichts davon weißt.«

»Ach ja?« Sie zuckte gleichgültig die Achseln und schnappte sich eine schwarze Tafel. »95% Kakaoanteil — nicht zu fassen.«

»Was willst du denn damit?«

»Die ist für Klopfer. Der pocht neuerdings auf seine Ration Glückshormone.«

»Jetzt hab ich's«, rief Melzick, die die Augen nicht vom Bildschirm gelassen hatte.

»Lass mich telefonieren, das muss heute noch erledigt werden.« Lucy schob ihr das Telefon rüber und studierte währenddessen die Seite, die Melzick aufgerufen hatte.

»Na, ich hoffe, ihr wisst, was ihr tut«, murmelte sie, ließ Klopfers Tafel in ihre Schublade fallen und schob sie energisch zu.

Zweifel war auf dem Rückweg von Memmingen. Neben ihm saß ein Kollege mit einem überdimensionalen Kopfhörer auf den Ohren und klopfte rhythmisch auf seine Oberschenkel. Zweifel hatte etwa zehn Minuten mit ihm geredet, dann waren sie eingestiegen und losgefahren. An einem weiteren Gespräch schien der Kollege nicht interessiert zu sein.

Zweifel fuhr auf der linken Fahrbahn und kämpfte gegen sein schlechtes Gewissen. War es tatsächlich notwendig, diesen Weg zu wählen?

Er hatte alle möglichen Varianten durchgespielt. Aber ihm war auch Theo Kronberger nicht aus dem Kopf gegangen. Der ließ sich nur von Tatsachen überzeugen. Dem durfte er nicht mit Theorien kommen. Wenn er an die Beweislage dachte, war ihm klar, dass die zu erwartende Horde erstklassiger Rechtsanwälte sie erstens mit Vergnügen und zweitens mit Macht zertrümmern würde.

Als er mit dem Kollegen die Ausgangslage durchgegangen war, hatten dessen Augen aufgeleuchtet. Zweifel war unbegreiflich, was in ihm vorging, aber irgendwann wollte er nicht mehr darüber nachdenken. Es musste ein Ergebnis her. Sie würden das Risiko so gering wie möglich halten.

Er warf einen Blick auf den wolkenverhangenen Himmel. Ein Gewittersturm wäre ideal. Zweifel überholte einen

Traktor und bestellte in Gedanken einen langanhaltenden Starkregen dazu.

Moritz lehnte sich zurück. Es sah nicht gut aus. Doch die Hauptsache war, dass Melchior ihn gestern Abend angerufen hatte, von zuhause, Festnetz. Das bedeutete, dass sie ihn wirklich hatten laufen lassen müssen. Obwohl Moritz genau das erwartet hatte, war er dennoch erleichtert. Nein, das wäre übertrieben. Er nahm gelassen zur Kenntnis, dass sein Plan funktionierte. So war es. Natürlich konnten sie ihn nicht festhalten, denn es gab keine Beweise. Es gab nur den Verdacht. Den begründeten Verdacht. Dafür hatte er schon gesorgt. Niemand hatte ein erkennbar besseres Motiv, als Melchior. Wenn der Idiot bloß nicht verschlafen hätte, dann wäre die Sache mit Schilling noch eindeutiger gewesen. Egal. So oder so hatte er ein dürftiges Alibi. Und was das Beste an ihm war: Sein unermüdlicher, penetranter Drang zum Geld. Das machte es so einfach. Ein Satz hatte genügt, um sämtliche Zweifel zu vertreiben.

»Hör zu, Alter, ich hab der Polizei blöderweise zu viel von der Entführung und vom Vierthalerhaus erzählt, die ›Krötenwanderung‹ findet sicherheitshalber woanders statt.«

Allerdings hätte die Angelegenheit schon in dieser alten Bruchbude zu einem zufriedenstellenden Ende führen müssen. Das Feuer hätte sich nach seiner Erwartung viel schneller ausbreiten müssen. Die alte TV-Zeitschrift, der präparierte Fernseher, Melchiors helles Köpfchen — es hätte funktionieren können, aber es war eben keine hundertprozentige Variante gewesen. Eher eine Spielerei, spannend zu beobachten.

Moritz sah zum Himmel und kniff die Augen zusammen. Die Wolken waren noch weiter herabgesunken, sie hingen nun praktisch auf den Baumwipfeln. Der Regen nahm zu. Er bemerkte ein Flackern, ein Wetterleuchten. Es sah wirklich nicht gut aus. Andererseits würden sich bei diesem Sauwetter garantiert keine Kurgäste in diese Ecke des Bad Wörishofer Waldes verirren, wo der nächste Kuchenteller mindestens eine Stunde Fußmarsch entfernt war. Er befühlte den metallenen Griff in der Innentasche seiner gewachsten Barbour-Jacke. Wo es blitzt und donnert würde ein Knall mehr oder weniger niemandem auffallen, dachte er. Er gähnte und rieb mit der Hand über sein Gesicht. Die grünstichigen Balken und Verstrebungen des Hochsitzes ächzten, als er aufstand und in die Runde spähte. Er sah auf die Uhr. Lange konnte es nicht mehr dauern. Seine Hand fühlte die Banane in der Jackentasche. Er holte sie heraus, schälte sie, warf die Schale in weitem Schwung über die Brüstung des Hochsitzes und aß die Banane genüsslich auf. Die mit schwarzen Flecken gesprenkelte, dunkelgelbe Schale war an einem dünnen Buchenast hängengeblieben.

»So 'ne Sauerei! Also dat sarick dir, dat kost dich mindestens zwee Sticker Kirschtorte!« Moritz duckte sich blitzschnell hinter den Sichtschutz seines Beobachtungspostens.

»Du hast Sie ja nich alle! Hab dir mal nicht so! Wegen dem bisschen Regen. Dit tröppelt doch janz harmlos.« Die beiden Männerstimmen dröhnten durch den triefend nassen Wald. Die dazugehörigen Berliner stapften in kurzen Hosen und Sandalen direkt unter Moritz' Versteck vorbei.

»Von wejen harmlos! Kiek mal nach oben! Da is jemand janz anderer Meinung!« Wie zur Bestätigung rumpelte ein tiefes Donnergrollen heran.

»Mensch Hotte! Du bist 'ne richtje Zimperliese jeworden, seit du een uff Rentner machs!« Moritz lauschte dem Dialog mit angehaltenem Atem und der rechten Hand am Griff seiner Pistole. Hotte hielt die Luft ebenfalls an und sammelte in Gedanken wohl sämtliche Schimpfwörter, die man ihm jemals an den Kopf geworfen hatte. Doch sein Kumpel ließ die Luft mit fünf einfachen Worten wieder aus ihm entweichen.

»Von mir aus, zwee Sticker.«

»Plus Konnjack«, rief Hotte triumphierend, »für jedes Stick een, und zwar 'n doppelten!« Die Stimmen wurden leiser, die unerwarteten Invasoren aus Berlin entfernten sich. Moritz atmete auf. Sollten sie Melchiors Weg kreuzen, würde er sie sicher schon von weitem hören.

Der Regen wurde stärker, schwere Tropfen prasselten auf das Wellpappendach des Hochsitzes. Blitze zuckten und zischten über den bleigrauen Regenwaldhimmel. Moritz griff nach seinem Fernglas, und visierte minutenlang zwischen den dunklen, nassglänzenden Stämmen der Buchen umher. Melchior würde sicher nicht auf dem Forstweg daherkommen. Der wollte jetzt endlich seine vier Millionen kassieren, ohne dass ihm irgendetwas dazwischenkam.

Moritz schaute erneut auf die Uhr. Warten war ihm verhasst. Er hatte schon viel zu oft und zu lange gewartet in seinem Leben. Ein böser Gedanke durchzuckte ihn: Was, wenn Melchior nun doch geplaudert hatte? Wie konnte er sicher sein, dass er Zweifel und dessen Komplizin nichts verraten hatte? Antwort: Es gab keine Sicherheit. Aber das änderte nichts daran, dass Melchiors Pech darin bestand, Moritz kennengelernt zu haben. Er würde jedoch keine Sekunde Zeit haben, dies zu bereuen. Oder höchstens ein paar Sekunden, falls der erste Schuss nicht tödlich war. Er würde in jedem Fall zwei Schüsse abgeben, kurz hintereinander, solange Melchior noch auf den Beinen war. Eine liegende Person zu treffen, war weitaus schwieriger, vor allem bei diesen Lichtverhältnissen. Wieviel einfacher war der Abschied von Schilling gewesen. Moritz holte ein Taschentuch hervor und schnäuzte sich. Es war ein guter Plan. Zwei Schüsse, danach kurz prüfen, ob sie ausgereicht hatten, die Pistole verschwinden lassen, was viel einfacher als bei einem Gewehr war, und anschließend selbst verschwinden. Keiner würde ihm nachweinen. Keiner würde ihn vermissen. Beste Voraussetzungen für ein anderes Leben. Es war alles vorbereitet. Falls Melchior tatsächlich das Maul nicht gehalten hatte — sie würden ihn, Moritz, niemals finden.

Moritz verschränkte die Arme und zog die Schultern hoch. Ihn fröstelte etwas. Das war nicht gut. Er war zwar ein exzellenter Schütze, aber Zittern in den Händen konnte er nicht gebrauchen. Er nahm das Fernglas und suchte konzentriert das Waldgebiet im Umkreis von etwa 100 Metern ab. Die Windböen wurden stärker und rüttelten an den dünnen Ästen. So vergingen weitere zehn Minuten.

Moritz verbot sich jede Nervosität. So etwas passte nicht zu ihm. Zweifel kannte er nicht. Selbstzweifel schon gar nicht. Nein, es war alles gut, wie er es geplant hatte. Und es würde genauso kommen, wie er es geplant hatte. Er legte das Fernglas zur Seite. Ein heißer Kaffee wäre jetzt genau das Richtige. Moritz verzog die Lippen bei dem Gedanken daran. Diese Kleinigkeit hatte er vergessen. Dafür war später immer noch Zeit, wenn das Meeting mit Melchior vorbei und er über alle Berge war.

Bei dem Wort Meeting musste er an Aron Schwarzenberg denken, diesen affektierten Schnösel, der ihm so bereitwillig auf den Leim gegangen war. Er musste ganz schön ins Schwitzen geraten sein, als dieser Kommissar so plötzlich aufgetaucht war. Auf diese Finte mit den zwei

Überwachungsfilmen war Moritz stolz. Er malte sich die Verwirrung Schwarzenbergs aus. Wie peinlich, bei einer Lüge ertappt zu werden. Wieviel peinlicher noch, als ihm klar geworden sein musste, dass eine Leiche im Spiel war. Die halbherzigen Erklärungen, die wie fadenscheinige Ausreden klangen, von wegen: »Ich wollte Florian nur einen Gefallen tun.« Dieser Kommissar hatte ihm garantiert kein Wort von dem Gerede abgekauft. Moritz unterdrückte einen Niesreiz, indem er die Nase mit Daumen und Zeigefinger zusammenpresste. In diesem Moment klingelte sein Handy. Er zog es aus der Brusttasche seiner sündteuren Outdoor-Jacke. Es war eine Nummer, die Moritz gestern Abend erfahren hatte.

»Wo bist du?«

»Bin gerade an diesem Spielplatz mit dem Drachen vorbeigekommen, du weißt schon, die Waldgeister.« Melchiors Stimme klang atemlos, er musste gerannt sein.

»Du bist spät dran. Sind dir Berliner begegnet?«

»Ja, ich hab sie rechtzeitig bemerkt und mich versteckt. Das hat mich aufgehalten.« Melchior holte tief Luft. »Hast du alles dabei?«

»Keine Sorge Mel, meine Tasche ist voll bis obenhin. Du weißt, wo der Hochsitz ist?«

»In fünf Minuten bin ich da. Leg nicht auf.« Moritz stellte den Empfang auf Lautsprecher und legte das Handy auf die Brüstung. Dann griff er wieder zum Fernglas. Es war besser, wenn Melchior nicht zu nahe herankam. Während er in die Richtung spähte, aus der er ihn erwartete, hörte er Melchiors keuchenden Atem. Er konnte es wohl kaum erwarten und rannte sicher querfeldein durchs Unterholz. Moritz hörte Äste knacken. Der Regen prasselt unvermindert auf das Vordach. Das Handy lag im Trockenen.

»Ich bin gleich da«, hörte er Melchior schweratmend hervorstoßen. Da sah er ihn mit einem großen Regenschirm zwischen den weit auseinanderstehenden, hochgewachsenen Buchen hervorstolpern. Moritz legte das Fernglas kurz weg, holte die Pistole hervor, entsicherte sie und platzierte sie neben sich. Dann nahm er das Fernglas wieder zur Hand. Er wollte ganz sicher gehen.

»Lass dir Zeit, Mel«, rief er in das Handy, »ich kann dich sehen.« Wie erwartet blieb Melchior stehen, senkte für ein paar Augenblicke den Regenschirm und blickte suchend umher. Moritz konnte sein Gesicht klar und deutlich erkennen. Auch Melchior hatte ihn jetzt entdeckt. Er hob eine Hand und winkte. Moritz legte das Fernglas weg, nahm die Pistole und umfasste den Griff mit beiden Händen. Er stützte ihn auf der Brüstung ab. Melchior schützte sich mit dem Schirm vor dem sintflutartigen Wolkenbruch, der jetzt niederging. Das war Moritz egal, er hätte sowieso nicht auf den Kopf gezielt. Er hörte Melchior immer noch heftig nach Luft ringen, während er ganz ruhig und tief ausatmete und die schwarze Gestalt im Regen ins Visier nahm. Er hielt die Luft an und drückte mit einer ruhigen Bewegung seines Zeigefingers behutsam ab. Und gleich noch einmal. Beide Schüsse gellten durch den Wald, begleitet von metallischem Gewitterdonner. Beide hatten getroffen.

Moritz sah Melchior schwanken, den Schirm immer noch in der Hand. Dann stürzte er zu Boden, wie in Zeitlupe. Moritz steckte das Handy in die Brusttasche, hängte das Fernglas um und kletterte mit der Pistole in der Hand so schnell er konnte von dem Hochsitz herab. Er rannte die 20 Meter bis zu der im nassen, braunen Laub auf der Seite liegenden Gestalt. Sein Handy in der Brusttasche knackte. Er blickte auf Melchior herab und kniete sich hin. Mit der linken

Hand drehte er ihn auf den Rücken. Eine wütende Stimme quäkte aus seinem Handy, er hatte den Lautsprecher immer noch aktiviert.

»Du elender Mistkerl! Zwei Schüsse! Zwei, verdammt nochmal!! Du schuldest mir eine neue Jacke!«

Moritz sprang auf, griff mit der linken Hand konsterniert nach dem Handy, aus dem ihm Melchiors vor Wut verzerrte Stimme in die Ohren brüllte.

»Du Scheißkerl!! Aber dieses Mal ...« Die Verbindung wurde abrupt unterbrochen. Moritz stand da wie gelähmt, das Handy in der linken Hand und die Pistole in der herabhängenden Rechten. Er starrte auf das blasse Gesicht Melchiors, der vor ihm auf dem Boden lag.

Ein Ast knackte. Moritz achtete nicht darauf. Er ließ sich wieder auf die Knie fallen und berührte Melchiors Stirn. Sie fühlte sich eigenartig an. Er hörte die Schritte nicht. Eine Hand legte sich schwer auf seine Schulter, gleichzeitig wurde ihm die Pistole entrissen. Es ging alles ganz schnell. Moritz leistete vor Überraschung keinerlei Gegenwehr. Zwei Mann vom Sonderkommando packten ihn, drückten ihn unsanft auf den feuchten, schmierigen Boden, rissen seine Arme nach hinten und legten ihm Handschellen an. Auf dem Bauch liegend sah er aus den Augenwinkeln zwei Sanitäter, die sich über Melchior beugten. Jemand sprach Moritz an. Er war unfähig, darauf zu reagieren. Seine Augen waren gefesselt von dem, was die Sanitäter mit Melchior taten. Einer machte sich an seinem Hals zu schaffen. Melchior bewegte sich plötzlich und stieß die Hand weg. Schwerfällig setzte er sich auf, griff mit der Rechten unter sein Kinn und riss es mit einem hässlichen Geräusch nach oben weg. Moritz stieß einen Schrei aus, als er die Maske sah. Der Mann, den er für Melchior gehalten hatte, grinste ihn todernst an. Dann verzog er sein Gesicht vor Schmerzen. Wieder sagte eine Stimme etwas zu Moritz. Sie kam ihm bekannt vor. Und endlich war er in der Lage, zuzuhören.

»Ein Mord weniger, Herr Kronberger. Allerdings ist versuchter Mord in meinen Augen um keinen Deut besser.« Kommissar Adam Zweifel hatte sich ganz tief zu Moritz herabgebeugt.

»Sie sind verhaftet, Moritz Kronberger, wegen dringenden Tatverdachts des Mordes an Florian Kronberger, des Mordes an Lars Schilling und des versuchten Mordes an Quint Hopfner.« Moritz hatte ihm mühsam das Gesicht zugedreht. Es war regenüberströmt. Es war kreidebleich. Seine schwarzen Augen blickten ohne mit der Wimper zu zucken, als Zweifel ihm seine Rechte vorlas. Seine Lippen verzogen sich zu einem bösen Lächeln, als Zweifel fertig war und sich erhob.

Die beiden Männer vom SEK packten ihn unter den Achseln, stellten ihn auf die Beine und marschierten mit ihm in Richtung des Polizeifahrzeuges, das wie aus dem Nichts aufgetaucht war. Melzick stand dort und neben ihr Melchior mit versteinertem Gesicht. Die SEK-Männer öffneten die Seitentür und drückten Moritz' Kopf nach unten. Er wandte sich nach rechts und nickte Melchior zu.

»Du kannst meine Jacke haben. Schätze, die brauche ich jetzt nicht mehr.« Dann verschwand er im Wagen.

Zweifel war in den Polizeikrankenwagen gestiegen, in den Quint verfrachtet worden war. Die beiden Sanitäter hatten den Kollegen von der kugelsicheren Montur befreit. Er lag unter einer Wärmeschutzfolie. Sie nickten Zweifel zu.

»Bisher noch keine Anzeichen eines Schocks«, sagte der Ältere der beiden.

»Wie fühlen Sie sich, Quint?«, fragte Zweifel. Der Mann auf der Liege hob den Kopf.

»Sauwetter. Hoffentlich hab ich mir keinen Schnupfen eingefangen.« Zweifel winkte ab.

»Okay, das war der zu erwartende coole Spruch eines Mannes, der sich gerade zwei Kugeln eingefangen hat. Und wie geht es Ihnen wirklich?« Er klang ernsthaft besorgt. Quint war gerührt. Er überlegte eine Weile, bevor er sich zu einer Antwort aufraffte.

»Jetzt hören Sie gut zu, Zweifel. Erstens: Ich hab das freiwillig gemacht und weil es mein Beruf ist, die Bösen zu fangen, und zwar die ganz Bösen. Zweitens: Diese Klamotten«, er deutete auf den Haufen am Fußende der Liege, »halten verdammt viel aus. Bringen Sie die beiden Kugeln in die Ballistik. Ich wette, dieser Chef der Therme, wie war gleich der Name …?«

»Schilling.«

»… genau, dieser Schilling hat mit der gleichen Waffe Bekanntschaft gemacht. Drittens: Ich werde 'ne ganze Weile ein paar fette blaue Flecken mit mir rumtragen. Die kann ich mir aber auch bei jeder Großdemo abholen. Mann, wir haben einen Saukerl von Mörder geschnappt.«

Er hob die flache Hand mit gespreizten Fingern. Zweifel schlug ein.

»Na also«, brummte Quint. »Ich denke, für heute reicht's. Ich hab mir 'n freien Nachmittag verdient.«

Zweifel strich mit beiden Händen mehrmals über seinen kahlen Schädel und schaute sich in dem Krankenwagen um. Dann stand er auf. Er holte tief Luft und als er sprach, klang seine Stimme etwas heiser.

»Erwarten Sie nicht, dass ich Sie für diese Art Job nochmal anrufe. Das war das erste und letzte Mal.« Quint grinste.

»Ich glaube, damit kann ich leben. Aber wir könnten ja mal 'n Kaffee zusammen trinken.« Zweifel lächelte zurück.

»Aber mit Schuss.«

Der Polizeiwagen mit Moritz an Bord war bereits abgefahren. Zweifel war gerade bei Quint eingestiegen. Melzick saß im dritten Einsatzfahrzeug auf dem Rücksitz neben Melchior. Sie hatten schon eine Weile schweigend aus dem Fenster in den nachlassenden Regen gestarrt und beobachtet, wie die gewaltigen Bäume um sie herum gelassen mit dem Unwetter fertig wurden. Melzick hatte schon öfters miterlebt, wie auf Menschen geschossen wurde. Sie hatte selbst schon auf einen Menschen geschossen, einen Amokläufer, den sie in die Beine getroffen hatte. Sie fand als erste die Sprache wieder.

»Tja, wie es aussieht, Herr Bodenheim, haben Sie nach all den Fehlentscheidungen der letzten Zeit endlich mal eine richtige Entscheidung getroffen.« Melchior blickte nach draußen in den dampfenden Wald. Er schüttelte, immer noch ungläubig, den Kopf.

»Der hätte mich abgeknallt. Der hätte mich eiskalt abgeknallt.« Er legte die Hand vor den Mund. Dann drehte er sich zu Melzick um.

»Schießt zweimal und läuft hin, um zu checken, ob er nochmal schießen muss.« Melzick erwiderte seinen Blick und schwieg. Melchior senkte den Kopf und starrte auf seine Knie. »Was ist mit dem Mann, der für mich — ich meine, müsste ich mich bei dem nicht bedanken?«

»Dafür ist immer noch Zeit.«

»Wie kann einer sowas tun? So ein Risiko eingehen?« Melzick zuckte die Schultern.

»Gibt auch Leute, die Bomben entschärfen.« Sie warf einen Blick nach draußen, als Zweifel wieder aus dem Wagen auftauchte. »Wäre doch sicher ein interessantes Thema für eine psychologische Studie, meinen Sie nicht?« Zweifel sprach kurz mit dem Fahrer des Krankenwagens, dann kam er auf sie zu.

»Davon hab ich die Nase voll«, erwiderte Melchior. Zweifel stieg ein.

»Quint geht's gut.«

»Wo wird er jetzt hingebracht?«, wollte Melchior wissen. Zweifel startete und wendete den Wagen. Er fand Melchiors Blick im Rückspiegel.

»Sie fahren ihn ins Krankenhaus nach Mindelheim. Er wird dort noch gründlich untersucht. Die Kugeln sind beide in der Weste steckengeblieben. Aber durch die Wucht des Aufpralls sind innere Verletzungen nie ganz auszuschließen, ebenso wenig wie verzögerte Schockreaktionen.« Melchior starrte aus dem Fenster, während er diese Informationen verarbeitete.

»Was sagt er?«, fragte Melzick. Zweifel fuhr im zweiten Gang langsam die schmale Forststraße entlang, die sie gekommen waren und stellte den Scheibenwischer auf die höchste Intervallstufe. Die Wolkenherde hatte noch überflüssiges Wasser, alle Schleusen geöffnet und sorgte für ein stürmisches Finale.

»Er hofft, dass er sich keine Erkältung geholt hat.«

»Na prima — Chef, wir sind ihm was schuldig.« Sie fuhren an der Abzweigung zum Waldrestaurant »Jägerhaus« vorbei. Zweifel schaltete höher.

»Schon geregelt.«

39. Kapitel

Lucy stand wartend an der gläsernen Eingangstür der Polizeidirektion, hatte die Arme verschränkt und trommelte mit den Fingern nervös auf ihre Ellbogen.

Reisser saß auf einem der Besucherstühle an der Wand gegenüber dem Empfangstresen und spielte mit seinem Feuerzeug. Er ließ es pausenlos auf- und zuschnappen. Lucy platzte der Kragen

»Hast du 'ne Ahnung, wie sehr das nervt? Wenn du unbedingt rauchen willst, dann geh raus, ansonsten lass endlich dein Feuerzeug in Ruhe!« Er schnippte eine kleine Flamme heraus und ließ sie brennen.

»Und ich dachte schon, wenn wir erstmal per du sind, entspannt sich unser Verhältnis.«

»Wir haben kein Verhältnis«, erwiderte Lucy, ohne sich umzudrehen.

»Dann eben unser Gesprächsklima. Stattdessen — wo man hinsieht Blitz und Donner.«

»So ist das eben mit den Naturgewalten«, erwiderte Lucy ungerührt. Er seufzte, schnappte seinen Regenmantel und stellte sich neben sie. Mit zusammengekniffenen Augen schaute er prüfend in den bedrohlichen finstergrauen Himmel, aus dem in kurzen unregelmäßigen Abständen Regenböen herabpeitschten. Er schnalzte mit der Zunge und klopfte die Manteltaschen nach einer Zigarettenpackung ab.

»Na dann werde ich mich denen mal stellen, den Naturgewalten.«

»Da sind sie!«, rief Lucy aus, als ein paar Autoscheinwerfer sich auf den Parkplatz zubewegten.

»Kein Wort über Quint!«, raunte Zweifel Melzick zu, als er Reisser an der Eingangstür stehen sah.

528

»Nie gehört den Namen, wer soll das sein?«, gab sie zur Antwort und stieg aus. Sie spurteten durch den strömenden Regen ins Trockene. Kurz darauf saßen sie zu viert in Zweifels Büro, jeder einen Pott heißen Kaffees vor sich.

Für ein, zwei Minuten herrschte gespanntes Schweigen, nur unterbrochen von Reissers lautstarkem Schlürfen. Lucy platzte schier vor Neugier, hielt aber instinktiv den Mund und beschränkte sich darauf, die Tassen nachzufüllen.

»Also Herr Kommissar, was darf ich notieren?«, fragte Reisser schließlich und hielt seine Tasse gleichwohl mit beiden Händen fest. Zweifel rieb einmal mit der Hand über seine Glatze, auf der sich einige Regentropfen ins Trockene gerettet hatten.

»Der mutmaßliche Mörder von Florian Kronberger und Lars Schilling ist gefasst. Wir werden ihn heute Nachmittag verhören.« Er hob eine Hand. »So lange halten Sie die Füße still, Herr Reisser.«

»Wer ist es?«

»Sag ich Ihnen nach dem Verhör.«

»Sie gehen davon aus, dass er gesteht?« Zweifel tauschte mit Melzick einen Blick. Dann nickte er und stellte seine Tasse auf den Tisch.

»Kann ich mich auf Sie verlassen?« Reisser trank aus und stand auf.

»Großes Schreiberehrenwort.« Er zwinkerte Lucy zum Abschied zu. »Um vier bin ich wieder da.«

»Ich bin ja nicht blöd«, behauptete Lucy, als Reisser gegangen war. »Auch wenn du mir nichts verraten wolltest, Mel, mir kann man nichts vormachen. Ihr habt irgendjemandem das Gesicht von Melchior verpasst und der hat sich dann mit diesem Moritz Kronberger getroffen. Ich hab doch mitbekommen, wie du diesen Maskenbildner angerufen hast. Für Halloween hast du den bestimmt nicht gebraucht. Was ist passiert?« Melzick rührte in ihrer Tasse, die fast leer war.

»Er hat auf ihn geschossen«, sagte Zweifel.

»Wer auf wen genau?« Melzick seufzte.

»Moritz auf den Kollegen Quint Hopfner, der doppelt und dreifach kugelsicher verpackt war.«

»Ich fass es nicht«, schnaufte Lucy.

»Tun Sie mir den Gefallen und behalten Sie es für sich«, sagte Zweifel. »Ich will nicht noch mehr Fassungslose. Das gilt auch für Herrn Reisser. Dieser Teil der Geschichte bleibt unter uns.« Lucy hob beide Hände.

»Da machen Sie sich mal keine Sorgen. Davon erzähl ich erst, wenn meine Enkel Abitur machen. Wo ist übrigens Melchior?«

»Den haben wir bei seinem Vater im Krankenhaus abgeliefert«, sagte Melzick, dann schaute sie Zweifel an. »Sie waren wirklich sicher, dass er zurückkommen würde.«

»Ich war sicher, dass er total verunsichert war. Dass er nur ein wenig Zeit brauchte, um allein und in Ruhe nachzudenken. Um sich all die Tricks, mit denen Moritz versucht hat, ihn reinzulegen, vor Augen zu führen. Dieser lächerliche Code, mit dem er seine SMS verschlüsselt hat, gab wahrscheinlich den Ausschlag.« Melzick leerte ihre Tasse.

»Ich weiß nicht, was Moritz da geritten hat. Er musste doch davon ausgehen, dass wir Melchiors Handy haben und dass wir ihn mit dieser SMS konfrontieren werden.« Zweifel kratzte sich mit einem Finger an seiner Schläfe.

»Ich vermute, er hat sich auf Melchiors Geldgier verlassen. Plan C bedeutete einfach nur, Kontakt aufzunehmen. Es sollte für Melchior das Zeichen sein, dass das Geld immer noch für ihn bereit liegt, aber nur, wenn er sich still verhält.

Die Möglichkeit, dass Melchior mit uns kooperieren könnte, kam in seinem Gedankenmodell nicht vor. Er ist ein hundertprozentig rationaler Mensch und da er sich für sehr intelligent hält, fühlte er sich einfach zu sicher. Irgendeine elegante Begründung für diese SMS hat er sich bestimmt schon zurechtgelegt, wie für alles andere. Ich bin sehr gespannt, welche Begründung er dafür hat, zweimal auf einen arglosen Mann zu schießen.« Lucy schüttelte den Kopf.

»Und wir haben ihn auch noch gefüttert.« Melzick hielt Lucy ihre leere Tasse hin.

»Beinahe wäre die Aktion schiefgegangen. Wenn diese beiden Berliner ein paar Minuten später aufgetaucht …«

»Was für Berliner denn?«

»Angezogen wie für 'n Freibadbesuch, latschen durch den Wald voller Unwetter und meckern so laut, dass ich schon Angst hatte, Moritz würde nachzählen, wie viele Patronen er dabeihat.« Zweifel schüttelte den Kopf.

»Ich war sicher, er würde einfach nur abwarten. Er wollte die Sache unbedingt beenden, genauso, wie er dachte, dass Melchior unbedingt an das Geld wollte. Es war klar, dass die beiden Streithähne in ihren kurzen Hosen nicht im Regen stehenbleiben würden.« Melzick wirbelte ihre Dreadlocks durcheinander bei dem Gedanken an die Szene nach den Schüssen.

»Als Quint am Boden lag und Moritz mit der Pistole in der Hand auf ihn zugerannt ist, blieb mir das Herz stehen, Chef, ehrlich, und das in meinem Urlaub.«

»Sie sind nicht im Urlaub«, antwortete Zweifel mit müder Stimme.

»Wie hast du das beobachten können?«, wollte Lucy wissen.

»Wir wussten von Melchior, wo das Treffen stattfinden sollte und haben uns rechtzeitig im Umkreis verteilt und versteckt. Melchior war die ganze Zeit bei uns und hat am Handy den vor Anstrengung keuchenden Melchior gespielt. Quint war verkabelt und konnte alles mithören. Als er am Boden lag, hat Melchior Moritz genau im richtigen Moment angeschnauzt.« Lucy ließ sich das alles durch den Kopf gehen.

»Mannomann, wenn ich das meiner Mutter erzähle …«

»Lucy!«

»Kein Problem, die hat Alzheimer.«

»Was passiert jetzt mit Moritz?« Zweifel räusperte sich und sah auf die Uhr.

»Der kommt später dran. Zuerst muss ich mit seinem Vater telefonieren.«

»Aber Chef, so ganz außer der Reihe, das wird ihm gar nicht gefallen«, meinte Melzick.

»Der Mann will Ergebnisse. Die hab ich jetzt, und Sie haben Recht, Melzick, die werden ihm nicht gefallen.«

Zweifel saß im Vernehmungsraum an einem kleinen, quadratischen Tisch, vor sich einen aufgeklappten Laptop. Melzick hatte es sich auf einem Stuhl an der Wand bequem gemacht.

Klopfer und Lucy beobachteten von einem Nebenraum aus durch einen Spiegel das Geschehen.

Die Tür ging auf und Moritz, der sehr gefasst wirkte, wurde hereingeführt. Er warf einen kurzen Blick in den Spiegel und grinste, während er sich mit einer Hand durch die blonden Haare fuhr. Zweifel deutete wortlos auf den Stuhl. Moritz ließ sich darauf nieder, nachdem er sich in dem kahlen Raum umgesehen hatte.

»Ich sehe keine Folterwerkzeuge, Herr Zweifel.« Zweifel drückte auf eine Taste des Laptops und schenkte Moritz ein kühles Lächeln.

»Wir wollen es erstmal ohne versuchen, Herr Kronberger. Sie wissen, dass Sie auf meine Fragen nicht antworten müssen?«

»Ja, aber das wäre doch ein sehr einseitiges und langweiliges Gespräch, und wir wollen den Zuschauern hinter diesem Spiegel doch etwas bieten, nicht?«
Melzick musste an die Szene im Wald an diesem Vormittag denken und verschränkte die Arme.

»Sie sind Moritz Kronberger?«

»Wenn ich jetzt sage, dass ich Florian bin, dann bricht Ihre kleine Welt doch zusammen, stimmt's Herr Kommissar?«
Zweifel sah ihn ungerührt an. Moritz seufzte gelangweilt.
»Seitdem Sie mich nach Pfirsich Melba gefragt haben, weiß ich, dass Sie wissen, dass ich Moritz Kronberger bin.«

»Hat Ihr Vater Sie eigentlich noch angerufen?«

»Ich nehme an, die Sache hat sich für ihn erledigt.«

»Wo halten Sie sich üblicherweise auf?« Moritz stutzte für einen Moment.

»Was soll die Frage? Hier jedenfalls nicht.«

»Wo also?« Moritz rückte etwas vom Tisch weg und schlug die Beine übereinander.

»Die meiste Zeit in Südfrankreich. Perpignan, wenn Sie es genau wissen wollen und wenn's mir da zu kalt wird, flieg ich irgendwohin.«

»Wie oft sind Sie in Bad Wörishofen?«

»Keine zehn Tage im Jahr. Komische Frage.«

»Mag sein, aber Ihre Antwort erklärt einiges.«

»Ach ja?«

»Dazu komme ich später.«

»Du wirst dich künftig ganz woanders aufhalten«, dachte Melzick. Sie saß im Rücken von Zweifel und konnte Moritz genau beobachten.

Zweifel kam zur Sache.

»Kannten Sie Lars Schilling?«

»Flüchtig.« Es war derselbe Ausdruck, den Melchior gebraucht hatte.

»Sie haben sich persönlich mit ihm getroffen?«

»Zwei, drei Mal vielleicht.«

»Worum ging es dabei?«

»Um Geld. Langweiliges Thema. Er war ein langweiliger Mensch.« Moritz' Antworten kamen ohne zu zögern, fast wie bei einem einstudierten Theaterstück, in dem Zweifel die Stichworte vorgab, so kam es Melzick vor. Polizeichef Klopfer auf der anderen Seite des Spiegels, machte sich einige Notizen. Lucy lauschte gebannt mit offenem Mund.

»Er wollte Geld von Ihnen?«

»Er hat sogar was bekommen.«

»Wofür?«

»Informationen.«

»Worüber?« Moritz studierte die Fingernägel seiner rechten Hand.

»Können Sie sich das nicht vorstellen?«

»Ich kann mir fast alles vorstellen, aber ich will es von Ihnen hören.« Moritz richtete seine Aufmerksamkeit auf den Laptop, der zwischen ihnen stand. Er schaute Zweifel nachdenklich an. Sein Blick fiel zurück auf das Gehäuse aus mattem Aluminium und verharrte dort. Melzick hätte später schwören können, dass sie seine Augen aufleuchten sah.

»Er hat mir ein paar interessante Dinge verraten. Über die eine oder andere Tür, den einen oder anderen Angestellten.«

»War auch die eine oder andere technische Information dabei?«

»Aber ja doch.« Moritz klang gelangweilt. »Ich bekomme jede Information, die ich haben will.«

»Ist das so?« Moritz' Lippen kräuselten sich, als er sagte:

»Das ist so. Auch über Sie, Herr Zweifel. Ihr Freund Daniel Braun und Ihre bedauernswerte Frau — wirklich ein Jammer, was damals passiert ist.« Zweifel ignorierte das gespielte Mitleid und erwiderte stoisch Moritz' Blick. »Ihre Geheimnummer war denkbar leicht zu bekommen, und die von der da«, Moritz nickte abfällig über die Schulter in Melzicks Richtung, »war ein Kinderspiel.« Plötzlich sprach er mit verstellter Kinderstimme.

»Sie werden gebraucht. In der Therme gab es einen Toten.« Zweifel erkannte die Stimme, die ihn am Montag in die Therme gelockt hatte, doch er zeigte keine Reaktion.

»Was wollten Sie mit Schillings Informationen?« Moritz schnaubte leicht durch die Nase.

»Die wollte Melchior haben, für ein kleines Event.«

»Ein merkwürdiger Begriff für eine Massenpanik, finden Sie nicht?«

»Ein Event ist ein Ereignis. Für die meisten dieser Leute dürfte es das Ereignis ihres Lebens gewesen sein. Und sie haben es immerhin überlebt, nicht wahr?« Zweifel überging diese Bemerkung.

»Lars Schilling wurde irgendwann zwischen vier Uhr und acht Uhr 15 am Mittwochmorgen erschossen. Wo waren Sie da?«

»Aber Herr Kommissar, haben Sie vergessen, dass ich Opfer einer Entführung war?« »Dieses Ungeheuer legt es wirklich darauf an«, dachte Melzick. Zweifel erwiderte mit unerschütterlicher Ruhe:

»Niemand in dieser ganzen Geschichte war weniger Opfer als Sie, Herr Kronberger.« Moritz grinste und schwieg. Zweifel begann, Stein für Stein aus seiner Fassade herauszubrechen.

»Diese Entführung hat nie stattgefunden.«

»Wollen Sie damit sagen, dass mein Vater die Millionen zum Fenster hinausgeworfen hat?«

»Die Fragen stelle ich, haben Sie das schon vergessen? Aber folgen wir doch vorübergehend mal Ihrer Version der Wahrheit. Sie wurden freigelassen, also muss das Lösegeld geflossen sein. Die Frage ist, wer hat dafür gesorgt? Ihr Vater war es nicht, er hat sich auf Florian verlassen, der ihm am Telefon versprochen hat, sich um alles zu kümmern.«

»Na, dann ist die Frage doch geklärt«, sagte Moritz. Zweifel legte den Kopf schief.

»Es gibt da nur eine Kleinigkeit, die nicht passt.«

»Ist es nicht schrecklich langweilig, sich immer nur um Kleinigkeiten kümmern zu müssen?«

»Ach wissen Sie, Herr Kronberger, wenn Sie das getan hätten, wären wir Ihnen wohl nie auf die Schliche gekommen. Eines zum Beispiel ist vollkommen klar: Florian kann Ihren Vater am Samstagabend nicht angerufen haben.«

Moritz zog die Augenbrauen hoch und schlug die Beine anders übereinander.

»Und zwar ganz einfach, weil er zu diesem Zeitpunkt, sein Handy nicht mehr hatte. Sie haben dummerweise nicht damit gerechnet, dass Florian gleich nachdem es verschwunden war einen gewaltigen Aufstand mit dem Hotelpersonal veranstaltete und zwar genau zu der Zeit, als er angeblich mit seinem Vater telefonierte. Nur einer außer Florian selbst konnte Theo Kronberger am Telefon davon überzeugen, mit Florian zu sprechen, und das waren Sie. Sie haben Ihrem Vater glaubhaft von Ihrer eigenen Entführung berichtet. Niemand anderer war das.« Moritz schwieg und spitzte die Lippen wie ein Lehrer, der dem mangelhaften Vortrag eines Schülers zuhören muss. Aber Zweifel hatte einen wunden

Punkt getroffen, davon war Melzick überzeugt, trotz Moritz'
arroganter Attitüde. Zweifel bohrte noch ein bisschen darin
herum.

»Das war allerdings nicht Ihr einziger Fehler. Ihr Plan hatte
eine ganze Reihe Ungenauigkeiten. Allzu viel würde ich mir
nicht darauf einbilden.« Moritz warf ihm einen spöttischen
Blick zu.

»Ach ja?« Er schob die Hände in die Hosentaschen.

»Melchior zum Beispiel. Dessen Verhalten haben Sie falsch
vorherberechnet.«

»Der lügt, wenn er den Mund aufmacht.« Moritz' Stimme
gewann an Schärfe.

»Melchior sagt aus, Florian das Handy kurz bevor er ihn
verließ gestohlen und an Sie weitergegeben zu haben, so wie
es geplant war. Der Zeitpunkt Ihres Anrufs bestätigt diese
Behauptung. Es liegt also klar auf der Hand, dass Sie nicht
entführt wurden und mir folglich immer noch die Antwort
schuldig sind, wo Sie sich am Mittwochmorgen zwischen vier
Uhr und acht Uhr 15 befanden.« Moritz rieb mit zwei Fingern
der rechten Hand über seine Stirn, als wolle er etwas
beiseiteschieben, lächelte und sagte nichts. Zweifel schaute
ihn freundlich an.

»Möchten Sie noch mehr über Ihre Schnitzer hören?«
Moritz wich seinem Blick aus und schwieg. »Da wäre zum
Beispiel der Zug aus Türkheim. Sie erinnern sich noch daran,
was Sie uns erzählt haben?« Moritz hielt eine Antwort für
überflüssig und begann stattdessen, mit den Fingern der
linken Hand einen langsamen Rhythmus auf seinem Knie zu
trommeln, was gelangweilt wirken sollte.

»Die Strecke ist seit Mittwoch letzter Woche gesperrt. Sie
konnten gar keinen Zug an diesem unbeschrankten
Bahnübergang durchlassen. Schon der Anfang Ihrer

Erzählung war falsch. Ein blöder Fehler. Zwar erklärlich, da Sie ja so gut wie nie in Bad Wörishofen weilen und das Zugfahren anderen überlassen. Daher wussten Sie nichts von der Streckensperrung. Es bleibt dennoch ein ziemlich blöder Fehler.«

Moritz' Finger hörten auf zu trommeln. Zweifel fuhr mit seiner Demontage fort.

»Schließlich dieser lächerliche Fauxpas am Telefon. Nachdem Sie plötzlich und praktischerweise erst nach Schillings Ermordung wiederauftauchen, rufen Sie bei uns an und nennen ausdrücklich meinen Namen. Den konnten Sie eigentlich gar nicht wissen. Sie wohnen nicht hier, Sie haben nie etwas mit der Polizei zu tun und sie kamen gerade erst aus einer Entführung frei. Offiziell. In Wahrheit wussten Sie ihn natürlich, denn Sie bekommen ja jede Information, die Sie haben wollen, nicht wahr? Bei unserem Telefonat nur wenig später, versuchten Sie, den Fehler gutzumachen und konnten sich ›Zweifel‹ plötzlich nicht mehr merken. War das Ganze ein Fall von temporärer Amnesie oder einfach nur schlampige Nachlässigkeit aus einem vollkommen unbegründeten Gefühl von Überlegenheit heraus?« Melzick ließ Moritz keinen Moment aus den Augen. Er behielt den spöttischen, leicht angeödeten Gesichtsausdruck bei und er machte keine Anstalten, auf Zweifels Provokationen zu reagieren.

»Schön, dann lassen wir für einen Moment außer Acht, dass Sie kein Alibi haben für die Ermordung Schillings. Er war für Sie zu einem unbequemen Mitwisser geworden. Sie hatten demnach ein Motiv, sie hatten die Gelegenheit und, wie wir heute erleben durften, auch die Waffe. Die beiden Patronen, die Sie freundlicherweise meinem Kollegen Quint zur Verfügung gestellt haben, sind bereits in der Ballistik. Ich nehme an, Sie wollen nicht wissen, wie es ihm geht.« Moritz bequemte sich zu einer Antwort.

»Und ich nehme an, so etwas gehört zu seinem Beruf. Davon abgesehen sehe ich keinen Sinn darin, einen Gedanken daran zu verschwenden, wie es einem Polizisten geht.«

»Das habe ich nicht anders erwartet. Dann lassen Sie uns doch mal über den Kern der ganzen Geschichte reden. Wann haben Sie Ihren Bruder Florian zuletzt gesehen?« Moritz schaute zur Decke, als müsste er nachdenken.

Melzick fragte sich, wie lange er dieses Spielchen durchhalten wollte.

»Ach wissen Sie, wir haben uns nicht oft gesehen. Wenn ich ehrlich sein soll, seit vielen Jahren nicht.« Er blickte Zweifel gerade in die Augen. »Und wenn ich ganz ehrlich sein soll, war mir das gleichgültig.«

»Das beantwortet meine Frage nicht.«

»Ach ja? Nun denn — meinten Sie tot oder lebendig?« Zweifel fixierte ihn. Moritz hielt seinem Blick stand. »Er will reden«, dachte Melzick in diesem Augenblick. »Er hat so einen unbändigen Hass, er will reden.«

»Macht das einen Unterschied?«, fragte Zweifel. Moritz lächelte mit einem Mundwinkel, seine dunklen Augen blickten an Zweifel vorbei und bekamen einen bösen Glanz. Vor seinem inneren Auge spielte sich eine Szene ab, die ihn tief atmen ließ. Zweifel wartete ab. Für zwei Minuten herrschte Stille. Niemand rührte sich. Nicht einmal Lucy hinter dem Spiegel. Moritz bewegte seine Augen und starrte auf den Laptop. Dann sprach er, langsam, als ließe er sich die Worte einzeln auf der Zunge zergehen.

»Florian habe ich zuletzt gesehen, als wir seinen sechsten Geburtstag feierten. Es war kein großes Kinderfest, nur vielleicht ein halbes Dutzend Freunde von ihm war bei uns zuhause in …, es muss wohl in Südfrankreich gewesen sein. Es waren seine Freunde, natürlich, denn ich war nicht da. Das heißt, ich war schon da, oben hinter dem Fenster. Ich sah ihnen zu. Ich war immer oben.« Moritz sah lange an die Decke und wechselte plötzlich das Thema. »Die Sache mit diesem Schilling —«, er rümpfte die Nase, »er hat urplötzlich sein Verhalten geändert. Das war nicht vorherzusehen und es war natürlich nicht akzeptabel.«

»Er hat mit Ihnen in dieser Raststätte geredet?« Moritz warf Zweifel einen raschen Blick zu.

»Er war ein Idiot.«

»Haben Sie ihn deswegen erschossen?« Moritz seufzte.

»Was spielt der Grund für eine Rolle? Was zählt, ist das Ergebnis.«

»Glauben Sie, Ihr Vater sieht das ebenso?« Moritz schloss für einen Moment die Augen.

»Warum haben Sie eigentlich diesen Laptop hier rumstehen?«, fragte er, ohne die Augen zu öffnen. Zweifel hatte diese Frage schon viel früher erwartet. Er ignorierte sie und wiederholte stattdessen seine eigene Frage.

»Was, glauben Sie, hält Ihr Vater davon, dass Sie Lars Schilling erschossen haben?«

»Mein Vater!« Moritz bewegte sich langsam auf seinem Stuhl hin und her. Setzte sich gerade hin. Verschränkte die Arme. Blickte an Zweifel vorbei auf die kahle Wand.

»Theo Kronberger wird diese Sache zur Kenntnis nehmen, zehn Sekunden darüber nachdenken, ob etwas zu veranlassen ist, zu dem Schluss kommen, dass dies nicht der Fall ist und sich um seinen nächsten Anruf kümmern.«

Moritz hatte langsam und akzentuiert gesprochen wie ein Nachrichtensprecher, der von einem Erdbeben in Patagonien berichtet. Zweifel tat so, als wäre auf dem Bildschirm eine neue Nachricht eingegangen. Melzick konnte sehen, dass dies nicht der Fall war. Sie wartete ungeduldig darauf, dass die beiden wieder auf Florian zu sprechen kämen.

Zweifel wandte sich Moritz zu, der ihn aufmerksam beobachtet hatte.

»Der sechste Geburtstag also. Wie lief denn die Party bei Ihrem Geburtstag ab?«

»Oh, es gab nie eine. Natürlich nicht. Das wäre auch geschmacklos gewesen. Immerhin bin ich die Todesursache meiner Mutter. Theo Kronberger hat mich mit dieser Tatsache frühzeitig vertraut gemacht, wofür ich ihm ewig dankbar sein werde.« »Nie wurde eine Lüge gelassener ausgesprochen«, dachte Melzick.

»Sie haben versucht, die äußere Erscheinung von Florian perfekt zu imitieren, obwohl Sie keinerlei Kontakt zu ihm hatten.«

»Wer sagt, dass ich keinen Kontakt zu ihm hatte?«

»Sie haben mit Ihrem Bruder gesprochen?«

»Geschrieben habe ich. Erst waren es Postkarten, dann, als ich besser schreiben konnte, Briefe.«

»Was hat er Ihnen geantwortet?«

»Oh, er hat nie geantwortet. Er war wohl nicht gut auf mich zu sprechen.«

»Aus welchem Grund?"

»Ich schlage vor, dass Sie Theo Kronberger dies fragen.«

»Ihr Bruder war in Amerika geschäftlich sehr eingespannt und hatte keine freie Sekunde. Wie kam es dazu, dass er trotzdem nach München flog?« Moritz verdrehte die Augen.

»Hat Melchior Ihnen das nicht schon alles ins Ohr geflüstert?«

»Ich will es von Ihnen hören.«

»Haben Sie eine Ahnung, wie sehr mich das alles anödet?«

»Warum?«

»Du lieber Himmel! Weil es vorbei ist.«

»Für Sie wird es nie vorbei sein. Ist Ihnen das noch nicht klar geworden?« Moritz starrte ihn für einen Moment hasserfüllt an. Dann schüttelte er leicht den Kopf, beugte sich nach vorn und legte beide Unterarme verschränkt auf den Tisch.

»Also gut, dann sperren Sie Ihre Ohren auf, hier kommt die Kurzversion: Es war Melchiors Idee, Florian zu ein paar freien Tagen zu verhelfen, nach denen der offensichtlich lechzte. Er fragte ihn, ob er nicht einen wichtigen Kunden in Europa hätte, der Schwierigkeiten macht. Florian fiel Aron Schwarzenberg ein, den er von Princeton her kannte und mit dem er vor ein paar Jahren irgendein Geschäft, eine Beteiligung, vereinbart hatte. Das sollte als Vorwand für einen angeblichen Termin in Wien herhalten. Nur hat Florian diesen Plan vorübergehend aus den Augen verloren. Melchior aber nicht. Wir liefen uns in München über den Weg. Er erzählte mir davon und auch von dem speziellen Event, das in der Therme stattfinden sollte. Das brachte mich auf einige Ideen.«

»Eine davon war die Entführung«, warf Zweifel ein. Moritz lehnte sich in seinem Stuhl zurück.

»Es war eine elegante Lösung: Melchior sollte das ›Lösegeld‹ bekommen und ich wäre zum fraglichen Zeitpunkt an einem unbekannten Ort gefangen gehalten worden. Im Gegenzug sollte Melchior dabei helfen, diesen Geschäftstermin in Wien zu fingieren. Ich sagte ihm, ich wolle Florian unbedingt wiedersehen und das wäre die Gelegenheit. Melchior glaubte mir jedes Wort. Ich musste nur mit ein paar Millionen winken und er fraß mir aus der Hand.

Das vereinfachte die Sache für mich. Ich entwarf den perfekten Plan. Als Melchior Florian mitteilte, dass alles vorbereitet sei, war der sofort wieder Feuer und Flamme.«

»Wo ist das Lösegeld übrigens? Die Millionen, für die Melchior sein Leben aufs Spiel setzen wollte?«

»In Wien natürlich. In einem Safe in unserem Penthaus. ›Trifft sich gut, dass du sowieso in Wien bist‹, sagte Theo Kronberger bei jenem Telefonat zu mir. Leider kenne ich die Kombination nicht. Die kannte nur Florian und den konnte ich nicht fragen. Pech für Melchior.«

»Warum das Theater mit Aron Schwarzenberg?« Moritz lehnte sich zurück.

»Ach ja , der liebe Aron. Der eignete sich hervorragend als Verdächtiger. Diese Sache mit den zwei Überwachungsfilmen sollte ein falsches Signal setzen, Verwirrung stiften.«

»Aber auch da ist Ihnen ein Fehler unterlaufen. Florian war krank in Seattle, als Sie an seiner Stelle Schwarzenberg vor vier Wochen in Wien besuchten.«

»Davon habe ich zu spät erfahren. Ich habs drauf ankommen lassen. Ich wollte die Sache durchziehen und nicht noch länger warten. Ich hasse es zu warten.«

Moritz redete sich allmählich in Rage. Melzick hatte ihn richtig eingeschätzt.

»Dieser Schwarzenberg hat nichts gerafft und mir alles abgenommen. Natürlich wusste ich über die Kanzlei und deren Schwierigkeiten Bescheid. Ein paar Andeutungen genügten, um ihn von meinen Vorschlägen zu überzeugen. Melchior hatte ich in der Zwischenzeit so gut kennengelernt, dass es ganz easy war, ihn auf dem ersten Überwachungsfilm zu mimen.«

Moritz machte eine Pause und betrachtete nachdenklich seine Hände. Er lachte kurz auf. »Ich wette, er konnte Ihnen nicht erklären, woher die blonden Haare auf dem Beifahrersitz stammen. War das nicht eine hübsche Idee von mir?« Zweifel ging darauf nicht ein.

»Nähern wir uns dem ›fraglichen Zeitpunkt‹, so war doch Ihr Ausdruck«, sagte er und schaute kurz auf den Bildschirm. Moritz' Blick blieb für einen Moment an Zweifels angespannter Miene hängen.

»Der fragliche Zeitpunkt«, sagte er und sein Blick wurde starr. Er sah durch Zweifel hindurch, als er weiterredete. »Melchior meldete sich bei Florian, der in Amerika inzwischen auf seinen Anruf wartete. Das Schauspiel, das für Theo Kronberger bestimmt war, konnte beginnen. Die ersten Akte kann ich mir sparen, die haben Sie ja so äußerst scharfsinnig erraten.« Er schnaubte verächtlich.

»Der fragliche Zeitraum oder genauer gesagt die letzten Stunden im Leben des Florian Kronberger brachen am Sonntagnachmittag an. Er hat gerade zum zweiten Mal mit seinem Vater gesprochen, so wie es sein Terminplan vorsah, den ich von Melchior erfahren hatte. Er ist auf dem Weg zu seinem Wagen. Ich verfolge ihn. Er merkt nichts davon. Er ist mit seinen Gedanken sicher schon ganz woanders. Er betritt das Parkhaus. Niemand ist in der Nähe. Ich spreche ihn an. Mein Erscheinen überrumpelt ihn. Trotz allem scheint er sich zu freuen. Er begleitet mich. Ich bringe ihn dazu, in meinen Wagen einzusteigen. Er sieht den Lappen mit dem Chloroform zu spät. Ich schnalle ihn an und fahre los. Wir sind lange unterwegs. Er verschläft die letzten Stunden seines Lebens. Irgendwann in der Nacht sind wir angekommen.« Moritz klang so kühl, als würde er einen Geschäftsbericht vorlesen. »Ein See im Wald. Klein und abgelegen. Ich schnalle ihn los. Ich schleife ihn bis zum Ufer. Es fällt steil ab. Ich setze mich neben ihn. Die Nacht ist klar.«

Moritz beugte sich langsam vor, legte beide Hände flach auf die Tischplatte und betrachtete sie eingehend.

»In dieser einen Stunde am Wasser, während Florian bewusstlos neben mir liegt, versuche ich, einen Grund zu finden, einen kühlen Grund, weshalb er am Leben bleiben sollte.«

Moritz blickte auf den Laptop. Nach jedem der folgenden Sätze machte er eine kurze Pause. »Ich denke an Theo Kronberger. Aus welchem Grund also soll Florian weiterleben? Ich finde keinen akzeptablen. Es wird Zeit. Ich packe Florian unter den Achseln und ziehe ihn ins Wasser. Im letzten Moment wird er wach. Er schlägt wild um sich. Aber ich kann nichts mehr für ihn tun. Die Entscheidung ist gefallen.« An dieser Stelle beugte Moritz sich weiter nach vorn, griff nach dem Laptop und drehte ihn zu sich herum, bevor Zweifel reagieren konnte. Er tippte auf die Leertaste. Das Gesicht von Theo Kronberger erschien auf dem Skype-Bildschirm. Es wirkte versteinert.

»Er hat sich lange gewehrt, dein Sohn«, sagte Moritz und betonte jedes einzelne Wort. Melzick konnte nicht anders, sie musste sich schütteln.

Moritz sah seinem Vater mit hochgezogenen Augenbrauen in die Augen. Dessen Lippen bewegten sich stumm. In seinen Augen war zu lesen, was er nie hätte aussprechen können.

Moritz zeigte ihm ein eisiges Lächeln. Dann klappte er den Bildschirm langsam zu.

Epilog

»Bist du sicher, dass das so 'ne gute Idee ist?« fragte Lucy am selben Abend, als sie angekommen waren. Melzick sah sie todernst an.

»Allein geh ich da nicht rein, Lucy.«

»›Einsteins Rübe‹, das hört sich so wahnsinnig gesund an. Vielleicht hätte ich vorher was essen sollen.«

»Lucy, egal was da drin passiert, satt wirst du auf jeden Fall. Und falls nicht, dann können wir hinterher immer noch Zack besuchen.«

Davon ließ Lucy sich überzeugen. Sie traten ein und Melzick hielt Ausschau nach einem Frack. Vergebens. Sie setzten sich an einen Zweiertisch und Lucy war erstmal vollauf damit beschäftigt, sich umzusehen.

»Wie geht es eigentlich diesem Quint?«

»Oh« sagte Melzick, »der hat sich einen Schnupfen geholt.«

»Das ist für mich ein Verrückter, und wenn er noch so viele kugelsichere Klamotten trägt.«

»Der Verrückte ist Moritz, Lucy.«

»Ich hab gar nicht mehr alles mitgekriegt. Als er den Laptop zugeklappt hat, bin ich raus. Eins wüsst' ich gern noch: Was waren das für ›Sanitäter‹, die Florians Leiche transportiert haben?«

»Zwei Typen aus dem Osten. Die erledigen für schnelles Geld so gut wie alles und verschwinden sofort wieder aus Deutschland. Als Moritz von denen erfuhr, hat er sie für seine Zwecke angeheuert.« Lucy stellte die Ellbogen auf den Tisch und bettete ihre drei Kinne in beide Hände.

»Der hat doch die ganze Zeit gewusst, dass sein Vater mithört.« Melzick nahm den kleinen Sternenglobus in die Hand, der auf dem Tisch stand.

»Er wollte ihm einen Schlag versetzen, der ihn kaputt macht, ihn vernichtet, von dem er sich nie mehr erholt, lebenslänglich sozusagen. Alles andere war ihm egal.«

»Gar nicht so einfach bei einem wie Theo Kronberger.«

»Deswegen hat er Florian nicht nur gnadenlos ersäuft, sondern wollte auch, dass sein Vater die ganze grausige Wahrheit erfährt und zwar aus seinem Mund.«

Lucy schaute gedankenverloren an die Decke.

»Die haben da 'nen richtigen Flieger hängen«, sagte sie kopfschüttelnd.

»Es handelt sich nicht um einen Flieger, sondern um einen Gleiter«, sagte eine Stimme in ihrem Rücken.

Maitre Max war herangeglitten. »Um einen Hängegleiter, genauer gesagt, Otto Lilienthals Hängegleiter. Natürlich nur eine Kopie.«

Lucy nickte, als hätte sie nichts anderes erwartet.

»Natürlich, wo doch das Original im Deutschen Museum hängt.«

»Eines der vier Originale, die es noch gibt, ganz recht«, ergänzte Maitre Max und wandte sich an Melzick.

»Mein schönes Fräulein, Sie erscheinen in wechselnder Begleitung. Das gibt mir zu denken.« Lucy kicherte.

»Das trifft sich gut, Maitre«, erwiderte Melzick ungerührt und kramte in ihrer Hosentasche. »Wenn Sie schon beim Denken sind, werfen Sie doch bitte mal einen Blick auf diese Zahlenreihe.« Sie gab ihm einen Zettel, auf dem Sie notiert hatte, was sie auf Schillings Agave entdeckt hatten. Maitre Max warf einen interessierten Blick darauf.

»Schön, ich sehe schon, ein mathematisches Problem. Wenn Sie sich einstweilen mit der Speisekarte beschäftigen wollen.« Damit entschwand er.

»Wusste gar nicht, dass du dich mit Flugzeugen auskennst.«

»Tja, Mel, du weißt vieles nicht.«, sagte Lucy und blätterte eine Weile ratlos in der Speisekarte.

»Verlass dich auf deinen Instinkt«, sagte Melzick, die sie dabei beobachtet hatte.

»Mein Instinkt sagt mir, dass ich eine Beratung brauche.« Lucy hob ihren linken Arm, worauf Maitre Max an ihrem Tisch aufpoppte wie ein Cookie.

»Wie lange haben Sie denn dafür geübt?«, fragte Lucy und musterte eingehend den Frack, auf dem hier und da ein Soßenfleck sein Schattendasein fristete.

Maitre Max schwieg.

»Aha«, sagte Lucy, »das dürfen Sie wahrscheinlich nicht verraten.« Sie tippte auf die Speisekarte.

»Können Sie mir etwas empfehlen?« Er machte eine leichte Verbeugung.

»Nun, werte Dame, falls Sie jemals haarscharf an einer Wahrscheinlichkeit entlangbalancieren sollten, empfehle ich, niemals abzubiegen. Nach meiner Erfahrung lauert dort in der Regel ein schwarzes Loch.«

Lucy machte runde Augen.

»Aha. Ich glaube, das werde ich mir hinter die Ohren schreiben. Aber was bitte schön, soll ich essen?« In diesem Moment beugte sich ein älterer Herr mit Pferdeschwanzfrisur und Stirnband vom Nachbartisch herüber.

»Nehmen Sie den ›Napf des Pythagoras‹. Daran haben Sie ordentlich zu kauen.«

»Schon wieder griechisch? Da hätten wir ja gleich zu Stavros gehen können.« Melzick und Lucy blickten Maitre Max erwartungsvoll an. In dessen Augen leuchtete etwas auf.

»Wie wäre es mit einem Schälchen dunkler Materie?« Melzick runzelte zweifelnd die Stirn, doch Lucy war schneller.

»Für mich bitte zwei.« Maitre Max neigte leicht den Kopf.

»Wenn Sie sich nach dem Genuss dieses Gerichts noch in diesem Universum befinden, werden wir uns mit der Rechnung etwas einfallen lassen.«

Und so geschah es.

Zweifel war noch nie im afrikanischen Viertel gewesen. Es lag im Westen von Berlin Wedding. Er war mit der U6 gefahren, am Bahnhof Rehberge ausgestiegen und musste nur zwei Querstraßen weit gehen. Die Mietskasernen ringsum machten einen gepflegten Eindruck. Die Hausnummer in der Togostraße war leicht zu finden.

Er studierte die Kompanie der Klingelschilder und entdeckte den Namen. Der Knopf daneben war mit Powertape behelfsmäßig zugeklebt. Die Klingel funktionierte offensichtlich immer noch nicht. Er drückte wahllos zwei, drei andere Knöpfe. Prompt ertönte der Summer und er stieß die Eingangstür auf.

Im Treppenhaus roch es nach einer Mischung aus Sauerkraut und Curry. Im dritten Stock stieg ihm der scharfe Geruch eines angebrannten Kuchens in die Nase. Neben der Wohnungstür hing ein bunt bemaltes Bauernhaus aus Salzteig. Auf der Fußmatte aus abgewetztem Bast stand in roten Buchstaben: »immer rin in die jute stube«. Hinter der Tür erklang eine aufgebrachte Frauenstimme.

»Fred! Du hast'n Kuchen vajessen! Is det zu fassen. Da lass ick den Ollen eenmal alleene und schon qualmt et wie am Amazonas. Fred! Herrjott! Fred!! Wo steckt der Kerl bloß?«

Als Antwort bummerte Zweifel dreimal an die Tür und trat einen Schritt zurück, damit man ihn durch den Spion gut besichtigen konnte.

Für fünf Sekunden hatte Fred Ruhe, dann bekam er einen neuen Befehl.

»Fred! Kommste jetzt endlich mal anne Tür. Da steht Schul Brünner draußen.« Eine gedämpfte Männerstimme war jetzt zu hören.

»Wat is los? Wat machst'n für'n Theater? Wer soll det sin?«

»Kiek doch selba!«

Zweifel bemerkte, wie der daumennagelgroße Spion sich erneut verdunkelte und bemühte sich, ernst zu bleiben, als er die beiden hinter der Tür tuscheln hörte.

Nach einer Minute wurde die Tür energisch aufgerissen und Zweifel stand vor einem Zweizentnermann in dunkelblauen Jogginghosen und offenem Holzfällerhemd, unter dem sich ein graues T-Shirt über einem mächtigen Bauch spannte. Zweifel und er hatten die gleiche Größe. Freds Augenbrauen machten heftige Klimmzüge, während seine Hände sich unbewusst zu gewaltigen Fäusten ballten.

»Der war aber kleiner«, sagte Zweifel, ohne die Miene zu verziehen.

Johannas misstrauisches Gesicht tauchte hinter dem breiten Rücken ihres Mannes auf.

»Hörnse, wenn et wejen dem Parkplatz is, wir …« Zweifel winkte ab.

»Yul Brynner meinte ich. Der war viel kleiner als ich. Aber er war ein guter Schauspieler. Man muss ja nur an die ›Glorreichen Sieben‹ denken.«

Johanna traute sich nun vollends aus der Deckung, während Fred damit beschäftigt war, Zweifel verständnislos anzustarren.

»Und mit wem hamwa det Vajnügen?«, fragte Johanna.

»Adam Zweifel, Kripokommissar. Aber ich hatte Ihnen ja versprochen, nicht laut ›Polizei‹ zu brüllen, wenn ich an Ihre Tür hämmere.« Bei ihr fiel der Groschen eine Zehntelsekunde schneller als bei Fred.

»Ach du meene Jüte, und ick hab bloß Kohle im Backofen. Aber dit war seine Schuld«, stieß sie hervor und schubste Fred kräftig in die Rippen. Der entspannte seine Pranken und reichte eine davon Zweifel.

»Herr Kommissar, nee, wat 'ne Überraschung. Kommse rin, immer rin.« Auch Johanna schüttelte Zweifel die Hand und flatterte in die Küche davon. Gleich darauf kam sie mit einem Tablett ins Wohnzimmer geschwebt, wo Zweifel und Fred schon Platz genommen hatten.

»Kuchen is nüscht, Herr Kommissar, aber Konnjack is auch jut, wat meenense?«

»Wenn Sie einen mittrinken?« Fred schaute Johanna an. Johanna schaute Fred an. »Gleich fangen sie wieder an zu tuscheln«, dachte Zweifel.

»Machwa ehmd 'ne Ausnahme«, sagte Fred.

»Ne janz jroße Ausnahme«, sagte Johanna und schenkte großzügig in die drei Gläser ein, die sie in weiser Voraussicht mitgebracht hatte.

Sie prosteten sich zu.

»Hamse die Chose da unten denn schon uffjeklärt?«, wollte Fred wissen. Zweifel nickte, wollte darüber aber keine weiteren Worte verlieren.

»Ich bin auch wegen Elias gekommen. Ist er da?« Johanna nickte eifrig.

»Dit hab ick mir schon jedacht. Soll ick'n holen?«

»Wenn Sie mir einfach nur sein Zimmer zeigen?« Johanna stand auf und ging voraus. Am Ende des Flurs klopfte sie an eine Tür, an der Lucky Luke schussbereit jeden Besucher zum Duell herausforderte, und machte sie auf

»Kiek mal, wer da is, Elias«, rief sie. Der Junge saß an seinem Schreibtisch und war mit Schularbeiten beschäftigt.

»Hallo Elias«, sagte Zweifel. Der Junge fuhr herum.

»Darf ich dich stören?« Elias schaute Johanna ratlos an, dann nickte er.

»Ich bin von der Polizei in Bad Wörishofen und du hast uns sehr geholfen. Deshalb wollte ich mal bei dir vorbeikommen.« Elias zog die Nase kraus.

»Sie sind extra wegen mir so weit gefahren? Das glaube ich nicht.« Zweifel warf Johanna einen Blick zu und lächelte.

»Nicht nur deinetwegen, das stimmt. Ich wollte auch mal wieder den echten Berliner Dialekt hören.«

»Versteh ich nicht.«

»Ich hab hier mal sehr lange gewohnt. Ist sowas wie Heimweh. Hast du vielleicht auch schon mal gehabt.« Elias schaute ihn aus großen, ernsten Augen lange an. Zweifel bestand die Prüfung.

»Und Sie sind wirklich von der Polizei?« Zweifel ging näher und zeigte ihm seine Dienstmarke. Elias nahm sie in die Hand und betrachtete sie von allen Seiten. Er wirkte etwas enttäuscht.

»Hab ich mir irgendwie anders vorgestellt«, sagte er und gab sie zurück. Zweifel steckte sie wieder ein.

»Ging mir auch so, als ich sie das erste Mal gesehen hab.« Er nickte zu Elias' Heft hin. »Was schreibst du denn da?«

»Deutschaufsatz. ›Mein langweiligster Ferientag‹. So ein bescheuertes Thema.« Zweifel las den ersten Satz, den Elias geschrieben hatte.

»Ich hab da vielleicht eine Idee. Willst du sie hören?« Elias nickte und bald darauf steckten sie die Köpfe zusammen und merkten nicht, wie Johanna die Tür schloss.

Nachbemerkung und Danksagung

Die geschilderten Menschen und Begebenheiten sind frei erfunden. Die »Therme« dagegen gibt es. Wer schon mal da war, wird sie leicht wiedererkennen. Die Türen lassen sich allerdings leicht öffnen, da musste ich ein wenig flunkern.

Meiner Tochter Julia bin ich wahnsinnig dankbar dafür, dass sie mit Ihren Argusaugen Jagd auf meine gut versteckten Fehler gemacht und den einen oder anderen stilistischen Kratzer wegpoliert hat. Wer trotz allem einen Lapsus findet, darf ihn gern behalten.

Meinem Sohn Adrian bin ich wahnsinnig dankbar für seine wertvollen und sehr hilfreichen Tipps. Ob es darum geht, wie man eine Panoramascheibe am besten zertrümmert oder Pink Floyds Schreie am besten zur Geltung bringt — ich bekam jedes Problem von ihm gelöst.

Carla hat sich mit Wahnsinnseifer und viel Spass und Kreativität auf meine Coverideen gestürzt und optimal umgesetzt. Vielen vielen Dank dafür, Carla.

Meiner Frau Bettina kann ich wiederum nicht genug danken für ihre unerschöpfliche Geduld dafür, dass ihr Mann viel Zeit in seiner eigenen Welt verbracht hat.

Alle persönlich genannten Personen sind zum Schlemmen in Zacks »Dessert Inn« eingeladen.

Aufsehenerregender Augsburg-Krimi

Ein Ermordeter im Merkurbrunnen, ein Erhängter im Wittelsbacher Park — sind schwarze Mitbürger die Opfer von Rassisten? Es braut sich was zusammen. Ein makabres Video geht viral. Anschläge erschüttern das Vertrauen in die Polizei. Die Medien spielen verrückt. Der Kommissar und seine Assistentin bewegen sich auf dünnem Eis. Bei der Tätersuche begegnen sie giftigen Nachbarn, geldgierigen Juristen und gerissenen Journalisten — eine explosive Mischung. Die Lage spitzt sich zu, als der ehrgeizige Polizeichef sich einmischt.

vom preisgekrönten Friedberger Autor Achim Kaul

502 Seiten
Als E-Book und als Taschenbuch erhältlich

Zweifel und Zick - jetzt in Augsburg

Tausende Demonstranten strömen aufgewühlt durch Augsburgs Fußgängerzone. Aus dem Hinterhalt schießt jemand scheinbar wahllos in die Menschenmenge. Ein Mann stirbt im Kugelhagel. Erlebt Augsburg einen Terroranschlag? Tobt ein Amokschütze seine Wut aus? Handelt es sich um einen gezielten Mord? Kommissar Zweifel hat es in seinem neuen Revier mit brandgefährlichen Gegnern zu tun, auch aus den eigenen Reihen.

Zudem erlebt Klaus-Peter Wolf, berühmter Autor der Ostfriesenkrimis, bei seinem Gastauftritt in diesem neuen Augsburg-Krimi sein „blaues" Wunder.

420 Seiten
Als E-Book und als Taschenbuch erhältlich

Die Therme in Bad Wörishofen. In den Saunalandschaften wird gepflegt geschwitzt. Gänsehaut-Schreie gellen durch die aufgeheizte Luft. Gasgranaten zünden. Die Fluchtwege sind plötzlich versperrt. Die Nackten packt die nackte Panik. Chaos! Zur selben Zeit bekommt Kommissar Zweifel einen anonymen Anruf: »In der Therme ein Toter — das ist doch was für Sie«. Der Fall verspricht besonders knifflig zu werden. Wer lügt? Wer heuchelt? Wer manipuliert wen? Und vor allem: Wer ist der Tote?

Funkensprühende Dialoge, Scharfsinn und Wortwitz zeichnen Zweifel und Zick, das kongeniale Ermittlerduo aus.

Dieser Allgäu-Krimi ist ihr zweiter Fall nach
»Mord aus heiterem Himmel«

562 Seiten
Als E-Book und als Taschenbuch erhältlich

Der erste Fall für Zweifel und Zick

Ein unglaublicher Tatort. Ein wahnwitziger Todesfall. Ein wortwitziges Ermittlerduo. Ein Allgäu-Krimi der besonderen Art. Zweifel und Zick knobeln an ihrem ersten Fall.

Der Himmel ist heiter über Bad Wörishofen. Doch der Sommer wird mörderisch. Ein Kunstprofessor beendet sein wichtigstes Manuskript. Kurz darauf stürzt er mitten über dem Kurpark aus großer Höhe in den Tod. Ein rätselhafter Selbstmord? Eine luftige Art des Mordens? Kommissar Zweifel und seine junge Kollegin Zick stehen vor einem Labyrinth aus Fragen.

Bei Ihren Ermittlungen beweisen sie Spirit, Cleverness, Schlagfertigkeit und Humor.

336 Seiten
Als E-Book und als Taschenbuch erhältlich

Lagerfeuergeschichten für das Kopfkino

Was sucht ein Typ am Pol der Unerreichbarkeit? Gibt es Giraffen in New York? Was geschah in Lesleys Haus? Wen hat Rabenstein auf dem Gewissen? Was dürfen die Bewohner von Gold Point niemals tun? Verschläft Leander ein Jahrhundertbeben? Warum blieb Leas Flaschenpost ungelesen? Wer hörte den tödlichen Ruf der Tiefe? Wohin verschwand Elisa?

Neun Storys, die einen noch lange verfolgen werden. Sie sind leicht zu lesen, aber die darin beschriebenen Bilder, Figuren und Ereignisse gehen nicht mehr aus dem Kopf.

156 Seiten
Als E-Book und als Taschenbuch erhältlich

Verfolgt, verdächtigt, verwegen

Capri, Florenz, Paris — davon kann Ludwig Vonwegen mangels Knete nur träumen. Doch dann wird er zufällig Housesitter. Was als Glücksfall beginnt, entwickelt sich zur schrägen Odyssee durch halb Europa. Mit Renee, einer jungen Amerikanerin auf Europatour und Paul, einem studierten Taschendieb, entsteht ein verwegenes Trio »überwegs«.

406 Seiten
Als E-Book und als Taschenbuch erhältlich

Abenteuergeschichten von Micha Luka
alias Achim Kaul

Schon mal von der Canneloni gehört? Piratenschiff! Gehört Käpt'n Sansibo. Mit an Bord: Toby und die beiden stärksten Matrosen südlich des Nordpols. Habt ihr eine Ahnung, was denen alles passiert? Ein Vulkan beschießt sie mit glühenden Felsen. Ein uralter Spuk weht um die Segel. Eine Horde merkwürdiger Insulaner sorgt für Herzklopfen. Der heimtückische Quim will ihnen an den Kragen. Und dann die Geschichte, wie der Käpt'n an die Canneloni kam. Doch das ist erst der Anfang, denn die Abenteuer hören nicht auf.

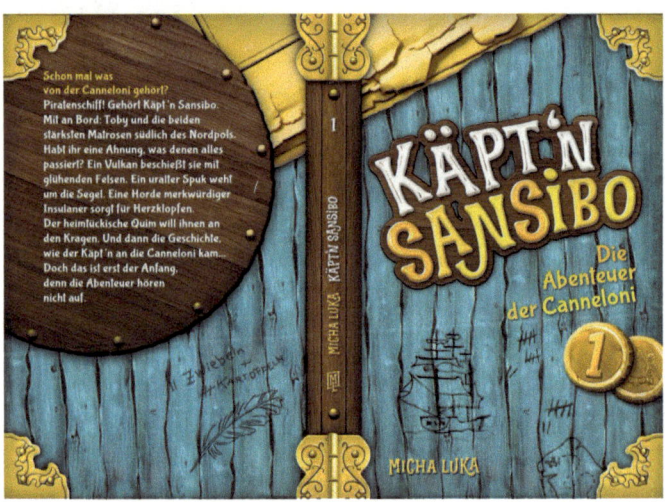

167 Seiten
Als E-Book und als Taschenbuch erhältlich

560

Neue Abenteuergeschichten mit der Canneloni

Käpt'n Sansibo und die beiden stärksten Matrosen südlich des Nordpols gehen einem fiesen Maharadscha in die Falle. Er lässt sie nur frei, wenn sie ihm Carlottas Juwelen bringen. Nach einem Monstersturm rollt eine rätselhafte Flaschenpost über das Deck, die sie auf die »Verbotene Insel« lockt. Werden sie dort den legendären Schatz der verrückten Carlotta finden? Bebende Berge, waghalsige Brücken, höllische Höhlen und etwas Ungeheures, das im Dschungel lauert — Käpt'n Sansibo und seine Mannschaft kämpfen mit einer bösen Überraschung nach der anderen.

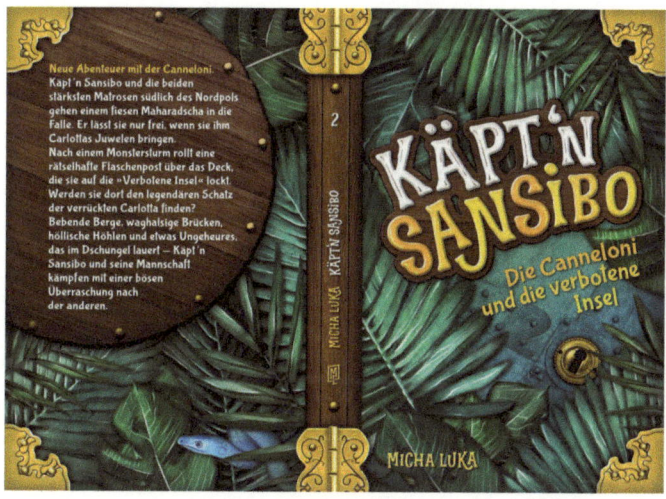

192 Seiten
Als E-Book und als Taschenbuch erhältlich

Die Canneloni-Abenteuer gehen weiter

Käpt'n Sansibo fischt einen Schiffbrüchigen aus dem Meer und was passiert? Wie aus dem Nichts tauchen Weitere auf, bis eine komplette Mannschaft das Deck der Canneloni besetzt. Einschließlich ihres frechen Kapitäns, der sogleich das Kommando übernimmt. Er setzt Toby, Kullerjan und Käpt'n Sansibo auf hoher See aus. Nur Bullerjan darf als Koch bleiben. Lest selbst, welche raffinierten Tricks Toby sich ausdenkt, um die Canneloni zurückzuerobern. Schließlich wartet noch der geheimnisvolle Leuchtturm von Barnabo auf sie. Sein Rätsel ist bis heute ungelöst.

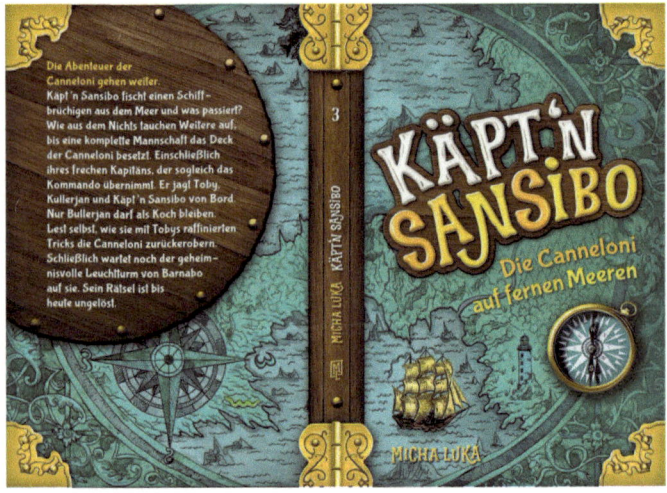

180 Seiten
Als E-Book und als Taschenbuch erhältlich